A E
&I

# La bruma verde

Autores Españoles e Iberoamericanos

Editorial Planeta convoca
el Premio de Novela Fernando Lara,
fiel a su objetivo de estimular la creación literaria
y contribuir a su difusión.

Esta novela obtuvo el XXV Premio de Novela
Fernando Lara, concedido por el siguiente jurado:
Fernando Delgado, Pere Gimferrer,
Ana María Ruiz-Tagle, Clara Sánchez y Emili Rosales,
que actuó a la vez como secretario con voto.

El Premio de Novela
Fernando Lara cuenta con el patrocinio
de la Fundación Axa.

Gonzalo Giner

# La bruma verde

*Premio de Novela Fernando Lara*
*2020*

Planeta

Av. Diagonal, 662-664, 08034 Barcelona
www.editorial.planeta.es
www.planetadelibros.com

Diseño de la colección: © Compañía

Primera edición: octubre de 2020
Depósito legal: B. 13.232-2020
ISBN 978-84-08-23550-7
Composición: Realización Planeta
Impresión y encuadernación: Unigraf
Printed in Spain - Impreso en España

El papel utilizado para la impresión de este libro está calificado como **papel ecológico** y procede de bosques gestionados de manera **sostenible**

*Dedicada a todos los que han buscado refugio en África para poner sus conocimientos e ideales al servicio de la defensa del medio natural, la ayuda a los demás o la protección de especies en peligro de extinción.*
*En esta novela vais a conocer a algunos.*

Un día, su abuelo le contó que no solo los humanos podían hablar, escuchar, decidir y amar.

Ella, con solo diez años, sorprendida ante tan curiosa afirmación, preguntó qué otra criatura sería capaz de hacer todo eso. El hombre, con una rama entre los dientes y la mirada perdida por la frondosa naturaleza que rodeaba su pequeña aldea, respondió que la selva.

—Si aún no te has fijado, niña, la madre selva respira, vive, siente. Hay quien dice que sabe reír con el agitar de sus hojas; y otros, que es capaz de llorar cuando se le pudren las entrañas, escucha el quebrar de las ramas o ve con inagotable pena cómo caen sobre su seno algunos viejos árboles vencidos por la edad. Ella también sufre, como lo hacemos tú y yo.

—Abuelo Tonuk... —La niña señaló el bosque con un dedo—. Puedo entender que viva, sufra y sienta, pero no que pueda llegar a amar.

—Cuesta más verlo, sí, pero debes saber que desde el mismo día en que nacemos, la selva nos observa y reconoce lo que llevamos en el alma. Es entonces cuando decide a quién va a querer y a quién no.

La niña empujó una piedrecita para que un torpe escarabajo dejara de chocar con ella y siguiera su camino. Volvió su mirada al rostro arrugado de su abuelo y preguntó llena de curiosidad en qué grupo estaba ella.

—Mi pequeña Bineka, si la selva puso su verde en tus ojos es porque decidió hacerte de los suyos. Te protegerá siempre.

»Jamás lo dudes; tú eres una de sus elegidas.

PRIMERA PARTE

# LOS LADRONES DE SUEÑOS

# 1

*En una aldea de la provincia de Tshopo,*
*República Democrática del Congo*
*Diciembre de 2009*

Todo eran llamas, oleadas de calor y lenguas anaranjadas. Aunque lo que Bineka recordaría para siempre serían los gritos; los gritos de los suyos mientras morían.

Si la aldea tenía veinte chozas, quince ardían por entero, se contraían y bramaban. Todo era un alarido.

Eso fue lo primero que su amiga Sanza y ella vieron al dejar el bosque a sus espaldas y pisar el poblado. Lo segundo fue peor: una horrible colección de cuerpos ensangrentados y diseminados por doquier; alguno aún se movía.

Los distinguieron desde el umbral de la tragedia, con los ojos fuera de las órbitas, antes de lanzarse a los brazos del incendio, buscando, mirando, tratando de entender.

—¡Abuelo!

Carreras rotas, voces de pánico, miradas sin escapatoria.

La aldea estaba desapareciendo engullida por el fuego del infierno.

Bineka corrió hacia su choza en busca de Tonuk, espantada, sin saber qué podía estar pasando. Sanza hizo lo mismo, buscando la suya; el pequeño cuerpo partido en dos que encontró tirado en la entrada era el de su tercer hijo. Gritó su dolor con tanto desgarro que atrajo la atención de un grupo de desconocidos en plena persecución de los últimos habitantes vivos de la aldea; unos depredadores nunca antes vistos.

Tonuk no estaba dentro de la choza.

Bineka corrió hacia el cercado donde guardaban las cabras y la vaca, y al llegar presenció una imagen pavorosa. Vio a su abuelo, de rodillas, frente a un hombre blanco armado con una pistola y un machete.

—¡Abuelo! —gritó solo un segundo después de que el extraño le reventara el cráneo de un disparo.

Bineka se abalanzó sobre el cuerpo vencido de Tonuk y lo abrazó ahogada en lágrimas. No vio cómo los cuchillos siguieron arrebatando vidas por doquier, en una cacería sin piedad, ni cómo el fuego lamía, mordía y lo devoraba todo. Tampoco pudo ver cómo atrapaban a su amiga Sanza para darle muerte sin la menor piedad con un hijo en cada brazo.

Enarbolando el machete en una mano, el ejecutor de su abuelo agarró a Bineka del pelo y la forzó a mirarlo.

Entre lágrimas de odio y conmoción, ella alzó la vista y descubrió en aquel rostro una expresión seca y exenta de cualquier sentimiento. Tenía un ojo gris, como si las cenizas que deja el fuego vivieran siempre en él, y el otro muy oscuro, como si fuese la antesala de la muerte. Lejos de sentir miedo, esperó a recibir el golpe definitivo, abandonada a su suerte, incapaz de entender qué podía motivar aquella barbarie.

Pero el golpe no llegaba.

El hombre se había quedado tan deslumbrado con el insólito color de sus ojos que cambió de decisión. Tiró de ella para ponerla en pie sin que Bineka ofreciera resistencia. Alrededor solo había llamas, y un silencio que todavía dolía más. Un silencio oscuro, cuajado de muerte. La joven buscó alguna respuesta en el contorno boscoso de la aldea y le pareció ver que la selva también se estremecía, incapaz de contener el dolor que estaba sintiendo por los suyos.

Y en mitad de aquel silencio, el asesino de su abuelo dirigió dos fuertes silbidos a los suyos y en menos de tres minutos entraron en la aldea dos todoterrenos que aparcaron cerca de donde estaban. Al verse arrastrada por aquel demonio hacia uno de ellos, Bineka se rebeló, pateó y lo arañó, sin conseguir otra cosa que terminar gritando con todas sus fuerzas. Porque nada pudo hacer contra la voluntad de un hombre más fuerte y decidido a llevársela con él.

El tipo la cogió por la cintura y sin esfuerzo alguno se la puso al hombro como si se tratara de un fardo. De esa manera recorrieron los últimos metros hasta el primer vehículo; ella vio cómo más de uno limpiaba su machete en la ropa de las víctimas entre risas y bromas. Contó siete; cinco de piel negra y otro blanco, aparte del asesino de su abuelo.

—¡Ha cazado una pantera, jefe!

—La compartirá, ¿no? —apuntó otro, de piel negra casi azulada.

El hombre se limitó a decirles que arrancaran el coche.

Bineka identificó un acento extraño en la voz de su captor, aunque todos hablaban en su misma lengua, el suajili. Presa de un agudo pavor, aturdida y sin saber qué iba a ser de ella, se prometió no llorar más. A salvo de una brutalidad que nunca podría olvidar, decidió mirar a todos los suyos, uno a uno, en su particular homenaje de despedida. Y entre los últimos reconoció a Sanza, a sus hijos, a dos primos.

A tanta gente querida...

Una vez sentada en el vehículo, todavía pudo ver a su abuelo desde la ventanilla, y se mordió los labios para no llorar; no quería mostrarse vulnerable a ojos de sus verdugos. La sangre que humedeció a continuación sus labios le supo a pena, pero también a venganza.

Bineka no supo cuánto tiempo estuvieron adentrándose en la selva, ni que se movían en dirección este. Iba en el segundo coche, a una velocidad excesiva y sin que su conductor pusiera el menor cuidado a pesar del trazado y el firme irregular de la pista de tierra, de modo que sus ocupantes no dejaban de botar sobre los asientos con brusquedad, ni de moverse a derecha e izquierda. Ella solo gemía y gemía, tapándose la cara con las manos, hasta que su captor la amonestó con una violenta bofetada y optó por ser más comedida.

Matzim. Ese era el nombre del asesino de su abuelo.

Lo había escuchado en boca del que viajaba a su derecha, y supo que pensaban volver a la aldea al día siguiente para terminar de quemarlo todo. Trató de memorizar adónde la llevaban, pero no lo entendió bien.

—Una aldea más y nos volvemos al campamento; toca descansar y comer algo —respondió el tal Matzim a las preguntas del copiloto.

Iban dos hombres en los asientos delanteros, y ella atrás entre los otros dos.

—¿Cómo te llamas? —Matzim le quitó las manos de la cara para volver a admirarla. A pesar de sus enrojecidos ojos y de su corta edad, la chica tenía una inusual belleza.

Ella no quiso contestar.

El tipo hizo amago de arrancarle la respuesta a bofetadas, pero de repente sucedió algo. Unas inesperadas sombras surgieron desde los arcenes y se cruzaron con el primer vehículo. En un intento por evitarlas, este giró de forma tan brusca que volcó y empezó a dar vueltas de campana hasta salirse del camino después de llevarse por delante a dos de las sombras.

Sin haber llegado a verlos, Bineka supo que se trataba de un grupo de chimpancés al oír sus chillidos.

Su todoterreno frenó a fondo, pero por culpa del suelo embarrado perdió el control y se estampó contra el tronco de un centenario baobab a la derecha de la pista. El conductor y su acompañante atravesaron el cristal delantero para terminar quedando tendidos sobre el capó, quizá muertos.

Bineka se golpeó en la frente, por culpa de la brutal colisión, sin acertar a saber con qué. A su lado, el tal Matzim, con la cabeza vencida sobre el hombro, no se movía. Sangraba de forma copiosa por la cara y el cuello. El otro captor, el que había llevado a su derecha, acababa de abandonar el coche y le vio caminar con dificultad, agarrándose una pierna por la que asomaba un afilado hierro. Sintió apremio de huir, pero al impulsarse sobre el asiento para salir afuera tocó algo frío. Miró qué era. Se trataba de un revólver. Lo cogió, devolvió la mirada al asesino de su abuelo y le tentó la posibilidad de cobrarse el daño que le había producido. La idea la hizo temblar de arriba abajo. Pero en ese momento le vino a la cabeza la imagen de su abuelo muerto, la de Sanza y la de tantos amigos... Nunca había usado un arma, pero no lo dudó. Apuntó a su pecho, tomó aire y apretó el gatillo. El hombre rebotó sobre el asiento, soltó un terrible alarido y le dirigió una mirada de infinito odio; quizá su última mirada. Ella, antes de que pudiera reaccionar, escapó del vehículo, lanzó la pistola lejos y echó a correr muy asustada, de vuelta a su poblado, en dirección contraria a la que habían ido.

Pero a los pocos pasos se detuvo.

Frente a ella había una hembra muy grande de chimpancé, apoyada sobre el cuerpo aplastado de otro ejemplar, a simple vista más joven. Acariciaba su cabeza, puede que a la espera de obtener alguna reacción del otro, y de repente le metió los dedos en la boca, gimiendo a continuación cerca de su oído. Pero no respondía. Tras varios intentos más, la hembra se incorporó, un tanto aturdida, y empezó a dar vueltas alrededor del herido de una forma atropellada, con la respiración agitada y empujándolo cada poco, como si estuviera tratando de despertarlo de un sueño que no era tal.

De espaldas a Bineka, el resto de los simios se dirigieron a los todoterrenos sin dejar de chillar. Al volverse para mirar, vio cómo dos atacaban al sicario que había salido aturdido de su coche. Otros tiraban de los ya fallecidos, arrastraban sus cuerpos por el suelo y, cuando se cansaban de moverlos de un lado a otro, los golpeaban con inusitada furia. Contó tres chimpancés muertos. El resto parecían decididos a cobrarse su venganza allí mismo.

Bineka podía entender cómo se sentían.

Presa de un creciente pavor volvió a observar a la hembra, y cuando sus miradas se cruzaron empezó a temblar. La vio ponerse de pie y caminar hacia ella, muy resuelta. Aunque apenas la ganaba en altura por unos centímetros, la doblaba en fortaleza. Si se ponía a correr, sin duda la alcanzaría y podría ser mucho peor. Sintió la garganta seca y el corazón encogido. Entonces de improviso se oyó una fuerte explosión y una enorme llamarada envolvió el primer todoterreno; definitivamente, nadie iba a poder ayudarla.

Y en ese momento, al recordar una historia que le había contado su abuelo años atrás sobre cómo pudo evitar el ataque de un gorila macho en plena selva, decidió aplicar la misma solución: se tumbó al lado del animal muerto, todo lo quieta que pudo, con la respiración contenida y los ojos cerrados. La hembra, sorprendida, se sentó junto a ella y empezó a olisquearla con decidida curiosidad. Exploró su pelo, sus orejas, sus ojos; terminó acercándose tanto al rostro de Bineka que le hizo sentir su aliento en las mejillas, párpados y labios, mientras emitía un coro de suaves ronquidos, casi inaudibles.

La joven abrió los ojos y se volvieron a cruzar sus miradas. Le pareció ver una gran tristeza en la del animal, y sin pensárselo dos veces le ofreció la mano. La hembra se quedó parada contemplándola, hasta que posó un dedo en ella, arrastrándolo después a lo largo de su palma. Y Bineka, más confiada, empleó la otra para apenas rozar con ella su cara de una forma muy comedida, como le había visto hacer a ella. Y la hembra tampoco la rechazó.

Pero todo cambió cuando empezaron a acercarse los demás simios y fue objeto de al menos una docena de miradas bastante poco amistosas. Asustada, encogió las piernas sobre su cuerpo y cerró los ojos a la espera de ser víctima de sus golpes, como había visto hacer con los demás ocupantes de los todoterrenos.

Uno de ellos, el de gesto más fiero, la agarró por el tobillo y tiró con tanta fuerza de él que faltó poco para que se lo arrancara de la pierna. Otro más joven la cogió por el pelo y empezó a arrastrarla por el suelo sin compasión alguna. Bineka decidió, para no sufrir más de la cuenta, pensar en su abuelo Tonuk, en el vago recuerdo de sus padres, a quienes apenas había conocido, en Sanza, su mejor amiga. Notó muchas manos más, ásperas y firmes, asiéndola por piernas, brazos y cuello. Por un momento dudó si no la iban a descuartizar. Pero de pronto, y tras un agudo chillido que ahogó el ensordecedor coro de jadeos y silbidos que recorría el grupo, empezó a sentirse liberada de aquellas garras, una a una, hasta que abrió los ojos y descubrió el motivo.

La hembra a la que había acariciado se había interpuesto entre los chimpancés y ella para defenderla. Uno medio calvo y enorme, quizá fuese el macho del clan, le lanzó un aullido desafiante. Por toda respuesta, recibió un manotazo de la hembra que lo dejó parado. Los demás rebajaron al instante su agresividad y empezaron a dispersarse, de regreso al bosque.

Bineka deseó que aquella hembra se uniera a ellos y la dejara sola. No fue así. Su salvadora la cogió de la mano y tiró de ella, para poco después perderse las dos por la espesura.

# 2

*Selva de Tshopo, República Democrática del Congo*
*Diciembre de 2009*

Bineka caminaba dos pasos por detrás de la hembra, adentrándose en el frondoso macizo verde de una selva desconocida para ella, sin haber conseguido soltarse un solo instante. Lo hacía obligada e iba un tanto ida; con un creciente mareo y en un estado de confusión que acabó costándole mantenerse en pie.

Miraba al resto de los chimpancés con atención y más, en concreto, a los tres machos que encabezaban la comitiva. El más grande, al que le costaba pasar desapercibido, lucía una espalda enorme y abundante pelo por todo el cuerpo, salvo en la cabeza, donde exhibía una llamativa calvicie.

A pesar de la distancia que Bineka procuraba mantener con aquel individuo, se preguntaba qué sería de ella. ¿La tendrían como a una chimpancé más, o ante el menor descuido de su protectora sería atacada y devorada? Era consciente de que la dieta de aquellos animales consistía en una suma de semillas, fruta y hojas, a la que añadían poca carne, solo de vez en cuando, pero ella era carne...

Medio ahogada en sus sombríos pensamientos, iba tratando de fijar en la memoria cualquier detalle que le sirviera para reconocer el camino de vuelta, en caso de que pudiera escapar. Le valía cualquier cosa, por insignificante que fuera: la retorcida corteza de un árbol, poco habitual, una piedra con una forma singular, alguna planta poco común.

Aquellos breves soplos de lucidez se veían sofocados de golpe por otros que la tenían completamente aterrorizada, y empezaba a temblar por todo: ante cualquier ruido extraño que surgiese de la selva, con el menor gesto de amenaza que viera en un miembro del clan, o por el recuerdo de los horrores vividos no demasiadas horas atrás.

No es que viviese con miedo, lo suyo era pavor.

La escena del accidente le había dejado claro que aquella hembra tenía mucho poder, pero no sabía si sería suficiente para no verse atacada por los demás.

De los dieciocho simios que integraban el grupo, cerraba la marcha una hembra muy joven, animosa y alegre, que se le acercaba cada pocos pasos para apenas rozarle las piernas. Bineka no sabía si lo hacía por curiosidad o la movían otros motivos, pero le pareció de lo más dulce e inofensiva.

Andaba metida en aquellos pensamientos cuando empezó a oír un creciente eco de gruñidos. Provenían de la cabecera de la comitiva y se fueron extendiendo hacia atrás, como en oleadas, entremezclados con el piar de los pájaros y el crujir de sus propias pisadas. No se parecían a los jadeos de las crías que llevaba oyendo desde hacía un rato; una sucesión de gruñidos que interpretó como una fórmula de sumisión a sus mayores. Aquello sonaba distinto y no supo qué significaba. Tan solo vio al macho de mayor tamaño ascendiendo a toda velocidad por el tronco de un árbol y a cuatro hembras detrás, imitándolo. En ese instante sintió pánico. Ella no iba a poder hacer lo mismo. Y si se quedaba en el suelo, ¿qué le pasaría? ¿La dejarían irse? ¿Sería su momento para escapar?

Estremecida por lo que le pudiera ocurrir, imploró la ayuda de sus antepasados. Su padre le había hablado de ellos tan solo unos días antes de abandonar la aldea para siempre. Y a pesar de que por entonces Bineka solo tenía ocho años, aún recordaba la conversación con el suficiente detalle. Supo así que todos los muertos, también los suyos, una vez que abandonaban la selva y el río Congo, habitaban en una ciudad que ningún humano había pisado jamás, llamada Mpemba. Y que, para viajar a esa ciudad, volaban como los pájaros de la mano de un ser semidivino con apariencia humana. Su padre también le había contado que, una vez transformados en espíritus, podían intermediar con el gran dios Kalunga a través de otro humano de origen divino llamado Ne Kongo, representado en una cruz; fue algo que llamó la atención del padre Frías, el misionero blanco que había vivido en su aldea durante muchos años, cuando escuchó hablar de él por primera vez.

Bineka buscó en su cuello una figurita de madera tallada en forma de pantera que su padre le había regalado aquel día: un *nkisi*, un contenedor de esencia sagrada, una energía capaz de activarse si sus antepasados se lo proponían. La apretó con todas sus fuerzas entre las manos y convocó a sus padres y a sus abuelos, y a los abuelos de sus abuelos, para que hicieran también lo mismo con sus predecesores. E imploró la ayuda de todos ellos.

Cuando llegó a la base del árbol por el que había subido la mayor parte del grupo, se quedó parada. Su hembra había empezado a ascender, pero al notar que Bineka no la seguía se volvió y emitió un gruñido que sonó a reprimenda. Ella hizo amago de trepar, pero al no conseguir levantar ni medio cuerpo se dejó caer al suelo. En esas, vio bajar a toda velocidad al macho de cabeza calva, chillando como si hubiese enloquecido, para terminar a solo un palmo de ella. Bineka no habría tenido tiempo de reaccionar. Pero por fortuna no tuvo que hacerlo. La hembra que la había recogido tras el accidente bajó en su ayuda, empujó con violencia al macho sin preocuparle su reacción y la agarró por el brazo para ascender por el árbol arrastrándola en el aire. Ella sintió primero pánico y de inmediato un horroroso dolor en el hombro, como si se le fuese a desencajar. Lanzó su otra mano a la peluda muñeca de la mona, para sujetarse mejor, pero en cuanto miró hacia abajo y descubrió la altura que habían ganado, sintió tanto miedo que se le heló la respiración.

Ya instaladas en el árbol, lamentó no estar viviendo un mal sueño. Su protectora la había depositado sobre dos gruesas ramas paralelas que permitían un cómodo espacio entre ellas, casi plano, descansando en un lecho de hojas y con una cría de chimpancé dispuesta a dormir encima de sus piernas. Empezaba a caer la noche, la densa copa del árbol apenas dejaba pasar un poco de luz y, en consecuencia, Bineka no conseguía ver a su alrededor, ni siquiera para saber si la sombra que roncaba a menos de cinco brazos a su derecha era su protectora.

La cría pesaba bastante; no debía de ser tan pequeña. La reconoció: era la misma que había estado siguiéndola desde el lugar del accidente, la que cerraba el grupo. Trató de quitársela de encima, pero el animal demostró no tener intención alguna de abandonar su blanda y caliente cama.

Por encima, en otras ramas, localizó a varios individuos más, todos durmiendo. Pensó si no sería un buen momento para huir, pero cambió de opinión: la oscuridad complicaría la fuga y tampoco sabía cómo bajar. Decidió esperar otra oportunidad, quizá con más luz y, sobre todo, pisando tierra firme.

Al escudriñar a su alrededor notó algo pegado a su pierna, redondo y frío. Se trataba de una pieza de taro, una de sus frutas preferidas. La mordió hambrienta y miró agradecida a su protectora, al entender que era cosa suya.

—Mashira... —dijo en un susurro.

Decidió que la llamaría así, como a una de las ancianas más queridas de su aldea, generosa y buena hasta lo indecible. Repitió el nombre en voz alta, momento en el que la joven cría aprovechó para estirar los brazos y bostezar con evidente placer, antes de que sus miradas se cruzaran, como si también ella reclamara su pieza de fruta.

—A ti te llamaré Furaha. —Un término que en suajili significa «feliz».

La cría se agarró muy decidida a uno de sus dedos con intención de retomar el sueño.

Aquella primera noche Bineka apenas durmió, entre fugaces episodios de sueño y bruscos despertares, incapaz de inhibirse de su entorno. Nunca se había sentido tan alterada.

Entre uno y otro trance, desde que se había levantado por la mañana, dispuesta a afrontar un día cualquiera, hasta que lo había terminado sobre la rama de un árbol, rodeada de un grupo de chimpancés, surgían en su cabeza una y otra vez las mismas horrendas imágenes, como si al repasarlas tratase de encontrar algún sentido a lo que le había sucedido.

Comprobó que todos dormían y cerró los ojos.

Se vio calentando un poco de leche para desayunar, en su aldea, después de haber retirado la cama de hojas sobre la que dormían cada noche en la cabaña de su abuelo Tonuk. Todos los días, al terminar el frugal desayuno, se adentraba en el bosque en busca de raíces, fruta o jugosos brotes con los que preparar la comida. Algunos días recolectaba ciertas plantas con efectos medicinales, que su abuelo le había enseñado a distinguir, para el alivio de los males que conllevaba su avanzada edad: dolor de rodillas, espalda, huesos, y un estreñimiento casi permanente. No siempre, pero con cierta frecuencia caía algún animal en las trampas que preparaba al atardecer y que revisaba por la mañana. Sin tener padre ni hermanos que cazaran por ella, y con un abuelo dedicado por completo al gobierno de la aldea, a sus dieciséis años le tocaba desempeñar todas las tareas, también las masculinas.

Aquel día se había presentado luminoso y despejado.

Había salido junto a Sanza, su mejor amiga, un año más joven que ella pero madre ya de tres niños. Al más pequeño, de solo un año, lo llevaba a la espalda; al segundo, de dos, cogido de la mano, y en su cabeza portaba un gran búcaro. Sanza acababa de saber que Tonuk había prometido a Bineka con el jefe de uno de los poblados más grandes de la comarca, al sur, a medio día de distancia.

—¿Con el jefe Beza? —quiso confirmar Sanza.

De ese hombre se decían muchas cosas, y no demasiado tranquilizadoras. Su aspecto era formidable, un auténtico gigante; capaz de matar a un gorila macho con sus propias manos, como al parecer había hecho más de una vez. Un tipo que poseía cinco esposas y una mirada que helaba la sangre.

—Con ese, sí... Según mi abuelo, necesitamos aliarnos con su clan para protegernos de los que vienen —le confirmó sin demostrar ninguna emoción. Sabía que ese era su papel como mujer, y no tenía motivo alguno para sentirse afectada, aunque tuviese que abandonar la aldea para enfrentarse a tiempos desconocidos.

—¿Quiénes vienen? —preguntó Sanza.

Bineka se limitó a encogerse de hombros. Se agachó para recoger unos bulbos difíciles de encontrar, los mejores para rebajar el dolor de cabeza, y Sanza la miró apenada. Las largas trenzas apenas llegaban a rozarle sus jóvenes pechos, que solía llevar pintados con una pasta blanca hecha con polvo de hueso y grasa. De labios carnosos y nariz más afilada de lo habitual entre las mujeres de la zona, si había algo en ella que el resto de las mujeres envidiaban, sin duda alguna era el verde de sus ojos, el mismo color de la jungla; una síntesis de la inmensa y frondosa vegetación que lo invadía todo alrededor de la aldea.

—Ese bruto se va a llevar a la joven más hermosa del poblado —sentenció la amiga en cuanto regresaron al sendero.

Todo lo que había sucedido aquel día volvió a cobrar vida en el extraño duermevela de Bineka. Los gritos tronaron de nuevo en sus oídos; aquellos espantosos gritos que por un momento inundaron la aldea por completo.

Gritos y más gritos.

Se quedó casi sin aire al rememorar, y en medio de aquel extraño trance se vio tirada en el suelo, como en sueños. Se sacudió el polvo y echó a correr, pero las piernas no le respondían. Algo no iba bien. Todo a su alrededor se desvanecía. Más gritos, siempre aquellos gritos. Intentaba llegar a ellos para ayudarlos, pero no lo conseguía, no podía.

Le faltaba el aire, le dolía todo, lo que veía... El espanto.

A la mañana siguiente, no supo si la habían despertado los chillidos de Furaha o el intenso dolor en un pecho que la cría andaba atacando en busca de leche, mientras Mashira observaba. Bineka trató de zafarse, pero la pequeña insistió, a todas luces enfadada por la falta de resultados. A pesar de su escaso tamaño, tenía mucha fuerza y no parecía estar dispuesta a renunciar a su desayuno. El miedo a peores consecuencias llevó a la joven a dejarla hacer, a la espera de que desistiese, como así sucedió; lo que tardó Mashira en quitársela de encima para ofrecerle a cambio sus secos y viejos pezones. Bineka se hizo una composición de lugar.

Aquella hembra parecía bastante mayor, no podía ser la madre de Furaha, quizá fuese su abuela. Y en aquel funesto accidente, una habría perdido a la hija y la otra a la madre.

La nueva frustración de Furaha, ante la falta de leche de Mashira, terminó en una furiosa sucesión de brincos por encima de ambas, a la que la abuela puso freno. Arrancó un puñado de hojas de la rama que tenía más a mano, las mordisqueó, y la pasta resultante acabó dentro de la boca de la cría, quien la aceptó con gesto de resignación.

Mashira masticó otro poco más y se lo ofreció a Bineka.

Ella lo recogió con asco, pero entendió que se lo debía comer. Aunque de primeras la asaltó un intenso sabor amargo, no pudo apreciar muchos más sabores porque se lo tragó de un golpe. Al hacerlo, le pareció reconocer un cierto gesto de aprobación en el rostro de la hembra, pero también advirtió otro detalle. Desde el primer encuentro, había algo que le llamaba la atención, y acababa de entender por qué: se trataba de sus ojos. Los de Mashira tenían un fondo blanco, no marrón como los demás, lo que hacía que su mirada pareciese casi humana.

Estaba a punto de escupir los restos correosos de la plasta cuando apareció el gran macho en su misma rama, después de haberle visto salvar de un solo salto la considerable distancia que la separaba del árbol vecino. Furaha huyó de inmediato de sus brazos. Se trataba del mismo individuo que se había enfrentado a Mashira en el accidente y después en la base del árbol. Se acercó tanto a Bineka que la hizo temblar de miedo.

Su aliento apestaba; él era enorme, y su actitud muy poco amigable.

El macho empezó a olisquearla por las orejas, luego el cuello, y siguió bajando hasta llegar a la altura del ombligo, donde se hizo con la faldilla de piel que ocultaba su natura y se la arrancó sin el menor esfuerzo, para enseguida olfatear en su interior. Ella apretó los muslos aterrorizada y, en un acto intuitivo, bajó la cabeza y se mantuvo muy quieta, jadeando, simulando los mismos gruñidos que había visto hacer a las crías, con la esperanza de que surtiera efecto y la dejase en paz.

Aquello sorprendió tanto al macho que se incorporó con la cabeza ladeada, cerniéndose sobre ella. Bineka repitió la llamada de las crías reclamando protección a sus mayores, como había escuchado hacer a Furaha. A solo unos pasos, Mashira la miraba, también curiosa. Pero esta vez no intervino.

Bineka contuvo el aliento cuando notó los dedos del macho corriendo por sus labios, como si los estuviese tanteando. También ella lo hizo, despacio. Apoyó sus diez dedos sobre la cabeza calva del macho y fue bajando por su cuello para empezar a rascárselo con deliberada intensidad, lo que pareció ser de su agrado. Continuó por la espalda, siempre a dos manos, sin perderse ninguna de sus reacciones. Reconfortado por aquella práctica, el semental no hizo amago de querer retomar sus afanes exploratorios.

Tras el éxito de su estrategia, Bineka decidió dar un paso más y comenzó a rascarse a sí misma de forma exagerada; algo que también había visto hacer a los chimpancés cuando descansaban en grupo. Y el simio captó el mensaje: dirigió de nuevo sus manos hacia el pelo de la joven y se puso a acicalarlo con todo su empeño, probablemente en busca de algún insecto.

Fue ahí cuando Bineka supo que el clan la estaba aceptando y sintió que su miedo remitía por primera vez. Podía estar equivocada, pero en aquellos simios no había tanto mal como en los hombres que habían quemado su aldea.

A media mañana tuvo que abandonar el lugar donde había dormido.

Lo hizo cuando la manada decidió bajar del árbol. Hacía un rato que se había alejado Takuro —así había resuelto llamar al gran macho, por recordarle a uno de los hombres de su aldea, tan calvo como él y peludo por todo el cuerpo— cuando Mashira acudió a su rama. Nada más llegar se colocó a cuatro patas, de espaldas a ella, y le mostró la planta de un pie varias veces, sin que Bineka entendiera qué significaba aquello. Imitó su gesto, por si era lo que estaba esperando que hiciera, hasta que la pequeña Furaha saltó sobre su espalda y se aferró a ella.

Bineka captó la idea. Se subió a Mashira y al momento comprobó su acierto al verse descendiendo por el tronco hasta sentir el crujiente suelo bajo sus pies. Los dieciséis restantes chimpancés que se dejaron caer tras ellas tomaron un sendero abierto entre el follaje. Bineka se unió a la comitiva como una más, sin dejar de ser observada por Takuro, que caminaba a cierta distancia; quizá para proteger a los suyos, quizá esperando un nuevo acercamiento. Se le erizó el vello con solo imaginar esa última opción.

Buscó a Furaha y la encontró correteando unos cuantos pasos por delante, junto a otras tres crías de su tamaño, hasta que desaparecieron de su vista entre aceleradas persecuciones, juegos y gritos.

Durante aquella larga caminata matinal, sin saber adónde la llevaría, Bineka empezó a establecer contacto con la mayor parte del clan. Poco a poco la curiosidad iba ganando terreno a los miedos iniciales. Algunas hembras se fueron acercando para observarla mejor, otras para tocarla. Apenas la rozaban en la espalda o en la cabeza con un dedo. Solo hubo dos que no se mostraron tan amables, empujándola con brusquedad al pasar a su lado. Dedujo el porqué de sus recelos cuando, después de un rato, se fijó en el abultado vientre que tenían ambas.

Aunque podía haber errado en el recuento, le pareció que, de los dieciocho individuos, solo tres eran machos adultos, entre ellos Takuro. Había ocho hembras, que cuidaban a seis crías, y por último estaba Mashira, que parecía actuar como la jefa de todas.

Bineka llegó de las últimas a un enorme termitero, donde el grupo se había detenido, y observó lo que hacían. Vio a un macho hurgando en el suelo, como si buscara algo, hasta que se volvió con un palito entre los dedos. Fue con él hasta uno de los agujeros del termitero y lo metió hasta dentro. Cuando lo sacó, corrían por el palo unas cuantas hormigas que fueron de inmediato engullidas. Idéntico procedimiento lo repitió otra de las hembras, una vez elegido otro palo de tamaño adecuado. Le pareció una técnica bastante ingeniosa y se animó a probar.

Eligió una rama partida, la encajó en otro de los agujeros y esperó unos segundos. Sonrió al sacarla y ver cómo las nerviosas hormigas, seguramente desconcertadas e incapaces de quedarse quietas, se caían al suelo o escalaban por sus dedos con intención de morderla. Levantó la mirada y comprobó que tenía a todas las hembras pendientes de lo que estaba haciendo. Se llevó el palo a la boca, arrastrando entre los labios los pocos ejemplares que no habían conseguido escapar, y que le hicieron cosquillas en la lengua.

Justo entonces apareció Furaha y empezó a dar saltos a su alrededor reclamando su parte. A Bineka le hizo tanta gracia que repitió la maniobra y le tendió un palo cargado de hormigas. Furaha estaba tan ansiosa que se tragó hormigas y palo, todo junto, ante la disimulada sonrisa de Bineka.

—Eres una glotona... —Acarició su cabecita—. ¿Acaso quieres más?

No necesitó respuesta; asistió a dos rapidísimas volteretas, antes de verla colgada de su cuello y de recibir en una de sus mejillas el inesperado roce de sus labios, lo más parecido a un beso; aquello hizo que pensara en su abuelo. Y como si fuese el zarpazo de una pantera, vio abrirse en dos su corazón, consciente de que nunca más recibiría otro beso de él.

Y empezó a llorar.

Ahogada por un dolor demasiado vivo, se sintió profundamente aturdida. En poco más de un día su vida había cambiado por completo, y en su cabeza surgían muchas más preguntas que respuestas y más miedos que certezas sobre lo que el futuro le podía deparar. Era la única superviviente de su aldea, había sido capturada por un hombre blanco con ojos de color ceniza y noche, y rescatada después por una hembra de chimpancé en duelo. Y como resultado de tan increíble situación, ahora formaba parte de un clan en el que se sentía al mismo tiempo protegida y prisionera.

Notó que Takuro la estudiaba, bajó la cabeza y entendió que debía encontrar el modo de escapar antes de que esa situación se volviera contra ella.

# 3

*Hotel Jardín Tecina, isla de La Gomera, España*
*Finales de abril de 2010*

«En veinte años tendremos el móvil integrado bajo la piel.»

«Nos comunicaremos sin hablar; los teléfonos interpretarán nuestro pensamiento y se adelantarán a nuestra voz.»

«No necesitaremos aprender idiomas; los *smartphones* actuarán como traductores simultáneos.»

«Desaparecerá el papel y los actuales navegadores.»

Las cuatro frases figuraban en una ancha pizarra portátil que sujetaba con una mano Lola Freixido, directora general de la Unidad de Negocio para Particulares de la multinacional telefónica española Moviplus, mientras escudriñaba a su equipo directivo.

—A ver... ¿Os sentó mal el mojo picón de anoche o qué diablos está pasando aquí? —Endureció su mirada—. Porque si esto es todo lo que sois capaces de imaginar pensando en el futuro del negocio, empiezo a dudar si merecéis vuestras abultadas nóminas. —Entre los diez asistentes sumaban más de dos millones de euros al año—. Con lo que me cuestan vuestras neuronas, no voy a aceptar que las mantengáis al ralentí. Así que o empezamos a trabajar ya, o una vez que volvamos a Madrid vais a tener que escuchar esa palabra que arrastra tantas connotaciones: *reestructuración.*

A sus treinta y cinco años y con una carrera tan meteórica como envidiada por la mitad de la empresa, la joven directiva dejó sobre la mesita auxiliar el rotulador con el que había escrito aquellos frustrantes vaticinios sobre el futuro de la telefonía, demasiado simples según su parecer. Se recogió la larga melena de rizos castaños en una improvisada coleta, suspiró y, al devolver la mirada a la pizarra, descubrió su propio reflejo en un ventanal. Se dedicó cinco segundos; quizá le sobrasen un par de kilos, pero en conjunto se gustaba. Descubrió un resto de tiza en el pantalón y lo frotó hasta hacerlo desaparecer. El negro siempre es una buena elección, y esos pantalones le quedaban perfectos, concluyó.

Devolvió la atención a los presentes y buscó la mirada de Audrey Himeltton, la responsable de Reino Unido e Irlanda. La británica se dio por aludida, tragó saliva y lanzó una nueva idea que desarrolló en menos de tres minutos tratando de ser sintética, muy al gusto de su jefa.

—Vaya, menos mal que por fin tenemos a alguien que ha decidido poner en marcha su sustancia gris. —Borró los anteriores apuntes y empezó a escribir recitando en voz alta—: Los móviles van a matar al fax y al escáner. —Dejó la última palabra en el aire y esperó a que alguien aportara una consecuencia.

Aquella isla canaria, tan distinta a su Galicia natal, tenía por orgullo ofrecer las mismas temperaturas en primavera que en verano y un cielo que no podía ser más azul, pero dentro de esa sala asomaban nubarrones. Cerrado ya el primer trimestre del año, las cifras de Moviplus no podían ser mejores, y sin embargo los de arriba se mostraban inquietos. No lo decían abiertamente, pero Lola sabía que la voluntad de crecer nunca dormía en una empresa de esas características.

Se había incorporado a la compañía con el cambio de siglo, recién terminada la doble carrera de Derecho y Económicas con matrícula de honor y tras haber ampliado estudios en la prestigiosa London School of Economics, gracias a una beca de la Xunta de Galicia, dado que la panadería familiar no daba para más.

Descubrió el mundo de las comunicaciones en su primera experiencia laboral, y ahí se quedó; un sector en una permanente escalada de negocio. Por su manera de ser, desde el principio demostró sentirse mejor en el núcleo del cambio que viéndolo desde fuera. Y como los resultados acompañaban a su actitud, cada jefe que le tocó en el camino fue promocionándola hasta encarnar uno de los ascensos más meteóricos que había conocido la empresa.

El único fallo de tan despampanante carrera no era otro que la falta de tiempo para sí misma. No se consideraba una adicta, pero sí una apasionada del trabajo. Aunque no siempre conseguía contagiar a sus equipos ese espíritu, visto lo que pasaba en ese momento: lo que quería sacar de ellos seguía escondido.

Suspiró con evidente desazón ante su falta de respuesta, después de la conclusión de Audrey augurando la muerte del fax y del escáner, y retomó la palabra.

—¿A nadie se le ocurre que podría suponer nuevas necesidades para nuestros clientes? Por ejemplo, un servicio de validación de documentos. O sea, valor añadido... —Dio media vuelta, recorrió los diez rostros y ensombreció el gesto—. ¡Venga ya! ¡Estrujad esas acomodadas mentes de una puñetera vez! ¡Despertad vuestro instinto criminal y dadme carnaza! No hemos venido aquí para que disfrutéis de la piscina y de la noche de La Gomera. ¡Dadme motivos para estar orgullosa de vosotros! —Se cruzó de brazos y prolongó un deliberado silencio para crear más tensión—.

Soltad lo primero que os venga a la cabeza, prometo no ser demasiado ácida.

—Como los teléfonos se convertirán en las nuevas tarjetas de crédito, metámonos en el negocio financiero; no se lo regalemos a los bancos...

La propuesta la soltó el noruego Aslög Niedelseen, uno de sus mejores hombres, responsable de los países escandinavos y Oriente Próximo. Un tipo que hablaba ocho idiomas, entre ellos hebreo y árabe; listo como pocos e imbatible negociador. Lola no se lo había dicho todavía, pero era el único nombre que pasaba desde hacía tres años a sus jefes cuando le preguntaban por un posible sustituto para ella, en contra de lo que desearía Oskar Schaber, el alemán que le habían forzado a meter en el equipo, desde la más alta dirección, como responsable de los países bálticos y Polonia.

Escribió una síntesis de la idea de Aslög aprobándola sin objeción alguna.

—¿Pegas a la propuesta de Aslög?

Acababa de arrancar un debate que inició Sonia, en el que entraron de inmediato el canadiense Mark y el chino Liu Tao. Escuchaba, pero no quiso intervenir. Pasó el rotulador al sevillano Pedro Guarnés, director de España y Portugal, para que manejara el debate y ella se sentó.

Los oyó discutir; unos argumentando problemas de legislación en ciertos países, otros apoyando la idea. Sonia, la directora de Brasil, no terminaba de ver la ventaja de entrar en el negocio del crédito, aunque tampoco sabía que encabezaba la lista negra del nuevo cambio organizativo que se ejecutaría antes del verano. Oskar, como siempre, quiso sentar cátedra, pero no le dejaron.

Lola consultó la hora. En diez minutos los iba a sorprender.

—No nos quedemos en los inconvenientes, demos soluciones, como nos pide la jefa... —señaló Pedro en su papel de moderador, mirándola de reojo.

Lola detestaba cualquier actitud servil en su equipo, por mínima que fuera. Ella nunca la había practicado con sus jefes. Se lo hizo ver a Pedro con un gesto más que explícito. El hombre captó la amonestación, tragó saliva y siguió con lo suyo.

El debate tomó prometedores derroteros y empezaron a surgir nuevas ideas, algunas muy interesantes. Lola sabía que había llegado el momento de dar una nueva vuelta de tuerca. Abandonó la silla, mandó sentarse a Pedro Guarnés y borró todo lo que acababa de apuntar.

—Son las diez, antes de las doce quiero tener por escrito, y en una sola hoja, un plan que recoja las estrategias que pondríais en marcha para implantar la idea de Aslög en cada uno de vuestros mercados. Ha sido la única propuesta con altura.

Entró en la sala el joven asistente de Lola. Se acercó a ella y le dijo algo al oído.

—¡Abrid los ventanales!

Lola abandonó la sala y al instante regresó en compañía de un campesino.

—Algunos me habéis preguntado por qué elegí esta isla para nuestra reunión anual de *open mind* y no os contesté. Ahora lo entenderéis: os presento a Agoney, un guanche que nos va a dar una clase magistral sobre comunicación no verbal. —Le estrechó la mano—. Agoney, cuando quieras.

El tipo se metió dos dedos en la boca y dobló de forma extraña un tercero, se le hincharon los carrillos y lanzó una aguda gama de silbidos que ensordecieron a todos los presentes ante la sonriente expresión de Lola.

Cuando el hombre terminó su exhibición, miró por la ventana y en ese momento se oyó, con bastante claridad, una segunda tanda de silbidos procedentes de algún lugar a bastante distancia del hotel, que fueron contestados por el guanche antes de que Lola volviera a tomar la palabra.

—El silbo de La Gomera es una ancestral forma de comunicación que se ha utilizado en estas tierras mucho antes de que se inventaran los teléfonos, internet y las redes sociales. Una técnica aprendida de padres a hijos que sigue siendo usada por los habitantes de esta maravillosa isla. Lo que nos viene a demostrar que cualquier frontera física entre Agoney y su compañero, a más de trescientos metros de aquí, puede ser vencida con el concurso de la expulsión del aire, a una mayor o menor intensidad, una caja de resonancia como es la boca y la participación de los dedos. —Sonrió al oriundo muy agradecida—. Ese mismo principio es el que nos ha movido como empresa y debe dirigir cualquier estrategia que pongamos en marcha: estamos para mejorar la comunicación entre las personas, no lo olvidemos. Estos hombres, a su manera, inventaron una forma de encriptación de los mensajes antes de que lo hicieran los informáticos. Aprendamos de ellos antes de decidir cuáles y cómo han de ser nuestras estrategias futuras. Bebamos de los orígenes de la comunicación humana.

Agradeció a Agoney su presencia y se volvió a los suyos.

—Ahora, si queréis comprobar lo bien que funciona el silbo, podéis pasarle una frase para que la traslade a su amigo. Con él hay un empleado del hotel armado con un *walkie-talkie,* que se encargará de devolveros la traducción. ¿Quién quiere empezar?

Paola, la italiana, fue la primera. Le pasó una frase. Tras ella probaron tres colegas más.

Lola aprovechó para mirar su teléfono por si tenía algo urgente que resolver y se encontró con tres llamadas de un número desconocido y prefijo internacional. Hasta entonces lo había tenido apagado.

Presintió problemas. Marcó el número y esperó un buen rato a que se estableciera la comunicación.

—Tengo tres llamadas perdidas suyas, pero no sé con quién hablo. Soy Lola Freixido.

Tuvo que repetirlo en inglés a petición de quien se encontraba al otro lado de la línea: el máximo responsable de Greenworld en la República Democrática del Congo.

—Disculpe, señora Freixido, tenemos su teléfono como contacto de emergencia y sentimos tener que darle una mala noticia: su amiga Beatriz ha desaparecido... Creemos que ha sido secuestrada.

# 4

*Ares, A Coruña, España*
*Finales de abril de 2010*

Menuda locura de día.

Lola acababa de llegar al aeropuerto de A Coruña y ya eran las seis de la tarde, tras un eterno vuelo desde La Gomera con dos escalas: una en Tenerife y la segunda en Madrid.

En la terminal 4 de Barajas, a la espera de embarcar hacia Galicia, en un estado de ansiedad que no conseguía controlar y con una triste ensalada y una Coca-Cola como único alimento en el estómago, paseó, se sentó, compró una revista de economía, otra de viajes; le aburrieron las dos, y entre medias lamentó la mala elección de aquella isla canaria, vista la mala logística que ofrecía.

Acababa de colgar al responsable de Greenworld y había llamado al padre de Beatriz para compartir la noticia y ver cómo podían coordinarse para llegar lo antes posible a Kinsasa. Los dos juntos, porque ella tenía decidido ir.

Una vez hubo estudiado varias posibilidades, que no eran muchas, reservó los vuelos para salir hacia el país africano diez horas después de aterrizar en A Coruña. Eso le iba a significar un estrecho margen de tiempo; el mínimo para elegir algo de ropa y coger el pasaporte en su casa de

Ares, frente a la ría, estar un momento con su madre en Ferrol y pasar por el cementerio de Catabois para dejar unas flores a su padre; poco más.

El chalé de Ares respondía por tamaño y ubicación a su mayor sueño; un sueño que había podido cumplir gracias a sus holgados ingresos, cinco años antes de tener que fijar su residencia habitual en el piso de la calle Maudes, en Madrid, a escasos quinientos metros de las oficinas centrales de Moviplus, en las que ahora pasaba más tiempo del que deseaba.

Ares no era solo una casa; era su refugio emocional.

En esa playa había vivido los mejores momentos de su juventud; eternos veranos pegada al mar, con sus padres de pequeña, después con amigos, no demasiado lejos de la casa familiar de Ferrol.

Fue entrar en ella, respirar su familiar olor y pensar en Beatriz.

Beatriz no había ejercido solo de amiga; era esa hermana que no había tenido nunca, con la que no necesitaba haber compartido sangre o padres porque habían recorrido juntas media vida. La conoció en el instituto Concepción Arenal de Ferrol, y desde entonces habían saboreado infancias, fines de semana, playas, campamentos, muñecas, vacaciones, amigas y las mil confidencias que llegan a estrechar la relación entre dos chicas que empiezan a otear qué hay detrás de las ventanas de su adolescencia.

Era tanto lo que habían compartido que hasta habían disfrutado del mismo primer amor sin ocultárselo la una a la otra. Se llamaba Javier Marallón, un compañero de colegio que terminó probando cariño con las dos antes de encontrar su verdadero amor en una tercera, en María Jesús, otra de sus compañeras, quien fue capaz de cerrarle el corazón para siempre.

Si eso les sucedió entre los doce y los trece, un año lo

tuvo cada una, los siguientes seis habían conocido aprobados por los pelos, en el caso de Beatriz, y sobresalientes, en el de Lola; expulsiones por mal comportamiento de la primera y premios de fin de curso y una beca tras otra para la segunda; horribles menús de comedor ambas, y el descubrimiento de traiciones imperdonables por parte de amigas comunes, que demostraron no conocer el sentido de la palabra *lealtad*.

Cerró la maleta sobre la cama y guardó en una mochila lo que podía necesitar durante el viaje: una chaqueta de lana fina —usuaria harta del climatizador de los aviones—, un pequeño neceser con lo básico, el último libro de gestión empresarial que estaba leyendo, la mitad del dinero que había podido sacar del banco, así como su documentación. Una vez en el coche, miró el perfil de su casa por el retrovisor con un gesto cargado de nostalgia y pena, y enfiló la carretera hacia Ferrol: su siguiente destino.

—Mamá, estoy aparcando abajo de casa, pero por favor date por avisada: tengo el tiempo justo para darte un beso y poco más. —Conocía demasiado bien a su madre y quería dejar claro que se trataba de una visita relámpago.

La llamaba desde un coche de alquiler. El suyo seguiría aparcado en el aeropuerto de Santiago, por ser el que más vuelos tenía con Madrid.

—Lo entiendo, tranquila... Me da mucha pena que vayas sola; bueno, ya sé que viajas con Valentín, pero ¿seguro que no quieres que te acompañe?

—Con esas rodillas de cristal que tienes, ¿tú te ves volando un montón de horas y pateando después por donde toque, en un lugar que tendrá de todo menos comodidades? Cuelga, voy a salir del coche.

Llevaba mucha prisa, pero esa casa, su madre..., necesitaba sentir que había cosas que seguían en su sitio.

Se fundieron en un largo abrazo con un «hola» que les salió medio ahogado a las dos.

—Te estaba preparando unos sándwiches por si no te queda tiempo para comer.

—No sé si tendré estómago, pero gracias de todos modos. —Le plantó un beso en la mejilla—. ¿Cómo crees que estará? —preguntó con angustia, sobraba decir en quién pensaba.

—Imagino que bastante entera, como siempre ha sido ella —respondió doña Celtia, mientras envolvía el tentempié en papel de plata junto con un buen trozo de queso de tetilla—. Beatriz siempre ha sabido salir adelante en cualquier situación, y mira que se las ha complicado ella solita. En eso os parecéis, aunque a ti te ha ido mucho mejor...

Se le escurrió una lágrima a pesar de haberse prometido no hacerlo. Beatriz había sido lo más parecido a una hermana para Lola, y para ella más que una segunda hija. Lola se vio contagiada, pero aguantó sus propias ganas de llorar, buscó a cambio su abrazo y se comprometió a traerla pronto de vuelta. Como con su madre no tenía que representar ningún papel de mujer exitosa, arrolladora y segura de sí misma, allí siempre podía ser ella, solo ella.

Cuando estaba a punto de subirse al coche, doña Celtia, desde el balcón, la miró llena de amor. Era consciente de la tormenta emocional que tenía que estar pasando, pero no podía sentirse más orgullosa de su hija, porque todo lo que llevaba conseguido en la vida, que era mucho, se debía a su propio esfuerzo.

La tumba de su progenitor acogió la última petición de Lola antes de salir hacia el aeropuerto, donde se encontraría con don Valentín, el padre de Beatriz. Retiró de la losa de granito un puñado de hojas secas procedentes de los castaños que flanqueaban el sepulcro, vestigios del invierno ya pasado, repasó con un dedo las letras de latón con el nombre y los apellidos de su padre, y miró al cielo pidiéndole ayuda.

—Estés donde estés, necesito que me acompañes en este momento de mi vida.

# 5

*Vuelo Brussels Airlines París-Kinsasa, a 35.000 pies de altitud*
*Finales de abril de 2010*

Lola Freixido bostezaba, aburrida, después de haber probado mil posturas en aquel estrecho asiento de avión sin encontrar una medianamente cómoda. Solo deseaba llegar al destino.

Antes de abandonar Ferrol, si no había mandado cincuenta correos a diferentes destinatarios de Moviplus habría sido alguno más. La mayoría, en un intento de adelantar trabajo, o al menos para dejar medianamente enfocados los asuntos que pudiesen requerir su atención en los primeros días; entre ellos, el informe de resultados del primer trimestre. Pero también para repartir tareas entre los miembros de su equipo y estar más libre los siguientes días. Necesitaba centrar toda su atención en el único motivo de su viaje a África. Aun así, se había llevado el portátil por si tenía que trabajar, un teléfono vía satélite para estar localizable, su agenda repleta de notas y, por encima de todo, una extraña sensación de ingravidez; como si estuviese embarcada en un viaje de imprevisibles consecuencias y fuera de su habitual control.

Era consciente de que su ausencia en la empresa podía ser aprovechada de forma carroñera por alguno de sus enemigos dentro del consejo para tratar de minar su actual posición. Lo asumía. No podría defenderse y tendría que estar en todo momento pendiente de cualquier señal en ese sentido, por sutil que fuera; un estrés añadido al que le producía pensar en los horribles peligros que estaría pasando Beatriz en ese instante.

En lo que llevaba de vuelo no había conseguido dormir nada, a diferencia del padre de su amiga, que roncaba sin parar desde hacía dos horas.

Consultó una vez más el reloj.

Le faltaban pocas páginas para terminar de ojear por tercera vez la revista que editaba la aerolínea. Y aunque llevaba un rato pasando páginas sin mirarlas, cuando volvió a caer en la sección donde se exponían los diferentes modelos de aviones con los que contaba la compañía belga, y las noticias más destacadas de la aerolínea, se sintió tan patética que devolvió la publicación al bolsillo del asiento y se puso a mirar por la ventanilla. Solo había desierto.

Afectada por la monotonía del paisaje, sus pensamientos volaron en recuerdo de su amiga Beatriz; la «loca Beatriz», tal y como la calificaba su propio padre desde bien pequeña. Un apelativo que fue tomando sentido con el paso de los años por culpa de sus desacertadas e intempestivas decisiones desde que rozó la adolescencia hasta bien cumplidos los treinta. Porque a pesar de que conocía a Beatriz como a nadie, cuando ni siquiera ella se terminaba de entender, nunca había sido una persona fácil.

Por ejemplo, cuando cumplió los quince años y saltó con que ella solo quería «ser un alma libre», para ponerse a buscar el sentido último de su ser en los ambientes más peregrinos que uno se podía imaginar, sin obtener demasiado éxito. O a los dieciséis, cuando se propuso buscar el amor en seis chicos consecutivos —según dijo, para ver si el hueco que había dejado en su corazón una madre a la que apenas había conocido, al írsele cuando ella tenía cinco años, podía ser rellenado así— y no consiguió con ninguno de ellos nada mejor que unos breves fogonazos de placer. O a los dieciocho, cuando decidió no hacer una carrera universitaria tradicional porque no quería «recorrer el mismo camino que los demás», y se apuntó a un curso de filosofía tibetana, y después a otro que daba un tipo rarísimo que, según decía él mismo en su publicidad, enseñaba a la gente a descubrir sus chakras o centros de energía que configuraban sus conciencias. Tampoco le sirvieron de mucho esos cursos más que para provocar un cambio radical en su aspecto: se rapó el pelo al cero y desde entonces evitó cualquier ostentación de lujo, descartó todo lo que tuviese oro, empezó a vestir con una ropa sencilla y hasta humilde, de corte budista, para completa irritación de su padre, capitán de navío de la Armada española.

A los veintiséis, después de cinco años sin hacer nada en especial y mientras Lola se mataba a estudiar en Londres, Beatriz decidió emprender un viaje alrededor del mundo que le ocupó cuatro años, sin más compañía que una mochila y cincuenta mil pesetas. Cuatro años sin tener apenas noticias de ella, que por lo menos significaron —según confesó a su regreso— saber a qué se quería dedicar a partir de entonces: al voluntariado. Al voluntariado como idea, porque no supo elegir en qué actividad.

Tardó todavía unos meses más en concretarlo, hasta que, recién cumplidos los treinta, decidió apuntarse a Greenworld en A Coruña, para tan solo dos años después anunciar que se iba a África a trabajar como cooperante. Un notición que en un principio no tuvo un efecto en su progenitor mucho más devastador que los anteriores, tal vez por haberlo pillado un poco más mayor o demasiado harto de sus rarezas, pero que cuando lo maduró mejor, lo llevó a enfadarse como nunca y a terminar cortando toda relación con su hija.

En su preocupación por resolver aquel indeseable desencuentro, Lola descubrió cuál había sido el catalizador para que don Valentín dinamitara su relación paternofilial, y no fue otro que la adscripción de Beatriz a una organización que él tachó de «un grupo de rojos, vagos y sinvergüenzas», superando con ello la escasísima paciencia que le quedaba. Aquello fue para él la peor ofensa que podía recibir como padre y como persona de orden; un hecho tan deplorable que, por vergüenza, lo ocultó entre sus compañeros de armas, no fuera a convertirse en el hazmerreír dentro de la base naval.

Pero ¿qué otra cosa podía esperarse de un hombre cuyos pilares en la vida se fundamentaban en principios tan inequívocos como el respeto a la tradición, a la jerarquía, a vivir la disciplina como norma fundamental de comportamiento, o a establecer reglas para todo? Una familia de tan solo dos miembros, pero dirigida con los mismos criterios que si fuese la tripulación de un dragaminas, en manos de un padre incapaz de aceptar nada que se distanciara un solo milímetro del concepto «se ha venido haciendo así de toda la vida». Un hombre hastiado de las veleidades de su hija, y sin una madre que lo compensara.

A Lola se le escapó un suspiro. «Mi pobre Beatriz —soltó para sus adentros, con sensación de ahogo—. ¿Dónde y cómo estarás ahora?»

Las dos eran muy distintas. Sus vidas habían discurrido por derroteros opuestos y sus aspiraciones vitales no tenían nada que ver. Pero, fuera de su familia, no existía nadie en el mundo a quien quisiera más que a ella. Notó cómo sus ojos empezaban a empañarse, hasta que vio llegar a dos azafatas con el carrito de la comida.

Escogió el menú de pollo y bajó la bandeja del asiento

a la vez que Valentín, recién despertado. El hombre se quitó las gafas para frotarse los ojos.

—¿Has podido dormir un poco? —preguntó él mientras la azafata servía una Coca-Cola Zero a Lola. No esperó su respuesta—: Yo prefiero un poco de vino, señorita.

Se incorporó en el asiento para recibir la botella, vio que era un Burdeos, se lo sirvió y, antes de terminárselo, pidió a la azafata otra botellita.

Lola desaprobó el gesto. Le costaba ocultar la desconfianza que sentía por aquel hombre, a pesar de que se conocían desde hacía más de treinta años. Para ella, era el primer responsable de muchos de los traumas de Beatriz, reflejo de sus actitudes autoritarias e intransigentes. Por eso, don Valentín no había sido nunca objeto de su devoción; muy al contrario de lo que le pasaba a él: Lola se había convertido en el modelo de persona que hubiera querido para su hija. Desde que era bien pequeña, él había admirado su tesón, inteligencia, responsabilidad y confianza en sí misma, asistiendo a sus éxitos no tanto por alegrarse por ella como comparándolos con los fracasos de su hija.

Lola se terminó su Coca-Cola y decidió abordar un asunto que todavía no daba por perdido:

—Vamos a estar lejísimos del último lugar en el que la vieron.

En contra de los planes de Valentín, ella hubiera ido primero a la provincia de Tshopo, donde había desaparecido Beatriz, y no a la capital del país.

—A cuatro o cinco horas de vuelo, tengo entendido.

—Podríamos retrasar un día lo de Kinsasa y hacer un vuelo relámpago a Tshopo... —insistió Lola empujando un trozo de zanahoria dentro de la bandeja de aluminio, donde flotaba un muslo de pollo cuyo aspecto era de lo menos apetecible.

El hombre mordió una pequeña pieza de queso sobre

una minitostada y masticó sin prisa, para desesperación de su acompañante, antes de responder:

—¿De qué nos serviría?

—A mí me ayudaría. Aunque solo fuera para saber que estoy cerca de donde pueda estar ella. Me lo pide el corazón, y no sé, hasta las entrañas... —contestó sin encontrar un argumento más sólido, lo que la incomodó todavía más.

La seguridad que mostraba en el trabajo de forma natural desaparecía con aquel hombre, y no se explicaba por qué; la hacía sentirse absurdamente pequeña. Luchaba contra ello, pero le costaba vencer esa estúpida actitud. Y a pesar de recriminárselo una y otra vez, terminaba cayendo en lo mismo, lo que la ponía de mal humor.

—No lo acabo de ver... —contestó él con toda rotundidad—. Me parece más urgente y útil hablar con nuestra gente de la embajada, escuchar a los responsables del Gobierno congoleño y, muy a mi pesar, poner cara a los impresentables jefes de Greenworld. —Retorció los labios en una indisimulada mueca de fastidio.

Lola reprimió su respuesta, cansada de las estrecheces ideológicas de aquel hombre, pero sin ninguna gana de enfrentarse a él.

—Hemos de saber si tienen la situación controlada —seguía él—, conocer cómo y quién está al cargo de la investigación, qué planes han puesto en marcha y cuándo esperan obtener resultados. Después de recibir esa información, iremos a ese lugar que dices, a Tshopo. Tienes mi palabra.

Lola tapó la bandeja de pollo sin apenas haberlo probado y dirigió su pensamiento hacia lo que de verdad le importaba en ese momento: su amiga.

—Pobre Beatriz. ¿Qué será de ella...? —Probó una cucharada de flan y dejó el resto—. Si nos confirman que es un secuestro, habrá que organizar el pago del rescate por nuestra cuenta y ver quién puede ayudarnos para llevarlo a cabo. Antes de salir de Ferrol, supe que existen empresas que se encargan de resolver ese tipo de tratos, así que puse a mi asistente a buscar la mejor.

—Excelente gestión, porque los gobiernos suelen defender no pagar y no van a ayudarnos en ese sentido.

—Antes de ir al aeropuerto saqué todo el dinero que pude de mi banco y lo traigo en billetes de quinientos, por si necesitásemos algo de liquidez para un pago rápido o en cualquier otra gestión que nos surja.

—¿De cuánto dinero hablamos? —Valentín bajó la voz para evitar oídos indiscretos, pero no le dejó contestar todavía—. ¿Cómo explicarlo, si te registran los de Inmigración? Podríamos tener problemas.

—No lo creo. Solo son nueve mil euros y los he escondido a conciencia. Cuando toque afrontar el pago total, mi asistente realizará las gestiones necesarias; tiene firma autorizada y en menos de veinticuatro horas podríamos disponer del dinero para cubrir el rescate.

—Eres muy generosa...

Al verle retorcerse los dedos, Lola sintió un repentino ataque de empatía: como militar nunca podría reunir esa cantidad.

—El dinero me importa, con perdón, una mierda... Solo quiero recuperar a Beatriz.

—Así será. Aunque cuando eso suceda me tendrá que oír —remató él con su bravuconería habitual, antes de empezar a protestar por la irresponsable decisión de Beatriz de perderse en aquel remoto país para ayudar a no sabía quién.

Y en ese punto, Lola no pudo controlarse más:

—¡No me lo puedo creer! —Alzó tanto la voz que despertó el interés de las dos filas de asientos contiguas, cuyos ocupantes dejaron de inmediato de hablar—. ¿Aún piensa que la tarea de su hija en ese país no es importante?

Valentín se mordió la lengua para no responder con una afirmación y montar un follón en el avión. Se encontraba demasiado cansado y sin ganas de pelear con ella. La miró a los ojos, y aunque fue consciente de la furia que mostraban, pidió perdón y cogió su mano para disculparse. Lola lo evitó.

—Dejémoslo ahí y centrémonos en lo verdaderamente importante, en lo que tenemos que hacer para volver a casa con Beatriz —cerró él la discusión.

A ella no le cabía en la cabeza que en los tiempos que corrían pudiese existir alguien como él, incapaz de mostrar un mínimo atisbo de comprensión o empatía, tratándose además de su única hija. Lo estaba pensando cuando el sobrecargo pidió a los pasajeros que se abrocharan los cinturones debido a turbulencias.

—Una vez que las superemos, en poco más de media hora alcanzaremos nuestro destino final: el aeropuerto internacional de Kinsasa N'Djili, en la República Democrática del Congo. Confiamos en que sigan teniendo un feliz vuelo.

«Si yo te contara...», pensó Lola para sus adentros.

# 6

*Selva de Tshopo, República Democrática del Congo*
*Enero de 2010*

Bineka llevaba en brazos a Furaha cuando oyeron el primer rugido.

Miró a Mashira, y ella al macho jefe, con quien se había enfrentado tres veces más en los últimos días para separarlo de su nueva ahijada humana.

Lo vio erguido, los músculos en tensión, olfateando el entorno y alerta; con el pelo de la espalda erizado. El resto del grupo se deshizo en pocos segundos y cada uno ascendió por el primer árbol que tuvo a mano.

Furaha abrió de par en par los ojos y gimoteó asustada. Bineka le tapó la boca asumiendo la inminencia del peligro y empezó a correr poniendo en ello toda su alma. Cuando alcanzó a Mashira, saltó sobre su espalda, miró hacia atrás y vio a una enorme pantera negra de ojos verdes que se les echaba encima.

Mashira empezó a trepar por el tronco de un gigantesco ozigo, pero el peso de Bineka y Furaha le dificultaba hacerlo a la velocidad necesaria para distanciarse del felino. La fiera, que alcanzó el árbol tan solo un par de segundos después, clavó las uñas en el tronco y comenzó a ascender con la mirada puesta en la espalda de Bineka. Pero a la caza del indeseado agresor apareció Takuro, jefe del clan, enseñando los colmillos, dispuestos a frenar a la bestia a bocados. Después de un impetuoso salto, atrapó su cola y tiró de ella con todas sus fuerzas. La pantera maulló, mientras se volvía hacia el poderoso chimpancé, y le lanzó un zarpazo hiriéndolo en el costado antes de abalanzarse sobre él y acabar rodando los dos por el suelo. La pelea permitió que Mashira ganara distancia, se cambiaran de árbol, gracias a un oportuno cruce de ramas, y se alejaran algo del peligro.

Bineka, con la respiración entrecortada, quiso presenciar qué pasaba entre Takuro y la pantera. La violencia de su pelea se vio afectada por una inmediata reacción del grupo que nunca hubiera imaginado. Miró a unos y a otros, y salvo los más pequeños, los demás estaban lanzando a la pantera lo que tenían a mano: ramas quebradas, otras que rompían ellos, piezas de fruta y cualquier otro objeto contundente. La conclusión era evidente: el clan estaba protegiendo a su macho. Y lo hizo con bastante eficacia, porque el felino recibió varios impactos en la cabeza con la suficiente fuerza como para conseguir que se despistara unos segundos, los que aprovechó Takuro para morderle el cuello con brutal intensidad. La pantera se revolvió furiosa, pero la fuerza de las mandíbulas del simio le había destrozado ya la tráquea, lo que supuso su fulminante muerte.

Consciente de su triunfo, el macho golpeó el suelo de forma repetida junto a una sonora serie de alaridos.

Bajaron todos de los árboles y corrieron al encuentro de su protector, abrazándolo entre saltos y ahogados gritos de alegría. Ellas llegaron las últimas, y al acercarse a Takuro, Mashira se arrodilló y bajó la cabeza hasta rozar el suelo en actitud sumisa. El simio le dio un suave golpe en la espalda con la mano, como gesto de aprobación. Cuando le tocó el turno a Bineka, entendió que debía hacer lo mismo: se acercó y mostró su espalda, agachada. Sin embargo, el macho no reaccionó de la misma manera, tiró de ella y la sentó a su lado. Bineka no entendió qué significaba aquella diferencia en el trato, pero notó a Mashira nerviosa.

Con la pantera muerta a sus pies, Takuro metió los dedos en los agujeros que habían dejado sus colmillos en el cuello de la víctima y desgarró la piel para alcanzar la musculatura. Agachó la cabeza y la mordió con la suficiente energía como para regresar con un buen pedazo de carne en la boca. Mordisqueó una parte, se quedó con otra en la mano y miró a Bineka de una forma un tanto intimidante, pero sin la agresividad que había mostrado en otras ocasiones.

El resto del clan seguía la escena con expectación, hambrientos, aunque ninguno se atrevía a comer sin la aprobación del macho. Takuro se terminó lo que se había dejado en la mano y fue a buscar otra ración al cuello del felino. Se hizo con una pieza más grande, la desgarró y ofreció a Bineka un trozo. Ella fue a cogerlo, pero no pudo. De manera inesperada apareció otra de las hembras —una a la que Bineka había llamado Blanca porque lucía un mechón canoso en la cabeza, parecido al que tenía una vecina de su aldea a la que el padre Frías había llamado así—, agarró el pedazo de carne de la misma mano del macho y se lo metió a toda velocidad en la boca. La tal Blanca apartó a Bineka de un empujón, ocupó su lugar y esperó a que Takuro se hiciera con una nueva provisión de alimento. Bineka pensó que aquella hembra, a la que había visto muchas veces cerca del gran macho, intentaba convertirse en su favorita.

Cuando Takuro regresó con otro colgajo de carne en la boca, Blanca extendió su mano hacia él. El animal la miró con dudas después de buscar a Bineka, pero terminó ofreciéndole un buen trozo.

Las ocho hembras restantes se revolvieron nerviosas a la espera de poder comer, sin saber todavía si Blanca iba a ser la elegida de Takuro o si probaría con otra. Bineka no era capaz de entender esos comportamientos, pero ellas sí. Y ser la invitada a compartir el primer bocado de una pieza recién cazada constituía un honor que todo macho se cobraba después con una buena cópula.

Se acercaron dos hembras jóvenes al cadáver, con prudencia, atentas a los gestos de Takuro, quien para entonces se había comido el cuello y medio pecho de la pantera. La más fuerte agarró una de las patas e hincó sus colmillos en ella a la espera de la reacción del gran macho, que fue nula. Eso desencadenó una desenfrenada carrera en todos los demás, animados ya a devorar al felino. Era la primera vez que Bineka veía comer carne a los primates; hasta entonces su dieta había consistido en frutas, hojas, gusanos y alguna que otra tierna raíz.

Delante de la pantera no supo qué hacer. Ella no tenía fuerza en las mandíbulas para arrancar la carne como veía hacer al resto. Sintió el abrazo de Furaha en una de sus piernas y la imaginó hambrienta. La cría seguía con atención lo que hacían los demás sin atreverse a imitarlos. Miró a Bineka a la espera de recibir su parte y ella se sintió obligada a actuar. Buscó un costado de la pantera y tiró de la piel con todas sus ganas, pero le faltaron fuerzas. Buscó una piedra que tuviese algo de filo y encontró la ideal. Se ayudó de ella para ir retirando la piel de la musculatura y sin pretenderlo se convirtió en el centro de atención de varias hembras, que empezaron a seguir sus movimientos bastante asombradas. Con aquel instrumento pudo cortar un trozo de músculo y se lo pasó a Furaha, quien lo aceptó alborozada. Bineka la probó también, pero la carne estaba tan dura que dejó de cortar para ella y solo lo siguió haciendo para su pequeña acompañante.

Miró a su alrededor y se paró a pensar en lo extraño de su destino. Llevaba con el clan once días con sus once noches, y aunque poco a poco iba acostumbrándose a los ruidos de la selva y a cada uno de sus nuevos compañeros, vivía con sorpresa el hecho de haber sido aceptada en la manada. Se pasaba los días intentando entender sus comportamientos, reacciones o emociones, cuando no trasladando al lenguaje humano las diferentes fórmulas de comunicación que usaban.

Entre aquel coro de ruidosos mordiscos, con la imagen de sus compañeros de selva chorreando sangre por sus bocas y el calor que emanaba del cadáver en forma de vaho, fue consciente de estar viviendo una experiencia insólita pero todavía peligrosa. Su suerte dependía de una hembra de chimpancé que por extrañas coincidencias había decidido convertirla en la hija que había perdido en un accidente y en la madre adoptiva de una pequeña cría, lo que se había transformado en una verdadera obligación y, a la vez, en freno de sus deseos de huida.

Tras el banquete y una siesta, Bineka asistió con espanto a la violenta cópula de Takuro sobre Blanca, y fue entonces cuando comprendió por qué se había intercambiado por ella. La miró agradecida, sin que la hembra entendiera por qué. Recibió el abrazo de Furaha y una larga caricia sobre su mentón, gesto que la joven primate hacía siempre que quería ganarse sus mimos. Los consiguió al momento, y desencadenaron una graciosa serie de sonoros ronroneos por parte de la cría.

Bineka se volvió risueña en busca de Mashira, pero no la vio.

Lo que encontró a cambio fue la mirada de Takuro, en la que leyó quién sería la siguiente destinataria de sus ardores.

# 7

*Oficinas centrales de Greenworld, Kinsasa, República Democrática del Congo*
*Finales de abril de 2010*

Colin Blackhill era un tipo más bien flemático, poco dado a la improvisación, generoso, cabal e inteligente. Achacaba a su origen británico no ser de los que levantan la voz para imponer su criterio en una discusión, ni tampoco de los que se enfadan a la primera de cambio; en realidad tenía tan buen talante que pocas veces se le había visto perdiendo los papeles.

Con todo eso, aquella tarde sus patrones de comportamiento estaban siendo pulverizados a medida que avanzaba la conversación con su superior de Greenworld, en el despacho que este último tenía en uno de los rascacielos del distrito financiero de Kinsasa.

—No tendrías que haberla dejado ir a esa región, Marc. Ni siquiera acompañada por los nuestros. Sabías que lo estaba haciendo en contra de mi criterio y aprovechando mi ausencia. Y encima en esa zona, la más peligrosa del país, donde campan a sus anchas las milicias ugandesas, los mafiosos del coltán, un puñado de guerrilleros de nadie sabe qué ejército, insurgentes y más de un militar que se ha venido arriba bajo las órdenes del último pirado con mina en su poder. Por no hablar de los mercenarios contratados por ciertas empresas que tú y yo sabemos. ¡Ha sido una auténtica imprudencia por tu parte!

Marc, de origen holandés, se removió en su asiento, incómodo ante la falta de noticias de la española, y no tanto porque creyera que había cometido un error con ella.

—A ver, Colin, que tú la conoces... ¿Has trabajado con alguien más terco que ella? ¿Te viene a la cabeza alguna otra persona a quien le importe menos el coste de sus propias decisiones? Porque a mí no, te lo aseguro.

El hombre calló, dándole la razón con su silencio.

—Pues eso, los dos sabemos que Beatriz Arriondas no es de las que aceptan un no como respuesta, y créeme que tuvo que escuchar unos cuantos de mi parte. Al final, Colin, la gente es libre de hacer lo que quiera; incluso de ponerse en riesgo.

Marc se levantó para coger dos cervezas de la nevera y le ofreció una, para dejarse caer después en un sofá, bajo un amplio ventanal desde el que se divisaba media ciudad. Nueve pisos más abajo, el tráfico animaba el bulevar 30 de Junio, la principal arteria urbana, cuyo nombre conmemoraba el fin del período colonial belga con la independencia del país en 1960.

—Es verdad que aprovechó tu ausencia de la oficina para llevar a cabo sus planes. A mí me los medio contó, traté de evitarlos, actué como pude, pero dio igual... Lo que tenía decidido lo hizo.

Se llevó la botella a los labios y la dejó mediada.

Colin se revolvió en su asiento, todavía poco convencido.

—Al menos, podrías haber elegido mejor a los cooperantes que la acompañaron; te aseguro que los hay más espabilados. Ni se enteraron cuando Beatriz abandonó el campamento aquella mañana y decidió ir sola en busca de..., en busca de problemas. Lo que no entiendo es cómo puedes estar tan tranquilo.

Marc se recogió la melena rubia en una coleta, se le encendieron las mejillas y arrugó la frente, afectado por los juicios del inglés.

—Pero ¿qué estás diciendo? Pues claro que me siento responsable de lo que le pueda suceder... —Negó con la cabeza—. No sé tú, pero yo no me creo nada en este secuestro y menos a quienes aseguran retenerla.

—¡Es humo, Marc! Tampoco yo la veo en manos de esa mierda de guerrilla que no sabe ni cómo funciona un móvil por satélite. He conocido a alguno, solo son unos críos liderados por un espabilado que tampoco tiene recursos para hacerse con esa tecnología. Apenas han salido de sus aldeas. Estoy seguro de que esa llamada de rescate solo pretendía distraer nuestra atención.

—La policía está tratando de rastrear la señal, pero no tienen nada.

—¡En menudas manos estamos, madre mía!

Colin se rascó la barba. Si existía una policía inepta, sin duda alguna era la congoleña.

Marc miró su reloj.

—Tengo que ir al aeropuerto a recoger a sus familiares. Esa es otra; a ver qué les decimos... —Aunque sabía que iba a coincidir con algún representante de la embajada española, quería ser el primero en dar la cara ante la familia.

Se incorporó, recogió las llaves del todoterreno y su móvil, y preguntó a Colin si quería acompañarlo.

—Os veré después, cuando regreséis. Me he propuesto terminar ese informe que te debo desde hace semanas.

—¿Al fin voy a tener el famoso estudio sobre las turberas?

—Eso pretendo, pero te adelanto que los hallazgos en la provincia de Équateur son una ínfima parte de los depósitos de turba que tiene este país. Acabo de recibir el dron que encargué en Leeds, y espero poder acelerar mis estudios en otras dos regiones, las de Tshuapa y Tshopo.

Colin hablaba solo de tres de las veintiséis provincias que forman la República Democrática del Congo: Équateur, Tshuapa y Tshopo estaban al nordeste de Kinsasa, y cubrían entre las tres más de 435.000 kilómetros cuadrados. Solo Tshuapa era tan grande como su Inglaterra natal.

—Quiero identificar qué zonas podrían reunir más acúmulos de turba, para después organizar un extenso equipo que mapee bien el terreno.

Marc prefirió no insistir en su oferta de ayudantes; cuando los necesitase, ya se los pediría. Además, sabía que Colin adoraba trabajar con una cierta independencia, cuando no soledad, y que su poderosa familia le financiaba los gastos, incluida la avioneta con la que se movía por el país. Y también tenía claro que era uno de sus mejores colaboradores, aparte de coordinar la oficina que Greenworld tenía abierta en Lokutu.

—Entonces, nos vemos luego.

Marc tomó un ascensor para bajar al garaje, buscó su todoterreno, identificado con el logo de la ONG, lo arrancó y dos minutos después atravesaba la ciudad para tomar la carretera hacia el aeropuerto con el estómago encogido.

*Aeropuerto N'Djili, Kinsasa*

Lola Freixido y el padre de Beatriz empezaron a desesperarse en medio de la interminable cola que aún tenían por delante para el control de pasaportes, dentro de la terminal internacional. Después de diez horas de vuelo, otras dos antes de embarcar en el aeropuerto Charles De Gaulle y una absurda escala en Bruselas, tener que esperar de pie no sabían cuánto tiempo más les estaba suponiendo un auténtico martirio.

—Son ya las seis y media de la tarde. A este paso, no vamos a poder hacer nada hoy —dedujo Valentín, detrás de una pareja de góticos rusos.

Eran dos jóvenes con la clásica indumentaria victoriana y simbología religiosa en orejas, cuello y labios, con los ojos contorneados en negro y algún que otro *piercing* repartido por los lugares más insólitos de su anatomía. Chico y chica habían desencadenado en él una serie de comentarios, a cuál más ácido, que Lola fue lamentando.

—¡A estos no los van a dejar pasar!

—Y a nosotros, ¿qué nos importa?

Lola miraba su *smartphone* de forma mecánica e inconsciente, porque hacía un rato que ya había terminado de leer los mensajes que le habían entrado de golpe nada más aterrizar, y ninguno había sido demasiado excitante. Nada podía distraerla del motivo de ese viaje, un desastre en sí mismo y con razonables dudas de éxito. Ni siquiera tener que pasar tantas horas al lado de aquel hombre. Y para empeorar más las cosas, le había venido la regla en pleno vuelo. A esas alturas del día, el cuerpo le gritaba que se olvidase de todo, se diera una buena ducha y terminara haciéndose un ovillo en la cama después de haberse metido un analgésico potente que no estaba segura de haber incluido en su neceser. Pero Beatriz era más importante que nada.

La cola fue acortándose durante la siguiente media hora hasta que se encontraron por fin frente a las cabinas de cristal donde los funcionarios estudiaban con deliberada parsimonia los documentos de los viajeros.

—¿Cuánto dinero me has dicho que llevabas en la mochila? —preguntó Valentín acercándose a su oído.

—Seis mil euros; un poco más de lo permitido, creo.

Los otros tres mil los escondí en la maleta. —Lola se echó la mochila al hombro y la apretó contra las costillas.

La pareja de góticos pasó sin problemas, lo que ayudó a que ellos abordaran el trámite oficial mucho más confiados. Los problemas llegaron con el siguiente control, después de haber recogido el equipaje. Antes de enfilar la salida, Lola fue interceptada por dos policías que quisieron ver el contenido del bolso de mano y su mochila. Las maletas, como las llevaba Valentín en un carro y a él no lo habían parado, no fueron requisadas.

Lola intentó disimular el temblor de manos.

—¿Algo que declarar? —le preguntó el agente en francés. Ya estaba vaciando el contenido de su bolso sobre una bandeja, y Lola temió que repitiera la misma operación con la mochila.

No se manejaba igual que con el inglés, pero era capaz de hacerse entender.

—Bueno, sí... Llevo algo de dinero —dijo ella con toda la intención.

—Interesante... —contestó en tono misterioso—. Sígame a esa salita.

Lola pensó a toda velocidad. La situación podía ponerse incómoda, pero más aún si el agente la notaba nerviosa. Templó la mirada, rebajó el ritmo de su respiración, estiró el cuello, enderezó el cuerpo, observó de frente al policía y respondió con voz firme:

—Se lo enseño aquí mismo.

El intento de escamoteo se vio frustrado con la firme actitud del policía, que sin ningún miramiento la agarró del brazo y tiró de ella hacia el minúsculo habitáculo. Cerró la puerta.

—Mire, señorita, se lo voy a explicar una sola vez y no me haga perder el tiempo. Ponga encima de esa mesa el dinero que trae, y espero por su bien que no se deje nada escondido entre la ropa. Si sospecho que me engaña, la obligaré a desnudarse por completo. Y cuando digo «por completo» es por completo. ¿Le queda claro?

Lola no tardó más de diez segundos en vaciar la mochila sobre la mesa. Sacó tres mil euros del bolsillo de una sudadera, mil quinientos de una bolsita con útiles de maquillaje y otros tantos del interior de la funda de su pequeño portátil. Se quitó la cazadora vaquera para mostrar que no tenía ningún bolsillo más y vació el contenido de sus pantalones.

El policía se puso a contar el dinero sin mirarla, mientras le explicaba que introducir tal cantidad de divisa sin haberla declararlo previamente podía significar la devolución inmediata a su país. Ella, acostumbrada a superar ese tipo de trámites en algún que otro destino con merecida fama de corrupto, imaginó cómo concluiría todo. Solo le quedaba ser hábil en la negociación, y de eso sabía un poco.

—Déjeme ver qué lleva debajo de la camiseta.

Ella se cruzó de brazos para oponerse a sus intenciones, incómoda pero firme.

—¡No me toque! —gritó con todas sus fuerzas.

El policía le tapó la boca con ojos furiosos.

—O cierra la boca o sabrá lo que es tener problemas de verdad.

Lola reflejó en su mirada que le iba a hacer caso. El hombre la soltó y ella le planteó:

—Dígame cuánto quiere y terminemos con esto de una vez.

El policía relajó su expresión luciendo una brillante dentadura blanca.

Un minuto después, Lola salía de la sala con cuatro mil euros menos de los que tenía al entrar y la promesa de guardar silencio —bajo la amenaza de represalias— mientras el policía se despedía en la puerta con un «que tenga una feliz estancia».

En la salida localizó a Valentín junto a dos tipos. Fue hacia ellos.

—¿Qué ha pasado?

Lola disimuló su tensión con un calculado suspiro. Su mundo de hombres la obligaba a no enseñar del todo sus cartas.

—Señorita, soy Patricio Lodosa, embajador del Gobierno español. No pretendo incomodarla, pero si alguno de esos policías la ha importunado, dígamelo para intervenir de inmediato. Pondremos una queja y les pediremos las pertinentes explicaciones de forma oficial.

—Discúlpenme, me siento agotada. Acabo de sufrir un control de lo más exhaustivo y penoso, pero eso ha sido todo. Agradezco su interés.

Valentín le presentó a Marc Voemer, el director de Greenworld en el país.

—Siento conocerla en estas circunstancias, señorita. —Se estrecharon las manos—. En nombre de la organización, deseo trasladarles todo nuestro apoyo. Somos los primeros en querer una rápida solución a este gravísimo asunto y volver a tener a Beatriz con nosotros.

—¿Saben algo nuevo? —preguntó Lola sin rodeos.

—Lo lamento, no hay noticias. —El embajador negó con la cabeza mientras el grupo echaba a andar hacia la salida—. Estamos a la espera de recibir el informe de las autoridades locales. Nos aguardan en las oficinas del Ministerio de Interior. Si les parece, pasaremos por allí antes de llevarlos a su hotel.

Valentín asintió sombrío y nadie más añadió nada hasta que alcanzaron un coche con matrícula diplomática. Había caído la noche y apenas se veía nada.

En el trayecto se cruzaron con muchísimas motocicletas, tan enclenques como viejas, ocupadas por tres personas como mínimo y conducidas con un evidente menosprecio por la vida de sus ocupantes a la vista de su irresponsable velocidad mientras sorteaban enormes baches o charcos. A Lola, recostada contra la ventanilla, le sorprendió ver que durante los últimos ocho o diez kilómetros todas las calles eran de tierra, con una muestra de casuchas a cuál más miserable, que tampoco mejoraron cuando se adentraron en el centro de la capital.

Había conocido lugares humildes, pero Kinsasa los superaba a todos.

Estaba tan cansada que se le cerraban los ojos. Miró al padre de Beatriz y le pareció ver en su expresión un punto de pavor que lo hacía más humano, seguramente más preocupado por la suerte de su hija de lo que había demostrado hasta entonces.

Invitaba a ofrecerle consuelo. Pero no lo hizo. Bastante tenía con su pena.

# 8

*Ministerio del Interior, Kinsasa,*
*República Democrática del Congo*
*Finales de abril de 2010*

Colin Blackhill entró el último en la sala de reuniones, se disculpó y tomó asiento en el único hueco libre de la mesa, enfrente de Lola. Ella imaginó quién era después de haber leído la relación de asistentes y ver que faltaba el segundo representante de Greenworld. Se fijó en él. No tanto en su físico como en el aire que se daba; de primeras le recordó a Jack, un colega escocés con quien había tenido una arrebatadora aventura que terminó fatal. No hacía ni dos años de ello.

Analizó movimientos y gestos, sus maneras, como ya había hecho con el resto. Lo hacía cada vez que aparecía una persona nueva en su entorno de trabajo. Era un reflejo inconsciente que la ayudaba a saber con quién se tendría que enfrentar llegado el caso. Pero este no era como los que acostumbraba a ver en un consejo de dirección.

Tenía buena altura, estilo informal con vaqueros gastados y camiseta, y sin embargo uñas perfectamente recortadas. Su pelo era castaño, con profundas entradas y alguna que otra cana, ojos pequeños y muy azules, barba no demasiado cuidada y nariz algo torcida. La tensión que reflejaba su cuerpo daba a entender que se sentía fuera de lugar. Sacó unos papeles de una cartera de mano, los alineó de forma meticulosa hasta dejarlos sin que una sola esquina asomara más de la cuenta y empezó a jugar con un lápiz entre los dedos, mirándola de soslayo.

Lola llegó a la conclusión de que respondía al clásico perfil de hombre que nunca le había atraído. Tenía pinta de ser el típico progre que no ha trabajado en su vida en nada serio y con un aspecto de profesor universitario en permanente excedencia que tiraba para atrás. Eso sí, comprometido a muerte con las causas más peregrinas. Como Beatriz, en ese ángulo de su personalidad que aún le costaba entender.

—Señorita, excelentísimo secretario de Interior, responsables militares y policiales, miembros de Greenworld, solicito su atención para comenzar. —El embajador Lodosa se dirigió a todos en inglés, los presentó y lamentó el motivo de la convocatoria—. Antes de pasar la palabra al señor Minguela, en representación del Ministerio del Interior de la República Democrática del Congo, no quiero perder la oportunidad de hacerles saber que tenemos a toda la legación española trabajando en la desaparición de la señorita Arriondas desde que nos llegó la noticia, hace ahora setenta y dos horas. Señor Minguela, por favor.

Don Valentín agachó la cabeza en un gesto de gratitud, pero pidió que entraran cuanto antes en materia. A Lola le pareció que tanto el mensaje como el embajador eran de lo más engolado.

—De acuerdo entonces.

Losada recogió un papel de la mesa y sin abandonar su tono ceremonial presentó al resto de los asistentes: tres congoleños —un alto oficial del ejército, otro de la policía y el tal Minguela— y los dos representantes de Greenworld.

Tomó la palabra Minguela.

—En cuanto conocimos su supuesta desaparición, establecimos un primer perímetro de búsqueda de cien kilómetros, tomando como centro la zona en la que había sido vista por última vez. Desplazamos a un equipo de doscientos hombres, entre ejército y policía, que han trabajado sin descanso hasta hoy mismo: cabe decir que con un decepcionante resultado. Hasta ahora, y lamento reconocerlo, no hemos obtenido una sola pista de su paradero. Solo tenemos la llamada telefónica recibida en las oficinas de Greenworld. —Miró a Marc Voemer para que continuara él.

—Atendí la comunicación en persona. Mi interlocutor se presentó como miembro de la guerrilla del pueblo kikongo y me aseguró que Beatriz estaba viva y a salvo.

—¿Pudo hablar con ella? —interrumpió Lola.

Marc negó con la cabeza.

—No me lo permitieron. Tan solo reclamaron medio millón de dólares a pagar antes del mediodía del próximo viernes, dentro de tres días.

—Intentamos rastrear la llamada en cuanto fuimos informados —intervino el responsable de la policía—; nos fue imposible. Estaba encriptada, y pudo haber sido realizada desde un teléfono por vía satélite.

—Contactamos con los servicios de inteligencia francés y belga, tenemos excelentes relaciones con ellos —añadió el oficial del ejército—, para pedirles ayuda en la localización del origen de la señal. Pero tampoco han conseguido ningún avance.

—En cuanto a la supuesta autoría —retomó la palabra Minguela—, no es la primera vez que aparece el nombre de esa guerrilla. Pero nunca ha actuado en un secuestro de tal magnitud y publicidad, tampoco creemos que manejen esa sofisticada tecnología de comunicación. Dudamos que sean ellos.

A la vista de los nulos avances, Valentín Arriondas se sentía como si estuviese recibiendo un empujón tras otro frente a una fosa de arenas movedizas. Se había propuesto mantener una actitud moderada, dejando a un lado su condición militar, como si solo vistiese el uniforme de padre. Pero llevaba muchas horas de avión y un estado de ansiedad que no había hecho más que empeorar desde que había recibido la noticia. Pudo ser esa suma de circunstancias la que lo llevó a resumir su parecer con dos únicas palabras, después de haber escuchado a los cuatro hombres:

—¡Vaya mierda!

A ninguno de los presentes se le ocurrió cómo rebatir una fórmula argumental tan espontánea como aquella. Consciente del efecto conseguido, Valentín carraspeó, bebió un sorbo de agua, miró a Lola y se decidió a hablar:

—Mi única hija está en algún lugar de este país sufriendo lo que no quiero imaginar. Acabamos de llegar para participar en las negociaciones con sus captores. En las últimas horas he tenido que olvidar orgullos y vergüenzas antes de ponerme a pedir dinero a una larga lista de amistades, entre ellas a la señorita Freixido, aquí presente. Y a la cantidad obtenida le he sumado todos mis ahorros para disponer de una cifra bastante cercana a la que al parecer piden. Ahora bien, después de tanta zozobra, lo que me encuentro es que quienes supuestamente controlan la seguridad del país saben tan poco como nosotros. No querrán que, además, me muestre tranquilo y agradecido. ¿Tengo acaso cara de gilipollas?

Por una vez, Lola se sintió identificada con la reacción del padre de Beatriz y decidió intervenir:

—Necesitamos certezas, esperanzas, y ustedes solo nos dan... ¡nada! Por ejemplo, ¿cómo se realizará el pago del rescate?

—Todavía no han comunicado el lugar de entrega —respondió Marc.

—¿Cómo se entiende eso? —Valentín se estrujó los dedos—. Piden un rescate, fijan el plazo, ¿y no dicen dónde ni cómo?

—Suena bastante raro, es cierto —intervino Minguela—. De ahí que nuestra apuesta sea localizar esa llamada que tendrán que hacer para darnos los detalles.

—Necesito un poco de aire. —Valentín se levantó de golpe y pareció tambalearse.

El embajador corrió en su ayuda, igual que Minguela. Se excusaron y abandonaron la sala unos minutos.

Lola no se amilanó.

—Tengo otra pregunta.

—Trataremos de resolverla, señorita. No le quepa duda —respondió el policía.

—Preferiría que lo hiciera él. —Señaló con un dedo a Colin—. No le he visto abrir la boca todavía. Y si está aquí, imagino que será porque tiene algo que aportar.

Colin dibujó una media sonrisa.

—¿Qué clase de investigación estaba realizando Beatriz cuando desapareció, entiendo que bajo sus órdenes? —dijo después de leer su cargo en la relación de asistentes.

Colin miró de refilón a su jefe, lo que provocó una sutilísima reacción en el segundo, apenas un mínimo movimiento de cabeza que pasó desapercibido a todos los presentes salvo a Lola.

—Beatriz estaba trabajando en un programa de Greenworld para medir la acelerada deforestación que está sufriendo la selva en este país por culpa de...

—¡Por culpa de nada! —le cortó la palabra el representante del ejército—. O sí, por culpa del hambre que padece nuestra gente. Hay que entender que el país está sembrado de miles de aldeas, casi siempre muy aisladas, cuyos habitantes tratan de sobrevivir como pueden vendiendo madera. ¿Hay algo malo en ello? —preguntó con expresión crispada—. Por mucho que insista su ONG, no hay nada que denunciar cuando no existe actividad corrupta.

Colin iba a contestarle como se merecía, pero recibió una patadita de Marc por debajo de la mesa.

—Quizá no sea este el momento para discutir ese asunto... —El inglés miró a los dos congoleños, que estuvieron de acuerdo, y después a Lola—. Usted me preguntaba por su amiga.

—Me tiene ansiosa.

—Beatriz salió el miércoles pasado de nuestra base de Lokutu, a orillas del río Congo, con dos cooperantes más. Sabemos que lo cruzaron unos dieciséis kilómetros más abajo y que se adentraron en una zona inexplorada por nosotros, siguiendo el rastro de unos camiones madereros. Llevaban víveres para cuatro o cinco días con el objetivo de llegar hasta donde supuestamente se están realizando unas talas ilegales. Pero a primera hora de la mañana del tercer día, Beatriz abandonó el campamento en el que habían pasado la noche. Nada más advertirlo, sus compañeros se pusieron a buscarla, pero no fueron capaces de dar con ella en todo el día, y ante la falta de cobertura de sus teléfonos volvieron a Lokutu para dar la voz de alarma.

Lola escuchó el relato muy atenta, aunque su instinto le decía que no lo estaba contando todo. Al igual que le estaba sucediendo a ella, aquellos militares y policías tampoco debían de estar ganándose la confianza de los de Greenworld. Asumió que le iba a tocar obtener el resto de la información más adelante, cuando pudiera hablar con ellos a solas. Amplió su anterior pregunta:

—Antes de la desaparición, ¿saben si vieron algo sospechoso, se cruzaron con alguien que los hiciera sentirse en peligro?

Colin pensó que la cuestión era demasiado directa como para sortearla. Por suerte para él, contestó Marc.

—Sabemos que el día anterior bordearon una mina de coltán, clandestina con toda seguridad, pero extremaron las precauciones y no se dejaron ver por la zona. Ese es el único contacto humano que podrían haber tenido, según las declaraciones de los dos cooperantes que acompañaban a su amiga.

—Trabajo en el mundo de la telefonía y soy sensible a lo que está pasando en ese tipo de minas —señaló Lola—. Desde hace un tiempo exigimos a nuestros proveedores que certifiquen un origen ético del coltán que emplean en sus dispositivos.

Marc intervino.

—No lo dudo, pero nosotros seguimos viendo niños explotados a cambio de una paga miserable, y mafias armadas dispuestas a proteger su comercio a costa de lo que haga falta, eliminando a quien ose meter la nariz en sus negocios. Le aseguro que no respetan nada ni a nadie.

—¿No deberíamos sospechar entonces de ellos? —Lola se dirigió al responsable de la policía.

—Personalmente, veo más probable esa participación que atribuírsela al Ejército de Liberación del Pueblo Kikongo —contestó, sin embargo, el militar—. Estamos hablando de mafiosos que podrían estar usando el nombre de la guerrilla para evitar que sus compradores occidentales se enteren y poner así en peligro sus pedidos.

El mando de la policía congoleña quiso añadir su punto de vista:

—Han de ser conscientes de que el lugar donde desapareció la señorita Arriondas forma parte de un vastísimo territorio, casi tan grande como su país, España, y desde hace tiempo está fuera de nuestro control. Los motivos son largos de explicar, pero hoy en día allí campan a sus anchas milicias ugandesas que reclaman tierras para su país, dadas las inmensas riquezas de su subsuelo; cazadores furtivos que masacran poblaciones enteras de primates y otras especies salvajes para vender su carne a renombrados restaurantes de algunos países africanos y orientales, y antiguos miembros de las violentas guerrillas del CNDP, el Congreso Nacional para la Defensa del Pueblo, escindidos no hace mucho tiempo. —Lola no podía sentir más espanto al imaginar a Beatriz en manos de unos u otros—. Y todavía quedan más movimientos armados que no tienen una adscripción concreta y que penetran todos los días desde Ruanda para robar y violar en nuestras aldeas.

En ese momento entró en la sala Valentín, junto con el embajador y Minguela. Al instante captó la expresión de terror en el rostro de Lola.

—¿Qué ha pasado? —Tomó asiento a su lado.

Ella resumió la conversación. Valentín se quitó las gafas, se frotó a conciencia los ojos acusando un profundo agotamiento mental y decidió no hacer públicas sus conclusiones al no poder ser peores. Nunca había temido tanto por la vida de su hija como después de haber escuchado a los máximos responsables de la seguridad nacional congoleña. Aquella reunión, lejos de tranquilizarlo, estaba avivando sus miedos.

—Les agradecería que nos informasen cada poco tiempo, aunque no exista ningún avance, me da igual. Evítenme por favor el suplicio de estar esperando noticias en el hotel horas y horas.

—Me encargaré de ello —prometió Minguela.

—Entonces, si no les parece mal, podemos dar por terminada la reunión —concluyó el embajador.

Lola había estado dudando si decirlo o no, pero al verlos levantarse se decidió.

—¡Quiero ir a Lokutu! —exclamó elevando la voz a la vez que dirigía su mirada a Colin y Marc—. Lo he pronunciado bien, ¿verdad?

—Sí, esa es la población de la que salieron —intervino el policía—, pero está a más dos mil quinientos kilómetros desde aquí. Por mucha prisa que se diera, señorita, necesitaría tres o cuatro jornadas para llegar, y no sería antes del día que los secuestradores han señalado para realizar el intercambio.

—Señorita Fresido —añadió el embajador pronunciando mal su nombre—, le recuerdo que está en África. En este país existen pocas zonas con suficiente cobertura telefónica para localizarla. Su deseo es una locura.

—Tengo un teléfono que funciona por vía satélite; no me apellido Fresido, sino Freixido y, por suerte, soy capaz de tomar mis propias decisiones —repuso sacando su vena directiva.

—Lola, mejor lo discutimos más tarde, cuando estemos a solas. —Valentín intentó zanjar el asunto a su manera.

—No hay nada que discutir. Quiero ir. —Suavizó el tono de voz—. Necesito ver dónde ha dormido, tocar sus cosas, saber qué ha estado haciendo todo este tiempo, hablar con quien la haya conocido y, sobre todo, esperarla allí cuando la liberen. ¿Quién de ustedes me podría llevar?

Colin comentó algo con su jefe en voz baja.

—Lo haré yo. La puedo llevar mañana en mi avioneta. —Se dirigió al padre de Beatriz—: ¿Quiere usted venir también?

Valentín no tuvo oportunidad de pensárselo; se le adelantó el embajador para darle a entender que lo necesitaba en Kinsasa, por si hubiera que resolver cualquier asunto diplomático, económico o administrativo durante el desenlace del secuestro.

—Ya lo oye, me quedaré aquí —concluyó sin ocultar la misma expresión de rechazo que había mostrado cada vez que hablaba uno de los responsables de Greenworld—. Eso sí, espero que a ella la cuiden mejor de lo que hicieron con mi hija.

# 9

*Sobrevolando África, entre Kinsasa y Lokutu*
*Finales de abril de 2010*

La avioneta era una Cirrus SR22 con cinco años de vuelo: alcanzaba una velocidad de ciento sesenta nudos por hora; podía recorrer sin repostar hasta mil seiscientos kilómetros, según le afectaran los vientos; necesitaba poco más de trescientos metros de pista para despegar y, según Colin, se trataba del avión más seguro dentro de su categoría. Costó quinientos mil dólares y había sido un regalo familiar.

Después de aquel resumen un tanto técnico, Colin señaló a Lola los cascos que tenía que ponerse durante el despegue. Arrancó el único motor, habló con la torre de control y, cuando le dieron pista, comenzó para ambos el vuelo que los llevaría a Lokutu, a poco menos de mil cuatrocientos kilómetros de Kinsasa en línea recta.

Eran las cinco y media de la tarde del miércoles.

Colin no había podido emprender el vuelo antes por culpa del informe que se había comprometido a terminar y que dejó sobre la mesa de Marc poco antes de las tres, sin ni siquiera haber probado un bocado.

A Lola, aunque tenía muchas horas de avión encima a causa de su trabajo —volaba con líneas comerciales, nunca en una avioneta—, le costó acostumbrarse. Primero por el reducido tamaño: apenas había un mínimo espacio entre los asientos, de modo que con cada descuido terminaban rozándose los codos, pero también por lo mucho que se movía la aeronave cada vez que le afectaba una térmica, con lo que su fuselaje vibraba como si fuera a romperse en mil pedazos.

Colin rompió el silencio.

—Es una pena que se nos haga de noche. Sobrevolaremos el parque nacional Salonga. Las vistas desde el aire son espectaculares.

—¿Cuánto crees que tardaremos?

Consultó su reloj; eran las seis de la tarde.

—Algo más de cuatro horas; llegaremos para cenar —contestó mientras hacía virar ligeramente el aparato—. Si miras ahora a tu derecha, te va a parecer pura magia.

Lola le hizo caso y divisó el inmenso cauce del río Congo. Se quedó impresionada. A punto de anochecer, la oscuridad de las aguas ahogaba las sombras que proyectaban los árboles desde sus frondosas orillas, en un silencioso espectáculo de insultante verdor. Tomó varias fotos con el móvil con idea de mandárselas a su madre.

—Es brutal.

—Cierto. Piensa que estás viendo la gran arteria de África, el segundo mayor caudal del mundo después del Amazonas. Aunque tiene menos longitud que el Nilo, ahí donde lo ves, ese río es capaz de regar un territorio seis veces más grande que tu país. Gracias a su generoso caudal, cada día se obra un gran milagro, insospechado y enorme, justo ahí abajo; porque esas aguas tejen la vida.

—Qué manera tan bonita de expresarlo.

Lola se acomodó en el asiento. Aunque la desgracia que la había llevado a África lo empañaba todo, trató de aprovechar la belleza de aquel momento.

—Igual no es razonable, pero empiezo a sentir esa magia de la que hablas.

—Estás en una tierra única. Ten en cuenta que el Congo tiene más leyendas que ningún otro río. Con treinta y cuatro años, cada vez que oigo una nueva, me siento como cuando era niño y escuchaba a mi aya escocesa hablándome de las criaturas que se ocultaban bajo las aguas de sus emblemáticos lagos. El Molnkèle-mbèmbé, una bestia que la mitología congoleña ubica en el cauce del río Congo, siempre me ha parecido el hermano secreto de Nessie. —Sonrió.

Colin acababa de alcanzar la altura necesaria para mantener el avión a velocidad de crucero; verificó sus coordenadas, rebajó la entrada de oxígeno al motor y activó el piloto automático para darse la oportunidad de mirar a su acompañante durante la conversación.

Ella se interesó por su edad.

—¿Treinta y cuatro? Entonces somos de la misma quinta —concluyó Lola, aunque fuese algo mayor: ¿qué importancia tenía un año y pico arriba o abajo?—. ¿Y tienes mujer e hijos a los que contar esas historias de monstruos, lagos y ríos?

Nada más decirlo se arrepintió. ¿A cuenta de qué acababa de preguntar algo tan personal sin apenas conocerlo?

Colin chasqueó los labios.

—Soy un soltero empedernido. ¿Y tú?

Lola se apresuró a cambiar de tercio para escurrirse del incómodo asunto en el que se había metido ella solita.

—¿Qué nos ocultasteis en la reunión?

—¡Vaya! No te andas por las ramas.

—No lo hago nunca —tardó poco en responder—. Tanto en mi vida personal como en el trabajo, intento obtener toda la información posible antes de establecer un juicio o tomar una decisión.

—Bien dicho. Me parece bien. Pero para que se entienda mejor nuestra postura, necesitaría explicarte por qué no quisimos contaros todo.

Lola miró con inquietud el panel de mandos, lleno de números, planos y lucecitas varias, alarmada por dos insistentes indicadores rojos que parpadeaban a la vez que sonaba un agudo pitido. Colin golpeó varias veces el variómetro, extrañado de que la señal indicara un ascenso cuando no lo hacían.

—¿Va todo bien?

—Sí, sí..., tranquila. Aunque se apagaran estas dos pantallas —las señaló—, podríamos seguir volando y aterrizaríamos en Lokutu sin problema. Lleva unos días dándome algún que otro error, pero descuida, no es importante.

A la derecha de su asiento, Lola miró una especie de *joystick* que se movía solo. Colin adivinó su pensamiento.

—Antes lo llamábamos «cuernos»; por su forma, claro. Es la palanca de vuelo. Como ves, ahora se parece más a la de un videojuego. La de tu lado está ahí, por si tuvieras que pilotar el avión en caso de no poder hacerlo yo. Ya sabes, si me diera un infarto en pleno vuelo.

Lola se secó las manos en los vaqueros espantada ante la idea y observó a Colin de refilón. Parecía bastante sano, sin duda era una broma, pero no le gustó: se estaba dando cuenta de que no controlaba la situación y eso la descolocaba.

—Como te decía, para responder a tu pregunta has de saber que en este momento estamos sobrevolando un enorme país en venta. Cada día, grandes capitales compran miles y miles de hectáreas de esta selva. Sobre todo chinos, pero también un puñado de empresas de origen europeo, malasio, estadounidense, canadiense, con intención de explotarlas en el futuro como tierras de cultivo.

Lola preguntó de qué tipo de cultivos hablaba y el inglés respondió que de cereales como el maíz y el trigo, pero sobre todo de soja, la proteína vegetal que estaba sustituyendo a la animal en las dietas vegetarianas y veganas, una creciente tendencia en las sociedades occidentales. Con el trasfondo de una población mundial al alza, esas grandes compañías se estaban quedando con medio país para sacar un incalculable rédito económico de cara al futuro.

—Para poder transformar el uso de la tierra, necesitan despejarla primero de los muchísimos millones de árboles que cubren su suelo, algunos milenarios, como también de las poblaciones indígenas que viven en ella, a las que están expulsando hacia ciudades inhóspitas, eliminando de paso las especies animales que necesitan el medio selvático para sobrevivir. La situación es mucho más que alarmante; si siguen así, terminarán arrasando un ecosistema único en el planeta. Y tu amiga Beatriz estaba investigando a esas empresas con la intención de denunciar sus actividades en cuanto reuniese pruebas suficientes.

Lola preguntó por qué no lo habían explicado de esa manera en la reunión del ministerio.

—No hará ni un mes supimos que una de esas poderosas compañías acababa de comprar trescientas setenta y cinco mil hectáreas de selva, una región del mismo tamaño que mi condado de Kent. ¿Sabes cuánto dinero termina en los bolsillos de las autoridades y los políticos de este país con cada una de esas transacciones? Sospechamos que Minguela es uno de ellos. —El avión sufrió un suave bamboleo al entrar en una nube. Colin retomó los mandos para sortearla sin dejar de hablar—. Si esa gente, y me refiero a alguno de los que conociste ayer, supieran en qué estamos trabajando de verdad, no solo pondríamos en peligro el éxito de nuestros proyectos de investigación, sino también la seguridad de los nuestros.

Lola no tardó en calibrar las posibles consecuencias. Si la desaparición de Beatriz estaba relacionada con las ilegales, o cuando menos irresponsables, actividades de alguna de aquellas empresas, y el rescate lo estaba reclamando un supuesto grupo político de corte revolucionario, había algo que no cuadraba. Compartió su argumentación con Colin.

—También nos preocupa a nosotros, y mucho. Si estuviese retenida por alguna de esas sociedades, lo lógico es que quisieran ocultarlo —replicó Colin—. Por eso, que se pida un rescate no es buena señal.

—Si no les mueve el dinero, retenerla no tiene ningún sentido. Pero soltarla todavía menos. —Se le heló la sangre ante tan funesta conclusión.

Colin intentó cambiar un poco el enfoque.

—No te quedes solo con ese razonamiento, también podría estar en otras manos. No lo sabemos. Como escuchaste en la reunión, en este país hay un montón de desalmados capaces de llevar a cabo una acción tan reprobable como la que nos ha unido a ti y a mí: traficantes, guerrilleros, los del coltán o cualquier otro pirado que se mueve por dinero. Puede que hasta tengan razón.

—Tenemos que esperar a esa llamada, entonces —resolvió Lola sin ocultar una gran preocupación.

Colin redujo un poco la potencia del motor al haber ganado más altura y sintió pena por ella. Aunque parecía una mujer fuerte, la veía superada por los acontecimientos.

—Os conocisteis en el colegio, según tengo entendido.

—¿Te habló de mí? —De repente Lola se sintió extrañamente intimidada.

Colin advirtió su recelo y le explicó que Greenworld estaba organizada en pequeños grupos de trabajo, en los que se procuraba crear fuertes vínculos entre sus miembros mediante un ambiente de tipo familiar. Por eso sabían bastantes cosas los unos de los otros, aparte de que él era el superior directo de Beatriz.

—De ti solo me contó dos o tres detalles sin importancia, no te preocupes —remató divertido.

Lola se mordió la lengua. ¿Cuáles serían esos dos o tres detalles? No quiso averiguarlo. Le costaba hablar de su amiga.

Colin siguió explicándose:

—La presión a la que nos vemos sometidos para llevar a cabo nuestro trabajo, en entornos casi siempre hostiles, hace que terminen estableciéndose relaciones muy estrechas.

—Ah, vaya. ¿Y cómo de «estrecha» era tu relación con mi amiga?

—Nada fuera de lo profesional, por supuesto, pero muy buena. La conoces mejor que nadie, qué te voy a contar de ella... Desde el primer día Beatriz se mostró abierta y transparente. Estoy seguro de que todos los que la hemos tratado estos últimos años sabemos que tiene un corazón enorme. Pero si tuviese que destacar una cualidad en ella, sería la coherencia. Vino para defender una causa: la protección y conservación de los espacios naturales. Y en Greenworld Congo no hemos conocido a nadie que haya puesto más empeño y valor en ello. Mañana lo comprobarás, cuando veas en qué otras actividades andaba también metida.

—Le costó encontrar su camino. Pero cuando lo consiguió, su decisión me pareció envidiable, sobre todo viniendo de donde venía.

Era cierto: desde bien pequeña Beatriz había elegido los carriles que casi nadie tomaba en la vida, y eso la llevó a distinguirse en casi todo. A bordo de la avioneta, mientras la selva se oscurecía bajo ellos, Lola recordó que fue de las primeras en hacerse un tatuaje y en llevar *piercings*, que escuchaba heavy metal y leía a autores muy poco conocidos. Fue cumpliendo años, pero nunca dejó de tomar decisiones a contracorriente, desviándose de lo que la gente entendía como normal.

—No lo tuvo fácil —resumió para Colin—. La actitud a la que te refieres no ayudó mucho en las relaciones con su padre.

—Ya me imagino, después de haberlo visto ayer. Supongo que ese hombre no dejaba de ser militar cuando llegaba a casa.

—Aciertas de lleno. Ellos dos ni se tratan... Si no, ¿por qué iba a recibir yo vuestra llamada en vez de él?

—Para Beatriz, tú eres su familiar más directo —reconoció Colin—. La primera vez que oí hablar de ti fue una noche en que el doctor Ajani te mencionó como «su futura cuñada».

—¿Cómo dices? ¿Beatriz tiene pareja?

Lola no salía de su asombro, aunque la noticia tampoco era de extrañar: habían tenido muy poco contacto desde que su amiga se había marchado a África. Lamentó para sus adentros cuántas cosas se había perdido de ella, con lo unidas que habían estado siempre.

—Sí, viven juntos desde hace un año. Es un doctor congoleño que trabaja para Médicos sin Fronteras: Keita Ajani. Lo conozco desde que pisé el país, hace de eso casi siete años. Un gran tipo.

—¿Podré hablar con él?

—Mañana mismo podemos verlo en el hospital.

Lola miró su móvil de forma mecánica. Cuando la luz de la pantalla iluminó su cara, a Colin le pareció leer un batiburrillo de emociones en ella: desconcierto, cansancio, una sombra de miedo. Y todo bajo una máscara de mujer invulnerable. Al imaginarla un poco perdida entre tanto impacto emocional como estaba recibiendo, quiso prevenirla:

—Puede que te parezca un poco raro lo que te voy a decir; tómalo solo como un consejo, algo que nos ha pasado a casi todos cuando empezamos a descubrir el alma de este continente. Todo lo que vas a ver, vivir y conocer durante los próximos días puede llegar a cambiarte por completo. Prepárate para el concentrado de sensaciones más potentes que posiblemente hayas experimentado en tu vida.

—He vivido mucho, te lo advierto. Mantener un sillón dentro del consejo de dirección de una multinacional telefónica no es tarea fácil. Quizá sea más peligroso que sobrevivir en la selva. De todos modos, lo tendré presente —dijo antes de volver a un dato que le había llamado la atención—: ¿Así que llevas aquí casi siete años?

—Exactamente seis años y ocho meses: desde el 3 de septiembre de 2003.

A Lola le hizo gracia tanta precisión.

—¿Por qué África? —quiso saber.

Colin suspiró, organizó sus ideas y decidió ser transparente con ella.

—En un primer momento, para huir... Casi todos los que hemos aterrizado en este continente buscamos escapar de nuestra vida anterior. Luego, cuando África empieza a entrar en tus venas, recibes un poder transformador tan formidable que dejas de mirarte el ombligo para empezar a mirar el de los demás, y eso engancha. Más aún en un país que apenas acababa de salir de una de las peores guerras civiles que se recuerdan.

Lola, al encontrarlo tan dispuesto, preguntó qué motivos lo habían llevado a tomar esa decisión. Sentía verdadera curiosidad. Nunca había podido tener una conversación de cierta profundidad con alguien que tuviese un proyecto vital tan diferente al suyo, aparte de Beatriz.

—Hui de un amor no correspondido y de un mundo lleno de comodidades, pero vacío de otras cosas que son mucho más importantes. Entiendo que no necesitas que te explique cuáles.

—Lo pillo, por supuesto.

—Pertenezco a una de las familias más influyentes del condado de Kent desde hace más de cuatrocientos años. Los Blackhill han sido alcaldes, jueces, terratenientes... Mi madre sumó poderío a la familia como heredera de otra inmensa fortuna, y mi padre sigue incrementándolo con su empresa constructora.

Lola comprendió ahora de dónde salía el regalo en el que volaban.

—¿Y quién era ese amor no correspondido? —Se arrepintió al instante. Estaba dando a entender que la vertiente amorosa le parecía más interesante que el resto de los motivos, con toda seguridad mucho más importantes en su decisión de dejar atrás Inglaterra.

Colin se removió en el asiento, abrió una botellita de agua mineral y echó un trago.

—Se llamaba Victoria.

Lola sintió que aquel nombre ponía en marcha una avalancha de recuerdos en él, probablemente dolorosos.

—El resto ya te lo contaré algún día con una copa de whisky entre manos. —Se giró hacia su asiento y le guiñó un ojo, en un gesto que ella interpretó como una barrera bajada con posibilidades de volver a ser levantada en otro momento. Cambió de conversación preguntando por su trabajo.

Lola resumió qué hacía y dónde, sin entrar en demasiados detalles, aunque sí destacó los infinitos impedimentos que había tenido que superar para acceder a su actual puesto, dada su juventud y condición femenina.

—Imagino que se pueden ver pocas mujeres en cargos como el tuyo.

—Y tan pocas: estoy sola. Pero bueno, poco a poco está cambiando la tendencia.

—Eso dice mucho de ti. ¿Y te sientes a gusto? Supongo que a la mínima que te descuides, siempre hay alguien dispuesto a quitarte de en medio.

—Es la ley de la selva; también allí hay depredadores acechando a sus presas. —Sonrió a causa de esa habitual comparación, aunque seguramente entre los que la hacían no habría uno solo que conociese las verdaderas leyes que regían aquel mundo inabarcable e infinitamente verde que se desplegaba a sus pies, envuelto ya en la noche—. De todos modos, no me quejo. Me encanta ponerme metas difíciles y no soy de las que se achantan.

A Colin, aquel ambiente de trabajo que describía Lola le parecía extraño después de tantos años en África. Pero le gustaba oírla contar cómo lo entendía y de qué manera lo afrontaba; derrochaba sentido común y una gran valentía.

—Sobrevivir en ese ambiente —continuó ella— requiere asumir un estrés casi permanente, estar siempre alerta y apostar fuerte, pero confieso que me gusta.

—Supongo que se paga bien ese estrés —le salió a él sin pensar.

—Bastante bien, sí. —No le pareció correcto decir que eran dieciocho mil euros netos al mes.

—Aquí, estrés no verás mucho, pero necesidades económicas, todas...

Lo dijo antes de encender la radio para responder al controlador aéreo y empezar las maniobras de descenso. Acababa de ver las luces de la pista y necesitaba concentrar toda su atención en el procedimiento.

Lola acusó su último comentario. ¿Qué llegaría a ver en esos días?, se preguntó.

La avioneta Cirrus SR22 tomó tierra a las diez y cuarto de la noche sin ninguna incidencia. Rodó por la única pista del pequeño aeródromo de Lokutu y paró el motor dentro de un hangar donde solo había una avioneta más. Colin recuperó el equipaje de la bodega y lo dejó en el suelo de la nave, ayudó a Lola a bajar por el ala, sujetándola por los brazos antes de poner pie en tierra, y juntos se dirigieron a un todoterreno aparcado fuera del hangar.

—Imagino que no tendré problemas para encontrar un hotel donde pueda alojarme estos días —comentó Lola, sin haber pensado en ello hasta entonces.

—Los tendrás, porque en Lokutu no hay un solo hotel, pero olvídate de eso: te quedas en mi casa, es lo mejor que puedo ofrecerte.

A Lola le salió un «gracias» no del todo sincero. ¿Cómo iba a quejarse después de haberlo forzado a llevarla hasta allí y de que le ofreciera ahora su propia casa? Habría preferido la intimidad de una habitación de hotel y no tener que adaptarse a las costumbres de una casa ajena, por ejemplo para volver a hablar con su madre después de haberlo hecho por encima esa misma mañana. Necesitaba contarle sus veinticuatro últimas horas, pues le había faltado compartir más a fondo sus sensaciones después de la decepcionante entrevista mantenida con las autoridades del país.

De camino a casa de Colin apenas pudo ver algo. La noche era cerrada, se cruzaron solo con dos o tres coches. Por eso, cuando aparcaron a los pies de una minúscula vivienda de una sola planta y con un jardín que, por abandonado, parecía una imitación de la selva, no pudo calcular si estaba en el centro o a las afueras de la población. Casi le dio igual; estaba agotada y solo deseaba dormir.

El interior de la casa tampoco engañaba; era un claro reflejo del exterior, el polo opuesto al lujo del Grand Hôtel, uno de los más lujosos y emblemáticos de Kinsasa, adonde la embajada española los había llevado a Valentín y a ella la noche anterior.

Entraron en un salón-cocina con un tendedero del que

colgaba ropa a medio fosilizar. Después pasaron a un espacioso baño, y por último al único dormitorio de la casa, donde había una cama de setenta por uno ochenta. Sin necesidad de preguntar, Colin le resolvió cualquier duda. Le vio coger un juego de sábanas del interior de un armario antes de abandonar la habitación y de comentar que para cualquier cosa que pudiera precisar le encontraría en el sofá del salón.

Lola agradeció su cortesía.

Cuando se quedó a solas, se desnudó y buscó el pijama dentro de su bolsa de viaje. Pero al no dar con él rápidamente, se puso la primera camiseta que encontró y se tiró en la cama.

Las sábanas olían un poco a lejía. Buscó por el suelo la camisa que había llevado puesta, revistió la almohada con ella y cerró los ojos.

Lo último que oyó fue la voz de Colin, desde el otro lado de la puerta:

—Y sobre todo, ten cuidado con los alacranes; si te dejas abierta la mosquitera a veces entran.

# 10

*Selva de Tshopo, República Democrática del Congo*
*Finales de enero de 2010*

Si a lo suyo se le podía llamar «rapto», Bineka calculó que llevaba ya tres semanas atrapada dentro de aquel grupo de chimpancés que nunca dormía en el mismo lugar a causa de las obligadas incursiones diarias en busca de comida, sobre todo fruta, o determinadas plantas y hojas producidas por los más variados árboles y arbustos. Ese ir y venir de un lado a otro, dentro de aquella inabarcable selva, complicaba sus posibilidades de orientación, aunque no dejaba de pensar en escapar.

De su vida con los simios, seguía aprendiendo a interpretar determinados gestos o sonidos, y en algunos casos intentaba reproducirlos. Observaba con decidido interés a todos sus miembros agrupándolos en razón a sus comportamientos.

Entre las hembras, había tres tan cariñosas que resultaba raro no encontrarlas acariciándose, fundidas en largos abrazos cuando no dándose besos de reconciliación. Sin embargo, había una especialmente pesada: una hembra preñada que andaba el día entero olfateándolo todo, el suelo, un arbusto, cualquier flor..., pero lo que más le apasionaba eran los cuerpos, el suyo, el de Bineka y el de todas las demás. Tan insistente era que terminó llamándola como lo hacían en la aldea a quien resultaba demasiado cargante: Kusisitiza.

Había ido poniendo nombres a casi todos en un intento de individualizarlos. A un macho que tenía una oreja rasgada por tres sitios lo había llamado Tatumatu, que en su dialecto significaba «tres orejas». Al otro, Panya —«rata» en suajili—, por su peculiar color de pelo, entre grisáceo y marrón.

Algunos machos todavía jóvenes actuaban de forma arisca y eran de trato difícil; incluso preferían dormir separados del grupo y era raro verlos acicalándose. Uno de ellos se había convertido en el peor enemigo de la pequeña Furaha. Los demás se pasaban el día jugando y parecían no tener descanso. A Bineka le asombró la paciencia de sus madres, mucho mayor que en las mujeres de su aldea. Imaginó a su amiga Sanza arreando a su hijo mayor con una rama si hubiera dado tanta guerra.

Ciertos individuos eran más dados a cuidar de los demás. Uno de sus desvelos era una hembra que apenas podía moverse debido a su excesivo peso. Bineka la había llamado Mafuta, «gorda» en su lengua, y debía de haber sido la chimpancé más prolífica del grupo, a la vista de la especial atención y cuidados que recibía de las seis hembras más jóvenes, entre ellas la pesada de Kusisitiza. Siempre tenía a alguna de ellas cerca para ayudarla a comer, a romperle las nueces y darle una pieza de fruta que no alcanzaba. Bineka llegó a la conclusión de que el grupo respetaba una ley casi sagrada: la de proteger a sus miembros más débiles y mayores.

Cuando uno enfermaba, los demás acudían a abrazarlo con más frecuencia de lo habitual, y solían darle un sinfín de palmaditas en la espalda como para insuflarle ánimos.

Pero si había un comportamiento adorable, ese era el de Mashira.

Se pasaba el día entero pendiente de ella, llevándola sobre su espalda cada vez que tenían que subir a un árbol, vigilando a Takuro de cerca, inspeccionando su pelo horas y horas en busca del último insecto aterrizado en él, ofreciendo su barriga como almohada para descansar o abrazándola nada más despertarse. Le traía fruta para que no tuviera que cogerla de los árboles, y siempre contaba con Furaha, para la que añadía una ración extra.

Mashira se había convertido en su fiel protectora. A veces, por la noche, Bineka hablaba con ella muy bajito, igual que hacía con su madre cuando era una niña, en la oscuridad de su cabaña. Apenas se acordaba de sus padres. Había perdido muy pronto a su madre, que había muerto cuando Bineka aún era muy pequeña, a causa de unas fiebres. Y luego a él, que se fue a trabajar a una mina hacia el este, poco después de haberle regalado su amuleto mágico, su *nkisi*, de la que nunca volvió. Desde entonces solo había tenido a su abuelo, y en cierta medida a las demás familias de la aldea.

Mirando ahora a sus nuevos compañeros de selva, no pudo evitar ver ciertos paralelismos, a pesar de que allí no todos parecían dispuestos a velar por ella por igual, aparte de Mashira. No tenía duda de que era su principal defensora, pero seguía sin saber si, llegado el momento, podría protegerla. Porque a pesar de convivir con animales que se mostraban pacíficos y hasta cariñosos, de vez en cuando aparecía su condición salvaje.

Como cuando Takuro se enfrentó con Panya, el del pelo grisáceo, que hasta entonces había demostrado una total sumisión hacia él y lo acompañaba en todo. Apenas habían pasado cinco días de ello. En un gesto incomprensible y sin venir a cuento, el imprudente Panya se encaró con él después de haberle quitado una serpiente que estaba mordisqueando feliz. La violencia con que respondió

Takuro, la ferocidad de sus dentelladas al aire y la brutalidad de su pelea posterior dejaron encogida a Bineka. Y más aún cuando al poderoso macho no le bastó con demostrar su superioridad física y dejar bien sentado quién era el jefe del grupo; tuvo que matarlo a la vista de todos, aplastándole el cráneo con una enorme piedra que usó una y otra vez hasta hacer casi desaparecer la cabeza, antes de erguirse sobre sus patas traseras y trepar a la rama más alta de un ozigo para contemplar a su manada con gesto retador.

Pero si aquel comportamiento ya la aterrorizó bastante, tampoco se quedó corto el que demostraron a continuación los demás: cuando los vio enloquecidos, a la caza y captura de un pedazo de carne del muerto, en un espantoso festín de sangre y gritos que terminaron haciéndola temblar de arriba abajo, cerrar los ojos y taparse los oídos. Lo peor fue ver entre ellos, como una más, a su querida Mashira. Comprendió entonces, con cierta tristeza, que a pesar de haberla humanizado, no dejaba de ser un simio.

Entonces decidió que era hora de escapar.

Lo intentó esa misma tarde, mientras dormitaban todos tras el atracón de carne de chimpancé que se habían dado. Quizá fue la premura con que lo hizo, sin el sigilo necesario. Aunque la mayor culpa la tuvo Furaha al unirse a ella en cuanto la vio correr, chillando como una loca, sin perder su paso. Después de dejar que se le subiera encima y emprendieran una veloz carrera hacia el oeste, vista la posición de la sombra que daban los árboles, no tardaron más de tres minutos en oír los primeros aullidos, y poquísimo tiempo después, percibió sus carreras a escasa distancia.

Bineka se volvió para calcular sus posibilidades y reconoció con espanto a Takuro, adelantado a otros cuatro a los que no llegó a identificar. Nunca se había medido en velocidad con un chimpancé, pero le bastó esa experiencia para darse cuenta de la desproporcionada ventaja que tenían. Algo que no iba a olvidar jamás en caso de afrontar otro intento de huida.

El gran macho, que podría pesar la mitad más que Bineka, se abalanzó sobre sus piernas y consiguió derrumbarla, quedándose ella boca arriba y con el simio encima. Sus amenazantes chillidos la ensordecieron, y con solo mirar el tamaño de aquellos colmillos imaginó una muerte inmediata, parecida a la del desventurado Panya. Cerró los ojos y al instante sintió un dolor tan brutal en un muslo que le hizo soltar un grito. Takuro le había dado un primer mordisco. El segundo lo recibió en una mano, la que usó para defenderse de él. Dada la fuerza de sus mandíbulas, dudó si no se la habría arrancado. Entre ataque y ataque, Takuro la contemplaba enfurecido, golpeando el suelo con los puños, henchido de rabia. Ella no tenía tiempo ni de llorar, asistía impotente a su fatal destino.

Miró a su alrededor y reconoció varias caras, pero no la de Mashira; encontró gestos de incredulidad en algunas hembras, en otras de incertidumbre. Pero ninguna movía un dedo por ella, salvo Furaha, que de forma insensata se había lanzado a morder a Takuro en la nuca después de haberlo arañado por donde buenamente supo; gesto que emocionó a Bineka. Para sorpresa del encolerizado macho, la reacción de la cría desencadenó un ataque conjunto del resto de los chimpancés contra un desprevenido Takuro, que hubo de defenderse y separarse de Bineka para escapar de la agresión, momento que aprovechó Mashira para recogerla entre sus brazos y llevársela corriendo lejos de allí.

Aquella tarde, por culpa de la reacción que Furaha había despertado en los demás, Takuro perdió su indiscutido poder tras ser vencido por Tatumatu, el macho que se mostró más fuerte y enérgico y logró hacerlo huir de forma humillante.

Lejos de saber si la nueva situación iba a ser definitiva, Bineka no volvió a ver a Takuro hasta el anochecer, pues este se mantuvo a distancia del clan, observándolo.

Mashira subió a su ahijada a un árbol y la dejó sobre un lecho de hojas junto con otras tres hembras, que la rodearon muy nerviosas y puede que impresionadas por las serias heridas que tenía en el muslo y en la mano, que sangraba profusamente.

Consciente de su gravedad, Bineka arrancó una rama bastante flexible y se la ciñó sobre la pierna, por encima de la mordedura, para detener la hemorragia. Pero no pudo frenar el intenso dolor que casi la quemaba y empezó a gritar necesitada de algo que pudiera aliviarla. Mashira, ansiosa, golpeó el tronco una y otra vez al escuchar sus quejidos, hasta que saltó a una rama más baja, y de allí a otra, y a una más después, para terminar desapareciendo por el bosque.

Bineka fijó la atención en su mano izquierda. El dibujo semicircular de la dentadura del simio había quedado perfectamente marcado sobre la piel. Intentó mover los dedos, pero apenas conseguía que el meñique y el anular respondieran. Recordaba haber visto cómo su abuelo había vendado la mano a una mujer después de ser mordida por un pangolín. El problema era que allí no disponía de un pedazo de tela con el que envolver los dedos bajo un entramado de palitos. Miró a su alrededor en busca de alguna solución.

Furaha, que seguía con interés todo lo que hacía, dirigió su atención al mismo punto que ella, intentando entender qué podía necesitar. Bineka identificó unas grandes hojas cerca de la base de un árbol, de firme estructura y grosor, y le hizo gestos para que fuera a por unas cuantas.

La pequeña cría no lo entendió. Se acercó, la abrazó cariñosa y no se movió.

Bineka no se atrevía a bajar tal como estaba, y cayó en la cuenta de lo que tenía debajo de su propio trasero: las mismas hojas grandes que había visto por el suelo. Escogió la que parecía más recia, rompió una rama en ocho pedazos, los colocó a lo largo de la superficie de la hoja y se envolvió la mano con aquel invento. Conseguir atar aquello por dos o tres sitios le supuso no pocos intentos, porque algunas ramitas se le partían, y apenas podía manejarse con una sola mano. Pero entre agudos pinchazos de dolor, un largo coro de resoplidos y el tesón que le puso a la faena, logró un resultado bastante aceptable.

Su abuelo daba mucha importancia a embadurnar la herida con una pasta obtenida con unas plantas muy concretas aplastadas, que según decía evitaban que el mal de los animales pasara a contaminar la sangre de los humanos. Tendría que esperar a sentirse mejor, o a que Mashira la transportara en su espalda para ir con ella a buscarlas.

Mashira tardaba en volver.

Bineka había congregado a su alrededor a un grupo de curiosos que seguían su evolución sin perderse un solo detalle. Cuando gemía de dolor, desencadenaba una cierta agitación entre el colectivo, que se sumaba a ella con un curioso grito que más de uno alargaba hasta detenerlo de golpe y regresar al silencio. Si exploraba la herida de su muslo, en un solo segundo tenía otros seis ojos encima, y tan cerca que tanto pelo de tanto espectador terminaba haciéndole cosquillas. Si no fuera porque eran lo que eran, Bineka habría pensado que actuaban con ella como los médicos que de mucho en mucho aparecían por la aldea para valorar el estado sanitario de la población.

Había empezado a sentir mucha sed y las piernas cada vez más entumecidas, junto a un agudo dolor de cabeza. Pero en menos de un suspiro se le olvidaron todos los males cuando divisó el perfil de una serpiente reptando por una rama, demasiado próxima a ella. Su público la había abandonado hacía rato, aburridos por la falta de novedades, y solo tenía a Furaha. La cría también vio el reptil, y Bineka supo que se trataba de una especie muy peligrosa. La pequeña chimpancé, movida por su instinto, empezó a emitir un sonido semejante a un ladrido, uno que Bineka nunca había oído. Rompió una rama y se enfrentó a ella a pesar de las órdenes en contra que le lanzaba Bineka.

—¡Déjala! ¡No la toques! —Se sintió impotente. No se podía mover y veía a la inconsciente cría acercándose demasiado a la serpiente—. ¡Ven! ¡Estate quieta! —Sus gritos captaron la atención del resto.

Furaha golpeaba una y otra vez el tronco del árbol con aquella rama, hasta que de repente la serpiente alzó la cabeza y se puso a la misma altura del cuello de su atacante. Furaha se acercó todavía más, y la serpiente se mantuvo inmóvil y con la mirada clavada en ella. Bineka volvió a llamarla de forma desesperada, temiéndose lo peor. Agarró su *nkisi* y pidió ayuda al dios Kalunga. Y como respuesta a sus ruegos oyó un aullido ahogado, el de una de las hembras, que cogió a la serpiente por la cola y, de un fuerte tirón, la lanzó volando por los aires.

Furaha empezó a saltar emocionada con el resultado. Bineka respiró más tranquila, contempló a su auxiliadora y agradeció lo que acababa de hacer golpeándose el pecho. La chimpancé respondió de la misma manera.

Poco a poco la noche fue robando la escasa luz que conseguía atravesar las frondosas copas de los árboles, y todos iniciaron los trabajos previos al descanso, con la búsqueda de materiales para fabricar los nidos en los que descansar. Furaha, al notar la imposibilidad de que su madre adoptiva lo hiciera por ella, se metió en faena y al poco tiempo apareció con un montón de hojas entre los brazos.

Bineka estaba temblando. Mashira no había vuelto, y ella se notaba cada vez más caliente.

Cerró los ojos con intención de dormir, recibió a Furaha en su vientre, la rodeó con los brazos y escuchó los sonidos de la noche: los últimos cantos de algún pájaro, los primeros ronquidos del grupo y la respiración de su hija adoptiva.

A la media hora acusó un primer ataque de temblores, tenía los labios y la boca resecos, y notaba a la vez un agudo dolor de espalda, aparte de los permanentes en pierna y mano.

—¿Dónde estás, Mashira? ¡Te necesito! —exclamó en voz alta.

Mashira seguía buscando, ahora en medio de la oscuridad, una determinada planta y llevaba en la mano una raíz que había podido localizar. Pero todavía tardó un rato en reunir lo necesario.

Para cuando regresó, encontró a Bineka profundamente dormida. Se sentó a su lado con un esmerado sigilo. Masticó las hojas junto con la raíz hasta formar una pasta, descubrió las heridas y empezó a cubrirlas con aquel engrudo verdoso hasta taparlas por completo. Luego acarició la barbilla de la humana, se le escapó un suave ronroneo y se quedó tumbada a su lado, con intención de velarla el resto de la noche.

# 11

*Lokutu, Tshopo, República Democrática del Congo*
*Finales de abril de 2010*

Escuchar a alguien dándole los buenos días a las seis y media de la mañana no entraba dentro de sus rutinas antes de acudir al trabajo, y no porque le costase ponerse en marcha. En su casa apagaba el despertador al segundo o tercer pitido, y lo siguiente era: una ducha rápida, un café que volaba con ella de la cocina al baño para terminar de nuevo en la cocina, vestirse con la ropa elegida la noche anterior, una fugaz ojeada al móvil, intercalada con otra a las principales noticias de la BBC en el televisor de su dormitorio, y a partir de ahí el día empezaba para ella.

Pero aquella mañana, la voz de Colin hizo que de golpe se sintiera en territorio ajeno. Llevaba un aromático café en la mano.

—Esto es África, Lola. Nunca duermas sin mosquitera... —La descorrió—. Te la puse ayer de madrugada.

—¿Per-dona? —Tumbada boca abajo, volvió la cabeza hacia él.

—Aun así, tienes un estupendo habón ahí.

Lola siguió la dirección de su dedo, que apuntaba a su muslo; a un enrojecido grano que le empezó a picar sin piedad. Al rascárselo, con rabiosa y dolorosa intensidad, se dio cuenta de que iba semidesnuda y se cubrió con la sábana antes de escucharle decir que tenía tres picaduras más. Se hizo con el café y disfrutó del primer sorbo, pero poco duró el disfrute ante la llegada de un segundo ataque de picores. Dejó la taza sobre la mesilla y se rascó a dos manos.

—Insisto, no olvides usarla. —Señaló la mosquitera ya recogida—. Por aquí los mosquitos no solo pican; llevo tres malarias encima y doy fe de que es una enfermedad muy seria. Todos estamos a solo un picotazo del *Anopheles.*

—¡No fastidies! ¿Me puede haber picado esta noche uno de esos? —Se tapó todavía más con la sábana.

—Esperemos que no. Me desperté a media noche y, al recordar que no te había dejado el repelente, entré por si estabas despierta. Pero dormías, y te lo dejé ahí, en la mesilla. No iba a ponértelo...

—Claro, claro... —reaccionó ella imaginándose la escena.

—Tienes que echártelo antes de salir a la calle.

Poco después desayunaban unos huevos revueltos con taquitos de beicon —«especialidad de la casa», anunció Colin—, mientras él le contaba el plan previsto.

Antes de abandonar la casa, Lola llamó a su madre; tan solo unos minutos, los suficientes para ponerla al corriente y saber un poco de ella.

La primera imagen que recibió al salir a la calle la impactó: no había aceras, el suelo era de tierra, una tierra rojiza y húmeda. Contó una docena de cabras en procesión tras un joven descalzo, con camiseta del Barça y pantalón del Real Madrid: dos mujeres con medio mercado de frutas sobre la cabeza; tres soldados con boina negra y fusiles de asalto apoyados en una pared mientras fumaban un pitillo, y una veintena de motos pitándose entre sí en un ensordecedor primer acto.

El segundo acto, después de arrancar el todoterreno al que se subieron, dio comienzo nada más girar la calle y meterse en otra más ancha. Flanqueada por los árboles más altos que había visto en su vida, en aquella vía urbana había de todo. Con la boca abierta y sin decir una sola palabra, Lola descubrió una de las genuinas esencias de África: su infinita capacidad de sorprender al recién llegado. Adelantaron a una furgoneta pequeña con tanta gente dentro y fuera, hasta en el techo, que no entendía cómo podía moverse. Sortearon media docena de vacas con joroba, tan secas de carnes como unas lagartijas. Y se tuvo que tapar la nariz con el apestoso humo negro que echaba al cambiar de marcha el camión que llevaban delante. Sintió asco al ver una camioneta con una pila de carne sanguinolenta bajo una nube de moscas. Y se llevó un buen susto cuando estuvieron a punto de chocar con una moto conducida por un enorme tipo con un diminuto mono sobre el hombro. Pocos metros después, se volvió para contemplar a un grupo de mujeres vestidas con alegres telas de colores gritándose entre ellas como si estuvieran sordas, hasta que a una le dio un ataque de risa que contagió a las demás. Le encantó su vitalidad.

Colin la iba mirando de reojo sin hablar. La luz de África la favorecía mucho, pensó.

Aunque vestía de manera informal —pantalones cortos y camiseta— y olía a colonia fresca y a ropa recién lavada, su estilo se notaba hasta en el peculiar tintineo que producían sus pendientes: dos grandes dobles aros dorados, que no hacían más que bailar con cada bache.

Puso la radio y aquello dio pie al tercer y último acto, cuando en medio de unos cantos profundos, con claras raíces étnicas y ruidoso acompañamiento de tambores, un policía les dio el alto señalando el arcén. Les pidió los pasaportes, y Lola vio cómo Colin metía un par de billetes en cada uno y se los pasaba al oficial, poco antes de que este marcara sonrisa, dos taconazos y los dejase seguir.

Se acordó del desagradable incidente del aeropuerto.

—¿Es siempre así? —preguntó.

—¿Así cómo? —Colin miraba por el retrovisor para incorporarse de nuevo al tráfico.

—Te he visto pagar a ese policía.

—Es lo normal, por desgracia. Si no lo haces te buscan un lío; ya ni me lo planteo.

Llegaron a un cruce sin semáforos y se pararon a esperar. Los vehículos atravesaban a gran velocidad la vía perpendicular. Para cruzarla había que pisar a fondo el acelerador y confiar en que los demás frenaran lo suficiente para no ser embestidos.

—Joder, joder... —Lola cerró los ojos al sentir el acelerón, temiendo terminar ingresada en las urgencias de un hospital perdido de toda civilización con politraumatismos varios.

—Tranquila, prueba superada. —El inglés sonrió—. Esta es la verdadera África; lo de ayer, en Kinsasa, un ensueño.

—Uf... —Se abanicó con un pequeño parasol que encontró en la guantera para rebajar el calor de sus mejillas—. Acabas de triplicar la adrenalina que descargo cada vez que me llama mi director general a su despacho.

Las oficinas de Greenworld en Lokutu no tendrían más de doce metros cuadrados, cinco mesas enanas repletas de papeles, un ventilador de techo al que le faltaba un aspa y que giraba un poco en falso, y un enorme plano del país sobre la única pared de ladrillo. Dos más eran de adobe, y la cuarta, un gran ventanal que impedía trabajar sin ser visto por una multitud de viandantes que paseaba calle arriba calle abajo, en medio del principal mercadillo de la ciudad.

Colin presentó a Lola al único cooperante presente. El joven, un escuálido francés de nombre René y en torno a los veinticinco años, le dio un inesperado abrazo junto con sus más sinceros deseos de volver a tener a Beatriz pronto con ellos. Colin llamó a Marc por si en Kinsasa sabían algo más, pero su jefe no tenía nuevas noticias.

Lola aprovechó para mirar su móvil, y como no lo había dejado cargando por la noche, preguntó a René si no tendría un cable compatible. El solícito joven, pecoso y de piel exageradamente blanca a pesar del clima tropical, le pasó el suyo, feliz por poderla ayudar. Dejó el teléfono cargando y se volvió hacia Colin, que estaba diciéndole a Marc:

—Nosotros bien; el vuelo normal, aunque la pobre llegó agotada... Que llame a don Valentín... Vale, ahora se lo digo.

Tapó con la mano el auricular y señaló otro teléfono colgado en la pared.

Lola captó la idea, rebuscó en su mochila y, después de descartar unas cuantas tarjetas, encontró la del hotel. Empezó a marcar los números y esperó tono.

Cuando le pasaron con la habitación del padre de Beatriz, el teléfono sonó y sonó sin que lo descolgara. Probó otra vez, en vano. ¿Habría ocurrido algo?, se preguntó con creciente intranquilidad. Como Colin seguía hablando y el francés parecía estar muy concentrado en la lectura de un documento, se puso a ojear un folleto del parque nacional Garamba, situado cerca de Sudán del Sur, y la revista corporativa de Greenworld África, a la que dedicó un poco más de tiempo. Hasta que vio algo que le llamó mucho más la atención.

Se trataba de una fotografía. Al acercarse identificó el marco y la foto; se la había regalado ella. Ahí estaban las dos amigas, dobladas de la risa, durante un viaje a Londres, apenas un mes antes que Beatriz fuera a África, después de haber cenado en un local en la ribera del Támesis que —según aseguraba su publicidad— ofrecía las mejores ostras de la ciudad; el plato preferido de las dos. Tras haberse devorado más de dos docenas, y mientras se dirigían a un local de moda con intención de tomarse una copa, se habían hecho esa foto con la Tate Modern de fondo. Frente a la mesa de trabajo de Beatriz, Lola se vio sobrevolando aquel momento de felicidad compartida.

Su amiga había estado toda la cena emocionadísima y sin dejar de hablar sobre las personas que había conocido de Greenworld y los proyectos que manejaban en España. Y como lo hizo con tanta pasión, atragantándose, entusiasmada como no recordaba haberla visto en mucho tiempo, incapaz de utilizar más elogios para la generosidad, grandeza de objetivos y altura de miras de esa gente, Lola no encontró un solo argumento que hiciera abandonar a Beatriz la idea africana. Había presenciado tantos y tantos bandazos vitales de su amiga que solo pudo bendecir y celebrar su decisión esa misma noche.

—Mi querida Beatriz... —susurró apretando el marco entre las manos.

Tuvo un pequeño conato de emoción que consiguió abortar a tiempo. No le gustaba llorar en público, aunque no pudo evitar que se le humedecieran los ojos.

René se dio cuenta y pensó en ofrecerle consuelo, pero se le adelantó Colin, que acababa de finalizar su llamada.

—¿Quieres salir de aquí?

—No, no... Tranquilo, estoy bien. ¿Te importa si cotilleo un poco? —Señaló el escritorio de Beatriz.

—Como quieras.

Sentada sobre una silla bastante endeble echó una primera ojeada a las dos montañas de papeles que despuntaban a cada lado y no invitaban a perder demasiado tiempo en ellas. Leyó por encima los primeros documentos y los dejó de lado: artículos de revistas, informes, fotocopias de periódicos y algún panfleto. Le extrañó la ausencia de un ordenador de sobremesa, pero René estuvo al quite —no debía hacer otra cosa que estar pendiente de ella, pensó—: Beatriz se llevaba todos los días su portátil a casa para seguir trabajando; todo era poco para avanzar en sus investigaciones. Le agradeció la información con una brillante sonrisa y siguió con sus pesquisas.

Abrió un cajón del escritorio y encontró el clásico material de oficina: calculadora, grapadora, varios lápices y bolígrafos, unos cuantos clips desperdigados, dos gomas de borrar y tres de pelo, algunas monedas sueltas y el típico kit de primeros auxilios. En el siguiente cajón, encontró dos gruesas carpetas con los nombres escritos de «Proyecto Palma» y «Proyecto Iroko». Retiró las gomas para explorar el contenido de la primera.

Contenía cientos de fotos; muchas de ellas tomadas a través del enrejado de una valla, que mostraban antiguas extensiones de selva talada junto a montones de troncos apilados. Se detuvo en las imágenes de una aldea devastada, en la que apenas quedaba en pie un pequeño horno de piedra con unos cuantos objetos esparcidos por el suelo; sobre todo, vasijas y platos de barro. La carpeta contenía también dos informes firmados por Beatriz, algunas páginas impresas sacadas de internet, fotocopias de algo parecido a un boletín oficial y bastantes notas a lápiz sobre diagramas con nombres de empresas.

La carpeta sobre el Proyecto Iroko le produjo un impacto mucho más desagradable. También contenía numerosas fotos, pero de animales muertos a machetazos: crías de chimpancé apiladas en horribles montones junto a ejemplares de más edad decapitados. En otras aparecían cadáveres de otras especies animales, más o menos reconocibles, sacrificados sin aparente motivo. Le espantaron tanto que sintió la boca seca y un ligero mareo; bebió un poco de agua.

Colin, al advertir su palidez, quiso saber cómo se encontraba.

—Bueno, a medias... Acabo de ver en qué ha estado trabajando Beatriz y me he quedado espantada, sobre todo con ese proyecto llamado Iroko. ¿Significa algo esa palabra?

—El iroko es una madera tropical muy apreciada, tanto o más que la teca, que está atrayendo formidables inversiones a este país por ciertas empresas acostumbradas a moverse en negocios oscuros, a las que les importa poco si en esos bosques viven colonias enteras de primates, elefantes u otras especies protegidas. Arrasan con todo con el único objetivo de vender miles y miles de toneladas de iroko a un tipo de cliente al que tampoco le cuesta demasiado saltarse los reglamentos internacionales que regulan el comercio sostenible de madera.

—Y Beatriz estaba siguiendo el rastro de alguna de esas compañías... ¿Me equivoco?

—No. Alternaba sus rastreos sobre esas empresas con el seguimiento de otras compañías demasiado amigas de las Agencias de Cooperación Internacional para el Desarrollo de varios países de Occidente.

—¿Qué consiguen de esas agencias oficiales?

—Bastante más de lo que se debería permitir. Ingentes cantidades de dinero en forma de subvenciones, concedidas por más de un gobierno europeo con el objetivo de mejorar la endeble economía de la población congoleña.

—Y supongo que no lo hacen... ¡Qué vergüenza!

—Aseguran estar creando trabajo local mediante sus proyectos agrícolas, que no son más que enormes plantaciones de palma; miles y miles de hectáreas robadas a la selva para conseguir el famoso aceite. Tras lograr una financiación a coste cero, gracias a países como Holanda, Francia, Italia... y España, se dedican a deforestar selva protegida, venden la madera y abandonan la zona sin haber sembrado una sola palmera, o solo algunas para hacerse la foto.

Lola acababa de entender qué había detrás del Proyecto Palma que daba nombre a la primera carpeta.

—Un negocio redondo: primero cobran de los gobiernos y después de lo que venden... —Escandalizada ante la falta de escrúpulos con que operaban esas compañías, se preguntó si no sería una de ellas la que estaba reteniendo a su amiga.

Sumida en aquel funesto pensamiento, se quedó ensimismada hasta que Colin le propuso ir al hospital.

Ya sentados en el todoterreno, fueron en dirección este para conocer por fin al doctor Keita Ajani.

Se acababan de incorporar a la carretera cuando sonó el teléfono de Lola.

—Sí, ¿quién es? —Escuchó a su asistente personal. No habló durante los siguientes tres minutos—. No me lo puedo creer... ¡Será hijo de perra! ¿Hasta dónde crees que puede alcanzarnos?

Colin no entendía castellano, pero imaginó algún problema de empresa.

—En cuanto tenga un minuto mandaré un correo al jefe para contratacar... Cuando veas mi comunicación, tantea el ambiente y me cuentas. ¿Vale? Gracias, tendré mucho cuidado tanto allí como aquí. Ya hablamos.

Colgó el teléfono y, al volverse para explicar quién y por qué le había llamado, indignada porque uno de sus colaboradores estaba aprovechando su ausencia para vender una determinada gestión al máximo jefe de la empresa —saltándosela a ella, por supuesto—, Colin se le adelantó.

—Cualquier problema es menos problema si se comparte con alguien que solo quiere lo mejor para ti; me encantaría ayudarte.

—Gracias, muchas gracias... —respondió Lola gratamente sorprendida.

# 12

*Hospital de Lokutu, Tshopo, República Democrática del Congo*
*Finales de abril de 2010*

A las puertas del hospital, Lola probó un segundo sorbo de aquel concentrado de emociones que le ofrecía África, tal y como Colin le auguró que sucedería.

Aparcaron en una explanada, a escasos veinte metros de la entrada principal de un edificio de una sola planta, no demasiado grande. Cuando había sabido que atendía a una población dos veces mayor que la de su ciudad, Lola lo había imaginado tan grande como el hospital Juan Cardona, de Ferrol. Pero se equivocaba. Colin le explicó que era el único centro médico con servicio de quirófano en toda la región, frente a los tres que disfrutaba Ferrol o los treinta de la Comunidad de Madrid. A pesar de ello, no fueron las dimensiones del edificio lo que más le afectaron; cualquier dato, cifra o número se quedó en nada frente a la imagen de la multitud de personas que vio apiñada a sus puertas, queriendo entrar a la vez, entre gritos y violentos empujones.

Incapaz de fijarse en ninguno de los que integraban aquella masa humana, con solo asistir al lamentable panorama que ofrecían, Lola empezó a sentir sobre su conciencia el peso del drama. Le impresionó tanto que necesitó parar y tomar un poco de aire, sin dejar de mirarlos. Algunos entraban en el hospital cojeando —los mejores—; otros lucían horrendas úlceras en cara, brazos o piernas. Vio a docenas de mujeres, con pechos agrietados, llevando de la mano a niñas embarazadas que no tendrían los trece años. En pocos metros cuadrados se reunía la cara más penosa de la humanidad: su lado más infernal.

Habría visto imágenes parecidas cien veces en la televisión, pero nunca tan de cerca. Y podía jurar que el efecto no era el mismo.

Cuando intentaron entrar, Lola recibió un segundo impacto, esta vez olfativo. La multitud olía a una peculiar mezcla de aromas: a ganado vacuno, al estiércol que alimentaba los verdes prados, también a especias..., pero sobre todo a sudor y también a petricor, ese perfume almizclado que desprende la tierra cuando se humedece después de un golpe de lluvia.

El conjunto no le pareció desagradable, sino muy distinto.

En el vestíbulo vieron decenas de camillas, enfermos quejándose y niños llorando junto a ancianos delgadísimos. Lola estaba cada vez más conmovida y temía no mantener el tipo.

Pasaron al lado de una mujer muy joven. Mostraba un pecho al aire infestado de pústulas y úlceras sangrantes que desprendían un olor repugnante. Lola se tapó la nariz en un intento de combatir una oleada de náuseas.

—Iremos por ese pasillo. —Colin señaló a su derecha—. Ajani pasa consulta en el último despacho, al fondo.

Se cruzaron con una enfermera rubia, de aspecto nórdico. Llevaba dos niños colgados a ambos lados de la cadera y una expresión de absoluto agotamiento. Parecía estar desbordada. Tras ella, un joven doctor, con una bata que habría conocido el blanco en tiempos mejores, se peleaba con una anciana para examinar una tumoración en forma de coliflor que le ocluía media oreja. Otro exploraba las partes íntimas de una joven en medio de una sala atestada de pacientes. Lola se sintió humillada como mujer.

Cuando llegaron al final del pasillo había tanta gente que alcanzar el despacho les pareció una tarea casi imposible. Lola se puso de puntillas para mirar por encima de los presentes y pudo ver a un hombre de espaldas, entre una nube de mujeres. Debía de ser el novio de Beatriz. Lo ayudaba una enfermera pelirroja. Le pareció que estaban vacunando.

Colin gritó el nombre del médico varias veces, hasta que vio que se volvía.

—¡Colin! ¿Traes noticias de Beatriz?

Al recibir la negativa del inglés, la mirada del doctor Ajani se nubló.

Lola pudo ver su rostro: el clásico perfil de un africano, con labios marcados pero nariz fina, al estilo masái, y un mentón rematado en un hoyuelo, pómulos y cejas prominentes, y unas profundas cuencas oculares que encerraban una interesante mirada de color almendra.

A pesar de su evidente cansancio, a Lola le pareció atractivo. No había elegido mal su amiga, concluyó antes de ver cómo conseguía abrirles un pequeño pasillo humano.

Al fijarse en Lola, a Keita le cambió el gesto.

—¿Eres Lola?

—Te presento a la señorita Freixido —apuntó Colin, que pronunció el apellido como pudo.

—Lola..., la famosa Lola... —Keita le dio dos besos.

—Sí, soy yo... —dijo un tanto descolocada.

—No sabes cómo lamento conocerte en estas circunstancias... —Le ofreció su mejor sonrisa—. No tenía ni idea de que ibas a venir a Lokutu. ¿Y su padre? —Sin darle tiempo a responder, miró a Colin—. ¿Cómo es posible que sigamos sin saber nada de ella?

—Doctor, todavía nos faltan cien niños antes de la hora de comer... —La enfermera pelirroja, de acento alemán, le hizo volver al trabajo.

—Lo sé, Frida, ya voy. —Se dirigió a Colin y a Lola—: Si no os importa, quedaos conmigo y seguimos hablando.

Colin empezó a explicar lo que había sabido por su jefe, las frustrantes conclusiones de la reunión con los responsables del Gobierno congoleño, y las pocas novedades de que disponía; en resumen: nada. Mientras hablaban, Lola observaba lo que sucedía a su alrededor con un creciente pavor. A su lado terminaba una larga cola de madres que esperaban la consulta con sus pequeños en brazos; con solo fijarse en lo delgadísimos que estaban, su corazón se le partía en dos.

Vio cómo Frida usaba una especie de brazalete de cartón con los niños. Tenía una lengüeta que se cruzaba por debajo de una pequeña ventana, y según el color que aparecía en ella los pesaba y anotaba los datos en un papel, o bien se los pasaba a Keita para que este decidiera si debían ser vacunados después de una cuidadosa exploración clínica. La vacunación la llevaba a cabo un segundo enfermero, de la ONG Save the Children, según se leía en su bata, un tipo hasta arriba de *piercings* y tatuajes en los brazos al que llamaron Jan.

—¿Puedo ayudar? —Lola se ofreció a Frida—. Podría medirlos mientras tú apuntas. Quizá así los haríamos esperar menos...

Al escuchar su sugerencia, Keita la miró de reojo. Las buenas impresiones que le había trasladado Beatriz se estaban viendo reforzadas.

La pelirroja le explicó en qué parte del antebrazo tenía que colocar el brazalete, al que llamó MUAC, y cómo debía leer el dato en la ventanita.

—Valoramos la desnutrición de los niños a través de lo que se llama «perímetro mesobraquial». La escala de color de la cinta va del verde, que refleja una nutrición correcta, al rojo, que indica una desnutrición severa, pasando por el amarillo y el naranja. A los que den rojo hay que ingresarlos de inmediato. Los que marquen amarillo o naranja se derivan al doctor para que valore su grado de desnutrición y decida cómo actuar.

Lola confirmó que lo había entendido y se puso a ello.

—Esto es muy duro, ya lo ves. No pasa nada si te sientes sobrepasada. No lo pienses. ¿Me harás caso?

Lola se lo prometió y buscó el principio de la cola para atender al primer niño. La madre que lo llevaba dijo algo que no consiguió entender. Comenzó a actuar. Pasó el brazalete por la manita del pequeño hasta llegar a la mitad del antebrazo, ansiosa por arrancar con un color verde. Sin haber leído todavía el resultado, le llamaron la atención los enormes ojos negros del niño, en una cabeza un tanto desproporcionada con respecto al resto del cuerpo. Se fijó también en sus pómulos, bastante marcados, la mirada seca y sus labios hinchados.

Sintió pena.

Por más veces que hubiese visto imágenes parecidas, la que tenía frente a ella, en ese preciso momento, no era abstracta o impersonal; estaba allí mismo y se trataba de un niño aferrado a un fragilísimo hilo que separaba su vida de su muerte.

El brazalete no pudo salir peor: la cinta marcó rojo y un número tan bajo que parecía imposible de creer.

Frida recogió al pequeño en sus brazos y se lo llevó con urgencia para que lo hospitalizaran. Lola observó a la madre, tras los pasos de la enfermera. La mujer caminaba con otros dos niños de la mano, y para su asombro, no vio un rostro roto de dolor. Imaginó que debía de estar tan acostumbrada a convivir con la muerte que perder a un hijo sería algo tan natural como el nacimiento del siguiente.

Mientras intentaba hacerse la fuerte, recibió de Keita una mirada de afecto y comprensión tan inmensa que fue suficiente para seguir con su tarea.

Aquella mañana pasaron por sus manos tres niños con marcadores naranja, otros cinco amarillos, uno verde y más de una veintena rojos, que le hicieron pensar que aquello no tendría que existir en pleno siglo XXI.

Eran todos menores de cinco años. Algunos llegaban con fiebre, otros temblando. La mayoría lloraba en cuanto los separaban de sus madres, o cuando Frida los pesaba. Tuvo que coger en brazos a dos para comprobar con horror que, en efecto, no pasaban de los cuatro kilos.

Cuando había superado el medio centenar y vio que todavía tenía en espera la misma cantidad, se sintió demasiado afectada. Por más reuniones difíciles en el trabajo, o exigentes tribunales de doctorado y reputados másteres que habían llevado sus nervios a límites inimaginables, nunca se había sentido tan superada como en aquella consulta.

Frida le aconsejó que saliera un rato fuera para tomar el aire. Avisó a Colin para que hiciera de lazarillo al verla tan pálida y temblorosa. Se abrieron paso entre un mar de enfermos, después de que el doctor Ajani le agradeciera su dedicación y los emplazara a comer en su casa a mediodía.

Nada más pisar la calle, buscaron un banco.

Liberó parte de la tensión con un profundo y largo suspiro, que la dejó algo más relajada. Con la mirada puesta en el suelo, pensó que le iba a costar olvidar lo que acababa de vivir. Colin le sostuvo la mano sin ejercer presión.

—Es normal, tranquila. Nos ha pasado a todos...

Ella guardó silencio. Se sonó la nariz con un pañuelo que buscó en su pequeña mochila y compartió su sensación:

—El mundo debería saber qué está pasando aquí...

—Entiendo que pienses de esa manera —respondió Colin—. Pero después de los muchos años que llevo viendo estas cosas, he llegado a otra conclusión: lo importante no es lo que hagan los demás, sino lo que dejamos de hacer nosotros.

El razonamiento dejó tocada a Lola. No le faltaba razón.

—Siempre que Beatriz estaba en Lokutu, se pasaba las tardes enteras ayudando a Keita. Aquí la conoce todo el mundo. Hacía de todo: cualquier cosa que le pedían, como si fuera una sanitaria más.

Lola se sintió orgullosa de Beatriz, pero también fatal al pensar que ella pertenecía a ese otro grupo de la humanidad: el que daba la espalda a la descarnada realidad que se vivía en lugares como aquel y que nunca hacía nada.

Miró a Colin a los ojos y encontró en ellos comprensión.

Pero no la suficiente como para dejar de sentirse mal.

# 13

*En casa del doctor Keita Ajani, a las afueras de Lokutu, Tshopo*
*Finales de abril de 2010*

Lola entró en el dormitorio que Keita compartía con Beatriz.

Se sintió rara, como si estuviese violando su intimidad, pero Keita no podía ser más empático y, al advertir su deseo por descubrir el entorno de su amiga, le allanó el terreno.

—Ese de ahí es el único cuadro que quiso colgar... —Señaló uno a su espalda.

Lola se volvió y reconoció una fotografía que se habían hecho juntas en una excursión a la parroquia de Freixido, en Ourense, en busca de los orígenes de su apellido. Estaba tomada desde la vecina sierra de Portomourisco. La miró con nostalgia, recordando lo bien que lo habían pasado, a pesar de haber regresado sin un solo dato nuevo sobre sus ancestros. Tampoco le importó demasiado, porque terminó siendo uno de aquellos días solo para ellas, para disfrutarse a solas, reírse de todo. Se le escurrió una lágrima.

Para buscar el portátil de Beatriz, principal motivo de haber entrado en el dormitorio, Keita empezó por el armario donde su pareja guardaba la ropa. No lo encontró. Probó a continuación, uno por uno, en los cajones de la cómoda. Lola, mientras, se acercó al vestidor. Le llegó el olor de la colonia de su amiga, la de siempre, y aquello desencadenó una irrefrenable necesidad de tocar, de sentir sobre sus dedos cada tejido, de revivir las mismas sensaciones cuando se intercambiaban sus vestidos o se probaban mil veces la ropa en una u otra tienda. Empezó con una camisa, luego unos *shorts*, pero terminó separándose del mueble, suspirando, bastante afectada.

Cuando Keita intentó dejar el portátil sobre un modesto tablero de madera que ejercía de tocador, repleto de pendientes, anillos, alguna crema facial, pinceles, pintalabios y unos cuantos paquetes de clínex, tuvo que abrirse espacio empujando uno y otro objeto. Lola capturó al vuelo, antes de que terminara en el suelo, una pulsera que le había regalado a Beatriz cuando supo que se iba a África; era de madera de ébano, muy étnica. Recordó haberla comprado un soleado domingo en el Rastro de Madrid.

Keita observó cómo la acariciaba y quiso conocer su historia. Después de entender la importancia que tenía para ella, decidió regalársela. Lola se negó, pero llegaron a un acuerdo: la llevaría puesta hasta que volviese Beatriz.

Lola pidió quedarse un rato más en la habitación para explorar el portátil. Keita no puso ninguna objeción y la dejó sola mientras preparaba con Colin algo para comer.

Lo encendió, pero le pedía contraseña. Probó con la fecha de nacimiento de su amiga y algunas otras que se le fueron ocurriendo, pero con ninguna logró desplegar el escritorio. Cambió de enfoque y empezó a jugar con otras palabras. Escribió su nombre, el primer apellido, los de los padres de Beatriz, el de Keita. Le siguieron Lokutu, Congo, Ferrol, y alguno de sus excéntricos destinos viajeros, pero nada; no conseguía acceder a los menús. Y para complicar aún más las cosas, apareció una ventana con el aviso de que solo disponía de tres intentos más antes de que se bloqueara de forma definitiva. Decidió preguntar a Keita.

Lo encontró en la cocina hirviendo un poco de pasta, pero tampoco la pudo ayudar; jamás había usado su ordenador y nunca se había preocupado de saber si tenía o no contraseña.

Un tanto desesperada, Lola tomó asiento y probó con la palabra Greenworld, pero todo siguió igual. Como solo le quedaban dos posibilidades más, cerró el portátil. Imaginó a Beatriz, trabajando allí mismo, sentada en esa misma silla. De un vistazo recorrió el mobiliario, el ventanal, la alacena; todo lo que había a su alrededor lo habría tocado ella mil veces, formaba parte de su vida. Y le pudo la rabia.

Explotó en voz alta, ante sus dos asombrados espectadores.

—¿Qué podemos hacer para tenerla de nuevo aquí?

Colin apoyó una mano en su hombro antes de contestar:

—Hay mucha gente involucrada en su búsqueda que está haciendo todo lo posible. Toca esperar...

Aquello no le convenció nada. Miró su teléfono. Era jueves, faltaban menos de veinticuatro horas para el plazo dado por los secuestradores, y ni don Valentín ni el embajador se habían molestado en llamarla. Tan solo tenía tres llamadas perdidas de diferentes números de su empresa, seguramente reclamando algo que creerían importante y que a ella, incluso sin saber de qué se trataba, le resultaba de lo más intrascendente en ese momento.

Probó a localizar al padre de Beatriz.

—Sí, soy Lola... ¿Cómo va todo? ¿Alguna novedad?

—Nada, qué va... Es desesperante. No se sabe nada de los secuestradores; ya no sé qué pensar.

—Lo entiendo, me siento igual. Y tampoco ayuda mucho vernos en manos de las fuerzas de seguridad de este país...

—Me cuesta mucho asumir lo que veo, y peor todavía lo que no veo. Las cosas funcionan si hay una buena planificación, y aquí solo hay caos. Lo que está pasando..., la verdad..., mi hija...

Lola notó un sollozo enmascarado con una falsa tosecilla. Respetó su aflicción y se apiadó de él. Distrajo el momento describiéndole la vida de Beatriz en Lokutu, mencionando en primer lugar a Keita.

—¿Qué nombre es ese? Suena a africano... ¿No me irás a decir que mi hija se ha echado un novio negro..., bueno, de color? —Su intento de corrección sonó del todo falso.

A Lola le repateó el comentario, pero se armó de paciencia y ensalzó su trabajo en el hospital.

—Lo que tú digas, pero no deja de ser una excentricidad más de nuestra siempre excéntrica Beatriz; ahora le ha tocado estrechar el contacto entre razas. No sé si quiero que me cuentes más...

Había aparecido de nuevo la figura autoritaria, el intransigente, el irracional, el padre firme que parecía no gastar ni un poco de corazón. Y Lola no pudo más, a pesar de su compasión anterior, a pesar de estar en medio de la cocina, a pesar de tener a un público que no entendía sus palabras en castellano, pero sí cuánto la estaban afectando.

—Mire, don Valentín, hasta ahora he tratado de ser comprensiva con usted, pero no puedo más; abandone de una vez sus absurdos prejuicios y juzgue a la gente solo por los hechos. Tiene una hija a la que todo el mundo que estoy conociendo respeta por su entrega, por su generosidad. Y en el tiempo que lleva en África ha conocido a su alma gemela, a un ser excepcional, alguien que no puede amarla más. ¿No le parecen suficientes razones para sentirse orgulloso? ¿Qué hay dentro de su corazón?

No llegó a averiguarlo porque Valentín le colgó el teléfono. Y ella no pudo saber si lo hizo indignado o abrumado por las verdades que le había tocado escuchar.

—¡Agggg...! —bramó indignada.

Los dos cooperantes dejaron de cocinar.

—¿Estás bien? —preguntó Keita.

—Sí, gracias. Perdonad mi reacción... —Lola solo miraba el portátil.

Le pasó un paño de cocina por encima para quitarle un resto de tomate que le había caído encima mientras servían los macarrones en cada plato. Se pusieron a comer. Pero a Lola no le entraba nada. Seguía sintiendo la presencia de su amiga por todos lados, en todo, y luego la llamada de su padre...

—¿Podría llevármelo, a ver si consigo entrar? Te lo traería pronto, en solo unos días. —Se dirigió a Keita señalando el ordenador.

—Claro, ya se lo devolverás a ella misma —dijo con una sonrisa entre triste y esperanzada—. Beatriz me contó muchas cosas de su padre. Era él, ¿verdad?

—Sí. Tiene una forma de ser un tanto complicada, digamos. Lo he conocido rompiendo los nervios del más templado, aparte de estar chapado a la antigua. Pero en el fondo es buen hombre, y no está pasando por su mejor momento... —Optó por rebajar su propia furia.

—El clásico militar que no se quita el uniforme nunca... —apuntó Colin en tono de reprobación, sin que Lola le diera pie.

Ella quería cambiar de tema y le preguntó a Keita:

—¿Cómo os conocisteis?

A Keita no le costó explicar cómo había conocido a Beatriz. Desveló por qué se había enamorado de aquella joven idealista, cómo lo había llevado a conocer una segunda adolescencia y qué pudo obrar en su interior para terminar completamente entregado a ella.

Lola le dejó hablar, ansiosa de cualquier nuevo detalle que tuviese que ver con su amiga. Y él se lanzó a describir las virtudes de Beatriz. Destacó la insólita capacidad que había demostrado en el hospital para atraerse el cariño de los pacientes, los efectos terapéuticos que producía en todos su permanente sonrisa y la inagotable capacidad de entrega que formaba parte de su esencia. Keita hablaba sin parar, con un tono emocionado y sin perder el gesto grave. Lola envidió el gran amor de Keita por Beatriz; por eso sintió necesidad de saber más de él.

—¿Eres de Lokutu? —preguntó.

—Qué va. Soy de Kinsasa, de una familia bastante pudiente: un afortunado, para lo que se suele dar en mi país. Quise ser médico desde bien niño al ver cómo a mi abuelo, al que adoraba, le consumía un cáncer que sus doctores no pudieron vencer. Esa fue mi obsesión desde entonces. Empecé la carrera en Boston, mi vocación se mantenía, pero el destino final cambió: me olvidé de la oncología y quise dedicarme a la cirugía estética. Ya ves, estaba tan obnubilado por la riqueza que veía por todas partes, también entre las familias de mis compañeros, que opté por la especialidad que me daría más ingresos.

—¿Lo conseguiste? —preguntó Lola mientras saboreaba el café que acababa de servir Colin.

—Hice tanto dinero, tanto, que un día me di cuenta de que podía vivir el resto de mi vida sin volver a trabajar, y todavía no había cumplido los treinta y cinco.

—Me parece muy valiente y admirable que cambiaras Estados Unidos por un hospital como el de Lokutu. ¿Qué pasó entre medias?

—Todo. Pasé de aumentar tamaños, corregir formas y volver turgentes los pechos de centenares de insatisfechas americanas, a tener que quitarlos para evitar el avance de horribles infecciones, incluso gangrena, en otras mujeres no tan preocupadas por la estética sino por sobrevivir. —Se bebió el café—. De comer langosta y beber el mejor bourbon a conformarme con unos macarrones con poco tomate como estos y a beber agua embotellada cuando puedo pagarla.

»Venía a África cada verano; por un lado, para ver a mi familia, pero también para devolver a mi pueblo lo mucho que me había dado la vida en Estados Unidos cuando aquí faltaba de todo. Y empecé a entender que solo aquí me podía sentir médico de verdad.

»Me tocó de todo: desde intentar evitar una muerte segura a un montón de niños hasta convencer a sus madres de que era mejor hervir el agua antes de beberla y de la necesidad de vacunarlos. Me sentía como el espectador más privilegiado de un gran milagro; un milagro que pasaba por delante de mis ojos cada día, hasta que tomé la decisión de no volver a América.

—También tiene su lado malo —se sumó Colin—. Como otros muchos médicos que trabajan en este país, Keita conoce demasiado bien los efectos de la malaria en su propio cuerpo. ¿Verdad, amigo?

Uno y otro le contaron cómo muchos de los sanitarios que colaboraban con Médicos sin Fronteras acababan siendo parasitados por esquistosomas, tracomas u otros muchos patógenos, y cómo se jugaban la vida con cada brote de ébola —«Sabrás que aparece con inquietante frecuencia por aquí», recordó Keita—, cuando no enfermaban de fiebre amarilla.

—Su ONG se preocupa de que coman lo suficiente —continuó Colin—, pero en más de una ocasión he visto cómo Keita regalaba su ración a una mujer, porque eso sería lo único que quizá comiesen los suyos en varios días.

—¿Cómo no voy a hacerlo? —Levantó las manos en un gesto de resignación—. Es mi respuesta a esa llamada vocacional que recibí mientras veía morir a mi abuelo. Aquí es donde le puedo devolver lo que me dio; en un lugar donde todo es verdad, por brutal y descarnado que parezca.

Lola se sentía impresionada: le parecía admirable. Pero no conseguía borrar la imagen de su amiga atrapada, quizá violada o herida. Y fue tanta la congoja que le produjo aquel último pensamiento que le sobrevino una arcada.

Bebió un poco de agua, los miró con ojos llorosos y medio quebrados, y solo le salió decir:

—Perdonadme... Me falta Beatriz...

# 14

*Selva de Tshopo, República Democrática del Congo*
*Marzo de 2010*

Las heridas de Bineka tardaron más de un mes en sanar.

Apenas era capaz de apoyar la pierna o usar la mano izquierda, lo que significó que cualquier nuevo plan de escape quedaba descartado. La cicatriz en forma de media luna tras su único intento le servía también de freno. De ahí que las pocas fuerzas que pudo reunir durante semanas se centraran en sujetarse a Mashira para no perder el paso del clan, en masticar las semillas y raíces que le daban a comer, beber el agua de la lluvia y esquivar a Takuro cada vez que se acercaba a Furaha o a ella.

Porque Takuro había vuelto a reclamar su trono y lo había recuperado, para desgracia de Tatumatu, al que le tocó regresar a su anterior estado de sumisión tras haber perdido una durísima pelea y terminar con una nueva raja en su otra oreja como recuerdo. No era el único. Cada enfrentamiento que protagonizaba Takuro iba dejando sobre el cuerpo de su rival una huella en forma de cicatriz, herida o desgarro, pero también en el suyo, consiguiendo que su aspecto fuese cada vez más temible.

Por lo demás, la vida dentro del clan discurría sin demasiados sobresaltos, salvo los producidos por el imprudente comportamiento de los más pequeños, que no sabían medir el peligro y saltaban de una rama a otra cuando aún no tenían suficiente fuerza o destreza. Pero lo que más angustiaba a Bineka era tener que seguir asistiendo a las violentas cópulas de Takuro o las que practicaban los demás machos a escondidas del jefe del clan.

Había observado que las hembras no siempre los recibían de buen grado. Solo lo hacían cuando se les inflamaba la región trasera tomando un color rojo encendido que debía de ejercer un fuerte efecto de atracción sobre el macho, que se reforzaba horas después con la emisión de un olor que terminaba de excitar al semental.

Bineka los veía durante esos días olfateando a las hembras, antes de montarlas, y ella no sabía qué hacer cuando se le escurría un hilo de sangre por la entrepierna, cada mes. Trataba de ocultarlo como podía. Para evitar que la piel de los muslos cobrara un color rojo, se limpiaba a conciencia con unas hojas grandes que había aprendido a escoger, debido a su fuerte poder absorbente, y recogía unas florecillas amarillas muy olorosas con las que se frotaba a fondo para contrarrestar el aroma que pudiera emanar de sus genitales.

Por el momento lo había conseguido, y salvo algún intento más por parte de Takuro —neutralizado siempre por Blanca o Mashira—, a los demás machos los tenía controlados. Si se acercaban demasiado, vocalizaba un gruñido y les tiraba a la cabeza la primera piedra, rama o fruta que encontraba.

Seguían moviéndose cada día de un lugar a otro, o a lo más tardar cada dos, realizando cortas caminatas, como mucho de media jornada. Pero en los inicios de la primavera, las persistentes jornadas de lluvia complicaron sus movimientos y solo les permitían recorrer distancias menores al localizar más y mejor variedad de alimentos. Tanto tiempo parados, empapados y bajo el pegajoso efecto de la alta temperatura que sufrían durante más de medio día, provocó que surgieran nuevos problemas entre ellos que terminaron por romper la frágil convivencia del clan.

En una ocasión, la aparición de un nuevo macho en busca de familia provocó una verdadera tragedia.

Takuro se había alejado más de lo habitual, e iba muy adelantado, cuando Bineka vio a un macho enorme, muy fuerte, con un ojo rajado de arriba abajo y la cuenca vacía. Escudriñó a todo el grupo, manteniendo la distancia, muy callado, analizando el comportamiento de las hembras y, sobre todo, el de los dos machos. Trataba de saber si entre ellos estaba el jefe del clan. No lo debió de ver claro, porque esperó un rato más sin dar el paso.

Consciente del peligro, Bineka se colocó en el centro del grupo de hembras para no llamar la atención; muy cerca de Kusisitiza, la pesada, que unas semanas atrás había parido a una hermosa cría; la cargaba a la espalda o agarrada a uno de sus pechos para que mamara mientras caminaban.

Pasado un rato, el intruso debió de ver fácil el ataque y se arrancó a correr para hacerse con la primera hembra en celo y cubrirla. Las demás se pusieron a chillar para alertar a Takuro y que acudiera a protegerlas.

Pero Takuro tardó más de lo debido.

En su lugar, actuaron Tatumatu y otros dos machos demasiado jóvenes e inexpertos. El recién llegado los recibió de pie y armado con una rama larga con la que empezó a golpear el suelo lanzando alaridos de lo más inquietantes. Su ferocidad, tamaño y fortaleza amilanaron a los machos, que se alejaron de él.

Bineka se agachó entre las nueve hembras, que se arremolinaron adoptando una posición de protección, y Furaha se escondió bajo sus piernas con una mirada de pánico desconocida.

—Tú estate bien callada y quietecita.

El macho atacante oyó a Bineka y fue hacia ella. Pero se interpuso Kusisitiza para olfatearlo o para cansarlo —esto último más propio en ella— mientras le enseñaba las palmas de las manos en actitud sumisa. El macho captó a la primera su mensaje no verbal, olfateó sus partes y la observó sin la menor prisa. Sin embargo, terminó despreciándola por no estar en situación deseable. Kusisitiza, lejos del desaliento, volvió a hacer méritos a su nombre y se mantuvo pegada a él como si fueran un solo ser.

Por fin oyeron los alaridos de Takuro, que acudía a toda velocidad, quebrando algunas ramas de camino, sorteando arbustos y grandes rocas, hasta que vieron surgir su cabeza calva entre los árboles.

Sorprendido, el invasor agarró a la cría de Kusisitiza y emprendió la huida. La madre chilló con todas sus fuerzas y se lanzó en su persecución para recuperar a su pequeña.

El encontronazo que provocó Takuro con aquel otro macho fue tan violento que levantó una enorme nube de polvo a su alrededor que impidió a los demás ver qué estaba sucediendo. Takuro —que nunca hacía caso a la cría, por supuesto hija suya, e incluso rechazaba su presencia— cogió a la pequeña chimpancé por un brazo y de un tirón se la arrebató al otro, pero en el lance recibió una dentellada en la espalda y una mirada que parecía retarlo a una lucha a vida o muerte.

Forcejearon, se mordieron, chillaron, se lanzaron piedras, ramas, hasta que se encontraron cuerpo a cuerpo, con toda su furia.

Después de sufrir numerosas heridas y de haber derramado una buena cantidad de sangre, Takuro consiguió vencer al intruso, que terminó huyendo. Se puso a dos patas, hinchó pecho y soltó un largo alarido, con la pequeña cría pendiendo de una de sus manos, apenas sujetada por un brazo, oscilando de mala manera hasta que llegó Kusisitiza para recuperarla.

Acudieron las demás hembras para reconocer la fuerza de Takuro y de paso ver qué había pasado con la pequeña. Bineka constató la inmovilidad de la cría y entendió que estaba muerta.

La madre la acogió entre sus brazos y le ofreció un pecho para que comiera. Sin embargo a la criatura se le iba la cabeza hacia atrás o bien a los lados. Kusisitiza se mostró muy aturdida. Dejó a la pequeña en el suelo y con un dedo la empujó varias veces para ver si lograba que se moviese un poco. El cuerpo de la cría yacía inerte y dolorosamente insensible.

Bineka se acercó a la afectada madre y le pasó la mano por la espalda. Y se quedó impactada cuando vio al resto del clan haciendo cola para repetir su gesto; como si se tratara de un improvisado duelo, uno de los muchos que había conocido en la aldea cada vez que fallecía uno de sus miembros.

Kusisitiza siguió un día entero al lado de su pequeña muerta, sin moverse; quizá pensando que en cualquier momento se despertaría y volvería a jugar con ella, pidiéndole pecho o saltando por encima de sus pies para que la impulsara por los aires.

Pero eso no volvió a pasar.

Bineka y otras hembras le acercaban la comida para que no se muriera de hambre, porque de pena le faltaba ya poco. Y allí se quedó, sin probarla. Y allí se quiso quedar para siempre.

Cuando al día siguiente el grupo se puso en marcha en busca de nuevos territorios donde encontrar comida, aunque varias hembras intentaron tirar de Kusisitiza para que se uniera a ellas, incluida Bineka, no lo consiguieron. Prefirió seguir con su pequeña, tumbada y sola, rodeando el cuerpo de la cría muerta, protegiéndola hasta hallar su propia muerte.

En el instante en que ya se iban, cerrando la comitiva, Bineka y Furaha se volvieron para mirarla por última vez. Nada más podían hacer por ella; a su manera estaba cumpliendo una de las leyes de la selva.

Y esa era de las más sagradas.

# 15

*Casa de Colin Blackhill, Lokutu, Tshopo,*
*República Democrática del Congo*
*Finales de abril de 2010*

Lola se echó sobre los hombros una chaquetita de punto por si bajaba la temperatura y subió la escalera hasta la terraza de la casa, donde Colin estaba poniendo la mesa.

Él no paraba de bajar y subir con platos y cubiertos. Ella, sin poder quitarse de la cabeza la suerte de Beatriz, empezó a pasear arriba y abajo hasta llegar al lado oeste, donde se detuvo a contemplar el asombroso panorama: la luz del anochecer empezaba a teñir el horizonte de naranja, ocre, rosa y azul, sin la presencia de una sola nube, como adelanto de una noche que con toda seguridad vendría acompañada de un cielo cargado de estrellas y una hermosa luna llena. ¿Podría estar viendo lo mismo su amiga, en ese mismo momento? ¿Sabría que estaba allí, que había acudido desde España para buscarla? Seguro que sí, se respondió a sí misma antes de preguntarse si le serviría de ayuda en su reclusión, aunque solo fuera un poco.

Hinchó los pulmones con la escasa pero reconfortante suave brisa, después de haber padecido treinta y tres grados y un ochenta por ciento de humedad durante casi todo el día. Olió a cedro y a banano, pero también a impotencia, a la amarga sensación de no estar haciendo lo suficiente para recuperar a su amiga.

Al volverse hacia la mesa sintió un repentino ataque de simpatía por el inglés al ver cómo había reunido sobre el mantel un escueto plato de queso con un pequeño pedazo de pan —que había conocido tiempos mejores—; un frugal manjar iluminado por un oxidado flexo, cuya bombilla parpadeaba tanto que no tenía pinta de poder resistir viva una noche más, junto con una botella de agua fresca y dos vasos.

Se sentaron. Lola probó el queso sin apenas masticar, callada, rumiando la conversación que había mantenido con su madre poco antes de subir. La notó mayor, dispersa y atropellada: saltaba de un tema a otro sin rematar ninguno. Y terminaba todos con un: «¡Ay, hija, qué mal lo llevo!», lo que había desencadenado una renovada sensación de culpabilidad en Lola; la misma que sentía desde el día que había fijado su residencia en Madrid, porque no dejaba pasar la ocasión de reprocharle que la había dejado tirada en Ferrol.

Colin preguntó si iba todo bien, pero tardó en averiguarlo porque Lola parecía estar en otro lugar. Repasaba la recriminación final que había recibido de su madre por haber dejado solo al padre de Beatriz en Kinsasa y, sobre todo, el calificativo que había usado para definir su actitud. Sin mirar a su anfitrión, atacó un trozo de pan tan duro que necesitó la intervención de todos los molares, y por un momento dudó si su progenitora no estaría en lo cierto.

—Entiendo que me conoces poco, o mejor dicho nada. Pero ¿a ti también te parezco una egoísta?

A Colin se le atragantó el sorbo de agua, tosió varias veces para despejar la garganta y decidió que aquella pregunta solo podía deberse a la tensión nerviosa.

—Como bien dices, no te conozco lo suficiente, y no me atrevo a opinar... —Trató de esquivar el asunto.

—¡Perdona! Tienes razón... Es una pregunta absurda. Verás, es que acabo de hablar con mi madre, y no sé si te pasará lo mismo, pero me sigue reprendiendo como cuando tenía doce años. Me saca de mis casillas.

Colin se echó para atrás, apoyó la espalda en su silla y sonrió.

—También tengo madre, y la mía adora opinar sobre todo lo que hago o dejo de hacer. Así que me formo una idea. Pero, volviendo a tu pregunta, esta tarde te he visto ayudando en el hospital. Parece lo opuesto a estar pensando solo en ti, ¿no crees?

—Ya. Pero no sé si podría hacerlo día tras día. No soy como Beatriz...

—¿Quieres que hablemos de ella?

—Claro.

—¿Sabes?, si tuviera que describirla me bastarían tres palabras: *pasión, tesón* e *independencia.* No le lleves la contraria, que no conseguirás sacarla de su idea. Y necesita libertad para respirar, por eso no estábamos muy al corriente de en qué estaba metida.

Lola lo escuchó reconociendo a su amiga en todo. Así se lo hizo saber, como también sus dudas.

—En las carpetas que encontré en su mesa, leí el nombre de tres empresas: Green Plantations, Lands & Oils y Oriental Corporation Investments. Supongo que eran las que investigaba. ¿Qué me puedes decir de ellas?

—Por desgracia, no mucho. Ella llevaba de forma muy personal esas investigaciones, y aunque ahora lo lamente, es la única que podría responderte. De lo poco que me contó, recuerdo que Green Plantations tiene la sede en Canadá, aunque en su accionariado hay capital estadounidense, alemán y holandés. Y en su web declara que tiene como objetivo «transformar en verde el tercer mundo», como si fueran a reforestarlo. Me llamó mucho la atención.

—No deja de ser un fin loable —opinó Lola, acostumbrada a lidiar con grandilocuentes frases como las que usaban muchas corporaciones para definir sus pomposas misiones y visiones.

—En apariencia, sí. Así es como lo venden a la opinión pública. Pero su verdadero plan es sembrar miles y miles de hectáreas de soja, donde hoy hay selva, para la creciente industria vegana y ganadera. De las tres empresas, es la más poderosa.

Siguió hablando de Lands & Oils, una firma belga cuyos principales accionistas se perdían en una complejísima red de sociedades. En los últimos años, se había hecho con enormes extensiones de selva para dedicarlas a la producción de aceite de palma.

—Imaginamos que sobornan y extorsionan a altos cargos del Gobierno congoleño y sospechamos que cuentan con personal contratado de corte paramilitar, aunque no son las únicas compañías que emplean esos medios en este país.

De Oriental Corporation Investments sabía menos: tan solo que sus propietarios eran de origen chino, los últimos en llegar a la región que Beatriz estaba investigando, y a la que había dedicado más tiempo en los últimos meses. Quizá la más sospechosa de todas.

—¿Fue la que la llevó a meterse en la selva antes de su desaparición?

—Estaba haciendo un seguimiento de esa firma, lo sabemos por sus compañeros. No he conocido a tu amiga redactando un solo informe, tenía alergia a escribir; me lo contaba todo en persona. Y esto también me lo habría explicado si no me hubiera pillado fuera de Lokutu. Era muy celosa de lo suyo, no soltaba prenda hasta que lograba alguna evidencia. Me adelantó que había hecho grandes descubrimientos, pero no me dijo cuáles. Y por esa manía suya de no dejar nada por escrito, apenas sabemos qué estaba buscando.

—¿Sabes quién le redactaba todos los años la carta a los Reyes Magos, y muchas veces su diario? —Lola se bebió el vaso de agua de un trago con verdadera sed—. Tienes toda la razón; de primeras, parece una persona abierta y espontánea, pero luego no siempre actúa así. Si le da el día, te puede contar hasta la marca de pasta de dientes que ha utilizado esa mañana, pero como la pilles abducida por sus cosas, ya puedes insistir que ni te dirige la palabra.

—El día de su desaparición se adentró en una zona muy poco conocida por nosotros, y como yo andaba recorriendo otra región en busca de turberas y no estaba operativo, lo comentó con mi jefe, Marc. Por respeto a nuestros procedimientos internos, no porque le gustase.

—¿Qué estará pasando que no nos cuentan? Si el día del rescate es mañana, ¿por qué no han llamado sus secuestradores? ¿Qué piensas tú, Colin? ¿Qué hilos podemos mover?

—Por desgracia, no tengo respuesta.

Lola tragó saliva y soltó un largo suspiro. La falta de sueño, la dureza de lo que estaba conociendo en aquel país, la ansiedad por no saber, el miedo; tantas sensaciones juntas estaban superando su habitual resistencia.

—¿Qué tiene África que tanto os seduce a todos? —dijo observando su alrededor, como tratando de traspasar la abrumadora penumbra que lo absorbía todo.

—Te devuelve más de lo que tú le das —contestó él—. En mi caso, es lo mejor que he hecho en mi vida.

—¿Aun con todos los peligros que acarrea? —Al advertir en él un desconcertado gesto, se explicó mejor—: Malaria, asistir todos los días a tanta miseria, que te secuestren como a Beatriz...

—Por peligrosa que sea esta tierra siempre merece la pena.

Lola lo miró a los ojos y le gustó la determinación y seguridad que vio en ellos.

No dijo nada. Se limitó a explorar aquel cielo asombrosamente negro bajo un impenetrable techo de nubes, pero a la vez callado y tranquilo. En otra circunstancia se hubiera sentido a gusto, pero no en ese momento, no podía. No podía olvidar por qué estaba allí. Soltó otro largo suspiro que Colin supo interpretar.

—¿Te apetece un vino?

Lola respondió con un espontáneo sí. Cuando él apareció con una botella y dos vasos, la pilló bostezando.

—Tienes que estar cansada...

—Me va a venir muy bien esa copa antes de acostarme.

Revisó el teléfono por si tenía algún mensaje de Kinsasa.

Colin le acercó su vino. Bebió un pequeño sorbo y dejó que actuara en la boca durante unos segundos, los suficientes para notar un alto grado alcohólico y un fuerte efecto astringente en la lengua por acción de sus taninos. Decidió que, sin ser ninguna maravilla y dado el lugar, era como para perdonarlo todo. De hecho, probó un poco más.

¿Qué quieres hacer mañana? —preguntó él, tratando de organizar su día para no dejarla demasiado sola.

—¿Mañana? —A Lola le costó pensar. Se recogió el pelo en un rápido moño y notó un inmediato alivio en la nuca en forma de frescor—. Si no te parece mal, me quedaré aquí, esperando noticias de Kinsasa, mientras intento desbloquear el portátil de Beatriz... O quizá a media mañana me acerque al hospital... por si les viniese bien un poco de ayuda. —Se terminó de un trago la copa e hizo amago de levantarse, dando por finalizada la velada.

Cuando Colin se puso a recoger los restos de la cena, asomó por el cuello de su camisa un extraño colgante de madera que llamó la atención de Lola. Parecía un búho, como con largos pelos, raro.

—¿Y eso? —Señaló con el dedo.

—Es un *nkisi*, una especie de amuleto. La gente de por aquí dice que poseen un carácter mágico. Ya sabes, para atraerse la suerte o para no caer en desgracia, según lo mires. Lo encontré en medio de la selva, tirado en el suelo, y no me preguntes por qué desde entonces lo llevo puesto.

Como estaban bajando la escalera, e iban medio chocando a causa de su exagerada estrechez, Lola se adelantó unos pasos y vuelta hacia él preguntó si Beatriz llevaba otro.

—Sí, una especie de chimpancé, pero ya ves la suerte que le ha dado...

—No creo en esas cosas.

Al instante miró la pulsera de madera de su amiga: podría considerarse otro amuleto. La acarició a la vez que pensaba: «Ojalá pudiese cambiar de opinión, y por obra de un extraño arte o de la magia, recupere a mi amiga sana y salva».

—Ni yo. Pero en una ocasión conocí a una anciana, una curandera muy venerada en Lokutu, que al verlo en mi cuello lo cogió entre las manos, canturreó algo y al concluir insistió en que nunca me lo quitara. Dijo que la fortuna me traería a una gran mujer, pocas enfermedades y más cosas buenas que malas. Así que, por si tenía razón, ahí sigue.

Acababan de llegar al dormitorio, y Lola se despidió agradeciendo tanto la cena como la compañía.

—No hay de qué. Descansa, lo necesitas.

Una vez a solas, Lola se quitó los pantalones, la camisa y el sujetador, para depositar el conjunto de forma ordenada en una silla de tijera. Desplegó la mosquitera alrededor de la cama, se embadurnó de repelente a conciencia, se terminó de poner el pijama, se tapó con la sábana hasta arriba y, ya con los ojos cerrados, con más ganas de dormir que otra cosa, se sorprendió pensando en Colin.

Le pareció volver a oír su voz —que de tan profunda a veces sonaba un tanto rasposa— y percibió también el aroma de su piel, con una clara evocación a tierra y lluvia, haciéndose hueco en sus sentidos.

Lo que la llevó a hacer un rápido balance antes de dormir: «Por encima de las penosas circunstancias, parece un buen tipo».

# 16

*Oficinas corporativas de Lands & Oils, Ostende, Bélgica*
*Finales de abril de 2010*

La infancia y juventud de Maxime de Mons habían transcurrido razonablemente felices.

Su familia, de origen belga, llevaba más de un siglo instalada en África Central, adonde habían llegado siguiendo la estela del rey Leopoldo II y de Henry Stanley. Más allá de su famoso encuentro con el doctor Livingstone en Zanzíbar, el explorador y periodista británico dejó su huella como emisario del desalmado rey belga, que en 1876 decidió reivindicar una inmensa extensión repleta de riquezas naturales que iban desde el marfil hasta el oro, ochenta veces más grande que la propia Bélgica. Esas tierras, el Estado Libre del Congo, acabaron anexionadas al reino en 1908 —el nacimiento del Congo Belga—, y hasta 1960 no conocieron su independencia.

Maxime había nacido un año después de esa fecha y a cuatro de la toma del poder de Mobutu Sese Seko, amigo íntimo de su padre. La dictadura de Mobutu, que duró treinta y dos años, benefició mucho a la familia De Mons. Su patriarca se convirtió en uno de los mayores productores de caucho, y la tercera fortuna del país. Y Maxime, en un joven muy afortunado. Después de no haber querido estudiar, empezó a trabajar en la empresa familiar para no privarse de nada. Más de dos docenas de sirvientes atendían la enorme mansión familiar, situada a las afueras de Kinsasa, entonces Leopoldville; sus cuadras guardaban los mejores caballos; sus garajes, varios coches de lujo, y disponían de tanto dinero que les resultaba hasta difícil saber cómo y dónde gastarlo en aquel país que durante más de dos décadas pasó a llamarse Zaire.

Pero su fortuna se quedó en nada con el levantamiento de los tutsis en la región oriental en 1997, respaldado entre otros por Ruanda desde la orilla opuesta del lago Kivu, frontera natural entre los dos países. Aquello derivó en la Primera Guerra del Congo y el golpe de Estado del revolucionario maoísta Laurent-Désiré Kabila, quien solo pudo gobernar cuatro años —todos ellos en una guerra civil perpetua que costó varios millones de vidas— antes de ser asesinado en 2001 y de que su hijo, Joseph Kabila, heredara el trono oficioso de la renombrada República Democrática del Congo.

Y ahí seguía en 2010, mientras Maxime echaba la vista atrás y recordaba el declive de su familia. Si ahora tenía cuarenta y ocho años, con treinta y cinco —en coincidencia con la llegada del primer Kabila— le había tocado vivir el comienzo de un infierno cuyo prólogo fue el suicidio de su amado padre, para continuar con el expolio de las propiedades de la familia y terminar conociendo la miseria.

El odio que caló en sus entrañas no solo se extendió hacia los gobernantes de aquella tierra, sino que además comprendió a todo el país, a su gente, a sus paisajes, a su historia, a su cultura; a todo. Y ese odio seguía alimentando su existencia.

Miró las fotografías que decoraban los pasillos de Lands & Oils con las altas montañas y verdes selvas congoleñas, y se dijo que esa belleza era mentira; que lo único bueno que tenía ese país de mala muerte había que arrancárselo de las entrañas. Trató de quitarse aquella sensación oscura de encima mientras esperaba para entrar en el despacho de Paul Vestraeten, presidente de la empresa para la que trabajaba desde hacía ocho años y una especie de ángel custodio para Maxime.

Echó una ojeada al diario *Le Soir* a la espera de entrar en su despacho. Tenía mucho que agradecerle a Paul: había sido él quien lo había recogido de la nada en cuanto conoció la desgracia familiar, después de haber sido uno de los mejores clientes en el negocio del caucho de su padre. Se ocupó de mandarles dinero para que vivieran con cierta comodidad. La razón se supo dos años después, cuando se casó con la madre de Maxime, de la que siempre había estado enamorado, aunque ella solo vivió una Navidad más.

Después de aquella suerte de favores y desgracias, y de haber saltado de un mal trabajo a otro —en actividades no del todo legales, en las que había aprendido a manejarse bien con las manos y a no dejarse intimidar por nadie, cayera quien cayese—, Maxime empezó a trabajar para Vestraeten, al que apenas conocía en su deslucido papel de padrastro tardío, pero sí en el de exigente y mordaz jefe. Porque no le pasaba una.

—¿Señor De Mons?

La voz de la secretaria hizo que Maxime moviera sus noventa kilos en dirección a la puerta de roble francés con el membrete de su propietario en dorado.

Paul Vestraeten no levantó la vista de los papeles; los tenía tan cerca de las gafas que parecía haberse dormido encima de ellos.

—¿Padre?

—Si sabes que no me gusta que me llames así, ¿por qué insistes? —dijo sin mirar.

Maxime sonrió; si insistía era precisamente porque a su padrastro no le hacía ninguna gracia. Le pareció más calvo y también que había engordado desde la última vez. La papada le caía por encima del cuello de la camisa. Comprobó que seguía cuidándose el bigote cuando le vio estirándose las puntas engominadas y curvas, mientras murmuraba lo que estaba leyendo.

Buscó asiento frente a su mesa de despacho, donde había más periódicos y revistas que en cualquier kiosco del centro de Kinsasa. Eligió uno para hacer tiempo, y ojeó sus titulares, hasta que dio con otro que le llamó la atención: se refería al volcán islandés Eyjafjalla. Habían pasado algo más de dos semanas de su erupción y aún seguía influyendo en el tráfico aéreo de media Europa: por suerte, no había afectado a su vuelo. Se preguntó qué pasaría si entrasen en erupción los ocho cráteres congoleños del parque nacional de los Volcanes, relativamente próximos a una de las últimas propiedades de Lands & Oils. Como se alargaba el silencio de su interlocutor, leyó otro artículo sobre el próximo reglamento de la Comunidad Europea, que recogería las nuevas obligaciones para los agentes implicados en la comercialización de la madera y los productos derivados de la misma. Les acarrearía más trabajo de papeleo, calculó. Aunque sus labores siempre estaban lejos de los despachos.

—¿Cómo se lleva vivir con un cuarto de pulmón menos? Por lo que veo, aquel día te dejó también una buena señal en la cabeza.

Vestraeten había cambiado por fin de prioridad y se centraba en él. Consciente del fatal accidente que había sufrido cinco meses atrás, pero sobre todo de su larga y delicada hospitalización hasta bien entrado febrero, después de haber recibido un disparo en el pulmón que a punto había estado de llevárselo a la tumba, era la primera vez que se veían.

—Todavía me cuesta subir escaleras, evito cualquier actividad física fuera de lo normal y he tenido que dejar de fumar. Ahora lo llevo mejor, pero casi no lo cuento.

Se rascó la llamativa cicatriz que ahora le levantaba la ceja derecha casi un centímetro, fruto de aquel mal día, en el que, además de haber temido de verdad por su vida, había perdido a la mayor parte de su gente, salvo a un único hombre, que por suerte pudo llevarlo a toda velocidad hasta el primer hospital casi desangrado y medio ahogándose de camino. Esa cicatriz, como otra redonda que presidía desde entonces su pecho, entre la segunda y la tercera costilla derechas, eran los recuerdos de aquella asombrosa joven a la que lamentó mil veces no haber matado como a los demás, en aquella aldea, cuando por los pelos no pasó lo contrario. Una joven a la que nadie volvió a ver, a pesar de haber mandado a buscarla por la zona desde el día siguiente del accidente y repetidas veces después. Todo un misterio que solo podía explicarse si había sido víctima de algún depredador.

Paul Vestraeten se incorporó de su asiento y rodeó a su hijastro en silencio, mientras maduraba cómo iba a hacerle la siguiente pregunta.

—Si no recuerdo mal, la última vez que nos vimos fue antes del accidente, a primeros de diciembre, para comentar cómo íbamos a conseguir que esas seis últimas zonas que seguían resistiéndose a nuestros planes dejaran de ser un problema. Estamos a finales de abril: ¿hemos avanzado algo en ese sentido?

Maxime sabía que solo podían hablar de ese tipo de operaciones en persona; el teléfono había quedado descartado hacía mucho tiempo. Nunca se sabía quién podía estar escuchando.

—Ya hemos conseguido despejar el terreno en las seis y las máquinas podrán empezar a trabajar en menos de quince días —afirmó convencido del reconfortante efecto de sus palabras sobre Paul—. Tenemos tres barcos a punto de recorrer el río Congo cargados de madera; la mayoría, de la mejor calidad.

—Excelente. —Usó un cortapuros de oro para encenderse un Montecristo del cinco—. Aunque la Comunidad Europea nos está complicando esas ventas. Están muy pesados con ese sistema de licencias FLGT.

Se refería al reglamento que Maxime acababa de leer en el periódico, por el cual los países productores deberían garantizar tanto el origen de la madera como su poda legítima, y los compradores se comprometerían a adquirir solo productos certificados, en beneficio de los países reglamentados.

—¿Nos afectarán mucho esas restricciones?

—Sí y no. Tendremos que firmar talones más gruesos de lo que veníamos haciendo hasta ahora. Pero seguirá siendo una inversión rentable, porque recibiremos las autorizaciones para que nuestros bosques sean clasificados tal y como Europa nos va a pedir. Ese reglamento no será el que nos apee del negocio, si es eso lo que te preguntas. Aunque rebajará nuestros beneficios. Ya te diré cómo quiero compensarlos; todavía es pronto.

Maxime también tenía sus propios problemas. Como director de seguridad de Lands & Oils en la República Democrática del Congo necesitaba más hombres, y cada vez le gustaban menos los que encontraba en su propio país, a excepción de Bernard, su mano derecha. Por eso, uno de los objetivos de ese viaje, aparte de reportar lo acontecido en los primeros cuatro meses del año, era buscar a unos cuantos belgas que quisieran acompañarlo en sus misiones en África; un trabajo más que bien pagado. Tenía diez entrevistas que hacer en cuanto acabara de hablar con Vestraeten.

—Por cierto, cuéntame cómo van nuestras últimas adquisiciones por el nordeste, en esas regiones tan ricas en coltán. Me interesaría explotar mucho más ese comercio.

—Las tierras que compraste en la provincia de Tshopo son tan grandes que por el momento nos cuesta controlarlas. A pesar de todo, estamos consiguiendo vencer a los milicianos que seguían creyéndose propietarios de ellas, hemos puesto cierto freno al incansable batallón de funcionarios corruptos y estamos convenciendo a los aldeanos para que abandonen sus poblados.

Paul Vestraeten no preguntó cómo habían logrado eso. Nunca preguntaba, asumía de sobra la inoperancia de las buenas palabras, y a más de nueve mil kilómetros lo mejor era no saber toda la verdad.

Fue Maxime quien le recordó una máxima que repetía muchas veces: «Tú decide el qué. Mi responsabilidad es organizar el cómo». Vestraeten se incorporó, dando por terminada la entrevista.

—Una última pregunta. —Lo detuvo antes de que saliera—. ¿Cómo te manejas con esas inoportunas ONG?

Aquel hijastro suyo, frío y eficaz ejecutor cuando la situación lo exigía, maduro en edad y vengativo como pocos hombres que hubiera conocido, enemigo declarado de cualquier incómoda organización humanitaria, en las que solo trabajaba gente blanda y débil gracias al dinero de miles de ilusos, respondió a la pregunta sin entrar en detalles:

—Tranquilo. Lo tengo todo controlado.

# 17

*En la ribera de un caudaloso río, Tshopo,*
*República Democrática del Congo*
*Abril de 2010*

La selva nunca dejaba de sorprender a Bineka.

Llevaba algo más de tres meses unida al clan y había dejado atrás el invierno seco para conocer una primavera aguada. Cuando se levantaba un día luminoso y despejado, la vida se vaciaba de truenos y las noches se llenaban con otros sonidos: los que producían regueros y fuentes. El clan había presenciado todos aquellos cambios con diferentes actitudes: del verde seco de los meses de enero y febrero, con días más reposados para ellos, a los lluviosos marzo y abril, incómodos y siempre empapados, con noches de escasa presencia lunar y cielos encapotados y tristes.

Aquel día, bajo una temperatura suave y sin haber visto llover en las últimas tres jornadas, después de una larga mañana de pesca, ¿qué se podía hacer mejor que sestear al arrullo de las aguas, sobre un lecho de hierba fresca, con la barriga llena y una cría de chimpancé explorándote la cabeza en busca de hormigas, arañas o cualquier otro diminuto insecto?, se preguntaba Bineka

Cerró los ojos y oyó roncar a tres hembras. Tiró un pequeño canto a cada una para hacerlas callar. Pero la tranquilidad no le duró porque empezaron a echar una especie de pulso para ver cuál de las tres conseguía sacar un sonido más atronador de su garganta, soñando seguramente con alguna fruta, tal vez una buena banana.

Decidió fijarse en lo que hacía el resto.

Takuro dormía el atracón de pescado que se había dado junto a su hembra preferida, Blanca. Bineka tenía mucho respeto por esa hembra. Blanca la había salvado en más de una ocasión de los ardores de Takuro, aunque no lo había hecho para protegerla, sino para mantener su posición de hembra predilecta. De comportarse con cierta inquina pasó a mostrarse extremadamente celosa, con tendencia a aislarse de las demás y a sacar su lado más violento cada vez que notaba a Takuro interesado por otra. A menudo solo les gruñía a modo de aviso. Pero otras veces se lanzaba a pegarles y a morderlas, entre agudos chillidos e interminables persecuciones por los árboles. Sus advertencias habían alcanzado incluso a Bineka, y eso que no había hembra que mantuviese una mayor distancia con el gran macho que la que ponía ella para evitarse problemas.

De todos los comportamientos de Blanca, llamaba la atención la obsesiva búsqueda de intimidad que procuraba cuando copulaba con Takuro, a diferencia de lo que hacían las demás, que no parecían sentirse incómodas por recibir las miradas del resto. Ella tiraba del macho consiguiendo que la siguiera, mientras esquivaba sus embistes, hasta que lograba separarse del grupo lo suficiente para no ser vista.

Desde hacía unos días se estaba mostrando más irascible de lo normal, y Bineka supo por qué: a Blanca no le quedaba mucho para parir. La abultada barriga incomodaba su cópula, y aquello llevó a Takuro a buscarla menos y a empezar a olfatear a otras dos hembras, atraído por las respectivas hinchazones en sus partes.

Otra cosa que había empezado a notar Bineka, en el siempre difícil equilibrio entre los machos del grupo, fue la creciente hostilidad hacia Takuro. Seguro que seguía pesando el recuerdo de la brutal muerte de Panya a manos del autoritario macho. Pero los jóvenes tampoco podían obviar sus instintos, entre ellos el de procurar una adecuada renovación del cabeza del clan cuando este empezaba a hacerse mayor. Y Takuro no lo estaba llevando demasiado bien, pues respondía con reacciones tan violentas que a Bineka la tenían aterrorizada.

Días después de dejar atrás a Kusisitiza junto a su cría muerta, otra de las hembras cumplió fecha y se vio abocada a parir. Nada más nacer, al ver que se trataba de un chimpancé macho, por tanto futuro adversario, Takuro fue a por él y no dudó en partirlo en dos, ajeno a los gritos de la afectada madre. Y no quedó solo en eso: se comió una de las mitades y tiró el resto al suelo con desprecio. Una brutal acción que afectó al grupo entero. Bineka pudo presenciar la fría mirada cargada de advertencias que le dirigió Tatumatu, el de la oreja rasgada, inmediatamente después del cruento acto.

A pesar de que Takuro contaba con la permanente complicidad y apoyo del macho más joven —siempre dispuesto a acudir en su defensa y a luchar a su favor—, también este le estaba empezando a fallar.

Interrumpida su siesta, Bineka localizó a Mashira. Estaba despierta y apoyada sobre un tronco, a escasos metros del agua. Al cruzarse sus miradas, Mashira le ofreció un cambio de gesto que Bineka interpretó como una sonrisa.

Aquella hembra, a pesar de su edad, seguía siendo la más fuerte y espabilada del grupo. Bineka la adoraba. Poco a poco había ido conociendo sus manías: sabía que prefería la carne de pangolín a cualquier otra, a pesar de las dificultades que ofrecía su caza. Los pangolines no son animales muy grandes, pero sí difíciles de matar debido a las durísimas escamas con que protegen su cuerpo, incluso los ojos, al recogerse como una bola cuando se saben en peligro. Comen hormigas gracias a una larga lengua de color azul, pegajosa y muy eficaz, que meten por las bocas de los hormigueros. Desde lejos parecen inofensivos, pero no lo son. Poseen unas largas garras para ayudarse a excavar, que se convierten en afiladísimas armas de combate contra sus atacantes. Mashira se había llevado un profundo corte en un muslo la última vez que se había peleado con uno de ellos. Y no solo usan las uñas, también expulsan un fétido olor por el recto que tumba a cualquiera. Aun así, la poderosa hembra conseguía matarlos, y se daba después un celebrado festín con su carne. Bineka también la había probado y reconocía que estaba muy buena; imaginó lo que ganaría si hubiera podido asarla al fuego.

Sin embargo, Mashira empezaba a mostrar los primeros síntomas de que se hacía mayor. Bineka no era muy alta y mucho menos pesada, pero cada día tenía más dificultades para cargarla a la espalda, además de a Furaha; quizá porque esta última sí que iba ganando peso. Tampoco subía ya por los árboles con la misma determinación que le había conocido, por temor a caerse. Sobre todo después del susto que se había llevado, no hacía ni una semana, al perder pie desde bastante altura. Por suerte, la había detenido una rama a la que logró agarrarse, a mitad de camino del suelo, pero tardó tiempo en hacer desaparecer de su mirada una aguda expresión de pánico.

Absorta en aquellos pensamientos, Bineka oyó un prolongado aullido, muy diferente a los que ya conocía en los chimpancés, y buscó a su responsable.

Se trataba de Blanca. Por su extraña postura y la anormal hinchazón de su natura entendió que estaba de parto. Takuro se alejó de ella en busca de tranquilidad y silencio, deseoso de seguir sesteando, por lo que Bineka se animó a aproximarse. La siguió Mashira.

Blanca las recibió con un gruñido, pero Bineka no respondió a la amenaza y se sentó cerca. La chimpancé cambió de postura, arqueó la espalda elevando el tercio posterior y gimió. Aquello se dilató un poco más y asomó un punto negro, sin duda la cabeza del feto. Blanca siguió empujando. Cada pocos minutos se llevaba los dedos a la boca después de tantear el lugar por donde tenía que salir la criatura. Comenzó a gemir con más dolor, bufaba sin parar, y sus ojos empezaron a expresar pánico. Volvió a cambiar de posición, esta vez sentada, y trató con los dedos de hacer hueco al pequeño para que saliera. Pero algo iba mal. Sus quejidos se hicieron más agudos y mucho más frecuentes, atrayéndose a un buen número de hembras que acudieron con curiosidad hasta donde estaba la parturienta.

Bineka observó sus siguientes reacciones fascinada. Ninguna ayudaba, aunque se ponían nerviosas al entender que el parto no iba bien y algunas aullaban golpeando el suelo. Blanca seguía sin experimentar avance alguno.

Mashira quiso ayudar, pero la afectada la rechazó lanzándole una mano como si fuera a pegarle. Bineka se acercó sin que lo notase. Desde su nueva posición, y en un momento en que la alterada hembra se giró, pudo ver que lo que asomaba no era la cabeza, sino un codo o quizá el culo del feto. Mal asunto, concluyó.

Fue pasando el tiempo y aquello no evolucionaba bien.

Blanca empezó a mostrar los primeros signos de agotamiento, y poco después perdió interés y echó a andar con bastante dificultad en dirección al río. Se metió dentro del agua y bebió bastante; al terminar se quedó sentada cerca de la orilla.

Parecía haber renunciado a sacarla viva.

Bineka decidió ayudar. Lo había visto hacer con más de una mujer en la aldea, pero nunca había intervenido. Blanca estaba tan exhausta que cuando Bineka se aproximó a ella ni siquiera protestó, tan solo la miró y hasta le pareció que agradecía su auxilio. La joven se arrodilló y metió la mano entre las piernas de la chimpancé en busca del pequeño. Cuando lo encontró, empujó con decisión para volver a meterlo dentro. Blanca acusó el dolor y palmeó la superficie del agua furiosa, pero no actuó contra ella. Su mirada expresaba agotamiento y, sobre todo, pavor.

Bineka encogió la mano para poderla meter en el interior de la hembra y recibió la fuerza de una nueva contracción antes de conseguir tocar a la cría. En cuanto Blanca se relajó, giró el feto lo suficiente como para saber que su cabeza estaba bien colocada, sacó la mano y observó.

Lo siguiente sucedió a toda velocidad. Blanca se arqueó, empujó con renovada decisión, seguramente poniendo en ello sus últimas fuerzas, y de golpe salió disparada la cría, que fue recogida entre las manos de su madre y llevada hasta la orilla con el cordón umbilical colgando.

Blanca empezó a lamer el cuerpo del recién nacido, muy concentrada, y Bineka sonrió al presenciar la dulce escena. La nueva madre rechazó la curiosidad del resto de las hembras cuando se acercaron a mirar. No parecía existir nada más importante en su vida que observar y cuidar de su pequeña cría.

Pasados unos minutos buscó a su salvadora, y si no fuera porque Bineka sabía que se trataba de una chimpancé, a la vista del movimiento de sus labios mientras se cruzaban sus miradas, habría jurado que aquella hembra acababa de darle las gracias.

# 18

*Embajada de España, Kinsasa, República Democrática del Congo*
*Finales de abril de 2010*

Un coche de la embajada recogió a primera hora a Valentín Arriondas a las puertas del Grand Hôtel. Iba vestido de uniforme.

El lugar de encuentro: una sala de la legación.

Su público: los mismos a quienes había conocido en el Ministerio de Interior, salvo Lola y Colin.

La razón: tomar nuevas decisiones ante el silencio de los secuestradores, una vez vencido el plazo dado.

Su objetivo: hablar con el embajador Lodosa a solas en cuanto terminara la reunión. Lo necesitaba para poner en marcha una idea, tal vez descabellada, pero quizá la única posible tal y como estaba la situación y viendo la completa inoperancia del resto.

—No hemos recibido ninguna llamada. ¿Y ahora?

Así comenzó la reunión, tomando la palabra don Valentín a falta de que lo hiciera otro. Respondió Minguela, como responsable del Ministerio del Interior:

—Ayer pudimos contactar por fin con un alto cargo de la guerrilla de liberación del pueblo kikongo. Y tal y como sospechábamos, no tienen nada que ver con el secuestro.

—O tratan de confundirnos... —apuntó el embajador Lodosa adelantándose a lo que acababa de pensar Valentín—. Tampoco sería lógico que lo confesaran, y menos a un representante del Gobierno, creo yo. ¿Tenemos algún otro avance?

El militar al cargo de la investigación carraspeó con gesto serio.

—En nuestro caso, también ayer, y a punto de anochecer, encontramos una posible pista cerca del lugar en el que desapareció la señorita Arriondas.

Valentín dio un brinco.

—En este momento se está comprobando si quienes la acompañaban la reconocen como perteneciente a la señorita Arriondas. Esperamos una llamada de confirmación desde Lokutu.

—¿Podría explicarnos de qué se trata? —intervino Marc, el jefe de Colin.

—Una prenda de ropa... —zanjó el militar con una respuesta tan comedida que resultó extraña.

La mirada que le lanzó Valentín destilaba furia. Tenía los puños bien apretados y el cuerpo tenso como una cuerda de violín.

—¡Explíquese, por Dios! —El respeto al uniforme militar lo contuvo de ir a sacarle la información a puñetazos.

—Solo trataba de evitarle el mal momento... —Carraspeó de nuevo, destapó su móvil y buscó algo. Al cabo de unos interminables segundos le pasó el dispositivo a Valentín. Se trataba de una foto—. Encontramos esa camiseta rajada y con restos de sangre entre unos arbustos. No estaba demasiado lejos del último lugar en el que habían acampado, pero no fue descubierta hasta ayer. Los perros dieron con ella.

—Rasgada y con restos de sangre... —A Valentín se le encogió el alma.

—Ya lo ve... —No abandonó la palabra el militar—. Encontramos unas huellas de neumáticos que se perdían en una pista de tierra que comunica varias poblaciones en aquella región. Desde primera hora de la mañana tenemos a dos equipos explorando el terreno.

Sin encomendarse a nadie, Marc llamó desde su móvil a Colin. Las dos horas de diferencia con Lokutu aseguraban que lo encontraría operativo.

Colin fue directo al grano:

—Está confirmado, era de Beatriz. ¿Qué pudo pasar? No quiero ni pensarlo.

Marc tapó el auricular y trasladó la noticia a los reunidos.

—¡Dígale que me pase con la señorita Freixido! —Valentín extendió la mano para hacerse con el teléfono.

Colin lo oyó.

—Estoy yo solo en la oficina. Dile que ella aún no sabe nada. Imagino que seguirá durmiendo, ayer nos acostamos tarde.

Valentín había arrancado el móvil de la oreja de Marc y pudo escuchar la última parte de la contestación.

—Veo que no pierde usted el tiempo —soltó.

—Me temo que ha malinterpretado mis palabras, señor —replicó Colin al darse cuenta de quién era.

Marc recuperó su *smartphone*.

—Ya hablaremos luego, Colin... Si tuvierais alguna noticia más, llámame de inmediato.

—A tenor del silencio de los secuestradores, la confirmación de la falsa autoría y las últimas pesquisas del ejército, a quien aprovecho para felicitar —dijo Minguela en cuanto colgó Marc—, tendremos que abordar el asunto de ahora en adelante como una desaparición, abandonando los protocolos de un secuestro. Haciéndolo así, enfocaremos mejor nuestra respuesta. Vamos a reunir a todos nuestros efectivos en la zona donde ha sido hallada la pista, y haremos trabajar al satélite francés, que nuestra diplomacia acaba de conseguir, para rastrear a fondo la región.

—Confiamos en ustedes...

El comentario de Marc dejó perplejo a Valentín. «¿Confiar en aquellos inútiles?», pensó para sus adentros. De no estar barajando su propio plan, hubiera saltado a la yugular del militar y después a la de aquel embaucador de idealistas como su hija. Una vez más optó por contenerse.

—Hagan lo que ustedes crean; pero háganlo ya —resolvió en voz alta.

Y como nadie tuvo más que añadir, el embajador dio por terminada la reunión.

Valentín permaneció sentado a la mesa mientras todos se marchaban, a la espera de que Lodosa los acompañara a la puerta y volviera con él. Al mirar a su alrededor volvió a sentirse fuera de sitio, como le venía pasando desde que había aterrizado en esa tierra que nunca hubiera querido pisar.

La embajada española estaba situada en un bulevar cercano al río Congo, en el cuarto piso de un edificio de hormigón de siete plantas, con ventanas repletas de viejos aparatos de aire acondicionado. Nada de jardines, de grandes salones, de lujo diplomático. Fuera, solo una bandera señalizaba su uso como legación española, un piso por encima de la griega. Al llegar, al militar no le había pasado desapercibida la muesca en la fachada que un proyectil había dejado en 2007, durante los combates que habían tenido lugar entre las tropas gubernamentales y los milicianos que se mantenían fieles al exvicepresidente y líder rebelde Jean-Pierre Bemba, que tenía su domicilio cerca. Y hasta allí había ido a malgastar la vida su única hija, reflexionó el afligido padre.

El embajador Lodosa cerró la puerta y buscó una jarra de cristal con dos vasos. El calor estaba siendo insoportable.

—Me gustaría que se quedase a comer hoy. Así conocerá a mi mujer —lo invitó mientras le servía.

Relajó el nudo de su corbata, le ofreció asiento en un saloncito que se abría al recibidor y cogió la agenda por si tenía que tomar alguna nota, ansioso por entender para qué le requeriría aquel hombre, ahora en privado.

—Lo haré encantado. —El primer vaso de agua le vino bien; había vivido la reunión en un estado de nervios tan agudo que se le había secado por completo la boca—. Pero antes ha de saber que necesito su ayuda, y mucho... —Miró al diplomático de frente, sin esquivar sus ojos—. Ya en la primera reunión que tuvimos me quedó claro que en este país no hay autoridad ni organización; es un completo caos.

—No le falta razón. No digo que el Gobierno no ponga voluntad, pero se enfrenta a un territorio tan grande que...

—Con su ayuda, haré venir a un grupo especial de rescate que he reunido para que encuentren a mi hija. Conozco muy bien a su jefe, y sé que esos hombres ofrecen una calidad operativa excepcional —soltó de sopetón.

Lodosa se quedó con la boca abierta.

Valentín justificó su iniciativa basándola en la estrecha amistad que mantenía con Martín Palacios —jefe de operaciones especiales de la Unidad Central de Infantería de Marina y compañero en la Academia—, quien estaba al corriente de todo. Ante el fracaso de las actuaciones locales y después de una larga conversación telefónica, ambos habían entendido que había llegado el momento de dar un paso fuera de los cauces oficiales. Y bajo ese espíritu, y gracias a sus contactos profesionales, decidieron reunir a un equipo de rastreadores y especialistas en rescates complejos, formado por dos antiguos *rangers* americanos, un británico del SAS, un español perteneciente al Grupo de Operaciones Especiales del Ejército y dos infantes de Marina, entre los que se encontraba Martín.

—Pero ¿cómo piensa meter a toda esa gente en el país? ¿No pretenderá que después actúen en secreto? ¿Quién pagará sus servicios? Y, claro, es de entender que necesitarán armas... ¿Dónde las piensan conseguir?

—Para contestar a tres de las cuatro preguntas precisaré su ayuda. Las armas las traerán ellos, pero han de viajar en valija diplomática. Requeriremos que su embajada nos expida visados diplomáticos para facilitar la entrada y sus movimientos por el país. Lógicamente necesitaremos su más absoluta discreción para que nadie sepa a qué han venido, qué hacen ni cómo lo hacen. De los costes del operativo me hago cargo yo mismo; al fin y al cabo, no he tenido que usar el dinero para el rescate.

Lodosa se frotaba las manos muy nervioso.

—Ya... Entiendo... —masculló sin definirse.

—Cuento entonces con usted, no se hable más.

La afirmación no daba pie a que el embajador se escurriera bajo ningún subterfugio dialéctico ni político. El plan era heterodoxo desde su propia concepción. Lodosa miró al padre, no solo al militar, y trató de ponerse en su piel. Él tenía tres hijas mayores que vivían en España, a salvo, entre otras cosas por el miedo que le produjo aquel destino en su momento. Entendía la reacción de Valentín, pero también que su idea era peligrosa: le estaba proponiendo saltarse las leyes que, como representante de un Estado extranjero, estaba obligado a respetar. Tendría que mentir a sus jefes, o al menos ocultarlo, y despistar a las autoridades congoleñas. Y si salía algo mal, se le podía caer el pelo.

Suspiró de forma exagerada tres veces seguidas.

—Piense por un segundo que Beatriz fuese su hija... —Valentín apretó por lo emocional al verlo flaquear—, y que acabase de ver su camiseta manchada de sangre.

Lodosa bajó la mirada, se secó las manos en un pañuelo y, tras darle dos vueltas más al asunto, tomó una decisión.

—Le presentaré a mi secretario.

—¿Eso es un sí? —Se le iluminó la mirada.

—Vamos a empezar con los trámites necesarios para que puedan usar la valija diplomática.

# 19

*Laguna negra, Tshopo, República Democrática del Congo*
*Finales de abril de 2010*

Aunque habían pasado cerca de aquella laguna en otras dos ocasiones, era la primera vez que se paraban a descansar en ella. A Bineka le pareció un lugar de ensueño, hermosísimo y un tanto misterioso, dado el oscuro color de sus aguas. La presencia de un bosque muy frondoso, que tomaba cuerpo a diez pasos de la orilla con árboles tan altos que apenas filtraban la luz, lo justificaba.

La agradable temperatura del agua animó a Bineka a darse un baño junto a una desconfiada Furaha. Los demás sesteaban en un pequeño claro, visible desde la laguna, sin haberse animado a probar el baño. Bineka nadaba muy despacio, de un extremo al otro, recibiendo el regalo de aquellas aguas purificadoras que no había vuelto a probar desde el día que habían estado pescando en el río.

Los efectos sobre su piel estaban siendo tan reconfortantes como para su ánimo. Furaha solo protestaba. Apenas sabía nadar y tampoco era capaz de seguirla. Hasta que cambiaron las tornas y Bineka se puso a jugar con la pequeña cría: la tiraba al aire y se reía con los divertidos gestos que hacía al caer.

Nada hacía presagiar el peligro que acechaba a escasa distancia de todos ellos, pero ahí estaba.

—A las once hay un macho tumbado, no demasiado mayor, pegado a dos hembras de bastante peso... —susurró un hombre a su compañero, un nativo que vestía una camiseta medio raída de los Rolling Stones, gorra de los Nicks y un rifle del veintisiete—. Tú encárgate de la que está a la derecha y que Minteko apunte a la otra.

El tipo cambió su posición, arrastrándose con extremo sigilo hasta llegar al siguiente punto de observación ocupado por otros dos hombres. Era consciente de que el menor ruido que hiciera ya pondría sobre aviso a los monos, y sus planes se irían a pique. Exploró la zona con los prismáticos y localizó a otro de los machos, profundamente dormido, y a una hembra apoyada en él con una curiosa mancha blanca en la cabeza y una cría en el pecho. A solo dos pasos de aquella pareja distinguió a dos individuos bastante más jóvenes masticando unas hojas.

—Tú dispara al macho y dile a Sonti que apunte a la de la mancha blanca. A las crías ni tocarlas.

En su anterior batida habían cazado unas cuantas, pero se las habían pagado tan mal que no valía la pena malgastar una bala en ellas.

—Sí, jefe, cuando nos dé la señal abrimos fuego.

—Perfecto.

Haría como otras veces: a la tercera vez que levantase la gorra, abrirían fuego. Ninguno sabía qué significaba la marca El Pozo que llevaba impresa en esa gorra comprada en algún mercadillo.

Necesitaban actuar de forma sincronizada para conseguir el mayor número de piezas, dado que solo se cobraban las abatidas de los primeros disparos. Las demás huían sin dar tiempo a ser cazadas. La clave estaba en dejarlas heridas, no muertas, y para eso debían afinar la puntería y tener un rifle bien calibrado. Porque para hacer llegar a los mercados la mejor carne y cobrar por ella un buen precio, era preciso desangrar a los animales lo antes posible. No era un procedimiento sencillo y no todos los furtivos conseguían buenos resultados. Eso sí, cuando tenían suerte, aparte de los cazados por disparo, en ocasiones caía alguno más en los cepos que instalaban por los alrededores.

—A tus órdenes, Niko.

El sonriente joven mostró su escasa dentadura antes de apoyar la boca de su fusil sobre una rodilla para hacer coincidir la cruz de la mirilla con la cabeza del macho.

Niko regresó a su posición, se tumbó, buscó el mejor ángulo de tiro, fijó el arma sobre una gruesa rama medio podrida y rebajó el ritmo de su respiración para concentrarse mejor. Dio un último repaso visual al equipo y, cuando comprobó que estaban preparados, hizo la señal.

Bineka oyó los atronadores disparos dentro del agua un segundo antes de recibir en sus hombros a una Furaha aterrorizada, con los ojos muy abiertos y enseñando los dientes, presa del miedo, incapaz de entender qué acababa de pasar. Vieron correr a los integrantes de su grupo; unos ascendiendo a toda velocidad por los árboles, otros adentrándose en el bosque. Como hacía pie, Bineka buscó un mejor ángulo de visión desplazándose sin apenas mover el agua ni perder de vista el lugar del que habían surgido los disparos. Solo cuando vio a tres hombres, armas en mano, corriendo hacia el claro donde había estado la mayoría del clan unos minutos antes, se lanzó a nadar completamente aterrada.

Uno de los tipos apuntó hacia la copa de un árbol y empezó a disparar. Los demás hicieron lo mismo y, tras unos angustiosos segundos, vieron caer dos sombras al suelo.

Bineka sintió tanto peligro que se hundió en el agua hasta dejar tan solo los agujeros de la nariz fuera, obligando a Furaha a hacer lo mismo. Estaba segura de que si las localizaban matarían a la cría, y desconocía el destino que podría correr ella, dada la temible fama que arrastraba aquella gente. En su aldea contaban todo tipo de historias sobre furtivos, y ninguna era buena. Les atribuían brutales matanzas y un verdadero ensañamiento con sus víctimas. Su abuelo se había cruzado en una ocasión con un grupo especialmente sanguinario y huyó de ellos al ver cómo se pintaban los rostros con la sangre de los animales que acababan de matar, enloquecidos, profiriendo gritos y extraños cánticos. Por entonces Bineka no lo sabía, pero un tiempo después en la aldea contaron que acometían tamañas barbaridades por dinero, por el muchísimo dinero que movía la venta de su exótica carne en algunos mercados y restaurantes de países vecinos. Con ella, ofrecían una «experiencia gastronómica distinta» a turistas adinerados que pagaban auténticas fortunas por dar un bocado a la carne de elefante, de rinoceronte, de hipopótamo pigmeo, de chimpancé o de jirafa.

Furaha, a punto de sentirse ahogada, protestó, pero obtuvo como respuesta una dura mirada de aviso y la mano de Bineka tapándole la boca. No se podían permitir un solo fallo.

Contó seis hombres; los vio a escasos metros de la orilla. Estaban reuniendo a las víctimas en una diabólica montaña de muerte y sangre. Bineka distinguió el cuerpo de seis simios abatidos, entre ellos Tatumatu, y también creyó ver a Blanca.

Bajo los efectos de una enorme tensión nerviosa, buscó a Mashira entre aquellos cuerpos, pero no dio con ella. Se encontraba a bastante distancia y acaso le bailaba la vista. Escudriñó también entre los árboles. Los huidos debían de haberse escondido muy bien porque no daban una sola señal de su presencia.

Escuchó la conversación que mantenían los hombres entre sí.

—¡Fijaos qué bien están de carnes! —Niko lo comprobó apretando el muslo del ejemplar que tenía a sus pies—. Atadlos bien para que no puedan defenderse.

—Nos ha costado encontrarlos, pero al final ha merecido la pena. Vamos a vender mucha y muy buena carne; esto huele a pasta...

—Jefe, hemos dejado los vehículos demasiado lejos. ¿No sería mejor traerlos hasta aquí para no cargar con todo ese peso? —Señaló a uno de los chimpancés.

El animal herido le enganchó una pierna y le clavó los colmillos. Niko sacó su revólver y le reventó la cabeza de un disparo. Bineka descubrió con horror que se trataba de Blanca. Le repugnaba tanto lo que acababa de ver que le asaltó una arcada y terminó vomitando en el agua. ¿Cómo podían ser tan crueles?, se preguntó con el eco de un disparo que le hizo revivir el crimen de su abuelo Tonuk, perpetrado casi de la misma manera. Y en ese preciso instante se avergonzó de su condición humana.

—No perdamos más tiempo. Hay que desangrarlos de inmediato.

Fueron cogiendo uno a uno. Elegían una gruesa rama, tiraban una cuerda para colgarlos boca abajo y a continuación los degollaban. Cuando veían que no les salía más sangre, se los echaban a la espalda y los iban sacando de allí; para ellos solo eran dinero.

Bineka seguía lo que hacían tan horrorizada que se despistó un instante y no pudo evitar que Furaha, cansada de estar tanto tiempo en el agua y con algún que otro problema para respirar, protestara con un chillido. Sin ser exagerado, llamó la atención de uno de los furtivos. No lo dudó:

tomó aire y se hundió en el agua arrastrando a la cría con ella. La pequeña reaccionó peleando por subir a la superficie, arañándola desesperada, pero Bineka se lo impidió. Buceó alejándose de la orilla y, cuando no pudo aguantar más y notó que Furaha había dejado de pelear, ascendió a la superficie y tomó aire. Comprobó que ninguno de los furtivos estaba pendiente del lago y solo entonces se ocupó de Furaha.

Tenía los ojos abiertos, pero no los movía.

Y lo peor era que tampoco respiraba.

No supo qué hacer. Luchaba por seguir a flote manteniendo la cabeza de la cría fuera del agua, pero no la veía reaccionar. Golpeó su pequeña espalda sin perder de vista la de aquellos desalmados asesinos. Le pellizcó la cara y el vientre, y como nada de aquello parecía funcionar, decidió buscar su boca y soplar con todas sus ganas para hincharle los pulmones. Lo había visto hacer en una ocasión en la aldea a unos médicos del país que habían aparecido un buen día para enseñarles ciertas prácticas de salud, entre ellas cómo llevar a cabo unos primeros auxilios. Y tal y como lo aprendió, lo repetía ahora una y otra vez, hasta que en uno de aquellos intentos la pequeña cría reaccionó, expulsó un chorro de agua por la nariz y empezó a respirar con relativa normalidad, aunque en su mirada solo reflejaba el pánico que acababa de pasar.

—Pensé que me ibas a dejar sola... —Bineka la abrazó poniendo un dedo sobre sus labios para que no volviera a hacer ruido.

La cría debió de intuir lo que le pedía, porque no volvió a hacerse notar, hasta que pasado un buen rato vieron a los hombres adentrarse en la selva una vez finalizada la horrible sangría. Aprovecharon entonces para alcanzar la orilla y salir del agua temblando de miedo.

Cuando pusieron pie en el centro de la matanza empezaron a aparecer los primeros chimpancés que habían logrado escapar, entre ellos la pequeña cría de Blanca y otra apenas unos meses mayor: ambas se habían quedado huérfanas. Bineka las vio correteando en busca de sus madres, muy perdidas, golpeando el suelo de forma furiosa, sin entender por qué no respondían a sus llamadas, hasta que terminaron pisando el motivo. La hojarasca, que ya no crujía bajo sus pies, se había teñido de sangre, y descubrieron el verdadero olor de la muerte.

Después de aquel descalabro y sin tener noticias de Takuro, el grupo se quedó sin ningún macho adulto que pudiera proteger al clan. De los dieciocho simios que Bineka había conocido en los primeros días solo quedaban nueve. Pero le faltaba Mashira.

La buscó por los alrededores muy preocupada. Necesitaba creer que no había sido una de las víctimas, y por eso decidió adentrarse en el bosque para encontrarla. Al mirar hacia atrás, se conmovió al ver a algunas hembras abrazadas, como si intentasen superar juntas la enorme desgracia vivida. Furaha hacía lo mismo, en su caso con aquel pequeño macho que hasta entonces había sido su mayor pesadilla. Debía de haber perdido a su madre y resultaba muy enternecedor verlos dándose uno a otro consuelo.

—¡Mashira! —gritó devolviendo su atención a la espesa arboleda.

Circundó el lago sin hallar un solo rastro de su protectora.

Cuando volvió a pasar cerca del clan se le unieron dos hembras. Las vio trepando sobre dos árboles diferentes y cómo desde ellos saltaban de uno a otro flanqueando el paso de Bineka, quien a ras de suelo se abría camino por la maleza con la ansiedad de hallar a su madre adoptiva.

Se internó en una zona mucho más frondosa y sintió

cómo el suelo se empezaba a encharcar a medida que avanzaba, hasta terminar constituyendo una peligrosa zona pantanosa; imposible atravesarla a pie. La rodeó y siguió buscando a Mashira, cada vez más desesperada.

Cuando la penumbra ganó terreno, a punto de darse ya por vencida y de regresar con las manos vacías al lugar donde el clan pasaría la noche, oyó un tenue quejido. En aquel momento se encontraba sola. Desde hacía un rato sus acompañantes la habían abandonado, posiblemente aburridas ante tan larga e infructuosa búsqueda. Aguzó el oído, se quedó muy quieta y esperó. A los pocos segundos volvió a escucharlo con mayor claridad y pudo localizar el origen. Se encaminó hacia su derecha abriéndose paso por una densa maleza que apenas le permitía ver.

Volvió a oír el quejido.

Y por fin la vio.

Mashira estaba sentada en el suelo, atrapada por una lazada de afilado acero que estaba a punto de seccionarle la pierna. Rodeada de un enorme charco de sangre, la hembra gimió al divisarla y palmeó el suelo de forma débil. Bineka corrió hacia ella y la abrazó como no había podido abrazar a su abuelo en la aldea.

—Déjame ver.

La lazada se había ido cerrando poco a poco hasta tocar el hueso, desgarrando todo a su paso. Bineka se sintió destrozada e impotente, consciente de la enorme gravedad de la herida. Aunque le quitara aquello de la pierna, había perdido tanta sangre que su fatal desenlace tenía que ser inmediato.

Se sentó a su lado y la miró a los ojos.

Mashira respondió extendiéndole su mano y Bineka le dio la suya. Se quitó del cuello su *nkisi* y se lo colgó a la hembra implorando a sus antepasados y a todos los dioses para que la recibieran en su cielo, en el de los seres buenos.

Todo aquel tiempo siguieron juntas de la mano, no se soltaron.

No tardó en morir. Su cabeza se quedó vencida sobre la de Bineka, quien no había hecho otra cosa que acariciársela y decirle en su lengua las palabras más bellas y tiernas que había podido encontrar.

Y la lloró.

Durante mucho tiempo.

Hasta que sintió tanto frío en la piel y en los huesos que decidió levantarse para regresar a la laguna en busca de los supervivientes de aquella barbarie. Recuperó su *nkisi,* y mientras la tapaba con un puñado de hojas y ramas, lamentó el sinsentido de todo lo que acababa de presenciar. No entendía qué podía mover a los hombres a cometer aquellas crueldades, a destrozar la vida de un puñado de simios que jamás se hubieran enfrentado a ellos. Sintió la pérdida de Blanca, con la que había llegado a congeniar, la de Tatumatu, que podría haberse convertido en un líder bueno y valiente algún día, y sobre todo la de Mashira. En solo un momento se le habían ido sus dos leales protectoras.

Cuando llegó a la laguna, el grupo la recibió con alborozo.

Mafuta, la chimpancé más prolífica del grupo, la que disfrutaba de los mejores cuidados por parte del resto de las hembras, la palmeó en un brazo y en la cabeza acompañando su gesto con sonidos de bienvenida. Furaha corrió a abrazarla, como también hizo la huérfana de Blanca, que había heredado el mismo mechón blanco de su madre.

Mientras recibía el cariño de las dos criaturas, dudó si no habría hecho mejor huyendo. Sin la protección de Mashira, su vida podría volver a correr peligro, tal y como había sucedido en el primer encuentro con el clan y durante los primeros días de convivencia. Había estado un buen rato sola y alejada del grupo, mientras buscaba a Mashira y después en su regreso, y quizá no volviese a tener una oportunidad mejor para escapar y retornar su vida a la normalidad. Quizá en otra aldea, con otra gente; de nuevo con humanos. Aquel pensamiento inundó de incertidumbres su cabeza, la hizo vacilar. Hasta que surgió la imagen de Furaha y se sintió tan huérfana como ella, cuando durante tantos años solo había tenido a su abuelo.

Y decidió regresar, aunque se jugase la vida.

Aquella noche le costó muchísimo dormir y, cuando lo hizo, le sobrevino una horrible pesadilla. Tenía como protagonista a Takuro. Lo veía ir hacia ella, con esa fiera mirada que tantas veces había conseguido atemorizarla. Y empezó a sudar, a moverse sin parar, a gimotear, espantada ante la presencia de aquella imagen en su cabeza. Impresionada por sus propias visiones, se despertó muy inquieta, se frotó los ojos y, al abrirlos, se encontró con el rostro de Takuro a poco menos de un palmo de ella.

No sonreía.

Ahora estaba sola ante él.

# 20

*Vivienda de Colin Blackhill, Lokutu, Tshopo, República Democrática del Congo*
*Finales de abril de 2010*

Cuando Colin fue a buscar a Lola a su casa para llevarla al hospital, ella ya había recogido sus cosas, estirado las sábanas y organizado el contenido de su mochila después de haber recibido una desagradable llamada desde Madrid.

Su asistente la había puesto sobre aviso de que el máximo ejecutivo de Moviplus acababa de convocarla para un despacho urgente y en persona, antes de cuarenta y ocho horas, y no le pedía menos tiempo porque asumía dónde se encontraba. Por supuesto, no aceptaba excusas.

La única pista que le ofreció su colaborador tampoco la dejó más tranquila. En el «Asunto» del correo que le había rebotado rezaba de forma escueta pero contundente: «Comentar cambios organizativos»

Dudó entre llamar a su jefe para evitarse dos días de martirio o esperar a la fecha propuesta y empezar a organizar de inmediato su regreso. Lo meditó con un café y media tostada; la otra media no le entró. Pero nada más vestirse y después de pasar por el implacable tribunal del espejo que colgaba del baño de Colin, ya no aguantó más y marcó el número de Gabriel Velázquez.

—¿Cómo es que me llamas desde el Congo, Lola?

—Acabo de saber que me quieres ver con urgencia por no sé qué cambios organizativos. Tú dirás...

Inquietante silencio al otro lado de la línea.

—Aguarda un momento... —dijo Gabriel.

«¿Qué voy a hacer si no?», pensó ella comiéndose las uñas. Afinó el oído y le pareció escuchar un ligero trasiego de papeles. No quería imaginar que el asunto tuviese que ver con el malnacido de Oskar Schaber: el mayor trepa que se había tenido que tragar para su equipo en lo que llevaba trabajando para Moviplus. Lo había mantenido bien marcado al alemán, pero no tanto como querría estando ahora tan lejos.

—¿Qué tal va lo de tu amiga? Perdona por no haberte preguntado nada más descolgar.

Lola lo conocía bien; aquellas cortesías no significaban nada en Gabriel. Se las había visto hacer mil veces a otros, y no dejaba de cortarles el cuello si tenía previsto hacerlo.

—Se supone que hoy vencía el plazo de entrega del rescate, pero por preocupante que parezca no han dicho cómo ni dónde. Así que estamos viviendo un auténtico martirio.

—Vaya, cuánto lo siento. Si necesitas algo, dímelo.

—Muchas gracias, Gabriel.

Otro silencio. Nervios.

—Bueno, mi idea era convocarte pasado mañana para compartir un anuncio, pero para qué esperar si lo puedo hacer ahora.

El corazón de Lola empezó a latir a toda velocidad. Habría vivido momentos como ese muchas veces, pero no por ello conseguía rebajar su ansiedad. Y además, en este caso intuía que le iba a afectar.

—¿Ha pasado algo grave en la empresa?

Con ese tipo de pregunta, Lola empleaba una táctica

muy eficaz en el fragor de cualquier negociación: despistar al interlocutor unos segundos con una pregunta genérica, para, en el caso de obtener alguna pista sobre el trasfondo de su mensaje, tomar ventaja, establecer posiciones y responder de forma más eficaz.

—No me interrumpas, te lo ruego. —Gabriel no llegó a percibir el suspiro silenciado que dejó escapar Lola al ver fracasada su treta—. Me estoy planteado realizar algunos cambios en el organigrama de la compañía con idea de sacar mayor partido a uno de nuestros mejores valores humanos. Si lo hago, es porque estoy seguro de que podría ser más efectivo de lo que lo es ahora liderando uno de nuestros nuevos mercados... —Lola dudó si debía intervenir para preguntar cómo le afectaba aquello, pero se mordió la lengua y siguió a la escucha—. Bajo esas premisas, he estado valorando cuál era la mejor opción para arrancar nuestra nueva delegación en India. —Moviplus acababa de firmar un acuerdo de colaboración con Joi, una interesante compañía telefónica con sede en Madrás—. Eso sí, la nueva dirección tendría que ponerse en marcha lo antes posible para empezar a tomar el control de la integración.

«¡No, no! Que no me lo diga», pensó ella apretando los dientes y con los ojos cerrados.

—Después de haber barajado diferentes opciones, creo que eres la mejor preparada para asumir esa responsabilidad. Nos conocemos desde hace años, y nunca he ocultado el respeto por tu forma de trabajar, te considero una de las personas más importantes de la compañía. Y aunque debería ofrecerte un poco de tiempo para que te lo pensaras, no puedo. Tendrás que responderme en las próximas cuarenta y ocho horas, así como plantearte ir a Madrás lo antes posible. ¡Ah!, otra cosa. Para cubrir tu puesto, gracias al excelente trabajo de equipo que has llevado a cabo en tu unidad de negocio, me propongo promocionar a uno de los tuyos: a Oskar Schaber.

Lo de la India no era mala noticia, lo de Oskar sí; pero le cayeron como una bomba las dos. Si aceptaba la oferta, se iba a ver obligada a abandonar África antes de ver resuelta la situación de Beatriz, y eso era muy difícil de asumir.

Además, no le atraía nada vivir en la India y menos perder una de las mejores direcciones de la compañía, a la que apenas había podido dedicar dos años. Tampoco ayudaba que se quedase con su puesto su más sibilino colaborador. Pero así se escribía la historia en ese tipo de multinacionales. Había conocido más de una docena de ascensos como ese. La única diferencia era que ahora le tocaba más de cerca.

—¿Cómo lo ves, Lola?

—Gabriel, voy a usar las cuarenta y ocho horas que me ofreces para contestar; las necesito. Prefiero pensármelo bien y no adelantarte nada. Espero que lo entiendas...

Y así terminó una llamada matutina que acababa de trastocarle la vida; la actual y la futura.

Acababa de colgar cuando entró Colin.

Él no tardó ni medio minuto en contarle lo de la camiseta, como también los nuevos objetivos que habían marcado los responsables de la seguridad del país. Y de paso, la actividad que lo iba a tener ocupado los próximos días.

—Dejaré Lokutu mañana por la tarde. Yo no puedo seguir así, sin hacer nada. Después de asumir que los plazos están vencidos, ha llegado la hora de actuar. Voy a explorar una región vecina donde se perdió Beatriz, no investigada hasta ahora. Se trata de una zona bastante abrupta y con una selva muy frondosa, que ya tenía incluida dentro de mi proyecto de investigación, dada su riqueza turbera. Se encuentra a día y medio de aquí, río abajo.

—¡Quiero acompañarte! —Lola se olvidó de la llamada de su jefe, pero Colin descartó por completo esa posibilidad.

—A donde voy no hay cobertura, ni siquiera por satélite, y tú no puedes desaparecer en este momento. Si los secuestradores vuelven a dar señales de vida y requieren el pago, es imprescindible que estés localizable.

Lola sacó su teléfono de la mochila.

—Según me aseguraron los técnicos de mi empresa, este terminal posee la última tecnología; capta cualquier señal, por mínima que sea. Te lo pido por favor, déjame ir contigo... —insistió con un gesto de evidente súplica.

Colin negó con la cabeza, no podían arriesgarse a que, una vez allí, el teléfono no funcionara y se quedaran incomunicados; no en ese momento.

—Y si la localizases, ¿te enfrentarías tú solo a sus secuestradores? ¿Me puedes explicar cómo?

—Lo tengo pensado. Usaré mi dron para explorar el terreno desde el aire. Y si hay suerte y los localizo, no actuaré; regresaré para pedir ayuda. Mientras, te puedes quedar aquí, en mi casa.

A Lola no le quedó otra opción que aceptar. Se sentía decepcionada por no poder ayudar, pero tenía clara su responsabilidad en la resolución del secuestro y no tenía alternativa.

—Gracias por ofrecerme tu casa, pero prefiero ir a la de Keita. Supongo que a él no le importará y no quiero quedarme sola.

Lola miró a Colin con renovada admiración. Apreciaba su valentía y solo podía desear que tuviera éxito.

—Es hora de ir a por ellos... —Cerró los puños como muestra de apoyo.

—Tampoco esperes grandes avances —le aclaró él con pesadumbre—. Esa región es tan enorme que podría llevarme muchos días, y quizá no consiga abarcar ni la mitad.

Localizar a Beatriz se puede convertir en lo más parecido a encontrar una aguja en un descomunal pajar. —Miró el reloj y recordó que tenía que estar en la oficina antes de media hora.

Aclaradas sus intenciones, Lola se echó la mochila al hombro y buscó la puerta de la calle.

—¿Me puedes llevar al hospital?

Él la siguió dos pasos por detrás, pero de golpe recordó el momento de su llegada a casa, cuando le extrañó el gesto de contrariedad que había visto en ella. En aquel instante no le había surgido preguntar a qué se debía porque la noticia de la camiseta lo ocupaba todo. Pero ahora sí. Lo hizo de camino, antes de subirse al todoterreno. Para responder, Lola tuvo que resumir el contenido de la llamada con su jefe. Cuando finalizó, Colin comprendió los motivos de su alteración.

—Entiendo... ¿Qué vas a hacer?

—Tengo cuarenta y ocho horas para decidirme. Pero como conozco la empresa y a mi jefe, sé que él no contempla otra opción para mí que la India. Y la verdad, la idea no me encaja y menos ahora...

—¿Prefieres que me quede? ¿Necesitas hablarlo? —le propuso, sensibilizado con el complejo momento que le tocaba vivir.

Lola valoró su predisposición y le arrancó una sonrisa.

—No, tranquilo... Tú vete. Sospecho que no me costará tanto decidirme y tú tienes que encontrar a Beatriz, y estudiar esas turberas... —De repente se tuvo que apoyar con ambas manos en el salpicadero del vehículo para contrarrestar el frenazo que acababa de dar Colin en un intento de salvar la vida de dos niños que habían decidido cruzar la calzada sin mirar, corriendo tras un balón perdido.

Después de unos segundos de obligada y necesaria recuperación anímica tras el susto, Colin le preguntó si entendía de turberas. Necesitaba aparcar el doloroso tema de Beatriz durante un rato, más que por otra razón.

—Me suena que es un tipo de carbón, ¿no? —contestó a la espera de ver ampliado su escaso conocimiento.

Colin confirmó sus indicios antes de meterse en una explicación más detallada.

Le contó que la turba no era sino el producto final de la putrefacción de millones y millones de toneladas de materia orgánica, acumulada durante cientos de miles de años bajo gigantescos humedales presentes en ciertas regiones selváticas. Con el paso del tiempo y con unas determinadas condiciones de acidez y anaerobiosis, esas fabulosas cantidades de materia vegetal en semidescomposición podían llegar a acumular trillones de toneladas de carbono, comentó el inglés sin abandonar en ningún momento un tono de voz apasionado.

—El problema de esas turberas es que terminan convirtiéndose en inmensos depósitos de dióxido de carbono. Y si no ponemos un extremo cuidado, podría liberarse de golpe, con nefastas consecuencias para la salud del planeta.

Siguió explicando que su tarea consistía en localizar y delimitar esas extensiones de turba para elaborar un mapa. De ahí la ventaja de trabajar con drones.

—Uno de nuestros objetivos es sensibilizar a los gobiernos sobre este problema para que establezcan planes de protección en las actuales turberas, como se hace con los parques nacionales.

A Lola le pareció una tarea admirable. Lo miró de refilón mientras conducía. Tenía un perfil atractivo, muy masculino, con una destacada nuez asomando en la mitad del cuello. Inspiró una bocanada de aire y se inundó de aquel aroma tan suyo, a tierra y a sándalo. Volvió a fijarse en él, ahora con indisimulada atención, y tuvo que reconocer que le estaba empezando a interesar aquel tipo.

—Podemos volver a vernos esta noche si te apetece; no me iré hasta mañana por la tarde —propuso él a punto de entrar en el parking del centro hospitalario—. De hecho, no sé por qué has cogido todas tus cosas. ¿Por qué no te quedas esta noche a dormir en mi casa y te vas mañana a la de Keita?

Lola tragó saliva, tensó las mandíbulas y calibró su decisión. No tardó mucho.

—Si a partir de esta noche me voy a quedar en su casa, me parece mal no cenar con él. —Pensó que ya había tenido bastantes emociones en aquel día como para complicarse con otra más, llamada Colin. Declinó la propuesta.

Colin la vio salir del todoterreno y dirigirse a buen paso hacia el hospital.

Cuando Lola se encontró con Keita, cualquiera de los asuntos que habían ocupado su alterada mañana pasaron a segundo término al volver a enfrentarse a más de un centenar de injusticias vestidas de piel negra y ojos faltos de esperanza: la de unos seres que no tenían culpa alguna de haber nacido en un lugar que parecía estar empeñado en no quererlos nunca.

Aquel extraño día concluyó también raro para Lola. Porque después de cenar se sintieron tan afectados como contagiados por el insoportable peso de tanta pena compartida; pena que la acompañó hasta terminar rota sobre una nueva cama y en otra casa.

# 21

*Reserva de Yangambi, Tshopo, República Democrática del Congo*
*Mayo de 2010*

A bordo de una pequeña canoa con motor, río abajo, Colin tardó día y medio en llegar a unos peligrosos rápidos que lo obligaron a continuar a pie. Comprobó su posición en el plano y estimó, como poco, media jornada más para alcanzar la reserva de Yangambi, a poca distancia de la comarca en la que había desaparecido Beatriz. Desde hacía tiempo quería recorrer a fondo aquella región, ya que desde el punto de vista geológico contenía centenares de humedales y por ello de turberas, aunque el motivo que le llevaba a estar allí ahora era otro.

Realizó una buena parte del camino con unos pequeños auriculares escuchando la *Pasión según san Mateo*, de Johann Sebastian Bach, interpretada por la Orquesta Sinfónica de Leipzig: un placer tan íntimo como embriagador. La música del compositor alemán se mezclaba con la que surgía desde los infinitos rincones de aquel increíble escenario que ahora pisaba: un mundo verde que olía a madera vieja y a vegetación concentrada, cuyas esencias emanaban desde los más pequeños poros de la tierra para unirse con la producida por las toneladas de hojas en distinto grado de putrefacción que alfombraban el suelo. Aquella suma de sonidos, sensaciones y olores, al cabo de unas horas ejercieron un papel tan narcotizante en él que terminó despistándolo por un momento de su enorme preocupación por el destino de Beatriz, sobre todo desde la aparición de la camiseta ensangrentada.

Machete en mano para abrirse paso, ansiaba hallar cualquier pista, por pequeña que fuera, que lo llevara hasta ella, quizá presa en algún rincón de aquel inagotable pulmón selvático. Había seccionado la zona en diez cuadrantes distintos con idea de recorrer cada día un par de ellos, aunque para los más inaccesibles usaría el dron. Si no surgía ninguna complicación le llevaría cinco días completos, pero ¿qué menos podía hacer para encontrar a su compañera después de los intentos fallidos del ejército y la policía congoleña?

Tras tantos años pisando selva sabía moverse por ella sin ninguna dificultad y conocía sus secretos mejor que muchos locales. Por eso había querido emprender la expedición a solas y había dejado a Lola en Lokutu, lejos de lo que hubiera deseado ella y puede que también él.

Siempre había sido un poco torpe con las mujeres, pensó mientras atravesaba un gigantesco seto de garcinias en flor, sin saber cuánta culpa tenía de ello Victoria Cornish, responsable última de su decisión africana. Porque desde entonces no había vuelto a tener una relación seria con ninguna más.

Había conocido a Victoria durante su último curso de Ciencias Naturales en el London Imperial College. Necesitaba documentar su trabajo de fin de carrera —que versaba sobre la formación de turberas y su alto impacto en la emisión de gases de efecto invernadero— y otro estudiante le dijo que hablara con ella. Victoria era cuatro años mayor que él, ya tenía una doble titulación, Informática y Ciencias, y trabajaba para el departamento de Bioinformática, una innovadora disciplina centrada en cómo aplicar la estadística y la tecnología computacional al análisis de datos biológicos. Estaba mucho mejor capacitada que el catedrático para el que trabajaba. Más de una vez le oyó decir que la Informática biológica, como también llamaban a su disciplina, recogía lo mejor de sus dos pasiones. Colin le trasladó sus necesidades y llegaron a un acuerdo: Victoria le buscaría la documentación requerida y Colin la invitaría a cenar donde ella quisiera.

Desde los primeros días él empezó admirando su infatigable capacidad para rastrear cualquier documento que le fuera de ayuda, como también su soltura a la hora de esquivar cualquier dominio protegido en busca de informaciones sensibles, pero acabó seducido por su desinhibida forma de ser. Pronto se hicieron habituales de toda suerte de restaurantes y locales nocturnos, y terminaron como los más apasionados cómplices de alcoba. Hasta que un día Colin entendió que aquello no le bastaba y dio un paso más.

Lo que sucedió no lo había compartido con nadie, porque sentía vergüenza de sí mismo. No era fácil explicar que, pasado tanto tiempo de aquel fracaso y después de haber cambiado su vida por completo, todavía no hubiera sido capaz de borrar su profunda huella.

Quizá por eso se sorprendió al pensar que, desde que vivía en África, ninguna mujer le había interesado lo suficiente hasta conocer a Lola. Su atractivo interior se había hecho evidente desde la reunión en la embajada española y no había hecho más que crecer.

Suspiró con cierto desasosiego: podía haberla tenido allí durante esos días. No fue posible, pero hubiera estado bien, concluyó antes de poner a prueba su dron y empezar a explorar desde el cielo un primer cuadrante de complicado acceso.

Sacó el pequeño aparato de la mochila, lo encendió, activó la cámara de vídeo, chequeó el funcionamiento de los cuatro rotores y comprobó en la pantalla digital del mando la calidad de la imagen recibida. Satisfecho con el resultado, elevó el dron con extremo cuidado, evitando las numerosas ramas.

La mañana no podía ser más luminosa y apenas soplaba viento. Cuando el dron superó la copa de los árboles, inició un recorrido en dirección oeste. Como tenía una autonomía de poco más de media hora de vuelo, aumentó la potencia de los rotores para alcanzar lo antes posible su objetivo, a unos quince kilómetros de su ubicación, fronteriza con la última zona en que había sido vista Beatriz.

Aquella área, caracterizada por sus enormes humedales, la había descubierto seis meses antes, después de un minucioso estudio y a partir de unas imágenes recibidas vía satélite en las que aparecían numerosos reflejos de sol a ras de suelo. Cuando la había pisado por primera vez, había advertido las dificultades que presentaba para recorrerla a pie. Por ese motivo se había hecho con el dron, para obtener mejores perspectivas. Ahora pensaba que sus complicados accesos también podrían servir para esconder a una rehén.

El dron voló un par de minutos junto a una bandada de zarapitos como si se tratara de uno más, y poco después alcanzó una zona cuya espesura era tal que apenas se veía el suelo. Mantuvo la trayectoria fijada durante diez minutos más hasta divisar el primer humedal. Entonces Colin lo hizo descender hasta casi tocar el agua y empezó a grabar. Observaba la pantalla sin perderse un solo detalle, en busca de cualquier presencia humana.

Para no agotar las baterías, abandonó aquel primer conjunto de ciénagas, que podían medir dos kilómetros de ancho, y avanzó sorteando una zona de bajo arbolado para detenerse en las siguientes, todavía más grandes. Como el dron podía registrar la temperatura, activó esa función para saber si las turberas estaban frías o presentaban algún tipo de fermentación con la consiguiente liberación de metano a la atmósfera.

Hizo regresar el aparato en cuanto vio parpadear en su mando la señal de baja batería.

Durante el resto del día abordó un nuevo cuadrante a

pie, hasta que se hizo de noche. Acampó bajo un enorme sicomoro y, después de intentar llamar por teléfono sin ningún éxito, devoró una lata entera de judías con carne. Nada más acabarla, sintió el peso del día y se quedó profundamente dormido.

Para las dos jornadas siguientes no necesitó el dron. Llevaba baterías de recambio para grabar diez horas de vídeo, pero como no sabía cuánto tiempo podría necesitarlo, trató de ahorrar su uso. Abrió bien los ojos y evitó utilizar los auriculares para escuchar cualquier sonido que lo ayudara a encontrar a Beatriz y a sus captores.

El cuarto día localizó una pequeña cabaña en medio de un claro abierto por el hombre, a la que se aproximó procurando no hacer ningún ruido. Parecía habitada pero no estaba vigilada. Aun así, extremó la precaución. Tan solo tenía una ventana. Se asomó de forma discreta. No había nadie dentro, pero identificó dos latas de cerveza sobre una mesa y restos de comida. En una esquina había un camastro y a sus pies una pila de ropa.

Con el corazón acelerado miró su teléfono para comprobar si tenía cobertura. No hubo suerte. Habría trasladado su ubicación a Marc para que él hiciera lo mismo con algún alto responsable del ejército y le pidiese que acudieran, pero los medios técnicos no ayudaban; iba a tener que decidir por sí mismo. Se parapetó tras un árbol y echó un vistazo por los alrededores sin encontrar nada que levantara sospechas. Dudó qué hacer: podía echar una rápida ojeada por el interior de la cabaña en busca de alguna pista que hiciera pensar en una presencia femenina, o irse y poner en aviso a las fuerzas armadas en cuanto recuperara la señal. Decidió entrar.

Dejó su pesada mochila, con el dron atado a ella, al lado de la puerta, y dio un rápido repaso. Olía fatal, a una mezcla de comida y sudor concentrado. Se acercó al camastro. Cuando vio que la ropa era de mujer y oyó pasos en el exterior de la cabaña sintió que se le cortaba la respiración. Corrió hacia la puerta, de camino cogió un cuchillo de la mesa, apoyó la espalda sobre la pared y esperó a ver quién entraba.

La puerta se le vino encima.

Solo cuando volvió a cerrarse se abalanzó sobre la persona que acababa de entrar, con lo que cayeron los dos al suelo. Colin se colocó encima, le tapó la boca con ambas manos y se encontró con una mujer con expresión de espanto. Retiró de inmediato las manos.

—¿Quién es usted? ¿Qué hace aquí? —pronunció primero ella, mirándolo con inquietud.

Colin la ayudó a levantarse y se disculpó. La mujer, blanca y cercana a los cuarenta años, buscó sin éxito el cuchillo que imaginaba en la mesa, sin encontrarlo. Colin adivinó su intención y se lo pasó en un gesto de confianza, presentándose a continuación. Supo que estaba sola.

—¿Qué hace una alemana sola en esta remota zona de la selva? —El acento la había delatado.

—Soy bióloga, trabajo para el Instituto Max Planck e investigo los efectos del cambio climático sobre un tipo de reptiles a los que llevo estudiando los últimos diez años.

Colin le explicó, a su vez, las razones que le habían llevado a estar explorando aquella zona del parque nacional, supo que no había visto ni oído nada sospechoso en los alrededores de su posición, y aceptó un café y un rato de descanso antes de continuar la jornada. Compartieron opiniones sobre la preocupante situación de expolio que estaba sufriendo el país, convinieron en las soluciones que debían tomar las naciones y sociedades occidentales y se dieron los teléfonos y correos electrónicos para mantenerse en adelante en contacto.

Cuando Colin abandonó la zona y empezó con el siguiente cuadrante del plano, un tanto desesperado ante la ausencia de resultados cuando solo le faltaban tres para completar la región elegida, se adentró en una zona especialmente húmeda, tanto que le obligó a detenerse, incapaz de encontrar un tramo de tierra firme.

Serían las cuatro de la tarde cuando puso en marcha el dron, que empezó a sobrevolar los alrededores. En otro momento lo que estaba viendo a través de la pantalla le habría levantado el ánimo al tratarse de una enorme extensión rica en turberas. Pero no ahora. Solo quería hallar a su compañera, y por ahora todo el esfuerzo y tiempo invertidos en ello no le habían servido para nada.

En su desplazamiento entre una turbera y otra, el dron iba provocando la huida de numerosos animales. Colin distinguió algunos damanes arbóreos —una especie de conejo muy común en aquella parte de la selva—, facóqueros a la carrera, completamente espantados, unos pequeños monos llamados mangabeys de coronilla blanca y hasta una colonia de chimpancés cerca de una de las lagunas de mayor tamaño. Voló tan cerca de estos últimos que causó una verdadera estampida, y faltó poco para perder el dron cuando uno de ellos trató de cazarlo al vuelo, a través de los árboles.

Comprobó desde su monitor el tiempo, introdujo sus coordenadas para hacerlo regresar y dejó de grabar. Pasados diez minutos lo vio llegar a través del claro de bosque en el que se encontraba y desactivó el vuelo automático para recuperar su control.

Un par de horas después alcanzó su canoa y se dirigió por río a una pequeña población marcada en el plano, donde decidió pasar la noche antes de abordar la última jornada de búsqueda en otra de las coordenadas seleccionadas. Pidió permiso al jefe de la aldea para instalarse, y este le señaló una cabaña vacía en la que podría descansar. Se preparó una cama improvisada con hojas, bajo el saco de dormir, abrió una lata de judías con carne y ni se planteó calentarla; la devoró tal cual estaba, fría, muerto de hambre.

El poblado no disponía de electricidad, pero había cargado el portátil antes de salir de Lokutu. Extrajo la tarjeta de vídeo del dron y descargó su contenido en el disco duro. Luego se recostó buscando una postura cómoda y empezó a visionar el resultado sin detenerse casi en lo que había recogido: era muchísimo material y solo pretendía hacerse una idea de las posibilidades de la zona para otra ocasión en que pudiera volver a investigar mejor aquellos humedales, pero, sobre todo, lo que deseaba era descubrir alguna posible pista de presencia humana.

Las turberas, vistas en el ordenador, se antojaban mucho más grandes que en la pequeña pantalla de los mandos del dron, y prometían ser bastante más de las seis o siete recorridas; parecían un primer anticipo de una zona inmensa, seguramente repleta de humedales, que necesitaría delimitar en posteriores incursiones, cuando retomara su estudio.

Bastante satisfecho con el resultado, Colin siguió observando la grabación entreteniéndose ahora con los animales que iban apareciendo. Cuando le llegó el turno al grupo de chimpancés, hubo un detalle en una de las tomas que captó de inmediato su atención. Paró el vídeo, dio marcha atrás y volvió a mirarlo, fotograma a fotograma, hasta el preciso instante en que surgió algo insólito. Por detrás de la cabeza de uno de los simios identificó otra diferente, una cabeza humana, que podría ser de Beatriz.

—Pero ¿cómo es posible esto? Si es ella, ¿qué hace entre chimpancés? —exclamó sin terminar de creérselo.

Abrió el editor de vídeo y amplió la brevísima escena de apenas un segundo. Aplicó el *zoom* hasta fijar en la pantalla el rostro de la mujer y comprobó que no era Beatriz, sino una jovencísima africana, no tendría ni diecisiete años, con el pelo negro muy rizado, largo y enmarañado, delgada y desnuda.

Pero lo que más llamó su atención fue la mirada: era de color esmeralda.

SEGUNDA PARTE

# LA TIERRA DE LOS MIL REFUGIOS

# 22

*Aeródromo de Kavumu, Kivu del Sur,*
*República Democrática del Congo*
*Mayo de 2010*

Después de un delicado aterrizaje sobre una enfangada pista, la avioneta de Colin se detuvo frente a la terminal del pequeño aeródromo de Kavumu, a setecientos kilómetros al sureste de Lokutu y cerca del lago Kivu, frontera natural con Ruanda, para recoger a su amigo, el veterinario español Luis Cereceda.

Llovía como si fuera a acabarse el mundo.

El inglés abandonó la cabina para ayudarlo a subir, agarró su mochila al vuelo y le dio la bienvenida antes de que se oyera un extraordinario trueno que hizo temblar el suelo.

—¡No sabes cómo agradezco tu inmediata respuesta, Luis! —exclamó a voz en grito para contrarrestar el repiqueteo de las gruesas gotas de lluvia sobre el fuselaje.

—De nada, pero el favor no te va a salir gratis... —proclamó antes de acceder al interior del avión para huir de la tromba de agua.

Se quitó la empapada gabardina, la echó atrás y se estrecharon las manos.

—¿Cuándo he dejado de pagar, Luis? —Colin empezó a accionar botones para escapar de allí lo antes posible.

—Vas a tener suerte, porque me voy a conformar con el último disco de U2. —El veterinario se quitó las gafas para secarse los cristales—. ¿Cuánto hacía que no nos...?

—¡Dos años y diez días! —respondió Colin sin dejarle terminar la pregunta.

—Eso es hilar fino. Ni que hubiéramos cortado como pareja...

—Nunca fuiste mi tipo. —Le siguió la broma—. Y si recuerdo el dato es porque en esa misma fecha firmé aquel estudio sobre el parque nacional Kahuzi-Biega, vecino a tu centro. Fue la última vez que nos vimos.

Luis trabajaba en el Centro de Rehabilitación de Primates de Lwiro, una especie de santuario animal a solo cuatro kilómetros del parque, en una zona considerada desde 1997 patrimonio mundial en peligro.

—No has cambiado nada —dijo el veterinario—. Sigues siendo como un reloj suizo; no te afecta el tiempo.

—Pues tú sí que has cambiado, tienes más barriga.

—¡Serás borde...! Y además, no es verdad; me mantengo en forma, no como otros... —Se recogió el pelo en una coleta y miró a su amigo de arriba abajo.

—Vale vale... *Touché!* —Colin ondeó una simulada bandera blanca—. Retiro lo de la barriga. Pero, por favor, abróchate el cinturón. Vamos a despegar.

Colin tenía a Luis como a uno de los tipos más excepcionales que había conocido en su vida, desde muchos puntos de vista; por supuesto en lo personal, pero también en su intachable honestidad científica. Poseía una reconocida capacidad de superación, al margen de la adversidad, con la particularidad de añadir a cada solución un toque de genialidad que le hacía único y a la vez resolutivo, incluso en los quehaceres del día a día. Y era un excelente conversador. Un tipo casi perfecto, salvo en los asuntos del corazón. Ahí, por lo que Colin sabía, no había alcanzado el equilibrio, sobre todo en un continente en el que su condición sexual se seguía viendo como un estigma.

Trasladó los datos de navegación del papel a una pantalla digital integrada en el cuadro de mandos ante el gesto de impaciencia de su copiloto, que todavía continuaba a la espera de recibir una explicación a la tan urgente convocatoria.

—¿Me lo vas a contar o me bajo?

—Espera...

—¿Cómo que espera? —replicó más indignado—. Esta mañana atendí tu llamada en medio de una operación de cataratas a la chimpancé más anciana del centro, y en menos de seis horas me tienes aquí, a tu disposición.

—Gracias por aceptar mi propuesta, eso lo primero —se excusó Colin—; te conté poco por teléfono.

—¿Poco? Te repito lo que me dijiste: «Luis, he descubierto una colonia de chimpancés al nordeste de Lokutu, entre los que había un miembro muy poco común». Ya está. ¿Y qué demonios significa eso de «muy poco común»? ¿Acaso es un chimpancé con dos cabezas?

—Prefiero que lo veas con tus propios ojos. —Le pasó su portátil.

Luis pinchó en un vídeo que estaba desplegado en la pantalla. Las imágenes, que se iniciaron en una especie de humedal, estaban tomadas a escasos centímetros de su superficie, la recorrían a baja altura y terminaban adentrándose en una arboleda no demasiado frondosa.

—Menuda calidad de grabación. ¿Te has comprado un nuevo dron?

—Sí, sí... Sigue mirando.

A escasa distancia de los inicios del bosque, Luis identificó a tres chimpancés sentados en el suelo, muy atentos al vuelo del aparato. Cuando el dron se quedó detenido, ligeramente por encima de sus cabezas, uno de ellos se hizo con una rama e intentó derribarlo.

—Pero ¿y esto?... No me puedo creer lo que acabo de... —Se frotó los ojos, soltó un bufido y a continuación dos tacos. Dio marcha atrás y fue repasando escena por escena hasta llegar al preciso momento en el que aparecía el rostro de una joven entre dos chimpancés. Congeló el vídeo—. Pero ¿cómo puede ser esto posible? ¿Qué hace esa chiquilla ahí?

—Eso mismo me pregunté yo al verla.

Colin pidió autorización al controlador aéreo para despegar. Cuando la obtuvo, puso el motor a su máxima potencia y la avioneta empezó a recorrer los primeros metros de la accidentada pista. Dos minutos después ascendía en busca de un cielo encapotado.

—Vamos a tener un vuelo movidito... —adelantó el inglés poco antes de atravesar una primera línea de nubes—. Mi idea es embarcar nada más aterricemos en Lokutu, navegar río abajo y llegar a la zona de grabación al mediodía de mañana. Aunque aún no te he contado la verdadera razón de haber acudido a esa inhóspita zona de humedales.

—Me la imagino —le cortó—: andarías tras tus famosas turbas...

A tenor de la respuesta, el inglés dedujo que Luis no estaba al tanto del secuestro. Le puso al corriente.

—Vaya. No tenía ni idea... ¡Qué espanto! Eso me pasa por trabajar en un lugar tan aislado al que apenas llegan noticias y casi nunca internet.

Colin terminó de explicar por qué había decidido buscar a Beatriz por aquellos humedales, dentro de la reserva de Yangambi, hasta que se cruzó con aquel sorprendente descubrimiento.

—De regreso a Lokutu, nada más tuve cobertura, me puse en contacto con mi jefe en Kinsasa y este con las autoridades militares. Sus gestiones han sido muy favorables, porque ha conseguido que nos manden un equipo con el que explorar la parte a la que yo no llegué. Ojalá mis sospechas estén bien fundadas y den con Beatriz. Me uniré a ellos en cuanto resolvamos lo de esa chica.

—¿Les mencionasteis lo de la joven?

—No. Preferí que se centraran en Beatriz. Si fui a buscarla hasta allí, fue porque estaba harto de tanta impotencia y después de haber superado la fecha de rescate; aunque no sirviese de nada, cuando quizá la tuviesen en la otra punta del país, no iba a dejar sin rematar la búsqueda. —Golpeó con el dedo la pantallita del coordinador de giro al ver que fallaba. Hasta que la aguja no regresó a su posición normal, no reemprendió la conversación—. Pero al aparecer esa chica, que en un primer momento quise creer que era Beatriz, la situación cambió. Me pregunté: ¿hago como si no la hubiera visto y continúo con lo que me había llevado hasta allí, o modifico los planes? Ahora reconozco que me pudo la necesidad de ayudarla. ¿Y si estuviese en peligro? Ella está ahí, y Beatriz no sé dónde está... ¿Qué historia puede llevar a sus espaldas? Resulta tan curioso...

Luis se rascó la coronilla un tanto abrumado.

—¿Tienes pensado algún plan para hacernos con la muchacha?

—No. Solo espero que esos monos y ella sigan allí, o por lo menos cerca. Traigo lo necesario para pasar varias noches por si no los encontrásemos a la primera.

—¿Cuántas horas han pasado?

Colin miró su reloj y calculó.

—Poco más de treinta y seis. —Había llamado a Luis tan pronto como había conseguido regresar a Lokutu en busca de su avioneta.

—Estamos en temporada de lluvias y los chimpancés se mueven mucho, apenas duermen dos noches seguidas en el mismo nido cuando se les agota la comida. Lo más probable es que ya no estén donde los grabaste. Pero tampoco se habrán ido muy lejos.

—Por eso te llamé. Tú conoces mejor que nadie qué pautas siguen y cómo reconocer los rastros que dejan.

—Ya lo creo. —Luis sonrió—. Algunos son muy olorosos.

—Cuando vi por primera vez este vídeo —confesó Colin—, recordé la historia de Mowgli, ya sabes, la famosa novela de Kipling. Desde entonces no dejo de pensar qué historia tan increíble tiene que haber detrás de esa joven; no me resisto a perdérmela.

—¿Desde cuándo estará viviendo entre simios? Quizá no sea capaz de hablar... —apuntó Luis—, como le pasaba a Mowgli.

—¿Se te ocurre de qué manera podríamos sacarla de allí? —En la pregunta radicaba el motivo de haber recurrido a él y no a la policía.

—Necesitaremos hacer algo que los despiste el tiempo suficiente como para evitar ese riesgo. Porque en ese grupo habrá un macho alfa que defenderá a su clan hasta las últimas consecuencias, y doy por hecho que la chica está incluida. No te quiero contar la violencia con la que actúan los simios salvajes cuando se sienten amenazados.

Colin tragó saliva. Viró la avioneta para esquivar un grupo de nubes tan negras que asustaban, atacadas por severas ráfagas de relámpagos, y buscó el oeste. Después de dejar atrás la tormenta y localizar una zona con menos térmicas y ráfagas de aire incontroladas, se interesó por la maniobra de distracción con los simios.

—Podemos llevar mucha fruta y dulces. Por ahora no se me ocurre nada mejor. Ya pensaré algo cuando pisemos el terreno.

Miró por la ventanilla y lo que vio le dejó pasmado: una enorme nube de loros grises acompañaba el vuelo de la avioneta; algunos, a menos de un metro del cristal, parecían estar observándolo.

Colin advirtió la sorpresa de su copiloto y le preguntó:

—¿Qué pensarán cuando nos miran?

Después de muchas horas de estudio y análisis, Luis se había fabricado una opinión sobre la selva y sus habitantes.

—Estoy seguro de que no entienden por qué nos creemos más inteligentes que ellos... Nos sentimos el cenit de la creación y no somos capaces de ver que existen otras formas de percepción y de lucidez en los animales, a las que no llegamos ni por asomo. —Sabía que aquella tesis agradaría a su amigo por su compromiso con la defensa del mundo animal. Puso como ejemplo los inesperados y sorprendentes pájaros que acababa de ver a través de la ventanilla—. ¿No te parece increíble que sean capaces de orientarse en una migración de miles de kilómetros, y que repitan el mismo recorrido que hicieron sus padres y abuelos sin haberlo hecho nunca antes? ¿No es eso inteligencia? ¿No lo es la capacidad que tiene un chimpancé de recordar los lugares exactos de la selva donde encontró en una ocasión comida, igual diez años atrás, sin equivocarse?

—Hablamos de distintas inteligencias... No te falta razón.

—Hay muchas: la inteligencia emocional, la musical —siguió enumerándolas con los dedos—, la interpersonal, la lingüística, la matemática, la visual... Hasta hace bien poco parecía existir solo una, que clasificaba a los individuos según la puntuación que obtuvieran en unos test, y como no se modificaba el baremo, los animales siempre salían mal parados.

»Nos costó demasiado tiempo darnos cuenta del craso error que casi todos asumíamos sin plantearnos demasiadas preguntas. Por eso, en nuestro centro de Lwiro, llevamos años investigando sus capacidades intelectuales, como por ejemplo la autoconciencia, la predicción y la deducción.

—Eso suena más a humano que a animal —dedujo Colin.

—Cierto, pero es que solo así podemos explicarnos la capacidad que tienen de resolver problemas complejos, entender cómo se enfrentan a ellos y sacar conclusiones. No olvidemos que son seres sociales.

Colin activó el piloto automático para seguir mejor la explicación de su amigo.

—Ahora estamos investigando las estructuras cerebrales que intervienen en ese tipo de procesos. Y las conclusiones no pueden ser más prometedoras.

Según le explicó, llevaban tiempo estudiando el sistema cerebral de los animales fallecidos en el refugio, y, en concreto, el tamaño de sus encéfalos y neocórtex, por ser las regiones donde se establecen los procesos cognitivos relacionados con la inteligencia, como el razonamiento y la consciencia.

—Creemos que el mayor desarrollo del neocórtex en los grandes primates, a diferencia de otros simios, se debe a su elevada necesidad de inteligencia social. La socialización es vital para ellos, tanto como para nosotros o incluso más.

Colin quiso opinar, pero no pudo. Le estaba entrando una llamada de teléfono a través de los altavoces del avión. Respondió y al momento escuchó la voz de Lola:

—El otro día no me despedí en condiciones y te he llamado mil veces... No has tenido cobertura, lo sé. Ha pasado una semana y tanto silencio me tenía preocupada. ¿Has averiguado algo, alguna pista?

—Todavía no, pero...

—¿Nada? —No le dejó hablar—. No recibo noticias desde Kinsasa, tampoco tuyas, las horas me parecen meses, estoy ansiosa de novedades. Es normal, ¿no? De todos modos, quería decirte que suelo ser más cuidadosa con la gente a la que aprecio, aunque no te diera demasiadas pruebas el último día. Fue culpa de... Bueno, ya viste que no tuve una mañana fácil. ¿Has podido localizar turberas por lo menos? Me he enterado de que tienes la canoa atracada en el puerto y como no me has llamado, pues... Oye, ¿estoy oyendo tu avión?

Luis reconoció su acento gallego y miró a Colin.

—Se llama Lola, es amiga de Beatriz. —Resolvió de inmediato su duda y volvió a dirigirse a ella—: Te está escuchando un buen amigo —ahora se dirigió a ella— al que acabo de recoger en Kavumu, al este de Lokutu.

Lola retomó la palabra.

—Ha pasado una semana de la fecha del rescate, Colin —pronunció de forma seca—, y aquí seguimos sin saber nada. El padre de Beatriz ha regresado a España, pero antes de abandonar África contrató a unos tipos con los que me tengo que entrevistar pasado mañana.

—¿Qué clase de tipos?

—Digamos que de esos que no se achantan ante nada. Valentín les ha encargado que busquen a Beatriz a su manera y con sus propios medios. Deben de ser de armas tomar. Y querrán hablar contigo y con la gente de tu oficina en Lokutu. Quizá les vaya bien saber dónde has estado tú estos días para dar por descartada la zona o continuar buscando.

—¿Lo saben las autoridades congoleñas?

—Sospecho que no —contestó ella—. ¿Estás viniendo para Lokutu? ¿Puedo contar contigo para esa entrevista?

Colin no se lo pudo jurar, pero le prometió que haría lo posible. Y se acordó de que tenía un plazo para aceptar la propuesta de la India.

—He dimitido.

—¿Cómo? Menuda decisión, ¿no? Espero que me lo cuentes mejor en cuanto nos veamos.

—Seguro, pero todavía no me has dicho hacia dónde vuelas.

Colin se decidió a hacerle partícipe de su descubrimiento, pero no encontró a Lola nada receptiva con la suerte de la joven que vivía entre chimpancés.

—Entiéndeme, se trata de un hecho tan excepcional y de una chica tan joven...

—Ya, claro... —contestó ella sin añadir nada más.

—En un rato aterrizaremos en Lokutu —continuó Colin, consciente del significado de ese silencio—, pero no nos detendremos. La idea es coger la canoa y adentrarnos cuanto antes en el río.

—Vale... —apuntó Lola.

Colin se propuso compensar un poco su fiasco.

—Si todo sale como espero, estaremos de vuelta a tiempo de entrevistarme con esos tipos. Imagino que te hubiera gustado escuchar otros planes y entiendo tu decepción, pero ahora he de colgar, no puedo explicártelo mejor y necesito recuperar los mandos de la avioneta.

Antes de que se cortase la comunicación, Lola soltó un último comentario que dejó tocado a Colin y que a Luis le resultó un tanto críptico.

—En esa misma avioneta, hace no mucho tiempo, escuché decir que las aguas del Congo tejen la vida. Pero lo que nunca imaginé es que lo hicieran con puntadas tan borrosas.

# 23

*Casa de Keita Ajani, Lokutu, República Democrática del Congo*
*Mayo de 2010*

Lola no sabía qué implicaba convivir con un médico como Keita, pero no tardó en descubrirlo desde la primera noche que llegó a su casa.

No había que ser muy perspicaz para ver cómo le afectaba la ausencia de Beatriz, aunque trataba de reservar el dolor para su intimidad. Se levantaba desanimado. Durante el desayuno parecía ausente casi todo el tiempo, apenas hablaba.

Influida por su apatía, recién arrancado el séptimo día de estar en su casa, Lola se propuso hacer algo diferente para ayudarlo a salir de su abatimiento. Necesitaba que rompiese a hablar, hacer que sacara de su interior la agria emoción que lo tenía anulado.

Tras el desayuno, Lola habló con Valentín, luego con el embajador Lodosa y bastante más rato con su madre. Pero con ninguno consiguió nada, salvo enfadarse.

Después, decidió dedicar el resto de la mañana a intentar entender cómo podía sortear la contraseña que amenazaba con dejar anulado para siempre el portátil de su amiga. Muy a su pesar, terminó llamando al prestigioso director informático de Moviplus, uno de sus declarados enemigos, para que la ayudara. Después de resolver algunas preguntas muy concretas para las que Lola tuvo que escudriñar el portátil, encendiéndolo de una manera determinada según sus instrucciones, el especialista determinó que Beatriz había instalado un sistema operativo poco común para no usar los oficiales de Microsoft, y su sistema de protección era tan desconocido como inaccesible. Algo que no extrañó a Lola, sabiendo lo rarita que era Beatriz para determinadas cosas. Aunque tampoco él pudo meterse a distancia en el ordenador porque la llamada se cortaba cada minuto.

Y así fue pasando el día hasta que regresó Keita del hospital. Como un cohete, dejó una bolsa llena de verduras en la cocina, regalo de un paciente, y pidió a Lola que lo acompañara. Tenía que atender un parto difícil en una aldea cercana y le había fallado su ayudante.

—A punto de cerrar la consulta, apareció un hombre muy nervioso pidiéndome que fuera a asistir a su mujer, de parto desde el mediodía, porque algo no va bien.

—¿No la ha llevado al hospital?

—La mayoría de la gente no tiene medio de transporte y a esta aldea no llegan las ambulancias. Nos tocará hacer una parte del camino andando.

—¿Puedo ir así? —Lola llevaba unos *shorts* y una camisa de algodón azul. Había hecho tanto calor y la humedad era tan alta que le había sobrado la mitad de la ropa.

—Te recomiendo un pantalón largo, una camiseta vieja y un suéter. Busca en el armario de Beatriz. De noche y en medio de la selva, baja bastante la temperatura, y por más cuidado que uno ponga, un parto no deja de ser una intervención sucia. Terminarás manchada.

Apenas una hora después, mientras recorrían una pista de tierra a través de un espeso bosque, Lola miraba por la ventanilla impresionada por la amenazante oscuridad. Las sombras se lo comían todo. Imaginó mil bestias peligrosas acechando tras ellas y sintió respeto.

Keita aparcó el Jeep al final de la pista y siguieron a pie diez minutos más, hasta que empezaron a divisar unas luces entre los árboles. Lola se hizo la fuerte durante los primeros cien metros, pero cuando empezó a oír ruidos no identificados y poco después un par de rugidos procedentes de no sabía qué tipo de animal, se colgó del brazo de Keita y caminó pegada a él hasta que el angosto camino se abrió en un claro y entraron en un círculo formado por una docena de pequeñas cabañas de adobe.

Los recibió el marido, si acaso lo era, y una mujer mayor con los brazos llenos de sangre. Lola la miró espantada.

—Será la matrona, tranquila —le aclaró Keita al descubrir su gesto de pavor.

Se dirigió a ellos en suajili y los siguió a buen paso a una de las cabañas. Flanqueando su entrada, una anciana tan escurrida que apenas se apreciaban sus músculos bajo la apergaminada piel temblaba de arriba abajo. Escondía media cabeza entre las rodillas, las piernas encogidas, y sujetaba un palo largo con una pequeña calabaza atada a su extremo.

Keita le tocó la frente; ardía.

—Busca un par de aspirinas en el maletín. —Se dirigió a Lola—. A ver si podemos bajarle la temperatura a esta pobre mujer. Luego la miraré mejor.

Lola se hizo con las pastillas y, mediante gestos, pidió agua al marido. Se quedó sola con la anciana para que se tomara la medicación, la miró a los ojos y se asustó. No encontró brillo alguno en ellos; eran como la antesala de un oscuro túnel que sin duda tenía como final la muerte.

Se incorporó del suelo muy afectada y entró en la cabaña, de donde surgía una larga colección de dolorosos gemidos. Y lo que vio allí dentro la dejó todavía más paralizada.

Tumbada sobre un lecho de ramas y hojas frescas, empapadas en sangre, yacía una joven; apenas una niña. Iluminada por dos hachones, mantenía los brazos por encima de la cabeza, firmemente agarrados por otra mujer, seguramente su madre, mientras entre sus piernas surgía una masa tumefacta de color rojo oscuro. Desde su interior fluía un reguero de sangre cada vez que hacía fuerza. Y no dejaba de rechinar los dientes con unos bufidos que parecían más propios de un animal.

—¿Qué hago? —preguntó mientras se arrodillaba al lado de Keita.

—Tiene al bebé atascado y lleva así más de ocho horas. La pobre está pasando un infierno. —Le puso la mano en la frente y susurró algo en suajili. Lola no necesitó traducción; tenían que ser palabras de ánimo—. Voy a comprobar si hay latido fetal; si la criatura sigue viva, habrá que practicarle una cesárea.

—¿Aquí? —Miró a su alrededor, y aunque apenas distinguía nada con la escasa luz de las dos antorchas, aquello era lo menos parecido a un aséptico quirófano—. Tan solo es una chiquilla.

—Por eso no sale el niño; es demasiado pequeña para ser madre... En esta tierra no puedes juzgar lo que ves. Necesitan que actuemos en su ayuda y eso hacemos. ¿Lo entiendes?

Lola afirmó con la cabeza.

—Voy a pedirles agua para lavarnos. Pero antes busca un frasco de Demerol y una jeringuilla; hay que administrar un sedante a la madre.

Lola lo encontró de inmediato y preparó la dosis indicada. Keita se la pinchó y esperó a que hiciera efecto. Cuando notó cierta mejoría en el gesto de la chica, se lavó las manos, las enjabonó con un gel desinfectante, buscó espacio entre las piernas de la joven e introdujo dos dedos en el interior de la vagina en busca del útero.

Con solo verlo, a Lola le dolía todo. Para no mirar, observó a los presentes. Aparte de la madre y del marido, a todas luces mucho mayor que la chica, descubrió a un anciano que contemplaba la escena desde una esquina mientras agitaba una especie de cetro lleno de abalorios. Y junto a él, dos mujeres más, que limpiaban de vez en cuando a la parturienta con un paño bastante sucio. Sintió un irremediable asco.

—¿Eso que hacen no será perjudicial para la chica? —interrumpió a Keita en su exploración.

—Son tradiciones de su cultura. El viejo es un chamán: le dejan estar ahí para que dé la bienvenida oficial al nuevo miembro del clan. Y esas mujeres están recogiendo las inmundicias de la joven para que la nueva vida que surja de su interior lo haga en un mundo libre de males y pecados. Tranquila, cuando acabe la cesárea la inundaré de antibióticos.

—¿Está vivo? —Lola empezó a limpiarse manos y brazos en el cubo de agua que acababan de renovar.

—Por suerte sí. Pero hemos de actuar de inmediato o se nos morirá, y necesito tu ayuda.

—¡Por supuesto! —contestó igual que habría hecho la audaz Beatriz, la que nunca se echaba atrás ante nada.

—Pues vamos. Te vas a encargar de preparar el campo operatorio; usa una sábana limpia de las que hemos traído para que se tumbe encima, rasúrale el vello púbico y desinfecta toda la zona a fondo. Yo la voy a anestesiar por la espalda.

Lola se puso a ello con cierta incomodidad, dado que Keita la estaba colocando de lado y pedía que encogiera las piernas para favorecer la anestesia epidural. Le sondó también la vejiga.

Una vez que estuvo todo preparado, se pusieron mascarillas y Keita empuñó el bisturí para seccionar por encima del pubis. Lola, armada de un valor que no sabía de dónde surgía, ayudó a limpiar el campo operatorio mientras veía cómo él cortaba tejidos y separaba los músculos abdominales. Cuando le llegó el turno al útero, se derramó un poco de líquido por el vientre de la joven y apareció de repente una cabecita. Keita metió las dos manos para sacar al bebé, cortó el cordón umbilical y se lo pasó a Lola.

Ella cogió a la criatura entre los brazos, la envolvió en una tela limpia que le ofrecieron las mujeres y le limpió la sangre. Esperó a que llorara, pero no parecía reaccionar.

—Keita, el niño no...

El médico dejó de coser a la madre, tomó el bebé y lo recostó en el suelo. Le hizo un masaje cardiaco, sopló en su boquita tapándole la nariz, le metió los dedos en la boca por si algún tapón mucoso le impedía respirar y repitió la operación varias veces más, en un intento de devolverlo a la vida, a una vida que apenas se le acababa de escapar.

La madre lanzó una avalancha de frases en suajili al notar que algo iba mal, y el padre se colocó por encima del hombro de Keita, a la espera del más mínimo éxito.

Pero no se pudo hacer nada.

El bebé no respondió a las maniobras de reanimación y se les murió allí mismo, en una miserable cabaña en medio de la selva, en un lugar donde los conocimientos técnicos no podían contrarrestar la impiedad de una naturaleza que prefería robar una vida a dejarla salir adelante.

Lola se acercó a la afligida chiquilla para acariciarla y darle un poco de consuelo, mientras Keita terminaba de coser la herida.

Una de las mujeres se llevó al nonato fuera de la cabaña. La siguió el anciano, poco afectado, quizá, después de haber presenciado esa misma escena infinidad de veces. Tan solo se quedaron la madre de la chica y ellos dos.

Lola acabó de limpiar a la joven como pudo y Keita le

pinchó una primera dosis de antibióticos dejando una caja de comprimidos para que se los fuera tomando durante una semana. La madre atendió a las pautas, miró al doctor con gesto resignado y le dio las gracias por haber salvado a su hija, aunque no mencionó al nieto. No discutía la ley de la selva; así se lo explicó nada más recibir el pésame de Keita.

Poco antes de salir de la cabaña apareció el marido con un regalo para Lola: un colorido collar elaborado con semillas y vidrios de colores, y otro detalle para el médico: una botella con un apreciado licor especialidad de los hutus.

Dejaron atrás la aldea en silencio. Lola trataba de digerir lo que acababa de vivir antes de ponerlo en palabras. Miraba de reojo a Keita, sin saber si aquello le afectaría o si estaba acostumbrado. No fue capaz de interpretar su expresión.

Iban recorriendo el sendero ayudados de una linterna, con el deseo de alcanzar pronto el coche para regresar a Lokutu; los dos necesitaban descansar. Localizaron el todoterreno y corrieron hacia él, ansiosos, pero antes de arrancarlo Keita golpeó el volante.

—¡No es justo!

Lola se giró sin saber qué decir.

—Si hubiéramos llegado diez minutos antes... ¡Pobre niño! Y esa madre... En Occidente todavía estaría peinando muñecas. Es mi país, es mi gente, pero no me acostumbraré nunca. Se te escapa una vida delante de tus narices y te pones a pensar qué pintas aquí. La verdad es que me siento como un idiota tratando de pelear contra el destino, sin medios y sin suerte. ¡Es muy frustrante!

Lola arrastraba su propio pesar al recordar la imagen del bebé muerto entre sus brazos, y se le atragantaron ambas congojas, la de Keita y la propia. Rompió a llorar. Odiaba llorar, la hacía vulnerable, pero sus sentimientos explotaron de tal manera que no pudo evitarlo, y pasó de unas primeras lágrimas a un intenso sollozo, reviviendo lo que había presenciado en aquel escenario de barro, dolor y miseria.

Keita buscó su mano en un gesto de cercanía, y se abrazaron.

Ambos lo necesitaban; querían compartir sus ahogadas penas y sentir un fugaz soplo de cariño.

Fue un largo abrazo, casi doloroso, de manos que se clavaban en el otro, como necesitadas, hambrientas. Lloraban por Beatriz, por el horror de aquella aldea, por los muchos pesares que vivían cada día en aquella tierra, por tantos años sin apenas compensaciones en el caso de Keita.

Cuando por fin arrancó el coche, él se concentró en sortear baches, enormes raíces y piedras hasta que entró en la carretera regional. Ya más tranquilo, se volvió hacia Lola con una tímida sonrisa.

—Gracias por haber venido, gracias por tu ayuda y gracias por ese abrazo; lo necesitaba.

Lola le quitó importancia, pero se sintió bien.

A punto de finalizar el día, quizá no hubiese conseguido hacerle hablar ni sacar todo su dolor, pero al verlo más reconfortado le pareció oír otro «gracias», con la voz de Beatriz, desde lo más profundo de su interior.

Y supo que ella también había estado presente en ese abrazo.

# 24

*Reserva de Yangambi, Tshopo, República Democrática del Congo*
*Mayo de 2010*

Apenas se habían movido de la laguna negra, de aquel horrendo escenario de muerte y pérdidas —sentidísimas las de Mashira y Blanca para Bineka—, y ahora por culpa de unas lluvias torrenciales, que empezaron sin haber amanecido el día siguiente a la bárbara acción de los furtivos. Tanta era el agua que caía del cielo que, antes del atardecer, la laguna vio ensanchar sus orillas hasta ocupar el doble de su anterior tamaño, lo que comenzó a preocupar a Bineka.

Sin una Mashira pendiente de ella y sin poder saltar de árbol en árbol, entendió que iba a tener que moverse por el suelo, de modo que sus desplazamientos serían más lentos. Y si se quedaba demasiado atrás, no sabía qué le podría pasar, porque sus deseos de escapar se habían ido diluyendo cada vez que miraba a Furaha, y no tanto por su temor a Takuro.

Aunque algo estaba cambiando en él.

Para desconcierto de Bineka y tranquilidad del resto, desde la acción de los furtivos, Takuro había variado su actitud y olvidado agresividades pasadas. Podía deberse a la falta de machos competidores o a su propio estado de conmoción, pero mostraba un mayor interés por los pocos miembros que quedaban, y hasta empezó a aceptar los juegos con dos o tres crías.

Bineka lo observaba, calada hasta los tuétanos, con las piernas recogidas y Furaha cobijada en su regazo. Nunca había conocido una tormenta como esa. Los rayos y los truenos iluminaban y retumbaban en la selva como si anticipasen el final de los tiempos. Ya apenas veía la hierba por lo encharcado que estaba el terreno.

Durante la mañana del segundo día Takuro decidió que abandonaran la laguna en busca de un lugar mejor y sobre todo de algo de comida. Para alivio de Bineka, prefirió desplazarse por el suelo, sobre un palmo de agua, en una caravana de diez simios y una humana que a duras penas avanzaban al tropezar con ramas que no veían. Iban calados bajo un cielo que oscilaba de grisáceo a negruzco. Entre la frondosidad de las copas de los árboles y la densa cortina de agua, parecía haberse hecho de noche.

Takuro encabezaba la marcha. Lo seguía la nueva hembra que ahora dormía con él, Mafuta, que a todas luces había perdido peso y ganado agilidad. Con ella iban las dos crías adoptadas tras la muerte de sus madres.

Pasada la mañana, llegaron a un arroyo que la tormenta había convertido en un apabullante torrente imposible de cruzar. Takuro estudió la situación. Miró cómo vencer la separación entre ambas orillas a través de los árboles, pero no había ramas tan próximas entre sí como para conseguirlo. Para avanzar, no quedaba otra que cruzar la corriente.

Cuando entraron en el agua, Bineka pensó en Mashira una vez más. Si hubiera estado allí se habría subido a su espalda para atravesar juntas el arroyo, sin tantos problemas como empezó a tener por culpa de la fuerza de la corriente: casi la arrastraba, incapaz de sujetarse a otra cosa que no fuera a la espalda del chimpancé que llevaba delante. No era demasiada distancia hasta la otra orilla, pero la preocupación creció cuando el grupo vio cómo iba aumentando el caudal, hasta que se llevó a uno de los más pequeños junto a su madre, que había acudido en su ayuda.

A Bineka podría haberle pasado lo mismo. Solo la salvó la decidida actuación de un macho demasiado joven todavía para haberse estrenado con las hembras que tiró de ella cuando estaba a punto de ser arrastrada por un espectacular torbellino.

Cuando pisaron tierra firme, descansaron un rato. Los adultos se fueron a buscar algo para comer, dejando a los tres pequeños con Bineka y Furaha.

Sentadas bajo un anciano sicomoro a la espera de que regresara el grupo, la joven observaba a las juguetonas crías. No dejaban de mirar en todas direcciones, todavía asustadas por los difíciles trances pasados, abrazadas formando un círculo sin darse cuenta de que esa postura las hacía tropezar cada vez que se movían, y terminaban en el suelo provocando la risa de Bineka.

Después de un frugal almuerzo, a media tarde la expedición continuó sin que la lluvia les diera tregua, hasta que alcanzaron un punto elevado a partir del cual parecía abrirse el bosque. Takuro fue el primero en detenerse a mirar. A medida que fueron llegando los demás hicieron lo mismo, extrañados por lo que estaba sucediendo allí abajo. Bineka entendió su reacción. La altura de la colina permitía divisar una amplia explanada en la que no quedaba un solo árbol en pie. Los habían talado, y unas enormes máquinas amarillas estaban recogiendo los troncos para apilarlos en unas plataformas apoyadas sobre docenas de ruedas. Todo aquello les pareció tan raro como aquel artefacto que habían visto volar por encima de sus cabezas hacía solo dos días, como si fuera un pájaro, aunque no lo era.

A pesar de la lluvia, una multitud de hombres armados con sierras y picas, o subidos en aquellos enormes monstruos de metal, trabajaban sin descanso.

Bineka no había visto nada parecido en su vida, y sus compañeros simios, aún menos. Pero a ninguno le gustó aquello. ¿No serían como los que habían matado a todos los suyos?, pensó. La mayor parte de los miembros del grupo empezó a gruñir y a proferir todo tipo de sonidos: de inquietud, de miedo, de amenaza. Takuro se alzó sobre dos patas e hinchó pecho, como si estuviera a punto de lanzarse colina abajo para atacar a los que estaban destrozando el bosque. Al advertir su intención, a pesar de los miedos que le generaba aquel macho, Bineka se envalentonó y fue hacia él con idea de frenarlo. Tiró de él gesticulando como mejor se le ocurrió para urgirlo a abandonar el lugar. Resultaba imposible saber cómo se comportarían los humanos al verse amenazados por un grupo de chimpancés, pero Bineka preveía un gran peligro. Destrozando la selva como lo estaban haciendo, no podían ser buenos, y no estaba dispuesta a poner en riesgo a los suyos. Decidió que si algún día volvía a reunirse con seres humanos, jamás serían como esos.

Pero sucedió algo inesperado.

Oyeron un rumor que procedía del otro lado de la explanada, donde se elevaba una ancha colina con una extensión parecida a la que estaban. De repente surgió de ella una formidable riada de agua, lodo y ramas que lo arrasaba todo a su paso. En pocos segundos se formó una gigantesca cascada, y aquella voraz masa de agua y barro invadió la explanada a una formidable velocidad, haciendo desaparecer dos de las tres gigantescas máquinas y a unos cuantos trabajadores. Los bordes de la colina de enfrente se deshicieron como si fueran de mantequilla, dando paso a nuevas cascadas con árboles enteros cayendo por ellas. Entre sus troncos, Bineka pudo ver a otro grupo de chimpancés tratando de escapar de los efectos del cataclismo. Saltaban sobre las ramas tronchadas, se perdían en las aguas o trepaban por los pocos árboles que se mantenían en pie, antes de tocar el borde del abismo, donde se habían abierto seis puntos de caída de las enfurecidas aguas.

Takuro decidió sacar de allí a su manada, no fuera a alcanzarlos también a ellos, y echó a correr hasta llegar a la misma senda por la que habían venido.

La lluvia arreciaba con explosiva intensidad cuando accedieron al arroyo, cuyas rugientes y peligrosas aguas habían crecido aún más. Decidieron acampar allí mismo, buscando un grupo de irokos con gruesas y retorcidas ramas donde poder dormir. Treparon todos por el mismo tronco repartiéndose en diferentes alturas, algunos saltando a árboles vecinos. Bineka y Furaha se quedaron en el suelo; les faltaba la espalda de Mashira para ascender.

Lo que ninguno se podría haber imaginado fue la reacción de Takuro al advertir sus dificultades: bajó a toda velocidad, se puso de espaldas a Bineka y le mostró uno de sus talones. Ella se agarró a él un tanto desconfiada, cargando a su vez con Furaha, hasta que se vio al cabo de un instante pisando una rama de un ancho suficiente como para improvisar un nido con hojas y ramas al abrigo de su frondosa copa. Cuando les atacó el hambre, las dos comieron lo único que había —hojas, bastante amargas— y esperaron a que se hiciera de noche.

Por un momento creyeron que sus problemas habían acabado.

Se equivocaban.

Un clan entero de chimpancés, seguramente los mismos que habían visto tratando de sortear las aguas en la desmoronada colina, aparecieron con la intención de cruzar el río; una tarea imposible.

Serían unos quince, Bineka no pudo contarlos bien.

El grupo de Takuro permaneció quieto y en silencio, tratando de no ser advertidos por los recién llegados para evitar un más que probable enfrentamiento territorial. Pero una de las nuevas ahijadas de Mafuta chascó sin querer una rama y soltó un quejido al pincharse, y al instante recibieron la atención de una treintena de ojos. Comenzó un creciente coro de aullidos.

Takuro ejerció su papel de macho dominante descendiendo de su iroko a toda velocidad. De camino, lanzó unas cuantas dentelladas al aire con un solo objetivo: alejar de su clan a aquellos intrusos. Su acción recibió el apoyo del resto con el lanzamiento de decenas de ramas; una tímida lluvia que no significó nada para los recién llegados, que respondieron con mayor violencia.

Bineka sintió pavor al ver cómo ascendía por su árbol un enorme macho; su mirada daba miedo y la debilidad de su grupo era notoria, apenas quedaba nadie que tuviera la suficiente fortaleza o edad para pelear. A Takuro lo atacaban entre tres individuos mucho más fuertes que él, y se defendía como podía, pero estaba recibiendo una brutal paliza. Tan solo podían responder al envite las pocas hembras que quedaban, a las que Bineka vio librar una encendida defensa de sus posiciones, entre la arboleda, lo que supuso la mortal caída de alguno de los agresores. Pero los nuevos eran más, y más fuertes. Takuro, a esas alturas muy malherido, terminó optando por huir después de mirar a sus espaldas con gesto desolado. Cuando los suyos lo advirtieron, se dieron por vencidos.

Bineka, con Furaha aferrada a ella, las dos temblando, no pudo resistirse a la fuerza del feroz macho cuando alcanzó su posición y le plantó una mano en el cuello, aplastándole la cabeza contra la rama, a punto de asfixiarla. Ella dejó que la tocara, que oliera su pelo, su cuerpo, todo. Y tampoco reaccionó cuando le inspeccionó la boca, metiéndole dos dedos dentro, ni cuando lo repitió en su natura; a la espera de sufrir cualquier horrible final.

Pero este no llegó.

Otro macho, seguramente el jefe del nuevo clan, suplantó al que la tenía inmovilizada con un fuerte empujón, miró a Bineka a los ojos y se sentó a su lado para lanzar un potentísimo aullido que tuvo que oírse a muchos kilómetros. Un grito con el que estaba reafirmando su nuevo dominio.

Ella se mantuvo muy quieta, mientras recordaba a Mashira, preguntándose si estaría en Mpemba, la ciudad de los muertos, junto a Sanza, sus padres y su abuelo Tonuk. Porque a la vista de aquel feroz macho, estaba segura de que esa misma noche conocería la respuesta.

# 25

*Casa de Keita Ajani, Lokutu, República Democrática del Congo*
*Mayo de 2010*

Lola se quedó impresionada al verlos.

Tenían rostros curtidos y miradas herméticas, de las que han visto demasiadas cosas en la vida, y probablemente casi ninguna buena.

De los seis, solo conocía a Martín Palacios, amigo de toda la vida del padre de Beatriz, con quien había empezado a hablar después de haberles abierto la puerta.

Se los presentó uno a uno.

Dos eran americanos, otro inglés y los tres restantes españoles: el grupo que Valentín había convocado, a través de su amigo, con el dinero que había podido recaudar para el rescate, incluida una contribución de Lola.

Cuando los tuvo a todos sentados, Martín tomó la palabra.

—Valentín me ha pasado toda la información que tenía, pero para buscar a Beatriz necesitaremos mucha más. Para empezar, hemos de conocer con absoluta precisión la última ubicación que se tuvo de ella, y revisar todas sus notas, las llamadas recibidas y enviadas desde su móvil en las últimas semanas, agendas, una lista de todos sus conocidos, echar un vistazo al ordenador que usaba en Greenworld, entrevistar a los que han trabajado con ella y a cualquier otro que pueda aportarnos algo... Y a ser posible, antes de que termine el día. Debemos encontrar coincidencias, sospechosos, pistas; en otras palabras, tener claro por dónde hemos de comenzar para rescatarla lo antes posible.

—Aquí tengo las dos carpetas que recogí de su despacho —les ofreció Lola—. En ellas podréis ver qué estaba investigando.

Mencionó el portátil y su inminente bloqueo a falta de dos tentativas más.

—¡Chicos! —Martín se dirigió a sus hombres—: ¿Alguno sabe lo suficiente de ordenadores como para sortear un sistema de contraseñas complejo?

Se miraron entre ellos y ninguno se ofreció.

—Me lo temía —concluyó—. Son más de enfrentamiento físico, no de guerra cibernética. Lo puedes mandar al Centro Criptológico Nacional en Madrid, son muy buenos. Empecemos a trabajar con lo que tenemos, cuanto antes arranquemos, mejor.

Lola se dirigió al dormitorio de Keita y le pasó los archivadores a Martín Palacios. Mientras él revisaba el contenido de las carpetas, fue a preparar un poco de café.

Cuando al cabo de diez minutos regresó con una bandeja de tazas y la cafetera llena, Martín seguía explorando el contenido de las carpetas junto con dos de sus hombres.

—Martín, como especialista en este tipo de asuntos, necesito conocer tu opinión, sea la que sea. ¿Qué te dice el instinto?

El hombre chasqueó los labios.

—Lola, nos conocemos desde hace muchos años; los suficientes como para ser del todo franco. Ya no es momento de instintos; si no actuamos de inmediato, será muy difícil recuperar a Beatriz con vida. —Aquellas palabras, aunque duras, eran más que esperables dada la situación.

Lola disimuló un ligero temblor de manos—. Ahora, cualquier pesquisa es esencial para nuestro trabajo; debemos hablar con cualquiera que pueda aportar algo, pero tampoco podemos distraernos demasiado.

Lola preguntó sin tapujos qué podían aportar ellos a la investigación que no hubieran intentado antes las fuerzas de seguridad locales.

—Somos capaces de movernos por los escenarios con mucha más rapidez, actuamos sin ningún tipo de condicionantes, tenemos una larga experiencia en secuestros de todo tipo y además nos hemos traído dos perros especializados en localización de víctimas.

—Ya se han usado, ellos encontraron la camiseta ensangrentada.

—Los nuestros no son iguales.

—¿Qué los hace diferentes?

—No todos saben rastrear cadáveres.

Lola acusó el golpe y se rebeló.

—Se os ha contratado para que la encontréis con vida. Así que no me vengas ahora con eso... ¡Por favor! —La confianza que pudiese tener Valentín en aquel hombre no le iba a impedir decir lo que pensaba.

—Estamos de tu lado... Confía en nosotros —contrarrestó Martín, como líder del comando.

Lola le anotó en un papel su número de teléfono para que le comunicaran cualquier descubrimiento, describió la ropa con la que iba vestida Beatriz, les facilitó un par de fotografías recientes y apuntó la dirección de la oficina de Greenworld para que conocieran a los dos cooperantes que habían estado con Beatriz. Martín sacó un plano de su mochila y lo extendió sobre la mesa para situar el lugar exacto de su desaparición.

—Los de Greenworld podrán marcaros el punto cero. Y, por cierto, cuando regrese Colin, os explicará adónde ha ido y por qué cree que ese lugar podría convertirse en un interesante nuevo foco de búsqueda. —Se incorporó del sillón dando por concluida la visita—. Por el momento esto es todo lo que puedo hacer por vosotros. Y si tanta urgencia tenéis, os animo a acudir de inmediato al hospital para conocer al doctor Ajani y después a la oficina de la ONG.

Se sentía tan necesitada de resultados como ellos. Antes de despedirse en la puerta, fue mirándolos uno a uno a los ojos, haciéndoles entender lo importantes que eran para ella. Cuando terminó con el último, les soltó:

—Por el amor de Dios, ¡traedla viva!

Serían las siete y media de la tarde cuando apareció Keita en la cocina de la casa, donde Lola estaba preparando la cena. No lo había oído entrar.

—No te esperaba tan pronto. —Al mirarlo de reojo encontró a un hombre vencido—. ¿Quieres un vaso de agua? ¿Te encuentras bien? Pareces cansado...

Keita se dejó caer sobre una silla tapándose la cara con las manos, suspiró de forma pesada y después de beberse medio vaso resumió su entrevista con el equipo de Martín Palacios y su conclusión.

—África le robó el alma a Beatriz, y ahora me la va a robar a mí. —Levantó la mirada para buscar la de Lola; la suya destilaba desolación, pero siguió hablando—. No digo que no lo intenten, parecen dispuestos, pero no me fío del todo y además he tenido un mal presentimiento.

—Son unos profesionales y juegan en nuestro bando; démosles una oportunidad. ¿No te parece? —Intentó ser más condescendiente que él. Estaba demasiado nervioso—. ¿Quieres que te ponga algo caliente?

Él aceptó una infusión.

Lola preparó una humeante taza, le dejó tomar el primer sorbo y retomó la conversación.

—A todo esto, ¿podría preguntarte algo?

—Claro, siempre que sepa contestarte... —Sopló el contenido de la taza.

—Has dicho que África atrapó el alma de Beatriz. ¿En qué se tradujo eso?

Lola necesitaba saber por boca de Keita la historia de su amiga, apenas conocía su recorrido africano y quizá no tuviese muchas más ocasiones, decidió.

Keita se sintió incómodo, no le apetecía remover sus recuerdos, pero se obligó a hacerlo al ver tanta ansiedad en la expresión de Lola.

—Beatriz vino con idea de combatir a los malos y descubrió que aquí había mucho más por hacer. Se integró en una gran familia, formada por docenas de cooperantes de las más variadas ONG, médicos occidentales o locales como yo, misioneros y otro montón más de gente; unos luchando contra la deforestación, otros educando o trabajando en hospitales como el de Lokutu. A la vista de lo que empezaba a conocer, sintió muy pronto que África la estaba haciendo suya y se entregó del todo: en eso se tradujo. —Bebió un largo sorbo de la infusión, suspiró e intercambió una mirada con Lola.

»Quizá te esté pasando lo mismo a ti, Lola, puede que mi tierra haya empezado a robarte el alma. —Sonrió por primera vez desde que había llegado—. Si un día te llegases a unir a nuestra peculiar familia, serías bienvenida. Eso sí, ten en cuenta que la mayoría estamos aquí porque tenemos algo que olvidar, algo que nos falta por hacer o algo que recuperar...

En un rápido repaso a esas tres opciones, Lola supo que tenía mucho que olvidar: por ejemplo, su última experiencia laboral; por hacer, también. Pero, sobre todo, por recuperar: se llamaba Beatriz.

## 26

*Reserva de Yangambi, Tshopo, República Democrática del Congo*
*Mayo de 2010*

Luis Cereceda pinchó unos restos de heces con un palo y se lo llevó a la nariz. Colin sintió un profundo asco que ni se molestó en disimular.

—Son de chimpancé y bastante recientes —afirmó el primatólogo chasqueando la lengua—. Quizá no tengan ni veinticuatro horas...

Sacó de su mochila una cajita con una docena de portas, unas pinzas, un botecito de alcohol y unas bolsas con precinto para la toma de muestras. Colin se asombró una vez más de lo que podía llevar aquel hombre en su mítica mochila: a todo el mundo le llamaba la atención porque siempre tenía de todo. Al percibir el gesto de perplejidad en Colin, el veterinario se justificó diciendo que le serviría para un estudio de parasitología digestiva en primates en régimen de libertad.

Habían pasado seis horas desde que los había alcanzado una inmensa tromba de agua, que a punto estuvo de hacerlos volver a Lokutu y aplazar la expedición hasta que las condiciones lo permitieran. Pero su tenacidad fue celebrada con un espectacular cambio de tiempo: el cielo despejado y la claridad les permitió comenzar la exploración en el mismo punto en que se había grabado el insólito vídeo.

Luis se concentró en las pocas huellas que no habían sido borradas por la crecida.

—He podido distinguir una docena de individuos de diferentes edades. Pero ven y mira esta deyección en concreto... —Se agachó y la rodeó con el dedo.

—Parece humana. ¡Bingo!

—Vamos bien encaminados. En algo más de dos días no se han podido mover más de quince o veinte kilómetros, así que nos llevan cierta ventaja. Pero si seguimos su rastro, terminaremos dando con ellos —expresó con tanta firmeza que convenció a Colin.

—No sabemos cuánto tiempo llevará esa chiquilla viviendo entre simios; igual no quiere venirse con nosotros o le da un ataque de pánico y huye. Imagínate si no ha visto a un humano en años... ¿Qué podríamos hacer si se niega?

—Llevárnosla de todos modos —respondió Luis sin dudarlo—. No vamos a perjudicarla, sino todo lo contrario. Igual la tienen en contra de su voluntad. Y aunque no fuese así, no podemos olvidar su condición humana; no es lógico que una mujer viva entre chimpancés.

—¿Ya has pensado cómo distraerlos?

—Buena pregunta, sí, señor... Pero te hago yo otra: ¿no eres tú quien dirige la expedición? Trabaja un poquito... —bromeó.

—Vale, confieso que no tengo ni idea. Por eso te necesito. ¿Es lo que querías oír?

—Eso está mejor... —Sonrió victorioso.

Colin recogió la mochila, se la echó al hombro y se quedó parado frente a él, con un gesto no demasiado risueño, a la espera de escucharle hablar de su estrategia. Miró el reloj, luego el cielo y calculó lo poco que faltaba para anochecer.

Luis se vio tan forzado que decidió revelar su idea.

—Como los machos son los más peligrosos, actuaremos teniendo en cuenta uno de sus puntos más débiles, la comida. Bueno, y también ese otro vicio que sospecho que llevas sin practicar desde hace tiempo...

—Comida tenemos suficiente. Pero ahora que lo dices, no sé cómo se me ha podido olvidar el disfraz de chimpancé hembra en casa... —añadió Colin entrándole al juego, mientras se abría camino a machetazos.

—No hará falta. —Obvió la ironía—. Sé cómo conseguir que los machos se interesen por mí. Ya lo dijo Desmond Morris: los hombres solo somos monos desnudos... —Levantó una ceja y soltó una carcajada al ver la cara de Colin.

—Joder, Luis. No hablaba en serio, y espero que tú tampoco. Nunca me perdonaría que te pasara algo.

—Tranquilo, no hay nada que temer... Tendré controlado el peligro, y sé muy bien lo que hago.

Colin le ofreció a Luis dos posibilidades: seguir el recorrido de los simios a pie y de noche, o adelantarse a ellos en barca.

—Si navegásemos río arriba, en paralelo a su trayectoria, cuando diésemos con ellos tendríamos la canoa mucho más cerca y la probabilidad de escapar sería mayor —razonó Luis entre bostezos, con ninguna gana de andar por la selva de noche y afectado por el larguísimo día que llevaba a sus espaldas.

De modo que dieron media vuelta para volver al lugar donde habían dejado la embarcación amarrada al tronco de un árbol —en una entrada ciega que hacía el río con suficiente fondo para no encallar—, dispuestos a enfilar la corriente.

Pasadas ocho horas, amanecido el nuevo día, retomaron la búsqueda de los primates. Aunque parecía centrado en la tarea, a Colin no se le iba de la cabeza el nombre de Beatriz. Deseaba dar con la africana para regresar cuanto antes a buscarla. Para agilizar la marcha cargaron con lo imprescindible: una mochila hasta arriba de fruta —bananas en su mayor parte, con dos sedantes bien machacados y ocultos en cada pieza— y un rifle con una docena de dardos anestésicos.

Caminaban en silencio, tratando de pisar terreno blando.

No habían pasado ni diez minutos cuando localizaron rastros más recientes, quizá tenían menos de una hora. Luis estudió los alrededores e identificó varios bambúes cuyas hojas eran un auténtico manjar para los chimpancés, por lo que aguzó el oído y no dejó de escudriñar el suelo a medida que seguían avanzando. Colin iba por detrás, equipado con un cuchillo de monte y un teléfono vía satélite que no hacía más que perder la señal, para desesperación de su propietario, atacado además por una inmisericorde banda de hormigas marabunta, una de las especies más temidas de la selva por su agresividad y desagradables mordiscos. Buscó un repelente en la mochila y se lo esparció por las piernas con generosidad.

Una vez que tomaron el sendero que habían seguido los chimpancés, caminaron a buen paso hasta que oyeron los primeros sonidos, y al poco pudieron verlos moviéndose por las copas de media docena de árboles, a menos de trescientos metros. Cerrando el paisaje se divisaba el perfil de un gran volcán que echaba humo y ceniza. A pesar de la distancia, Luis supuso que se trataba del famoso Nyiragongo.

Se detuvieron allí mismo.

Luis inspeccionó la zona y localizó a una veintena de ejemplares, entre ellos cuatro machos. Observó sus movimientos hasta determinar que el dominante era el más adulto, al que no debía perder de vista.

Colin escudriñaba las partes más bajas de los árboles en busca de algún rastro de la humana. Supuso que la chica se movería por el suelo, lo que iba a dificultar su localización dada la frondosidad de la zona.

—¿Podría tratarse de otro grupo? —susurró Colin.

—No lo creo. Los chimpancés son muy territoriales; no creo que haya otra manada en unos cuantos kilómetros a la redonda, y sus huellas nos han traído hasta aquí.

—¿Seguro?

El veterinario se encogió de hombros.

—Tú cruza los dedos. —No pudo darle más certezas.

Luis dibujó en su bloc un plano con la situación de los machos, marcándolos con cruces, y añadió dos puntos más para señalar los lugares donde dejaría la fruta. Entre las cruces y los puntos perfiló un arco de unos cuarenta cinco grados por el que Colin podría circular con libertad para buscar a la joven.

—¿Tú dónde estarás?

Luis señaló una equis, en el otro extremo del plano.

—En cuanto te hagas con ella, corred hacia la canoa y esperadme allí. No me llevará mucho tiempo despistar a los machos.

—Me preocupa no saber cómo puede reaccionar esa chica —insistió Colin—. Odiaría llevármela a la fuerza... Y también me inquieta lo que vas a hacer tú. ¿No me necesitarás? Haz el favor de no correr peligros innecesarios y usa el rifle sin dudarlo. ¿Tienes a mano los dardos?

—Tranquilo... Sí, los tengo. —Agitó las manos queriendo rebajar su preocupación—. Y en cuanto a la joven, tendrás que improvisar, pero en el vídeo parecía poca cosa.

—Vale, cuando tú digas empezamos.

El español cogió las dos mochilas y se alejó sin hacer ruido y lo más agachado posible hasta alcanzar los puntos señalados, donde dejó la fruta formando dos montones.

Colin siguió buscando a la muchacha, un tanto intranquilo. A punto de empezar a desesperarse, por fin le pareció ver algo tras un grupo de floridas cacatúas del Congo —un arbusto muy abundante en latitudes tropicales— y a la sombra de dos ébanos donde se concentraba un mayor número de chimpancés. La vio atravesando un claro, de cuerpo entero, muy delgada. Caminaba erguida.

No la perdió de vista a partir de entonces.

Luis, que había terminado de repartir toda la fruta, se desplazó hasta otro de los puntos marcados en el plano, desde el que observaría la escena a la espera de que su táctica surtiera efecto.

No habían pasado cinco minutos cuando una de las hembras se acercó al primer montón y probó una banana. Encantada con su cómodo hallazgo, comenzó a chillar atrayendo el interés de otras cinco más, que bajaron de los árboles a toda velocidad. Poco después, uno de los machos localizó el segundo montón y empezó a comer sin avisar a nadie. Pero tampoco pasó desapercibido su proceder; enseguida lo acompañó media docena de simios, casi todos adultos, junto con tres pequeñas crías que se pusieron a mordisquear las bananas sin ninguna prisa.

Colin, desde su posición, vio a la chica moviéndose hacia uno de aquellos grupos y calculó sus posibilidades. Si la dejaba llegar y probaba la fruta, los sedantes actuarían, y eso no formaba parte de sus planes aunque podría facilitar su captura. Terminó prefiriendo escapar sin tener que cargar con un peso muerto. Así que salió de su escondite y se dirigió hacia ella en diagonal para cortarle el paso.

Cuando Luis lo vio, lamentó su decisión: hacía solo un instante que había perdido de vista al jefe de la manada y le preocupaba que estuviera al tanto de los movimientos de su amigo.

Como así fue.

Apareció de repente, nada más divisar a Colin, y echó a correr hacia él con evidente intención de ataque.

Luis apuntó con el rifle, se adelantó al recorrido del simio, disparó un dardo y falló. Cargó otro, pero tampoco logró acertar. El chimpancé iba demasiado rápido, cambiaba de trayectoria continuamente, a medida que se iba cruzando con cada árbol o arbusto que le salía al paso. Le faltaban solo cien metros para alcanzar a Colin, que sin advertirlo seguía avanzando hacia la chica, también ajena a lo que estaba sucediendo. Un tercer dardo acertó de lleno en la espalda del gran macho, que aulló al recibir el pinchazo y se derrumbó a escasos metros del inglés.

La joven se volvió alertada por el aullido y vio a Colin corriendo hacia ella. Se quedó paralizada, sin saber qué hacer. ¿Sería uno de aquellos malvados hombres que iban quemando aldeas y matando a la gente? ¿O se trataba de uno de los que había visto cortando árboles, en el valle anegado, o acaso de un furtivo?

Incapaz de reaccionar a tiempo, sintió dos manos sobre sus hombros y se vio rodando por el suelo hasta quedar tumbada boca arriba con aquel tipo encima. Intentó chillar, pero el hombre le tapó la boca y se dirigió a ella en una lengua desconocida.

Al fijarse mejor en él, hubo dos cosas que la dejaron impactada.

Nunca había visto unos ojos de color azul. Su abuelo le había dicho que los suyos estaban hechos de selva, pero también le explicó que algunas personas poseían un trozo de cielo en la mirada. Acababa de descubrir a una de ellas. Y también vio que de su cuello colgaba un *nkisi* parecido al suyo, y como hijo de la selva que tenía que ser, decidió que no podía ser malo. Entonces se relajó y se mostró más tranquila.

Al ver la evolución de la escena, Luis supo que la primera parte de la misión se había completado. Quedaba la peor: despistar al resto de los machos para que Colin pudiera escapar con la chica sin ser atacados y antes de que hiciera efecto la droga. Para conseguirlo, necesitaba alejarlos lo más posible de la posición del inglés. Y ahí comenzaba la segunda parte de su plan.

Valoró el efecto de los sedantes. La mayoría de los simios empezaban a tumbarse y a dormitar, pero los más preocupantes se encontraban en el otro punto de alimentación: en el más alejado de él y a su vez más próximo a Colin. Con la ayuda de los prismáticos vio cómo se tambaleaba uno de los machos, pero el otro seguía despierto. Este último, quizá tras oír algo o por mera casualidad, volvió la cabeza y descubrió en plena carrera a la muchacha y a Colin. El animal les lanzó una banana a medio comer y golpeó el suelo furioso, y Luis vio perfectamente cómo se le erizaba el pelo de la espalda. Entendió que el ataque era inminente y empezó a aullar imitando los sonidos que emiten las hembras en celo. Una y otra vez, hasta que notó que la atención de aquel macho cambiaba de dirección.

La chica frenó su carrera y miró hacia atrás, muy nerviosa. Colin tiraba de ella, pero le costaba avanzar.

—Pero ¿qué pasa? ¡Vámonos!

—¡Furaha! —gritó ella.

Colin la forzó a seguir, pero se le escabulló de la mano y la joven regresó corriendo al punto de partida, para espanto del inglés.

Bineka ya no sentía el grupo como suyo, y en los últimos días había temido por su vida en más de una ocasión, pero no estaba dispuesta a abandonar a su hija adoptiva.

Mientras, el macho más problemático se dirigía sin demasiada prisa hacia Luis, atraído por la llamada sexual.

Bineka llegó al montón de fruta rodeado por una docena de primates medio atontados, recogió a una pequeña cría, se la echó a los brazos y esperó al hombre.

A pocos metros de ellos, Luis repitió la llamada al amor, tantas veces oída en su centro, al notar que el macho dudaba si seguir sus instintos o cambiaba de objetivo, alertado por los extraños comportamientos de la humana y de aquella otra figura de piel blanca que no reconocía.

—¡Ven hacia mí! No te despistes... —murmuró el veterinario con el rifle entre las manos, preparado para disparar un dardo en cuanto lo tuviera a tiro.

Colin no terminaba de entender por qué la muchacha había regresado en busca de aquel pequeño chimpancé, pero en cuanto la alcanzó agarró su mano y tiró de ella rumbo al río. Casi volaron, como perseguidos por un leopardo, sin más resistencia por parte de la chica.

Pronto percibió a Luis a escasos pasos de ellos, en plena carrera, indicando con las manos que se dieran más prisa, antes de que alguno de aquellos enormes chimpancés pudiera despertar.

Durante los siguientes cuatrocientos metros, Luis se situó a la cabeza, con Bineka en medio llevando en brazos a Furaha, y Colin cerrando el grupo, mirando hacia atrás para ver si los perseguían.

No se dijeron una palabra más hasta verse a salvo en la canoa, mecida por las aguas del río Congo. Ya a bordo, Colin se fijó mejor en la joven. Despacio, para no asustarla, tomó asiento a su lado y se dio una palmada en el pecho para presentarse.

—¡Colin! Me llamo Colin.

Ella, queriendo interpretar el significado de ese gesto, se tocó el suyo y contestó:

—Bineka... Jina langu ni Bineka.

## 27

*Reserva de Yangambi, Tshopo,*
*República Democrática del Congo*
*Mayo de 2010*

A cuatro horas de Lokutu y en pleno río Congo, Colin puso el motor de la canoa a su máxima potencia. Una vez que enfilaron el centro del vastísimo cauce, donde las aguas parecían correr más tranquilas, Luis respiró: su plan había funcionado. Miró a la joven con una mezcla de curiosidad y asombro.

Su expresión era de inquietud, como también la de la pequeña cría de chimpancé; aferradas una a otra como si fueran un solo ser. Para rebajar su nerviosismo, decidió hablar con ella. Se había vanagloriado de entender bastante bien el suajili delante de Colin, poco después de haber subido a la avioneta.

—Me llamo Luis. Amigo. Trabajo con chimpancés... —dijo en un suajili lleno de fallos, aunque inteligible para Bineka, e intentó acariciar a Furaha.

La pequeña respondió con un creciente jadeo, le enseñó los dientes, abrió los labios hasta mostrar las encías y terminó escondiéndose detrás de su protectora. Luis reconoció la reacción normal en un primate asustado.

—Tranquila, no te haré daño.

Bineka, como respuesta, repitió su nombre, el de Furaha y el de Colin.

—Busca en mi mochila una camiseta. Le quedará muy grande pero servirá. —Su desnudez resultaba incómoda fuera del entorno salvaje.

Luis eligió la primera que encontró y se la pasó a la joven. Ella probó a metérsela peleando con Furaha, que estaba empeñada en no ceder un solo milímetro de su posición. En un segundo intento, la cría asomó la cabeza por una de las mangas, en un divertido gesto que hizo sonreír a los dos hombres.

—Pregúntale por qué estaba viviendo entre chimpancés —propuso Colin, al mando del timón y sin perder de vista la proa para no chocar con los numerosos islotes.

Luis necesitó repetir la pregunta varias veces hasta que se hizo entender y obtuvo una respuesta por parte de la chica. Apenas fue capaz de reconocer algunas palabras sueltas: extraños, fuego, aldea, abuelo... El lenguaje que empleaba ella no se parecía mucho al suajili que conocía Luis, y al final tuvo que admitir la derrota, abochornado por la escasa eficacia de su traducción.

Colin se lo recriminó.

—Cuando lleguemos a Lokutu buscaremos un intérprete en condiciones. Luis, reconóceme que sabes menos suajili que yo.

—Te creerás que es fácil —protestó—. La chica tiene un acento muy raro, y aunque parezca suajili, tiene poco que ver con el que escucho a diario en Lwiro. Parece una mezcla con lingala, una lengua muy común en el oeste; una más entre las doscientas que se hablan en este país.

—Ahora te disculpas, pero no fui yo quien alardeó del buen suajili que hablaba —argumentó Colin con un poco de mala uva.

—A estas alturas del viaje, aunque doy por descartado

que me valoras para cumplir tu misión, podrías ahorrarte alguna tocada de narices... —respondió Luis un poco molesto.

Colin dejó de chinchar y dirigió su atención a la chica. Luis siguió hablando, pero Bineka no lo escuchaba. Recordaba a su abuelo Tonuk cuando le aseguraba que la selva iba a protegerla siempre, como hija suya que era. Buscó su *nkisi* y dio gracias al gran dios Kalunga por haberle mandado a aquel hombre hecho de cielo. Se levantó, con Furaha colgada a su espalda, y se sentó al lado del inglés, muy pegada a él.

—¿Y esto? —se preguntó Colin en voz alta.

Le respondió Luis:

—Como especialista en la materia, creo que ha decidido que en esta manada de medio pelo tú eres el chimpancé líder. Pero no te agobies, con solo mirarte a la cara no deja de ser razonable que lo piense... —Luis se rio con ganas mientras la canoa se deslizaba por las calmadas aguas del río Congo.

# 28

*Lovaina's Bar, Lokutu, República Democrática del Congo*
*Mayo de 2010*

A Maxime de Mons le gustaba aquel viejo antro porque le hacía revivir los tiempos del dictador Mobutu. El rancio estilo de su decoración evocaba aquella época. Tenía las paredes inundadas de fotografías con los lugares más emblemáticos de la ciudad belga a la que daba nombre al bar, servían el mejor *moambe* de pollo y tampoco había muchos otros sitios donde elegir en aquel pueblo perdido.

Acababa de regresar de una rápida visita al área cinco, donde había dejado organizadas las seis nuevas cuadrillas de extracción en la segunda mina de coltán que su empresa Lands & Oils ponía en funcionamiento en el país, y lo primero que había hecho era acudir a su bar preferido. Con una jarra de cerveza Primus en la mano, aguardaba la llegada de su lugarteniente. Lo había citado allí para trasladarle un soplo.

Pasado un rato, cuando llevaba su segunda cerveza ya mediada, no pudo dejar de mirar a dos tipos sentados a la barra; dos americanos con un tufo a militar que no podían disimular. Llevaban poco rato, habían pedido un whisky y apenas hablaban entre ellos. Los altavoces reproducían a todo volumen una de las piezas más famosas del congoleño

Charles Mombaya, y la posibilidad de entender lo que decían desde donde estaba era nula. Como le picó la curiosidad, se dejó caer cerca de ellos con la excusa de pedir su tercera cerveza. Afinó el oído y le pareció que mencionaban un embarque para comenzar una búsqueda y una hora de cita. Eso fue todo lo que oyó.

Ya regresaba a su mesa cuando apareció Bernard, su más estrecho colaborador desde hacía algo más de cuatro años, originario de Kisangani, capital de la antigua Provincia Oriental y en la actualidad de Tshopo.

—¿Qué tal por las minas, jefe? —Bernard tomó asiento después de pedir al camarero su cerveza preferida: una Turbo King.

—Si te dijera que bien, mentiría —respondió Maxime mientras se estrechaban las manos—. Con lo que pagamos, no nos cuesta encontrar mano de obra para extraer el mineral. Lo complicado es su transporte, y la culpa la tienen las mafias ugandesas. Pero qué te voy a contar a ti, si os tocó sufrirlas después de la Segunda Guerra del Congo. Sabiendo cómo se las gastan, no sé cómo vamos a mover nuestros camiones sin evitar un enfrentamiento directo.

Era público que esas mafias se habían convertido en los mayores expropiadores del coltán congoleño.

—Tienen a la peor calaña de gente, la peor —apuntó Bernard—, y son capaces de todo con tal de proteger su comercio. Está claro que tienen comprado al ejército, controladas las carreteras, y nuestra mina se encuentra en medio de las seis que llevan explotando en exclusiva desde hace años.

—Vamos, que no hemos podido elegir mejor a nuestros vecinos... —concluyó Maxime con una contracción en el gesto, resistiendo un repentino ataque de tos que normalmente le suponía un infierno, dada su poca capacidad pulmonar—. Sacarle rendimiento a esa mina se va a convertir en un serio problema que te va a tocar a ti resolver, no tengo a nadie que se maneje como tú en ese tipo de situaciones. Estudia qué necesitas para proteger el tráfico de camiones, elige a tus mejores hombres y haz lo que sea preciso, Bernard.

—Déjalo en mis manos.

Maxime confiaba en aquel hombre, correoso y rudo como pocos, exmilitar, curtido en los peores escenarios bélicos africanos. Fiel hasta la muerte, a sus cuarenta años había sido herido de gravedad diez veces, lucía sus correspondientes cicatrices de recuerdo, dos de ellas en la cara, y disfrutaba probando nuevas técnicas de tortura cada vez que tenía oportunidad. Bernard no tenía puntos débiles... O eso creía Maxime.

—Bueno, ¿qué otra cosa querías contarme? —se interesó el congoleño.

—El topo que pusiste en la policía local me llamó este mediodía. Ha llegado a Lokutu un grupo de seis extranjeros procedentes de Kinsasa, cargados con abundante material, como si fueran a emprender una larga expedición, y con toda la pinta de militares. Lo más extraño es que no pudieron tomarles ningún dato, porque viajan bajo protección diplomática española. ¿No te parece muy raro?

—Muy raro, sí... —Bernard se rascó la barbilla—. Me informaré mejor con mi hombre.

—Podrían ser esos... —Maxime señaló a los dos yanquis—. Les he escuchado decir que pensaban salir mañana a las seis del embarcadero para buscar algo. No sé hacia dónde, pero habrá que seguirlos; no me gustan un pelo. Puede que vengan a por la chica... —Se terminó de un trago el resto de la cerveza—. De ser así, vamos a tener que hacer algo. Nos tocó poner mucho dinero para no tener problemas con los soldados que enviaron a buscarla. Como último responsable de la suerte de esa chica, ¿tienes alguna sugerencia?

A Bernard no se le ocurrió ninguna. Detestaba tener que reconocer que a su gente se le había ido la mano con la joven y que a causa de ello habían hecho peligrar su treinta por ciento de rescate, que le vendría más que bien. Lo comentaría con su topo y con lo que averiguase le diría algo, respondió.

Maxime resopló decepcionado y tomó una primera decisión:

—De momento hay que saber a qué nos enfrentamos, quién los manda y hacia dónde se dirigen. Deberíamos haber llamado a los de esa ONG para fijar la fórmula de rescate hace una semana, pero después de lo que pasó... Me pongo malo solo de pensarlo. Juro que me lo pagarán.

Bernard bajó la cabeza avergonzado por la chapuza.

—Me pongo a ello. Si van en busca de lo que tú sospechas, descuida, que los vamos a seguir tan de cerca que sabré hasta dónde mean.

Maxime aprobó la idea, pero no que él la llevara a cabo.

—Tú a lo del coltán, Bernard. Vestraeten es el que paga, así que centrémonos en hacerle ganar dinero. Lo de esa chica no creas que le preocupa demasiado; apenas preguntó por ella la última vez que me encontré con él. Si hablas con ese amigo tuyo de la policía, pregúntale si los recién llegados le han pedido un guía; sería lo más lógico. Por ahí les podríamos entrar...

—Si me lo confirma, tengo a la persona adecuada; se llama Minúkaro. Aunque es congoleño, habla un buen inglés y es muy expeditivo cumpliendo las órdenes. Puede ser nuestro hombre.

# 29

*Puerto fluvial de Lokutu, República Democrática del Congo*
*Mayo de 2010*

A escasa distancia de aquel bar, estaba amarrando una canoa con tres pasajeros y una pequeña chimpancé.

Antes de su llegada, Colin había llamado a Lola para preguntar si se sabía algo nuevo sobre Beatriz, para conocer qué impresión se había llevado del equipo de especialistas convocado por Valentín y para pedirle ayuda con la joven, al menos la primera noche, hasta que se adaptara y decidieran qué hacer con ella. En Lokutu no había un solo refugio donde acogerla, tampoco misiones religiosas, y había decidido alojarla en su propia casa.

Lola le dio a entender que dejaba en manos del jefe del dispositivo, del tal Martín Palacios, toda la responsabilidad sobre la búsqueda de su amiga. A ella solo le quedaba esperar y confiar. Le faltaba preguntar a Marc si se sabía algo más sobre el destacamento que sería enviado por el ejército para terminar de barrer el parque nacional del que venía.

La respuesta de Lola dejó más tranquilo a Colin, con el recuerdo todavía vivo de su fría reacción cuando le había explicado para qué volvía a la selva en compañía de Luis. Después de colgar, llamó al intérprete de suajili que solía contratar cuando le tocaba despachar con las autoridades locales para que acudiera esa misma noche a su casa. Deseaba entender la historia de aquella chiquilla.

Cuando Lola abrió la puerta y vio por primera vez a Bineka, se sintió impactada. Caminaba de la mano de Colin, no tendría más de dieciséis años, y de su brazo colgaba una cría de chimpancé. Era difícil saber cuál de las dos estaba más asustada.

Saludó a Colin con un beso, le dio dos a Luis Cereceda, a la manera española, aunque con una sonrisa neutra, y se dirigió a la muchacha.

—Me llamo Lola —dijo mientras acariciaba la cabeza de la pequeña chimpancé, que le enseñó los dientes asustada antes de ocultarse detrás de su madre adoptiva.

—Yo soy Bineka. Ella es Furaha... —respondió en inglés para asombro de todos, sin dejar de mirar a derecha e izquierda el interior de la casa.

Parecía perdida, y lo estaba. Bineka no sabía quién era esa mujer ni apenas nada de los hombres a los que acababa de conocer. Tampoco identificaba un solo objeto que tuviera que ver con su anterior mundo.

Lola advirtió su inquietud y le pareció que un buen baño podría relajar su razonable tensión y hacer que se sintiera un poco mejor. Se ofreció a bañarla.

Media hora después, tras haber amortizado a fondo la esponja, el cepillo y hasta las tijeras y la maquinilla de afeitar de Colin, la española consiguió desenmarañar una rizada melena con más nudos que pelo, dejar su piel sin rastro alguno de roña y devolver a su cutis el brillo propio de una adolescente. Todo para que saliera después del baño, limpia y perfumada, con una expresión serena y vestida con ropa de Lola, gigante para su pequeño tamaño, pero poco importaba.

Colin observó la transformación de la chiquilla; por debajo de alguna fea cicatriz, había una hermosa mujer en potencia, aunque con un punto salvaje de fondo. Su mirada, ahora viva y luminosa, apenas reflejaba los miedos, penas y desgracias que le habría tocado conocer en los últimos tiempos.

—¿Has visto lo flacucha que está? —preguntó Colin a Lola.

—Yo flacucha, tú Colin... —concluyó Bineka.

Él soltó una espontánea carcajada en el preciso momento que llamaban a la puerta.

Acababa de llegar el intérprete, su amigo Kibutu.

Luis apuraba su segunda cerveza después de haber preparado una olla entera de macarrones con unas salchichas a punto de caducar que había encontrado en la nevera, a las que añadió un poco de tomate frito.

—Si os parece, podemos cenar mientras hablamos —propuso Colin.

Bineka lo miraba todo. Tanto su abuelo como el padre Frías le habían contado cosas asombrosas sobre la vida en las aldeas del otro lado del gran río, pero nunca había llegado a imaginar lo que ahora veía: los cubiertos, el mantel de colores, un bote pequeño con algo blanco que espolvoreaban por encima de la comida, las cervezas que se repartieron. Husmeó la olla de macarrones, no supo qué eran, pero su interesante olor la hizo desfallecer de hambre. Deseó comerlos.

Bineka fue la primera en recibir una buena ración de pasta que no tardó ni quince segundos en devorar a dos manos. Tanta fue la ansiedad con la que comió que se le cayeron unos cuantos macarrones al suelo, que duraron lo que tardó Furaha en localizarlos.

Luis le rellenó el plato y bajó el suyo al suelo para que la chimpancé diera buena cuenta de él. Furaha respondió con dos largos «uhuuus» antes de concentrarse en la captura de los resbaladizos tubitos. Como algunos se le escapaban por entre los dedos, terminó buscándolos por el suelo con la boca, feliz con el resultado.

Con la ayuda de Kibutu empezaron por preguntar a Bineka de dónde era. Ella, a pesar de las notables diferencias con su dialecto, se dispuso a contestar:

—De la selva.

—¿Cuánto tiempo has vivido entre monos?

Luis, Colin, y Lola dejaron de comer, atentos a lo que traducía Kibutu.

—Unos meses... Desde que unos hombres lo destruyeron todo, mi aldea. —Se llevó las manos a la boca, afectada por el recuerdo.

Kibutu repitió sus palabras en inglés y aclaró que sería difícil saber de qué aldea hablaba, porque existían infinidad de minúsculas poblaciones que no aparecían en ningún mapa, asentadas en los más remotos lugares, apenas pisados por la civilización y la mayoría sin nombre.

—Muchas están habitadas por un único clan familiar. Le preguntaré en ese sentido.

—Mi abuelo Tonuk era el jefe de nuestra aldea y mi única familia. Él me enseñó todo. Cuando era niña me dijo que la selva me había elegido como hija suya, y que como prueba de ello me había regalado estos ojos, para que todo el mundo lo supiera. En ese momento no lo entendí. Pero ahora sé que tenía razón, porque la selva me envió a un grupo de chimpancés para que me acogieran cuando no me quedaba nada. Poco después de que Matzim matara a mi abuelo.

—¿Quién será ese Matzim? —preguntó Lola ejerciendo como portavoz.

La joven ofreció una somera descripción física cuando Kibutu le preguntó. Y se explayó en la brutal matanza cometida por aquellos hombres. Reconoció no entender por qué solo ella había sobrevivido, ni supo adónde la querían llevar cuando la metieron de forma abrupta en un coche para tomar una estrecha pista entre los árboles, hasta que sufrieron el accidente. Explicó por qué se produjo y cómo alguno de los chimpancés del clan con el que se cruzaron atacó a continuación a varios hombres hasta matarlos.

—Los chimpancés salvajes no actúan de forma violenta contra el hombre, lo rehúyen... ¡Qué raro! —apuntó Luis—. Sin ninguna duda, los que lo hicieron tenían que ser ejemplares reintroducidos, de los que han tenido contacto previo con personas.

—Tendríamos que denunciar esos hechos a la policía... —Lola no podía seguir escuchando tamañas atrocidades sin que le hirviera la sangre. Miró a los dos amigos, extrañada por su escasa reacción. Era incapaz de diferenciar los hechos y no imaginar a Beatriz en un trance parecido, tan brutal, tan desalmado.

—En nuestros países sería la forma lógica de actuar, pero aquí la cosa no es tan sencilla... —apuntó Colin—. Sin saber dónde ubicar esa aldea y a falta de datos más precisos sobre quiénes pudieron cometer tal barbaridad, es difícil que consigan algo. Aparte de que la policía congoleña no es de las que destacan por invertir mucho tiempo en ese tipo de sucesos, por desgracia demasiado repetidos en estos últimos años; está más entretenida cobrando sobornos. No es fácil, Lola... Sigamos escuchando lo que sucedió. Quizá termine aportando algún otro rastro que seguir.

A la siguiente pregunta en suajili, tampoco obtuvieron la respuesta que hubieran deseado: Bineka se sentía incapaz de identificar dónde había estado viviendo con aquellos chimpancés; habría pasado con ellos tres meses o cinco —no sabía ni concretarlo—, lo único que tenía claro era que no permanecían más de tres días en el mismo sitio.

—Si no sé dónde está la pista de tierra en la que conocí a Mashira, ¿cómo voy a encontrar mi aldea? Me encantaría...

Luis pidió a Kibutu que le preguntara quién era Mashira.

—La hembra que me acogió y defendió de Takuro. Quien me curó cuando enfermé y me hirieron. La que me dio de comer desde el primer día. Con quien aprendí a sobrevivir dentro del clan. Los coches mataron a su hija, y ella me adoptó desde entonces. Hasta que unos hombres malos la mataron también a ella. La añoraré siempre. Le debo mi vida... —concluyó afectada, dirigiéndose a Colin. Miró la fuente de macarrones—. Pásame unos pocos... —repitió las últimas palabras que acababa de escuchar a Luis, en un más que aceptable inglés y con tanta espontaneidad que consiguió ganarse la simpatía del grupo.

—¿Quién entiende que haya estado tanto tiempo viviendo entre bestias? —Lola expresó en voz alta lo que llevaba pensando un buen rato.

Kibutu empezó a trasladar la pregunta a Bineka hasta que ella lo detuvo, a todas luces indignada, al recibir la traducción de la palabra *bestias.* Sus grandes ojos verdes se clavaron en los de la española antes de soltar una cascada de frases en suajili que el intérprete fue convirtiendo al inglés a duras penas.

—¡No son *wanyama*! —protestó—. Mashira era buena, y me quería. Y Blanca también, y Kusisitiza... ¡No son bestias! —repitió—. Se cuidan unos a otros, protegen a los más mayores, a los enfermos y a sus crías. Son muy valientes, e inteligentes, capaces de resolver muchos problemas y de luchar por lo que quieren.

Lola se disculpó al ver cómo le había afectado su comentario.

La chica se lo agradeció mostrando sus dientes en una leve sonrisa, antes de seguir contando que aquellos chimpancés se valían de ramas para sacar las hormigas de sus agujeros, o cómo se unieron contra la pantera que atacó al clan, o cómo las hembras buscaban el modo de asegurar la descendencia, igual que había visto hacer a Mafuta con uno de sus hijos.

—Solo Takuro podía aparearse con las hembras, así que cuando Mafuta vio que una estaba en celo, llevó de la mano a su hijo lo más cerca posible de la chimpancé, y ella se fue a distraer a Takuro para que no los pillara.

Luis escuchaba embobado. Parecía como si la tal Mafuta quisiera ser abuela y pusiera los medios para conseguirlo. Deseó poder disponer de ella durante un tiempo en su centro de investigación. A todas luces, la chica era despierta y estaba perfectamente capacitada para interpretar el comportamiento animal; dos virtudes que podrían serle muy útiles para sus estudios.

Lola pensó de ella lo mismo que Luis. La chica era muy perspicaz, aprendía rápido, se expresaba bien y parecía saber adaptarse a esa nueva situación, otra vez extraña para ella.

—Pregúntale por qué no huyó de ellos.

—Dice que intentó escapar dos veces, y que en la segunda ocasión casi la matan —tradujo Kibutu.

Lola recordó las cicatrices que había descubierto en su cuerpo al bañarla. Sobre todo, una cicatriz con forma de dos medias lunas superpuestas en el muslo derecho, que tenía pinta de haber sido grave.

Colin tenía una pregunta más que no quería demorar:

—¿Qué quieres hacer a partir de ahora?

Ella miró a los cuatro, uno a uno, bebió un poco de agua y suspiró.

—No sé.

—Es natural que estés confusa. En unos días lo verás todo mucho más claro, tranquila —la ayudó Lola, por mediación de Kibutu.

Bineka recibió a Furaha en sus piernas, le rascó la cabeza y se limitó a sentir el calor de su abrazo. ¿Qué sería de su vida a partir de entonces?, se preguntó mirando a aquellos extraños.

# 30

*A ciento sesenta kilómetros de Lokutu en dirección nordeste,*
*República Democrática del Congo*
*Mayo de 2010*

Los todoterrenos que había alquilado Martín Palacios rodaban a toda velocidad por una pista de tierra que unía a los dos únicos poblados de cierto tamaño en una región de más de mil kilómetros cuadrados. En el que acababan de dejar atrás, y gracias a su intérprete, habían sabido que la extranjera había pasado por allí junto con otros dos cooperantes antes de su desaparición, y que pudieron haberse adentrado en alguna de las tres enormes propiedades que se perdían a ambos lados de la calzada. Aquellas tres posesiones habían sido compradas pocos años antes por inversores internacionales con la intención de transformarlas en rentabilísimos cultivos de palma. Aunque también cabía la posibilidad de que los tres cooperantes se hubieran dirigido hacia unas minas relativamente cercanas —una de oro y otra de diamantes—, consideradas como las más peligrosas del país al estar en manos de antiguos cargos del ejército convertidos en sanguinarios mafiosos.

El guía que habían contratado, el tal Minúkaro, parecía un tipo solvente, hablaba un buen inglés y llegaba recomendado por la policía. Se habían dejado caer por la comisaría con la idea de rebajar tensiones, conscientes de que su presencia en Lokutu habría levantado sospechas. Martín fue el artífice de la gestión, y le explicó al jefe de la policía local el ficticio objetivo que los había llevado hasta allí: estudiar sobre el terreno una posible inversión de una nueva multinacional. Esto y los cien dólares que había deslizado dentro de un sobre les permitieron tener vía libre.

Lo que no supieron fue que se les había adelantado en el engaño el lugarteniente de Maxime de Mons, Bernard Malú, y que el guía cumpliría las funciones por las que se lo contrataba, seguro que sí, pero también las de espía.

—¿Tenemos los nombres de las empresas? —Martín se dirigió al conductor del primer vehículo.

—Aquí los llevo. —Se sacó del bolsillo de la camisa una servilleta del bar en el que habían obtenido la información.

El español leyó en voz alta:

—Green Plantations y Oriental Corporation Investments. En cuanto veamos alguno de esos nombres identificando la entrada de una finca, paramos y ponemos a los perros a trabajar.

Los dos sabuesos anglo-franceses ladraron al unísono, como si se hubieran sentido aludidos.

Minúkaro tragó saliva, consciente de su delicada situación. Si alguno de aquellos experimentados soldados descubría su doble condición, se jugaba el cuello. Lands & Oils también tenía una propiedad en aquella zona, otra mina a escasos setenta kilómetros de las citadas, algo que les había ocultado.

Las pistas que les iba ofreciendo estaban perfectamente medidas y pactadas con Bernard. Y la siguiente aparecería a su derecha, a menos de tres kilómetros.

Fijó su atención en la carretera y esperó a que los acontecimientos se precipitaran.

El jefe del operativo hablaba con el británico:

—Necesitaremos imágenes por satélite de las propiedades para perimetrarlas e identificar todos los accesos y edificios; solo así sabremos por dónde nos vamos a mover.

—Las solicito ahora mismo, señor. Si las comunicaciones no fallan, las tendremos en mi monitor en pocos minutos. —Encendió el dispositivo y abrió una aplicación donde almacenar las imágenes mientras hacía la llamada a la central de las fuerzas especiales del ejército británico en Stirling Lines, Herefordshire.

Tal y como deseaban, antes de que el primer todoterreno tomase un ancho desvío que se abría a la derecha, ya tenían las primeras imágenes de aquella primera propiedad, la de Oriental Corporation Investments, una de las que Beatriz Arriondas estaba investigando. Se detuvieron a menos de un kilómetro del portón, buscaron dónde camuflar los vehículos y empezaron a preparar los equipos para una primera incursión por la selva.

Los perros bajaron del todoterreno babeando de ansiedad. Necesitaban quemar energías y mover un poco las patas. El sargento del grupo de operaciones especiales del ejército español que se iba a hacer cargo de ellos durante el operativo los mantuvo atados a la espera de órdenes.

Martín estudió los planos recién llegados a la tableta del inglés, vio que se encontraban a quince kilómetros de los únicos edificios de aquella finca y puso a sus hombres en marcha en grupos de dos, con los perros ligeramente adelantados.

—Vamos, chicos, clavad vuestras trufas en el suelo: empieza el trabajo.

Los animales se lanzaron batiendo las colas, felices. Acababan de oler una prenda de la chica, aunque su especialidad era la localización de cadáveres: podían detectar hasta el más mínimo rastro de sangre seca a centenares de metros y seguirlo sin despistarse con ningún otro.

Por detrás de los canes, los seis hombres revisaron su armamento, probaron los intercomunicadores y empezaron a caminar.

A Minúkaro le tocó ir junto a uno de los *rangers*.

Machete en mano, se fueron adentrando en la espesura vegetal hasta llegar a una zona que apenas permitía caminar entre los troncos. Avanzaron con desesperante lentitud.

Pasada una hora, los perros localizaron un rastro y en medio de un coro de ladridos comenzaron a tirar con fuerza de la correa. El sargento avisó al resto del grupo, que aumentó de inmediato el ritmo de sus zancadas.

Minúkaro iba tranquilo. Aunque desconocía la ubicación final de la chica, él atendía órdenes. Si Bernard le había dicho que entraran en aquella propiedad, era porque algo tendría previsto.

Los perros tiraban con tanta fuerza que el guía apenas era capaz de sujetarlos, pero no los quería soltar. Si lo hacía, se arriesgaba a perderlos dentro de aquella infinita selva. Cuando llegaron a lo que estaba causando tanta agitación en los canes, el sargento se tapó la nariz para no vomitar allí mismo. Sobre el suelo, atrapada una pierna en un cepo, yacía un hombre de mediana edad en pleno estado de descomposición. Se había volado la cabeza con su propia pistola.

—¡Pobre desgraciado!

—Tiene que ser un furtivo —dedujo Minúkaro—. Debió de caer en esa trampa, que seguro no era suya. Primero intentó volarse la pierna repetidamente para zafarse del cepo, y como no lo consiguió, terminó pegándose un tiro en la cabeza.

La escena era tan dura que costaba no ponerse en la piel de aquel desgraciado e imaginar lo que habría tenido que sufrir antes de acabar con su vida. Los perros olfatearon los despojos, obtuvieron su recompensa en forma de dos galletas por cabeza y volvieron a clavar la nariz en el suelo, dispuestos a descubrir un nuevo rastro.

—¿A qué distancia estaremos ahora de los edificios? —Martín se aproximó al inglés para mirarlo en su tableta.

—A menos de dos kilómetros en línea recta.

—De acuerdo. ¡Acercaos todos! Desde este momento queda activada la alerta roja. No sabemos qué podemos encontrarnos ni cómo actuarán sus equipos de seguridad, en caso de tenerlos. Estad atentos a mis órdenes.

Hizo ir al primer *ranger* para darle instrucciones específicas, como repetiría después con cada uno de sus hombres.

Minúkaro aprovechó aquel receso para apartarse del grupo unos cuantos metros y mirar su teléfono móvil vía satélite. Al tenerlo silenciado no había oído la llegada de un nuevo SMS, que borró nada más leerlo.

Acababa de saber lo que iba a pasar.

Una vez que retomaron la expedición, se colocó detrás de todos, guardó silencio y esperó los acontecimientos en un estado de extrema tensión. El primero en pisar la única explanada libre de arbolado, apenas veinte minutos después de la parada anterior, fue uno de los infantes de Marina. Él mismo fue quien inspeccionó su perímetro con deliberada minuciosidad, antes de dar vía libre al resto.

A Martín le extrañó algo nada más pisar aquel claro, pero no supo el qué.

Buscó a Minúkaro y le notó inquieto. «Quizá él también lo esté percibiendo», pensó. Con unos prismáticos exploró la arboleda que rodeaba la explanada, y sin haber terminado de recorrerla se percató de algo anormal: el prolongado silencio que los rodeaba. De manera inexplicable, desde hacía un rato no se oía ni un solo pájaro, ni tampoco cualquier otro sonido procedente de la selva; solo su propia respiración. Y de pronto vio un pequeñísimo destello metálico entre la vegetación.

Sin pensárselo dos veces, gritó con todas sus fuerzas: «¡Cuerpo a tierra!».

Sus hombres lo hicieron a tiempo de esquivar la primera ráfaga de disparos.

Minúkaro y uno de los *rangers*, que apenas habían entrado en la explanada, retrocedieron reptando por el suelo para buscar la protección de los árboles. Los demás no podían moverse ante las continuas ráfagas que silbaban a escasos centímetros de sus cabezas. Martín buscó en su mochila una granada; la única manera de contrarrestar el dominio de los atacantes.

—¿Todo el mundo está bien?

Tras recibir la última confirmación, percibió las primeras balas volando en dirección contraria: los suyos disparaban desde la protección de los árboles. Martín aprovechó para lanzar la granada lo más cerca de donde surgían los disparos enemigos. Y la explosión tuvo que hacer daño en aquellas filas, porque tardaron en responder, y además lo hizo una sola arma.

Hizo señas para que su gente iniciara un intenso fuego de cobertura.

Los sabuesos ladraban como locos bajo los brazos de su guía, que los mantenía tumbados. Martín y el británico corrieron en zigzag hasta penetrar en la arboleda, a la izquierda de donde estaba el enemigo. Se colocaron en posición de tiro y apuntaron en busca del primer objetivo. Cuando vieron que uno asomaba la cabeza por detrás de un tronco caído, Martín disparó sin dudarlo, hasta abatirlo. Esperaron alguna respuesta más, pero no la hubo. A cambio, regresó el silencio, y poco después oyeron los primeros cantos de pájaro.

Anulada la amenaza, se dirigieron al lugar de la explosión, armas en mano, por si quedase algún herido capaz de reaccionar. Contaron cinco cadáveres, todos de jóvenes africanos con aspecto de no haber recibido la más mínima preparación militar, armados con malos fusiles y una vieja ametralladora. Minúkaro llegó de los últimos y se mostró muy nervioso.

Martín lo advirtió.

—No es agradable ver cosas como esta. ¿Estoy en lo cierto?

—Detesto las guerras y en general cualquier tipo de violencia, señor. Por desgracia, la tuve que vivir en mi propia carne: mis hermanos murieron en Kivu en 1998, cuando el primer Kabila ordenó que el pueblo cogiera machetes, lanzas, azadas, rastrillos y piedras, lo que tuvieran para matar a los tutsis de Ruanda —mintió deseando disfrutar de un momento de intimidad para poner un mensaje a Bernard con las novedades.

Visto el fracaso, necesitaba saber qué más planes había previsto su jefe para neutralizar la misión. Lo supo a través de otro SMS.

Después de aquel suceso, almorzaron con tranquilidad y aún tuvieron tiempo para inspeccionar sin prisa las instalaciones de la empresa. Soltaron a los perros por si encontraban algún rastro por la zona. Tras comprobar que no había nada de interés, regresaron a los coches y decidieron continuar con las siguientes propiedades.

Antes del anochecer llegaron a la más pequeña, la que pertenecía a Green Plantations. En ella no se cruzaron con nuevos agentes de seguridad, aunque tampoco hallaron ni un solo rastro de Beatriz.

Agotados por la larguísima jornada, Martín decidió aplazar cualquier otra inspección hasta la mañana siguiente. Si tampoco tenían suerte, se dirigirían a la mina de oro, por peligrosa que fuera. Así se lo transmitió al grupo antes de acampar.

Ninguno podía adivinar qué iban a encontrarse en aquel emplazamiento; solo Minúkaro.

Él sabía dónde podían hallar la muerte.

# 31

*Lokutu, República Democrática del Congo*
*Mayo de 2010*

Bineka vivía con asombro todo lo que sucedía a su alrededor.

La primera noche quiso dormir a los pies de la cama del hombre de ojos azules, movida por un trascendental motivo: si él llevaba el cielo en su mirada y ella la selva, no deberían estar muy separados para dejar paso al crepúsculo.

No se lo llegó a explicar con esas palabras, ni tampoco con otras. Se instaló sobre una alfombra a modo de colchón, a los pies de su cama. Y allí se quedó, repitiendo idéntica posición cada noche.

Tampoco se dio cuenta Colin de la trascendencia que había tenido para ella haber podido chocar sus *nkisis* antes de tumbarse por primera vez cerca de él, junto a Furaha; solo así se sentía protegida por los dioses. Si a aquellas dos figuras las había unido el destino, velarían mejor por ellos.

Aquel primer día, Lola se fue a casa de Keita sin imaginar cómo les afectaría la aparición de aquella chica. Lo pensó mientras iba caminando de noche.

La historia de Bineka era tan extraordinaria que hasta les había hecho perder el hilo del drama que seguía protagonizando Beatriz. Lo eclipsó todo sin dejar espacio ni siquiera para una pregunta que hubiera deseado escuchar en boca de Colin interesándose por su estado anímico, después de haberle contado que dejaba su empresa, y sin siquiera haber empleado tan solo un par de minutos para compartir la inexplicable ausencia de noticias de su común amiga. Lola lo echó en falta.

Colin estaba viviendo la aparición de aquella joven con una creciente fascinación, pero seguía agobiado ante la ausencia de noticias de Beatriz. Aunque le extrañaban ciertos comportamientos de su invitada, al pensar en las truculentas experiencias vitales que le había tocado conocer a su corta edad decidió obviarlos y atender todos los deseos que le iba trasladando.

Luis Cereceda emprendió el regreso a Lwiro, a su centro de rehabilitación de primates, pasados dos días, en un vuelo que salía a media tarde. Esa misma mañana había acompañado a Colin y a Bineka a la comisaría de policía para denunciar los crímenes acaecidos en la aldea de esta última. No es que tuvieran demasiadas esperanzas ni confiasen en arrancar una decidida investigación, pero al menos dejaban constancia de la barbarie cometida.

Si hubiera sido por él, Luis se habría quedado unos días más tratando de obtener más información de Bineka. Pero se tuvo que marchar debido al apremio de las repetidas llamadas de su jefa, y también de una buena parte del colectivo de colaboradores que él mismo becaba con su dinero. Abandonó Lokutu sin saber qué futuro le depararía a la chica, ansioso por volverla a ver, y mejor aún si fuera en sus instalaciones.

Serían las nueve de la mañana de la tercera jornada cuando Colin llamó a Lola para pedirle ayuda: necesitaba que le dedicase un poco de tiempo a Bineka, ya fuera para despejar sus dudas, que empezaban a multiplicarse a medida que iba conociendo nuevos aspectos de la vida occidental, o para hablar de cualquier otro asunto que parecía estar inquietándola.

La española respondió con un espontáneo sí, emplazándose a verse en un rato. En los últimos dos días, lo único que había hecho era esperar la llamada de Martín Palacios, ayudar a Keita por las tardes en el hospital y asumir tareas un tanto farragosas e insólitas en ella, como por ejemplo responsabilizarse de la compra, preparar comidas y limpiar un poco la casa. Algo con tan escaso aliciente personal que poder salir a la calle con aquella joven le pareció una excelente idea.

La recogió en casa de Colin a eso de las once para dirigirse al mercadillo más populoso de la ciudad. Lucía una bonita mañana y lo primero que hicieron fue buscar ropa de su talla.

Aunque la comunicación no era perfecta entre ellas, terminaron entendiéndose bastante bien. Más aún cuando Bineka empezó a utilizar el castellano para perplejidad de Lola; un conocimiento que justificó por obra del padre Frías. A la vista de su más que aceptable fluidez, antes de saber cuánto tiempo había podido estar aquel misionero en su tribu, Lola dedujo que fue suficiente para enseñarle castellano antes de morir de unas feas fiebres, tal como le explicó la muchacha. Unas fiebres que solo se apagaron cuando el río Congo se lo llevó flotando sobre su húmedo lecho, una vez que su espíritu se vio liberado del cuerpo y pudo unirse al alma de la selva para siempre, como así había pedido que se hiciera.

A Furaha la dejaron lloriqueando en un patio interior de la casa, ante la negativa de Lola de llevársela con ellas. Ya tenía bastante con las reacciones que el aspecto de Bineka producía como para sumar a la escena una cría de chimpancé.

Se pararon en un puesto repleto de vestidos. De todos los que vieron, a Lola le gustó uno en particular: dominaban los tonos blanco y verde, a juego con sus ojos.

—¿Te gusta un color más que otro?

—¿Cuáles gustan aquí a hombre? —respondió Bineka con otra pregunta.

—No sé, no me fijo mucho en eso. Me parece más importante lo que te guste a ti.

—¡No! Hombre tiene última palabra.

—¡Ya querrían! —Lola detuvo el paso un tanto sublevada. Asumía sus diferencias culturales, pero le pareció demasiado joven para pensar así—. Ni te lo plantees; nadie puede decidir por ti.

Su comentario extrañó a la chica; su padre lo había hecho, igual que su abuelo Tonuk después.

—Y pronto, tocará a otro...

Lola empezó a ponerse mala; no podía aceptar un planteamiento así sin que se le desgarrara algo por dentro. Para entender su postura, tenía que saber más cosas de ella, entender cómo funcionaban las relaciones en su aldea, en qué consistía su idea de mujer, con qué soñaba o cómo interpretaba las experiencias tan terribles que le había tocado vivir a tan corta edad.

Aunque eso lo haría en otro momento. Ahora estaban a lo que estaban, frente a una esperanzada vendedora que estaba segura de haber cerrado la venta.

Lola puso el vestido blanco y verde en manos de Bineka, pero la chica optó por otro en tonos marrones y negros. A la española le pareció bien; había escogido ella, sin dejarse influir y en respuesta a su propio gusto.

Aunque le duró poco aquel convencimiento.

—Ropa Colin, marrón y negro —afirmó Bineka decidida a quedárselo—. Gustará.

Lola no rechistó. Bineka se lo probó dentro de un improvisado cubículo fabricado con cuatro telas colgadas de un alambre, y cuando Lola pudo ver el resultado, tuvo que reconocer que le quedaba perfecto. Apenas era una cría, pero estaba preciosa. Imaginó la precocidad sexual que se tenía que dar en aquellas culturas: sin serlo, parecía más mujer que adolescente.

Continuaron buscando más cosas en los siguientes puestos. No perdieron un solo segundo en los que exhibían ropa interior. Bineka no había querido ponerse ningún sujetador de los que Lola le llevó el primer día, y pasó lo mismo con las braguitas. Tenía bastante pecho, firme y proporcionado. Compraron tres camisetas de algodón y dos *shorts*, todos en color marrón y negro, en un puesto cuya propietaria juraba a voz en grito que nadie tenía mejores precios en todo Lokutu. No sirvieron de nada los reiterados intentos de Lola por cambiar esos colores.

Pasadas casi cuatro horas, con tres vestidos más, dos bolsas llenas de fruta y tras una parada en el hospital de Lokutu, emprendieron el regreso a casa de Colin.

Bineka caminaba pensativa. Llevaba un rato queriendo saber algo, pero no terminaba de encontrar las palabras adecuadas en castellano.

—No sé entender... —soltó de repente—. ¿Hombre delgado te tiene a ti?

Lola le hizo repetir la pregunta, pero ella volvió a usar las mismas palabras y en idéntico orden. Tras un ejercicio de deducción, solo se le ocurrió un posible sentido a esa frase.

—¿Lo que quieres saber es si Keita es mi pareja, «mi hombre»? —Se lo acababa de presentar en una visita relámpago—. ¡Eso!

»No, ¡qué va! Es la pareja de mi amiga Beatriz. Beatriz es como una hermana para mí. Ya sabes, la secuestrada...

Bineka se rascó la cabeza y asumió la situación a su modo.

—Si amiga-hermana desaparece, el marido toma a otra. Es ley y deber.

A Lola le sorprendió el razonamiento; estaba claro que las relaciones de pareja tenían otras connotaciones en su tribu. Le pareció curioso.

—¿Así es como lo haríais vosotros?

—Claro... Y si madre queda viuda joven, él también toma...

Lola se rio a carcajadas al entender lo que supondría para un occidental: nada menos que quedarse con la suegra. Animada a profundizar en aquel tema, preguntó si las mujeres podían tener varios hombres.

Bineka se mostró escandalizada.

—Nosotras no. Solo hombre si puede alimentar. Yo, todavía ninguno.

A Lola se le infló la vena del cuello, indignada ante tamaña expresión de machismo.

—En mi mundo, un hombre no puede casarse con más de una mujer —dijo sin entrar en las múltiples formas que podía adoptar una familia «no oficial» en la sociedad moderna.

—Los míos quieren muchas mujeres...

—Bueno, vale. A bastantes de los nuestros les pasa igual, pero la mayoría lo oculta. Quizá seáis más coherentes vosotros... —reflexionó en voz alta—. ¿Y si fuera al revés? ¿No te gustaría tener varios hombres para ti?

—Yo no. Solo uno.

Bineka recordó cómo su abuelo había elegido al temido jefe Beza para casarla, poco antes de sufrir el fatal ataque. Conocía cómo se arreglaban las cosas entre hombres y mujeres en su mundo, pero no en el de Lola..

—¿Cómo eligen vuestros hombres?

Lola tardó unos segundos en contestar. Podría haberse hecho mil veces aquella misma pregunta y la habría compartido otras tantas con sus mejores amigas. Pero puesta a ser sincera, tenía que reconocer que a sus casi treinta y seis años no había aprendido lo suficiente. Aparte de saber atraerlos en lo físico, pocas veces había conseguido que se fijaran en su interior. Y el último había sido un completo fiasco, porque a pesar de haberse entregado a él como con pocos y de tomar demasiados riesgos al tratarse de un compañero de trabajo, un buen día había salido con que tenía novia y hasta boda concertada.

Miró a Bineka. La muchacha habría vivido en una remota aldea y tendría dieciocho años menos que ella, pero las cosas importantes de la vida, las grandes preguntas que todo el mundo se plantea, eran iguales.

—No existen reglas perfectas con ellos, ni algo que funcione en todos los casos... —comenzó su reflexión con deliberada vaguedad—. De primeras se mueren por nuestros cuerpos, no lo dudes. Y si tuviera que elegir una parte, diría que les encantan nuestros pechos. —Perfiló su propio contorno.

—Los pechos... —Bineka captó la idea haciendo lo mismo con los suyos.

Lola siguió explicando que algunos buscan magia y misterio en la mujer, otros una buena compañera para recorrer la vida y otros solo placer. Y que a ellas les tocaba comportarse con ellos a veces como diosas, madres y amantes, sin que supieran qué tocaba cada vez.

Lola hablaba y hablaba, pero Bineka ya no la atendía; se había quedado con la idea. Recordó a Blanca y a Takuro; cómo aquella hembra conseguía que el macho la persiguiera entre las ramas para después dejarse atrapar.

—¿Cuántos hijos tienes? —preguntó cortando su explicación—. Yo todavía no, pero amigas dos, tres. —Se le ensombreció la mirada al recordar a Sanza.

Lola contestó que ninguno, contempló a Bineka y se

vio a su edad. Apenas estaría terminando el colegio. Quizá en el mundo de Bineka todo era más sencillo y a la vez más precoz. ¿Cómo le iba a dar consejos ella si ni siquiera los había puesto en práctica? ¿Si a sus treinta y muchos, todavía no se había cruzado con su hombre? ¿Cuando el único matrimonio que había protagonizado había sido con su trabajo y sus aspiraciones, sin haber dejado espacio para nada más?

En culturas como la de Bineka la vida no daba tregua. Se hacían mujeres antes, criaban a sus hijos muy pronto y envejecían sin darse cuenta, porque también morían antes. Ni la suya era mejor ni el mundo de Bineka más atrasado; tan solo diferente.

Aquel largo silencio que mantuvo mientras maduraba la situación la llevó a ofrecerle un solo consejo cuando estaba a punto de entrar por la puerta de la casa de Colin.

—En los asuntos del corazón es mejor no preparar nada; si tienen que llegar, lo sabrás...

—Gracias, mucha ayuda.

A Lola le costó entender qué recorrido podía tener aquella afirmación para la joven. Pero lo supo cuando apareció Colin, antes de comer, y Bineka lo recibió sin la parte superior del nuevo vestido, recogido a mitad de vientre, mostrándole sus perfectos pechos. En ese momento, Lola supo con certeza qué hombre quería Bineka para sí misma, a pesar de ser tan solo una cría.

La enterneció su inocencia.

# 32

*Lokutu, República Democrática del Congo*
*Mayo de 2010*

Esa tarde, Lola la pasó en el hospital ayudando a Keita.

En su exposición a la siempre lacerante África, después de haber dado de comer a una veintena de niños hospitalizados, de abrir sus pequeñas bocas para meterles una simple cucharada de papilla especial, rica en vitaminas, energía y proteína, llegó a la conclusión de que aquella experiencia había que vivirla para entender el delicadísimo hilo que apenas sostenía la vida en seres tan desprotegidos como aquellos.

Cuando terminó con el último de los pequeños, colgó la bata, recogió sus cosas de la taquilla y decidió volver a pie a casa de Keita, sin otra compañía que sus pensamientos.

Seguramente no era la decisión más prudente tratándose de una occidental, pero sintió tanta necesidad de darse una buena dosis de realidad que quiso buscarla entre aquellas calles, como Keita le había contado que también hacía Beatriz muchas tardes. Y descubrió una vida callejera que flotaba en el polvo rojo, pesado, arcilloso y pegadizo, levantado por ruidosas motos y miles de chancletas. Una vida que también sintió fluir desde las miradas húmedas de la gente hasta la suya, en esas fugaces búsquedas del otro que solo se dan entre desconocidos.

Por todo eso, por descubrir los otros Congos, Lola empezó a repetir aquellos paseos. Buscaba las esencias de la gente para aprender en ellas.

Lo hacía sin perderse un solo detalle, con el ánimo abierto, absorbiéndolo todo. Porque dentro del hospital solo veía horror, miseria y muerte. Pero fuera, allí, en medio de Lokutu, lograba la vacuna necesaria para resistir a todo lo que le viniese al día siguiente y el otro. Veía pobreza, pero en esas mismas calles Lola se alimentaba con la risa de los niños. Niños capaces de jugar con un puñado de palos y dos piedras para construir una carretilla. También los vio ensayando carreras de obstáculos después de haber robado una pieza de fruta, quizá a una pobre mujer que las vendía en el suelo.

En medio de aquella humildísima población, notaba cómo se fortalecían sus propias defensas al tocar vida, vida de la de verdad; la que se abría camino cada día, a fuerza de salir adelante; la que se podía identificar en el arrojo de cientos de heroicas mujeres cuyo mayor triunfo consistía en conseguir la cena para esa noche, después de haber vendido algo con que pagarla.

Era el mismo mundo que habría visto cien veces su querida Beatriz, un mundo que se movía con menos distracciones que el suyo. Allí no había reuniones de alta dirección, ni plantillas DAFO donde analizar oportunidades y amenazas para el negocio. Ni siquiera se necesitaba tanto dinero para comprar lo que no era importante. No se veían perfumerías franquiciadas en cada esquina, ni dentistas *low cost* ni locales con masajes thai y restaurantes de sushi. Tampoco bares de copas. Allí no había supermercados con infinitos lineales, donde elegir se convertía en un complejo ejercicio.

En aquella parte del mundo se vivía con lo puesto, con lo de cada día. La existencia terminaba siendo una especie de milagro que se hacía presente al despertar cada mañana y solo para los que habían sido capaces de llegar a ella.

En ese ambiente, Lola seguía dándole vueltas a cómo ayudar. Ella, que por su trabajo había engordado una cuenta corriente con muchos ceros, que poseía un armario con una ropa que ahora le parecía un insulto, y con un tipo de preocupaciones bastante más fáciles de resolver que los males que veía multiplicarse por doquier, llegada a ese momento de su vida se preguntaba qué podía hacer por los demás. Quería descubrir de qué manera podía agradecer lo mucho que el destino había hecho hasta entonces por ella, aunque fuera dando un pequeño paso, el primero, como en su momento decidió dar Beatriz saltando de continente.

Nunca había tenido grandes sueños, salvo en lo profesional, pero ahora empezaba a esbozar uno: uno que significara mejorar lo que veía y que fuese de una forma tangible.

Absorta en aquellos pensamientos, cuando llegó a casa de Keita, a punto de anochecer, mientras él se duchaba, decidió llamar a su madre.

—¿Qué hacías? —fue su saludo.

Aquella forma de empezar una conversación no era propia de su hija, pensó la mujer.

—¿Ha pasado algo?

—¿Acaso ha de pasarme algo para querer saber qué haces?

—O me explicas qué tienes o lo dejamos aquí y me llamas más tarde... Solo dime una cosa: ¿tiene algo que ver con mi Beatriz? Estaba preparando la cena...

—No, tranquila. He tenido una de esas tardes en las que te da por pensar y puede que esté un poco rara. ¿Qué vas a cenar? ¿Cómo estás?

—Ensalada y después un yogur. Yo bien, aunque preferiría no estar tan sola...

—Cambiaba tu cena y estar en Ferrol por el infierno que se vive a diario por aquí. Pero siento que estoy haciendo lo correcto.

La madre se lo reconoció. Lola respondió a su siguiente pregunta sobre Martín Palacios con una absoluta falta de noticias; una sensación tan frustrante como desesperanzadora. Quizá por eso le apeteció un pitillo, y eso que llevaba diez años sin fumar.

Cambió de tema y le habló de Bineka. Se la describió con detalle, resumió lo que habían hecho por la mañana para terminar contándole el curioso comportamiento que había tenido con Colin antes de comer.

—Ya veo... —Sonó a conclusión.

—¿Qué ves?

—Que esa jovencita respira por el inglés.

—No hace falta ser adivina. Aunque la pobre es solo una cría...

—¡Oye! Tú no te estarás encaprichando de ese hombre, ¿verdad?

—¿Qué dices? —Aquella era una de las manías más irritantes de su madre: buscarle pareja a todas horas.

—Tampoco pasaría nada, ¿no? —La mujer activó el manos libres para ponerse a lavar la lechuga.

—Pasar pasar, no pasa nada; porque es que no hay nada...

—Te conozco...

—Mira, déjalo estar, mamá. Solo te llamaba para saber algo de ti y para que luego no me acuses de dejarte de lado. Pero voy a tener que colgar. Creo oír a Keita.

—¿Qué tal está Colin?

—¡Celtia! —protestó dándola por imposible. Solo la llamaba por su nombre cuando su enfado superaba ciertos extremos.

—Los años pasan, hija. Tú sabrás.

—Te has quedado a gusto, imagino... —añadió en un tono bastante agrio.

—A ver, es lo que pienso.

—Lo tuyo no me parece normal.

—¿Qué es normal en esta vida?

—No lo compliquemos más, ¿vale? Dejémoslo por hoy. Te llamaré en otro momento. Cuídate. ¡Adiós!

Colgó y al instante liberó su rabia con un: «¡Por Dios, qué castigo de mujer!» que se oyó por toda la casa. Se dejó caer sobre un sillón, suspiró y trató de olvidarlo.

Keita entró en el salón. No había entendido su español, pero sí que algo la había alterado.

—¿Qué ha pasado? —Apareció envuelto en una tolla, lleno de espuma y chorreando agua allá por donde pisaba.

A Lola, al verlo con esas pintas, le entró la risa.

—Nada nada... Acabo de hablar con mi madre, y aunque hayan pasado más de treinta y cinco años desde que me tuvo, mantiene la costumbre de recordarme lo que no he hecho.

—¿Y se puede saber qué no has hecho? —Se sentó cerca pero no al lado, para no mojarla.

Lola se quedó parada. ¿Tenía sentido compartir con aquel hombre las manías casamenteras de su madre, o sería más interesante desvelar lo que había estado pensando de camino a su casa? Como sospechaba que Keita podía entenderla, optó por lo segundo.

—Te lo resumo: la experiencia de Lokutu me está afectando, y no sé cómo enfocar lo que mi interior me pide hacer.

Advertido de la entidad de sus dudas, Keita se levantó para buscar una botella de vino y dos copas, sin preguntar si quería un copa. Lola la aceptó encantada. Vio cómo se la servía y probó un sorbo.

—Permíteme una reflexión muy personal; quizá te ayude... —Se acomodó en el sillón y la miró a los ojos—. Los que hemos optado por intentar resolver una pequeña parte de los problemas de la humanidad, aparte de hacerlo con gusto, terminamos recibiendo mucho más de lo que damos. No creas que esto es de mi cosecha; se lo escucharás decir a todos los que comparten este mismo empeño. La gente nos paga con lo poco que tienen; muchas veces solo con sus sonrisas.

—Lo he visto y me parece maravilloso... —Lola pensó en los niños a los que había estado ayudando a comer esa misma tarde y recordó sus caritas—. Tú, como médico, tienes claro cómo hacerlo, pero mi caso es otro. Sin ser sanitaria, ¿qué podría yo hacer, aparte de echar una mano?

Keita entendió su argumento, pero también cómo podía ayudarla. Y no era el fruto de una idea cogida al vuelo, era algo que llevaba pensando desde que se había enterado de que renunciaba a aquel puesto en la India con la multinacional telefónica. Sabía que estaba delante de una mujer valiosa, la mejor amiga de Beatriz, y era consciente de su actual estado de extrema vulnerabilidad, parecido al de todos. Él solo conocía el qué, todavía no el dónde ni el cómo. Carraspeó y tragó saliva antes de planteárselo.

—Puede que me meta donde no debo, pero pienso que podrías encabezar algo grande.

—¿A qué te refieres? —Lola se revolvió en el sofá.

—Hasta hace solo unos días estabas dirigiendo una enorme compañía internacional, lo que significa que sabes moverte por esos complejos mundos mejor que nadie. Dando eso por hecho, ¿por qué no piensas en algo más ambicioso, mucho más que ayudar en un pequeño hospital en medio de la nada, algo que pudiera influir en mucha más gente?

Lola no alcanzaba a imaginar cómo, pero no le pareció un mal enfoque.

—Lo pensaré. Me parece un buen planteamiento.

—De esa manera estarás dando un primer paso, pero tampoco sufras más de la cuenta. Al final, todos somos lo que somos.

Como Lola se mostró intrigada ante su última sentencia, decidió explicarse:

—Cuando volví a África desde Boston, tipo cooperante decidido, me tocó pisar un campamento de refugiados habitado por miles de personas en las peores condiciones que te puedas imaginar. Supuse que pasaría mi primera jornada metido en un quirófano de campaña. Me veía acometiendo cirugías de lo más variado, diagnosticando todo tipo de enfermedades infecciosas en el consultorio o proponiendo tratamientos para las dolencias que me fuese encontrando. —Tomó un sorbo de vino, dejando la conclusión en el aire—. Y todo lo que me dieron ese día fue una pala para encontrar agua.

—¿Un cirujano buscando agua?

—Como lo oyes. Y mi segundo trabajo fue instalar una potabilizadora. Y el tercero, organizar la descarga de un camión lleno de sacos de harina para que alcanzara al mayor número de personas posible, sin que la acaparasen unos más que otros.

—Nada relacionado con tus conocimientos.

—Me costó entenderlo. Yo ardía en deseos de sacarles partido a mis habilidades médicas, y en vez de eso me vi sudando como un loco, con las manos sucias y sin acercarme a un guante esterilizado en días, peleándome con la tierra seca en busca de un inaccesible pozo de agua.

—Suena muy frustrante. —Lola se soltó la coleta y extendió la melena por encima de los hombros, bastante más relajada que cuando había colgado a su madre.

—Los diez primeros minutos sí, pero te dura poco: hasta que ves el tamaño de la desgracia a la que te vas a enfrentar. Primero sientes impotencia, luego incapacidad al no saber por dónde empezar y finalmente te ves como un minúsculo punto en medio de una irresoluble realidad... —Su mirada se entristeció—. ¿Y qué toca hacer? Pues nada. Ponerte a trabajar en algo que te ha encargado un verdadero profesional en la gestión de esos dramas. Y entonces, tú, como los demás que están haciendo lo mismo, recién llegados de sus confortables países, pensando que iban a erradicar los males del mundo, empiezas a poner pequeñísimos alivios a los grandes problemas que esta gente tiene. Es así como pasa.

—Como las hormigas...

—Como las hormigas, dices bien. Todos sumando. —Keita le cogió las manos—. Ten en cuenta el sistema y pon en marcha lo que sea, tanto si consigues mucho como poco. Lo que hagas te va a hacer feliz. Inténtalo, como lo intentó Beatriz a su manera. —Al decirlo, se le quebró la voz, suspiró de forma pesada y abandonó el salón en busca de su dormitorio.

Lola se quedó sentada con un regusto amargo por el final de la conversación, pero también agradecida. Aquel hombre acababa de abrirle una puerta que podría cambiar su vida por completo. No sabía en qué dirección, pero ya se le ocurriría algo.

Suspiró, se preguntó qué estaría haciendo Colin y, para salir de dudas, decidió llamarlo. Pero de camino a la cocina, al mirar el móvil descubrió una llamada perdida de Martín Palacios. Se le aceleró el corazón. Lo llamó. Tardó en responder.

—Hoy hemos sufrido algún que otro contratiempo por culpa de unos vigilantes un tanto agresivos —dijo.

Lola, como no quiso entrar en los detalles, dirigió su pregunta a lo que de verdad le interesaba:

—¿Seguís una buena pista?

—Pienso que sí. Y si no se nos tuerce, confío en que nos terminará llevando a ella.

—¿Os han servido las carpetas?

—¡Desde luego! Hemos entrado en una de las propiedades que estaba investigando Beatriz y mañana continuaremos con otra.

—Entiendo... Gracias, Martín. Gracias por tu trabajo.

—La encontraremos —respondió él con seguridad.

Cuando Lola colgó el teléfono la asaltó un negro pensamiento.

Confiaba en las capacidades de aquel hombre, que por otro lado acababa de revalidar su promesa, pero no en cómo estaría su amiga: viva o muerta.

Y con aquella terrible duda en la mente, sintió tanta opresión en el pecho, y el estómago tan revuelto, que se dobló de dolor y vomitó en medio del pasillo.

# 33

*Arsenal de Ferrol, A Coruña, España*
*Mayo de 2010*

El capitán de navío Valentín Arriondas escuchaba a su amigo Martín Palacios a través de los auriculares, mientras recibía la señal de vídeo en una enorme pantalla de la sala de operaciones de la Unidad Central de Comunicaciones de la Armada, en la base naval de Ferrol. La señal llegaba desde el corazón de la selva por obra del equipo especializado en resolución de secuestros que había contratado.

—Los perros han localizado un rastro, y como puedes ver están muy excitados. Nos encontramos cerca de lo que parece ser una nueva mina.

—Lamento las dos bajas que habéis tenido, Martín. Dime qué puedo hacer desde aquí. Lo que sea.

Nada más conectarse, Valentín había sido informado del inesperado ataque que habían sufrido a primera hora de la mañana en las inmediaciones de una mina de oro por parte de unos mercenarios.

—Mueve a todo el mundo por ahí. Necesitamos que el Gobierno congoleño acelere todos los trámites para repatriar el cadáver de mi colega americano lo antes posible. Consigue un helicóptero para que recoja el cuerpo allí donde lo dejamos: te paso las coordenadas. Y otra cosa,

Valentín, no te atormentes: asumimos ese tipo de riesgos en nuestro trabajo.

—¿Qué salió mal? —se interesó Valentín.

—Sufrimos un ataque desde varios frentes a la vez, y aunque terminamos abatiendo a cuatro... —A pesar de que dejó la frase en el aire, Valentín supo cómo finalizaba: el ataque se había llevado por delante la vida de un *ranger* y la del guía congoleño—. Fuimos ametrallados sin casi haber entrado en las instalaciones, todavía en los todoterrenos, y uno se incendió sin darles tiempo a abandonarlo.

—¿Ahí nadie da el alto antes de disparar?

—Nos estaban esperando, está claro. Y a diferencia de la anterior agresión, estos eran profesionales. Actuaron de forma calculada, sin darnos posibilidad de respuesta. Aun así, les hicimos frente y pudimos contrarrestarlos, pero se nos escaparon dos, los perseguimos a conciencia y no logramos dar con ellos.

—¿Alguna idea de por qué os esperaban?

—Dos ataques en dos días solo puede significar que estamos molestando a alguien. Aunque de tu hija, ni rastro, y lo siento. Cuando nos recuperamos, pusimos a trabajar a los perros; no encontraron nada.

Valentín iba recibiendo las imágenes desde una cámara que llevaba su amigo adosada al casco. Gracias a la emisión vía satélite las estaba viendo en directo.

—Esa mina en la que estáis entrando ahora, ¿se sabe a quién pertenece?

—Ni idea. El guía no nos habló de ella y tampoco está identificada, aunque eso es bastante habitual.

Empezaron a descender desde una colina. Después de atravesar unos trescientos metros de bosque alcanzaron una planicie horadada como un enorme queso gruyer. No se veía a nadie trabajando, pero su aspecto no dejaba lugar a dudas; se trataba de una mina de coltán, el mineral más preciado por los fabricantes de telefonía.

Martín dividió al grupo para acceder por los flancos, pero los perros enfocaron sus hocicos en otra dirección: hacia dos cabañas de adobe que se alzaban sobre una colina próxima a las zonas de extracción y un poco por encima de ellas. A la derecha de la que tenía un tamaño mayor había aparcado un camión de poco tonelaje.

Les extrañó tanta soledad.

—Moveos con máximo sigilo —les instó el jefe del operativo—; ya sabemos cómo se las gastan y quizá también nos estén esperando. Tened preparadas las armas y caminad en parejas, protegiendo la espalda del compañero. A la mínima sospecha, disparamos. ¿Entendido?

Los dos sabuesos fijaron el rastro y se dirigieron hacia la cabaña más grande.

*Provincia de Tshopo, República Democrática del Congo*

A más de seiscientos kilómetros al sur de aquella mina, en una de las mayores plantaciones que la empresa Lands & Oils tenía en el Congo, Maxime de Mons acababa de recibir una preocupante llamada y echaba en falta otra. La primera la protagonizó su infiltrado en la policía de Lokutu, poniéndole sobre aviso de una extraña e inquietante denuncia puesta un par de días atrás por dos tipos, un inglés y un español, en compañía de una nativa. El agente pensó que podía ser de su interés, porque la chica hablaba de una matanza y de la quema de su aldea en una zona que no había sido capaz de delimitar, pero que a tenor de los pocos datos que aportó su acompañante inglés, importante miembro de una ONG, podía tratarse de una de las últimas adquisiciones de Lands & Oils.

Maxime tomó nota de los nombres de los extranjeros para investigarlos cuando volviera a Lokutu. Pero cuando escuchó la descripción de la chica, casi al final de la llamada, decidió regresar de inmediato. No podía ser otra; esa joven de ojos verdes tenía que ser la misma que le había reventado medio pulmón nada más sufrir el accidente con los simios, y aunque la hubiese dado por muerta, se acababa de convertir en la única testigo de la limpieza humana que había puesto en marcha para despejar las nuevas propiedades de la empresa de sus incómodos habitantes y empezar a deforestarlas.

Aquella chica tenía que desaparecer.

Con solo respirar, al sentir aquel agudo dolor en su pulmón derecho, tenía una razón más para acabar con ella. Habérsela llevado como un trofeo de aquella aldea había sido un gran error que le costó meses de recuperación, y ahora constituía un riesgo letal para la empresa y para él.

Pero si la primera llamada lo había puesto en acción, la ausencia de noticias por parte de Bernard no era menos preocupante. Sabía que los planes para neutralizar al equipo de búsqueda de la cooperante española no habían funcionado de momento. Como no localizaba a su lugarteniente, llamó al encargado de la nueva mina de coltán, próxima a la última posición facilitada por el espía congoleño al que había conseguido infiltrar Bernard en el comando de exploradores.

—Señor, por aquí está todo tranquilo. Tenemos a los chicos descansando, en diez minutos volverán al trabajo. Y sí, mis dos hombres están aquí también, comiendo algo. —Recibió una reprimenda de Maxime—. Vale, es verdad... Hemos dejado sin vigilancia la mina, pero entiendo que si ese guía es un infiltrado de Bernard, no se le va a ocurrir traernos a esos hombres. Y en todo el día no se ha visto a nadie merodeando por el recinto, se lo aseguro.

En ese momento saltó por los aires la puerta de la cabaña y entraron dos perros y un grupo de hombres armados dando gritos.

—¡Al suelo! ¡Quiero ver a todo el mundo con las manos arriba! —ordenó en inglés el que parecía dirigirlos.

Maxime asistió con enorme inquietud a lo que estaba sucediendo gracias a que el teléfono de su encargado no había perdido la comunicación. Oyó un disparo y un grito ahogado. El belga se temió lo peor, pero siguió a la escucha.

Martín Palacios se hizo con el arma del hombre que les había disparado después de recibir una eficaz contestación que entró por medio de su entrecejo, y pidió que registraran a los otros dos tipos. Al darse la vuelta se quedó espantado al ver en una esquina de la cabaña a una veintena de niños agolpados, no tendrían más de diez años, encogidos unos contra otros.

Dada su suciedad, dedujeron que eran los mineros: los mejores trabajadores para entrar por los pequeños recovecos de las excavaciones. Los perros se acercaron a ellos, atraídos por el olor de sus heridas. Los niños, aterrorizados, se apretaron todavía más entre ellos pensando que iban a ser devorados. El sargento premió a los sabuesos y los hizo sentarse.

Revisaron la cabaña a fondo. Martín dejó a dos de sus hombres dentro vigilando, para ir a explorar la segunda cabaña con los otros dos y los perros. Al llegar, vieron que estaba cerrada con un candado. El *ranger* lo reventó de un disparo y abrió la puerta.

Estaba oscuro, demasiado para ver algo. Los animales corrieron hacia una de las esquinas y se quedaron quietos, sentados frente a algo que había en el suelo. Martín encendió una linterna y enfocó un pantalón corto, pero no uno cualquiera; coincidía con el que llevaba puesto Beatriz Arriondas el día de su desaparición, según la descripción que habían recibido.

Valentín también lo reconoció en la pantalla desde Ferrol. Se le atragantaron las palabras y no consiguió hablar.

Maxime de Mons colgó el teléfono cuando ya no pudo oír nada y de inmediato marcó otro número. Le faltaba la respiración.

—¿Paul? Tienes que saber algo. —Se rascó la cicatriz que le había quedado en la ceja derecha tras el accidente con los chimpancés. Desde entonces, le picaba siempre que estaba nervioso.

—Dime.

Paul Vestraeten dejó sobre la mesa el nuevo proyecto de inversión que tenía previsto hacer en África; apenas lo acababa de recibir una hora antes. La llamada de su hijastro no podía ser más inoportuna; lo estaba obligando a retrasar la lectura de la sección más jugosa: la económica. Aquel empeño podía convertirse en el mayor sueño de su carrera empresarial hecho realidad.

—Se trata de la chica.

—¡No sigas! —le recriminó casi gritando. Ese tipo de informaciones estaban vetadas por teléfono, y Maxime lo sabía—. Soluciónalo tú solito, que para eso te pago. Tengo mucho trabajo.

Maxime apretó los puños furioso y, después de inspirar y espirar tres veces seguidas dentro de su limitada capacidad pulmonar, intentó pensar qué podía hacer para resolver la crisis que se les avecinaba. Vale que la chica se había metido donde no debía y que conocía demasiadas cosas de Lands & Oils, lo que se supo después de que la interrogaran los hombres de Bernard. Pero los dos llegaron tarde; Bernard a la mina, cuando su gente se había ensañado con la joven blanca, y Maxime para evitar la idea de su principal colaborador: simular un secuestro para ganarse un buen dinero de paso.

¿Cómo iba a resolver ahora el asunto?, pensó con verdadero agobio.

No se le ocurrió nada.

A Vestraeten sí: buscar el número de teléfono de una posible nueva socia china para emprender con ella la mayor inversión de su vida.

En la cabaña principal de la mina de coltán se estaba produciendo un forcejeo entre el encargado y los dos hombres del comando, que lo tenían custodiado. En un descuido se había abalanzado contra ellos, y el disparo que recibió en una pierna no impidió que les arrebatara un machete. Pero el acero terminó seccionando la yugular del atacante.

Martín Palacios se enteraría del incidente a su regreso, porque acababa de salir de la segunda cabaña junto con los perros. Los dejó que olieran los pantalones de Beatriz. Uno de ellos arrugó la trufa, olisqueó el aire dando dos vueltas sobre sí mismo hasta que localizó algo y tiró con fuerza de la correa. El segundo hizo lo mismo y les dieron rienda suelta.

Martín Palacios y sus dos hombres recorrieron tras los perros algo más de un kilómetro adentrándose en una zona de bosque cerrado. Pocos metros más adelante, bajaron una pronunciada pendiente que finalizaba en un caudaloso arroyo. Una vez que quedó a sus espaldas, notaron más excitados a los canes. Frente a ellos se alzaba una formación rocosa de unos quince o veinte metros de altura por sesenta de ancho. Nada más llegar a su base, los sabuesos empezaron a rodearla olisqueando, hasta que se quedaron quietos al pie de una hendidura vertical, no demasiado alta pero sí lo suficiente como para permitir la entrada de un hombre sin necesidad de agacharse.

Martín encendió su linterna y accedió a su interior detrás de los canes. Lo asaltó un fétido olor que le provocó una primera náusea. No se detuvo. Los perros comenzaron a ladrar señalando lo que habían encontrado. Y en ese momento lamentó llevar la cámara en el casco, sabiendo quién estaba al otro lado de la señal de vídeo. Porque en el suelo, atada y medio desnuda, descubrió el cuerpo de una mujer blanca, muerta y llena de mordiscos.

# 34

*Hospital de Lokutu, República Democrática del Congo*
*Mayo de 2010*

Lola entró en el hospital junto a Bineka con la expresión rota.

Miró por encima de la tumultuosa masa de pacientes que esperaba a ser atendida y, presa de una insoportable urgencia, se abrió camino a empujones hasta alcanzar la consulta de Keita.

No llamó a la puerta ni aguardó a que la enfermera la dejara entrar. Se encontró con un anciano, seco como una pasa, tumbado en la camilla junto al doctor Ajani, en plena auscultación de sus pulmones. Al verla aparecer se volvió extrañado.

—¿Lola?

No hizo falta que dijera nada. Aquellos ojos inflamados y húmedos, su expresión de absoluta aniquilación y la mirada hundida solo podían significar lo peor.

—¿La han encontrado?

Lola explotó a llorar, atragantándose con sus propias lágrimas. Se abrazó a Keita ante el estupor del paciente.

Keita se fundió con Lola, incapaz de pronunciar ninguna palabra, estallando todo su dolor contra ella, como las olas lo hacen sobre un acantilado en un día de mar embravecido. Su abrazo era tan apretado que las lágrimas corrieron de rostro a rostro, malheridos los dos por una noticia que los acababa de golpear con tanta fuerza que hasta les costaba respirar. No advirtieron que la enfermera Frida entraba para sacar de allí a Bineka y al anciano, con idea de dejarlos solos.

—¿Dónde...? ¿Dónde estaba? ¿Cómo la han encontr...? —consiguió decir él a duras penas.

Lola tragó saliva, se secó los ojos, rebajó el ritmo de su respiración y respondió con cierta dificultad:

—En una..., en una pequeña cueva. —Tomó aire—. La habían abandonado allí, todavía no se sabe si antes o después de matarla. —Rompió a llorar de nuevo, ante la horrible imagen que su propia imaginación iba construyendo. Necesitó unos minutos más de silencio para poder continuar—: El lugar estaba cerca de una mina de coltán, pero todavía no se sabe si tiene alguna relación.

—¿Han detenido a alguien?

—A uno, pero dice no saber nada. Está claro que no se trató de un secuestro, que lo del rescate fue una patraña para despistarnos. Según ha sabido el padre de Beatriz, la policía se va a poner a investigar a fondo a los propietarios y trabajadores de la mina... —Se sonó la nariz—. Un helicóptero debe de estar recogiendo en este momento su cuerpo para llevarlo a Kinsasa, donde le harán la autopsia mañana. El embajador español ha conseguido que haga una parada en Lokutu para recogernos.

Keita miró al suelo, apretó los dientes y tardó en hablar.

—¿La repatriarán a España?

—En cuanto las autoridades lo permitan.

Lola, extrañada con su actitud, le levantó la barbilla para mirar en sus ojos y al instante supo que no iba a ir a Kinsasa, y menos a Galicia para enterrarla.

—No puedo.

—¿Estás seguro? ¿Por qué no lo piensas mejor? Tenemos dos horas hasta que aterrice.

—Lola, no iré. Quiero retener en mi memoria a la Beatriz que conocí. La necesito viva, tal y como era. No podría mirarla; arrastraría esa imagen toda mi vida y no quiero. ¿Me entiendes?

—Respeto tu voluntad.

Ella buscó el móvil para llamar a Colin. Cuando descolgó y escuchó la noticia se quedó noqueado, hasta que preguntó qué planes tenía.

—Me voy a Kinsasa en cuanto esté en pista el helicóptero, y de allí a España, una vez que estén firmadas las autorizaciones de repatriación.

Colin guardó silencio. En menos de un minuto acababa de recibir la peor noticia posible, la definitiva pérdida de Beatriz, y Lola le anunciaba otra: también la perdía a ella, sin más, y de manera inminente.

A Lola le extrañó que no hablara.

—¿Sigues ahí?

—¿Volverás? —Le salió una voz medio ahogada.

«¿Cómo puedo saberlo?», pensó ella preguntándose qué trasfondo podía tener esa pregunta.

—Colin, necesito que vengas al hospital para hacerte cargo de Bineka. Tengo que ir a casa de Keita a hacer las maletas y recoger mi documentación. Dispongo de muy poco tiempo.

—Dame solo diez minutos.

Cuando Colin salió de la oficina de Greenworld no se percató de que un coche empezaba a seguirlo, y menos aún de su conductor: se trataba del policía al que habían denunciado los crímenes cometidos en la aldea de Bineka, vestido ahora de paisano.

Su entrada en la consulta de Keita supuso que Lola volviera a explotar en un desconsolado llanto. Fue a buscar su abrazo y ella se recogió en él, destrozada por la pérdida de su amiga, sintiendo a la vez un amargo regusto, un regusto a final. Veía acabada su estancia en África, después de la sorprendente experiencia junto a aquellos dos hombres que, sin esperarlo, se habían incrustado en su vida como nunca habría imaginado. Bajo un difícil sabor a despedida, que preveía en pocos minutos, cerró los ojos, apreció la intensidad del abrazo de Colin, que la hizo temblar, y aspiró su fragancia con la intención de retenerla mucho tiempo entre sus buenos recuerdos. Lo besó en la mejilla.

—¿Vendrás a Galicia? —Lola se lo preguntó de sopetón, sin pensárselo.

—¿Quieres que asista al entierro?

—Me gustaría, sí... De paso podrías quedarte unos días más y así te enseño mi tierra y conoces a los míos. —Una vez hecha la propuesta, espontánea pero cargada de intención, solo aguardó de él una respuesta positiva.

Era consciente de estar asistiendo a uno de esos momentos en los que la vida te puede abrir, pero también cerrar, una puerta importante. No era capaz de esconder en su mirada el deseo de obtener un sí a su propuesta, lo que no se le escapó a Colin. Entre ellos no había habido nada más que un cierto acercamiento emocional, pero aun así Lola lo quiso intentar.

—Bueno, déjame que me lo piense... No sé.

Lo entendió; no dejaba de ser una respuesta razonable a una petición que tuvo que sonarle extraña. Pero también él debía entenderla: su corazón acababa de estallar en mil pedazos y había solicitado su auxilio.

Se separó de sus brazos y bajó la mirada para ocultar el desengaño que sentía. Comprobó la hora en su reloj y optó por ir a hacer las maletas. Se acercó a Keita para despedirse. Estaba tan ausente que no reaccionó ni a su voz; se mantuvo sentado en la silla, como ido, con la cabeza metida entre los brazos, perdido en su propio dolor.

Bineka, que había vuelto a entrar en la consulta, no sabía qué hacer o decir. Se quedó en una esquina expectante, sujetando entre sus manos el *nkisi*, hasta que Lola se acercó a ella y la abrazó deseándole suerte. La joven, entristecida, le acarició el rostro como respuesta, miró en sus ojos y le dijo algo que la española no pudo comprender con palabras: «Bineka ananpenda Lola», hasta que lo simbolizó llevándose al corazón sus dos manos.

Ella también la quería.

Con Colin, la despedida fue más fría, acelerada, apenas un beso y un adiós que se quedó en el aire antes de verla salir del despacho de Keita. Él tragó saliva afectado. En su corazón pesaba la demoledora noticia sobre Beatriz, a la que tenía que sumar aquel último gesto de Lola, su mirada esquiva, ahogada por la decepción.

Keita pareció despertar de su obnubilación, se quitó la bata, arrastró los pies, abrió la puerta y se fue. Solo deseaba estar en su casa y entregarse a la más honda pena, hasta conocer a qué sabía su última lágrima.

Colin cogió a Bineka de la mano y salieron también de aquel despacho, escenario y testigo de un dolor que ninguno olvidaría nunca.

# 35

—

*Lokutu, República Democrática del Congo*
*Mayo de 2010*

Colin abandonó el hospital bastantes pasos por detrás de Bineka, sin imaginar que seguía siendo objeto de vigilancia por aquel policía camuflado de civil desde un coche aparcado a escasos cien metros de la entrada del hospital.

Frida lo había hecho esperar un poco mientras iba a buscar unos tranquilizantes para que se los llevara a Keita. Ese par de minutos que lo entretuvo fueron los que lo separaron de Bineka, que siguió su camino en dirección a las oficinas de la ONG, tal y como le había indicado Colin.

El agente al servicio de Bernard calculó la distancia entre la joven y el inglés, y le asaltó la idea de un rápido abordaje, a falta de otra mejor oportunidad, para meterla en su coche sin que el otro tuviera tiempo de reaccionar. Si lo conseguía, haría tan feliz a Bernard —y por extensión a su jefe Maxime— que con toda seguridad se lo pagaría muy bien; de eso estaba convencido, y andaba muy necesitado de dinero. Pero si fallaba, pondría en aviso al extranjero, y sabía demasiado bien cómo se cobraba Bernard los fracasos.

Siguió observando a la chica. Todavía había más separación entre ellos. Arrancó el coche y empezó a circular a muy poca velocidad.

Colin no estaba pendiente de lo que hacía Bineka, que caminaba cabizbaja, sumida en sus pensamientos. Cruzaron una calle. El policía lo hizo pocos segundos más tarde, a suficiente distancia para no ser advertido. La zona empezó a llenarse de viandantes. Visto el rumbo que llevaban, el agente entendió que se dirigían a las oficinas de Greenworld, cerca del mercado. El tráfico se hizo más denso. Le tocó sortear unas cuantas mulas, tres carromatos tirados a mano, un rebaño de cabras, dos vacas cruzadas en medio de la calzada; y todo eso sin perder de vista a la muchacha.

Los perseguidos, primero la jovencita y, a unos doscientos metros de ella, Colin, giraron a la derecha para tomar la calle principal, donde se encontraban las oficinas de la ONG. El policía entendió que quizá no tuviese otra ocasión. Empezó a tocar el claxon para abrirse paso entre el tumulto de animales y el sinfín de pequeños transportistas de mercancías hasta llegar a la altura de la chica. Frenó de golpe, salió del vehículo y se abalanzó sobre ella.

Bineka se vio agarrada por un hombre que tiró de ella sin piedad, arrastrándola hacia la calzada. Gritó con todas sus fuerzas, pero el ensordecedor tumulto de un día de mercado ahogó su voz a oídos de Colin.

Él, ajeno a lo que estaba sucediendo, seguía caminando con la vista puesta en el suelo, presa de una profunda conmoción por el horrible final de su compañera y muy afectado también por la reacción de Lola, rumiando la proposición de ir a Galicia y las dificultades que presentaba. Se sentía superado, destrozado, decepcionado con el país, harto de una gente que en el fondo eran unos desagradecidos, además de ruidosos e indiferentes, como los que ahora lo rodeaban... No entendía cómo aquella tierra, cruel hasta la indecencia, pagaba el desinteresado servicio de gente como Beatriz con la muerte; ella, una más entre tantos soñadores llegados a aquel asombroso continente con la única intención de ayudar. Gente que lo daba todo, sin reservarse nada.

También él se sentía uno de ellos, y veía cómo África entera le daba la espalda.

Bineka gritó de nuevo, ahora con todas sus fuerzas, antes de ser metida en el coche con la amenaza de una pistola en la cabeza. El hombre rodeó el capó sin dejar de apuntarla, hasta que entró por su lado, arrancó el motor y apretó a fondo el acelerador. En un descuido, golpeó un carromato con el que se cruzó, cargado de cajas llenas de ruidosas gallinas. Como consecuencia de los chillidos que profería el propietario y el creciente murmullo que se creó a su alrededor, Colin se fijó en lo que pasaba.

Le extrañó no ver a Bineka y que la gente estuviese vociferando. Hasta que observó un coche que trataba de escapar del tumulto e identificó en su interior a su aterrorizada protegida. Corrió a su encuentro, y gracias a que el vehículo tuvo que parar para no llevarse un caballo por delante, le dio alcance.

Intentó abrir la puerta de la chica, pero estaba bloqueada. Viendo que se le escapaba, saltó sobre el capó y se sujetó a él como pudo.

A través del parabrisas pudo reconocer al conductor; se trataba del policía que había recogido la denuncia de la matanza en la aldea de Bineka. Sin entender nada, vio cómo sacaba una pistola por la ventanilla, y por suerte pudo esquivar la primera bala, no así la segunda, que rozó su hombro. Dudó si tirarse en marcha para evitar ser herido o seguir agarrado, pero no tuvo tiempo de decidirse: como consecuencia del despiste de su conductor, el vehículo no pudo esquivar una furgoneta y se estampó contra ella.

El golpe hizo que Colin saliera despedido por los aires hasta terminar tendido en el asfalto y que la cabeza del policía atravesara el parabrisas dejándolo inconsciente. Colin, magullado y herido, corrió cojeando hacia el coche para sacar a Bineka, pero la puerta estaba bloqueada. Sin pensarlo dos veces, cogió una gran piedra y reventó la ventanilla, por donde consiguió sacar a la chica. Agarró la pistola, que localizó en el suelo del vehículo, y urgió a Bineka a seguirlo a la carrera.

Antes de llegar a la oficina, Colin valoró los riesgos que corrían y cambió de idea. Si aquel agente había tratado de raptarla, ¿qué implicaciones podía tener la policía en esa acción? ¿Para qué la querrían? Su denuncia tenía que ser la causa, no le cabía otra explicación.

Continuaba corriendo y planteándose más y más preguntas: ¿a quién o a quiénes podía perjudicar el testimonio de Bineka? ¿A los que habían atacado su aldea? ¿Estarían compinchados con la policía?

Condicionado por aquellas elucubraciones, valoró las pocas salidas que se le ofrecían tratando de escoger la mejor. De ahí que su casa pasase a no ser el lugar más seguro; de no estar ya vigilada, faltaría poco. Tenían que abandonar Lokutu. Pero no tenía claro adónde ir.

Pensó en el helicóptero en el que se iba Lola y casi a la vez descartó la idea. Bineka no aceptaría subirse al aparato sin su inseparable cría de chimpancé, y no le parecía fácil que el piloto permitiese volar pasajeros de su especie. Y además, tampoco podía descartar que a su llegada a Kinsasa no estuviese avisada la policía y se hicieran con ella.

Se le ocurrió otra opción.

—Bineka, vamos a por Furaha; nos largamos de aquí.

En su primario inglés, Bineka preguntó por qué la había abordado aquel hombre.

—Ni idea, pero para nada bueno —respondió él a escasos trescientos metros de su casa.

Mientras corrían, ajena a la gravedad del momento, Bineka lo miraba de reojo. Era consciente de que, una vez más, aquel hombre de ojos azules le había salvado la vida. Con él se sentía protegida, a salvo.

Cuando entraron en la casa, después de comprobar que no había nadie vigilándola, Furaha salió a recibirlos chillando de alegría, o quizá de frustración por culpa de la larga ausencia. Se tiró a los brazos de Bineka y recibió a cambio un par de caricias.

Colin rebuscó en un cajón dinero, su documentación y las llaves del todoterreno, y se dirigió al dormitorio para coger algo de ropa y meterla en una mochila. Le sumó los tres únicos vestidos que tenía Bineka, junto con sus camisetas y pantalones y dos botellitas de agua.

Ella desconocía cuáles eran sus planes, pero captaba su nerviosismo.

—¿Adónde? —preguntó cuando Colin la instó a correr.

—Al aeródromo. Volaremos lejos de aquí.

—¿Volaremos? —repitió ella sin entender el sentido de la palabra.

Colin agitó los brazos como si imitara a un pájaro, desencadenando un gesto de perplejidad en la chica. No quiso detenerse en más explicaciones. Ya lo entendería, decidió, mientras abría las puertas del todoterreno con el mando a distancia.

Una vez todos dentro, miró hacia ambos lados para comprobar que no hubiese nadie merodeando y arrancó el poderoso motor de doscientos cuarenta caballos, mientras Furaha saltaba de un lado a otro en el asiento trasero completamente histérica, chillando y sin obedecer a Bineka, quien por más que lo intentó no pudo contenerla.

—¡Haz que se calle o terminará volviéndome loco!

—protestó Colin antes de ver a Bineka quitándose la camiseta para dejar sus pechos desnudos al aire, sin aparente motivo, lejos de lo que había visto hacer en algunas tribus a las mujeres en ciertos ceremoniales, aunque ellas los pintaban con líneas y puntos blancos.

No comentó nada, suspiró y puso el todoterreno a toda velocidad, esquivando y adelantando a los vehículos que salían a su paso, sin dejar de mirar cada poco tiempo por el retrovisor. Le pareció ver un coche negro manteniendo distancia con ellos, pero después de apretar a fondo el acelerador y de tomar dos nuevos giros, lo perdió de vista.

Cuando llegaron al aeródromo se dirigió al hangar donde guardaba su avioneta y aparcó dentro. Se bajaron a toda prisa. Colin preguntó al encargado si tenía los depósitos llenos y, como el hombre respondió afirmativamente, se subió a una de las alas e invitó a Bineka a hacer lo mismo, con la pequeña Furaha en su espalda. El joven mecánico asistió a la escena sorprendido.

No habían pasado cinco minutos y el morro de la Cirrus SR22 ya enfilaba la pista de despegue, una vez que su piloto hubiera mencionado Kinsasa como falso destino del vuelo: no estaba dispuesto a dejar una sola pista. Solo así conseguiría proteger a Bineka, aunque engañase a los controladores aéreos y se la jugasen durante el vuelo.

La chica, con el cinturón puesto y apretando a Furaha contra su pecho, después de haber intentado atarla en el asiento trasero sin ningún éxito, miraba con asombro todas las luces, pantallas y los mandos del avión. Cuando notó la vibración de los motores, sintió miedo.

Se le cerró la garganta y no pudo hablar; contempló a Colin en busca de una confianza de la que andaba escasa y lo que encontró le agradó. Porque vio a un hombre seguro de sí mismo, los brazos firmes, musculosos, con su atención puesta en los mandos del avión, accionando unos y otros botones, estudiando las pantallas. Una imagen que la relajó de inmediato. Aunque esa sensación no le duró mucho, solo lo que tardó el avión en recorrer la distancia que lo separaba de la pista de despegue. Cuando el aparato enfiló el morro hacia ella y los motores alcanzaron su máxima potencia, Bineka, aparte de aplastarse contra el asiento, se quedó sin respiración viendo cómo el paisaje iba quedando atrás a una velocidad endiablada. Y lo peor llegó cuando se elevaron; sintió como si sus entrañas se chafaran contra el suelo, cerró los ojos, se notó algo mareada y se le escapó un grito medio ahogado.

Colin elevó el avión hasta alcanzar los mil pies con la idea de mantenerse a baja altura a partir de entonces, queriendo regalarle a Bineka una visión que sin duda la iba a impresionar. Le dijo que abriera los ojos, pero ella no lo entendió y los mantuvo cerrados, todavía demasiado asustada.

Para que no se perdiera las vistas, Colin le levantó un párpado y ella le dejó hacerlo. Miró por la ventanilla, y de pronto asistió al más increíble espectáculo que había presenciado en su vida: vio un grandioso río salpicado por centenares de islas, con sus aguas fluyendo entre dos sinuosas orillas, tan saturadas de árboles que apenas permitían ver un trozo de tierra libre, en una explosión vegetal tan fabulosa que le provocó un escalofrío de emoción.

Le vinieron a la cabeza las palabras de su abuelo Tonuk y la imagen de los muertos abandonando la selva para viajar junto al río Congo en busca de la ciudad que ningún humano había pisado nunca: Mpemba. Según le había explicado, lo recordaba igual que en ese momento: lo hacían volando como los pájaros y de la mano de un ser semidivino con apariencia humana.

Y en ese momento dudó si no estaría muerta.

Al pellizcarse entendió que no lo estaba, pero decidió que

aquel ser con apariencia humana no podía ser otro que Colin. Y en pleno descubrimiento del trascendental hecho, le cogió una mano, se la llevó a los pechos y la apretó contra ellos.

Colin activó el piloto automático y se concentró en Bineka, asistiendo a sus conmovedoras reacciones, que no sabía interpretar. Miró en sus ojos y vio cómo brotaban dos caudales teñidos de verde, cayendo en suave cascada por sus mejillas, mientras la avioneta sobrevolaba el río levantando el vuelo de miles de aves, con un cielo de fondo que empezaba a teñirse de naranjas, malvas y rojos, y un sol que estaba a punto de adormecerse.

Ella, en plena contemplación de su propio mundo, pero desde aquella asombrosa perspectiva, entendió que estaba recibiendo una señal de los dioses. Recordó las palabras del misionero español cuando afirmaba que su dios había bajado de los cielos para salvar a las personas del mal, haciéndolas desde entonces hijas suyas. Y se vio allí, en manos de otro hombre capaz de surcar los cielos, y supo que estaba siendo bendecida por ese mismo dios para hacerla entender cuál tenía que ser su misión en la vida.

Si la selva había demostrado que era una de sus elegidas, acogiéndola entre sus criaturas y protegiéndola de la muerte, ahora le tocaba a ella hacer lo mismo: salvarla de quienes la estaban destruyendo, de quienes la quemaban y se apropiaban de sus árboles, mataban a su gente y comerciaban con los seres vivos que vivían bajo su manto protector. Porque tanto ella como ellos habían recibido esa tierra en herencia desde el inicio de los tiempos, desde siempre. Era suya.

Volvió a mirar por la ventanilla y se le encogió el alma.

Se sintió pequeña. Sabía que lo era en edad, pero también que un día conseguiría obtener la fuerza necesaria para cumplir el destino que se esperaba de ella; porque no todas disfrutaban de su privilegio: solo ella era hija de lo que veía abajo, una interminable alfombra vegetal que en algunos lugares rozaba el curso del río. Aquella visión llenó sus ojos de recuerdos, haciéndola sentir nostalgia por todo lo que había vivido hasta entonces. Pero también sintió miedo de perderlo.

Como desconocía los planes de Colin, dudó si la estaba separando para siempre de su hogar esmeralda. Preocupada, se volvió para buscar una respuesta en sus ojos y recibió a cambio una mirada cargada de confianza y ternura, que de nuevo la reconfortó. No necesitó preguntar nada más, ni escuchar de su boca una sola palabra; supo que en sus manos nada malo le podía pasar.

Observó una zona de rápidos en el río. Sus aguas rompían contra las rocas o viraban sobre sí mismas a toda velocidad estallando entre sí. Y vio un grueso árbol caído, en medio del cauce, que hacía de puente en una zona más estrecha, y a un chimpancé cruzándolo, atento al paso de la avioneta. Lo saludó riéndose emocionada, y le pareció que contestaba con la mano.

¿Era así como se despedía la selva de ella?, se preguntó. ¿Adónde iría? ¿Le iba a tocar arrancar otra vida a partir de entonces? ¿Y qué pasaría con Furaha? ¿La aceptarían en ese otro mundo?

Un tanto ahogada, y en medio de aquel mar de dudas, se preguntó cómo podría hallar respuesta a todas esas preguntas si apenas era capaz de comunicarse con quien se las podía resolver. Suspiró un tanto desesperada y se prometió aprender mejor la lengua que hablaba Colin. Si quería resolver sus incertidumbres y saber todo sobre él, no había otro camino. Se juró que lo haría; todo la empujaba a ello.

Por ejemplo, para agradecerle la experiencia de volar, o por haberla salvado de las aviesas intenciones de un extraño en Lokutu. Pero también cuando actuó como rescatador en un mundo de chimpancés que había dejado de ser el suyo. Y un día, quizá se atrevería a explicarle por qué se le aceleraba el corazón cada vez que descubría la luz reflejada en sus ojos, o por qué esa sensación le estaba resultando tan excitante como desconocida.

Atraída por los gritos de Furaha, devolvió la atención al grandioso panorama que se perdía en el horizonte, en una explosión de vida y verdor, y deseó con todas sus fuerzas que aquella sensación no terminara nunca, fueran a donde fuesen. Sintió la boca seca, el pulso acelerado y la necesidad de decirle a Colin algo en su propia lengua, aunque él no la entendiera.

—*Asante,* Colin... —profirió en suajili, lo que Colin comprendió a la primera al ser una palabra muy común: *gracias.*

Aunque lo que no dijo la chica fue que esperaba seguir haciéndolo durante muchos años más.

TERCERA PARTE

# ENTRE SOMBRAS DE HUIDA

## 36

*Centro de Rehabilitación de Primates de Lwiro (CRPL), Kivu Sur, República Democrática del Congo*
*Mayo de 2010*

La directora del santuario para primates de Lwiro, Carmen Izcara, una veterinaria española con mezcla de sangre catalana y vasca, acababa de mandar un aviso a Luis Cereceda para que acudiera a su despacho en cuanto terminase de hacer su ronda matinal, que dedicaba en exclusiva a los chimpancés más pequeños.

Sobre su mesa había un nuevo presupuesto —rebajado al máximo, según le había jurado y perjurado el responsable de la constructora—, con el que pretendían finalizar una obra de crucial importancia para aquel centro de primates, el único que funcionaba en el país.

El CRPL había echado a rodar en el año 2002 gracias a los esfuerzos de dos instituciones: el Centro de Investigación de Ciencias Naturales y el Instituto Congoleño para la Conservación de la Naturaleza, que habían visto cómo las diferentes especies de primates se convertían en víctimas colaterales de las guerras africanas. La caza furtiva se había disparado desde 1998, y habían decidido crear un espacio donde las crías huérfanas pudieran recuperarse de sus heridas. Pero no solo de las físicas.

Carmen llevaba cuatro años al frente, y los tres últimos habían sido testigo de su empeño por levantar un recinto vallado y electrificado, de casi tres hectáreas, en una zona boscosa y vecina a la instalación principal. Allí era donde pretendía alojar a los chimpancés adultos en un régimen de semilibertad, como paso previo a su reinserción en el vecino parque nacional Kahuzi-Biega, Patrimonio de la Humanidad desde 1980 y uno de los más grandes de la República Democrática del Congo, con más de seis mil kilómetros cuadrados. Siempre que las peligrosísimas guerrillas armadas, refugiadas en él, lo hicieran posible.

Llevaban ya tres años de obras y, aunque ya tenían algo más de una hectárea operativa y vallada, Carmen calculaba otros dos más para completar el interminable perímetro de cinco metros de altura.

No era la primera vez que se mareaba con tan abultadas cifras, pero al ver la que estaba marcada en rojo por poco se desmaya. Metió el presupuesto en un sobre y lo dirigió a la fundación riojana Supera, que actuaba como gestora del centro en colaboración con las dos instituciones congoleñas. Mientras pasaba la lengua por la fajilla engomada, pidió ayuda a todos los santos a pesar de no creer en ellos, como tampoco creía en dios alguno. Era tanta la necesidad de recaudar aquel dinero en España que le daba igual si se producía por intervención divina o humana.

Se reclinó sobre una butaca de piel mucho más que raída, en el despacho que ella misma había habilitado en la Guest House, y soltó un largo suspiro. Una vez más se sintió como una perfecta privilegiada.

Muy poca gente en el mundo podía disfrutar del maravilloso panorama que ofrecía el enorme ventanal de aquel despacho. En un día claro, podía divisar dos de los ocho volcanes que formaban la cordillera del Virunga, entre Ruanda, Uganda y la República Democrática del Congo, un auténtico paraíso en la Tierra y último refugio de una especie en permanente peligro de extinción: la de los gorilas, tanto los de montaña como una segunda variedad que por allí llamaban «gorila de las tierras bajas orientales».

Aunque solo habían pasado cuatro años desde su llegada a Lwiro, le parecía haber vivido allí media vida, una comunión entre los momentos más gozosos, como nunca pudo imaginar, con los más aterradores. Los primeros, por su relación diaria con los chimpancés, pero también con la gente que trabajaba tanto dentro del centro como en las inmediaciones. Los peores tenían que ver con el permanente estado de guerra que sufría la desquiciada provincia de Kivu, como herencia del brutal genocidio de Ruanda. Y mucho más cerca en el tiempo, por culpa del comercio del coltán. Una guerra no declarada que ya había costado la vida de miles de inocentes, algunos asesinados a escasos metros de sus instalaciones. Miedo que se repetía cada vez que tenía que hacer *voluntarias* donaciones de sus escasos suministros, entre ellos el de gasoil, para no ser violada y degollada por algunos milicianos que se presentaban una vez al mes a visitarla, unos tipos despiadados y carentes de cualquier atisbo de corazón.

Le extrañó que Luis tardara tanto.

Abrió el libro de contabilidad para revisar los últimos apuntes, donde se incluían las nóminas de sus dieciocho empleados, y al verlas en la columna de salidas se sintió reconfortada. Todos los que trabajaban en aquella institución, cuidando a un puñado de primates huérfanos, contribuían a mejorar la vida de su entorno gracias al dinero que cobraban; una gente que, sin la existencia del centro, quizá estaría muerta o presa de una honda desesperanza.

Aparte de aquellos empleados locales, contaba con seis voluntarios de origen europeo, que colaboraban puntualmente en algún proyecto, y dos veterinarios que le había procurado la sociedad Wildvets, entre los que se encontraba Luis. A ese equipo sanitario se le sumaba de vez en cuando algún colega congoleño, en estancias más o menos largas, como respuesta a un programa de formación que el CRPL había firmado con el Gobierno del país y que por fortuna no tenía que pagar.

Llamaron a la puerta. Carmen supuso que se trataba de Luis.

—¡Pasa!

Luis Cereceda entró con una divertida sonrisa y una cría de chimpancé agarrada al cuello, a la que habían llamado Lucrecia. La pequeña, llegada al centro tan solo dos semanas antes, procedía de un decomiso de la policía congoleña realizado en el mercado de Goma, ciudad a unos cien kilómetros al nordeste, en un intento más de evitar el comercio ilegal de crías de chimpancé con China, donde pagaban verdaderas fortunas por ellas.

—No te vas a creer lo que me ha pasado con esta gamberra.

Carmen fue a acariciarle la cabeza, pero su gesto no debió de encajar con los deseos de la pequeña, que le enseñó las encías en señal de advertencia.

—La estaba auscultando cuando me agarró la campana del fonendoscopio y se la metió en la boca, con tan mala suerte que se le quedó atascada en la garganta y no había manera de sacársela. La pobre empezó a ahogarse y se puso tan nerviosa que, además de no dejarme hacer nada, comenzó a golpearme la cabeza y la cara como si estuviera diciéndome: «¡Venga, espabila de una vez y haz algo!».

Luis había tenido que taparle los agujeros de la nariz, lo que la había dejado muy descolocada, y cuando no le había quedado otra que abrir la boca para respirar, le había metido deprisa dos dedos hasta alcanzar el metal y conseguir que la campana retrocediera unos milímetros y así poder sacarla, para alivio final de Lucrecia.

—Me he llevado un buen mordisco mientras tanto —seguía el español—. El problema es que a partir de ese momento ha debido de entender que le he salvado la vida y se ha pegado a mí como una lapa. —Tiró de ella para separarla, pero Lucrecia gruñó con evidente disgusto y se pegó todavía más a él.

—A esta no te la vas a quitar de encima hasta que cumpla cinco o seis años. Ya lo verás... Ha decidido adoptarte, así que ve haciéndote a la idea.

—No me lo puedo permitir, tengo demasiado trabajo. Y tú lo sabes mejor que nadie. Se la pasaré a Balume. —Pensó en su encargado jefe.

A Carmen le hizo gracia el contrariado gesto de su mejor colaborador.

—Ya conoces cómo son estos animales. —La veterinaria se refería a su manifiesta lealtad—. Pero no te he hecho venir para eso. Necesito que me digas qué gasto de material y medicamentos vas a hacer en los dos próximos meses. Debo hacer el pedido esta misma tarde.

—Pon lo mismo que te pasé la última vez; no preveo muchos cambios.

—Pero mira que eres vago —protestó ella dando un manotazo en la mesa.

La entrada de Balume cortó la conversación. Con un inglés básico, pero más que correcto, avisó al «señor Luis» de que dos personas preguntaban por él en la entrada. El veterinario enarcó las cejas sorprendido; sería su primera visita desde que estaba allí.

—¿Te han dado sus nombres? —preguntó Carmen.

Balume sonrió, consciente de las muchas veces que le habían explicado lo que tenía que hacer cuando llegaba alguien. No había forma de que se acordase, pero era un estupendo jefe y con eso bastaba, determinó una vez más Carmen.

—Lo siento, no preguntado. Pero ojos de chica tienen color de selva.

—¡Bineka! —Luis se levantó de golpe y animó a Carmen a que lo acompañara—. Te voy a presentar a alguien increíble. —Dedujo que estaría con Colin.

Salieron los tres, incluida Lucrecia, y se encontraron con Colin y Bineka junto a la inseparable Furaha.

Una vez que Luis consiguió dejar a Lucrecia en el suelo, le dio un abrazo a Colin y este dos besos a Carmen, a la que seguía muy agradecido desde que le había facilitado hospedaje años atrás mientras investigaba las turberas en Kahuzi-Biega. Bineka se mantuvo a distancia, sin entender quién era esa mujer y qué hacían allí. Furaha y Lucrecia se miraron con curiosidad, hasta que se dieron la mano, muy amistosas. Debían de tener la misma edad.

—¿Y esta jovencita? ¿De dónde ha salido? —preguntó Carmen.

Luis le contó a grandes rasgos los meses que había pasado entre simios y las circunstancias en las que había tenido que abandonar su aldea. Colin completó su historia con las novedades de ese mismo día.

—Si me he decidido a traerla hasta aquí, es porque temo de verdad por su vida. En Lokutu no podíamos seguir. Hoy mismo ha sido víctima de un intento de rapto que por suerte he podido evitar, pero lo peor es que su captor era un policía. Está claro que a alguien importante le está molestando. Claro está, siempre que la aceptéis. —Estudió la reacción de su amigo—. En Lokutu dejaste claro que te gustaría sacar provecho de su experiencia con los simios. ¿No fue así?

Luis se lo confirmó, pero al ver su herida buscó un estuche especial de curas para desinfectarla.

Carmen lo miraba un tanto enojada por no haberla puesto al corriente, pero dedicó su atención a la chica. Estaba ahí, de pie, atenta a todo y agarrada a su cría de chimpancé —una *Pan troglodytes schweinfurthii*, subespecie propia de África Central y Oriental, incluida en la Lista Roja de Especies Amenazadas, de mayor tamaño que las que solían tener en el santuario—; era fácil sentir un afecto instantáneo por ella.

—Claro que tenemos un hueco para ti, corazón. Ven conmigo. Te voy a enseñar tu nueva casa. —Se dirigió a ella en suajili.

—Ni lo intentes —le aclaró Luis, que aún tenía fresco su fracaso como intérprete—; su suajili no es como el que se habla por aquí. Pero, en cambio, se maneja un poco en inglés y otro poco en español, le enseñó un misionero.

Carmen pasó al inglés por deferencia a Colin —tampoco ella dominaba la lengua bantú—, ofreció la mano a Furaha, que, para sorpresa de todos, la cría aceptó de buen grado y echó a caminar junto a Lucrecia, entre las dos mujeres, rumbo al cobertizo, donde dormían y pasaban el día los animales más jóvenes.

Tan solo unos pasos por detrás iban Colin y Luis; el segundo con muchas ganas de hablar.

—¿Qué tal Lola?

Colin se quedó parado.

—¡Vaya! No estás al corriente, claro.

Alertado por el extraño cambio de voz, Luis lo miró a los ojos y supo lo que había pasado.

—¡Menuda desgracia! —Le mutó el gesto—. No sabes cómo lo siento, tanto por Lola como por ti, claro.

Después de conocer los detalles del último contacto de Colin con la española, Luis no terminaba de entender por qué había decidido no acudir al entierro de Beatriz.

—Solo le dije que me lo iba a pensar —quiso aclarar Colin ante el estupor del veterinario.

—¡Serás insensible! ¡Pobre mujer! No has podido elegir peor momento para mostrar tu carácter británico, emocionalmente hablando, me refiero. La pobre estaría rota con lo de su amiga y vas tú y la dejas afrontarlo sola, sin que nadie de su entorno actual haga acto de presencia el día más triste para su familia y para ella.

—Ahora tiene que estar volando a Kinsasa junto con el cuerpo de Beatriz. —Miró su móvil por si le había mandado algún mensaje.

—No me lo puedo creer... ¿Cómo no vas tú en ese avión? —preguntó Luis con dureza.

—¿Y dejar a Bineka sola, con lo que le ha pasado? —protestó él.

No le faltaba parte de razón, pero a Luis se le ocurrió una solución intermedia.

—Ahora que está segura entre nosotros, súbete a esa avioneta y ve a Kinsasa. Encuéntrala y, si no vas a ir a Ferrol, al menos ofrécele un poco de apoyo y cariño.

La idea le dejó descolocado y pensativo.

Siguieron caminando tras los pasos de Carmen y Bineka hasta que llegaron a un pabellón de modesta factura. La directora abrió sus puertas y entraron en la guardería del centro. Atravesaron primero una pequeña dependencia habilitada como cocina, donde encontraron a dos jóvenes de origen sueco preparando las meriendas.

—Ingrid y Kerstin, os presento a Bineka; se va a quedar un tiempo con nosotras.

Las voluntarias saludaron a la chica y se agacharon para hacer lo mismo con Furaha, quien olfateó el entorno muerta de hambre. Ingrid lo advirtió y le pasó un plátano, con lo que se la ganó de inmediato. Lucrecia reclamó su parte y se llevó otra pieza, que comió al lado de su nueva amiga.

—Aquí preparamos las seis comidas que damos cada día a los chimpancés —explicó Kerstin—, y también al resto de los primates y a algún otro animal que nos traen. Si no me equivoco, creo que ahora tenemos dos tortugas de espolones, una comadreja rayada y dos docenas de loros grises.

Se acercaron a una larga mesa de mármol donde pelaban y cortaban la fruta. Al verla tan fresca, Bineka sintió hambre. Llevaba horas sin comer nada. Señaló una manzana.

—¿Puedo?

Kerstin se la dio encantada y Carmen tomó la palabra.

—La mayor parte del alimento que usamos proviene de los huertos y frutales que explotan las esposas de nuestros trabajadores. De ese modo, favorecemos la economía local y les hacemos ver que proteger a los primates también resulta rentable para ellos. Al principio les costó entenderlo. Nos vieron cuidando monos, cuando ellos se morían de hambre. Era lógico...

Tenía toda la intención de seguir profundizando en el asunto, pero Colin la interrumpió:

—Lo siento, Carmen, pero me tengo que ir...

Bineka creyó que iba a abandonarla y temió no volverlo a ver. Carmen lo adivinó en su expresión.

—¿Por qué no te quedas hasta mañana? —preguntó la directora preocupada por la chica; tan solo era una cría y era evidente a quién tenía como protector. Le pareció muy duro para ella: quedarse con unos desconocidos apenas una hora después de haber llegado a Lwiro.

Luis le hizo un gesto con la cabeza para que no insistiera; ya le explicaría luego lo de Beatriz y Lola. Entretanto, Colin había tomado las manos de Bineka y le explicó lo que iba a hacer usando palabras sencillas, hablando despacio. Sacó el nombre de Lola, de Beatriz, Kinsasa, y terminó prometiendo que volvería en breve.

Ella, como respuesta, se abrazó a él sin querer separarse. Luis y Carmen tuvieron que actuar para que el inglés se pudiera ir.

Bineka opuso resistencia y protestó.

—¡No quiero sola...! —les dijo después de verlo salir y antes de acurrucarse en una esquina con las rodillas encogidas y la cara escondida entre los brazos.

Se acercaron a consolarla, pero no sirvió de nada.

Se sentía muy desprotegida. Después de haberlo perdido todo, a su abuelo y a Sanza, a Mashira y a Blanca, ahora también él se marchaba. ¿Por qué tenía que ser todo tan difícil? ¿La estaba abandonando la selva? ¿Era justo lo que le pasaba?, se preguntó, antes de encogerse un poco más, lejos de entender qué sería de ella, de ahora en adelante, sola y sin estar cerca del hombre de ojos azules.

# 37

*Hospital General de Kinsasa, República Democrática del Congo*
*Mayo de 2010*

Allí estaba; sentada en un banco, la cabeza entre las manos, en medio de un frío pasillo de color azul desvaído y frente a una puerta desconchada con una vieja placa de cobre en la que ponía MORGUE.

Faltaban solo dos minutos para las doce de la noche y hacía cinco que se había ido el embajador Lodosa, después de haber estado una hora intentando convencerla para que recogiera los resultados de la autopsia a la mañana siguiente, en vez de esperar allí. Y como se había marchado sin conseguirlo, cuando oyó aquellos pasos acercándose, creyó que eran suyos y que volvía a la carga.

Pero al levantar la mirada vio a Colin.

—No contaba contigo.

Lola se recogió la melena en una rápida coleta y no quiso ni imaginar el deplorable aspecto que debía de tener después de aquel larguísimo día, después de todo lo que había llorado y del amargo trago de volar con el cuerpo de Beatriz envuelto en una manta a menos de medio metro de su asiento, durante cuatro interminables horas. Y por si eso no bastara, no le había dado tiempo a pasar por el hotel para asearse. Debía de oler a rayos, se temió.

—Aquí me tienes —dijo él sin extenderse en más palabras.

A Lola, sin embargo, aun siendo pocas, la llenaron más que un discurso.

—Acaban de decirme que en veinte minutos saldrá el forense. Me alegro de tenerte aquí. —Se le marcaron dos pequeños hoyuelos al esbozar una sonrisa triste.

Colin le cogió las manos y ella respondió a su gesto apoyando la cabeza en su hombro para cerrar los ojos. Le podía el cansancio.

—¿Con quién has dejado a Bineka? ¿Con René? —No se le ocurrió otro entre los que conocía, quizá porque había descartado a Keita, hundido como lo había dejado antes de abandonar el hospital.

Colin le explicó la urgente huida de Lokutu. Al saberlo, Lola aún valoró más tenerlo allí, con ella. Podría haberse quedado a pasar la noche en Lwiro y esperar unos días hasta tener más clara la situación. Y sin embargo, había decidido acompañarla.

Sus labios dibujaron una reconfortante sonrisa, le dio un beso en la mejilla y pronunció un sentido «gracias».

—¿Como está su padre?

—Bastante más entero de lo que cabría esperar, la verdad. Aunque supongo que la procesión va por dentro.

Colin lo disculpó. Después de haber padecido tanta angustia y de asistir a un final tan brutal, hay personas que responden de forma inesperada.

—Los psicólogos conocen bien ese tipo de comportamientos. Algunos lo llaman «alivio postraumático». Mi consejo es que acudáis a un buen profesional para aprender a gestionar mejor el duelo.

Lola prefería su cercanía antes que buscar ayuda profesional, pensó para sus adentros.

La puerta de la morgue se abrió y apareció un hombre

de avanzada edad, con una bata verde y un indisimulado gesto de cansancio.

—¿Son ustedes los familiares de la señorita Arriondas? —Pronunció el apellido con bastante dificultad, en un inglés bastante mejorable.

Lola se levantó como activada por un resorte y acudió a su encuentro con tanta energía que llegó a intimidarlo.

—¿Ha terminado la autopsia?

—En efecto; ¿quieren venir a mi despacho?

Lola cogió a Colin de la mano y lo siguieron por un pasillo hasta una pequeña e impersonal estancia. Olía a desinfectante y a formol. Tomaron asiento y sin preámbulo alguno el hombre abordó su explicación:

—Cuando la encontraron, llevaba muerta más de dos semanas. Fue brutalmente violada en múltiples ocasiones, lo que le ocasionó fuertes desgarros.

A Lola se le secó la boca, boqueó para poder respirar y miró al hombre horrorizada.

—Presentaba numerosas equimosis y laceraciones en la espalda; probablemente por haber sido arrastrada y golpeada. Además, he contado siete heridas externas; tres en el bíceps braquial izquierdo, una más en cada cuádriceps y dos más profundas a la altura de la yugular, causadas por instrumentos diferentes. Las más graves concuerdan con heridas propias de machete. Las otras son *post mortem*, posiblemente obra de alguna alimaña.

Colin rodeó con el brazo a Lola.

—Y por último y en mi opinión, la falta de uno de los ojos se debió a...

—Ahórrenos esos detalles —le cortó Colin—. Entendemos que no tuvo una muerte rápida.

El forense se limpió las gafas a conciencia, en silencio. Se las volvió a colocar y miró a Colin.

—Murió desangrada cuando le seccionaron la carótida, tras una larga agonía —dictaminó. Se dirigió a Lola—: Siento ser tan crudo, señorita. Pero no puedo engañarla.

Lola se rompió al oír aquello y se tapó la cara con las manos. El médico respetó su reacción y le dio tiempo antes de explicar los siguientes trámites:

—El cuerpo ha de pasar la noche aquí, aunque ya he dejado firmada la autorización de salida. A las ocho de la mañana vendrá a recogerlo una empresa de servicios funerarios para llevarlo al aeropuerto. Si las autoridades tramitan a tiempo su repatriación, como es de esperar, mañana a mediodía podría ser embarcada. He sabido que el Gobierno español ha mandado un avión. Así que toda esa parte va a ser rápida; es lo menos que podemos hacer por ustedes. —Se levantó de la silla y les ofreció la mano para despedirse.

Lola se la estrechó con pocas ganas, buscó la de Colin y pidió que la sacara de allí.

*Grand Hôtel, Kinsasa, República Democrática del Congo*

Un par de cómodos sofás, iluminados por una lámpara de pie, configuraban un ambiente cálido y tenue: el ideal para acoger un rato de charla sin más condicionantes que la hora de comienzo, apenas cinco minutos después de la una de la madrugada.

Como la cafetería estaba cerrada, costó conseguir que les sirvieran, pero dos billetes de diez euros obraron maravillas. Eso, y que el recepcionista se apiadara de la devastadora expresión que mostró Lola cuando recibieron la primera negativa.

Fue ella la que quiso quedarse a hablar; no tenía fuerzas para encerrarse sola en su habitación con el recuerdo tan vivo del doloroso trasiego que había compartido con el cuerpo de Beatriz hasta la morgue, y las aciagas palabras de aquel médico, todavía demasiado frescas en su cabeza.

—Necesito una copa —confesó, a lo que Colin accedió encantado.

El camarero les sirvió dos copas de Lagavulin: un escocés ligeramente ahumado que Colin había elegido de la lista de bebidas después de confesar su completa devoción por aquel whisky. Lola pidió al empleado que dejara la botella en la mesa y dio su número de habitación para que se la cargaran en su cuenta.

Fue firmar la minuta y beberse media copa de un trago.

—¡Uau! —Agitó la cabeza mientras lo sentía correr por su garganta—. Muy bueno.

—Sí, ¿verdad? Hacía tiempo que no lo tomaba, pero es uno de mis maltas preferidos, y es difícil de encontrar en el Congo. Se podría decir que me une a él una historia de amor.

Lola pidió que se la contase; necesitaba pensar en cualquier cosa que no fuera Beatriz.

Colin retrocedió en el tiempo, a unas vacaciones en la isla de Islay, en las Hébridas Interiores, al suroeste de Escocia. Apenas había cumplido los quince años y veraneaba en una finca propiedad de los padres de su mejor amigo, vecina a las destilerías de aquella marca: uno de los maltas más antiguos de Escocia. Encuadró la escena junto con los personajes principales antes de adentrarse en lo sucedido.

—Por aquel entonces yo era el típico adolescente recién llegado a esa etapa de la vida en la que el sexo lo ocupa casi todo, y cualquier chica mona se convierte, por el solo hecho de ser mujer, en objeto de deseo. Y esa era Dorothy, la hermana mayor de mi amigo Durrel: de dieciocho años, la tía más caprichosa, tonta y aburrida que me haya encontrado en mi vida, pero con un cuerpo de infarto.

Lola subió las piernas al sillón, las cruzó y se sentó sobre ellas.

—Me hace gracia imaginarte de adolescente; ¿cómo eras?

—Un completo lerdo.

Su contundencia la hizo reír. Lo cual, después del penoso y oscuro día pasado, constituía un auténtico logro.

—¿Te imaginas al clásico empollón, larguirucho, soso, con un poco de pelusa por bigote, que se afeitaba todos los días para intentar que aquello tomase forma, capaz de dar una conferencia de mecánica cuántica a una chica durante una hora seguida, pero completamente perdido si la conversación derivaba por derroteros de índole sentimental? Pues ese era yo.

—¡Madre mía! Tenías que dar miedo.

—Es lo que sucedía; huían de mí. Era tan patoso que no sabía ni cómo abordarlas. Pero con Dorothy no hizo falta, ella lo hizo todo.

—¿Fue tu primera relación con una mujer?

—Lo fue. Con ella y con media botella de Lagavulin, con la que entró en mi dormitorio una noche para darme a conocer las esencias de su cuerpo, junto con... —cogió la botella y leyó la etiqueta— sus matices a madera, chocolate, pasas, ahumados y frutos secos que flotaron entre nosotros esa noche.

—¿Y qué pasó después? ¿Os tomasteis muchas más botellas de Lagavulin durante esas vacaciones?

Colin bebió un sorbo, lo aplastó contra el paladar y dejó que corriera por los laterales de su lengua sintiendo un agradable cosquilleo.

—¡Qué va! Esa noche fue la única. Después me esquivó con la misma naturalidad con la que antes me había seducido. De hecho, no conseguí acercarme ni una sola vez más a ella, y mira que lo intenté. Fue una enorme frustración. Dejó tan por los suelos mi autoestima, en una época que ya estaba bajísima, que me costó levantar cabeza.

—¿No te explicó nada?

—Ni una sola palabra, fuera de las mínimas que marcaban la convivencia dentro de la casa. ¡Nada! La abordaba en un pasillo para hablar y se iba. Intentaba interrogarla en el guadarnés, dentro de las caballerizas, antes de que se diera su paseo matinal, y no me respondía. Buscaba cualquier oportunidad de pillarla a solas para saber qué había pasado, pero no obtuve una sola explicación. Todo fue tan sorprendente y desagradable como absurdo.

—Me dejas alucinada —dijo ella.

—Lo peor vino después. Aquella amarga experiencia me dejó tan marcado que mi relación con las chicas cambió por completo: del deseo a la desconfianza; no quería que ninguna volviera a jugar con mis sentimientos de aquella manera. —«Hasta que apareció Victoria», pensó para sí.

Fue como si ella le leyera el pensamiento, porque al instante recordó la promesa que Colin le había hecho durante su primer vuelo.

—Y volvió a suceder con la mujer que te hizo escapar de Inglaterra... —Colin torció el gesto—. Vamos, ahora no te eches atrás; dijiste que me lo contarías un día, delante de un whisky. —Le enseñó su copa y él no tuvo otra que cumplir su promesa.

—Aquello fue distinto. Muy distinto.

Le contó cómo había empezado, aunque fue bajando la voz, hasta quedarse casi en un susurro, cuando llegó al verano de 2003.

—Un día entendí que mi corazón necesitaba algo más que consejos, cenas y sexo, y fui a decírselo. Llegué a su casa a media noche, serían las tres de la madrugada, enamorado hasta los tuétanos. Aporreé la puerta, y en cuanto la abrió, con ojos de sueño y el camisón a medio poner, le pedí que se viniese a vivir conmigo. Quería estar con ella, compartirlo todo; pensaba en crear una familia, en... No sé en qué pensaba...

Colin negó con la cabeza y su mirada se perdió en algún lugar del enorme *lobby* del lujoso hotel. Solo quedaba una mujer limpiando el suelo, al otro extremo.

—Hasta que vi a un hombre por detrás de ella, tapándose a duras penas con una sábana. Y me fui.

Contó que antes de darse la vuelta ya estaba hundido por completo, con el corazón partido en dos y la vida patas arriba. Y que la única salida para resolver aquel cataclismo emocional fue cambiar de escenario, de trabajo y de país. Con ese objetivo, unos días después entró en la oficina principal de Greenworld en Londres para recoger información, y en una semana estaba sentado frente a una puerta de embarque en el aeropuerto de Heathrow, con dos maletas en las que cabía todo su pasado y un pasaporte con el que pretendía dejar sellado su futuro.

Lola apreció su sinceridad y se sintió contagiada por ella. Estaba claro que Colin no tenía tanto pudor en abrir su corazón. Probó a hacerlo.

—Las mujeres no siempre actuamos de acuerdo a lo que pensamos, pero también lo hacéis vosotros. Alguna razón tuvo Dorothy que la llevó a reaccionar como lo hizo; en cuanto a Victoria, parece claro que ya te había dado pasaporte. Y oye, que no las disculpo. Imagino el fiasco que te llevaste, pero tampoco eres el único...

Colin no tardó en hacerle la obligada pregunta.

Ella la contestó sacando a la luz su último fracaso sentimental: aquel compañero de trabajo al que le había faltado poco para enviarle a Lola una invitación de boda, pero con otra.

—Expectativas rotas, fracasos... —Colin removió un hielo con el dedo, concentrándose en el remolino formado—. Al final, esas son las sensaciones que te quedan después de haber perdido el control, de saber que te han arrebatado las riendas.

Lola apuntó ciertas consecuencias asociadas a aquellos fiascos, sin ánimo de aludir a él, aunque sonó a lo contrario:

—Hay a quien le cambia la vida por completo.

Colin pensó entonces en Beatriz: una expectativa rota para todos los que la habían querido y conocido. No pudo evitar que su expresión se ensombreciera, pero no le pareció un buen momento para compartirlo con Lola. Comprobó que quedaban dos tercios de Lagavulin, la miró y quiso descubrir más cosas de ella.

—¿Me equivoco si digo que eres de las que sufren si no llevan las riendas?

Sonó tan contundente que la dejó un tanto descolocada. Pensó si rebatir el argumento, atacar o hacerse la ofendida. Al final solo rumió una tímida protesta, antes de decidir quitarse la coraza. Su instinto le estaba diciendo que con aquel hombre no corría peligro.

—Vale, puede que un poco... Piensa cómo es mi entorno laboral: feroz, competitivo, muchas veces cruel, no queda más remedio que endurecerse y controlar, no dejar que él te controle. Me colé en un mundo de hombres en el que las cosas se resuelven siempre por cojones; pelear ahí me hizo ser como soy.

—Me parece admirable lo que has conseguido en tu trabajo. Si he dado a entender que luchar por llevar las riendas es algo negativo, pienso exactamente lo contrario.

—Si te soy sincera, he de confesar que nunca he sabido manejar las riendas en mi trato con los hombres. —Se recogió un díscolo mechón que le impedía ver—. Lo que me ha llevado a preguntarme cosas, a dudar de mí, sin que haya encontrado todavía demasiadas respuestas, la verdad. —Lo miró a los ojos como si fuera a hallar en ellos alguna opción de resolverlas.

—¿Se puede saber qué cosas te has preguntado?

La confianza se abría paso entre ellos; ahora tenían permiso para hacer ese tipo de preguntas.

—¿Por qué no consigo ser feliz con ninguno?

Dejó la frase en el aire, sopesando los efectos en su interlocutor. Se asombró al estar desvelando cosas que no contaba a nadie. Tan poco acostumbrada estaba a abrir su corazón que no supo si aquella noche terminaría en algo positivo o se estaba dedicando a dar la imagen más patética de sí misma a un hombre que empezaba a parecerle más que interesante.

—Somos iguales en eso, así que me faltan tablas para aconsejarte —concluyó él.

No fue necesario. A Lola le estaba sentando muy bien su sinceridad, su honestidad y compañía; sobre todo en aquel funesto día. Le estaba haciendo pensar en Beatriz pero de otra manera: a través de su conversación, la de alguien que también la había querido. ¿Cómo?: probando a compartir sus vidas y sus historias durante una noche.

Colin no había terminado.

—Quizá no hayas encontrado todavía la verdadera felicidad y puede que yo tampoco. Pero no hace mucho tiempo, una persona me aconsejó cambiar el enfoque del «yo» por el de «qué quiere el otro».

Lola supo que Colin hablaba de Beatriz.

Un reloj de pared tocó tres campanadas: las tres de la madrugada. Se miraron. Ninguno quería dar por finalizada la noche. Los dos habían sentido el mismo hilo de afinidad que se había extendido entre ellos y sabían que era real, no imaginado.

Durante las dos horas siguientes compartieron recuerdos e historias que por un motivo u otro merecían la pena ser contadas; muchas tuvieron a Beatriz como protagonista. Pero también recorrieron frustraciones, los mejores y peores momentos familiares, sueños abandonados, retos por cumplir.

Serían las cinco cuando Lola mató la botella de Lagavulin entre las dos copas y bebió un sorbo, muy corto, reacia a ver el final tan cerca y a haberse perdido todavía cosas importantes que luego lamentaría. Se le ocurrió mirar el texto de la etiqueta de aquel malta y encontró una referencia que la hizo sonreír. Para leerlo arrastró un dedo por encima del texto.

—Aquí dice que entre sus aromas destaca «un peculiar rastro de turba». —Dejó la botella sobre la mesa y lo miró a los ojos—. En el tiempo que nos conocemos, el nombre de Victoria ha salido en unas cuantas ocasiones. ¿Tan hondo es su rastro?

Colin levantó su copa, apreció el meloso color del licor a través del cristal y saboreó un pequeño trago.

—Si te paras a pensarlo bien, a lo largo de la vida no se encuentra tanta gente que merezca la pena: no suman ni los dedos de una mano. Creí que Victoria era una de ellas; me equivoqué. Aunque, si te soy sincero, no sé cómo reaccionaría si la volviera a ver.

—¿No me dijiste un día que remover la turba puede resultar peligroso? —Sonrió con malicia.

—*Touché!* Mejor no mirar atrás.

Lola se incorporó un poco, hinchó bien los pulmones y decidió arriesgarse.

—Colin, en noches tan especiales como la de hoy, y puede que esto no se vuelva a repetir nunca, debería estar permitido decirse cosas que en otras circunstancias callaríamos por prudencia o miedo. ¿Me permites que lo haga con total libertad?

Colin vio que solo quedaban diez minutos para las seis, momento en que el hotel se pondría en marcha y tendrían que terminar la charla.

—Claro.

—Sigues sin querer venir a Ferrol, ¿verdad?

La pregunta provocó un suspiro.

—Sigo en mi idea, sí. Pero no lo veas como un querer o no querer; mi duelo va a ser el mismo allí que aquí. Aunque también has de saber que en la decisión de quedarme pesa una nueva responsabilidad, la de cuidar de Bineka hasta que sepa lo que quiere hacer.

Aunque lo entendió, Lola sintió un latigazo de pena: al día siguiente ella se iría a España para rehacer su vida, a más de ocho mil kilómetros de distancia, lejísimos de un hombre por el que empezaba a sentir algo, cómplice ya de muchos de sus más íntimos pensamientos.

—¿Lo tienes tan claro?

Antes de que Colin contestara, apareció un camarero, probablemente empezando su turno, para retirar la botella vacía y las copas y ofrecerles café. Lola lo rechazó. Era la hora de subir a su habitación para darse una ducha y cambiarse antes de afrontar otro día complicado.

—No tanto como para reconocer que tengo alguna duda.

—Me quedo con eso. —Se levantó del sillón, esperó hasta recuperar la tonicidad de las piernas y le dijo—: Si un día llegas a la conclusión de que pertenezco a ese grupo de gente a la que cuesta encontrar, ya sabes.

—No necesito esperar; eres de las que merecen la pena —contestó mientras iban hacia el ascensor.

Ella no se volvió, pero sus sentidos se revolucionaron.

La puerta del ascensor se abrió, Lola entró y, cuando empezaba a cerrarse, le dijo:

—Tú procura no olvidarme.

# 38

*Restaurante Hof van Cleve, Kruishoutem, Bélgica*
*Mayo de 2010*

Las tres estrellas Michelin que lucía el restaurante Hof van Cleve, en una pequeña población a mitad de camino entre la flamenca Gante y la francesa Lille, se notaban en cada pequeño detalle.

Un ambiente creado por un afamado diseñador de interiores, las mejores hilaturas en manteles y cubiertos y vidrios brillantes, inmaculados y perfectos. Al abrir la carta se leía: «El verdadero deleite de la comida tiene que ver con lo que la naturaleza ha dispuesto para ti, con quién lo compartes y con la sutileza del que combina sabores y texturas en una particular composición que te invitará a participar del grandioso hecho de vivir...».

Bajo la filosofía de su chef, Peter Goossens, allí se ofrecía autenticidad, respeto y, sobre todo, esfuerzo por parte de un equipo sólido y numeroso, bajo la decidida vocación de explorar gustos, colores y equilibrios pensados hasta con el más mínimo detalle, con los que se pretendía invitar a cada comensal a disfrutar de una experiencia única hasta hacerle olvidar el tiempo y la naturaleza de lo comido.

Paul Vestraeten, presidente de Lands & Oils, frecuentaba aquel templo de la alta gastronomía belga con sus mejores clientes y socios para cerrar contratos, establecer estrategias o tan solo compartir visiones. En aquella ocasión disfrutaba el doble, porque a la espectacular comida a la que iba a asistir, como si se tratase de los distintos actos de una pieza teatral, a cada cual más sorprendente, se le sumaba una compañía muy especial: Mei Ling, la CEO de un conglomerado de empresas chinas, con fama de ser un auténtico tiburón en los negocios.

Acababan de retirarles el primer plato —una base de ostras con salsa ponzu y lágrimas de manzana—, que Mei Ling había saboreado a conciencia, provocando el pliegue de sus rasgados ojos antes de emitir un gemido de satisfacción.

—Por más sitios en los que he comido, Paul, he de confesarte que en este preciso instante tengo todos los sentidos alborotados..., y confío en que no me malinterpretes. —Sonrió a su acompañante, seis o siete años más joven que ella.

—La cocina de Peter Goossens reúne los mismos motivos que mueven a ciertas personas a hacer empresa, como es nuestro caso, Mei Ling: disfrutar de un trabajo bien hecho, valorar el ingenio y arriesgarse. Me pareció el entorno ideal para arrancar un proyecto como el que me gustaría llevar a cabo contigo en África.

La mujer levantó la copa de Pingus y brindó.

—Mi filosofía en los negocios es clara: nunca espero a que las cosas pasen, hago que ocurran. Y por lo que veo, te pareces bastante a mí.

—Señores, trataré de importunarles lo justo para exponer nuestra siguiente propuesta. —Los comensales miraron al jefe de sala, al tiempo que dos camareros depositaban sobre el mantel cada plato haciéndolos girar hasta conseguir que su contenido quedara en la posición deseada—. Los invitamos a sentir el contundente sabor de una dehesa, un privativo ecosistema del oeste español, a través de su mejor oro: unas finas virutas del mejor jamón ibérico sobre un lecho de cristal de bellota, espuma de romero y microperlas de aceite crudo de oliva. Espero que les guste.

Mei Ling tomó un pequeño sorbo de agua para liberar sus papilas a nuevos sabores, después de haberse quedado enamorada con el espectacular vino. En su primer bocado mezcló alguna perla, espuma, un trocito de cristal y dos virutas, que hizo crujir contra su paladar para después recuperarlo todo con la punta de la lengua y hacer que el resto de la boca lo conociera. Chasqueó los labios con exquisita discreción y se quedó pensativa, callada, madurando sus propias palabras.

Paul estaba expectante mientras saboreaba el mismo contenido.

Ella apenas hizo resbalar la servilleta sobre sus labios para no mancharla de carmín, y la devolvió a su falda. Empezó a jugar con los tres anillos enlazados Trinity de Cartier, que colgaban de un fino collar de oro, y los dejó caer sobre su escote.

—Hablar de negocios en este lugar ha sido muy acertado por tu parte, Paul. Quien es capaz de valorar lo que aquí se ofrece me produce la suficiente confianza como para darle mi primera aprobación ante la idea de fundar una empresa conjunta. —Le mantuvo la mirada sin pestañear—. Hay quien toma decisiones analizando números, es necesario, pero yo lo hago estudiando a la persona.

—Como sé lo que vale tu tiempo, me halaga que hayas confiado en mí sin que apenas te haya pasado información previa —reconoció Paul—. Espero compensarte con mi ambicioso proyecto.

Sin querer entrar en el asunto todavía, el belga derivó la conversación hacia otros temas más triviales mientras se sucedían los platos, hasta rematar el almuerzo con una espectacular propuesta oculta bajo sendas cúpulas de vidrio ahogadas en un humo gris. Cuando los dos camareros levantaron las semiesferas, el olor que brotó ante ellos los transportó a su niñez, aunque de una manera diferente; a uno le recordó aquellos aromas que producían las antiguas cocinas de carbón en las que se guisaba la comida a fuego lento; unos platos caseros casi ya desconocidos. Y a ella le evocó las castañas asadas, lo que para los suyos había sido demasiadas veces la única comida del otoño.

—Extraordinario. Algo así sería impensable en la República Democrática del Congo... —dijo Paul como puente para hablar de su negocio, pero sin forzar la conversación si ella no lo deseaba.

Mei Ling sonrió aprobando su estilo. Según su modo de ver, un buen empresario tenía que saber desenvolverse ante manteles de hilo: con mano de hierro y lengua de seda, eso le decía ella siempre a su hijo. Le hizo un gesto para que siguiera.

—Como te había empezado a contar, mi gente tiene localizada una enorme región al norte del país, fronteriza con la República Centroafricana, con un clima envidiable. Un lugar que será capaz de producir dos cosechas y media al año de soja, maíz o trigo. Mi propuesta es hacernos con tres millones de hectáreas: una superficie algo menor que Bélgica que puede dar el trigo necesario para alimentar a veinticinco millones de personas.

Mei Ling se interesó por el estado actual de aquellas tierras y los plazos de explotación previstos, imaginando que no estarían preparadas para ponerlas en cultivo.

—En efecto, hoy son selva. Harán falta cinco años para deforestarlas por completo, de ahí la fuerte inversión que tendremos que hacer en barcos, personal, camiones e industria transformadora. Vamos a manejar una enorme cantidad de madera, que será la que nos devuelva la inversión en un plazo menor al que estamos acostumbrados a ver en otro tipo de negocios. Y ahí vuelves a entrar tú; necesito que abras las puertas de China a toda esa madera, sin que tu Gobierno nos ponga demasiadas pegas.

—Dalo por hecho —aplaudió con exquisita corrección—. Apruebo la idea, pero todavía me gusta más su futuro uso agrícola. En nuestro primer encuentro ya comentamos que la alimentación se convertirá en pocos años en la principal llave de la economía mundial. Y China y yo queremos estar ahí.

Se colocó el pelo por detrás de las orejas, miró la copa de vino y dudó si terminársela o ser más prudente, ya iba por la tercera; decidió disfrutarla.

Paul recibió su conformidad encantado. No había hecho falta sacar a colación cifras, tiempos ni objetivos; ya lo harían sus equipos. Se había producido la necesaria sintonía entre ellos, y eso era lo más importante cuando pretendía acometer una inversión de cincuenta millones de dólares cada uno. Sin esa complicidad, ambos sabían que los negocios no funcionaban.

—Si te parece bien, firmaremos los contratos en Hong Kong —señaló ella—. Lo haremos en mi restaurante preferido, Amber.

Paul lo conocía de oídas: sabía que era otro de los grandes templos culinarios mundiales. No se le ocurría mejor sitio para fundir sus destinos.

—Nunca he emprendido un negocio sin haber sentido algo que me hiciese vibrar —siguió Mei Ling—. Llámalo intuición, provocación, incentivo o como quieras. Para mí es imprescindible un empujón antes de arriesgar mi capital: ¿por qué no uno gastronómico?

Paul había cerrado unos cuantos negocios sabiendo de antemano que sus socios no se arrugaban con los medios requeridos para que la actividad fuera fructífera, lejos de legalidades y formalismos. Y ese era el caso de Mei Ling. Era pública su buena relación con la mafia china, también con la que operaba en Estados Unidos como receptora final de muchas de sus poderosas inversiones.

Estaban en el último postre cuando un camarero le pasó una nota a Paul en una bandejita de plata. Desdobló el papel y la leyó, y le cambió la cara.

—¿Malas noticias? —se interesó ella.

—Lo más probable. —Hizo volver al mismo camarero y le pidió que pasara al autor de la misiva a una salita privada del restaurante. Miró a su compañera de mesa y preguntó si podía darle cinco minutos para despachar un asunto urgente con uno de sus empleados.

—Por supuesto; aguardaré en compañía de un buen Armagnac. —Le ofreció la mano para que se despidiera como el caballero que era, por breve que fuese la espera.

Maxime de Mons miraba la campiña al otro lado de la ventana, en plena explosión primaveral, sin disfrutar ni un poco de ella. Acababa de llegar desde Kinsasa, y al saber por la secretaria de su padrastro dónde podía encontrarlo, se había dirigido al restaurante sin pasar por las oficinas de Ostende.

Tamborileó con los dedos, muy nervioso, sobre una mesa alta que quedaba a su derecha, esperando que en cualquier momento entrara Paul. Oyó que abrían la puerta.

—¿Se puede saber qué haces aquí? No te esperaba hasta mañana. —Paul se deshizo de una hebra de carne que llevaba martirizándole media comida, clavada entre los dientes.

—Pude coger un vuelo antes, y el asunto es grave.

—Ya puede serlo.

—Han encontrado a la chica de Greenworld.

—Dime que no estaba en alguna de nuestras propiedades... —Escudriñó en su ojo gris. Lo prefería al otro, al negro; le costaba más adivinar en él su pensamiento.

—No y sí. La localizaron cerca de una de nuestras minas de coltán, en la seis. Eso sí, fuera de sus límites. Pero con toda seguridad se pondrán a husmear.

Paul hizo memoria a toda velocidad y lo que pudo recordar lo tranquilizó un poco. Quien buscase la propiedad de aquella mina se iba a encontrar con una red de sociedades instrumentales que ocultaba su nombre tras una decena de titularidades y distintos escenarios del mundo. No era imposible, pero para implicarlo de lleno lo iban a tener muy complicado, y siempre podía borrarse alguna que otra pista.

—¿No tenías al ejército y a la policía bajo control? ¿No estaba Bernard al cargo de ese asunto? —Necesitaba saber en qué había fallado su hijastro.

—Ha sido cosa de la familia; contrataron a unos mercenarios, y no sé muy bien cómo, pero dieron con ella.

—Vale, de acuerdo... —Adoptó una postura algo más pragmática—. ¿Qué tienes pensado hacer para desviar la atención?

Antes de escuchar su contestación, lamentó la existencia de Greenworld, la demostrada incapacidad de Maxime para resolver un problema sin dejar rastro, su falta de supervisión, aunque supiese que la chica había empezado a hurgar donde no debía adentrándose en su trama de sociedades, pero sobre todo deploró su mala suerte. Si su nombre salía a la luz, ya se podía olvidar de alcanzar un acuerdo con Mei Ling, ni con nadie más en el mundo de los grandes negocios. Huirían de él como de la peste.

—He de estudiarlo. Aún no sé... —titubeó Maxime—. Dejé a Bernard intentando averiguar en quién va a recaer la investigación. Pero hemos de tener en cuenta que nos va a costar movernos cerca de ellos sin levantar sospechas. El tema está difícil..., lo veo mal. ¿Se te ocurre algo?

Su análisis sonó tan deprimente que Paul tuvo que frenarse para no abofetearlo allí mismo. Dio dos vueltas a su alrededor sin hablar. Se encolerizó tanto que decidió soltárselo de sopetón:

—Se me ocurre algo, sí. Si no lo arreglas pronto y de forma satisfactoria para los intereses de Lands & Oils, voy a tener que cambiar a mi principal hombre en África, y además en breve... ¡Tú sabrás! —Su mirada se hizo de hielo mientras pronunciaba esas dos últimas palabras, lo que a Maxime le dolió todavía más; no dejaba de ser su padrastro—. Ya te puedes ir. Ahí dentro hay alguien muy importante y no puedo hacerle esperar más.

De regreso a la sala, Paul desplegó la agenda de contactos de su móvil, seleccionó uno y marcó.

—¿Sí, jefe?

—¿Recuerdas las instrucciones que te di en caso de extrema necesidad, Bernard?

—¡Cómo no!

—Ha llegado el momento de ponerlas en marcha.

# 39

*Cementerio de Catabois, Ferrol, España*
*Mayo de 2010*

Lola se mantenía bastante entera mientras el capellán de la base naval dirigía el responso antes de que los operarios soltaran la cuerda para bajar el féretro a la sepultura propiedad de la familia Arriondas.

Celtia, la madre de Lola, llevaba unas gafas de espejo pasadas de moda y absurdas para un entierro, a pesar de que se lo hubiera dicho varias veces su hija antes de salir de casa. Lloraba y lloraba, y cada vez que se las quitaba para desempañar los cristales, cegaba a alguno de los presentes con los reflejos de un sol que venía y se iba, al capricho de las nubes. Por lo menos no estaba lloviendo.

Valentín Arriondas, de uniforme de gala y con su levita plagada de condecoraciones, aguantaba el tipo tragando saliva, pero con la gorra de plato más calada de lo normal para ocultar su rostro roto.

Lola repetía las oraciones que el páter recitaba, impresionada por la cantidad de gente que había acudido a compartir su dolor con la familia y amigos. Allí estaba media base naval, oficiales y suboficiales, sus amigas del colegio, una docena de primos y una formación de guardiamarinas que empezaron a cantar la *Salve Marinera* con tanta energía que sus voces sonaron atronadoras en el camposanto. Momento que desencadenó tal congoja en los asistentes que pocos aguantaron sin soltar una lágrima; Lola tampoco. «¡Cuántas veces la había cantado con su amiga cuando iban a misa dentro de la base, de pequeñas!», pensó. Por mucho tiempo que hubiera pasado, se le ponía la piel de gallina cada vez que sonaba, aunque ya apenas frecuentaba la iglesia.

«Estás aguantando muy bien», se animó a sí misma viendo a más de la mitad de los asistentes rotos.

«Lo hago para que estés orgullosa de mí.» Levantó la mirada al cielo dirigiéndose a Beatriz y en ese preciso momento comenzó a llover. Mucho. Con tantas ganas como inoportunidad.

«Siempre te gustó dar la nota, está claro: hasta en tu entierro.»

Fue decirlo para sus adentros y oírse un abrumador trueno, como si su amiga estuviese de acuerdo.

Empezaron a abrirse los paraguas y Lola retiró la funda negra del suyo para desplegarlo, sin haber caído en su mala elección: fondo rojo vivo con alegres lunares blancos. Absorbió todas las miradas.

Al notarlo se irguió, impermeable una vez más a lo que opinase la gente de ella, para devolver su atención al cura. En ese instante echó de menos no tener a Colin a su lado.

—Nos hemos reunido para despedir a una de nuestras hermanas en la fe, también amiga, hija, sobrina y prima; injustamente asesinada como todos sabéis. Y lo hacemos con la esperanza de saber que nos está viendo en este mismo momento desde el cielo, con toda seguridad de la mano de su añorada madre...

Mientras la mayoría recibía sus palabras con congoja, Lola lamentó que estuviese removiendo los sentimientos de los allí presentes. Tampoco conocía tanto a su amiga como para permitirse aquel último comentario. A ella, como a muchos más, se le había encogido la garganta al imaginar a madre e hija juntas.

El capellán destacó la bondad de Beatriz y su generosidad. Ensalzó su entrega a tan nobles ideales y la coherencia demostrada hasta haberla llevado tan lejos de los suyos.

Lola dejó de escuchar y miró al cielo, en un intento de conectar con su amiga durante los siguientes minutos. Aprovechó la ocasión para llamarla «traidora», reprochándole que se hubiera ido tan pronto de su vida, y «egoísta», por no ofrecerle la oportunidad de seguir disfrutando de ella. Luego le envió un gran beso que sopló extendiendo la mano.

—... por último, recemos un padrenuestro y pidamos a Nuestro Señor que mande el consuelo necesario a los suyos; en especial, a nuestro querido compañero de armas don Valentín, a sus primas y tíos y, cómo no, a su abnegada amiga y casi hermana Lola.

Terminado el entierro y de camino a casa de su madre, al volante de su deportivo, que apenas había tenido tiempo de estrenar, se preguntó por qué el cura habría usado aquel adjetivo al referirse a ella: «¿Abnegada? ¿Qué diablos ha querido decir con eso?».

Paró en el arcén y buscó en el móvil la definición de la palabra en el diccionario de la Real Academia Española.

—«Abnegar: renunciar voluntariamente a los propios deseos, afectos o intereses, en favor de otros» —leyó en voz alta, oscureció la pantalla y tiró el móvil dentro del bolso.

«No sé de qué me conoce tan bien ese cura», concluyó para sí misma.

Había aprovechado la oferta de unos primos para que se llevaran a su madre, y ella se había quedado en el cementerio unos minutos más hablando con don Valentín al término del sepelio. Estaba con Martín Palacios, que le entregó las famosas carpetas de Beatriz para que las guardara como recuerdo, pero Valentín se las pasó a Lola, por si las quería conservar o, en caso contrario, devolverlas a los de Greenworld.

Ahí estaban, en el asiento del copiloto. Las tocó, apenas un ligero roce, lamentando que no hubieran servido para dar con sus asesinos y hacerles pagar el inmenso dolor producido. Martín Palacios había prometido tenerla informada de todo lo que se fuera descubriendo, con la confianza de una pronta resolución.

Iba pensando en ello, preguntándose también qué podía motivar tanta insistencia en su madre para que no dejara de pasar por su casa, porque tenía que comentarle algo muy importante.

Buscó las llaves en el bolso. No las tenía, así que llamó al timbre.

Cuando Celtia le abrió, se lanzó a abrazarla.

—¡Ay, hija...! ¡Ay...!

—¡Ya, mamá! Pero fíjate que no entraba un alfiler en el cementerio... ¡Qué de gente la quería!, ¿verdad?

Cerraron la puerta y se dirigieron a la cocina. La madre diciendo una y otra vez que sí, que mucha gente, que todos la querían.

—¿Querrás un café? Acabo de poner una cafetera al fuego.

Lola cogió dos tazas y el tetrabrik de leche. La calentó en el microondas y se sentó a la mesa mientras su madre cortaba dos rebanadas de un bizcocho que no podía ser más amarillo. Tenía que tener mantequilla a paladas, se temió Lola.

—Los de Greenworld tenían que quererla mucho; ya has visto cómo han venido en tropel a su entierro... —Celtia partió una generosa porción de bizcocho y se la pasó.

Lola supo que aquella pulla iba a ser el adelanto de alguna más.

—Como te comentaba antes, ha acudido tanta gente... —Optó por no darle cuerda—. Quédate solo con eso.

—Ya. Pero ellos no estaban. Ni tampoco el novio ese, el africano. ¿Cómo se comprende? —No podía dejar a un lado su condición de madre adoptiva de Beatriz.

Lola la entendió, pero también el comportamiento de Keita.

—Te hubiera encantado conocerlo; te aseguro que Keita es una excelente persona y quería a rabiar a Beatriz. Lo he tenido en mis brazos, destrozado, llorando como un niño. —Al hilo de la mirada que le echó su madre, seguro que había pensado alguna maldad—. Su decisión de no acudir al entierro es respetable, y no solo por lo lejos que estamos, también para no ofuscar sus recuerdos con ella.

—Verás, por ahí no paso. Si todos actuásemos igual para no vernos ofuscados por vivir un momento tan difícil, nos habríamos quedado en casita para que se encargaran del asunto aquellos cuatro enterradores, que no les toca otra.

Lola lo dejó pasar. No era un buen día para enfrascarse en discusiones.

—No encuentro el azúcar.

Su madre captó la estrategia, pero todavía no había concluido:

—Te quedarás en casa, claro...

Lola sospechó que tanta insistencia por verla después del entierro venía por ahí.

—Hoy ceno contigo, pero al acabar me iré a dormir a la mía.

—No pienso dejarte ni un minuto sola, cariño. Si no te quedas aquí, me voy contigo a tu casa. Tienes que estar destrozada, y tu madre está para poner el hombro cuando necesites llorar, para hablar, para que no tengas que hacer nada en casa, para aconsejarte cuando empieces a buscar nuevo trabajo, para que puedas quedar con gente y distraerte, para...

—Espera espera... —La cogió de las manos, agradecida pero también agobiada con la idea—. Mamá, sé que lo haces de todo corazón, pero no va a ser necesario. Sabré superarlo, tengo mi propia vida y creo que lo conseguiré mejor si estoy sola.

—¿Estás segura de querer afrontarlo así, tú sola?

Lola no pudo evitar acordarse de aquella última noche con Colin, y claro que no estaba tan segura; hubiera preferido tener a ese hombre a su lado.

# 40

*Centro de Rehabilitación de Primates de Lwiro, Kivu Sur,*
*República Democrática del Congo*
*Mediados de mayo de 2010*

Bineka y Furaha estaban pasando la cuarentena antes de entrar en las instalaciones del centro donde vivían los animales. Así lo había decidido Carmen Izcara para evitar cualquier posible transmisión de enfermedades.

El programa sanitario, tanto de los animales residentes como de los trabajadores, se había convertido en una tarea prioritaria para Carmen desde su llegada a Lwiro, debido a la enorme facilidad de contagio que se daba entre las especies domésticas y las salvajes, y entre estas últimas y las que acogía el refugio.

Una de sus competencias principales consistía en chequear la salud de la población animal criada en los poblados limítrofes al parque nacional, porque pastaban dentro de él y podían trasladar sus enfermedades a la fauna silvestre y en la otra dirección también, con el posterior riesgo para los humanos. Muchas zoonosis empezaban así: por culpa de la presión deforestadora que obligaba a algunas especies salvajes a buscar otros lugares donde vivir, acercándose más de lo deseable a los entornos humanos. La fundación riojana Supera se encargaba de aquel delicadísimo cometido, contratando a veterinarios congoleños que visitaban las viviendas-granja de los vecinos de Lwiro y otras poblaciones cercanas para vacunar, desinfectar, curar y, en general, supervisar el estado sanitario de sus rebaños y vigilar la aparición de zoonosis como la fiebre hemorrágica Crimea-Congo, el West Nile y el temido ébola.

Desde que había sido recluida en aquel lugar, en medio de no sabía dónde, Bineka seguía estando tan furiosa como el primer día. Cuidaban de ella como no lo habían hecho antes, pero se sentía abandonada.

La separación de Colin le había causado un fuerte efecto emocional, a lo que había que sumar la completa falta de noticias de él. Pasaban los días y el silencio era absoluto; ni una sola llamada. Parecía haberse esfumado para siempre. Esa conclusión, aparte de zarandear su débil ánimo, la mantenía medio aislada y sin querer saber nada de nadie.

Furaha también sufría su propio tormento. La cría acusaba la falta de interés de su madre adoptiva, y cada vez que oía gritar o aullar al resto de los primates, padecía un ataque de ansiedad al no entender por qué no se le permitía contactar con los de su especie.

Para poner freno a tal estado de postración, Luis y Carmen le asignaron a Bineka un primer encargo: ayudar a las dos voluntarias suecas a preparar los desayunos de los animales a primera hora del día. Tarea que, en contra de lo que imaginaban, aceptó bastante bien.

A Carmen se le ocurrió llevársela también por las tardes a trabajar con ella. La directora del CRPL de Lwiro supervisaba los programas de formación, diseñados a su manera y con reducidísimos medios, que había podido poner en marcha en varias aldeas cercanas: por ejemplo, chequeando los trabajos de alfabetización de las mujeres adultas, midiendo la asistencia de los niños y visitando alguna granja escuela, donde enseñaba a cuidar mejor a los animales.

Durante aquellas larguísimas rondas vespertinas, Carmen contaba con la ayuda de dos psicólogos contratados por otra fundación, encargados de atender a las víctimas de aquella guerra soterrada e interminable entre tutsis y hutus que había desencadenado el genocidio de Ruanda quince años atrás. Una contienda que había sembrado aquella maltratada tierra de una insoportable cifra de muertes, y había hecho necesaria la creación de programas de apoyo psicosocial.

Bineka acompañó a la directora las dos primeras tardes sin apenas hablar, sin hacerse ver. Pero llegada la tercera, para sorpresa de Carmen, pidió asistir a las clases de adultos con intención de mejorar su bajo nivel de escritura, ya que en su aldea había podido aprovechar muy poco la escuela del padre Frías, que había muerto poco después de estrenarla, según le explicó. Carmen accedió encantada, incluyéndola en las clases de uno de los poblados más próximos al centro, al que podía acudir andando.

Con el paso de los días, Bineka se adaptó a una rutina: a primera hora de la mañana preparaba los desayunos de los primates, por la tarde iba a las clases y el resto del tiempo jugaba con Furaha, trataba de enterarse del trabajo que realizaban los demás empleados y colaboradores, y observaba desde una distancia más que prudencial el gran jaulón donde vivían los primates antes de ser reintroducidos en la selva.

Empezó a quedarse con Luis cuando este se lo pidió, desde media mañana hasta la hora de comer, en su laboratorio, donde fue conociendo los trabajos de investigación que el veterinario desarrollaba sobre las diferentes formas de inteligencia en los primates. Luis, que le hablaba en español, ansiaba conocer sus conclusiones tras haber convivido con ellos en condiciones naturales.

Una mañana, durante su segunda semana en Lwiro, Bineka entró en el despacho del veterinario con Furaha y su inseparable amiga Lucrecia para ayudarlo con una prueba de comportamiento condicionado. Como sus botas de plástico chorreaban después de haber pisado la bandeja con desinfectante a la entrada del laboratorio, se las quitó y al sentir el fresco suelo en los pies suspiró aliviada.

Luis escribía algo en el ordenador, muy concentrado, hasta que las pequeñas chimpancés se hicieron notar por debajo de su mesa. No las regañó, se fijó en ellas sin darse ninguna prisa.

Bineka esperaba sus instrucciones sentada en un viejo sofá, hojeando la primera revista que había encontrado en una enorme pila de publicaciones. Se trataba del último número de *National Geographic* y en portada se veía a un viejo gorila mirando de lado. Era mucho más grande que Takuro, con la espalda más musculada y al menos el doble de su peso. Pero había algo en su porte, o en sus ojos oscuros y húmedos, que le recordaron a él: tenía que ser jefe entre los suyos. Se preguntó qué habría sido de Takuro: ¿habría logrado recuperar a su manada, o seguiría vagando lejos de ellos, en busca de otro clan y de nuevas tierras? Suspiró al pasar la última página del reportaje.

—¿Tú crees que los chimpancés llegan a tener conciencia de sí mismos? —La pregunta de Luis la sacó de sus pensamientos.

El veterinario había estado siguiendo los movimientos de la pareja de chimpancés asombrado. Desde que se habían conocido, las había visto de la mano yendo a todos lados juntas, y así seguían, ayudándose en todo, incluso para subirse a una silla, como si hubiesen decidido no hacer nada solas.

Sin dar tiempo a que Bineka respondiera, replanteó la pregunta:

—En tu convivencia con ellos, ¿viste cómo respondían ante la muerte? ¿De qué manera afrontaban el sufrimiento de uno de los suyos?

Bineka revivió el momento en el que Takuro mató y despedazó a un recién nacido, o el mortal ataque a Panya por no dejarle comer la serpiente que había cazado. Evocó también la reacción de la siempre intensa Kusisitiza, cuando un intruso provocó la muerte de su pequeña cría durante la pelea con Takuro, y luego ella se negó a moverse de su lado. O el atropello de la hija de Mashira, en aquella pista perdida en la selva, cuando se topó por primera vez con su madre adoptiva, que para mitigar su dolor se la llevó con ella. Pensó también en Blanca, como en tantos otros miembros de aquel grupo al que durante un tiempo tuvo como familia. Y se entristeció.

Para ella, aquellos recuerdos no eran solo anécdotas para dar respuesta a la curiosidad de nadie. Eran parte de sí misma. Decidió sortear el tema y preguntó por Colin.

—No sabemos nada de él, todavía no ha llamado... —El gesto de fiasco que mostró la chica obligó a Luis a extenderse en su explicación—: Creemos que está en Lokutu y que trata de protegerte evitando cualquier comunicación que pueda dar pistas de tu paradero a los que intentaron capturarte. Si quieres, llamaré a ese médico amigo suyo para ver qué sabe. ¿Te parece?

Bineka respondió que sí, agradecida, rogando que lo hiciera ya.

—Tranquila, tranquila... A estas horas el doctor Ajani debe de estar ocupado en el hospital y no cogerá el teléfono.

A la joven le vino a la cabeza otra idea que llevaba madurando desde que habían escapado de Lokutu:

—Necesito mejor inglés. —Cogió entre las manos una probeta, agitó su contenido y lanzó su idea—: Yo ayudo tú a investigar y tú ayudas mí a hablar.

Luis aceptó la oferta, abandonó el medio suajili medio español en el que hablaban, y empezó a hacerlo desde entonces en inglés. Al principio, eligiendo palabras sencillas o ilustrándolas, si lo veía necesario, con ayuda de las manos, cuando no las dibujaba para que Bineka identificara el objeto. Ella se esforzaba por entenderlo todo, con una voluntad a prueba de desánimo. El solo hecho de verse centrada en aquel objetivo fue razón suficiente para sacarla de su apatía y que empezara a sentirse mejor, hasta transformarse en otra persona.

Repetía cada palabra nueva hasta conseguir asimilarla en su cabeza. Así lo hizo desde aquella primera jornada y con sorprendentes resultados. Muy poco después ya se atrevía a construir las primeras frases —simples pero con bastante acierto— y probaba sus conocimientos con cualquiera que hablase un poco de inglés, ya fueran veterinarios —como Itsaso, recién llegada a Lwiro con idea de colaborar con Carmen— o voluntarias como las suecas Ingrid y Kerstin. Se interesó en especial por algunos términos como *crimen, dolor, amor, familia, abuelo,* que ninguno entendió la trascendencia que tenían para ella.

Aquella primera tarde supo que Colin se encontraba bien, gracias a la información que le había hecho llegar Keita a Luis. Aunque al parecer quería retrasar un poco más su viaje a Lwiro, hasta estar seguro de que no lo seguían. Pero lo que más le gustó a Bineka fue saber que el inglés había dejado al médico un mensaje dirigido a ella, trasladándole todo su cariño, mucho ánimo y un fuerte abrazo.

Dos días después de aquella llamada, que sin duda consiguió mejorar su ánimo, superada ya la cuarentena, Bineka pudo visitar la guardería donde vivían los más pequeños.

Se trataba de una amplia estancia en la que pasaban

casi todo el día junto a sus cuidadores —la mayor parte del tiempo jugando con ellos— y donde también dormían. Nada más entrar, Furaha chilló de alegría, se lanzó al suelo desde su regazo y corrió al encuentro de los otros chimpancés saltando a su alrededor. Curioseó en sus pañales, les tocó las cabezas y la espalda, hasta que terminó tirando del brazo de uno de ellos para atraer su atención.

Si había ocho lactantes allí, los ocho terminaron acercándose a la recién llegada con una enorme curiosidad; la olfatearon a fondo, y antes de cinco minutos ya aceptaron a Furaha como una más, aunque les sacase seis meses de edad.

Luis aprovechó para presentar a los ocho encargados de cuidar de aquellos bebés, la mayoría mujeres, a Bineka, para contarle después los cometidos que llevaban a cabo durante las diez horas que pasaban juntos, dándoles sobre todo cariño, confianza, biberones, acicalándolos o tratando de reforzar sus relaciones. Ella escuchaba sin dejar de mirar cómo se comportaban los jovencísimos chimpancés. Cuando Luis terminó su explicación, buscó asiento en el suelo y siguió observando lo que hacían.

De los ocho, tres estaban jugando con Furaha; uno le doblaba una oreja sin la menor piedad, otro le palmeaba la espalda con el dorso de la mano y una tercera se había tumbado en el suelo panza arriba, a la espera de recibir un buen rascado de barriga. Los demás estaban entretenidos con sus respectivas madres y padres adoptivos, y tampoco se acercaron a Bineka.

Con la llegada de un cesto de fruta, el ánimo de las crías cambió por completo. Manifestaron de forma unánime su alegría con un coro de «ahu ahu», hasta que una empezó a chillar y terminó arrastrando a las demás a imitarla, lo que las dejó medio agotadas, incluida a Furaha. Comieron la fruta, se relajaron y retomaron los juegos y volvieron a interactuar entre ellos.

Una de las más pequeñas recogió del suelo una pirámide de plástico, la colocó en su regazo y se puso a mirarla con una tierna expresión. Bineka y Luis se dieron cuenta. Él lo había visto hacer en muchas más ocasiones, pero no terminaba de entender a qué se debía.

—¿Hacen eso en la selva?

Bineka pidió un palo grueso, no demasiado largo. Luis se lo consiguió sin preguntar para qué; salió de la guardería y regresó con un puñado de ramas, ninguna de más de diez centímetros.

Bineka eligió una y se la ofreció a la cría, que estaba protegiendo la pieza de plástico entre sus piernas como si fuera oro en paño. Al verla, la joven primate tiró la pirámide al suelo y se aferró a la rama de forma decidida. Cada vez que se movía, la transportaba entre sus brazos, y cuando se volvía a sentar terminaba recogiéndola en su regazo.

—Su hijo —señaló Bineka.

Ella lo había visto hacer en la selva con pequeñas piedras, algún que otro fruto de buen tamaño y con toda suerte de palos, como el que estaba arrullando en ese instante la jovencita chimpancé.

—Ahora que lo pienso, puede que nunca haya visto a un macho con ese comportamiento...

Bineka dejó otra rama a los pies de uno con evidentes atributos masculinos, que reaccionó mirándola sin poner el menor interés. Solo cuando Luis insistió, acercándosela todavía más, la cogió y la lanzó lejos. Pero casi a la vez otra de las pequeñas corrió tras el palo volador, emitiendo una serie de cortos grititos, lo hizo suyo y al momento se la vio sentada y con la maderita encima de su barriga, mirando al veterinario con una enigmática sonrisa.

—Parece que me está diciendo: «¡Estás tonto! ¿No ves por qué lo hacemos?».

Bineka sonrió al hilo de su comentario y empezó a imitar los sonidos que hacían, atrayéndose la atención de todos. Puestos en pie, se fueron aproximando a ella uno a uno. Cuando estaban a menos de medio metro, repetían el mismo comportamiento: extendían un par de dedos buscando los labios de la chica, para introducirlos después en su boca. Una vez que completaban aquel gesto, que ninguno de los pequeños evitó, se ponían a saltar como locos sobre sus piernas; otros se concentraron en acicalarla a conciencia, soltando pedorretas con los labios como signo de cercanía y afecto, y alguno se dedicó a tirarle del pelo entre sonoros aullidos de satisfacción. Se los había ganado.

—¿Por qué usan los dedos?

Era algo que Luis había advertido en los encuentros entre primates, y hasta ese día había supuesto que se trataba de una forma de saludo. Ahora no estaba tan seguro.

—Quieren saber si pueden confiar en mí —contestó Bineka mirando a su pequeña Furaha.

Y ella les demostraría que sí, que podían; siempre podrían.

# 41

*Centro de Rehabilitación de Primates de Lwiro, Kivu Sur,*
*República Democrática del Congo*
*Julio de 2010*

Habían pasado algo menos de tres meses desde la llegada de Bineka a Lwiro, y aquella mañana de calor pegajoso y sin el consuelo de una sola brizna de aire estaba completando con Luis los preparativos para entrar en el imponente recinto exterior del centro, vallado a una altura de cinco metros, donde convivía un clan completo de chimpancés en condiciones lo más parecidas a las selváticas posible. Sumaban veinticinco individuos: cuatro machos, trece hembras y ocho crías de entre uno y cinco años, estas últimas a punto de ser autónomas y separarse ya de sus madres.

Luis estaba nervioso. Sacó una cajita de su «mochila MacGyver» —se había ganado aquel nombre entre los empleados del centro porque llevaba en ella de todo: lo más extraño que se podía uno imaginar estaba allí, siempre, para sacarlo de cualquier tipo de aprieto—, y de la cajita, un dispositivo que funcionaría como un chivato en caso de peligro. Se lo colgó a Bineka del cuello y le explicó su uso: «Un toque para algo importante pero no urgente. Dos, ante una situación preocupante que requiera más atención desde fuera. Y tres, en caso de extrema necesidad, lo que implicaría una inmediata entrada del personal para rescatarte».

Y activó la aplicación en su teléfono móvil para comprobar el buen funcionamiento del sistema. Cuando Bineka apretó tres veces el botón, sonó una estruendosa alarma, audible incluso a bastantes metros del terminal.

Aparte del colgante de seguridad, Bineka dispondría de un *walkie-talkie* convenientemente escondido dentro del recinto, con el que podrían comentar lo que fuera descubriendo y modificar los objetivos de trabajo si resultara preciso.

Tras repasar una vez más todos los detalles, Luis se dio por satisfecho, eligió una llave del manojo que colgaba de su cinturón y dio con ella dos vueltas a la cerradura de la única entrada al asombroso recinto, de nada menos que de dos hectáreas de extensión. Aquel era el gran proyecto de Carmen, al que había dedicado todo su empeño e ilusión —aparte de un montón de dinero aportado por la fundación Supera—, donde pretendía simular las condiciones naturales de los chimpancés para prepararlos mejor de cara a su posterior vida en libertad. Todavía quedaba una parte por terminar, pero la principal llevaban usándola desde hacía tres meses y parecía estar cumpliendo con su objetivo.

Luis le había propuesto la idea a Bineka tres semanas antes con ciertas prevenciones, sopesando los posibles riesgos y sin dar un paso que no hubiese sido acordado de antemano con Carmen. Bineka aceptó de inmediato. Por una parte, añoraba la convivencia con su clan, pero sobre todo la movía poder ayudar a que se entendieran mejor los comportamientos de los primates. Y además, intuyó que se sentiría bien consigo misma. Tan solo puso tres condiciones.

La primera, pasar dos semanas en otro terreno del centro, conviviendo con cinco de las hembras que ahora se encontraban dentro del vallado, entre ellas su líder —tendrían que trasladarlas de forma temporal—, para que después no la tuviesen como a una extraña. De esa manera la protegerían si el macho que ejercía el liderazgo del grupo la atacaba, procurando repetir lo que Mashira había hecho en su momento con ella.

La segunda, quería entender bien qué esperaba Luis. Su objetivo principal quedaba reflejado en el título del trabajo que se proponía publicar después: «Estudio de la inteligencia emocional de un grupo de primates en semilibertad». Aun así, no limitaba la misión a ese ámbito, estaba abierto a recibir las interpretaciones y los razonamientos que fuera haciendo Bineka.

Y la tercera, que entraría desnuda y de la mano de Furaha. Porque una hembra con cría siempre era mejor aceptada que si iba sola.

A las puertas del parque, Carmen la abrazó, miró a Luis y levantó los pulgares hacia arriba dando su beneplácito para que las dejara entrar.

Bineka caminó no más de doscientos metros, tomó aire e hizo una primera llamada a su grupo. Furaha, inquieta, se subió a su espalda en dos saltos. A los pocos minutos apareció una hembra a la que reconoció al instante, se trataba de la líder. Custodiada por otras dos más jóvenes, como tenía por costumbre, la placa metálica que colgaba de su cuello la identificaba como Remedios. Bineka no necesitó leerla; había convivido con ella durante dos semanas. Nada más alcanzar su posición, Remedios la observó sin demasiado interés, bostezó de forma exagerada, emitió una especie de gorgoteo y dio media vuelta.

Bineka supo qué tocaba hacer: seguirla, mantenerse siempre por detrás e imitar el sonido que acababa de oír. Tenía claro que su papel en el grupo era el de hembra sumisa.

Cuando llegaron a la base de una enorme cordia —un árbol cuyas ramas inferiores se vencían hasta casi rozar el suelo—, Bineka reconoció al macho dominante sobre una de ellas. En el centro lo llamaban King.

Echó un rápido vistazo a sus acompañantes, pero ninguno se fijó en ella; estaban distraídos, mordisqueando los frutos del árbol, hasta que se sentó cerca. Entonces recibió la mirada del jefe, sintió su poder y bajó la cabeza para no desafiarlo. Aquel simio llevaba un tiempo dando problemas dentro de su grupo por culpa de la excesiva autoridad y desmedida violencia con que actuaba. Un comportamiento que Luis pretendía descifrar, como también la reacción que su cambio de actitud provocaba en los demás. Ella se acordó del primer Takuro, tan distinto al que había acabado siendo tras el ataque de los furtivos.

El recinto disponía de tres cámaras que grababan los movimientos del colectivo, pero los animales no siempre estaban en el lugar adecuado y Luis se perdía muchas cosas. Bineka sería sus ojos, privilegiados, para presenciar cualquier vicisitud fuera del campo de grabación.

Durante las primeras horas, Bineka no tuvo ningún problema de aceptación gracias al comportamiento protector del colectivo de hembras, que la rodeaban protegiéndola de King si hacía el menor amago de aproximarse a la extraña.

Bineka detectó muy pronto algunas conductas que estaba segura de que iban a gustar a Luis y a Carmen. La primera la descubrió cuando tuvo a King lo bastante cerca como para advertir que estaba herido en un muslo, y además de gravedad, probablemente por culpa de alguna pelea con sus competidores en respuesta a su instinto natural de selección. King se esforzaba en ocultar el profundo corte, infectado y todavía sangrante, para que nadie lo pudiera ver: a veces tapándose con hojas, otras cubriendo la herida con su propio pelo. Pero en ningún caso mostraba dolor, cuando seguro que lo padecía, y muy intenso. Bineka supuso que lo hacía para no dar pie a que el resto de los pretendientes al trono pudieran ver un atisbo de debilidad que los animase a combatirlo.

El descubrimiento de aquella curiosa actitud hizo que recordara al mayor de los tres hijos de Sanza, cuando este presumía de ser mucho más fuerte que sus hermanos y no se le veía llorar ni en la peor de las caídas, si alguno de los otros estaba cerca.

La primera noche durmió junto a Remedios, en su nido.

A la mañana siguiente, la despertaron unos sonoros gruñidos. Cuando abrió los ojos, medio aturdida, todavía tardó unos segundos en recordar dónde estaba, pero la espabiló un nuevo gruñido. Consciente de que no podía ser una pantera, incapaz de superar los cinco metros de altura de la valla, aguzó el oído hasta entender qué pasaba. Lo que descubrió la hizo sonreír.

Se trataba de una hembra ya mayor, empeñada en engañar a los demás lanzando ese tipo de gruñidos, que eran interpretados como un aviso de alerta y peligro, desviando así la atención de todos, cuando en realidad lo hacía para adueñarse de una pieza de fruta, la de un baobab o pan de mono, sin que nadie la viera. La escondía bajo un puñado de hojas después de soltar a todo pulmón una nueva ráfaga de avisos de alerta. Otra vez la vio ocultando la fruta en su cuerpo con bastante habilidad. Un comportamiento completamente opuesto al de Remedios, quien por ser la hembra dominante tenía derecho a empezar a comer antes que ninguna otra; incluso a acumular comida si quería. Y sin embargo, no lo hacía, sino que la compartía con las demás.

El tercer comportamiento al que le dedicó tiempo, siempre bajo la indicación de Luis, se convirtió en una tarea algo más delicada. Lo comentaron y planificaron a través del *walkie-talkie.* Pero necesitaron dos días más de convivencia para verlo.

Lo protagonizó uno de los machos jóvenes, de unos ocho años, cuyo nombre era Rollizo. El chimpancé se jugaba el tipo montando a las hembras más jóvenes a espaldas de King. Pero lo más curioso —y ahí radicaba el interés para el veterinario— era cómo conseguía que ellas se lo permitieran y no gritaran, para no poner en aviso al macho alfa, lo que le generaría a Rollizo no pocos problemas. Para ello, les daba de comer unas hojas de color amarillo, que Bineka no había visto en su vida, antes de llevárselas a lugares más escondidos, donde consumaba sus deseos.

Aquella comida debía de contener algún principio que alteraba la conciencia y voluntad de las hembras, porque se iban tras él dando tumbos y con los ojos en blanco. Bineka probó un par de hojas y no le quedó una sola duda.

—Pero ¿te afectó mucho, te encuentras bien? —preguntó Luis horas después, preocupado, al otro lado del *walkie-talkie.*

—Noto mareada —contestó ella mientras se pasaba la mano por la frente; todavía la tenía húmeda y fría, aunque hiciese calor.

A su lado, Furaha la miraba con la cabeza ladeada.

Le llevó un rato convencer a Luis de que no hacía falta que entrasen a por ella.

—Entonces ¿de verdad crees que Rollizo las está drogando para aparearse con ellas? —Aquello no dejaba de ser un comportamiento premeditado, hasta entonces no atribuido a un primate—. Descríbeme las hojas.

Bineka lo hizo. Pero él, que tampoco era un experto en botánica, no fue capaz de reconocerlas.

—¿Podrías hacerte con alguna?

El estrecho seguimiento que Bineka hizo a Rollizo hasta localizar el arbusto en cuestión, y sobre todo el empeño que puso para descubrir el nido de amor donde daba rienda suelta a sus instintos, comportaron que el afectado la terminara pillando in fraganti y que se lanzara a por ella con peligrosas intenciones. Por un momento, Bineka temió por su vida, aunque la intervención de Remedios evitó un serio disgusto. Estuvo a punto de apretar el botón de su avisador tres veces para que la sacaran de allí, pero no hizo falta.

Bineka compartió su día a día con aquel grupo de chimpancés durante diez jornadas más, observando nuevas conductas que no había conocido en libertad; o algunas que resultaban mucho menos evidentes. Las comentaba cada noche con Luis a través de aquel intercomunicador que habían escondido dentro del tronco hueco de un árbol muerto.

Hasta que llegó el día de su precipitada salida.

Aquella tarde estaba centrada en observar al grupo. Desde el primer día le había llamado mucho la atención cómo la limitación de espacio —por grande que fuera el recinto— los afectaba. Las relaciones entre ellos eran más tensas que las que recordaba haber visto en la selva. Y Furaha acabó sufriéndolo.

La cría se había adaptado muy bien con los chimpancés más jóvenes y jugaba con todos, aunque se la solía ver más tiempo con dos de una edad parecida a la suya. Bineka las veía a las tres midiendo fuerzas, acicalándose o luchando por un objeto cualquiera sin pelearse demasiado en serio.

Pero un día la situación se complicó.

Furaha estaba jugando con la más jovencita de las dos, después de haber rodado juntas por un terraplén de barro y de andar saltando de árbol en árbol como si les fuera la vida en ello, hasta que en medio de una de aquellas persecuciones se cruzaron con otra cría, huérfana y quizá solo unos pocos meses mayor que ellas, que sin venir a cuento agarró a Furaha del brazo y la derribó.

Bineka, que estaba presenciando la escena, no se preocupó: le recordaba a las peleas de Furaha con aquel pequeño macho del clan de Takuro. Aunque la actitud de este nuevo agresor no se parecía tanto. Tras dos o tres revolcones sin importancia, el chimpancé empezó a golpear el pecho de Furaha con excesiva fuerza, para después tirarle del pelo hasta casi arrancárselo, lo que provocó unos agudos chillidos en la pequeña. No terminó ahí: lo vio cogiendo una piedra del suelo y apuntar con ella a la cabeza de Furaha.

Bineka corrió hacia ellos; de camino se hizo con una gruesa rama partida y se la tiró al atacante, amenazándolo con un agudo grito que provocó su precipitada huida. Aunque también se atrajo la atención del resto del grupo, incluida la de King.

Se acercaron varias hembras para satisfacer su curiosidad, junto con algunas crías. Bineka comprobó que Furaha estaba bien, y al volverse para mirar a los demás, no tuvo tiempo de esquivar el empujón que le arreó King, ni tampoco pudo evitar que el macho la agarrara del pelo y tirara de ella arrastrándola fuera del grupo.

Furaha fue en su ayuda, pero salió disparada de un manotazo. Bineka sintió pavor. Buscó a Remedios, pero no la localizó. King, que no cejaba en sus intenciones, tiraba sin ningún cuidado de ella. Iba arañándose con todo lo que se encontraba de camino: piedras, ramas rotas, troncos secos. Se le abrió una ceja al chocar con la afilada arista de una roca, y King la arrastraba del pelo con tanta fuerza que cada vez le dolía más la cabeza.

No tocó la alarma. Pensó que si pedía auxilio y entraban para socorrerla perdería la confianza del grupo y tendría que dar por terminada su estancia en el recinto. Aguantó con la esperanza de recibir la ayuda de las demás hembras, pero ninguna parecía estar dispuesta a mover un dedo por ella. Así que, después de sufrir otro de aquellos insoportables tirones, el más exagerado y violento de todos, buscó en su cuello el dispositivo. Lo apretó tres veces, y segundos después otras dos veces más para que acudieran en su ayuda y en la de Furaha. No la veía cerca y eso la asustaba.

Sonó una potente alarma por todo el recinto.

King se quedó paralizado, mirando primero atrás, después a los lados, con los músculos en tensión y en un estado de máxima alerta. Hasta que se fijó en ella. No era lógico que asociase el extraño sonido con Bineka, pero lo que pasó a continuación le hizo entender que así fue. King le arrancó el dispositivo sin piedad y lo lanzó lejos, para luego apretarle el cuello con una mano y después con la otra con tanta fuerza que empezó a ahogarse.

En solo un segundo le impidió respirar, a los diez sintió que perdía el conocimiento y a los veinte no se enteró de nada más.

Solo había oscuridad.

Cuando volvió en sí, se encontraba en una camilla. Tenía una mascarilla de oxígeno en la cara y a una asustada Furaha acurrucada a su lado. A los pies del colchón estaban Luis y Carmen, felices al verla despierta.

—¡Gracias a Dios! Menudo susto nos hemos llevado.

En la expresión de Carmen pervivía un profundo sentimiento de culpabilidad por haber puesto en riesgo su vida. También se lo recriminó a Luis, repetidas veces, recordándole que apenas era una cría, aunque habían tomado los dos la decisión.

—Y yo... Y yo también —contestó acariciando la cabeza de Furaha—. ¿Está bien? ¿Le hicieron daño?

Furaha soltó una pedorreta, le pasó los dedos por la cara, después por los ojos y se hizo un hueco entre sus costillas y el brazo.

—Tiene alguna magulladura, pero nada importante.

—¿Y King? —Recordó el crítico momento que había vivido.

Se miraron preguntándose quién iba a contestar. Se arrancó Luis:

—Al quedar adormilado por el dardo, los demás se lanzaron contra él, y... no ha sobrevivido.

No explicaron que el ataque había sido brutal: machos y hembras, liderados por Remedios, se habían abalanzado contra él con tanta furia que King no habría podido con ellos ni estando en plenas facultades.

Bineka se llevó las manos a la cara. Se sentía responsable.

—No te culpes —intervino Luis—. Los humanos hemos heredado muchas cosas de nuestros hermanos primates, y la violencia es una de ellas. King, ya lo sabíamos, estaba señalado por el grupo, y de una manera u otra, antes o después, hubieran hecho lo que han hecho hoy.

La muchacha sabía que tenía razón —lo había visto con Takuro—, pero no era un argumento suficiente para dejar de sentirse mal.

—Cometí un error.

—Por favor, no pienses eso —insistió Carmen—. Hemos conseguido dar un importante empujón a nuestras investigaciones gracias a ti. Tu esfuerzo ha sido muy valioso.

Le alegraba saberlo. Pero a la vez era consciente de que había alterado el equilibrio de aquel grupo; nunca más lo volvería a hacer. Los chimpancés tenían derecho a la libertad, como el resto de los demás seres, pero sobre todo a vivir. Y por su culpa, King ya no podría pisar nunca más su mundo originario: el de la selva.

Guardó silencio al verse de pronto asaltada por una

idea: ¿y ella? ¿Cuál era ahora su mundo? Sin una aldea a la que regresar, sin su gente, sin una manada... Por algún motivo, la única respuesta a todas esas preguntas la tenía un hombre con los ojos del color del cielo. Preguntó si se sabía algo más de él.

—Esta misma mañana he podido hablar con Keita, y la verdad, no tengo buenas noticias —respondió Luis.

Le contó que las oficinas de Greenworld en Lokutu habían ardido la tarde anterior por los cuatro costados, y que todo hacía pensar que se trataba de un incendio provocado.

—¿Y Colin? —preguntó ella angustiada.

Carmen la tranquilizó. Supo que estaba bien, pero que lo tenían vigilado a todas horas y que por eso no se atrevía a llamarla a Lwiro. Seguía empeñado en protegerla a distancia.

No dejaba de ser lo correcto, pero ella deseaba lo contrario.

# 42

*Sede de Greenworld, Lokutu, Tshopo,*
*República Democrática del Congo*
*Julio de 2010*

En su peor pesadilla, la que tantas veces había sufrido desde que era bien pequeño, Colin se veía caminando sobre un mar de cenizas que iba ascendiendo por sus piernas, vientre y tórax, y para cuando llegaba a la boca y la nariz, la sensación de asfixia era tan insoportable que solo deseaba despertar. Esa angustia se había convertido en realidad cuando un desalmado hizo arder la modesta oficina que tenía Greenworld en Lokutu.

La recorría ahora en busca de cualquier objeto o documento recuperable. A su lado tenía al joven René, desolado, viendo cómo el viento levantaba los requemados restos de su trabajo, horas y horas de dedicación —sueños evaporados y pistas imposibles de recuperar—, para hacerlos caer a pocos metros de distancia de donde despegaban. A punto de saltársele las lágrimas, localizó bajo una viga de madera todavía humeante un marco que le resultó dolorosamente familiar. Lo recogió poniendo cuidado para no quemarse, sintió una punzada de pena y se lo terminó pasando a su jefe.

Colin retiró la capa de cenizas que apenas permitía ver

la foto, intacta gracias a la protección del cristal y el marco de plata, y se le formó un nudo en la garganta. Allí estaban Beatriz y Lola riéndose, con la Tate Modern al fondo. Le dolió contemplar a la primera con una vida casi recién inaugurada y todo por hacer, un ser tan apasionado como entregado a las grandes causas. Pero también le afectó ver a Lola y recordar el día que había descubierto esa foto; no había pasado tanto tiempo.

Desde su despedida a las puertas de aquel ascensor en el hotel de Kinsasa, después de una larga noche regada con Lagavulin y confidencias íntimas, en la que se cruzaron frustraciones, secretos y algún que otro sueño por cumplir, solo habían hablado una vez, dos días después del entierro; una sola vez. No había razones para ese silencio, y menos si recordaba sus últimas palabras: «Tú procura no olvidarme». Pero él parecía haber hecho lo contrario.

Decidió llamarla en ese momento, sin más dilación. Dejó atrás los restos calcinados de la oficina y se alejó unos metros en busca de un poco de cobertura. Cruzó la calle para subir a un montículo que solían usar como último recurso, pero antes de alcanzarlo le extrañó la presencia de un automóvil no demasiado bien aparcado. Dentro vio a dos hombres, mirando cada uno por su ventanilla, que se encogieron en los asientos a su paso, como si trataran de no ser vistos. Le pareció tan obvio lo que hacían que, con más cólera que cabeza, volvió sobre sus pasos, metió la mano por la ventanilla del conductor y le retorció la camisa.

—¿Qué coño queréis de mí? —le espetó a escasos centímetros de su cara—. Porque eso es cosa vuestra, ¿verdad? —Dirigió un dedo hacia los restos del incendio.

—¡Pero oiga! ¿Qué dice? —El tipo procuró quitarse la mano de Colin de encima—. ¿Cómo puede pensar que tenemos algo que ver con eso? Solo estamos esperando a un amigo. ¡Mire, viene por allí! —Señaló a un individuo que, en efecto, se dirigía hacia el coche después de haberse bajado de una moto.

Colin tuvo que tragarse la vergüenza. Pidió disculpas y siguió su camino.

—¿Qué cojones quería? —preguntó el recién llegado mientras entraba en el coche.

—Está claro que se siente vigilado. Tendremos que ir con más cuidado.

A solo unos metros del lugar del incidente, Colin había encontrado por fin algo de cobertura y agitaba el teléfono en un vano intento de hacer desaparecer un molesto crepitar que empeoraba la señal, mala ya de por sí.

—Te oigo fatal... —Lola pegó la oreja al móvil con más fuerza, como queriendo acortar la descomunal distancia que los separaba.

—Tengo una cobertura pésima —le escuchó decir—, pero no quería dejar pasar otro día sin saber qué tal estás.

—Echaba de menos esta llamada, Colin, la verdad... —Aunque la contestación sonó rotunda, no estaba en su ánimo recriminárselo; más bien hacerle ver lo bien que le sentaba.

Colin no quiso responder con una justificación, aunque desde que había dejado a Bineka en Lwiro había limitado el uso del teléfono al mínimo, por miedo a que estuviera intervenido. Contestó con lo primero que le salió, lejos de su proverbial prudencia.

—Y yo a ti...

Lola tardó unos segundos en hablar. Le bastó y también le gustó lo que acababa de oír.

—Beatriz sigue presente en mi cabeza casi todos los días, mucho... —confesó ella—; aunque entiendo que he de encarar la vida e ir asumiendo lo que hay. De hecho, he empezado a mirar algo de trabajo, no soy de las que disfrutan estando ociosas, si bien no tengo muy claro qué quiero hacer.

—Aprovecha entonces para pensártelo bien; vívelo como una oportunidad, ¿no te parece? —sugirió él—. ¿Recuerdas lo que hablamos esa noche en tu hotel? ¿Que a veces los grandes fiascos te cambian la vida por completo?

—¡Cómo lo voy a olvidar! —Su contestación sonó un tanto melancólica. ¿Cómo no iba a ser así, pensó, cuando para ella había sido una de esas noches tan especiales como irrepetible? También le recordó a Bineka. Preguntó a Colin qué sabía de ella.

—¡Nada! Y así debe de ser —contestó de forma seca—. No preguntes.

—¿Perdona? Solo quería saber qué tal se ha adaptado a...

—¡No lo digas! —le cortó—. ¡Ni se te ocurra! —Su voz sonó tan firme como extrañamente severa tratándose de él—. Podrían estar escuchándonos.

—¿De verdad lo crees? —Sintió miedo por Bineka y también por él.

—Es más que posible. Ayer por la noche ardió la oficina de Lokutu por completo, y con ella toda la documentación que teníamos de nuestras investigaciones. Se ha quemado todo; un verdadero desastre... —El rabioso tono de voz revelaba su estado anímico.

—Colin, si esos tipos van tan en serio y te encuentras tan cerca, haz el favor de irte cuanto antes de allí —lo apremió preocupada por su seguridad.

—Tranquila, el mal ya lo han hecho; no me pasará nada. Pero escúchame con atención porque necesito saber una cosa. ¿Al final te llegaron las credenciales de tu amiga?

—No sé de qué me hablas, Colin.

—Estuvieron en tu mano el mismo día que recordaste dónde os habíais hecho esa foto delante de la Tate... Piensa un poco.

Lola entendió que se refería a las carpetas con las investigaciones de Beatriz, que habían pasado a sus manos el mismo día del entierro. El portátil lo seguía teniendo ella.

—¿Te refieres a su carné de Greenworld y al pasaporte? Nos lo dieron todo, sí —secundó el ardid.

Colin sintió un enorme alivio. A quienes estuvieran detrás del incendio no les podía mover otro motivo que destruir cualquier prueba que pudiera incriminarlos. Pero ¿y si lo que buscaban estaba dentro de aquellas carpetas o en el portátil de Beatriz? Harían lo imposible por hacerse con todo ello en caso de sospechar su existencia. ¿Contendrían algún detalle que no habían sido capaces de ver hasta ahora? Por más veces que las habían estudiado, ninguno encontró nada que sirviera de pista para buscar en otro lado, pero quizá no habían mirado con suficiente atención, pensó.

Con la buena noticia de que Lola conservaba todo en su poder, decidió exponerle el plan que había pensado para lograr recuperarlas, sin comprometerla a ella más de la cuenta.

—Haré que alguien de nuestra organización en España se pase a recoger esas acreditaciones. Las necesitamos para cerrar su expediente como cooperante; asuntos de papeleo interno, ya sabes...

Lola captó la idea, pero se le ocurrió una mejor opción:

—Podrías venir tú...

—Me encantaría, pero nos urge tenerlas, y aunque acelerase el viaje tardaría mucho más en llegar que...

Lola lo disculpó sin dejarle acabar.

—Al menos, llámame de vez en cuando...

—Así lo haré. Cuídate mucho, Lola. Te mando un beso.

Ella le mandó otro con la mano, antes de poder dárselo un día en persona.

En un edificio vecino a la comisaría de Lokutu, un tipo se retiró unos cascos, copió en un *pendrive* la grabación digital de la llamada que acababa de escuchar y salió a la calle en busca de su coche. De camino al aeropuerto llamaría a su jefe, decidió. Sabía que esa información iba a interesar mucho a Paul Vestraeten, y que la necesidad de actuar con rapidez iba a convertirse en el condicionante más importante para el éxito de la misión. Era consciente de que Maxime no había trasladado a Paul todo lo que había sucedido con aquella joven cooperante, solo el final; tampoco su implicación directa en la muerte de la chica, cuando terminó degollándola casi más por pena que por otra cosa, al ver el lamentable estado en el que sus hombres la habían dejado, lejos de lo que hubiera querido. Durante la conversación intervenida, le había parecido entender que existía alguna documentación en poder de la tal Lola procedente de la supuesta secuestrada que ahora interesaba al responsable de Greenworld. Si se hacía con ella, podría compensar su nefasta intervención en el asunto, en caso de que Vestraeten llegase a averiguar un día los verdaderos hechos. Prueba de que no estaba al corriente de su responsabilidad en lo ocurrido fue la famosa llamada que le hizo, pidiéndole que actuara bajo sus órdenes sin informar a Maxime.

Por eso, en cuanto le pusiera al corriente de lo que acababa de averiguar, estaba casi seguro de que Vestraeten volvería a dejar a Maxime de Mons al margen. Como también suponía que si operaba con eficacia y habilidad, estaría mucho más cerca de conseguir el puesto de responsable de seguridad de Lands & Oils. Y necesitaba ese cambio, aunque no para apagar su ambición, que también la tenía. Muy pocos conocían el drama personal que Bernard arrastraba desde hacía tres años. Un problema que le requería ingentes cantidades de dinero. Tan grave era que lo anteponía a cualquier otra consideración; por ejemplo, la lealtad debida a su amigo Maxime.

El origen de aquel asunto se debía a una relación secreta, desarrollada entre callejones, con una mujer de la calle a la que había estado frecuentando y que terminó dándole lo mejor de su vida, pero también lo peor. La herida abierta que quedó en Bernard se llamaba Jumaane, en suajili «nacido el martes», que ahora tenía cinco años y una fatal enfermedad llamada «atrofia muscular espinal»: una compleja patología que exigió interminables estancias en los mejores hospitales del país, primero, y en algunos suizos después, con tratamientos carísimos y minutas profesionales de infarto.

Pero aquel niño lo era todo para él: era lo mejor que había hecho en su podrida vida y estaba dispuesto a defenderlo por cualquier medio. Un niño cuya existencia casi nadie conocía.

Por eso, ante la perspectiva de una mejora de sus ingresos, estaba dispuesto a arriesgar lo que fuera después de haber invertido en él la mayor parte de lo que ganaba, y siempre le faltaba más. Tocó el *pendrive* que llevaba en el bolsillo y se sintió esperanzado.

Su idea era volar de inmediato a Kigali, por ser el aeropuerto internacional más cercano a Lokutu, para tomar otro avión hacia el primer país europeo para el que encontrara billete, y desde allí otro más a España. Calculó que podía llevarle algo más de veinticuatro horas, aun sin conocer su destino final. Estaba seguro de que en Lands & Oils averiguarían la dirección exacta de aquella mujer, a la que no conocía, mientras él volase. No le parecía complicado. Lo importante radicaba en adelantarse a esa recogida de Greenworld que había anunciado el inglés. El tiempo apremiaba.

Ojalá Vestraeten le asignara esa misión, pensó, mientras conducía a toda velocidad en dirección al aeródromo. Lo importante era localizar a la tal Lola. Porque sacarle la información que pudiese tener sobre las investigaciones hechas por la activista muerta o el actual destino de aquella joven africana que tanto interesaba a Maxime, temas que el inglés había tratado de disimular durante la conversación, no le parecía demasiado complicado.

Los métodos los conocía muy bien, e iba a dejar impresionado a Vestraeten.

# 43

*Mercado semanal de Birava, Kivu Sur,*
*República Democrática del Congo*
*Julio de 2010*

Denunciar la venta de un bebé huérfano de chimpancé capturado por un furtivo tenía sus riesgos, pero todavía más cuando el responsable era un miliciano hutu con la cara picada de viruela, mirada de hierro y voz autoritaria, que amenazaba con freírte a tiros como se te ocurriese acercarte un centímetro más a los animales.

Luis Cereceda se encontraba enfrente de un tipo así, intentando que no se notara demasiado el pánico que sentía y sin saber cuándo aparecerían Carmen y Bineka con la pareja de policías que habían ido a buscar para detener aquella venta. Se agachó para escudriñar en los agujeros de aquel trasportín de madera que vigilaba con tanto celo el hutu.

Identificó a tres diminutas crías de chimpancé en su interior, muy asustadas; una chillando, otra hecha un ovillo en una esquina y la tercera llena de mocos y con los ojos hinchados por culpa de una infección, o de la pena después de haber perdido a su madre pocas horas antes.

—¿Te vas de una jodida vez o me vas a hacer gastar una bala? —El tipo le plantó la boca de su pistola en la nuca.

—Tranquilo, vale, me largo...

Hizo ademán de irse, pero del interior del cajón, entre

dos listones, surgió una pequeña mano que le agarró un dedo. Al devolver su atención al trasportín, a la izquierda de aquel diminuto bracito descubrió unos redondos ojos de color miel que le enternecieron. Su dueño no tendría ni dos semanas de vida, calculó.

—No me voy. Lárgate tú, antes de que venga la policía. ¡Vete! —Luis se envalentonó sin entender de dónde había sacado tan inesperado valor.

La expresión del miliciano se inflamó de golpe, escondió la pistola en la espalda y sacó un puñal, para sin mediar palabra clavárselo en el muslo. Luis cayó al suelo con miedo a que siguiera hiriéndolo. Solo tenía dos opciones: pedir socorro o escapar, y no se veía capaz de correr.

—¡Ayuda! —gritó en inglés—. *Msaada!* —repitió en suajili.

Algunos transeúntes se volvieron y observaron la escena con morbosa curiosidad, pero sin acercarse.

—¡Cállate o te rajo el cuello! —amenazó el furtivo sin ver cómo se le venía encima una anciana y le golpeaba la cabeza con un pesado bolsón de patatas.

El hutu esquivó el segundo intento y fue a responder a la mujer con el cuchillo, pero se empezaron a oír los primeros pitidos de silbato. Por fin acudía la policía.

El miliciano cambió de parecer y decidió huir. Cogió el trasportín para escapar con las pequeñas crías, pero Luis interpuso su pierna sana y le hizo rodar por el suelo. La cercanía del primer agente, que se encontraba ya a menos de diez metros, forzó a que el hutu descartara rematar a Luis y se lanzase a correr sin llevar con él nada más que rabia y una infinita sed de venganza.

Carmen y Bineka aparecieron por detrás del segundo policía, y cuando vieron a Luis en el suelo y en medio de un charco de sangre, corrieron en su ayuda. Les impresionó el corte en la pierna.

—Es superficial, tranquilas.

—Aun así, no para de sangrar —le contradijo Carmen.

Decidió practicarle un torniquete con su propio cinturón a la vez que solicitaba ayuda a los policías; le preocupaba no conseguir detener la hemorragia. Como los agentes no se ocuparon del herido, optó por tomar la iniciativa.

—Voy a buscar el todoterreno. Lo aparcaré lo más cerca posible y nos volvemos al centro. —Ya conocía la falta de establecimientos sanitarios próximos—. Si podemos, nos arreglaremos con nuestros propios medios. Si no, te llevaré al hospital de Kavumo. —Se dirigió a Bineka—: Cuídalo hasta que vuelva, y hazte cargo también de esos. —Señaló el trasportín de madera—. Que nadie se los lleve.

Por las rendijas asomaban los rostros asustados de sus jóvenes ocupantes.

El policía de mayor rango sacó de su bolsillo una libreta de notas y empezó a escribir. Tomó declaración a Luis para obtener los detalles físicos del individuo y las circunstancias de la agresión. En cuanto supo dónde vivía y trabajaba Luis, vio resuelto el problema más acuciante que se le presentaría cuando se llevaran al herido: las tres crías huérfanas serían acogidas en el Centro de Rehabilitación de Primates de Lwiro.

Luis no se llamó a engaño: sabía que la denuncia no iba a servir de mucho. Tipos como aquel hutu operaban al margen de la ley dentro del parque nacional viviendo del saqueo y de la extorsión, cuando no atemorizando a la población de las aldeas próximas. Así se lo empezó a explicar el agente:

—Cuando necesitan dinero matan, sobre todo hembras de chimpancé, que es la carne que más gusta a la gente, y a las crías las venden en mercados como este, a precios desorbitados.

Bineka recordó su amarga experiencia con el grupo de furtivos que se cobró la vida de medio clan; pensó en

Mashira atrapada en aquel cepo y sintió una rabia infinita.

—Si saben quiénes son y lo que hacen, ¿por qué no los atrapan? ¿Por qué permiten esto? —Señaló el trasportín.

—Entrar en la selva tras ellos sería una auténtica temeridad —se excusó el policía—. No sabemos ni cuántos grupos armados se esconden en su interior. Si nos vieran aparecer, cualquiera de las muchas milicias que la ocupan nos acribillaría de inmediato. Es demasiado peligroso para la policía. El ejército es la única fuerza armada que consigue despejar la zona, aunque cuando da por concluida la misión todo vuelve a ser como antes.

Luis preguntó si conocían a los compradores de aquellos animales.

—Ahora mismo tenemos a uno cerca, merodeando. —Se volvió hacia su derecha—. Fíjense en ese tipo, ese alto, el de la camisa blanca bien abierta y colgante de oro al cuello: es uno de ellos. A ese, en concreto, lo hemos detenido más de una docena de veces con una furgoneta cargada hasta arriba de especies protegidas. Pero como les sucede a todos, no tardan en salir de la cárcel. Si les toca en gracia alguno de los jueces a los que tienen comprados, las sentencias son muy ligeras y vuelven a lo suyo.

La cantidad de dinero que se movía con ese comercio corría de boca en boca entre los habitantes de las comarcas vecinas al parque nacional. Luis y Carmen lo sabían, como también que en China y Malasia había gente que pagaba fortunas por tener una cría de chimpancé en su casa, y que cuando se hacían mayores se deshacían de mala manera de ellos. A nadie parecía interesarle acabar con todo eso.

Bineka metió dos dedos por una de las rendijas del trasportín y tocó una cabecita. La acarició. Su propietario soltó tres grititos de alegría y se quedó muy quieto, dejándose rascar. Otra de las crías buscó otro dedo libre; no paraban de temblar.

—Están muy asustados.

Luis, acostumbrado a recibir en el centro a animales con edades parecidas, se lo justificó:

—Acaban de ver matar a sus madres, y nadie mejor que tú conoce la enorme dependencia que tienen de ellas. Cuando llegan a Lwiro, están tan trastornados que rechazan cualquier contacto humano. Verse huérfanos los vuelve medio locos, y a la mayoría les cuesta muchísimo tiempo superar el trauma.

Oyeron varios toques de claxon y al instante apareció el morro de un Nissan Patrol. Los policías despejaron a la multitud congregada y abrieron un pasillo para permitir el paso del vehículo hasta el herido. Carmen se bajó sin perder un segundo y pidió ayuda a un agente para meter a Luis en el asiento trasero. Bineka, mientras, se hizo cargo del trasportín con las crías, lo llevó en brazos hasta dejarlo bien anclado en el maletero y tomó asiento al lado de Carmen. Esta arrancó el todoterreno y avanzó con cuidado entre la gente hasta que abandonaron el mercadillo.

El CRPL se encontraba a unos veinte kilómetros tierra adentro, alejándose del lago Kivu.

Estaban a doscientos metros del desvío a Lwiro cuando, desde la trasera de una casa abandonada, apareció el miliciano hutu, se plantó en medio del camino y los apuntó con su pistola. Mandó a voz en grito que pararan.

Bineka se agachó en su asiento hasta casi desaparecer, pero Carmen decidió no hacerle caso. Pisó a fondo el acelerador y lanzó el vehículo hacia el atacante. El primer disparo atravesó el parabrisas a escasos centímetros de la cabeza de la conductora, y el segundo le rozó una oreja, pero el miliciano hutu se vio obligado a quitarse de en medio para no ser arrollado. Rodó por el suelo y se volvió para disparar tres balas más; dos dieron en la puerta trasera y la última en un neumático, que reventó con un estallido.

Carmen acusó el pinchazo, pero siguió conduciendo a

toda velocidad manteniendo como podía la dirección del vehículo: era consciente de que si paraban estaban muertos los tres.

Se relajó cuando al fin aparcó en la puerta del pabellón de invitados, donde había decidido alojar a Luis hasta que estuviera recuperado. Quería evitarle la cercanía de los animales para que no se viera tentado de volver al trabajo antes de tiempo. No iban a tener turistas esa semana y el pabellón estaba vacío.

Desde hacía dos años, el comité asesor del CRPL ofrecía safaris fotográficos por la exuberante provincia de Kivu y dentro del parque nacional Kahuzi-Biega. Sus participantes observaban a los gorilas en plena selva, también a algunos grupos de chimpancés, y de regreso a Lwiro les explicaban los fines del santuario para concienciarlos y que se hicieran donantes. Como en la zona no había ningún hotel, los alojaban en aquel elegante pabellón, lo que generaba unos ingresos extras que les venían muy bien.

—Recuérdame que luego hable con Balume —dijo Carmen antes de ayudar a bajar a Luis del Patrol—. Me preocupa que ese miliciano loco ande por ahí suelto; necesitaremos extremar la vigilancia.

—No estará de más; esa gente es impredecible y muy violenta —reconoció Luis.

—Tengo dos revólveres dentro de la caja fuerte —apuntó ella—. Ojalá no tengamos que usarlos, pero te voy a dar uno para que lo lleves encima, por lo menos unos días.

Después de practicarle una concienzuda cura y de vendar bien la herida, dejaron a Luis descansando en un dormitorio.

Carmen y Bineka descargaron con cuidado el trasportín del Patrol y lo llevaron a la pequeña edificación donde pasaban la cuarentena los animales recién llegados.

Bineka se encargó de retirar los dos listones que sellaban

el cajón y miró en su interior. Descubrió a los tres pequeños abrazados, temblando, con una expresión de pavor que daba pena. Empezó a hablarles de forma suave, apenas eran susurros, lo que pareció tranquilizar a los bebés. Acercó ambas manos, muy despacio, hasta rozar sus cuerpos. Y como no la rechazaron, sacó al primero, a pesar de sus protestas.

El animal era una hembra muy inquieta, golpeó el suelo con los puños y buscó el abrazo de Bineka. Se acurrucó en su regazo y aquello debió de ser de su agrado porque en solo unos segundos ya estaba tranquila y silenciosa. Aunque no por ello dejase de lanzar fugaces vistazos a todos lados adoptando un simpático gesto de asombro.

Carmen se hizo con otra de las crías y repitió el procedimiento que había visto hacer a Bineka con parecido resultado. Solo quedaba un animal dentro, el que se veía más enfermo. Como se había quedado solo, el jovencísimo macho corría por el interior del cajón muy angustiado, golpeándose con las paredes. Bineka quiso dejar a su nueva ahijada en el suelo para hacerse con él, pero no lo consiguió. Así que la fue empujando poco a poco hasta que la colocó en su espalda y logró la suficiente libertad en los dos brazos para dirigirlos al pequeño. Aunque no los necesitó: el chimpancé dio tal salto y se agarró al cuello de Bineka con tantas ganas que a punto estuvo de ahogarla.

—¡Tranquilo! Ya pasó todo.

Desplazó sus manitas hacia la camiseta de algodón, que fue de inmediato retorcida sin ocultar un gesto de temor. La otra cría, pendiente de los movimientos del recién llegado, decidió imitarlo y se encajó a la misma altura, pero apoyada en el otro brazo de Bineka.

—Voy a prepararles algo. Tendrán hambre.

Carmen dejó a su cría en el suelo, en contra de los deseos de la afectada, que empezó a chillar de forma desconsolada, y fue a calentar un poco de leche. En un intento de calmarla, Bineka la tocó en la espalda y como respuesta la abandonada cría corrió a abrazarla en el único lugar que permanecía libre: su vientre.

—Pobrecitos, habéis tenido que pasar por un auténtico infierno. ¿Qué os habrá tocado ver? Han matado a los vuestros y os habéis quedado solos y perdidos. Os entiendo muy bien.

A la vez que hablaba con ellos los iba acariciando por turnos, recibiendo la mirada de unos ojos que parecían decir: «¡Tú no nos dejes!».

Cuando Carmen llegó con los tres biberones, tuvo que retirar a una de las crías de la camiseta de Bineka dedo a dedo para enchufarle corriendo la tetina, que en menos de un segundo empezó a succionar. Los otros dos aprendieron el procedimiento al instante y se colocaron en el regazo de Bineka para tomarse la leche como si les fuera la vida en ello.

—Míralos, por favor... —Carmen observaba conmovida la tierna escena en medio de un coro de sonoros chupeteos.

Bineka tomó conciencia del cruel destino de aquellos inocentes. Ella misma había sufrido la brutalidad de los furtivos en su propio clan, y no había motivo alguno que lo justificara.

—¿Qué se puede hacer para que esto no pase nunca más? —Apretó las mandíbulas muy afectada, con el alma llena de rabia e impotencia.

—Lucho desde hace años con ese objetivo y nunca lo dejaré de hacer. Aunque más de una vez piense que es una batalla perdida. Siempre habrá gente mala.

Bineka cruzó su mirada con la de Carmen, y a la española le pareció ver que de ella emanaba una poderosa fuerza, profunda, ancestral, como nacida de las entrañas de la fértil tierra que la había visto nacer, como hija de la selva que era.

Y supo que esa chica tampoco estaba dispuesta a perder esa guerra.

# 44

*A Coruña, Galicia, España*
*Julio de 2010*

Bernard pisó suelo gallego a las once de la mañana con bastante retraso, pero antes de abandonar la terminal buscó la cafetería. Necesitaba un café doble para contrarrestar su cansancio; llevaba veintiocho horas entre aviones y aeropuertos, apenas había podido dormir en el vuelo de Kigali a Bruselas, y todavía le faltaba información para localizar a la mujer. Desde la central de Lands & Oils habían conseguido averiguar la dirección familiar, pero no la suya, aunque continuaban en ello.

Esperó a acabarse el café y después buscó en su teléfono el número de la secretaria de Vestraeten, la única persona de Lands & Oils con la que podía tratar ese asunto, a la hora que fuera, siguiendo las instrucciones de su máximo jefe. Dos minutos después tenía en su poder la dirección que le faltaba.

Lola Freixido ya era suya.

Mireia Outeiro, secretaria del director de Greenworld España, llevaba una hora conduciendo por la autovía AG-64 cuando tomó la salida en As Pontes para coger la

AC-563 y completar por carretera los últimos cuarenta kilómetros hasta el pueblo de Ares, en la ría de Betanzos. Había pasado la noche en Lugo, en casa de sus padres, después de salir la víspera de Madrid. Acababa de escuchar en la radio la señal horaria de las doce del mediodía, tan solo dos minutos después de haber hablado con Lola Freixido. Todavía tenía una hora de camino.

Al final habían quedado en su casa, frente a la playa de Seselle, en Ares.

Tenía que recoger una documentación que alguien de la organización en la República Democrática del Congo había pedido a su jefe. No le importaba demasiado porque le daba la oportunidad de pisar suelo gallego, su tierra, y visitar a los suyos.

La cabecera del magazín que arrancaba la emisión en ese momento empleó como sintonía *Tu gitana*, una canción de uno de sus grupos gallegos preferidos, Luar Na Lubre. Al oírla, Mireia se sintió feliz, también con la lluvia primaveral que tantos recuerdos le traía y con la preciosa vista que justo había aparecido ante sus ojos nada más superar una colina: la ría de Betanzos, la más rica en señoríos y leyendas de Galicia.

Bernard Malú conducía un Opel Vectra de alquiler por la AP-9 y acababa de superar una señal que indicaba que faltaban treinta kilómetros para llegar a Betanzos. El navegador preveía media hora más hasta Ares.

Aceleró el coche hasta ponerlo a ciento cincuenta, los limpiaparabrisas a la máxima velocidad, vio en su reloj que eran las doce y media y se puso a pensar. Tenía que decidir cómo le iba a sacar a la mujer lo que buscaba, si empleando la fuerza o con alguna artimaña. Optó por la segunda opción: sería más limpio.

La casa era pequeña pero mona; tenía la playa a menos de cien metros y estaba bien cuidada por fuera, con macizos florales y un césped bien tupido y sin apenas tréboles. Esos detalles decían mucho de su propietaria, pensó Mireia mientras aparcaba el coche. Retiró las llaves, se echó un último vistazo en el retrovisor, usó un poco de colorete y salió de vehículo. Vio que faltaban cinco minutos para la una. Llamó al timbre.

Lola salió a abrirle. Mireia se presentó, compartieron un solo beso y aceptó gustosa su invitación a entrar. La decoración le pareció coqueta, pero no recargada; su dueña tenía estilo, sentenció.

—¿El viaje bien? ¿Te apetece tomar algo? —Lola le señaló un cómodo sofá frente a un enorme ventanal por el que se metía la ría entera.

—Si tuvieras una cerveza... —contestó sintiendo la boca y la garganta secas.

Lola fue a la cocina y le preguntó si le gustaba Estrella de Galicia.

—Es mi preferida, muchas gracias.

Cuando a los pocos minutos volvió con una bandeja, y en ella un cuenco lleno de cacahuetes y la bebida, la chica se lanzó a por la lata, retiró la pestaña y llenó su boca con el espumoso líquido sin usar el vaso, ansiosa por disfrutar del primer trago.

—¡Qué rica, por Dios! —exclamó retirándose con la mano un resto de espuma de los labios—. Bueno, creo que me tenías que dar unos papeles...

Sonó el timbre de la casa. Lola miró la hora en el móvil y le extrañó. No esperaba a nadie más. Fue a abrir.

—Buenos días, ¿Lola Freixido? —preguntó un hombre de color en inglés.

Ella se puso de inmediato en alerta. Su aspecto no le gustó nada. Asustaban las dos cicatrices que cruzaban una de sus mejillas.

—Soy yo, sí... ¿Quién es usted? ¿Qué desea?

—Mi nombre es Thomas Mainkel y soy de Greenworld. Vengo a recoger una documentación que tenía que facilitarnos.

—Pero si acaba de entrar otra persona de su misma...

Lola no tuvo tiempo de finalizar la frase. El tipo dio un fuerte empujón a la puerta y se coló dentro. La agarró por los brazos, contrarrestó sin dificultad un débil forcejeo por parte de Lola y la fue empujando en contra de su voluntad hasta el salón.

Al verlos entrar, Mireia abrió como platos los ojos sin entender nada; se incorporó, sin saber para qué, y cuando su expresión empezó a dibujar un evidente momento de pavor, recibió tal puñetazo en la sien que le hizo perder el conocimiento al instante. Se derrumbó en el suelo.

Lola gritó y trató de zafarse, pero lo único que consiguió fue unirse a Mireia después de recibir un certero golpe en la garganta que la dejó noqueada y boqueando.

—He llegado a tiempo. ¡Perfecto! —se alegró el congoleño mientras arrastraba el cuerpo de la más joven y buscaba algo con que inmovilizarla.

Tomó un estrecho pasillo y abrió la primera puerta a su derecha; se trataba de un pequeño dormitorio. Podía valerle, decidió. Levantó a la joven a pulso y la tumbó en la cama. En pleno movimiento, la muchacha se despertó y fue a chillar, pero recibió un segundo puñetazo, ahora en la barbilla, que aparte de desencajarle la mandíbula volvió a dejarla grogui.

Bernard le tapó la boca con un pañuelo, miró a su alrededor y decidió que le servirían los visillos. Los arrancó de un tirón y ató a la chica a las patas y al cabecero de la cama con ellos. Comprobó que no se podía mover y cerró la puerta tras de sí. Regresó al salón.

La mujer seguía sin reaccionar. Descubrió la lata de

cerveza abierta y la apuró de un trago. Después se acomodó en un sofá y se encendió un cigarrillo, a la espera de que su víctima despertara. La observó con detenimiento.

Lucía una buena figura. Vestía pantalón vaquero, muy ceñido, y bajo su camiseta de algodón se escondían unos generosos pechos. Tenía una larga melena castaña y un rostro bastante interesante.

Cuando Lola abrió los ojos y vio a aquel hombre en su sofá, sintió un latigazo de pánico. Fue a levantarse, pero le fallaron las piernas. Bernard se incorporó para ofrecerle ayuda, la puso en pie sin esfuerzo por las axilas y la sentó con brusquedad a su lado.

—No tema. No le va a pasar nada siempre que no complique usted misma la situación.

—¿De qué situación me habla? —Lola buscó a Mireia por el salón—. ¿Qué ha hecho con ella?

—Digamos que la he dejado descansar en un dormitorio. —Sonrió con ironía—. Pero no perdamos el tiempo; si estoy aquí es para que me dé el pasaporte y el carné de cooperante de su amiga Beatriz Arriondas. En otras palabras, todo lo que tenga de ella.

Tras un par de segundos de desconcierto, entendió que el tipo tenía que estar al corriente de lo que había estado hablando con Colin no hacía ni dos días, pero que le movían intereses ajenos a la ONG. Se sintió en un serio peligro. Miró hacia el escritorio donde había estado explorando el ordenador de Beatriz la noche pasada y recordó con alivio que se lo había llevado a su habitación antes de acostarse. Lamentó el poco tiempo que había podido dedicarle después de haber descubierto por fin la contraseña.

Se había acostado pensando en ella, añorando aquel viaje a Londres, el último juntas. Ya no habría más risas entre ellas, ni más planes, ni más noches en vela desnudando sus vidas. Y fue en ese momento cuando recordó que, de pequeñas, cada vez que compartían cama, en una u otra casa, y se metían bajo las sábanas para hablar de sus cosas, durante horas y horas, soñaban con escapar a un lugar imaginario cuando fueran mayores. Un destino en el que se encontrarían siempre que una de las dos lo precisara, se sintiera en peligro o se viera perdida; una especie de refugio donde protegerse, un lugar lleno de complicidades y amistad, un espacio imaginario al que las dos terminaron denominando Wonderland por estar enamoradas entonces del libro de Carroll *Alicia en el país de las maravillas.*

Y durante años usaron esa palabra como si fuera la llave maestra que abriese el diario secreto de su amistad. Cuando una de las dos necesitaba hablar, bastaba con que dijera «Wonderland» al teléfono, o lo escribiera en una notita si estaban en clase, para que la otra supiese que a la salida correrían a su rincón preferido, junto a la ría, y hablarían de ello o se mantendrían en silencio, eso daba igual; juntas, hasta que lo que fuera se pasase. Daba igual que ese «lo que fuera» terminase siendo la enfermedad que se había llevado por delante a la madre de Beatriz, y al padre de Lola después, o las interminables discusiones con el respectivo progenitor que les quedaba, o algún que otro desengaño amoroso que habían vivido las dos. Bastaba con escribir «Wonderland».

Aunque para hacer más suya la contraseña y por si acaso alguien las pillaba, decidieron invertir el orden de las letras: «dnalrednow».

Aquel juego de niñas había quedado en el olvido después de tantos años. Pero aquella noche, en un ataque de añoranza, rememoró una de aquellas antológicas veladas en las que dormían juntas y se acordó. Y nada más hacerlo, con la respiración contenida y toda nerviosa, se levantó de la cama para probar la palabra en el portátil, recriminándose no haber caído antes en ello. Y cuando tecleó «dnalrednow» y se desplegó el escritorio del ordenador, soltó un alarido de pura alegría que se tuvo que oír a muchos kilómetros.

Exploró el esquema de carpetas, ficheros y archivos y todos le parecieron de índole privada: fotos, viajes, artículos calificados como «interesantes» y un bloque de documentación de lo más variado. Lo único que llamó su atención fue un acceso directo al escritorio con un nombre que le sonaba por haberlo leído también en las carpetas de trabajo de Beatriz: Lands & Oils. Al entrar, descubrió otra carpeta con el nombre «Advans Banque» y dos documentos sueltos: uno era un archivo en formato imagen y el otro de Word. Abrió el primero con un editor; recogía un complejo esquema, trazado a mano, con abundantes nombres de compañías y sus conexiones. El de Word, después de un rápido vistazo, debía de ahondar en cada una de aquellas empresas, con descripciones más detalladas, y entre ellas volvía a salir el nombre de aquel banco, Advans Banque. El documento constaba de doce hojas y estaba firmado por Beatriz. Agotada como estaba y siendo ya bien entrada la noche, Lola había optado por estudiarlo todo al día siguiente.

Ahora no estaba dispuesta a que el ordenador cayera en manos ajenas. Lo había metido en la misma mochila que Martín Palacios había llevado desde África, con las carpetas de Beatriz, y estaba en su dormitorio. Pensó a toda velocidad cómo salir del aprieto y se le ocurrió una posibilidad. Tembló con solo pensar qué sería de ella si fallaba.

Aquel intruso había dicho lo que quería y todavía no le había contestado.

Tenía que ser fría, controlar la situación; no dejarse llevar por los nervios y abordar su idea de forma rápida.

—Voy a colaborar con usted, señor Mainkel, quédese tranquilo. Buscaré lo que me pide. Antes de su llegada, andaba hojeando en la cocina lo que ha venido a buscar.

No va a tener ningún problema conmigo. ¿Me permite ir a por ello?

—Mejor la acompaño.

Primera parte de su idea, fallida: quería haber aprovechado para activar su teléfono y marcar el 112 solicitando auxilio. Hubiera sido demasiado fácil; no podía pecar otra vez de ingenua, se prometió. Aunque no le quedaba otra que intentar la segunda parte de su plan. Estaba segura de que a esas horas en el chalé vecino habría alguien.

Lola dejó atrás el salón, atravesó el recibidor y giró a su izquierda para entrar en la cocina. Bernard, a menos de dos pasos de ella, echó una rápida ojeada a la mesa y después a la encimera, y no vio ningún documento.

Iba a recriminárselo cuando Lola corrió en busca de un taco de cuchillos, agarró el más grande y lo blandió contra él. Abrió la ventana y gritó tres veces «¡Auxilio!» con todas sus fuerzas.

—¡Váyase ahora mismo! —le exigió con la mirada encendida y el brazo tembloroso.

Bernard no mostró la menor preocupación, sonrió y, antes de que ella se diera cuenta, le soltó un brutal puñetazo en el mentón y otro en el bajo vientre para arrebatarle el acero de sus manos.

—¡Vaya! ¡Qué contrariedad!, ¿eh? —Su mirada no invitaba a hacer más tonterías.

Lola asumió su fracaso, y bajo la presión de la punta de aquel cuchillo sobre su yugular terminó reconociendo que lo tenía en su dormitorio.

—La sigo, y confío en no tener que ver otra de sus heroicidades...

Se colocó detrás, armado con el afilado acero.

Desde el pasillo, Lola descubrió a la joven cooperante en una habitación, atada a la cama: su mirada no podía expresar más pavor. Tragó saliva.

Llegaron a su dormitorio, abrió la mochila y sacó las dos carpetas. Con solo leer la etiqueta y echar una rápida ojeada a su contenido, Bernard se quedó gratamente sorprendido. No se esperaba ese material, y menos Vestraeten cuando se lo contara. Vio más cerca su ascenso en la empresa.

—Lléveselas y déjeme en paz.

—No lo dudes, guapa. Pero antes déjame ver qué más hay en esa mochila.

Sin más remedio, descorrió la cremallera que acababa de cerrar y el hombre sacó el portátil. Lola sintió una profunda rabia. No estaba tan preocupada por su seguridad como por ver volar delante de sus narices una buena oportunidad de hacer pagar la muerte de su amiga a los causantes de la misma, quizá la única. Lo que no se podía imaginar era que estaba delante de su responsable último.

—¿Quién es usted?

—Tu peor pesadilla si no terminas de darme la información que he venido a buscar.

Lola tragó saliva, ahora tan agobiada como desconcertada.

—Ya la tiene. Está todo ahí... ¡Váyase!

Abrió el ordenador y pulsó el botón de encendido. En unos segundos apareció la ventana donde se pedía la contraseña. Lola vio su oportunidad.

—Dame la contraseña.

—Greenworld —contestó con toda la seguridad que pudo.

El tipo tecleó la palabra y el ordenador se apagó. Lola sonrió para sus adentros, acababa de agotar la última posibilidad que el sistema de protección permitía. Bernard la miró mosqueado y probó a encenderlo, pero el aparato no respondió.

—Será cosa de batería... —apuntó ella quitándole importancia.

Sin terminar de creérselo, el hombre devolvió las carpetas y el ordenador a la mochila y se la echó al hombro. Ya tendría tiempo de mirarlo mejor. Y si no, que lo destriparan los especialistas informáticos de la empresa. Todavía tenía otra cosa que averiguar.

—En realidad, esto no era lo único que buscaba. —Sonrió con malicia—. Necesito que me des otra información, y no hagas que tenga que preguntártelo dos veces, ¿vale?

Lola afirmó con la cabeza y esperó a saber qué más quería.

—Dime dónde tenéis a esa joven africana que recogisteis de la selva.

La española se quedó paralizada. Aquel hombre acababa de mezclar los casos de Beatriz y Bineka. ¿Por qué?

—No sé de quién me habla. —Procuró ganar tiempo para pensar cómo responder sin decirle nada. Aunque tampoco sabía hasta dónde podría aguantar si se proponía sacarle la información. No tenía pinta de ser ningún santo.

—Sí lo sabes. ¡Contesta! —Le pinchó con la punta del cuchillo en el cuello hasta abrirle una pequeña herida por la que empezó a resbalar un hililllo de sangre.

Entonces sonó el timbre de la puerta, y tras varios intentos más oyeron cómo alguien empezaba a aporrearla, preguntando a voz en grito por ella.

—¡Estate bien calladita! —Bernard la sujetó con fuerza por la espalda, con el cuchillo apuntando la yugular, a la espera de que se largara la inoportuna visita.

Se trataba del matrimonio vecino: habían oído sus gritos y habían ido a ver qué pasaba.

—¡Sabemos que estás en casa! —insistieron—. ¿Va todo bien? ¿Necesitas ayuda?

Ni una respuesta, ni un solo ruido.

Rodearon la casa muy extrañados, tratando de ver algo entre los visillos de las ventanas. Y al pasar por el dormitorio principal descubrieron la escena. Se echaron atrás corriendo, para no ser avistados, y buscaron cobijo tras un coche. La mujer, que llevaba su móvil encima, marcó el 112. Cuando la atendieron, pidió que acudiera de inmediato la policía a la dirección que les facilitó.

Pero Bernard también los había visto.

Urgido por resolver cuanto antes su presencia allí, volvió a preguntar dónde estaba la joven africana. Lola, que había aprovechado la interrupción para pensar, respondió con la seguridad necesaria para lograr una mínima credibilidad:

—La devolvieron a la selva.

—Tendrás que ser más concreta, y sin tardar mucho. Estás agotando mi paciencia.

—No sabría decir... Necesitaría un plano.

Bernard imaginó que se trataba de una treta y no entró en su juego. Como castigo, le hizo un corte en el brazo no demasiado profundo, pero lo suficiente como para que la herida empezara a sangrar en abundancia.

—No juegues conmigo. —Le rajó la camiseta desde el escote y le plantó la punta del acero encima de uno de sus pechos—. ¡Dime dónde está!

A Lola no le quedaban más argucias, y con aquel cuchillo tan cerca de su corazón temió de verdad por su vida. Decidió darle un destino sin que tuviera consecuencias peligrosas para nadie. Recordó la pequeña aldea a la que había acudido con Keita a atender un parto y explicó su ubicación.

—Como le digo, está cerca de Lokutu, al suroeste y a menos de diez millas. En un plano se lo podría marcar mejor.

Bernard imaginó que le mentía otra vez, por lógica no tenía ningún plano, y oyó a lo lejos una sirena de policía. No disponía de más tiempo.

—La buscaré. Pero no lo olvides, un día nos volveremos a ver, y si me has engañado, sabrás cómo duele la hoja de un cuchillo cuando atraviesa la carne.

Lola lo vio salir corriendo del dormitorio, con la mochila, y desde la ventana comprobó que se metía en un coche, lo arrancaba y hacía chirriar los neumáticos en el asfalto. A ella el corazón aún le palpitaba a cien por hora.

Suspiró hasta dejarse medio pulmón en ello, se apresuró a liberar a la joven de Greenworld y, cuando apenas había acabado de soltarle los pies, incapaz de que sus propias piernas la aguantaran un solo segundo más, se derrumbó haciendo esfuerzos por recuperar la respiración y un pulso menos acelerado.

Mireia se abrazó a ella y rompió a llorar. Lola tardó unos minutos en poder moverse: los nervios se lo impedían. Tenía que llamar a Colin para explicarle que las pruebas que le había pedido que protegiera se habían esfumado. Pero no era capaz de dar un solo paso para buscar el teléfono.

Después de ser atendida por un sanitario que le curó la herida del brazo, de tomarse un par de tranquilizantes, de pasar dos interrogatorios de la policía y de verlos tomando huellas por toda la casa, cuando la dejaron sola buscó el número de Colin.

Se tumbó en el sofá y, cuando el inglés respondió, solo le dijo:

—No te vas a creer lo que me acaba de pasar.

# 45

*Hotel Island Shangri-La, Hong Kong, China*
*Julio de 2010*

Mei Ling se estaba terminando de maquillar en el baño de la *suite* Harbour View del hotel más lujoso de Hong Kong para acudir a cenar con su futuro socio, Paul Vestraeten, en el restaurante Amber.

Como él se alojaba en el Landmark Mandarin Oriental, y el prestigioso restaurante del cocinero holandés Richard Ekkebus se encontraba en su séptima planta, habían quedado directamente a las siete y media en el *lobby* de aquel hotel para subir juntos. La firma de los documentos que unirían sus intereses africanos se llevaría a cabo después de haber probado sus insólitas propuestas culinarias en un reservado a nombre de ella con una buena provisión del mejor champán francés.

Mei Ling vestía un modelo de la modista china Guo Pei: falda ceñida a la cintura y cuerpo con discreto escote en uve, bajo un chaleco repleto de bordados florales. Se pintó los labios en un tono rosa, muy tenue, y apenas les dio un poco de color a las mejillas antes de someterse a una última revisión frente al espejo. Los años no pasaban en balde, pero nunca le había abandonado un punto de coquetería. Tras darse un medio aprobado, miró el reloj.

Eran las seis y cuarto. Calculó media hora de taxi, por lo que disponía de otra media más antes de abandonar el hotel. Recordó que tenía unos cuantos correos pendientes de leer en el portátil.

Salió del baño, pero al entrar en el dormitorio se quedó paralizada.

Sentado en una de las butacas y de espaldas al ventanal de la habitación, había un hombre observándola, un completo desconocido. Mei Ling tardó unos segundos en reaccionar hasta que descolgó el teléfono y se dispuso a marcar el número de recepción.

—Señora Mei, cuelgue, se lo ruego —le pidió en inglés—. No tiene nada que temer.

Ella no llamó, pero tampoco colgó el auricular, desconfiada. El tipo cruzó una pierna sobre la otra y pasó a exponerle los motivos de su presencia allí:

—Me llamo Michael Scott. No le robaré mucho tiempo. —Comprobó que el nudo de su corbata estaba en su sitio—. El asunto del que le quiero hablar es de suma importancia. Espero que entienda por qué la he abordado de esta manera.

Influida por su cuidado aspecto y después de escuchar sus intenciones, la conmoción inicial en Mei Ling se vio atenuada, pero no la perplejidad.

—Si solo pretende hablar, ¿no podría haber elegido otro sitio, por ejemplo el bar del vestíbulo? —El corazón le latía a una velocidad mayor de lo normal.

—Tome asiento, se lo ruego.

Mei Ling lo hizo frente a él.

—Tiene dos minutos. Ya puede ser importante lo que me viene a contar, porque en caso contrario llamaré a la policía.

—No hace falta, yo soy la policía. —Sonrió—. Pertenezco a una unidad especializada en la persecución de grandes delitos monetarios y fiscales, dentro del departamento del Tesoro de Estados Unidos.

Mei Ling disimuló su espanto desviando la vista a sus propios zapatos, con unos tacones casi imposibles. Pero fue capaz de recomponerse antes de volver a mirar al intruso.

—Tengo todas mis cuentas en regla —respondió con seguridad.

—¿Se refiere a las que tiene abiertas en las islas Caimán y en la trama de sociedades radicadas en Panamá, Gibraltar y Jersey? ¿Está queriendo decirme que en los tres últimos años no ha ayudado a evadir algo más de treinta millones de dólares de la mafia china americana a través de las manipuladas pérdidas de su empresa Hiwuay Coorp, que en realidad no fabrica nada desde hace cinco años, pero que sigue apareciendo como activa en el pueblo más recóndito de la China más profunda?

Mei Ling acusó el golpe sin permitir que le temblaran las piernas.

—Voy a llamar a mi abogado. —Se incorporó para buscar el móvil.

—No le hará falta, señora. Vuelva a sentarse y escúcheme bien. Porque hoy es su día de suerte, aunque no se lo crea.

Mei Ling volvió a sentarse, cruzó las piernas y se estiró la falda. Pidió que le mostrara su documentación y comprobó dónde trabajaba.

—Usted dirá.

Sus ojos rasgados, oscuros y penetrantes se dirigieron al agente del Tesoro con expresión receptiva.

—Digo que ha tenido suerte porque si nuestros cálculos son correctos y obviamos esas turbias tramas financieras a las que me acabo de referir, sus empresas venden en Estados Unidos en torno a tres mil millones de dólares al año. Y la buena noticia para usted es que podrá seguir haciéndolo sin ninguna traba por nuestra parte, siempre que colabore con nosotros.

Mei Ling imaginó un alto peaje y supo que estaba en lo cierto cuando el norteamericano mencionó en voz alta el nombre de Paul Vestraeten.

—Llevamos años detrás de su nuevo socio. Los escarceos fiscales que usted hace son un juego de niños comparados con los del señor Vestraeten. El año pasado dedicó doscientos cuarenta millones de euros, que escamoteó a la Hacienda belga y a la de otros diez países en los que opera, a establecer con la mitad de ese dinero una sociedad en la ciudad de Medellín, en Colombia, con uno de los grandes cárteles de la droga; una inversión destinada a montar un gran servicio de ortodoncia —adoptó una sonrisa que derrochaba puro cinismo—: curioso lugar para arreglar dentaduras, y no puedo imaginar cuántas para justificar esa inversión, ¿verdad? Pues espere, porque con la otra mitad constituyó una sociedad junto a dos dictadores africanos, especialmente conocidos por la opresión con que gobiernan a sus ciudadanos, para dedicarse a la venta de bisutería, en realidad de diamantes, que por obra de importantes sobornos no están pasando por las aduanas correspondientes.

—La sociedad que quiero establecer con ese hombre solo pretende producir alimentos en una región africana capaz de darlos en cantidades muy importantes y dirigidos a una creciente población mundial. No veo delito alguno en ello —se defendió la mujer.

—Quizá en esa sociedad no.

Mei Ling se sintió perdida. Si sabían que iba a cerrar un contrato con Paul Vestraeten y habían descubierto sus propias trampas financieras, ¿por qué no iban a por los dos?, se preguntó. El agente Scott pareció leerle el pensamiento.

—Los delitos que comete el señor Vestraeten no son

solo de cuello blanco, la mayoría están teñidos de sangre —dijo—. Y eso le convierte en un auténtico criminal, lo que no es su caso. Sospechamos que algunas de sus empresas en la República Democrática del Congo practican todo tipo de atropellos con la población local, empleando medios más que expeditivos; además, tiene comprada a buena parte de la policía y, por supuesto, a un largo plantel de políticos. —La miró a los ojos y siguió hablando—: ¿Para qué la queremos a usted entonces, se estará preguntando? La respuesta es sencilla: necesitamos que establezca esa sociedad con él, firme el contrato y mantenga su relación profesional como si no supiera nada. Pero nos va a ayudar a desenmascararlo.

El hombre estudió la reacción de Mei Ling, que poseía un gran control de sus emociones.

—Sé que le estamos pidiendo algo muy incómodo. Pero le ofrecemos a cambio la amnistía de todos sus delitos fiscales en Estados Unidos y seguir operando en el mercado americano sin ningún problema.

La mujer se frotó las manos, suspiró pesadamente y tomó una decisión.

—¿Qué he de hacer?

*Restaurante Amber, hotel Landmark Mandarin Oriental, Hong Kong, China*

Paul Vestraeten brindó con su nueva socia antes de probar el primer plato que ofrecía el restaurante en su menú degustación.

—Un placer volver a encontrarnos. —Besó su mano con exquisita cortesía—. Y todavía más en este lugar: es impresionante. —Miró a su alrededor.

La decoración estaba estudiada al milímetro: moqueta

elegante y acolchada, maderas nobles sobre sus paredes, una enorme plataforma tubular colgada del techo y flores rojas sobre grandes jarrones negros que salpicaban allí y allá la sala. Todo era perfecto.

—Comparto la misma satisfacción por vernos, Paul. Sabes que elegí este restaurante para acompañar nuestro buen acuerdo tal y como se merece. —Sonrió, sin saber cómo iba a llevar a cabo el pacto que había hecho con el agente del Tesoro.

No era su estilo traicionar a sus socios, pero aún detestaba más verse forzada a hacerlo. Al mirar a Paul, al margen de sus maniobras empresariales, llegó a la conclusión de que tampoco era tan diferente a ella. Quizá por eso sintió como si también estuviese traicionándose a sí misma.

—¿Te encuentras bien? —preguntó el belga al advertir su gesto entre ausente y frío.

—No tanto como cuando llegue el momento de la firma y sellemos nuestra relación para constituir Afrifood.

Durante la siguiente hora, con sendas copas de Cristal de Roederer a mano, degustaron algunos de los mejores platos del premiado chef con nombres tan exóticos como «Colinabo cocinado en jugo de lima y cacahuete, aceite de oliva y hojas de acedera en un lecho de florecillas mini» o «Tomates reliquia de familia», mientras hablaban sobre su acuerdo. Una charla distendida, aunque Mei Ling seguía pensando cómo satisfacer la exigencia del agente del Tesoro y terminar con el asunto.

Vio su oportunidad cuando Paul se excusó para ir al servicio, pero se llevó el teléfono consigo. Se le ocurrió una idea.

Sacó del bolso la finísima plancha que le había facilitado el agente Scott, con la misma forma y tamaño de un móvil de última generación. Si seguía sus instrucciones, debía colocarla debajo del teléfono de Vestraeten para que, en cuestión de segundos, quedara hackeado sin que el belga lo pudiese advertir. A partir de entonces, desde el departamento del Tesoro podrían escuchar sus conversaciones y acceder a todas las aplicaciones de su móvil.

Levantó el mantel después de comprobar que ningún camarero estaba al tanto y coló la delgadísima plancha bajo el fino algodón egipcio, dejándola aproximadamente en el mismo lugar en que Paul había colocado su terminal. Un par de minutos después, Vestraeten se sentó a la mesa. Pero no sacó el móvil. Mei Ling maldijo su mala suerte. El jefe de sala les presentó una nueva propuesta. Ella apenas la saboreó.

—Sublime —sentenció Paul antes de dejar el tenedor sobre el mantel y reconocer que no había tomado nada parecido en su vida.

Mei Ling respondió a su valoración con una tenue sonrisa, se le acababa de ocurrir algo. Sacó de su minúsculo bolsito el teléfono, pidió disculpas por tener que hacer una llamada, abrió la agenda y seleccionó el número de Vestraeten. Esperó a que sonara. Paul notó la vibración de su móvil, lo recuperó del bolsillo interior de su americana y, al mirar la pantalla, arqueó las cejas extrañado.

—¿Me estás llamando?

—¿Te estoy llamando? —Mei Ling disimuló mirando la pantalla—. Me he confundido de Paul. —Se rio pidiéndole disculpas.

Mientras marcaba de nuevo, observó aliviada que él había dejado el teléfono sobre el mantel, pero no encima de donde ella había colocado el dispositivo. Estaba claro que la fortuna no la acompañaba aquella noche.

Fingió que nadie atendía su llamada y guardó su móvil sin perder de vista el otro. Se preguntó qué podía hacer para empujarlo, apenas unos centímetros hasta el punto adecuado, mientras les llegaba el primer postre.

Dio un sorbo al champán, atacó el minipastelito de peonía con miel de Barbados, rodeado de una especie de caracolas de crujiente textura y sabor, y valoró qué posibilidades tenía. Se decidió por una, sin acordarse de cuándo la había utilizado por última vez.

—Paul, ¿eres consciente de lo que vamos a hacer tras la cena?

Al belga aquello lo pilló tan fuera de juego que no supo qué contestar.

—Crear una empresa no solo une intereses económicos, también a las personas. A partir de hoy vas a dejar de ser un simple contacto en mi agenda telefónica, y me gustaría celebrarlo de una manera que no es muy común en la cultura china... —Con un brillo en la mirada le ofreció una mano que Paul cubrió con la suya, un tanto perplejo—. En mi cultura, el contacto físico queda reservado a los muy allegados. Así que quiero que sepas que empiezas a ser uno de ellos.

Como Mei Ling necesitaba un hueco en la mesa para ofrecerle la segunda mano, se abrió espacio empujando las copas y el móvil de Paul hasta dejarlo en el lugar idóneo. Él aceptó sus manos y quiso reconocer aquel gesto como merecía.

—Acabo de recordar una frase tuya que me impactó mucho —apuntó él—. Dijiste: «Nunca espero a que las cosas pasen, hago que ocurran».

Ella reconoció sus propias palabras, rozó con un dedo el dorso de la mano de Paul y contestó:

—En efecto, hago que ocurran.

## 46

*Carguero Virgen Bisila, en medio del Atlántico*
*Julio de 2010*

Bernard telefoneó a Maxime de Mons por obligación, no por gusto.

Buscó su número en la agenda desde aquel carguero de bandera guineana, rumbo a Malabo, que había cogido ocho días antes en el puerto de A Coruña, en previsión de que la policía española no le dejase salir del país en avión.

No se arrepentía de la decisión, pero sí de la precariedad del viejo buque. Le iba a llevar doce largos días de navegación antes de pisar tierra en Guinea Ecuatorial, y tendría que tomar después un avión para Kinsasa.

Apoyado sobre la borda, sintió un nuevo latigazo de dolor en la espalda. Llevaba más de seis meses con ese tipo de molestias y había terminado por acostumbrarse. Su mal procedía de los huesos y le afectaba desde la mañana hasta la noche. Según decía el matasanos al que había acudido recién aparecidos los primeros dolores, su enfermedad lo acompañaría no mucho más de dos años, hasta que todo concluyese. Y no tuvo muchos reparos en explicarle que se refería a su muerte. Bernard le acabó agradeciendo su falta de tacto, ya que lo ayudó a asumir los plazos y con ello las decisiones que debía tomar antes de que no pudiera hacerlo.

Una vez aceptado el problema, Bernard fue pasando de fases hasta que llegó a una a partir de la cual todo iba a ser más rápido y su deterioro más visible. No le pareció mal saberlo; tan solo le pedía a la vida poder despedirse en condiciones de los que de verdad le importaban, y sobre todo dejar arreglado el futuro de su hijo. Tenía el tiempo justo y sabía que el dinero no le sobraba. Echó la cabeza hacia atrás y dejó que el viento arrancase las oscuras nubes que ensombrecían sus pensamientos.

En su poder tenía el ordenador y las dos carpetas en las que Beatriz Arriondas había registrado sus investigaciones sobre distintas empresas, entre ellas Lands & Oils. No eran demasiado comprometedoras, pero sí lo suficientemente relevantes como para que Bernard decidiera hacer dormir para siempre aquellas pruebas lanzándolas al océano. Y acababa de recibir una pista fiable sobre la joven salvaje, que se había dejado ver en medio de un mercado defendiendo a unos primates.

*Mina 4, Tshopo, República Democrática del Congo*

—¿Dónde dices que estás?

Maxime se tapaba el oído libre. El ruido de los picos abriendo la roca a los pies de una de las grietas, donde estaban trabajando una veintena de operarios para crear accesos desde los que extraerían más adelante el codiciado coltán, ahogaba la voz de su amigo Bernard, del que apenas sabía nada desde hacía casi un mes.

—¿Y se puede saber qué cojones haces en un barco? Te imaginaba en Kivu Norte, adonde te había mandado a trabajar.

—No te lo tomes a mal, pero he tenido que ir a España por expreso deseo del jefe para hacerme con las pruebas que reunió la chica esa de Greenworld, y de paso tratar de descubrir dónde puede estar escondida la africana, la que se te escapó el día del accidente con los monos. Sobre lo primero, he podido echarles un vistazo, y menos mal, porque podrían habernos afectado.

A Maxime le empezó a bailar la información en la cabeza por inconexa e inesperada, provocando un galopante estado de confusión. Se rascó la cicatriz que le cruzaba la ceja derecha.

—¿Dices que Paul te ha mandado a España, sin haberme informado antes, para que te enteres de no sé qué de unos papeles y del paradero de esa negra? ¿A cuento de qué? ¿Qué se nos ha perdido en ese país?

—No lo compliques más de la cuenta, amigo. —Bernard le notó nervioso—. Cuando nos veamos te lo explicaré mejor. Ahora, lo importante es que sepas lo siguiente...

Maxime prefirió escuchar antes de mandarle al infierno, que era lo que le pedía el cuerpo. Nunca había apostado tanto por un hombre. Había favorecido a Bernard más que a nadie, dándole cargos y un excelente sueldo, y como último ejemplo de ello, la discreción con la que había tratado su responsabilidad en la muerte de la cooperante española. Y sin embargo, lo que acababa de escuchar le estaba metiendo a empujones en una inesperada nube de desconfianza.

—¿Qué diablos tengo que saber? ¡Habla! —Tapó con la mano el auricular y dio un grito a los dos obreros más cercanos para que dejaran de picar piedra.

—He recibido un soplo, desde Kivu Sur, de un miliciano al que tenemos en nómina, no lo conoces: trabaja en los servicios de seguridad de una de las nuevas minas. El hombre jura haber visto a una negra de ojos verdes en uno de esos mercados semanales que ocupan media población, una cercana al lago, y de eso hace tan solo tres días.

Maxime recibió la noticia con un inmediato subidón de adrenalina.

—¿El jefe te ha encargado actuar?

—Te llamo porque a mí no me deja ir... —Lamentó su enfoque al dar a entender que se lo había prohibido Vestraeten—. Bueno... La podrás localizar en un refugio para primates próximo a la población de Lwiro, cerca de Kavumu. Dice que acudas de inmediato, y te repito sus palabras: «Que lo haga bien y con la máxima limpieza».

A Maxime no se le escapó el grado de deslealtad en el que había caído Bernard; llegaría el día en que se lo hiciese pagar. Ahora tenía que resolver un problema que le quemaba desde hacía ya demasiado tiempo.

—Salgo ya mismo. Díselo tú mismo al jefe; está visto que últimamente tienes mucha mejor comunicación que yo con él —le espetó antes de colgar el teléfono.

*Centro de Rehabilitación de Primates de Lwiro, Kivu Sur, República Democrática del Congo*

En ese preciso instante, en el despacho de Carmen Izcara se recibía una extraña llamada procedente del departamento del Tesoro estadounidense advirtiéndola de que si tenía entre sus empleados a una joven africana de ojos verdes, existía un alto riesgo de que alguien estuviese dirigiéndose hacia allí para asesinarla.

No supieron dar su nombre, pero era evidente que se referían a Bineka. Lo habían sabido a través de las escuchas a un hombre al que estaban siguiendo por otros motivos, y le recomendaron a la directora del CRPL que se tomara la amenaza muy en serio.

A Carmen le costó entender la intervención de un organismo económico tan alejado de África y cómo podían saber que Bineka residía allí. Pero no dudó lo que tenía que hacer. Corrió en busca de Luis Cereceda.

A los pocos minutos Luis llamó a Colin, pero no obtuvo respuesta. Probó con el doctor Ajani y así supo que el inglés se había deshecho de su anterior número; Keita le facilitó el nuevo.

Cuando consiguió que descolgara, Colin escuchó alarmado la noticia. La asoció al ataque en casa de Lola Freixido, tan solo un par de días atrás.

—No sabemos a quién nos enfrentamos, pero parecen ir muy en serio. Se mueven con rapidez y por todos lados.

—¿Qué quieres que haga? —preguntó Luis.

Todavía no habían hablado con Bineka, quien, desde el incidente en el mercado y su mala experiencia dentro del recinto vallado, se había implicado mucho más en los trabajos del laboratorio, ayudando a desarrollar ensayos con los que medir las respuestas de los chimpancés ante problemas que les exigían actuaciones asociadas. Luis estaba impresionado con la facilidad que tenía para entenderse con ellos; quizá porque la veían como si fuera una más.

—Tenéis que escapar de ahí sin perder un minuto, hacia Ruanda.

Luis echó un vistazo a su pierna herida; tendría que apañarse.

—Escucha: id en coche hasta la península de Lushoze, en el extremo sur del lago Kivu. Hace frontera con Ruanda y estáis a poco más de una hora. Cuando caiga la noche en Lushoze, haceos con una embarcación y cruzad el lago. Debes remar hasta la orilla ruandesa, no hay demasiada distancia. Buscad una iglesia católica en Cyangugu. En cuanto cuelgue, tomaré la avioneta y volaré al aeródromo de Kamembe, muy cerca de ese templo: os estaré esperando en las inmediaciones.

Media hora después, Luis, Bineka y una asustada Furaha abandonaron el CRPL en un vehículo no identificado, atendiendo a las sugerencias de Carmen para evitar ser reconocidos. Ella comprobó que Luis llevaba encima el revólver que le había dejado unos días antes y se abrazó a Bineka de forma exagerada, con la sospecha de que iba a pasar bastante tiempo antes de poder repetirlo.

El reloj de Luis marcaba las siete y media cuando salieron por el portón. No había olvidado su mochila, repleta de sus habituales y sorprendentes recursos. La echó al asiento trasero. Según sus cálculos, llegarían a la península a eso de las nueve, por lo que se les haría de noche un poco antes. Nada más tomar la N-2 giraron a la derecha, para buscar a seis kilómetros la N-3 que pasaba por Kabumba, donde tendrían que coger otra que bordeaba la orilla suroeste del lago Kivu.

Los sorprendió un tráfico denso, sobre todo de camiones. Quizá por eso no se fijaron en el coche que llevaban detrás, ni tampoco en cómo se dedicó a adelantar al resto de los vehículos arriesgándose a chocar con los que circulaban en sentido contrario, hasta que terminó pegado a su matrícula. Para entonces, habían tomado ya la N-3, una pista de tierra ligeramente más ancha que la anterior.

Luis advirtió su presencia cuando el vehículo empezó a tocar el claxon, de forma insistente, a sus espaldas. Al mirar por el retrovisor, distinguió a su conductor, y al ver su cara picada de viruela reconoció quién era.

—¡Joder!

—¿Qué pasa? —Bineka se volvió.

—Me parece que nos está siguiendo aquel miliciano hutu del mercadillo al que le fastidiamos la venta de los chimpancés. —Pisó el acelerador para aumentar la distancia con él y se frotó el muslo al sentir una punzada de dolor—. Nos va a tocar correr si queremos perderlo de vista. Sujeta con fuerza a Furaha.

Adelantaron a una carreta y a un microbús llenísimo de gente antes de acelerar a fondo. Solo disponían de diez kilómetros en línea recta para alcanzar la ribera del lago. Luego las curvas lo obligarían a reducir la velocidad, así que trató de separarse de aquel coche sacando del motor toda su potencia. Pero el otro no daba tregua. No tardó en adelantar al microbús y volvió a colocarse pegado a su maletero.

Luis agradeció que fuera una pista de tierra y no de asfalto, porque tras dos semanas sin llover, a su paso levantaban tanto polvo que dificultaba la visibilidad de su perseguidor.

Con lo que no contaron fue que en aquel trance decidiera adelantarlos.

Luis vio aparecer el morro por el retrovisor izquierdo. Y aunque aceleró, el otro también lo hizo. Cuando se puso en paralelo, el miliciano gritó que pararan, pero la celebrada aparición de un camión por su carril lo forzó a retroceder. Atravesaron una aldea a excesiva velocidad y a la salida volvió a suceder lo mismo. El peligroso furtivo recuperó la anterior posición y, sin mediar palabra, les apuntó con una pistola.

—¡Agáchate! ¡Tiene un arma! —advirtió Luis a Bineka.

La muchacha obligó a Furaha a meterse debajo de sus piernas y recordó dónde había guardado el revólver el veterinario. Abrió la guantera y lo sacó. Recordó el rostro del hombre que había matado a su abuelo y cómo le había disparado con otro revólver. Luis celebró su iniciativa y le pidió que lo usara contra aquel tipo, antes de que lo hiciera él.

—Apenas sé usar esto... —contestó ella mientras se le caía de las manos.

Luis midió el peligro y frenó de golpe, forzando a que los adelantara. Pero el miliciano empezó a reducir la velocidad con intención de hacerlos parar. Tenían que evitarlo, pero no supo cómo hasta que vio llegar a un todoterreno en sentido contrario. Sin calcular si le iba a dar tiempo, el español adelantó a su perseguidor, lo que obligó a frenar a los otros dos para evitar un choque múltiple. Ellos siguieron a toda velocidad, ganando unos metros de ventaja.

—¡Bineka, escúchame con atención!

La chica, asustadísima, lo miró sin perder de vista al otro coche.

—Cuando vuelva a ponerse a nuestra altura, no lo dudes, apúntale y aprieta el gatillo. Solo así podremos salir vivos de esta. —¿Quién le hubiera dicho que iba a tocarle vivir momentos como ese cuando estudió Veterinaria en Córdoba?, reflexionó.

—¿Lo tengo que matar? —preguntó ella mostrando una inequívoca expresión de terror.

—Lo que sea, con tal de que no nos mate él.

El coche del miliciano fue ganando terreno hasta ponerse a su altura. Luis, de reojo, le vio coger la pistola del asiento. Pero antes de que llegara a encañonarlos, sonó una enorme detonación dentro del coche y Luis sintió pasar una bala a escasos milímetros de la punta de su nariz; un único proyectil que impactó en la puerta del contrario. Por culpa del retroceso del arma, Bineka se golpeó la cabeza con la ventanilla derecha y Furaha se puso a chillar como una loca, espantada por el ruido.

El miliciano frenó en seco. No esperaba aquella respuesta de sus perseguidos. Cogió el móvil y llamó para pedir ayuda. Al menos para informar de su ubicación.

—¡Lo has hecho muy bien! —Luis felicitó a Bineka—. Pero no olvides que me encuentro entre el arma y el objetivo: ten cuidado, por favor.

Furaha parecía haber enloquecido. Desde la detonación no paraba de dar saltos por los asientos traseros, golpeaba los delanteros y chocaba una y otra vez con las ventanillas, chillando como si le estuvieran quitando la piel a tiras.

—Haz que deje de gritar y se tranquilice de una vez —protestó Luis, incapaz de concentrarse en las curvas.

Habían llegado al lago. Desde aquel punto y durante los siguientes diez kilómetros lo iban a bordear. Luis se sintió más aliviado. El miliciano no podría repetir los adelantamientos, aunque no dejaba de preocuparle cómo deshacerse de él antes de llegar a la península.

Miró a Bineka. Estaba muy pendiente del comportamiento del vehículo que los seguía, con el arma preparada en una mano y la otra apoyada sobre la cabeza de Furaha, impidiendo que se moviera. Y en ese instante él pensó en una tontería: lamentó no tener hijos para poder contarles aquella aventura; si terminaba bien, claro.

Llevaban recorridos tres kilómetros cuando una bala reventó la luna trasera del coche. La segunda atravesó el techo sin afectarlos, pero a la vista del tramo recto que tenían por delante, Luis redujo una marcha para sacar la máxima potencia al motor y separarse de aquel asesino. Su perseguidor hizo lo mismo, recuperando terreno casi al mismo tiempo, y aún aceleró más hasta empezar a adelantarlos. Con una mano conducía y en la otra llevaba la pistola.

Luis vio a Bineka apuntando con el arma.

—¡Espera...! Todavía no. —Sentía la respiración detenida de la joven, el temblor de sus manos aferradas a la empuñadura del revólver. Y entonces levantó el pie del acelerador para coger al otro por sorpresa, poniéndose a su altura antes de lo esperado—. ¡Ahora!

Se oyeron dos disparos. Uno alcanzó a Luis en el brazo.

Otro, el de Bineka, atravesó el cuello del miliciano y le hizo perder el control. Después de dar dos vueltas de campana, el vehículo se precipitó al lago y desapareció en sus aguas.

—¿Te ha dado?

—Me temo que sí, pero tú lo has hecho mucho mejor. —Al tocarse el hombro, se manchó la mano de sangre, y detuvo el coche en el arcén.

Bineka examinó el alcance de la herida de Luis. Localizó un agujero en la tapicería del asiento por donde se había perdido el proyectil. Le rasgó la camisa.

—La bala solo te ha rozado el brazo.

Improvisó una venda con una tira de tela que sacó de su propia camiseta con la idea de que pudiera volver a conducir cuanto antes. Sangraba copiosamente.

—Lo has hecho perfecto, Bineka. —Luis se tanteó el brazo—. Con esta cura, aguantaré hasta que paremos y se haga de noche. Necesitamos abandonar cuanto antes esta ruta.

Tomó una curva a la izquierda y desde allí pudieron ver el final del lago, una masa de casitas bajas y la larga prolongación de tierra a la que tenían que llegar. Ya quedaba menos. Puso las luces de cruce, sintió un ataque de dolor en el brazo y le rechinaron los dientes al apretar las mandíbulas, pero se propuso sacar fuerzas de donde fuera para alcanzar el destino sin desmayarse.

Bineka, a su derecha, observaba el revólver aún en sus manos con un gesto de absoluta desolación. Luis pudo imaginar lo que estaba pensando: había matado a un hombre. Pero la chica no dijo ni una sola palabra.

Tan solo se le escapó una lágrima desde sus ojos de color selva.

## 47

*Aeródromo de Lokutu, Tshopo, República Democrática del Congo*
*Julio de 2010*

Cuando Colin llegó al aeródromo en busca de su avioneta, estaba despegando otra del mismo modelo. Intentó identificar al piloto y a su acompañante durante el primer viraje, antes de que ganaran altura, pero no lo consiguió.

—No hará ni media hora que ha aterrizado procedente de Kinsasa para recoger pasaje y llevarlo a Kivu Sur, a Kavumu en concreto —respondió el encargado del hangar a las preguntas de Colin—. Se trata de un servicio urgente.

A Colin no le gustó lo que acababa de saber. El aeródromo de Kavumu era el más cercano al centro de primates de Lwiro. No creía en las casualidades, de modo que le pidió al encargado el nombre de la empresa que prestaba el servicio aéreo y la matrícula del avión para llamar una vez que estuviese volando. Vencer el secreto profesional al que se debía el encargado no le costó mucho: ocho mil francos congoleños, lo que traducido a otra moneda apenas superaba los cuatro euros.

Media hora más tarde, a diez mil pies de altitud y después de haber dado como destino el aeropuerto de Mbandaka, del todo falso por aquello de no dejar ningún rastro, Colin activó su teléfono vía satélite y marcó el número.

—Sky Congo Service, buenas tardes —respondió una voz femenina—. ¿En qué lo puedo ayudar?

—Buenas tardes, señorita, le estoy llamando desde uno de sus aviones, en el vuelo de Lokutu a Kavumu. Espero que sepa disculparme, pero no estoy seguro de si les di mis datos para hacerme la factura, ¿sabe? —El planteamiento era arriesgado, pero no se le ocurrió otra manera de obtener la información.

—Espere un momento que lo consulte... —La chica tardó un par de minutos—. Señor De Mons, en efecto, no los tenemos... ¿Me los puede facilitar ahora?

Colin colgó.

Le acababa de dar un apellido que le sonó a belga, nada raro tratándose del país que había colonizado el Congo durante décadas. No contaba con que la joven, al cortarse la llamada, buscara los datos de contratación del vuelo y llamara al número de contacto.

—¿Dígame? ¿Con quién hablo?

—¿Es usted el señor De Mons? No reconozco su voz...

Maxime confirmó su identidad y exigió saber el motivo de la llamada injustificada.

—Pero ¿no me ha llamado usted mismo hace menos de un minuto para ver si teníamos sus datos? —preguntó la teleoperadora desconcertada.

—No, señorita. Habrá sido otra persona. —Le extrañó sobremanera, pero se propuso entenderlo—. ¿Acaso le ha facilitado usted alguna información?

La joven, muy inquieta, no pudo negar que había usado su apellido.

—Contraté un servicio de pago en metálico, sin facturas. Debería haberlo recordado, ¿no le parece?

—Disculpe, caballero, ahora que lo dice tiene toda la razón.

—No la disculpo, y espero que sus jefes tampoco. —Elevó la voz—. Pero hagamos un trato. Como acaba de cometer un error imperdonable dando mi apellido a un desconocido, lo mínimo que ha de hacer ahora es darme el número de teléfono de quien la ha llamado. Habrá quedado registrado en algún lugar.

La joven no puso inconveniente alguno, temiendo por su empleo, y se lo trasladó después de obtenerlo de la compañera que manejaba la centralita.

Maxime lo marcó sin esperar a aterrizar, activando la opción de «número oculto».

—Colin Blackhill al aparato. ¿Con quién hablo?

Maxime colgó y soltó una retahíla de tacos que fueron haciéndose más gruesos a medida que se daba cuenta de la gravedad de la situación. Tenía a un miembro de Greenworld siguiéndole los pasos y en otro vuelo; había identificado sin ninguna duda el ruido. ¿Cómo se habría enterado? Le dio dos vueltas. Si había puesto interés en saber quién había contratado el vuelo, tenía que conocer de antemano el destino de este. Pero ¿hasta dónde sabía qué quería hacer él en Kavumu? Ahogado entre tantas preguntas sin respuesta, palpó su pistola, oculta bajo la cazadora, y sintió un mayor apremio por aterrizar.

—¿Este trasto no puede volar más rápido? —le exigió al piloto.

—Estamos rodeando una importante borrasca que nos ha desviado de la ruta inicial y el motor está rindiendo al máximo de sus posibilidades.

Maxime miró el reloj y temió que Colin Blackhill se le adelantara.

—Le pago el doble de lo convenido si llegamos antes de la hora prevista. Llevo mucha prisa.

El piloto desplazó a su derecha la palanca de vuelo y modificó el rumbo de la aeronave para meterse de lleno en una oscura y amenazante masa de nubes.

—Entonces, prepárese para vivir una buena tormenta desde dentro.

Media hora después, Maxime lo había vomitado todo y suplicaba que aquel martirio terminara cuanto antes. Solo deseaba llegar a su destino y que lo recogiera el miliciano hutu que había visto a la chica en el mercado. No se paró a pensar en cómo iba a entrar en el centro de primates para eliminarla; pero si no se le ocurría nada antes, siempre le quedaba la opción directa: cargarse a todo el que se le cruzara de camino hasta dar con ella.

Colin Blackhill volaba cerca de la misma borrasca en la que estaba metido Maxime, pero él la bordeó por el norte para entrar en el espacio aéreo de Ruanda, a la altura del lago Kivu. Tendría que pedir autorización a las autoridades aéreas un poco antes. Seguía dándole vueltas a la extraña llamada que había recibido; tenía que haber sido el tal De Mons, que volaba en la otra avioneta. Decidió avisar a Carmen para que llamara a la policía en previsión de que el tipo se presentase en sus instalaciones. La urgencia por volar a aquel aeródromo en concreto, junto con el aviso que habían recibido por parte de los americanos, casaban bastante bien con la posibilidad de que el tipo que había alquilado la avioneta fuese el encargado de eliminar a Bineka.

*Lago Kivu, orilla de la República Democrática del Congo*

Bineka entró en el lago arrastrando una vieja barca con Furaha colgada en su espalda. Luis vigilaba los alrededores, al tanto de que nadie los viera. El intenso dolor del brazo apenas le permitía ayudar. Por suerte, la joven había elegido no la barca mejor, de las dos que encontraron después de recorrerse media península, sino la más liviana.

Una vez que la tuvo a flote, Bineka se subió y animó a Luis a hacer lo mismo.

—Ya voy. Me ha parecido ver a alguien cerca de las casas.

Empezaba a meter los pies en el agua cuando oyeron a lo lejos a un hombre que les daba el alto. Corrió sin darse la vuelta y empujó la barca con sus pocas fuerzas antes de colarse dentro. Bineka no sabía remar. Luis se hizo con los remos. A pesar de los intensos dolores que casi lo anulaban, puso en movimiento la barquita, miró hacia la orilla y pudo divisar a un hombre que corría con todas sus fuerzas. Calculó que todavía lo separaban trescientos metros del agua. Bineka, al ver lo lentos que iban, cogió el remo del brazo herido y empezó a bogar. Al poco, la barca surcaba con más rapidez las aguas alejándose de la orilla y del tipo que Luis imaginó que sería un compinche del anterior.

Sonó una seca detonación, pero estaban lo suficientemente lejos ya como para verse protegidos por la oscuridad de la noche y perderse de vista. Con la atención puesta en la popa, bogaron en silencio durante veinte minutos más hasta que divisaron la otra orilla.

Cuando pisaron tierra ruandesa, se abrazaron aliviados, abandonaron la embarcación y corrieron hacia una densa arboleda. Luis calculó diez minutos andando hasta dar con la iglesia. Miró el reloj: eran las diez de la noche.

*Aeródromo de Kavumu, Kivu sur,*
*República Democrática del Congo*

Maxime de Mons aguardó al mercenario de Bernard más de una hora en el aeródromo de Kavumu, llamándolo cada cinco minutos. Extrañado por el retraso, se dirigió a la minúscula sala de espera, que carecía hasta de servicios. El aeródromo tenía una sola pista y en su aparcamiento había un solo coche, seguramente el del encargado de la operativa aérea, el tipo que le acababa de avisar de que en media hora tenía que dejarlo todo cerrado. Maxime le preguntó si no se esperaba algún vuelo más, pensando en la avioneta del inglés. El encargado le confirmó que no tenían más operaciones.

A Maxime no le cuadraba nada. El tipo que había quedado en recogerlo no aparecía y Colin Blackhill tampoco. Pensó en cómo solucionar su situación. Podía pedir un taxi, pero le limitaría cualquier movimiento posterior. Resolvió el problema al estilo Vestraeten: habló con el encargado y le compró su coche. Pagó medio millón de francos congoleños —unos quinientos euros—, que le dio en mano al perplejo empleado, y sin más explicaciones se montó en un desvencijado Peugeot y puso rumbo al Centro de Rehabilitación de Primates después de localizarlo en un plano.

El vehículo aceptó la primera marcha con un par de chirridos y la segunda dando un bote, pero superados esos primeros problemas, Maxime fue capaz de meterse en una pista a medio asfaltar y quince minutos después divisaba la entrada principal del refugio de primates. Odiaba improvisar, pero dadas las circunstancias, con el día ya oscureciendo y un coche de la policía en el acceso de entrada, no le quedó otra que elaborar un plan de acción para el día siguiente. Tres kilómetros más allá llegó a una población. En mitad de su calle principal paró para preguntar por algún hotel.

—¿Hotel? Aquí no tenemos hoteles —le contestó un desdentado anciano—. Pero hay una mujer que alquila habitaciones en aquel callejón, a la derecha. —Señaló con la mano—. Le va a gustar.

*Lago Kivu, orilla de la República de Ruanda*

Luis y Bineka vieron el perfil de una iglesia al fondo de un camino de tierra que empezaron a recorrer esperanzados. Habían permanecido ocultos detrás de un gran arbusto durante más de quince minutos, después de haber visto un Jeep con dos soldados a bordo y toda la pinta de estar haciendo una ronda de vigilancia nocturna. Furaha se portó bien, a pesar de la cantidad de acontecimientos extraños que le estaba tocando vivir. Bineka le había dado uno de los plátanos que Carmen había metido en su mochila y se había quedado medio adormilada.

Cuando se hallaban a menos de cien metros del templo, del que salía algo de luz, identificaron una sombra en su entrada. Bineka fue la primera en reconocer a Colin. Profirió un grito ahogado y corrió hacia él, olvidando de golpe todos los miedos, peligros y riesgos que habían pasado.

Se abrazó a él, reconoció su olor y le agradó hasta la fuerza con que la acogió.

—Me alegra verte, flacucha. —Colin le dio dos besos.

—Y a mí... —respondió Bineka callando todo eso que hubiese deseado decirle.

Furaha saltaba alrededor enfadada, sin hallar un solo hueco entre ellos.

Cuando llegó Luis, agotado, maltrecho y dolorido, Colin lo recibió con un sentido abrazo.

—¡Nunca dudé de que lo conseguirías! —proclamó este.

—De milagro, no creas...

Colin, alarmado por la aparatosa mancha de sangre en su camisa, comprobó que había sido solo un rasguño y le instó a entrar en la sacristía, donde buscó gasas, agua oxigenada y polvos antibióticos.

—¡Lo has logrado! —Palmeó su otro brazo sonriendo—. No esperaba menos de ti.

—Déjate de elogios, que casi no lo cuento...

Colin lo ayudó a incorporarse y fueron a reunirse con el padre Meritens.

—No os vais a creer lo amable que es; os ha dejado preparada comida y ropa limpia, y se ha empeñado en que usemos su habitación.

Bineka, agarrada del brazo del inglés, decidió no despegarse de él. No sabía qué podría pasar, pero se juró que nada ni nadie la iba a separar otra vez de aquel hombre.

—Colin...

—Dime. —Se volvió para mirarla.

—No me dejes sola otra vez...

—Descuida, no lo haré. Si puede ser, mañana mismo nos vamos a Inglaterra.

La chica recibió la noticia encantada y se abrazó más fuerte a él.

Aunque no sabía dónde estaba Inglaterra ni qué suponía viajar a ese destino, le gustó tanto la idea que lo demás no le importó nada.

Luis miró a la chica y luego a Furaha. Como primatólogo y declarado conservacionista no podía permitir que la cría de chimpancé viajara con ellos, pero no le pareció el mejor momento de expresar su opinión.

# 48

*Hotel Único, Madrid, España*
*Finales de julio de 2010*

Lola se sentó en un sofá con vistas al exclusivo jardín interior del hotel, en pleno barrio de Salamanca, sujetando en una mano un té gyokuro. Miró de refilón la bandejita que el amable camarero le había llevado junto al té con una suerte de deliciosas pastitas que la llamaban a gritos. Suspiró venciendo los instintos, metió estómago y se negó el placer de probar una, o todas, que era lo que le hubiese apetecido. A cambio, estudió la decoración del lujoso salón privado que había reservado para verse con una de sus mejores colaboradoras en Moviplus, Audrey Himeltton, responsable del negocio en el Reino Unido e Irlanda, a quien quería sumar a su proyecto.

Apenas apareció, Audrey se disculpó, al haber olvidado su iPad en la habitación —«Media vida en esa tableta», justificó—; la inglesa había llegado al hotel la víspera, pasadas las diez de la noche, y tenía que abandonarlo antes de las diez si no quería perder su vuelo a Londres para presidir la reunión quincenal con su equipo de ventas en las oficinas de Moviplus en Lombard Street.

Habían pasado diez días del asalto a su casa, y Lola seguía despertándose a media noche por una u otra pesadilla en las que siempre estaba aquel hombre, con sus dos cicatrices cruzándole la cara. Preocupados por su seguridad, tanto su madre como Valentín Arriondas movieron los hilos necesarios para que le pusieran vigilancia policial hasta dar con el agresor. El padre de Beatriz entendió que existía una amenaza real.

Llevaba nueve días recibiendo una llamada de Colin cada noche, a veces tan solo de un par de minutos, para preguntar cómo seguía; unas llamadas que le estaban sentando tan bien que no sabía cómo iba a llevar el día que faltasen. Gracias a esa fluida comunicación, en ocasiones complicada de establecer para él, se mantenía al corriente de los últimos acontecimientos. La noche anterior la había llamado desde algún lugar de Ruanda —por seguridad no le dijo cuál— tardísimo, tanto que le pareció ver en el despertador de su mesilla las tres y cuarenta y siete, para contarle que Bineka y Luis habían conseguido cruzar la frontera y se encontraban a salvo. Tampoco le extrañó el celo que puso en no comentar sus próximos planes. A Lola le bastó saber que volvería a llamarla en cuanto estuviesen en un lugar seguro, aunque quizá no fuera la noche siguiente.

En aquellas conversaciones nocturnas no habían salido temas personales y mucho menos íntimos, pero para Lola era suficiente con escuchar su voz, grave y profunda, para sentirse de nuevo en África, sobrevolando el asombroso río Congo, descubriendo con él la populosa vida diaria de Lokutu, encogida de horror en el pasillo de una morgue o sentada en la azotea de su casa, vibrando con los colores y olores de la noche en la que había acogido sus primeras confidencias.

Vio llegar a Audrey.

A sus veintinueve años —«Qué joven todavía», pensó Lola—, era la mejor gestionando equipos comerciales en su anterior organigrama directivo, y por eso la quería para el nuevo proyecto. Se lo tendría que haber imaginado cuando la llamó para verse en Madrid, pero Audrey era tan elegante que no preguntó el motivo ni puso condición alguna. Tan solo casaron agendas, y allí estaba, disfrutando de un dónut que Lola tenía prohibido desde no recordaba cuándo. La inglesa no era de las que sufrían por su aspecto físico, había asumido sus curvas y no se privaba de nada.

—No te ofrezco... —dijo antes de clavar su inmaculada dentadura blanca en un minicruasán relleno de crema y cubierto de azúcar glas—. Pero cuéntame: ¿hay vida después de Moviplus?

Consciente de los escasos tres cuartos de hora que tenía para compartir su idea, antes de que Audrey tomara un taxi en dirección al aeropuerto, Lola no se perdió en prolegómenos.

Aunque apenas llevaba tres semanas planteándolo a gente de su confianza, los resultados estaban tomando una velocidad que la estaba sorprendiendo a ella misma. La respuesta estaba siendo inesperadamente buena; nada más despedirse de Audrey, tendría que hacer unas cuantas llamadas para cerrar una reunión la semana siguiente con un grupo de inversores. Había creído que le iba a costar mucho más convencerlos. Pero estaba visto que la idea de poner en el mercado una nueva compañía telefónica, cuyo carácter fundacional y principal misión fuese alcanzar las más altas cotas de respeto y compromiso con la conservación del medio ambiente, tenía un prometedor recorrido.

Al parecer, entre las actuales operadoras de telecomunicación, ninguna se estaba tomando en serio el tema. Y ella, en su visión, pretendía que la nueva empresa trabajara persiguiendo la sostenibilidad en todas sus operaciones, procedimientos y logística. Por ejemplo, con la eliminación completa de papel y con el uso exclusivo de energías limpias para rebajar al mínimo la huella de carbono.

Según lo que tenía pensado, nacería con la vocación de convertirse en la única compañía que vendiese terminales telefónicos fabricados con los más estrictos certificados de respeto al medio ambiente, en empresas que priorizaran la dignidad de sus trabajadores, descartando cualquier marca que no cumpliera con esos requisitos, por líder que fuera.

Soñaba con crear y dirigir una empresa sensible y abierta a los nuevos credos de la sociedad, honesta, joven y dinámica. Una empresa que dedicaría una parte importante de sus futuros beneficios a financiar microproyectos de inversión en países como la República Democrática del Congo. Con el deseo de que los beneficiarios pudieran emprender sus sueños sin necesidad de abandonar su tierra ni a su gente. Había elegido a sus posibles socios por sus trayectorias y su experiencia en proyectos solidarios, o con un calado semejante al que ella quería emprender.

Tras escuchar con toda atención, Audrey hundió la cucharita en un tocinillo de cielo que acababa de llevarle el camarero, después de haber mirado con cara de pena su plato vacío y calcular las seis horas que le faltaban para volver a comer algo.

—¿Con quién más has hablado?

—De los que tú conozcas, solo con Aslög, y me dijo que se une.

Audrey devolvió su atención al tembloroso flan y preguntó por dónde se moverían sus ingresos.

—Ahora no puedo ofrecerte lo que ganas. Ni de cerca... Calcula un treinta por ciento al principio, para ir acercándonos a tu actual cifra en dos o tres años, eso sí, con un pellizco en los beneficios.

—Ahora son las nueve y media... —La inglesa arañó la tarrina de cristal con la cuchara, decidida a no dejarse el más mínimo trocito del delicioso postre—. En cinco minutos tengo un taxi esperándome en la puerta para llevarme al aeropuerto. Aterrizaré a eso de las doce y pico en Londres. La reunión con mi gente me llevará una hora y media. Cuando la termine, llamaré a Gabriel Velázquez para despedirme. —Le sonrió—. ¡Cuenta conmigo!

Cuando Lola se quedó sola en el confortable saloncito del hotel, atrajo su atención una docena de gorriones jugando a perseguirse por el jardín, al otro lado del ventanal. La escena le recordó a la que había presenciado durante su primer vuelo a Lokutu, viendo cómo una bandada de loros acompañaba a la avioneta de Colin. Y mientras revivía el momento, se le encogió la garganta al pensar que cabía la posibilidad de no volver a ver nunca más a ese hombre.

Trató de sortear tan negro pensamiento centrándose en sus actuales necesidades. Cogió el teléfono y empezó a llamar.

Pasada una hora había cerrado una reunión para el miércoles de la siguiente semana, a la que acudirían sus cinco posibles socios en otro hotel de Madrid que le había parecido perfecto para sus objetivos: el Reina Victoria, un establecimiento en pleno centro de la ciudad, y aun así en una de las zonas de menos tráfico, con menos contaminación y por tanto más saludable.

*Cyangugu, República de Ruanda*

A muchos miles de kilómetros de allí, en la sacristía de un templo católico cercano a la frontera del Congo, Colin conversaba con el joven párroco de origen irlandés mientras compartían un té.

—Padre, ¿no sabrá de alguien que pueda facilitarnos un pasaporte y un documento de identidad para ella?

—¿Me está pidiendo que les presente a un falsificador?

—Se miró la sotana y luego al inglés, con una expresión de absoluta perplejidad.

—En efecto. —Abrió la cartera y enseñó un fajo de billetes—. Sería muy generoso con su cepillo...

El padre Meritens se rascó la cabeza. Sin ninguna duda aquel tipo no tenía ni idea de las motivaciones que podían empujar a un joven como él a perderse en un lugar como ese. Podía entender la premura y la necesidad de resolver la situación de aquella joven, al parecer perseguida, pero sus modos no eran los que cabía esperar como responsable de una prestigiosa ONG.

—Si quiere ser generoso y participar en las obras de caridad que esta iglesia realiza, aceptaré con gusto su dinero. Pero si solo lo hace porque cree que de ese modo lo ayudaré, se lo puede ir quedando.

Colin entendió su error y lo trató de corregir.

—Perdone, padre. No he calculado bien con quién estoy hablando. Desde que aparecimos ayer, sin avisar, no ha podido ser más amable con nosotros. Nos ha acogido sin preguntar, hemos comido de su mesa, ha puesto a nuestra disposición los escasos medicamentos que tenía para ayudar a mi amigo herido. Y nos ha permitido esconder a la chica en los bajos de su templo, asumiendo todos los riesgos.

—Eso está mucho mejor. —Agarró el crucifijo que colgaba de su cuello y lo besó—. Agradézcaselo a Él, no a mí. Solo sigo sus preceptos, y entre ellos está auxiliar al hermano en todo lo que necesite... —Sonrió de forma bondadosa.

—Haré una buena contribución en ayuda de su labor, sin pedirle nada a cambio.

—Así, sí la aceptaré. Y de lo otro no se preocupe; creo que tengo un feligrés que acostumbra a hacer ese tipo de apaños que ustedes necesitan. Apúnteme en un papel los datos que deberían aparecer en el pasaporte, porque además está de suerte: su madre lleva tiempo enferma y le llevo la comunión a diario.

Colin encontró a Bineka cambiando las vendas a Luis. Como la bala apenas le había rozado, la herida no estaba infectada y tenía un buen aspecto. Consciente de ello, Luis se disponía a regresar a Lwiro, preocupado por la situación que podía estar viviéndose allí. Aunque había hablado con Carmen y sabía que estaban bien, su lugar estaba con ellos. Respetando sus deseos, Colin había apalabrado un transporte hasta la frontera, donde le recogería alguien del equipo

—¿Adónde iréis vosotros? —preguntó Luis, sopesando si era el momento de expresar su negativa a que Furaha fuera con ellos.

Colin ya lo había decidido. Y tenía por delante cuatro jornadas de vuelo, nueve mil quinientos kilómetros y un destino final que llevaba sin pisar muchos años; quizá demasiados.

—Nos vamos a Kent, a mi casa en Inglaterra. Dudo que se les ocurra buscarnos tan lejos, y además tengo a un buen amigo en Scotland Yard que nos ofrecerá protección.

Sacó de su mochila un enorme plano y durante unos minutos los dos amigos valoraron cuáles serían las escalas más seguras, trazaron rutas y decidieron las paradas donde repostar y dormir.

Bineka iba escuchando aquellos extraños nombres y trataba de retenerlos en su memoria. Supo que pasarían la primera noche en Jartum, capital de Sudán, tras una parada en Malakal; dormirían en Túnez al día siguiente, y tras repostar en algún punto intermedio, descansarían en Aix-en-Provence. El cuarto día lo emplearían en atravesar Francia para llegar a Kent, su destino final.

No sabía ni cómo eran aquellos lugares ni qué se encontraría en ellos. Tampoco cómo le afectaría volar ocho horas al día durante cuatro jornadas. Se preguntaba si no sería demasiado para la pequeña Furaha y de qué hablarían durante todo ese tiempo. Le apetecía tanto la experiencia que no le cabía una sonrisa mayor en el rostro, aunque le duró muy poco, lo que tardó en escuchar la opinión de Luis.

—No podéis llevaros a Furaha.

Colin, que imaginó los motivos que movían a su amigo, miró a Bineka. Ella se quedó muda y con gesto espantado.

—Como miembro de la Sociedad Internacional de Primatología no puedo admitir que un primate sea sacado de su entorno natural y termine viviendo como una mascota. —Se dirigió a Bineka, consciente del dolor que le iba a producir pero firme en su planteamiento, acorde con sus profundas convicciones—. Furaha se ha de quedar aquí, no permitiré que viaje con vosotros. Me la llevaré a Lwiro, entrará a formar parte de uno de nuestros programas de reintroducción y cuando le llegue el momento la devolveremos a su mundo, a la selva.

La joven no pudo contener las lágrimas. Miró a Colin implorando su ayuda, pero no la obtuvo. El inglés ratificó las palabra de Luis.

—Lo siento, pero tiene razón: Furaha pertenece a la selva. Es lo mejor para ella... —Le posó una mano en el hombro procurando consolarla.

—¡Yo quedo también!

—Entiendo tu reacción, pero es demasiado peligroso quedarse. Hemos de escapar y además sin perder más tiempo. Si dan con nosotros, tendríamos serios problemas.

—Pero Furaha necesita a mí...

Colin la vio tan rota que le ofreció su abrazo. Bineka se refugió en él, con el corazón roto por tener que separarse de su pequeña cría, fiel compañera durante uno de los momentos más excepcionales de su vida. Asumió que no le quedaba otra solución, aceptó que Luis se la llevara, lo expresó en voz alta y a continuación se mantuvo quieta, bajo la protección de aquel reconfortante abrazo, hasta que apareció el padre Meritens con los documentos que le iban a permitir viajar y atravesar los sucesivos países antes de llegar a Inglaterra.

Cuando tuvo entre las manos el pasaporte y lo abrió, al identificar su nombre escrito se sintió importante: Bineka de Tshopo. Agarró su *nkisi* e imploró la ayuda del dios del aire para que los protegiera del largo viaje que iban a acometer hasta pisar la aldea de Colin, pero también para que cuidara de su Furaha hasta que pudiera volver a verla.

# 49

*Aldea de Lwiro, Kivu Sur, República Democrática del Congo*
*Primeros de agosto de 2010*

Maxime de Mons podía ser descuidado, temperamental o desalmado en opinión de sus enemigos, pero nadie podía tacharlo de tonto. Por eso, después de escudriñar las inmediaciones del vigilado Centro de Rehabilitación de Primates de Lwiro y tras una noche para olvidar en una destartalada pensión, por llamarla de alguna manera, tuvo claro que en el tiempo transcurrido entre el soplo que había recibido Bernard hasta que este llegó a sus oídos, los protectores de la chica habían sido advertidos, lo que había facilitado su escapada. La confirmación definitiva la obtuvo gracias a uno de los empleados del refugio, al que siguió hasta su casa para hacerle ver que si se animaba a hablar podía duplicar el fajo de billetes que había dejado en sus manos. El hombre tardó poco en aceptar la oferta, dada la descomunal cifra. Maxime conoció así, de su boca, la precipitada huida de la chica la tarde anterior, ayudada por el veterinario del CRPL.

Maxime no era de los que se arrugaban ante un fracaso. Y aunque la fuga de aquella joven era la peor noticia que podía haber recibido, no iba a cejar hasta encontrarla. Que esa muchacha se moviera con libertad era un lujo que no se podía permitir. Se trataba de la única testigo de un esmerado trabajo de purga que su empresa llevaba efectuando desde hacía dos años para transformar miserables aldeas y el entorno selvático que las rodeaba en rentables cultivos o prospecciones, movilizando así unos recursos tontamente desaprovechados. Pero nadie sabía adónde había huido. Salvo ese veterinario.

Como no todo tenía que salirle mal, aquella misma tarde supo gracias a su buen espía que Luis Cereceda había regresado al centro solo. Si ese hombre tenía alguna información que valiera la pena, él sabría cómo arrancársela. Pero antes debía hacer una llamada que le quemaba desde que Bernard se había puesto en contacto con él a bordo del carguero.

Sentado en el camastro de la cochiquera que su dueña se empeñaba en llamar «pensión», Maxime imaginó el teléfono sonando al otro lado de la línea en un despacho repleto de lujos. Cuando contestaron, fue directo al grano:

—¿Qué cojones hace Bernard en medio de esta película?

—Vigila ese tono... —replicó Paul Vestraeten de forma tajante—. La ingratitud no entra dentro del repertorio de reacciones que espero de ti. Si he puesto a ese hombre donde lo he puesto, es para protegerte... Ah, y por si no lo recuerdas, prefiero que las conversaciones empiecen con un «buenos días, tardes o noches». Si fueras otro, te habría colgado.

Maxime no terminó de creerse lo de Bernard. Pero antes de explicar cómo estaba yendo lo de Lwiro, le trasladó la conclusión a la que había llegado: debía de tener pinchado el teléfono, su famoso teléfono a prueba de todo.

Vestraeten comprendió la situación al segundo, y a partir de entonces midió sus palabras.

—Cuelgo y te devuelvo la llamada en un rato.

Hizo acudir a su equipo de seguridad. Y cuando después de dos horas de intenso trabajo vieron que su móvil había sido hackeado y supo cómo lo habían podido hacer, no le quedó ninguna duda sobre su autoría.

Lo lamentó: iba a tener que buscar otros inversores y a

sufrir un indeseable retraso, pero no lo dudó y dio la fatal orden, ahora sin oídos indiscretos que lo escucharan.

En su despacho de la exclusiva Peak Road de Hong Kong, Mei Ling no podía imaginar que, a nueve mil cuatrocientos cuarenta y dos kilómetros de donde se encontraba, alguien acababa de firmar su sentencia de muerte.

Y menos, que no escaparía de ella.

*Calle Maudes, 10, ático derecha, Madrid, España*
*Primeros de agosto de 2010*

Decir que hacía mucho calor en Madrid era quedarse corto. Eran las once y media, no corría una gota de aire y ya no podía llevar menos ropa; Lola, desesperada, decidió salir a la terraza para ver si la noche le regalaba un poco de brisa.

Miró su móvil. Tenía una llamada perdida de Colin. Se le instaló una sonrisa y marcó su número. Pero sonó y sonó sin recibir respuesta.

Se apoyó en la barandilla y contempló la ciudad. Sirenas y mucho tráfico a pesar de la hora, un par de terrazas en el edificio de enfrente con otros como ella buscando alivio, dos en la calle llenas de clientes, quizá compartiendo las últimas cervezas, familias en sus salones abiertos a la calle, atentos a la televisión, seguramente embobados con algún absurdo *reality show*.

¡Qué distinto a lo que vio y sintió desde aquella otra azotea, en Lokutu, en casa de Colin!

Buscó la tumbona en la que se había pasado medio fin de semana tomando el sol y se acomodó en ella. Trató de pensar en lo que le tocaba hacer al día siguiente, pero su cabeza se negó y regresó de nuevo a África. ¿Sería víctima del embrujo que producía ese continente en todos? ¿Se estaría cumpliendo lo que Colin le había contado en pleno vuelo a Lokutu? Lo recordaba palabra a palabra: «Todo lo que vas a ver, vivir y conocer durante los próximos días puede llegar a cambiarte por completo. Prepárate para el concentrado de sensaciones más potentes que posiblemente hayas experimentado en tu vida». Iba a tener razón, concluyó.

Se enderezó, recogió un mechón perdido de su coleta, lo volvió a colocar en su sitio y reflexionó: «¿Por qué no puedo dejar de pensar en África? Ni que fuera una droga... ¿O lo hago por culpa de ese cooperante?».

«Es por ambos —se contestó—. El país me ha envenenado, pero no solo es eso.»

Lo dejó ahí. Era verdad, se sentía envenenada. Pero no lo suficiente como para saber si, en aquellos difíciles días de África, duros pero también fascinantes, había llegado a significar algo para Colin o no; si la puerta de los sentimientos entre ellos había quedado cerrada cuando se despidieron en aquel ascensor, o bien había quedado abierta una rendija. Sus llamadas diarias daban a entender eso último. Pero ¿cómo saberlo si los separaban miles de kilómetros, proyectos profesionales diferentes y vidas tan opuestas?

Con él se había confesado como nunca había hecho con otro cuando le dijo no haber encontrado todavía al hombre de su vida. Aunque habían pasado unos cuantos. En definitiva, le faltaban certezas para saber en cuál de los dos grupos debía encuadrar a Colin.

Cerró los ojos y se vio transportada a los cielos de África. Volvió a divisar el río Congo, sus profundas y oscuras aguas, sus rápidos; con aquella incontenible y ancestral energía que vivía en sus entrañas. Y se sintió río, y se vio transportada por él en un turbulento recorrido que no era otro que el estado de su alma: en un viaje sin rumbo y sin un plan. Sola.

# 50

*Oficina de Delitos Internacionales, departamento del Tesoro,*
*Washington, Estados Unidos*
*Primeros de agosto de 2010*

Michael Scott recibió la visita del segundo en la escala de mando de la CIA, Walter Fisherman, en su despacho de la avenida Pensilvania. Se habían conocido de estudiantes en la universidad estatal de Luisiana, en Baton Rouge, uno de los campus más económicos de Estados Unidos, dado que ninguno de los dos procedía de una familia con excesivos recursos.

Se licenciaron como Masters of Law con buenos expedientes, y aunque desde entonces sus carreras se separaron, ambos terminaron trabajando para el Gobierno federal. Walter desapareció durante más de quince años sin que Michael supiera apenas de él, aunque imaginó que habría estado metido en alguno de los variados conflictos mundiales en los que había intervenido la Agencia con sede en Langley, Virginia. Sin embargo, desde hacía tres años, gracias a la nueva posición de Walter, habían vuelto a tener contacto. Y ahora era raro el fin de semana que no se juntaran para jugar al golf, ir a pescar o salir a cenar con sus esposas.

Walter entró con gesto de no estar pasando el mejor de sus días.

—¿Para qué me has hecho venir? No imaginas la cantidad de problemas que me esperan en el despacho, y solo son las doce del mediodía.

Michael se levantó para servirle una copa de Old Forester 1920, consciente de que era su bourbon preferido. En cuanto Walter reconoció la botella, se compensaron de inmediato sus anteriores males y abrió la carpeta que su amigo le pasó. Lo primero que vio fue una foto.

—Mei Ling —habló Michael—, una de las empresarias chinas más poderosas y con inversiones en nuestro país de más de nueve ceros. Apareció antes de ayer estampada contra la acera, a los pies del edificio de Shanghái en el que tenía su apartamento, valorado en dos millones y medio de dólares.

Walter dejó la foto sobre la mesa sin darle demasiada importancia.

—¿Tenía alguna deuda con el Tesoro de Estados Unidos?

—Bastantes, pero nosotros con ella también...

Le pasó una segunda foto, con la imagen de un hombre de negocios cenando en un restaurante con la misma mujer, tomada desde un ángulo difícil, seguramente sin que ellos se enteraran.

—O me empiezas a explicar de qué va todo esto o me llevo la botella a mi despacho y sigo con lo que estaba.

—El hombre se llama Paul Vestraeten, ciudadano belga, nuestro verdadero objetivo. Después de ejercer una estudiada presión sobre esa mujer, ella aceptó colaborar conmigo con la promesa de una amnistía fiscal. Gracias a ello, conseguimos hackear el móvil de nuestro hombre, y desde ese momento pudimos hacerle un estrecho seguimiento que, por desgracia, no duró mucho: cinco días después, la señal del móvil murió para siempre, y a las veinticuatro horas apareció la mujer tal y como has visto. Las autoridades chinas resolvieron el caso como un suicidio, pero es evidente que no fue tal.

—¿Y a qué negocios se dedica ese tipo? —Lo estudió en la foto.

—De lo más variado; comparte sociedad con uno de los grandes capos del cártel de Medellín, y alguna más con un par de dictadores africanos. Lo último que sabemos es que anda comprando minas de coltán en la República Democrática del Congo después de haber reunido un número indeterminado de fincas en el centro del país para producir aceite de palma. Este último empeño lo hace a través de una compañía que, bajo supuestos fines humanitarios, está acaparando millones de euros procedentes de los fondos de cooperación para el desarrollo de varios países occidentales, entre ellos el nuestro.

—¡Un lince, vamos...! ¿Qué quieres que hagamos nosotros?

Michael recuperó la carpeta que le había pasado, localizó un documento dentro de ella y se lo leyó. Se trataba de la transcripción de una breve conversación telefónica.

—Es la única pista que tenemos para seguir investigándolo: un número de teléfono, el del destinatario de una orden dada por Vestraeten, disimulada pero no lo suficiente: eliminar a una joven africana de la que no sabemos nada. Fue la última que recibió antes de que perdiéramos nuestra escucha. Mi gente está tratando de averiguar a quién pertenece el terminal telefónico para poder pincharlo también.

—Acabo de asomarme al asunto, pero es de imaginar que la chica debe de conocer cosas que pueden perjudicar a tu hombre. ¿Cuándo dices que se produjo esa última llamada?

—Hace dos días. Llamamos al destino donde se debía llevar a cabo la acción: un centro de recuperación de primates en el que reside la muchacha, según nos confirmaron, para ponerlos sobre aviso.

Walter preguntó si había mandado a alguien a investigar.

—El asunto se escapa de nuestras competencias. —Sus hombres eran capaces de oler los delitos financieros más retorcidos que cabía imaginar, pero no estaban capacitados para manejar un asunto de ese calibre, enfrentándose a tipos dispuestos a matar—. Quiero pillar a ese belga en un fallo, extraditarlo y meterlo en la cárcel hasta que se pudra. Pero no lo puedo hacer solo, ni con mis medios.

—Parece un trabajo más propio de Interpol que de la Agencia.

—Me fío más de vosotros. ¿Me ayudarás?

—No sabes en qué momento me lo pides, pero que sea por los viejos tiempos... Mandaré un par de hombres a la zona, para husmear.

—Espero tus noticias.

Walter se despidió apurando antes la copa y marcó el teléfono de uno de sus agentes más experimentados.

*Aeródromo de Kamembe, República de Ruanda*

Bineka miró a Furaha, tragó saliva, se le quebró la voz y, con una expresión rota por la pena que sentía, se despidió de ella agitando la mano. La cría estaba en brazos de Luis, a pie de pista, mientras la avioneta empezaba a aumentar de potencia y Colin pedía autorización para despegar. Furaha, cuando dejó de ver a Bineka, trató de zafarse y gritó furiosa, pero Luis la apretó contra él con fuerza para frenar sus intenciones.

La aeronave empezó a moverse.

Bineka se volvió hacia atrás para mirar a su ahijada, quizá por última vez, y en ese momento pudo ver cómo el animal se escurría del veterinario para arrancarse a correr con todas sus ganas tras el aparato. Colin no la vio. La avioneta, todavía a media potencia, enfiló la pista y comenzó a recorrer los primeros metros de terreno recto, dentro de los cuatrocientos de que disponía antes de alzar el vuelo. Ganó potencia, puso el motor al máximo de revoluciones y, justo cuando empezaba a tomar velocidad, sintió un golpe en su puerta que le hizo girar la cabeza. Furaha había conseguido saltar y colgarse de la manilla.

—¡Pero será posible...! —Redujo la marcha hasta detenerse.

Luis corría desbocado hacia ellos con intención de recuperar a Furaha. Pero en ese momento apareció un todoterreno negro, con los cristales tintados, en el límite del aeródromo, dirigiéndose hacia ellos a toda velocidad.

Colin lo vio y se temió lo peor.

Calculó lo que tardaría Luis en llegar, estimó el tiempo que necesitaría el vehículo en hacer lo propio y tomó una decisión. Abrió la puerta, dejó entrar a Furaha, que se instaló feliz en los brazos de Bineka, y aumentó al máximo la potencia del motor para despegar sin perder un solo segundo más, antes de que se les cruzara el todoterreno.

Tenía media pista por recorrer y escaso espacio para levantar el vuelo antes de impactar contra el vehículo.

Bineka, viéndolo acercarse, se apretó contra el asiento temiendo chocar, pero en el último momento el morro de la avioneta se alzó y las ruedas rozaron el techo del todoterreno, que al notarlo frenó de golpe. De dentro salieron dos individuos. Uno de ellos sacó una pistola, disparó y falló el tiro. Sin embargo, el segundo alcanzó un ala sin demasiadas consecuencias. Colin mantuvo el aparato a baja altura sin perderlos de vista, y comprobó con alivio cómo Luis se había escondido desapareciendo de la vista de sus perseguidores, antes de que la aeronave superara los primeros árboles.

Furaha miró a Bineka, esbozando una especie de sonrisa con tintes de triunfo, y a continuación la joven se pegó a la ventanilla de la avioneta para no apartarse de ella a partir de entonces. No comentó nada con Colin, sabía lo que pensaba. La presencia de la pequeña primate no era lo previsto, pero significaba un verdadero alivio para la africana. No se había sentido preparada para separarse así de ella, y estaba segura de que a Furaha le pasaba lo mismo.

Observó el gigantesco lago Kivu a baja altura y el Édouard después, un poco más al norte, vecino al parque nacional Virunga. Colin le explicó que era el lugar con mayor población de gorilas en libertad. Y después de ellos, el enorme lago Albert, otra de las grandes masas de agua con una orilla en la República Democrática del Congo y otra en Uganda.

Después de verse cegada por los reflejos de sol procedentes de aquellos grandiosos lagos, sin dejar de lado las inabarcables extensiones forestales que teñían de verde el horizonte, empezó a sentir un profundo ataque de nostalgia. Recordó su aldea, a su gente, a su abuelo Tonuk, a su mejor amiga Sanza. Y se dio cuenta de lo pequeño que había sido su mundo frente a lo que ahora estaba conociendo. Cobró también conciencia de que había vivido encerrada en una especie de concha, como la que protegía a los pangolines, incapaz de imaginar qué había fuera de las cuatro chozas que tenía por hogar. Absorta en sus propios pensamientos, apenas sintió sobre su cuerpo el rugido del motor cuando Colin aumentó la potencia de la avioneta para ganar un poco más de altura.

Suspiró al mirarlo de reojo. Asumía que estaban huyendo y no se le escapaba el peligro que había corrido tan solo unos minutos antes, como también días atrás, y era consciente de que la presencia de Furaha iba a significar un problema importante. Así lo había manifestado Colin, previendo los problemas que iban a tener cuando pisaran suelo inglés. Sin embargo, ella se sentía feliz porque, además de seguir al lado de su ahijada, ese viaje le iba a ofrecer la posibilidad de conocer mejor a Colin entre maravillosos cielos azules y suelos de inagotable frondosidad.

Intranquilo y ajeno a esos pensamientos, Colin activó el piloto automático y buscó un cedé de música con ganas de relajarse.

—Nunca vuelo sin llevar conmigo esta canción de Ray Charles; se titula *A song for you.* Me relaja muchísimo. Espero que te guste.

Bineka concentró sus sentidos en las primeras notas que inundaron la cabina. La voz sonaba áspera y grave, pero a la vez hermosa. Sin entender del todo, la letra hablaba de soledad, de ofrecer la canción a otra persona, de dudas, y sobre todo de amor. ¿Serían esos los pasos que los occidentales daban antes de enamorarse?, se preguntó al venirle a la cabeza alguna de las conversaciones que había mantenido con Lola y con Carmen en ese sentido.

Pensó en trasladarle la pregunta a Colin, pero al final optó por no hacerlo a cambio de saborear en silencio aquella voz que se estaba colando en sus entrañas para removerlo todo. Y se sintió ansiosa por exprimir también la increíble sensación que le producía volar, y la compañía que le ofrecía aquel hombre; aprovechando para hinchar su mirada con las espléndidas vistas que disfrutaba desde aquella altura, queriendo memorizarlas para siempre.

And when my life is over
remember when we were together.
We were alone
and I was singing my song for you...

Con los ecos de aquella melodía sonando en su interior, el paisaje viró del verde al amarillo, y donde antes había exuberante vegetación, cambió a la nada; a arena sin vida, a muerte.

Atravesaron una larga zona desértica hasta aterrizar en un lugar llamado Malakal, una región autónoma de Sudán. Antes de pisar el aeropuerto, Bineka se mostró intranquila. No paraba de mover las piernas y de mirar en todas direcciones.

—¿Estás bien?

—¿Es así tu aldea? —Señaló con un dedo el paisaje yermo.

Colin lo negó. Su tierra no era frondosa como una selva, pero tampoco sufría la aridez de aquel panorama. Notó que su respuesta no la había dejado satisfecha.

—¿Qué te hace sentir lo que estás viendo?

—¿Tristeza? ¿Vacío...? No sé, es que... —Parecía estar buscando una palabra en inglés que no encontraba—. Es que sin agua no hay nada. Es como vivir en medio de...

—¿En medio de la desolación? —apuntó Colin, y le aclaró el significado de aquella palabra.

—¡Exacto! Desolación... —Le agradeció la ayuda con una bonita sonrisa.

—¿Te resulta desolador o diferente?

—Diferente —resolvió ella.

—Si viajáramos más al norte, veríamos hielo, y en vez de lluvia, caería nieve... —Ella no se hacía idea de lo que sería aquello, pero trató de abrir la mente—. En un par de días sobrevolaremos otros bosques con árboles diferentes a los que tú conoces, tierras cultivadas, viñedos, ríos. Y bordearemos enormes ciudades que te sorprenderán.

—¿Cómo de grandes?

—No sé, puede que cien veces Lokutu o más...

Bineka trató de imaginárselas: aldeas gigantescas, otras

selvas. Se preguntó si también en ellas vivirían Mashiras o Takuros.

—Lugares distintos para gente diferente... —apuntó ella con certeza.

—¡Así es! El humano se ha adaptado al medio que lo ha visto nacer. Los hay que han vivido en cavernas, desiertos, aldeas y pueblos. Y cada vez son más los que lo hacen en grandes ciudades. Ya conocerás alguna.

Bineka había creído que lo suyo, su aldea, era el todo. Por eso le costaba entender lo que estaba descubriendo en ese momento.

—La humanidad ha sido capaz de sobrevivir a los climas más adversos, a la escasez de alimentos, a guerras y a las peores condiciones de vida. Y tú eres un buen ejemplo de ello. En pocos meses pasaste de un entorno conocido a vivir entre chimpancés salvajes, para descubrir después una población mucho más grande, como fue Lokutu. Te ha tocado huir de quienes buscaban hacerte daño y has descubierto gente muy diferente a los tuyos, con otra forma de pensar y sentir.

Apagó los motores una vez que hubieron aterrizado y esperó a que acudieran a rellenar los depósitos de combustible tras haberlo solicitado por radio al controlador aéreo. Se giró en su asiento para mirar a Bineka.

—Nací en lugar olvidado, sin nombre. Luego crecí en selva, con poco, pero yo orgullosa de los orígenes. Padre, un día, en gran río, dijo que en mí dentro, como aguas bravas, vivía algo grande que proteger: la bruma verde.

Colin comprendió las razones de su orgullo y le pareció preciosa aquella descripción, tan poética: en ella corría la bruma verde... Nunca se le habría ocurrido relacionar el curioso efecto climatológico que había visto cien veces mientras navegaba por el río Congo con una persona: una bruma que lo empapaba todo hasta meterse en el alma, en la respiración, y hasta en los huesos de sus atónitos espectadores. Un efecto que teñía el aire de ese color.

Fue en ese momento, en un aeródromo en medio de la África más seca, cuando Colin empezó a admirar al ser que vivía dentro de Bineka de un modo diferente. Aunque a ojos del mundo apenas pareciera una chiquilla, después de escuchar cómo respetaba la herencia de lo que creía suyo, de sentir sus raíces y empaparse en la sabiduría que había recibido de sus ancestros, aumentó su admiración por ella. Se quedó mirándola unos segundos más sin decir una sola palabra, deseando entender qué más había dentro de ella, qué era lo que movía su corazón y en qué consistirían desde entonces sus aspiraciones y sueños.

Tendría tiempo para averiguarlo.

La primera noche la pasaron dentro de la avioneta. Les recomendaron no abandonar el aeropuerto ni buscar alojamiento en Jartum aunque tampoco Colin quería que nadie viera a Furaha. Quizá no fuese un país donde se persiguiese la posesión y el transporte de especies protegidas, pero la violencia en sus calles era tan extrema que nadie podía garantizar su seguridad, así se lo explicaron; estaban en un país en guerra con miles de desplazados y centenares de asesinatos diarios. Solo en el aeropuerto tendrían la protección del ejército.

Bineka quería dormir, pero Furaha no paraba quieta, empeñada en someterla a un rascado completo de cabeza. Colin tardó un poco menos en coger el sueño, después de preguntarse cómo reaccionaría su madre cuando apareciera con una africana junto a una cría de chimpancé, con la intención de quedarse a vivir durante un tiempo en su casa. Le preocupó qué pasaría cuando entrara en su país, aunque lo hiciera en un aeródromo en el que sus responsables eran amigos de toda la vida. Tendría que declarar que lo hacía con Furaha y sospechaba los problemas que le iba a acarrear. Pero como las respuestas que se le ocurrían no eran demasiado optimistas, terminó olvidando unas y otras, lo que coincidió con los primeros ronquidos.

Entre los de Colin y los que salían de la garganta de Furaha, Bineka se armó de paciencia, se tapó con una manta, besó su *nkisi* y pidió ayuda a la madre selva para que sembrara en el corazón de aquel hombre la semilla de ese amor que movía a los occidentales.

La jornada siguiente transcurrió seca, sobrevolando un permanente paisaje desértico que apenas dejaba ver una sola población ni presencia humana. Repostaron a mitad de camino, en Libia, y volaron cinco horas más hasta aterrizar en Túnez, una ciudad que sorprendió a Bineka cuando la conoció desde el cielo, y todavía más cuando recorrieron sus calles en busca del hotel en el que pasarían la noche.

Pudieron ducharse, comer algo caliente y sobre todo descansar. Lo necesitaban. Quizá por eso hablaron poco.

Cuando Bineka cayó dormida, Colin aprovechó para llamar a su madre, reservar hotel para la noche siguiente y decidir sus objetivos una vez que estuviese en Kent.

A la mañana siguiente salieron muy temprano del hotel. Levantaron vuelo con un sol a muy baja altura y atravesaron un tranquilo Mediterráneo que Bineka creyó que era un lago más, hasta que a mediodía se empezó a vislumbrar la sinuosa costa francesa.

Bineka cambiaba de continente.

# 51

*Centro de Rehabilitación de Primates de Lwiro, Kivu Sur,*
*República Democrática del Congo*
*Primeros de agosto de 2010*

Carmen Izcara hizo pasar a su despacho a los dos estadounidenses que acababan de llegar al centro. Fuera parecía estar repitiéndose el diluvio universal, con el consiguiente caos organizativo. El reparto de comidas iba retrasado y la inspección rutinaria en los parques también; tres de los empleados no habían conseguido llegar a trabajar, y, para empeorar más las cosas, seguía sin tener noticias de Luis Cereceda.

Después de su regreso de Ruanda, este apenas había tenido tiempo para reponerse cuando le llegó un aviso de madrugada, y aún no había vuelto. Lo que no era normal. Y ahora esto...

—Ustedes dirán, señores.

Los miró con recelo después de ver sus identificaciones y saber que trabajaban para la CIA, algo que no revelaron hasta estar a solas con ella.

—Nuestra visita tiene que ver con la llamada que recibió hace unos días de la oficina del Tesoro advirtiéndola del peligro que corría una de sus empleadas.

Carmen no llegaba a entender qué podía motivar la

presencia de la famosa agencia de inteligencia en su santuario.

—Se lo agradecemos mucho, tanto que les hicimos caso al instante y la joven pudo escapar a pesar de haber sido perseguida y tiroteada de camino.

Les dio detalle de lo sucedido, junto con dos cafés que preparó en el mismo despacho; la cafetera era uno de los regalos más útiles que había recibido de su familia.

Tomaron nota del lugar aproximado del lago Kivu por donde se había despeñado el miliciano, del teléfono y nombre del cooperante inglés que la había recogido después en Ruanda, y se interesaron especialmente por Luis, su veterinario jefe, como testigo directo de la huida.

—Imagino que aparecerá en cualquier momento. Ayer noche tuvo que acudir a una aldea para atender un parto complicado y no ha vuelto aún... —Miró su reloj: eran las once de la mañana.

—¿No ha dicho que es veterinario?

—Señores, están pisando la África más profunda; si no hay un médico a mano, aquí acude el primero que sepa algo sobre el tema.

—Lo esperaremos... —comentó el agente—. Pero mientras tanto, ¿nos podría contar quién es esa chica para entender por qué han intentado matarla?

Carmen sacó a la luz todo lo que sabía sin extenderse demasiado y volvió a remitirles a su veterinario Luis Cereceda para completar la información; él y Colin Blackhill la habían rescatado de la selva y conocían todos los detalles.

Los agentes cruzaron la mirada. El genocidio que había presenciado la chica podría ser la prueba definitiva para encausar al tipo que la Administración estadounidense llevaba tiempo persiguiendo y quizá fuese el mismo que pretendía su muerte, pensaron los dos sin hablarlo.

—Necesitamos entrevistar a esa chica con la máxima

urgencia —intervino el otro agente—. Díganos cómo o dónde localizarla; deberíamos establecer de inmediato un potente dispositivo de protección.

Carmen lamentó no poder darles una respuesta más precisa y contó lo que sabía:

—Creo que se dirigían a Inglaterra, pero el señor Cereceda les podrá decir a qué lugar exacto. Si quieren contactar con Colin Blackhill, puede que no responda. Prefirió viajar en su avioneta para no dejarse ver en lugares públicos donde hubiese policía; es fácil que no haya llegado todavía.

—Una decisión inteligente —concluyó el más participativo.

Sacó de la chaqueta un móvil y marcó el número que Carmen le pasó. Para hablar con más tranquilidad, salió del despacho y se sentó en una silla en el atrio del edificio.

El otro pidió la dirección de la parturienta para localizar a Luis Cereceda. Carmen le aclaró lo que significaba vivir en una aldea africana, sin calles. Para que se ubicara mejor, improvisó un plano señalando con una equis la choza a la que tenían que ir.

Cuando el primero regresó al despacho, comentó que no había conseguido comunicar con Colin.

Carmen se despidió sin acompañarlos hasta la salida, agobiada de trabajo, y pidió que la avisaran de inmediato en caso de encontrar a su colega. Cerró la puerta, se apoyó en ella y marcó el número de Luis, deseando que respondiera.

Pero una vez más no contestó.

*Aldea de Lwiro, Kivu Sur, República Democrática del Congo*

El móvil de Luis Cereceda estaba sonando a la vista de Maxime de Mons.

Llevaba diez horas de interrogatorio y el veterinario no

terminaba de hablar. Se había hecho con él después de haber estado vigilando el CRPL durante cuarenta horas seguidas, y estaba demasiado cansado. Cansado de mal dormir, y de perder tanto tiempo por culpa de la policía, cuando en dos días no habían abandonado un solo instante la protección del lugar; cansado de la propietaria de aquel tugurio, a la que había pillado en dos ocasiones curioseando en sus cosas, aunque no sobrevivió a una tercera, y sobre todo cansado de la absurda actitud de aquel necio.

—Señor Cereceda, ¿quiere que le seccione otro ligamento más de la mano izquierda, o empezamos ya con la derecha?

—Ya le he dicho... mil veces... que no sé dónde están.

Luis estaba desnudo y atado a una silla, con la nariz rota, una ceja partida y los pómulos hinchados a puñetazos. Sin embargo, se mantenía firme. Todavía no le había dado un solo dato que pusiera en peligro las vidas de Bineka y Colin. Miró a su verdugo en busca de respuestas y no supo si fue su ojo gris o el negro, pero en uno de ellos leyó con meridiana claridad hasta dónde iba a llegar en sus intenciones, lo que le arrancó un agudo respingo.

Maxime dispuso la tijera de podar encima del siguiente ligamento metatarsiano trasverso que tocaba seccionar; sería el tercero de la misma mano. Lo miró a la espera de que confesara, pero como Luis no abrió la boca, apretó las tijeras y se oyó un chasquido seco junto al alarido del veterinario, preso de un nuevo e insoportable dolor.

—¡Si quieres seguir vivo, habla de una puta vez! —Le cruzó la cara con el puño bien cerrado, lo que provocó una nueva herida, esta vez en la mejilla.

A esas alturas, Luis estaba seguro de que no saldría vivo de allí.

El hombre se acababa de destapar el rostro, era evidente que el uso de la violencia no le iba a echar para atrás.

Momentos antes había respondido a una llamada de teléfono presentándose como Maxime, y a Luis le vino a la cabeza el nombre que había escuchado a Bineka citar como principal actor de la masacre en su aldea: Matzim. Sonaban parecidos. De ser él, no tenía solución.

Resopló henchido de rabia, lamentó su suerte y, aun con todo, decidió resistir.

Pero cinco horas después, cuando no pudo aguantar que le quemara una sola herida más con una tea al rojo vivo, en las mismas que le acababa de hacer con un afilado cuchillo de cocina, terminó escupiendo el destino que el tipo quería oír.

# 52

*Aix-en-Provence, Francia*
*Primeros de agosto de 2010*

Bineka abrió los ojos como platos mientras sobrevolaban un campo teñido de violeta; interminables líneas de cuidados macizos en flor, que recorrían la tierra hasta perderse en el horizonte.

—¿Qué es? —Se volvió hacia Colin.

—Una prueba más de lo que te dije ayer, que el mundo es variado.

Le explicó que después del amarillo, de las secas arenas del desierto que había visto el día anterior, y del azulado mediterráneo que acababan de sobrevolar, ahora tocaba otro color; quizá el más insólito de todos: el de la flor de la lavanda.

—Nunca visto esas flores.

—Son típicas de esta región, de la Provenza. También verás olivares y bosques de pino. Aunque hay otro aspecto maravilloso de esta zona de Francia: su gente. Por aquí le dan más importancia al hecho de vivir, de disfrutar de lo que la vida ofrece, que a las cosas materiales. ¿Me entiendes?

Bineka asintió. Volvió a mirar las infinitas tiras violeta que arañaban el panorama de forma tan llamativa y hermosa y se sintió afortunada. Podía ser la primera en hacerlo entre los suyos, como el día anterior pudo ser la primera en conocer Túnez, o poco antes el desierto. Con solo pensarlo se emocionó.

—Si lo pienso, mis mejores recuerdos han quedado asociados a un lugar, a una comida, a una música o a una persona —dijo Colin—. Cuando era muy pequeño, mis padres me trajeron a la Provenza, y desde entonces, cada vez que veo el color violeta me viene a la cabeza el recuerdo de sus risas corriendo conmigo por esos interminables macizos de flores. Nunca lo olvidaré.

—Ahora, si veo violeta, acordaré de ti... —respondió ella enseguida.

Bajo el eco de aquella declaración, Colin prefirió el silencio. Se miraron durante unos segundos sin decirse nada. El azul de unos ojos contra el verdor de los otros. Consciente del efecto que producía en ella, no sabía cómo evitarlo. Él tan solo la veía como a una chiquilla a la que proteger, pero ella no sentía lo mismo y cada vez era más evidente. Afectado por ello, y con ánimo de cambiar de conversación, preguntó qué le decía aquella vista.

—Ver bruma violeta.

—Me gusta... —concluyó él.

Cerca del aeródromo, Colin había encontrado un pequeño hotel de estilo familiar que no dudó en elegir para pasar la noche. Tuvieron suerte porque nadie se había fijado en el bulto bien tapado que llevaba Bineka en brazos cuando bajó de la avioneta; supondrían que se trataba de un bebé. Así se lo había pedido Colin. Sabía que no estaba actuando bien, pero no quería problemas en Francia; ya los tendría en Inglaterra.

El hotel le había encajado porque podían dejar a Furaha en el generoso patio que aparecía en las fotos, con el permiso de sus perplejos propietarios y de una generosa propina. Eso les permitió ir a cenar al vecino pueblo de Aix-en-Provence, un destino que sin duda iba a impactar a Bineka.

En la place Richelme, en pleno casco antiguo, Colin eligió un restaurante con terraza después de haberse dado un buen paseo por el centro histórico. La noche regalaba una temperatura suave y la luna mostraba toda su plenitud. El entorno ideal para disfrutar de una cena al aire libre.

Una vez sentados y tras ojear la carta, Colin eligió caracoles y zarzuela de pescado, un plato tradicional de aquella región.

A su lado, en la mesa vecina, había una pareja de jóvenes cuya actitud llamó la atención de Bineka. No paraban de besarse.

—¿Ellos aman? —Señaló con un dedo a los vecinos.

Colin sonrió al contemplar la encendida escena que protagonizaban, aparte de hacerle gracia la falta de prudencia de Bineka al preguntar por ello en voz alta.

—Besar forma parte de la relación amorosa, sí. —Entró al tema—. Vosotros, ¿cómo demostráis que os queréis?

Ella se quedó pensativa antes de contestar.

—En aldea, cuando hombre quiere mujer, ella deja que sujete por detrás y hombre cubre con su...

—Vale, no sigas. Me hago una idea...

—Yo no probado —continuó ella explicándose a su manera—. No aparear hasta que abuelo sí al trato. Hizo con Beza, para su hembra, al final no pasó.

—¿Cómo veías eso de «aparearte» y ser la «hembra de alguien»? —No le extrañó lo que Bineka le contaba, llevaba tiempo en África, pero no había tenido tantas oportunidades de preguntárselo a una de sus protagonistas.

Ella no lo escuchó. Seguía mirando a los enamorados.

—A amigas gustaba hacer eso. Con sus hombres... —aclaró girándose de nuevo hacia Colin—. ¿A ti gusta?

La soltura con que trataba el asunto le dejó un tanto descolocado.

—Quizá no lo he practicado tanto como me hubiera apetecido. Pero sí, claro que me gusta.

—Podíamos hacer. Primero besar y luego otro... Así saber si gusta.

A Colin se le atragantó un caracol y lo resolvió con un ataque de tos.

—Las cosas no funcionan así, Bineka.

—¿Cómo funcionan?

—El sexo no es algo que se pueda programar.

—¿Y entonces?

—Simplemente... surge y ya. —Colin no sabía cómo escapar de la conversación.

Ella no se quedó muy conforme, pero respetó su opinión. Le preguntó qué iba a pasar cuando llegaran a la aldea de Kent.

—Mi padre es bastante impredecible, la verdad. Aunque desde que se separó de mi madre apenas mantenemos contacto. El trabajo lo es todo para él. Te lo demostrará a poco que pueda hablar de sus negocios; se le iluminarán los ojos y ya no habrá ningún otro tema de conversación. Mi madre no se parece en nada.

—No recuerdo mía... —Bineka probó el primer caracol y el sabor le recordó al de ciertas larvas que comían en la aldea—. Gustaría tener madre...

—Si te ganas a la mía, descuida, que disfrutarás de ella. Es afable, muy generosa, y aunque tiene un punto un tanto alocado, el corazón le puede.

Tuvo que volvérselo a explicar con palabras más sencillas. En ocasiones, le parecía que la chica sabía más inglés de lo que controlaba.

—¿Cómo llamas? —Se terminó el vino y pidió que le rellenara la copa. Le estaba encantando.

—Adele.

Bineka brindó por Adele, como había visto hacer en Lokutu cuando compartieron mesa todos. Se bebió de un trago toda la copa y miró a su hombre de ojos azules ligeramente mareada.

—¿Estás bien?

—Creo que no...

Probaron la mitad del segundo plato, no tomaron postre y Colin pidió la cuenta. Decidieron dar un nuevo paseo antes de ir a descansar en el hotel.

Pasadas solo dos calles del restaurante, descubrieron una capillita donde se veneraba la imagen de una pequeña Virgen negra, detalle que llamó la atención de Bineka. Colin no sabía qué Virgen era, pero sí que en aquella zona era bastante común la presencia de tallas de madera negra para representar a la madre de Dios. Ella recordó las palabras del padre Frías, cuando le decía que para conseguir un importante favor de su Dios solo tenía que pedírselo a su madre. Y le hizo caso. Cerró los ojos y le pidió algo muy importante para ella y su futuro; a una Virgen con la que compartía color de piel.

Alcanzaron después una plaza a la que asomaba un frondoso jardín privado. Protegido por una verja, se extendía alrededor de un lujoso palacete. Agarrada a los barrotes de la verja para recorrerlo con la mirada, Bineka sufrió un ataque de nostalgia que la llevó a no querer moverse de allí durante un tiempo mucho más que razonable.

Colin no preguntaba, pero no estaba dispuesto a perderse un solo gesto de ella.

Cuando la chica decidió seguir caminando, sintió que su paso no era demasiado seguro por efecto del vino y se apoyó en Colin. Atravesaron así la plaza del Ayuntamiento y un animado bar lleno de gente joven, en una callejuela, hasta alcanzar un cruce de calles. En él lucía una coqueta fuente enclavada en una esquina, enmarcada entre rosales trepadores y refinadas esculturas. Bineka, tras una carrera un tanto imprecisa, tomó asiento en su borde, hizo volar los mocasines y metió los pies en el agua fría.

Colin la amonestó sin mucha convicción, no fueran a decirles algo. Pero al verla chapoteando feliz, decidió unirse. Se quitó los zapatos y puso también los pies a remojo, rompiendo con su proverbial prudencia. En respuesta, Bineka apoyó la cabeza en su hombro, se agarró de su brazo y le dijo:

—Cuando campos violeta, dijiste que gente de aquí disfruta de vida.

—Sí, parece que saben vivir...

—Yo contagio. Aquí, contigo, disfrutando mucho... —Lo miró a los ojos—. ¡Gracias!

Él se sintió mal; esas palabras, el entorno, lo deslumbrante que podía suponer para Bineka lo que estaba viendo y viviendo, podían estar favoreciendo en ella sentimientos equivocados que él en ningún caso pretendía. No debía darle más alas, no sería noble por su parte ni justo para ella.

Se dio la vuelta, sacó los pies del agua y le pidió que hiciera lo mismo y se calzara. Ella obedeció sin dejar de sentirse en las nubes, aunque Colin trató de bajarla de ellas cuando le dijo:

—Un buen día aparecerá un hombre con el que disfrutarás muchísimo más que conmigo, y surgirá entre vosotros la necesidad de hacer lo que viste en esa pareja antes.

Bineka no contestó nada. No necesitaba otro hombre.

*Centro de Rehabilitación de Primates de Lwiro, Kivu Sur, República Democrática del Congo*

Estaba anocheciendo cuando la pareja de agentes de la CIA detuvo el todoterreno a las puertas del pabellón principal del CRPL. Carmen salió a recibirlos. Llevaba un joven chimpancé apoyado en la cintura y la expresión inquieta al ver que volvían solos.

—¿Qué han sabido?

—Lamentamos decirle que muy poco. Luis Cereceda no acudió al parto, nadie lo vio. Hemos recorrido casa por casa en busca de alguna pista en esa aldea y en otras seis vecinas, y nadie sabe nada de él; parece haberse esfumado. Solo se ha localizado su todoterreno, lo sentimos. El asunto no tiene buena pinta.

Carmen se llevó las manos a la boca aterrorizada.

—Además, a lo largo del día hemos intentado hablar con el señor Blackhill, sin éxito. Quizá al no reconocer nuestro número... ¿Podríamos llamar desde el suyo? Es urgente hablar con él y ponerlo al corriente.

Carmen dejó al chimpancé en el suelo, sacó su móvil, marcó el número del inglés y se lo pasó. Sonó tres veces seguidas, a la cuarta contestó.

—¿Carmen? ¿Cómo estáis por ahí? —se interesó Colin.

El agente se presentó, justificó quién era y por qué llamaban desde ese teléfono; devolvió el aparato a Carmen para que ratificara su versión.

—Nos es urgente saber dónde se encuentran ahora para activar de inmediato un protocolo de protección —le anunció el agente una vez que se hubo ganado su confianza.

—Acabamos de aterrizar en Inglaterra, en Maypole, al nordeste de Canterbury, y nos alojaremos en la residencia de mi familia en Fordwich.

—Perfecto. Daremos de inmediato aviso a la policía inglesa y tomaremos el primer vuelo para encontrarnos con ustedes lo antes posible. Tenemos muchas preguntas que hacer.

—También nosotros —apuntó Colin—. Pero antes de colgar, espere, explíqueme mejor eso de que no se sabe nada del señor Cereceda.

*Aldea de Lwiro, Kivu Sur, República Democrática del Congo*

Antes de abandonar la pensión, Maxime de Mons apuntó a la cabeza de Luis Cereceda, desbloqueó el cerrojo de la pistola y acarició el gatillo. Pero dudó. Si disparaba, atraería la atención de unos cuantos vecinos de la aldea al oír la detonación. Constató que estaba medio muerto. En vez de liquidarlo de un disparo, decidió prender fuego a la vivienda con aquel pelele dentro. Se aseguró de que las llamas tomaban el suficiente cuerpo como para devorar la vivienda por completo, y solo cuando empezó a sentir los efectos de la altísima temperatura abandonó la casa.

Dudó si quedarse a verla arder desde fuera, pero dadas sus dificultades respiratorias le pareció mejor idea dirigirse de inmediato al aeródromo, antes de verse envuelto por el humo y sobre todo que alguien pudiera relacionarlo con el suceso.

Mucho antes de que nadie advirtiese las primeras llamas y que los vecinos empezasen a acudir con cubos de agua y mangueras, Maxime de Mons ya circulaba en su Peugeot a toda velocidad. De camino, llamó a Sky Congo Service para contratar un vuelo de Kavumu al aeropuerto internacional de Kigali, en Ruanda. No le importó el precio, superior a la tarifa habitual, era consciente del servicio urgente que solicitaba. Desde Ruanda volaría a Londres.

A la espera de la llegada de la avioneta, metido ya en el barracón que servía de terminal, marcó el teléfono de su padrastro.

—Si no me llamas para darme la noticia que tanto espero, te cuelgo. —Paul Vestraeten mandó salir a su director financiero del despacho.

—Sí y no.

—Hasta hace bien poco solo escuchaba de ti síes. Déjame que traduzca tu «sí y no»: has sido incapaz de solucionarlo, ¿verdad? Me pregunto si no habría sido más efectivo Bernard...

Maxime apretó las mandíbulas y aguantó la humillación sin rechistar.

—Ya te dije que la chica escapó, pero he conseguido saber adónde ha ido: a Kent. Mi idea es viajar de inmediato a Inglaterra y dejar el asunto zanjado.

Paul ya sabía quién había puesto sobre aviso a la gente del refugio de primates; alguien del Tesoro de Estados Unidos. Antes de que Mei Ling saliera volando por la ventana de su apartamento, había confesado a uno de sus hombres quién la había forzado a clonar su móvil en el restaurante de Hong Kong.

—¡Tú no irás! Mandaré a Bernard para hacer el trabajo.

Maxime protestó sin medir sus palabras. Paul lo dejó hablar. Pero cuando terminó, decidió ponerlo en su sitio:

—Escúchame bien porque solo te lo diré una vez: uno no lanza al galope a su mejor caballo en una pista peligrosa y bacheada. Una cosa es África y otra Inglaterra. Así que deja las quejas a un lado y mejor pregúntate a qué se debe mi empeño con Bernard.

Maxime se calló. Lo que acababa de escuchar suponía un completo cambio en las decepcionantes percepciones que había tenido de su padrastro en los últimos tiempos.

—Entiendo...

—Demuéstramelo entonces: vuelve a tus gestiones normales, las necesito, y por esta vez deja que yo maneje el asunto.

CUARTA PARTE

# EL MUNDO HA DE SABERLO

# 53

*Residencia de los Blackhill, Fordwich, Canterbury, Inglaterra*
*Agosto de 2010*

A Adele Blackhill le sobraban diez kilos a pesar de ser un auténtico torbellino de mujer y no parar quieta ni cinco minutos. Esa fue la concisa descripción que Bineka escuchó hacer a su hijo, momentos antes de llegar a la residencia familiar en el pueblo de Fordwich, en medio de la campiña.

—Siempre dice que le faltan horas al día para hacer más cosas —insistió Colin.

Le contó que su madre acudía tres veces por semana a ensayar con la orquesta de Canterbury, donde tocaba la flauta travesera; iba al gimnasio todos los días con el eterno objetivo de alcanzar su peso ideal y jugaba al golf con sus amigas los sábados y domingos. Tampoco se perdía una sola presentación literaria en la librería más antigua de Canterbury, famosa por tener la puerta de entrada más curiosa del mundo, más vencida que la torre de Pisa. Y antes del almuerzo ayudaba a repartir comida a los más necesitados en los salones sociales de la iglesia de San Martin, considerado el templo más antiguo de Inglaterra.

Como había imaginado Colin, fue declarar la entrada de Furaha en el país y empezar los problemas. El encargado del aeródromo llamó al departamento de Medio Ambiente, Alimentación y Medio Rural del gobierno británico para ponerlos sobre aviso, y tras farragosas negociaciones, llamadas entre uno y otro departamento, faxes y más faxes, pudieron abandonar las instalaciones y entrar definitivamente en el país con una orden de incautación de Furaha, que prohibía cualquier movimiento del animal fuera de la residencia de la familia, y con el compromiso de devolverlo a su país de origen en menos de un mes.

Bineka miraba por la ventanilla del taxi sorprendida por el tamaño y lujo de las casas que se iban sucediendo a su paso. Había escuchado la descripción de las actividades de la madre de Colin, pero sabía tan poco de aquel nuevo mundo que le resultaba difícil hacerse una idea. No conocía qué era una orquesta, en qué consistía eso del golf ni para qué servía una librería. Tampoco terminaba de entender por qué los habitantes de la aldea de Colin necesitaban chozas tan grandes, si luego vivían tan solo dos o tres personas en cada una.

—Aquí la gente tiene más de lo que necesita. Pero no creas que se conforman con ello. Se vive con tantos excesos...

Entraron en una calle cuyas casas lucían viejos entramados de madera en sus fachadas, lo que aparte de llamar la atención de la africana despertó sus recelos. Cuando estaban a punto de sobrepasar la última, se la señaló a Colin.

—¿No mucha madera?

—Antaño se construían las casas con ella, tanto los suelos como las columnas y vigas. Ahora tiene un papel meramente ornamental. Vamos, para que queden bonitas.

Bineka arrugó el ceño.

—¿Por eso venís a selva, para quitar árboles?

Colin acusó el pullazo.

—Algunos lo hacen, tienes razón. Pero también hay organizaciones, y en ellas miles de personas, que dedican todo su esfuerzo a evitarlo; en la mía tratamos de que la gente tome conciencia del problema. —El taxi atravesó la verja de hierro de la residencia familiar—. Ya estamos llegando.

Bineka acarició la cabeza de Furaha. La chimpancé había estado todo el tiempo encogida en sus pies, sobrellevando el viaje con una extraña tranquilidad y ajena a los problemas que había producido su decisión de no separarse de Bineka.

Cuando Adele los vio bajar del taxi, serían las diez y media de la mañana, no supo si le enterneció más el caminar lento y escondido de la pequeña cría de chimpancé, de mirada asustada y huidiza, o la imagen de aquella jovencita, de piel tostada y tierna timidez, agarrada de la mano de su hijo.

Se acercó a ella y le fascinaron sus ojos, como también las suaves facciones de su rostro.

—Bineka, ¿verdad? —Le dio dos cariñosos besos—. ¿Y este pequeñín cómo se llama?

—Furaha. Es hembra, pequeña, no mala.

Adele se agachó para saludarla y le rascó la barriga con las uñas, lo que tuvo que gustar mucho a la chimpancé, porque de inmediato le extendió los brazos para que la cogiera.

—Madre, estás guapísima.

—Anda, hijo, ven aquí y dame un beso. —Tenía a Furaha tan agarrada a su pecho que apenas dejaba hueco—. Tu padre ha dicho que vendrá a cenar esta noche para verte. Cuando supe que venías, lo llamé; si se enterase de que has estado en casa y no lo he avisado, no me lo perdonaría, aunque a decir verdad tampoco es que hablemos mucho desde... Ya sabes.

Lo sabía. Para algunas cosas Colin tenía una memoria demasiado viva; costaba olvidar aquella penosa época de reproches, recriminaciones y silencios. Aunque con su padre nunca se había entendido demasiado bien.

—Anda supervisando una de esas obras suyas, lejos de Canterbury, aunque prometió llegar a la hora. Pasad... —Se agarró del brazo de Bineka—. Te enseñaré tu habitación.

Colin prefirió quedarse en el salón revisando el correo recibido en su móvil. Adele, antes de salir, se volvió para decir que les había preparado un pequeño *lunch.*

—Debéis de tener hambre.

Habían despegado de Aix-en-Provence a las seis de la mañana con una sola parada en Amiens para repostar, a solo cuarenta minutos de vuelo con Canterbury.

—No mucho, señora.

—De señora, nada; llámame Adele, por favor... Ah, y por Furaha no te preocupes. Cuando a partir de hoy salgamos las dos a hacer una u otra cosa, le hará compañía *Trinity*.

—¿Quién es *Trinity*? —preguntó Colin.

—La vais a conocer en tres, dos, uno... —Abrió la puerta del salón y apareció el morro de una golden retriever, y, tras su largo cuerpo, una cola que de tanto agitarla parecía que la iba a perder.

Furaha se apretó todavía más a Adele, espantada. La perra empezó a dar vueltas a su alrededor tratando de entender qué era aquella extraña masa peluda y oscura.

—Os voy a presentar, chicas.

Adele bajó a la cría de chimpancé para que *Trinity* la oliera y cogieran confianza. Cuando pareció que se entendían, montó a la chimpancé a lomos de la perra y las dejó a su aire. A la golden no pareció importarle cargar con ella, y Furaha sintió tanta emoción que se arrancó a hacer pedorretas con la boca, encantada.

—¿Desde cuándo la tienes? —preguntó Colin.

—Desde que decidí que no tenía nada mejor que hacer de ocho a nueve de la noche que darme un largo paseo por el campo con un buen perro. Aparte de la gran compañía que me hace el resto del día, dada mi falta de marido, que me importa menos, y de un hijo que se fue para siempre de mi lado, que me importa más.

—¿Cómo dices eso? —protestó antes de darle un sentido beso en la mejilla.

—Porque soy madre. —Le sonrió con ternura.

Cuando Bineka entró en su nuevo dormitorio y vio la cama, le recordó a la de los hoteles de Túnez y Aix-en-Provence; sería la tercera vez en su vida que iba a dormir en un colchón tan grande, revestido con suaves sábanas que olían a limpio. Adele le abrió un enorme armario para que guardara su ropa, pero cuando empezó a ver lo que salía de la mochila, decidió que se irían de compras al día siguiente. La dejó investigando la enorme habitación a su aire y bajó al salón para hablar con su hijo.

—¿Cuál es el plan?

Adele se sentó en su sillón orejero y cogió de la cesta de costura una tela en la que se reconocía el jardín de la casa a punto de cruz.

Colin le explicó lo sucedido en el aeródromo con Furaha y la advirtió de la inmediata llegada de un grupo de agentes de Scotland Yard para brindarles protección, y en un par de días, la de dos miembros de la CIA para entrevistarse con ellos. Adele se vio impresionada por la dimensión que había tomado el asunto.

—Me preocupa lo que cuentas... —Se quitó las gafas de cerca y dejó la costura para mirar a su hijo con el ceño fruncido—. Pobre cría, lo que le ha tocado vivir. Si apenas es una niña... ¿Qué tiene, quince años?

—Dieciséis. Aunque para los de su mundo no es una niña; ya podría tener unos cuantos hijos —apuntó Colin.

Adele tenía una pregunta que le incomodaba plantear después de haberla estado madurando un buen rato.

—Que quede claro de antemano, cariño, que me hace muy feliz teneros en casa, y por supuesto tampoco veo ningún problema en que os quedéis el tiempo que queráis. Aunque imagino que por culpa del chimpancé no será mucho, dada la obligación de devolverlo a su país. Pero, hijo, ¿qué vas a hacer con ella? Como digo, yo encantada, pero habrá a quien le extrañe tantos favores de tu parte; ya sabes cómo es la gente en estos pequeños pueblos...

Colin torció el gesto y se revolvió en su asiento.

—Si quieres que te diga la verdad, no lo sé... Estaré con ella hasta que decidamos cuándo regresar y sobre todo qué quiere hacer de su vida. Y con relación a lo otro, desde hace tiempo me importa muy poco lo que la gente piense de mí.

A Adele se le instaló una sonrisa en la boca, orgullosa de su hijo.

—Bien dicho, cariño... ¿Y tú qué vas a hacer mientras estéis por aquí? —Cambió de tema—. No te veo encerrado en casa; en eso te pareces a tu padre.

—Mañana mismo iré a Londres para hablar con ese amigo mío de Scotland Yard, por si pudiera ayudarme a buscar información sobre una empresa que estaba investigando Beatriz Arriondas.

Después de lo que Lola había descubierto en el portátil, los dos acariciaban la misma conclusión: aquella compañía belga tenía que estar involucrada en la muerte de Beatriz.

Adele pensó en dos o tres conocidos suyos que podían ser útiles y le preguntó qué tipo de información quería obtener, en caso de que le pidieran algún detalle más concreto.

—Datos; todos los datos que nos pudiesen facilitar sobre las operaciones de esa empresa y de su propietario.

Adele supo de inmediato quién era la mejor para lo que andaba buscando.

—¿Y Victoria Cornish?

Colin acusó el golpe y ocultó su turbación tras un oportuno ataque de tos.

—¿Por qué te acuerdas ahora de ella?

—Porque aparte de ser la principal causa de tu huida a África, que nunca terminé de entender, según tus propias palabras era la mejor informática en el ámbito universitario, y una de las más brillantes de Inglaterra.

Como conocía muy bien las habilidades de su madre, Colin supo que si no respondía con argumentos suficientes y de peso, arrancaría en ella un exhaustivo interrogatorio hasta averiguarlos.

—Probablemente la terminaré viendo, pero no me apetece mucho.

No tenía ganas de remover el pasado. Todavía le dolía su infidelidad y temía cómo podía afectar a su corazón. Se había convencido de que el tiempo lo ponía todo en su sitio, pero le faltaba asegurarse de ello.

Adele entendió sus recelos y no quiso insistir. Pero le asaltó otra duda.

—Si ya está por medio la CIA, ¿no sería mejor dejarles a ellos el peso de la investigación? —Empezó a atacar un seto de geranios cambiando el color del hilo al rojo.

Colin justificó que solo se habían ofrecido a ponerles vigilancia. Todo lo que él averiguase por su cuenta podría tener alguna utilidad. Y además le dio la razón: no era capaz de quedarse mucho tiempo parado. Empezó a sonar su teléfono. Miró la pantalla y se le iluminó la expresión.

—¿Lola? —dijo nada más descolgar.

Adele levantó los ojos por encima de las gafas de cerca y se dio cuenta del cambio experimentado en su hijo.

—Apenas tengo unos minutos para charlar —empezó diciendo la española—. Todavía quiero darle una última vuelta a mi charla; en menos de una hora tengo la reunión con esos posibles accionistas de los que te hablé. Te llamaba para saber por dónde andabais.

—Acabamos de llegar a Canterbury y por suerte todo ha ido bien. Tendría que haberte llamado, perdona. Estos días las comunicaciones se han convertido en una tarea casi imposible. Con lo mucho que me apetecía saber de ti...

Si a Lola le gustó escuchar aquello, a Adele la dejó llena de curiosidad. Colin siguió hablando.

—¿Qué me he perdido estos días? —Miró a su madre sin detenerse mucho, no fuera a adivinar la existencia de algún significado especial para él en aquella llamada, era su especialidad, y aunque imaginaba lo que le iba a preguntar en cuanto colgara, no le importó. Antepuso ponerse al día antes que disimular delante de ella.

—Le he pedido a Audrey Himeltton, la responsable para Reino Unido e Irlanda de Moviplus que se incorporará a mi nuevo proyecto, que mirase en la base de datos de la compañía cualquier referencia relacionada con Lands & Oils y Advans Banque. Pero me ha dicho que los protocolos de acceso a la información cada vez son más restrictivos por culpa de las nuevas leyes de protección de datos. ¿Has podido avanzar tú?

—Mañana me pongo a ello.

—Ojalá puedas encontrar algo. Tened mucho cuidado... Esa gente... Bueno, no puedo seguir, tengo que colgar.

—¿Te puedo llamar esta tarde? —Se le acababa de ocurrir una idea.

—Cómo no... A las seis calculo estar ya libre —respondió Lola encantada y con el pulso en plena aceleración.

Así quedaron, despidiéndose con una media sonrisa que ninguno pudo ver en el otro, pero sí Adele, que dejó la labor y esperó a saber con quién había hablado. Colin no se lo dijo de primeras. La conversación con Lola le había dejado muy pensativo.

Dudó si no perdería el tiempo dando prioridad al contacto de Scotland Yard, quizá había llegado el momento de abordar caminos más heterodoxos: los de Victoria. Pero como no le apetecía enfrentarse a los fantasmas del pasado, decidió mantenerse en su primera idea.

Tragó saliva, miró lo que hacía su madre y recibió de ella una pregunta muy directa:

—¿Quién era esa mujer?

# 54

*Hotel Reina Victoria, Madrid, España*
*Agosto de 2010*

Eran las doce del mediodía y, nada más colgar con Colin, Lola acusó una revolución interior y muchas ganas de que llegara la tarde. Pero tuvo que olvidarse de todo para centrar su atención en los convocados, que la hacían sentirse especialmente orgullosa.

En solo dos semanas su secretario personal, el director financiero, el jefe de compras, una ingeniera de sistemas, Aslög, Audrey y dos del departamento de Marketing de Moviplus habían apostado por su proyecto, aunque no pudiera garantizarles ni cuándo recibirían los primeros ingresos.

Salvo a su secretario, no podía considerarlos amigos, pero habían creído en ella: por eso le emocionó todavía más su respuesta, no se la esperaba. Y gracias a su entusiasta disposición, en un auténtico maratón de reuniones y sesiones de dieciocho horas diarias, en solo ocho días lograron redactar un plan de negocio, decidir nombre y logotipo, elaborar una presentación para los inversores y definir la misión y visión de la nueva empresa.

Sus siete primeros empleados tomaron asiento en una sala de reuniones del hotel Reina Victoria a la espera de que llegaran los cinco inversores internacionales. Habían dispuesto unos cartoncillos con los nombres de los asistentes para facilitar la comunicación. Acudirían dos mujeres, una india y la otra noruega, y tres varones de orígenes variados, uno de Dubái, un chino y un alemán.

El reto para Lola era enorme: conseguir una inversión inicial de ochocientos millones de euros para arrancar la actividad en tres continentes a la vez: Europa, América del Norte y Asia. A los que añadiría, en una segunda fase, Australia y Sudamérica. África quedaría como destinataria principal de los beneficios en forma de programas que terminarían de ser definidos con el soporte de algunas ONG aplicando sus propias ideas.

Lola se encargaría de darles la bienvenida y presentar los ejes estratégicos de la nueva empresa, para pasar la palabra a Nuria, la directora de Marketing, quien desarrollaría los cuatro principios fundacionales. Los números serían tarea del danés Bringüen, encargado de desgranar los recursos requeridos para dotar a la empresa del pulmón financiero necesario para su despegue.

A las nueve y media, una vez que hubieron llegado los inversores, Lola tomó la palabra. Lucía una mañana luminosa, perfecta.

—Agradezco vuestra presencia, a pesar de la premura con que os he convocado. En nuestras conversaciones previas os hablé de un sueño. Ya ha llegado el momento de hacerlo realidad. Os presento... —Se apagaron las luces y en la pantalla de proyección apareció una sola palabra en color verde esmeralda: *Wonderland*—. La empresa de telefonía que operará bajo dos ineludibles principios: un máximo respeto al medio ambiente y su compromiso social. Wonderland será la telefónica verde.

Entre un murmullo de aprobación, le dio turno a Nuria.

—Wonderland se sustentará en cuatro estrategias: la

primera, una huella de carbono cero. La segunda, solo podrán recibir nuestra señal aquellos *smartphones* que hayan sido certificados por organismos internacionales y fabricados de forma ética y responsable. Nuestra tercera clave, trabajaremos sin papel, con una logística sostenible, vehículos eléctricos, oficinas autosuficientes desde el punto de vista energético, mínimos vuelos posibles, comida sana en los puntos de trabajo y horarios que permitan la conciliación laboral y familiar. Y como cuarto pilar, la reinversión de una tercera parte de los beneficios en la sociedad. Lo haremos financiando pequeños proyectos de emprendimiento en el tercer mundo.

Lola observó a los inversores y le pareció que el mensaje estaba calando.

—La idea es tremendamente seductora —intervino la noruega—. Pero me gustaría saber dónde vais a encontrar terminales que cumplan esos requisitos y ofrezcan la tecnología que el cliente actual demanda.

Se sucedieron rápidas intervenciones del nuevo equipo: ya lo habían acordado con algunos proveedores, incluso esperaban que fueran copiados por otras empresas; sería positivo para el medio ambiente y también mejoraría las condiciones laborales de los cientos de miles de personas que fabricaban terminales de forma indigna, más propia de siglos pasados que del actual.

—Nos harán falta cien millones de euros para el lanzamiento y promoción de Wonderland —dijo Lola mirándolos de uno a uno—. Reconozco que es una cifra ambiciosa pero necesaria. Vamos a contar con la mejor firma mundial de publicidad y comunicación.

—Seremos los primeros en lanzar ese tipo de mensaje y lo haremos de forma rotunda para que el mundo conozca hasta dónde llega nuestra conciencia medioambiental y social —subrayó la subdirectora de Marketing, la francesa Judit.

El inversor alemán tomó la palabra; manejaba una cartera de fondos de inversión de unos dieciséis mil millones de euros.

—Hablemos antes de plazos, fechas de lanzamiento... —Jugueteó con su bolígrafo en la mesa, repiqueteando contra ella.

—En seis meses dispondremos de un primer catálogo con dispositivos de última tecnología con nuestra certificación; será cuando comencemos a operar —dijo Lola.

—No me creo que piensen de verdad que febrero de 2011 pueda ser la fecha de arranque. ¿En solo seis meses van a contratar a...?

—A seis mil personas —apuntó Bringüen.

—Además de seleccionar proveedores, pedir licencias de telefonía en un sinfín de estados, establecer oficinas en..., ¿en cuántas ciudades?

—En diez, en un principio —respondió Bringüen.

—¡Ya! Todo eso en medio año... Y ¿con qué tecnología base?

Era el turno de la ingeniera de sistemas, la doctora Olsen.

—Arrancaremos subcontratando la infraestructura necesaria a los operadores locales hasta que podamos montar la nuestra. Del presupuesto de inversión que les hemos enviado, este capítulo se llevará la cifra mayor: cuatrocientos millones para los dos primeros años. La cifra aumentará, pero confiamos en autofinanciarla más adelante.

Los cinco inversores se aproximaron para hablar en voz baja. Lola los observaba muy inquieta, como les pasaba a los demás. Habló la india.

—Proyectos en el tercer mundo... ¿Podrían ser un poco más concretos?

Lola se limitó a contar su propia experiencia en Lokutu, sus ideas para desarrollar micronegocios textiles, promover el comercio, oportunidades para mejorar servicios y suministros en hospitales y colegios, crear pequeñas cooperativas para ayudar a poner en marcha esas u otras mil ideas que surgieran, como también incentivar la producción y venta de sus alimentos a otros países.

—Pasemos entonces al capítulo económico —le cortó la india.

Los siete fundadores de la nueva empresa Wonderland miraron al octavo, a Bringüen. El danés se levantó para repartir a cada asistente una carpeta y se quedó delante de la pantalla. Dejó que ojearan la primera página del documento y activó su presentación en el ordenador. Pero antes de que se iniciara, la inversora india dijo con sorprendente rotundidad:

—Estudiaremos con detenimiento esas cuentas, pero ya pueden ir diciéndonos en qué plazos y cantidades quieren que les hagamos llegar el dinero para poner en marcha la prometedora telefónica Wonderland, porque, queridos amigos, la sentimos ya como nuestra. Nos encanta el nombre, por cierto.

Lola suspiró feliz. Para ella, no se trataba solo de un gran proyecto, era su gran homenaje a Beatriz.

La deseada llamada de la tarde provocó una reserva de vuelo por internet para el día siguiente, un Madrid-Londres-Madrid como respuesta a la invitación que le hizo Colin: disfrutar juntos de un día en Londres. La iría a recoger al aeropuerto y la devolvería por la tarde, para entre medias hablar de todo, pasear, comer, después de hacer una visita a Victoria Cornish.

¿Era una locura? Sin ninguna duda, pero Lola accedió sin titubear. Y todavía más al oír ese último nombre.

# 55

*Catedral de Canterbury, Inglaterra*
*Agosto de 2010*

El día siguiente amaneció de un gris plomizo y ventoso, muy poco veraniego, como si el aire de la campiña se hubiera propuesto amargar el paseo de Bineka y Adele por las calles del centro, de camino a la catedral.

Cuando entraron en ella, Bineka se quedó quieta, paralizada, con los ojos muy abiertos, impresionada ante las dimensiones de aquel edificio. Adele respetó su ensimismamiento hasta que, acuciada por lo tarde que era, terminó tirando de ella, casi literalmente, para llevarla hasta un grupo de bancos próximos al coro, donde la animó a tomar asiento. Corrió para reunirse con los miembros de la orquesta, buscó su sitio y se unió al afinado de instrumentos.

La joven apoyó las manos en el banco sobrecogida ante tanta belleza, sintiéndose como en el interior de otra selva, esta vez de piedra. Si miraba hacia atrás, la iglesia se extendía a lo largo de una enorme nave central y dos laterales, y por delante en un ábside excepcionalmente largo, según le explicó la madre de Colin, nuevas palabras que Bineka memorizó al instante.

En medio del crucero, descubrió una preciosa cúpula cuadrada con ocho arcos en abanico, que parecía estar flotando en el aire. Aquella imagen la transportó a su propia selva, donde las copas de algunos árboles también se cerraban formando inmensas cúpulas verdes.

Sus ojos se detuvieron en una pared con su piedra salpicada de azules y malva, reflejo de unos haces de luz que atravesaban el templo desde dos fabulosas vidrieras que también teñían el aire con esos mismos vivos colores.

Y de repente sonaron las primeras notas.

Surgieron desde los instrumentos de viento. Ella empezó a sentirlas en el interior de sus pulmones, como si las hubiera respirado. Se llevó las dos manos al pecho, en un intento de sujetarlas muy adentro. Solo se oía la música, en medio del más absoluto silencio de los contados asistentes. Miró a su izquierda y vio a una mujer con la atención puesta en la bóveda, apenas moviendo los labios. Y a su derecha, a solo dos bancos, un hombre de avanzada edad bailaba un dedo al compás de las notas que rebotaban por las paredes de la catedral, con los ojos cerrados. Aquello no se parecía a los sonidos que la selva ofrecía. Los diferentes instrumentos sonaban a veces solos, otras se enlazaban, construyendo una melodía que le parecía increíble.

Buscó a Adele y la encontró tocando su flauta travesera. Se movía ligeramente, al son de la música, y parecía estar lanzando sus notas hacia las bóvedas de la iglesia.

No podía entender cómo los hombres eran capaces de destruir la selva, matar a su gente y malograr la vida de miles de indefensos animales, y a la vez construir un edificio tan maravilloso como ese, o componer una música que hasta inflamaba el aire que respiraba y llenaba de gozo el espíritu.

Y no pudo ni quiso retener sus emociones. Y allí, en medio de la catedral primada de la religión anglicana, una mujer de piel oscura y ojos de color esmeralda, testigo de una horrible matanza, nacida en medio de la selva e hija de ella, se puso a llorar.

Cuando Adele la vio desde su lugar en la orquesta, dejó de tocar, corrió hacia ella y la abrazó como si fuese una más entre los suyos, sangre de su sangre, como a la hija que nunca tuvo. Sacó un pañuelo del bolso para enjugarle las lágrimas y siguió abrazada a ella hasta que notó que se le empezaba a pasar.

—¿Cómo estás? ¿Quieres que nos vayamos?

A Bineka le tembló el labio antes de contestar:

—No, no... Esto encanta. Yo feliz. Gracias.

—Querida, aparte del dolor que has tenido que conocer, la vida nos ofrece otras caras que merecen mucho la pena; disfruta de una de ellas. Si te ha gustado la pieza anterior, la siguiente que vamos a tocar es una sonata para flauta de Bach, un compositor cuya música no puede encontrar mejor lugar que este para ser escuchada.

Y se levantó para regresar al coro. Tomó posición, se pasó la lengua por los labios, apoyó la flauta sobre el inferior y esperó a la señal del director para iniciar una escalada de notas que volvieron a atrapar a Bineka en lo más profundo de su alma verde.

*Londres, Inglaterra*

Colin miró el reloj. A menos de doscientos metros, por detrás de él, también lo hizo un tipo con una gabardina de color crema, tan nueva que había olvidado quitarle la etiqueta. La arrancó de golpe al advertirlo.

Eran las nueve y veinte y Colin llegaba tarde a su cita en el edificio de la New Scotland Yard. Ya no recordaba el tráfico de la City, y a pesar de haber madrugado bastante le habían fallado todos los cálculos.

Le tocó aparcar el coche al otro lado del río y atravesarlo después por el puente de Westminster para dejar a sus espaldas el Parlamento y tomar Victoria Embankment. «Cómo no, Victoria», pensó casi sin querer.

De camino a Londres, no había podido quitarse de la cabeza las discusiones de la noche anterior. El causante, el patriarca Blackhill, al que Colin nunca había perdonado que se divorciara.

A pesar de ello, no dejaba de ser familia y estaba dispuesto a cumplir unos mínimos, aunque su padre fuese un especialista en estropearlo todo, como demostró una vez más antes de empezar a cenar. Tras negarse a ver cómo Furaha se paseaba con libertad entre ellos, le exigió a su exmujer que alguien del servicio se la llevara a los establos, «que es donde tendrían que estar las bestias», o en caso contrario sería él quien abandonase la casa.

Bineka se levantó de la silla, la recogió en sus brazos y entre susurros y tiernas palabras consiguió apagar su enfado y llevarla a los establos tras los pasos del mozo de cuadras, con el eco de las protestas de Colin por detrás.

Adele, indignada, pidió a su exmarido que se disculpara con la muchacha, que era su invitada, y le recordó las escasas oportunidades que tenía de ver a su hijo como para amargarle su estancia de aquella manera. Pero el hombre no se doblegó ni aflojó su actitud. Tampoco cuando supo que Bineka había preferido quedarse en los establos. Colin, perplejo ante el desagradable desplante paterno, se fue a verla con intención de que volviera a cenar con ellos, pero como no consiguió convencerla, cuando regresó al comedor, le pidió hablar a solas, de hijo a padre.

Lo hicieron en el salón. Lejos de convertirse en una excelente excusa para haber actualizado noticias después de muchos años sin verse, algo de lo más razonable en cualquiera, Colin le recriminó su grosería y empezaron a salir trapos sucios y a volar hirientes comentarios mutuos. Su padre lo acusó de haber tirado una carrera a la basura y de seguir viviendo del patrimonio familiar a pesar de sus treinta y cinco años recién cumplidos.

El hijo resopló, apretó los puños y prefirió callar. Y no por falta de ganas de replicar, sino para evitar que su discusión traspasara las puertas del salón y afectara todavía más a su madre. ¿Para qué iba a explicarle a qué se dedicaba en África, o que las rentas a las que se refería también procedían de la rama materna, que tampoco se quedaba corta en recursos económicos? No servía de nada. Su padre seguiría siendo el mismo: un ser insoportable, cáustico y carente de la más mínima empatía. Eso sí, sin perder en ningún momento esos típicos aires de caduco *gentleman* que se daba. Una vez más, no encontró en él nada nuevo, nada interesante.

Lo único que acabó por resolver la situación fue el cansancio, y que Colin decidiera quitarle la botella de whisky de las manos cuando estaba a punto de ponerse una tercera copa, acompañándolo hasta el coche con una despedida bastante fría.

Esa noche no durmió bien. Dio cien vueltas en la cama, extrañó el colchón y apenas descansó.

Un peaje que no lo ayudó a dirigir mejor la entrevista con su antiguo compañero de colegio, ahora inspector. Este le explicó que los asuntos que podía investigar Scotland Yard estaban muy lejos de las necesidades que planteaba Colin, y él ni siquiera probó a convencerlo de que procurara acercarlos, aunque tuviese que saltarse algunos procedimientos. Salió de allí recriminándose su torpeza, bastante desesperanzado y también nervioso, porque ahora solo le quedaba una opción, y no era su preferida.

Cuando Colin llegó al aeropuerto de Gatwick, el vuelo de Madrid, en el que iba Lola, acumulaba ya más de tres cuartos de hora de retraso. Bajo la influencia de su reciente fracaso, trató de pensar cómo debía enfocar la siguiente reunión con Victoria para obtener mejores resultados. Recuperó algunos recuerdos, los buenos, e intentó borrar los peores. Pero la tarea no resultaba sencilla: la última imagen que tenía de ella, plantada en la puerta de su casa y con aquel hombre medio desnudo detrás, seguía siendo un trago que aún le sabía amargo. Ya no tanto por el hecho en sí como por haber significado la absoluta quiebra de su vida entonces. A pesar de que habían pasado muchos años, todavía no estaba seguro de que fueran suficientes. Por eso tenía claro que no iba a ser un encuentro cómodo, pero también que era la mejor oportunidad para avanzar en la resolución de aquella trama asesina.

Los altavoces del aeropuerto confirmaron el aterrizaje del vuelo de Iberia en el que iba Lola. Colin buscó la puerta de llegada y esperó cerca de quince minutos hasta que la vio salir. Vestía un traje de chaqueta gris oscuro, camiseta de algodón blanco y pantalones con pinzas, como de caballero. Calzaba tacón alto y la melena recogida en un pañuelo en tonos rojos, blancos y azules.

Se abrazó a él durante un buen rato; a ninguno le pareció demasiado. Colin le dio la bienvenida a Inglaterra, le ofreció la mano y se dirigieron al aparcamiento al tiempo que le ponía al día. Aquella proximidad extrañó a Lola, pero también le gustó.

—A ver, me tienes que explicar bien todo lo de Wonderland —le soltó de sopetón mientras arrancaba el viejo Jaguar de su madre—; me parece increíble lo que tienes intención de levantar. ¿Recuerdas nuestra conversación en el hotel de Kinsasa, en compañía de aquella botella de Lagavulin? Con esa empresa vas a hacer mucho bien y a mucha gente.

—Siéntete en parte responsable; en pleno vuelo sobre

el río Congo me dijiste: «Cuando África empieza a entrar en tus venas, recibes un poder transformador tan formidable que dejas de mirarte el ombligo para empezar a mirar el de los demás». Y se ha cumplido: África me ha cambiado por completo.

—¿Recuerdas la leyenda sobre la bestia que habitaba en ese río?

—Sí, el hermano secreto de Nessie... —Sonrió.

—Hay quien argumenta que no se trata de una bestia, sino de un espíritu; un espíritu capaz de penetrar en la mente y en el corazón de quien experimenta el río para instalarse allí para siempre.

Lola hizo suyo aquel argumento. Tanto le había afectado lo que había visto, oído y sentido en África que la respuesta que había sabido dar al famoso embrujo no era otra que poner en marcha esa empresa. Aunque en justicia fuese Keita quien supo verlo antes que ella y le diese un sentido, como homenaje a Beatriz.

—Tienes que estar cansada, te he hecho madrugar mucho... —se disculpó antes de tomar el desvío a la M23 que los llevaría a Londres—. ¿Te habrás preguntado el porqué de esta locura?

—Imagino que tienes el mismo motivo que yo para aceptarla.

—Eso parece... —contestó sin perder de vista la carretera—. La excusa: hablar de tu proyecto.

Lola no dijo nada. ¿Qué necesidad había de hacerlo cuando había quedado claro el mutuo interés por verse? El solo hecho de estar allí significaba, por su parte, la voladura del muro emocional que tanto le había costado levantar, después de los derribos causados por más de uno en los últimos años. Tal vez por eso se notó como perdida, y su proverbial capacidad para controlar cualquier situación, en horas bajas. Estaba hasta dispuesta a confesar alguna que otra duda. Lo había pensado durante el vuelo, y no había nadie más adecuado para entenderla que él.

—Quiero ayudar a esa gente que vi en Lokutu, pero no sé si me basta dirigiendo Wonderland o tendría que hacerlo en persona, estando allí, como os vi hacer a Keita, a ti, y pude imaginar a Beatriz. Pretendo dignificar la vida de esa gente mediante microempresas financiadas con los beneficios de Wonderland. Hasta ahí bien. Mi problema, Colin, es que no termino de saber si mi sitio tiene que estar entre Madrid, Londres, Nueva York, París y Fráncfort, o en alguno de los muchos Lokutus que hay por toda África. ¿Me entiendes? Como tampoco sé si estaré a la altura de lo que se merecen.

Colin no tuvo ninguna duda al respecto, elogió su empeño, su diligencia, su acertado enfoque y, sobre todo, la pasión que estaba poniendo.

—Pasión... se necesita para arrancar cualquier proyecto, cierto. —También para su propia vida, pensó, pero decidió no expresarlo en voz alta.

—Supongo que para dirigir una empresa del calibre que pretendes alcanzar —replicó Colin— tienes que permanecer cerca de los centros de decisión. Aunque siempre podrás escaparte unos días para estar con los que vivimos más a pie de obra.

—O unirme a ellos... —lo provocó a la espera de ver cómo reaccionaba.

No tardó en saberlo.

—No niego que me encantaría, pero sigo pensando que serías mucho más eficaz llevando las riendas de la nueva empresa desde su sede, en Madrid o donde decidas. O sea, mejor allí que en África —sentenció cuando alcanzaban las inmediaciones del museo de Historia Natural, donde se verían con Victoria antes de llevarla a comer.

Después de escuchar aquello, Lola empezó a dudar

para qué la había hecho ir a Londres. Con aquel último comentario, sus expectativas emocionales acababan de descender por debajo del mismísimo subsuelo.

Colin había quedado con Victoria a la una y todavía tenían tiempo de tomar un aperitivo. Buscó una mesa al lado del ventanal, en la cafetería del hotel Rembrandt, a escasos trescientos metros de la entrada del museo. Llamó a la camarera, y a la espera de que les hiciera caso se distrajo observando al resto de los clientes. Pero no se fijó en que uno de ellos se escondía tras la barra, haciendo lo imposible para no ser reconocido por Lola. Tenía una gabardina de color crema y la piel negra, con dos cicatrices que cruzaban una de sus mejillas.

A la una menos cinco, la antipática responsable de seguridad del museo tomó nota de sus datos personales y del departamento al que iban. Antes les había hecho vaciar los bolsillos y el bolso de Lola por entero, para ir pasando por el escáner objeto por objeto hasta que este dejó de sonar, aunque, en el caso de Colin, después de pasar por el arco de seguridad seis veces. La mujer alzó con gesto triunfante el *nkisi* que le colgaba del cuello —debía de tener algún alambre o clavo en su interior— y les exigió que llevaran en todo momento visibles las tarjetas de visitante, con un celo que podría estar justificado si fuesen a visitar a la reina de Inglaterra, no a una funcionaria de un museo.

Se las pusieron y aceleraron el paso en busca del despacho de Victoria, él lleno de incertidumbres —¿se habría casado?, ¿tendría hijos?— y ella sospechando que la llevaba a modo de escudo.

Entraron sin llamar. Victoria tecleaba a toda velocidad frente a tres monitores, con un puñado de rizos castaños cayéndole por el rostro. Supo que era él sin necesidad de levantar la vista. Seguía oliendo igual que siempre, y el ruido que hacía al andar también era inconfundible. Miró a su acompañante y percibió que entre ellos había algo.

—¡Vaya vaya! Pensé que nunca más te volvería a ver.

—Hola, Victoria. Mira, te presento: Lola Freixido, es una amiga.

«Insuficiente descripción», pensaron las dos mujeres. Estaba claro que todavía no había superado su proverbial torpeza con las féminas, decidió Victoria. Sin pretenderlo, con solo un fugaz cruce de miradas, se había establecido entre ellas una inmediata afinidad.

Colin se acercó sin saber si darle un beso, tenderle la mano o esperar a que ella diera el paso. Victoria se quitó las gafas, las apoyó sobre la mesa y se volvió hacia él.

—Blackhill —desde el primer día lo había llamado por su apellido—, estás igual que hace...

—Casi siete años. —Destapó una sonrisa tensa—. Tampoco a ti te han afectado; te veo espléndida.

El cumplido agradó a Victoria y desconcertó un poco más a Lola.

—Ya ves, trabajar tanto tiempo en un museo termina dejándote medio embalsamada... —Se frotó los ojos, cansados de mirar a las pantallas—. No sé si preguntar qué has hecho estos últimos años, o prefieres contarme qué puedo hacer en este momento por ti. Te dejo elegir.

Lola se sintió incomodísima entre ellos y decidió no asumir ningún protagonismo. Era una vieja obsesión que tenía que resolver él.

—Mirad, os dejo un rato a solas. Tendréis mil cosas que contaros y prefiero no importunar. —Frenó la protesta de Colin—. Tranquilo. Me daré una vuelta por el museo. ¿Me recomendáis alguna sala en especial?

A Victoria no le pudo caer mejor. Le sugirió la segunda planta, para tener una buena panorámica del edificio, y que pasara desde allí a la sección de dinosaurios, una de las más famosas del museo.

Una vez a solas, Victoria no se calló su impresión:

—Cuídala, porque merece la pena...

Colin titubeó con ganas de esquivar el consejo, tomó asiento, le robó las gafas de cerca y observó lo que estaba haciendo.

—Parece que te gusta recordar tiempos pasados... —le reprochó ella; mientras estuvieron juntos, Colin se las robaba cada vez que entraba en su despacho.

En la pantalla solo había ristras de datos que él no habría sabido interpretar ni aunque dispusiera de dos vidas enteras.

—¿Siguen pagándote por jugar a solitarios?

—¿Y a ti por vivir del cuento?

Intercambiaron una sonrisa. De golpe había volado todo el tiempo que habían estado sin verse. ¿Tan fácil era? ¿Bastaba con eso? ¿Dos bromas y la confianza regresaba, como si nada? Colin sacudió la cabeza para centrar sus ideas, ella se le adelantó.

—Lo que ves ahí es lenguaje Go. Desde hace poco, trabajo en metaprogramación para ahorrar tiempo. Te lo explicaría con más detenimiento, pero no creo que estés aquí para recibir una *master class.* —Cruzó una pierna sobre la otra, se retiró de la cara un inoportuno mechón rizado, suspiró y preguntó—: ¿A qué has venido?

Por segunda vez en apenas cinco horas, Colin resumió los motivos de su huida de África en la avioneta para esquivar los controles aeroportuarios. Victoria se quedó de una pieza, asombrada, pero también preocupada por él.

—Lamento mucho lo de tu compañera, y me inquieta saber que seguís en peligro.

—Todo hace pensar que la gente que persigue a Bineka es la misma que mató a Beatriz, y prefiero ahorrarte detalles sobre cómo actuaron, con qué saña, también fue contra Lola en su casa de Galicia, y seguimos sin noticias de un veterinario que trabaja en el santuario de chimpancés.

—¿Y en qué punto de toda esta historia decides venir a verme?

—Necesito que busques quién puede estar detrás de todo lo que te he contado.

—¿No me has dicho que los americanos lo están investigando?

—Todavía no sé el alcance de sus averiguaciones, mañana me veré con ellos. Aun así, yo confío en ti. Estoy seguro de que darás con datos que quizá ni ellos consigan.

—Me sobrestimas, pero te lo agradezco. Tú dirás.

Colin le proporcionó los datos de la empresa y el banco sospechosos, la ubicación de la mina donde habían encontrado el cadáver y los nombres de Matzim y De Mons vinculados a la persecución de Bineka.

—Métete en sus ordenadores, escudriña sus cuentas, su correo, descubre sus trapos sucios.

—Un trabajo de chinos, por lo que veo.

—Eso es todo lo que sé. Confío al cien por cien en ti. Me vale todo lo que averigües... ¿Cuándo me dirás algo?

Victoria estudió su *planning*.

—Dame tres días y te cuento.

—Tiene que ser mañana. ¡No puedo esperar tanto!

Victoria sopesó los trabajos pendientes que tenía encima de la mesa y una especie de culpa por el feo que le había hecho años atrás. Abrió su portátil y tecleó «Lands & Oils».

—Vuelve mañana a eso de las doce. Quizá te pueda dar algo.

—¡Eres estupenda!

Colin bajó la escalera saltando de dos en dos en busca de Lola. Aparte de lo que consiguiese averiguar, él acababa de saber que Victoria era solo pasado. Le faltó tiempo para contárselo a Lola, junto a la promesa de que tendría algo de información en menos de veinticuatro horas.

El hombre de la cafetería del hotel Rembrandt con la impecable gabardina de color crema los vio salir. Desconocía los motivos que les habían ocupado más de una hora en aquel museo. Llevaba siguiéndolos toda la mañana y caminaba a buen paso por detrás, guardando la distancia de seguridad, henchido de rabia después de haber confiado en que lo llevarían hasta la joven africana para terminar con ella de una vez.

Bernard se cubrió el cuello con las solapas de la gabardina cuando empezó a llover, aplastó con el zapato la colilla del quinto cigarrillo y se dirigió al aparcamiento, donde también estaba aparcado su coche de alquiler. Por la hora que era, imaginó que irían a comer.

Se rascó la coronilla, maldijo el hambre que no iba a poder calmar con mucha probabilidad y corrió para no perderlos de vista.

Lola recordaría aquella comida como una suma de agradables impresiones, a cada cual mejor. El escenario lo conocía de su época londinense; la coqueta galería Kingly Court, transformada en animado patio interior rodeado de restaurantes, próxima a Carnaby Street. Los platos, bien elegidos, como el vino. La conversación fluida. Una sonrisa en los dos casi permanente. Recuerdos que surgían con infinitas ganas de compartir el devenir de Wonderland, la suerte de Bineka. Lo único amargo que sobrevoló entre ellos fue la sombra de la desaparición de Luis y la proximidad del vuelo de vuelta a Madrid.

Tan solo fue una hora y media más tras la comida, paseando sin rumbo, disfrutando de nada en especial y de todo. Pero si hubo algo que aquella tarde dejó huella en Lola, en aquel imprevisto viaje a Londres, fue un beso que

Colin le dio en los labios, fugaz; apenas había empezado a llover y justo antes de subirse al coche para ir al aeropuerto.

Fue solo eso, un beso. Del que no hablaron en todo el trayecto, ni tampoco cuando se despedían: ella a punto de acceder a la zona reservada para pasajeros; él agitando los dos brazos y luciendo una gran sonrisa. Aunque antes de darle la espalda Lola sintió que su garganta se le cerraba de golpe, aguantó el tipo sin soltar una lágrima y le lanzó un beso con la mano, bajo la promesa —recién hecha por su parte— de ir a verla en breve a Madrid.

Cuando el Airbus de Iberia despegó una hora después, Lola miró por la ventanilla justo antes de que el avión se perdiera por la familiar nube gris que mantenía los cielos de Inglaterra casi siempre ocultos, preguntándose qué podía haber detrás de ese beso y si lo que había sentido con Colin llegaría a algo más o terminaría, como en otros casos, en tan solo un buen recuerdo. Acarició la pulsera de madera de Beatriz y cerró los ojos con nostalgia; le hubiera encantado compartir con ella lo que le estaba pasando.

Cuando la sobrecargo anunció el servicio de bebidas y la película que iban a poder disfrutar, el título le pareció a Lola mucho más que casual: *Memorias de África.*

Por nada del mundo se la perdería. En ese momento se sentía igual que Karen Blixen en la película, atrapada por otro Denys.

# 56

—

*En las cuadras de la residencia de los Blackhill, Fordwich, Canterbury, Inglaterra*
*Agosto de 2010*

Bineka estaba tratando de que Furaha se durmiera. Se encontraban dentro de un box vacío, sentadas sobre un lecho de esponjosa paja y dando cuenta de una fuente de fruta ya mediada. Hacía balance de su asombroso día contándoselo a Furaha, que ponía cara de entender lo que le decía, aunque se aplicaba más a los plátanos que a las palabras de su madre adoptiva.

Retiró unas pajas de su pantalón: un vaquero que Adele le había comprado en un puesto encajado dentro de un edificio, muy diferente de los que ella conocía al aire libre en los mercadillos semanales. También habían elegido tres camisas, un pijama y alguna prenda interior a pesar de sus reticencias.

Antes de cenar extendió la ropa sobre la cama y se decidió por una camisa rosa y aquel vaquero negro, lleno de brillantes tachuelas. Se miró al espejo antes de bajar a cenar y, aunque prefería la forma de vestir de su gente, entendió que al vestido que había llevado esos días le iba a venir bien un lavado.

Se sentía un tanto abrumada ante las mil novedades

que había descubierto, algunas espectaculares, pero no terminaba de encontrar su sitio en aquel mundo de piedra. Lo único que deseaba era ver a Colin y este no acababa de volver. Estaban empezando a cenar cuando llamó a su madre para avisar de que no llegaría a tiempo.

A pesar de las protestas de Adele, que se negaba a dejarla dormir otra noche en los establos, ella se empecinó, y allí estaba. Podía costar entenderlo, pero el ambiente que se respiraba dentro de aquel box le evocaba su mundo.

Hacía fresco. Se pellizcó las mejillas, acusó un par de temblores y se cubrió con la manta que le había dado Adele. Estiró las piernas, acarició a Furaha, supo interpretar las protestas de un par de yeguas en respuesta a la llamada de sus dos potros y vio aparecer a Colin. Parecía cansado.

—¿Qué tal tú hoy? —Lo forzó a agacharse para recibir un beso—. El mío, lleno de sorpresa, bonito. No puedo dormir sin Furaha y esto es como cabaña; quiero quedarme. —Cogió dos puñados de paja y los hizo volar a su alrededor mientras desplegaba una generosa sonrisa.

Colin intentó hacerle cambiar de opinión, a nadie le importaba que durmiera con Furaha en su habitación, pero ella se mantuvo impermeable a sus argumentos. Terminó sentándose a su lado.

Bineka conocía los motivos de su viaje a Londres y ansiaba saber el resultado. Pero antes quiso compartir lo mejor de su día.

—Hoy, en enorme cabaña de piedra, más alta que los árboles más altos de la selva.

Colin entendió que se refería a la catedral. Le encantó su peculiar manera de describirla.

—¿Y con mi madre bien?

—Mucho; es mujer grande.

—Tú sí que eres increíble. —Oyeron la voz de Adele

acercándose por el pasillo central—. Se para a verlo todo... —Llevaba un pijama, un grueso jersey y calcetines de buena lana. Colin la miró extrañado—. Hijo, estamos en septiembre y esto no es África; por si no te acordabas, por las noches refresca mucho. —Se dirigió a Bineka—: Te vas a poner todo esto, o me voy a enfadar de verdad.

—Y a ti, ¿qué tal te ha ido por el museo? —Le guiñó un ojo.

Sin dar ningún recorrido a la parte personal, comentó el escaso resultado de su entrevista en Scotland Yard y el más prometedor con Victoria. De la visita de Lola, como no se lo había contado a ninguna de las dos y no tenía ganas de dar explicaciones, no mencionó nada.

No habían acabado de hablar cuando oyeron pasos, y en menos de cinco segundos los pasos se convirtieron en dos tipos, armados con pistolas, que se asomaron a la puerta del box. Adele se llevó tal susto que estuvo a punto de perder pie. Colin reconoció a los agentes de seguridad que desde hacía veinticuatro horas protegían los accesos de la casa.

—¿Qué pasa? ¿Han visto algo?

—Hemos visto luz en las cuadras, nos ha extrañado y hemos decidido echar un vistazo. Discúlpenos si les hemos asustado.

Adele se serenó y agradeció su servicio. Al mirar a Bineka, imaginó que estaría deseando hablar con su hijo después de no haberse visto en todo el día, acostumbrada como estaba a todo lo contrario, y decidió que allí sobraban los demás. Dio un par de besos a cada uno, se despidió hasta la mañana siguiente e instó a los agentes a que la siguieran.

Bineka empezó a desabrocharse la camisa para ponerse el pijama. Colin hizo amago de abandonar el box.

—Queda aquí... —dijo ella, desnuda de cintura para arriba—. No has contado tu día.

—Solo quería ofrecerte algo de intimidad.

Colin no sabía dónde mirar. La piel de Bineka parecía fundirse en la oscuridad de las cuadras, pero sus ojos continuaban destacando como ventanas abiertas a la selva. Ella ladeó la cabeza como extrañada.

—No problema. Así bien —dijo quitándose los pantalones.

Colin la había visto desnuda, pero en otros entornos. Se sintió raro, más incómodo que en anteriores ocasiones.

—En selva, mujer no rechaza hombre nunca —le soltó de sopetón.

Adele le había explicado quién era Victoria y qué había significado para Colin, durante el almuerzo en un restaurante próximo a un bonito parque.

—¿Por qué me dices eso? —Le pasó el pantalón del pijama.

—Adele me contó qué Victoria hizo a ti... ¿Has visto?

—La he visto, sí, y nos va a ayudar a encontrar a los que te persiguen. Es una gran experta en informática y confío por completo en su capacidad. He vuelto a quedar con ella mañana para saber qué ha encontrado. Lo otro es pasado...

Bineka volvió a tomar asiento sobre la cama de paja para ponerse los calcetines y el grueso jersey. No alcanzaba a entender en qué consistía esa ayuda, cuando no sabía ni qué era internet, aunque Adele había intentado explicárselo. Le parecía imposible hablar con máquinas. Sin embargo, escuchar «Lo otro es pasado» la dejó tranquila.

—Mañana ir contigo. Gusta conocer a mujer que habla a máquinas.

A él no le pareció mal.

En las inmediaciones de la residencia, desde cierta distancia y protegido por las sombras de un oportuno bosque,

Bernard observaba los movimientos de una pareja de policías. Descifraba sus pautas, conocía sus turnos y cronometraba cada cuántos minutos dejaban de vigilar la entrada para patrullar el perímetro de la finca.

Después de haberse comido un pesado viaje de Londres a Gatwick, entre atascos, para seguir con otro peor a Canterbury, y con aquella protección armada veinticuatro horas al día alrededor de la finca, decidió que lo tendría más fácil fuera de la mansión. Probaría al día siguiente. Hasta entonces, solo soñaba con una buena cama.

Notó la vibración de su móvil en el pantalón. Era Paul Vestraeten.

—Señor, no estoy en el mejor lugar para poder hablar... —explicó en voz baja.

—Entiendo, pero tengo novedades que te interesarán. Tú no hables. Esta misma tarde alguien ha estado intentando entrar en nuestros servidores y el ataque proviene de Londres.

—¿Scotland Yard? —susurró Bernard pensando en la visita de Colin.

—Parece algo más clandestino. Los nuestros han conseguido rastrear las rutas empleadas hasta dar con un hacker: Pleistocenus. Una vez detectado, se han puesto a pelear, como hacen ellos, y dicen que es muy bueno, pero por suerte han podido localizar su dirección: el museo de Historia Natural.

Bernard no sabía con quién se había entrevistado Colin allí, pero fuera quien fuese, supo que le iba a tocar actuar.

—¿He de entender que a ese Pleistocenus solo cabe...?

—Sí, hazle hueco en tu lista.

# 57

*Museo de Historia Natural, South Kensington, Londres*
*Agosto de 2010*

Victoria miró a Bineka y se quedó impresionada con sus ojos, pero casi al instante también apenada: no necesitó más de tres minutos para darse cuenta de que la jovencita estaba enamorada de Colin. Le sorprendió su exnovio, en dos días dos mujeres interesadas por él.

—Hoy es tu día de suerte, Blackhill. —Se concentró en su portátil, tecleó a toda velocidad y le dio la vuelta para que pudieran ver la pantalla.

—¿Qué tengo que mirar? Solo veo un montón de números.

—Se trata de un listado de transferencias bancarias; mira el sexto apunte y observa el origen y el destinatario.

Colin contó las líneas y llegó a la indicada.

—Maxime de Mons...

Bineka saltó como un resorte:

—¡Matzim!

—Espera... — Colin parpadeó atónito—. ¿Maxime de Mons? —repitió el nombre, y de pronto cayó en la cuenta—. ¡No eran dos personas!

—¡Menudo bingo!, ¿verdad? —añadió Victoria—. Pues

espera, porque no terminan ahí las sorpresas; el dinero se lo manda la empresa Lands & Oils.

—Empiezan a gustarme las coincidencias... —dijo Colin—. Aunque no sé, tampoco me parece que tres mil trescientos dólares sea una cantidad como para pensar que se trata de un pago por ciertos servicios, digamos que delicados.

Victoria usó el ratón para moverse por el documento. Descendió unas cuantas líneas más y señaló con la uña otro apunte.

—Otros tres mil trescientos dólares. Y si bajamos más, aparecerá esa misma cantidad en torno a los tres primeros días de cada mes.

—¡Es una nómina! —concluyó Colin—. O sea que el tipo que pudo actuar en la aldea de Bineka trabaja para Lands & Oils, una de las empresas que Beatriz andaba investigando; todo cuadra. ¿Has encontrado alguna foto del señor De Mons?

—No, no ha habido suerte. Ese tipo es muy opaco; parece como si no pisara nuestro mismo mundo, porque no deja un solo rastro en la red. No usa tarjetas de crédito ni tiene nada contratado a su nombre, no hay propiedades, ni siquiera una línea de teléfono. Solo una cuenta corriente en el Advans Banque, esa ha sido la pista esencial para sacar todo lo demás. Tendrás que felicitar a Lola. Lo poco que descubrió en el portátil de su amiga ha sido la llave.

—Se lo diré, sin duda. —Se alegró por partida doble.

—Pues ahora agárrate, porque mientras buscaba cualquier dato, dirección o servidor que me pusiera tras la pista del apellido De Mons, descubrí que el propietario de Lands & Oils, Paul Vestraeten, se casó con la madre de nuestro Maxime en 1999, en segundas nupcias para ella, aunque la mujer murió un año después. Cuando crucé fechas y datos, vi que a partir del óbito es cuando empiezan a aparecer esos pagos. Quizá no sea una nómina como tú dices; puede ser una simple ayuda periódica a un hijo, o hijastro me da igual, que el pagador no creyó necesario ocultar como hace con el resto de sus negocios.

—Te felicito... ¡Lo tenemos!

—Todavía hay más: cuando empecé a investigar sobre esa empresa... —Dejó de hablar: había aparecido algo en la pantalla que llamó de inmediato su atención. Acababa de abrirse una ventana en la que surgieron un sinfín de comandos, líneas, números y extraños códigos en una endiablada sucesión—. ¡Eh...! ¡Pero bueno! Aquí hay alguien que quiere seguir peleando... —Se puso a teclear a una velocidad inimaginable.

—¿Se puede saber qué está pasando?

Victoria le pidió un minuto. La ventana desapareció, abrió otra, lanzó una docena de comandos y al finalizar buscó la opción de reiniciar el ordenador, para devolver su atención a sus alucinados espectadores.

—Como os decía, al hurgar en la empresa pagadora, descubrí algo que puede ser mucho más interesante todavía. Antes necesité bucear sin apenas protección en lugares poco recomendables de la red y alguien me detectó.

Colin preguntó en qué consistía eso. A esas alturas, Bineka estaba perdida; ella solo descifraba a la mujer, preguntándose qué podía tener para haber enamorado en su día a Colin.

Victoria explicó que se trataba de una red paralela a la que no se accedía por los buscadores comunes; una especie de web invisible para cualquier usuario normal en la que viajaba un altísimo porcentaje de información sin indexar. La conocía bien, porque para el mundo de la ciencia existía dentro de ella un metabuscador llamado Scirus, muy utilizado cuando se necesitaba encontrar ciertos trabajos cuyos autores no querían hacerlos públicos por unos u otros motivos.

—Esa información vive de forma latente en una internet invisible, hasta que es activada por un usuario y empieza a funcionar como una red de comunicación. Antes de eso, solo son millones de bits inertes.

—Y tú sabes activarla... —apuntó Colin.

—Sé lo suficiente para haber localizado los movimientos bancarios que has visto, y otro dato que va a resultarte mucho más revelador. Resulta que la propietaria de la mina es la misma empresa: Lands & Oils. Lo averigüé después de hacer un exhaustivo recorrido por un sinfín de sociedades pantalla. Fue dar con ellos y al instante ser detectada, lo que me obligó a ocultarme como pude y a poner todos los medios que conozco para que no me localizaran, aunque no sé si fueron suficientes.

Acababa de reiniciarse el ordenador y al entrar en el sistema operativo detectó errores.

—¡Me han pillado! ¡Nos tenemos que ir de aquí de inmediato! —Su gesto se transformó, estaba pálida.

Colin no pudo ni celebrar sus avances, se levantó y cogió de la mano a Bineka. Vio cómo Victoria guardaba su portátil en una bolsa de los famosos almacenes londinenses Harrods, se ponía la chaqueta y corría hacia la puerta. Confió en ella y la siguieron a toda velocidad. Tomaron un ascensor y ella pulsó la planta menos tres.

—Saldremos por el garaje, en mi coche.

—¿Me puedes explicar por qué nos tenemos que ir corriendo?

—Porque los malos ahora saben dónde estamos.

Atravesaron dos filas de coches aparcados, y cuando Victoria accionó su llave destellaron los cuatro intermitentes de un Aston Martin Vantage V8 a pocos metros.

—No sabía lo bien que pagaban los museos... —comentó Colin con sorna.

Victoria tiró la bolsa con el ordenador en el maletero,

miró a ambos lados antes de entrar en el coche, mucho más que inquieta, y contestó su comentario después de meter la llave en el contacto.

—En la internet profunda se mueve muchísimo dinero ajeno al fisco. Y como dice el refrán, quien roba a un ladrón tiene cien años de perdón. —Se le escapó una sonrisa entre pícara y tensa, dejando a su exnovio descolocado.

Victoria hizo sonar el poderoso motor, colocó la marcha atrás, después la primera y pisó el acelerador dejando pegados en el asiento a sus dos acompañantes. A punto de pisar la calle, a menos de tres metros de ellos, un hombre sacó una pistola y disparó a la ocupante del asiento trasero.

La ventanilla se rompió en mil pedazos, Bineka se tumbó en el estrecho hueco del deportivo, chillando muerta de miedo, y Victoria hizo rechinar las ruedas en el asfalto levantando una nube de humo con olor a quemado.

—¡Joder! —exclamó Colin mirando hacia atrás en un intento de identificar al tipo que acababa de disparar.

—¡Mierda! Está cogiendo un coche —apuntó Victoria al verlo por el retrovisor—. Poneos los cinturones de seguridad; vamos a tener que volar.

Colin llamó a su madre para que diera aviso a los policías que vigilaban la casa y tomara las máximas precauciones. Si habían sido capaces de localizarlos en el museo, seguro que también tenían controlada la residencia familiar. Cuando ella le dijo que se habían presentado tres agentes americanos y que habían salido a toda velocidad hacia Londres en su busca, se cortó la señal.

Intentaron volver a conectar, pero les fue imposible.

Victoria giró a más de ochenta millas por hora hacia la izquierda para bordear Hyde Park desde Cromwell Road, pese a las protestas de los demás vehículos, que no paraban de tocar el claxon a su paso.

—¡Victoria! ¡El autobús...! —Colin estaba viendo que

se empotraban contra uno que estaba abandonando una parada.

Victoria clavó el freno y se quedaron a menos de cinco centímetros de él.

Colin miró hacia atrás tratando de localizar el coche que los seguía, una berlina alemana de mucha cilindrada. Pero al ver la cara de terror que tenía Bineka, la cogió de las manos con intención de tranquilizarla y le habló.

—Tranquila, todo va a salir bien... Ya verás.

En el siguiente giro que dio el vehículo a la derecha, para tomar Oxford Street, Colin se golpeó la cabeza con la ventanilla.

—Lo siento... —se disculpó Victoria—. No puedo andar con muchas finuras. —Había visto un coche de policía y decidió provocar a sus agentes.

Cuando pasaron al lado del vehículo oficial, llevaban tanta velocidad que este activó la sirena y salió tras ellos.

Victoria redujo la marcha y controló a su perseguidor: se acababa de desviar por otra calle y le pareció ver que estaba siendo seguido a su vez por un Audi, quizá al constatar la excesiva velocidad que también llevaba. No lo comentó con Colin.

Tampoco con los dos policías que los conminaron a salir del Aston Martin con los brazos en alto y con ademanes de urgencia, solicitando la documentación y preparando el talonario para calzarles una multa a la altura de las prestaciones de aquel vehículo.

Bineka no paraba de temblar. Colin y Victoria se miraron y suspiraron a la vez, y ella no pudo evitar soltar un comentario:

—Menuda manera tienes de recuperar emociones pasadas, Blackhill.

# 58

*Portman Street, Londres*
*Agosto de 2010*

Bernard había visto ese Audi 100 que ahora llevaba detrás desde que había abandonado el museo. Tras detectar a la patrulla en medio de Oxford Street, había tomado Portman Street, abandonando la persecución del deportivo de alta cilindrada en el que iba el inglés, la hacker y la joven africana, por culpa de su falta de puntería, y ahora era él a quien estaban siguiendo.

Maldijo mil veces su mala suerte y miró de nuevo por el retrovisor. En aquel coche iban tres hombres vestidos de civil, pero con toda la pinta de ser policías, o miembros de cualquier otro servicio de seguridad; los de delante eran dos auténticos armarios.

Adelantó de mala manera a un taxi, frenó para no llevarse por delante una moto y calculó que el escaso espacio que había entre dos autobuses le permitía pasar entre ellos, confiando en que el Audi no cabría. Pisó a fondo el acelerador, saltaron por los aires sus dos retrovisores, se mordió un labio, tensó los brazos y lo consiguió. Comprobó que sus perseguidores tampoco se habían achantado y se dejaban medio lateral del vehículo para que él no escapara.

Se dio por vencido. Recordó una conversación con su

jefe y pensó a toda velocidad. Utilizó el teléfono con manos libres. A la segunda señal descolgó Paul Vestraeten.

—Cuéntame, Bernard.

—Malas noticias, jefe. Erré el disparo y han conseguido huir. Y ahora estoy en medio de Londres, me persiguen y temo no poder escapar; los tengo demasiado encima... Estoy seguro de que me van a pillar.

La voz le salía rota, consciente de sus fatales consecuencias. El Audi lo golpeó por detrás. Esperó alguna consigna. Pero al otro lado de la línea solo encontró silencio.

—¿Lo hará? —preguntó a su jefe.

—Te di mi palabra —fue lo único que Vestraeten contestó antes de colgar.

Bernard tragó saliva. Dejó atrás un frondoso parque a la derecha, y al ver que lo esperaba un fabuloso atasco y el tráfico parado a menos de cien metros, entendió que no tenía escapatoria.

Cogió su pistola, se la metió en la boca y apretó el gatillo.

En el salón de la residencia de los Blackhill se podía cortar la tensión con cuchillo, empezando por Adele. Bineka no conseguía borrar de su cabeza la ventanilla del coche estallándole en la cara. Y Furaha saltaba por encima de los sillones chillando, contagiada por los nervios de los humanos.

Victoria y Colin parecían estar más serenos. Ella hubiera regresado a Londres tras dejarlos a salvo en Canterbury, pero Colin se negó: les había costado llegar una hora y media y era demasiado tarde para repetir aquel trayecto sola, además de que no sabían si el peligro estaba neutralizado.

—Necesito fumar —confesó Victoria a Colin en voz baja.

Al sacar el paquete de Marlboro de su bolso, voló el resguardo de la multa de Oxford Street. Victoria había decidido no explicar los motivos de su excesiva velocidad; no quería que la policía metiera la nariz en sus asuntos. Colin también había optado por no denunciar lo sucedido ante unos simples agentes de tráfico cuando esperaban la llegada de dos agentes de la CIA.

—Salgamos un momento fuera; mi madre no soporta el olor a tabaco.

No había encendido el pitillo cuando Colin recibió una llamada en su teléfono; le pareció reconocer el número. Victoria pensó que se trataba de Lola. Colin, de camino, le había contado dónde residía la española, a qué se dedicaba y cómo la había conocido. Tampoco es que la inglesa le hubiese hecho un deliberado test sobre aquella mujer; fue él quien había decidido compartir aquel tipo de detalles. Y así, la que se había convertido en reputada hacker, supo que apenas se habían visto el día anterior; no llegaron a estar juntos ni ocho horas en ese viaje sorpresa y que dedujo también romántico. Victoria recibió aquella información sin querer opinar, pero la llamada no era de Lola.

—Hola, Carmen. ¿Qué se sabe de Luis?

—Tengo malas noticias... —La voz se le quebró.

—¿Qué ha pasado? —Colin se temió lo peor.

Carmen trató de serenarse, se sonó la nariz y le trasladó lo mismo que le habían contado tan solo cinco minutos antes.

—Lo encontraron en una casa a punto de arder por completo, con la cara desfigurada por el fuego, sin cuatro dedos y con golpes y heridas por todo el cuerpo. Según los médicos, tuvo que sufrir un horrible suplicio.

—Pero ¿está vivo? —Colin se impacientó.

—Tan solo le quedaba un hilo de vida cuando ingresó

en el hospital. Acaban de llamarme y su estado es gravísimo; está en coma.

Colin se llevó una mano a la boca, aliviado y espantado al mismo tiempo.

—¿Cuándo sucedió todo eso?

—Hoy se cumplen cinco días desde que desapareció y ha pasado tres en el hospital; hasta que no comprobaron sus huellas dactilares no supieron quién era. Te he llamado antes de subirme al coche para ir a verlo... —Se le cortaba la voz, ahogada de rabia.

—Carmen, al menos sigue vivo. Ya verás cómo se recuperará.

Victoria le cogió de la mano y la apretó con fuerza sin saber de qué o de quién hablaban.

—Escucha, cuando colguemos busca a una de tus chicas y pídele que te lleve al hospital. No quiero que conduzcas. Me vas a hacer caso, ¿verdad?

—Lo haré, tranquilo. Hubiera sido estupendo tenerte aquí, aunque entiendo lo que hay... ¿Vendrás a verlo? ¿Cuándo regresaréis con Furaha?

Colin no supo qué contestar. Acababan de sufrir un intento de asesinato, no tenía ni idea de lo que iba a hacer en las próximas horas, ni cómo proteger a Bineka, como para plantearse cuándo y cómo volarían a Kinsasa. Le trasladó lo que había pasado en Londres.

—Tienen que haber sido los mismos —sentenció Carmen muy preocupada.

—Así lo creo yo. Estamos a la espera de que aparezcan los agentes que se presentaron en tu centro no hace ni tres días, ¿verdad? Imagino que no tardarán mucho en llegar.

—Diles de mi parte que cojan pronto a los que nos están haciendo todo esto. Yo no puedo más...

Cuando colgó Colin, Victoria lo vio tan afectado que no supo qué hacer para contrarrestar su agobio. Mientras regresaban al salón, él terminó de explicarle quién era Luis Cereceda y lo que había averiguado.

Colin prefirió no contárselo a Bineka; lo dejaría para otro momento, cuando la viera más tranquila. Pero no llegó a sentarse. Lo siguiente que sucedió fue como si a partir de ese instante empezaran a vivir todo a cámara rápida.

Entró una de las camareras para anunciar la llegada de unos hombres preguntando por la señora o por el señorito Colin; no tuvieron tiempo de ir a abrir. Irrumpieron sin permiso en el salón y lo hicieron con paso firme. Uno de ellos se presentó como Michael Scott, agente del Tesoro. Y los otros dos dijeron que eran miembros de la CIA, recién llegados de Kinsasa. Adele los reconoció al instante: eran los mismos que habían aparecido esa mañana. Sin ofrecer ninguna explicación, preguntaron a Victoria si era la dueña del Aston Martin, y tras saber que así era y felicitarla por la acertada decisión de huir del museo, urgieron a Bineka y a Colin a salir enseguida de la casa para trasladarlos a un lugar seguro que habían elegido y organizado de camino a Canterbury.

A Victoria le parecía estar viviendo una película. Adele, pálida, preguntó a qué venía todo eso.

—Esta dirección ha dejado de ser segura. Les daremos más detalles de camino. No tenemos tiempo para charlas. ¡Vámonos ya!

Cuando Bineka se unió a la comitiva, llevaba de la mano a Furaha.

—¡El animal se queda! —ordenó Scott.

—¡Si el animal queda, yo también! —respondió Bineka con firmeza.

—¡Y yo! —se sumó Colin—. Está requisado por el gobierno y soy su responsable último. No puedo desentenderme de él.

Los tres hombres se miraron sin ocultar su contrariedad. Scott buscó su móvil, marcó un número y abandonó el salón.

Cuando regresó, les hizo saber que aceptaban al chimpancé, apremiándolos a abandonar la casa de forma inmediata, sin tiempo de hacer las maletas.

Se subieron al Audi, que para entonces parecía recién sacado de un desguace.

Scott se sentó atrás y las ruedas del coche hicieron saltar la gravilla del camino hasta que el morro del vehículo enfiló la verja.

—¿Adónde nos llevan? —preguntó Colin.

—Acabamos de cambiar los planes por culpa de eso... —Señaló a la asustada Furaha, que se cobijó entre el brazo y el pecho de Bineka—. Pero quizá haya sido de lo más oportuno, porque los vamos a dejar en el último lugar en el que a sus perseguidores se les podría ocurrir buscar. —Miró a Colin—. Y no se preocupe, el gobierno ha autorizado el movimiento del animal.

## 59

*Reserva natural Port Lympne, Lympne, Inglaterra*
*Agosto de 2010*

A menos de una hora de Canterbury, en dirección sur, desde hacía más de treinta años la pequeña población de Lympne acogía un enorme parque y reserva natural de animales salvajes, la mayoría en peligro de extinción —licaones, leones del Atlas, rinocerontes negros, manules, tigres y bisontes europeos—, en un régimen de semilibertad dentro de una finca de más de seiscientos acres; sin faltar los primates, las auténticas estrellas de la reserva.

Allí se alojaban ejemplares de muy distintas especies: desde el gibón plateado hasta gorilas, pasando por monos aulladores, langures de Java, colobos, capuchinos de cabeza dura, driles, monos obispo, papiones de Guinea y mangabeyes de vientre dorado, porque la reserva de Port Lympne compartía propiedad con otra de un millón de acres situada entre la República Democrática del Congo y Gabón, a la que se enviaban algunos gorilas y otros primates de menor tamaño criados en Inglaterra.

Además, el parque también ofrecía al público una actividad muy diferente a la de los zoos tradicionales, con un hotel de lujo, restaurantes y varias modalidades de safari.

La necesidad de llevarse a Furaha había hecho cambiar

los planes de Scott. Ya no le iba a servir el discreto piso elegido en el centro de Rochester, donde pretendía ocultar a Bineka y a Colin. La convivencia con un chimpancé terminaría llamando la atención de sus vecinos, fuera por los ruidos o por el propio olor del animal. Entrenado como estaba para resolver problemas al instante, se le ocurrió llamar a un buen colega y amigo del Her Majesty's Treasury, el equivalente británico a su oficina de Washington, con tan buena suerte que el hombre captó su necesidad de inmediato y le facilitó con sorprendente agilidad una excelente solución por ser familia de los propietarios de aquel parque. Una casualidad que pocas veces solía bendecir a quien vivía un momento de aprieto como el que estaban pasando. Y así pudieron refugiarse en una cabaña apenas usada, a orillas del recinto principal, donde solo dos personas de la reserva lo sabrían; y las dos eran de la máxima confianza de la familia.

De camino, Scott les puso al corriente del fatal destino que había tenido su perseguidor por las calles de Londres, identificado como Bernard Malú, protagonista también del asalto a la casa de la señorita Freixido en Galicia.

—Una vez que lo identificamos, nuestra gente se puso a buscar información sobre él, dando prioridad a la más reciente. Localizaron un alquiler de coche a su nombre, reservado en el aeropuerto de Santiago de Compostela, el mismo día de los hechos, junto a dos pasajes de avión que usó en fechas previas: uno procedente de Bruselas y otro, inmediatamente anterior, con origen Kinsasa y destino la capital belga. Todo cuadraba. No sabemos cómo abandonó Galicia porque no dejó ningún registro. La pena es que se volara la cabeza; podríamos haberle sacado mucha más información. Pero mira por dónde, nos proporcionó una buena pista.

—¿No se han preguntado por qué actuó así, volándose la cabeza? —les planteó Colin.

—Minutos antes de pegarse el tiro, el tal Malú hizo una llamada de teléfono que quedó reflejada en su móvil. ¿Sabe a quién?

—A Maxime de Mons... —contestó Colin.

Bineka dio un respingo al oír ese nombre. Scott frunció el ceño.

—¿De Mons? No sé quién es ese tipo. Llamó a Paul Vestraeten, el propietario de Lands & Oils, nuestro principal objetivo y causa de que tanto el departamento del Tesoro como la CIA estemos metidos en este asunto.

Fuera llovía con tanta fuerza que el conductor se vio obligado a reducir la velocidad. Los limpiaparabrisas no daban abasto.

Colin recordó la conversación con Victoria.

—Mi amiga, la del museo, ha descubierto cosas bastante inquietantes sobre ese hombre —insistió Colin.

—¿Sobre Paul Vestraeten? —Scott demostró un repentino interés. Llevaba demasiado tiempo detrás de aquel delincuente de guante blanco, y cualquier información que concerniera al belga le sentaba mejor que el más exclusivo caviar—. Tenemos mucho de que hablar, señor Blackhill...

*Oficinas corporativas de Lands & Oils, Ostende, Bélgica*

A varios centenares de kilómetros de allí, un hombre sopesaba hasta dónde podía seguir pujando por un pequeño cuadro que la prestigiosa casa Sotheby's estaba subastando en directo desde Ámsterdam. Su agente le iba trasladando por teléfono las cifras que cantaba el martillero, y a medida que estas ascendían, atendía a sus nuevas órdenes. Un Vermeer merecía siempre la pena, pero ese más.

Ese cuadro había colgado hacía muchos años en otra pared: en una mansión propiedad de una poderosa familia flamenca donde habían servido sus padres, como miembros del servicio doméstico, durante la infancia y adolescencia de Paul. Al tratarse de una de las posesiones más valiosas que los nobles tenían, permaneció todo ese tiempo en el lugar más digno del salón, protegido de la luz que atravesaba los ventanales y del fuego de la chimenea.

Cada vez que tocaba limpiar el salón y Paul acudía a ayudar a sus padres en la tarea, se detenía a mirar el cuadro. Lo pudo hacer mil veces, inconsciente entonces de su valor, hasta que sin haber cumplido los diez años lo deseó para sí. Tal fue la obsesión que provocó esa pintura en él que su madre terminó comprándole una vulgar copia que durante muchos años presidió el humilde comedor de los Vestraeten. Aquella obra sirvió para que el padre lo retara a llevar el humilde apellido familiar hasta lo más alto, a la vez que le infundía el deseo de hacerse con el original algún día. Lo que provocó en Paul la convicción de que solo cumpliendo esa meta demostraría a los suyos que los buenos tiempos de la familia habían llegado con él.

Para cualquier amante de la pintura, aquel Vermeer suponía una inversión segura dada la escasa disponibilidad de su obra en el mercado del arte —no se prodigaba en las casas de subastas—; pero para Vestraeten significaba mucho más.

Iban ya por veintiocho millones de libras cuando devolvió su atención al teléfono. Para su desgracia, otros dos postores no daban muestras de arredrarse, por lo que se vio obligado a pasar a su hombre una nueva cifra, veintiocho quinientos, y una consigna; no podía perder.

Siguió la puja. Él, inquieto como pocas veces se lo podía ver, escuchaba cómo la apuesta se estaba acercando a su última cifra. Y en el momento más crítico, a punto del infarto, recibió una llamada en su nueva BlackBerry Q5, el único modelo que disponía de un chip de encriptación para evitar cualquier espionaje, adquirida después de haber sido hackeado su anterior móvil. No la contestó. Antes de que pasara un minuto, su secretaria entró en el despacho urgiéndolo a responder; era importante.

Dejó la subasta en suspenso, identificó quién lo llamaba y contestó visiblemente enfadado:

—Aguarda un segundo.

En la sala de subastas alguien había cantado veintinueve millones y medio y su hombre le pedía instrucciones.

—¿Subo, señor?

—¡Sí! Defiende los treinta —ordenó Vestraeten mientras seguían hablándole desde la BlackBerry, distrayéndolo.

—¿Perdón? Insisto, señor Vestraeten, necesito hablar de inmediato con usted.

Lo llamaba desde Londres uno de los socios fundadores del prestigioso bufete de abogados Merrik & Timberling.

—No hablaba contigo, James, dame un par de segundos.

Le llegaba la voz del martillero ahogada en un murmullo de fondo. Desde Ámsterdam alguien acababa de ofrecer treinta millones cien.

Una de las grandes máximas de Paul era apostar fuerte cuando quería algo. Pero ese día, el destino se confabuló en contra de él: el abogado seguía una y otra vez reclamando su atención; apenas oía bien al agente, le pareció que pedía subir a treinta y dos, pero como no lo entendió del todo, cuando fue a reaccionar escuchó: «¡Adjudicado por treinta y un millones y novecientos mil euros!». Colgó con su agente sin ni siquiera despedirse, furioso y con un humor de perros que de inmediato trasladó a James Timberling:

—¡Ya puedes hablar, joder!

Tomó aire y lo fue liberando despacio, conteniendo su ira. Imaginaba lo que le iba a contar su abogado. Aun así, Paul Vestraeten no se había hecho rico ahorrándole trabajo a nadie.

—Un contacto dentro de Scotland Yard nos ha confirmado que el hombre que se pegó un tiro en la cabeza esta mañana en pleno centro de Londres era Bernard Malú.

Paul se mantuvo en una hermética y gélida actitud. Bernard había actuado conforme a lo pactado con él años atrás, cuando le habló de la enfermedad de su hijo Jumaane y la fortuna que le costaba su tratamiento. Aquel día Vestraeten mantuvo una conversación con su empleado breve pero de trascendentes consecuencias. El mensaje le quedó muy claro a Bernard: «Si tú me proteges, llegado el caso, yo protegeré a los tuyos».

Por eso, en medio de Londres y a punto de ser alcanzado por sus perseguidores, Bernard vio con absoluta claridad que su detención podría abrir a la policía una puerta hacia Paul, y que si lo evitaba, su hijo quedaría económicamente protegido de por vida. Así se lo había jurado el propio Vestraeten: él mismo se encargaría de cubrir para siempre esa necesidad. La elección para Bernard, a punto de verse detenido en aquel atasco y con el Audi pegado ya a su maletero, estaba clara: pobreza para su niño enfermo, o...

James Timberling seguía hablando:

—Hemos revisado hasta el último papel que consta en nuestro haber de sus empresas por si apareciese alguna relación con usted, y como solo hemos encontrado un contrato que nunca se llevó a registro, me he permitido la licencia de quemarlo; de hecho, estoy viendo cómo se transforma en cenizas en la papelera de mi despacho.

—Pues asunto zanjado. —El bufete de abogados le suponía una considerable suma de dinero al año, pero en momentos como aquel sabía apreciar el gasto—. Gracias, James, sígueme informando si sabes algo más.

Colgó el teléfono, golpeó la mesa enfurecido y lanzó por los aires la lámpara de su escritorio, arrancando el cable de cuajo, a la que siguió una estatuilla ecuestre de piedra, sin entender cómo se le había escapado aquel cuadro. Encendió su blindada BlackBerry y marcó otro número. Pasados solo dos tonos, alguien descolgó a más de ocho mil seiscientos kilómetros, en Medellín.

—¿Qué se le ha perdido a estas horas, compadre? —preguntó en un macarrónico inglés Mario Flores, cabeza del cártel más conocido de Colombia.

Paul no se anduvo con rodeos:

—¿A cuántos de los tuyos tienes ahora mismo en Inglaterra?

*Reserva natural de Port Lympne, Lympne, Inglaterra*

La cabaña tenía un tamaño modesto y un solo dormitorio, que fue asignado a Bineka. Disponía también de un sofá cama de dos plazas en medio del salón, donde dormiría Colin, y de forma eventual, Scott, hasta haber controlado la situación.

La noche había empezado a caer, pero en la reserva no todos descansaban; para muchos animales era la hora de comer. La vida nunca se detenía. Bineka miraba por una ventana mientras escuchaba los ruidos procedentes de la cocina. La abrió y recibió un bofetón de evocadores aromas. Su inseparable Furaha se sentó en el alféizar y empezó a olfatear el aire con un gesto que revelaba una profunda concentración. Se oyó el revoloteo de una lechuza y el trote sordo de una pequeña manada de antílopes. Bineka afinó el oído y le pareció percibir un coro de murmullos que atribuyó a un grupo de primates. Furaha aulló en el silencio de la noche tres veces, hasta que les llegó una réplica idéntica a su llamada desde algún recóndito lugar de la vasta extensión que ocupaba el parque.

Como la noche había refrescado bastante, Bineka prefirió el calor del salón y cerró la ventana, pero lo hizo apesadumbrada mientras Furaha lloriqueaba. Acababan de recibir un verdadero aluvión de recuerdos; estaban allí pero no eran de allí. Su abuelo le había enseñado a escapar del leopardo, a reconocer a las serpientes más dañinas y a saber elegir entre las diferentes bayas evitando las de los arbustos tóxicos. Pero no a afrontar un momento de peligro como el que estaba viviendo, lejos de su mundo y por causas que aún no entendía.

Se derrumbó sobre un sillón sin escuchar de qué hablaban. Necesitaba pensar, decidir qué quería hacer con su vida y también dónde deseaba vivir. Abrumada por las dudas, aceptó un sándwich que Colin había preparado con lo que les habían dejado en la nevera, se lo agradeció con una sonrisa y volvió a sus pensamientos.

Cuando el agente del Tesoro dejó de recibir una y otra llamada y tuvo tiempo de explicarse, se dirigió a Colin:

—Hablemos de Maxime de Mons. ¿Qué saben de ese tipo?

Colin miró a Bineka.

—¿Quieres contárselo tú?

La expresión de la chica se transformó con solo escuchar aquel nombre. Trató de responder, pero no fue capaz. Su mente se ahogó en imágenes; gritos y más gritos, otra vez corriendo entre cadáveres, pisando charcos de sangre, abrazada a su abuelo asesinado o reconociendo a su amiga Sanza junto a los cadáveres de sus hijos.

Bebió dos sorbos de un vaso de agua que le acercó Colin, liberó todo el aire que le estaba oprimiendo y, cuando se sintió mejor, empezó a contar lo sucedido sin dejarse ni un solo detalle, destacando el papel de verdugo que había protagonizado Maxime. Colin añadió cómo habían averiguado el nombre y su relación con Lands & Oils.

Aquel último dato hizo que Michael Scott se removiera en su sillón. Lamentó las desgracias que habían destrozado la vida de Bineka, pero a renglón seguido exclamó:

—¡Su testimonio es crítico para ellos! —Se palmeó las piernas sin poder ocultar su entusiasmo, antes de dirigirse a Colin—: ¿Y además me está usted diciendo que su amiga del museo ha sido capaz de encontrar un vínculo entre ese desalmado asesino y el señor Vestraeten?

—No uno; dos. Está en la nómina de la empresa y es su hijastro.

—¡Mejor imposible! Ahora cobran sentido algunas cosas... —Dejó la frase en el aire, buscó su móvil y tecleó un mensaje a Walter Fisherman para que desde la central de la CIA en Langley empezaran a investigar al señor De Mons.

—¿Podríamos saber qué ha cobrado sentido para usted? —le preguntó Colin.

—Se habrán preguntado qué pinta en todo este asunto el departamento del Tesoro y la CIA, supongo.

Colin asintió. Bineka se mantenía ausente y los miraba sin mirar. Apenas escuchaba lo que hablaban porque solo ponía oídos a su interior, planteándose preguntas como: «¿qué sentido tiene mi vida?», «¿cómo podría cambiar las cosas?», «¿qué me deparará el futuro?». Metida de lleno en aquellas tribulaciones, en vez de sentirse mal empezó a notar una fuerza interior que la empujó a rebelarse, a combatir las injusticias que estaba conociendo. Se enderezó en el asiento y regresó a la conversación.

Scott estaba terminando de responder a Colin:

—Para que entiendan nuestra participación, han de saber primero por qué andamos detrás de ese hombre.

El departamento del Tesoro atribuía a Paul Vestraeten estrechas relaciones con el narcotráfico y con algunos dictadores africanos vinculados a sus negocios. Tenían indicios sobre sus métodos criminales, la elaborada ingeniería fiscal que empleaba para evadir impuestos en todos los países en los que operaba, la invisibilidad con la que se movían sus sociedades internacionales y la sospechosa coincidencia de la muerte de una empresaria china que se había prestado a colaborar con ellos, socia de Vestraeten.

—Desde que está bajo nuestra vigilancia, hemos comprobado que el señor Vestraeten es extremadamente cuidadoso con sus comunicaciones. Así que no entendimos por qué se saltó esa norma en un par de ocasiones. Imaginamos que lo hacía para proteger a alguien, no sabíamos a quién. Y una de esas excepciones la tuvo a usted como destinataria —miró a Bineka—, al ordenar su ejecución usando el teléfono, aunque fuera de forma soslayada.

»Nos pareció tan inaudito en él que no llegamos a entender por qué se arriesgaba de esa manera. Entonces no sabíamos que su hijastro había dirigido la matanza en la aldea de Bineka, seguramente no la única, ni que usted fue la única testigo del hecho; así, sí que se entiende que abandonara su particular ostracismo. Como también la segunda licencia que se permitió, liquidando a su socia china cuando descubrió que había colaborado en el hackeo de su teléfono siguiendo nuestras indicaciones. Gracias a la intervención de esa mujer fue como pudimos ubicarla a usted en Lwiro, señorita, y advertirlos a tiempo. Vestraeten recibió una llamada desde el teléfono de Bernard, que pudimos escuchar, para contarle que usted había sido localizada.

—Tuvo que ser Maxime quien recibió el encargo de matarla. No pudo ser otro. Como también quien ha estado a punto de terminar con la vida de Luis Cereceda, nuestro amigo veterinario que ayudó a escapar a Bineka —sentenció Colin antes de compartir lo último que había sabido sobre el español.

Cuando Scott le preguntó por qué estaba tan convencido de la participación de Maxime, Colin lo justificó hablándole de la coincidencia de vuelos entre Lokutu y el aeródromo vecino al centro de primates de Lwiro y de cómo averiguó quién había alquilado la avioneta tan solo unas horas después de haber sido avisados del peligro que corría Bineka.

Scott vio que lo llamaba su amigo de la CIA.

—El tal Maxime de Mons no existe... —sentenció Walter yendo al grano—. La Sirena no ha encontrado nada. Y cuando digo nada, es nada.

—Eso es imposible —respondió Scott.

La Sirena, o Siren Server, era una flamante supercomputadora que acababa de poner en uso la CIA capaz de localizar una aguja en un almacén de agujas del tamaño de seis campos de rugby. Cuando Siren Server no conseguía localizar un solo dato de una persona durante la primera hora de rastreo, lo más probable era que no lo lograra nunca.

—Ese tipo es opaco por completo —insistía Walter—. Tendremos que pensar otros medios para dar con él. Solo hemos encontrado unos cuantos movimientos en una cuenta bancaria congoleña. Que, por cierto, también ha buscado alguien desde una dirección IP que hemos podido ubicar en Londres.

Cuando Scott colgó, desveló con quién había hablado y el contenido de la conversación.

—Imagino que se trata de su amiga, la del museo...

—Sin duda alguna. Acláreles que está de nuestro lado, y que no solo supo establecer las relaciones del señor De Mons, también descubrió al propietario de la mina donde fue encontrada mi colega asesinada.

Scott entendió que ellos no habían llegado tan lejos por no haber relacionado sus investigaciones con el crimen de la cooperante secuestrada. Maxime de Mons se convertía en la llave maestra que lo podía abrir todo. Si conseguían capturarlo, Paul Vestraeten caería detrás de él.

—Sabemos quiénes son; ahora solo nos falta probar sus delitos.

Sabían que no iba a ser fácil. Vestraeten poseía un verdadero ejército de abogados y economistas especializados en ocultar sus trapicheos; unos tipos que hacían tan bien su trabajo que hasta la fecha solo se habían topado con callejones sin salida.

—Centrémonos en Maxime de Mons... —concluyó el agente Scott en voz alta—. Por bien que sepa protegerse, en algún momento puede cometer un error. Solo hemos de pensar cómo llegar hasta él para provocarlo.

Bineka, agotada de tanta tensión, decidió irse a dormir llevándose a Furaha con ella.

Cuando los dos hombres se quedaron solos, Scott repasó una vez más las coincidencias y los datos que tenían, y se le ocurrió una idea. Miró a Colin, dudó si contársela tal cual o terminar de elaborarla; optó por lo segundo.

—Ahora nos toca a nosotros mover el avispero.

No sabían que no eran los únicos que habían decidido hacer lo mismo.

Porque a menos de una hora de camino, en la residencia de los Blackhill, ni Victoria, que se había quedado a dormir allí a la espera de recibir noticias sobre Colin y Bineka, ni la madre de Colin podían imaginar lo que se les echaba encima.

Al mismo tiempo que sonaban las doce campanadas del viejo reloj de pared que presidía el vestíbulo de la residencia familiar, llegaba un vehículo a las inmediaciones de la finca con cuatro personajes armados hasta los dientes y un fuerte acento colombiano.

# 60

—

*Residencia de los Blackhill, Fordwich, Canterbury, Inglaterra*
*Agosto de 2010*

Fue la perra de Adele la primera en advertir que algo no iba bien. Desde su colchoneta, a los pies de la cama de su dueña, se puso a ladrar de forma inusual hasta que salió corriendo escaleras abajo para plantarse delante de la puerta principal lanzando dentelladas al aire, a la vez que giraba sobre sí misma a toda velocidad.

Adele se había quedado leyendo en la cama y no se había percatado de lo tarde que era. Miró el móvil: las doce y seis minutos. Superada cierta pereza, se levantó, buscó bata y zapatillas y salió del dormitorio en busca de *Trinity*, extrañada del alboroto que estaba montando. Al pasar por la puerta del dormitorio de invitados, se asomó Victoria, con ojos de sueño y un pijama que le quedaba grande, prestado por la anfitriona.

—¿Qué le pasa?

—No tengo ni idea; nunca se había comportado así. Voy a ver.

Victoria decidió acompañarla. Dudó si ponerse unos calcetines, pero al ver la acolchada moqueta del pasillo abandonó su habitación descalza. Lo lamentó nada más poner un pie en el primer escalón de mármol de la escalera.

La golden retriever babeaba furiosa sin parar de ladrar. Adele por delante y Victoria tras ella, con los brazos cruzados para intentar preservar el poco calor que retenían de las sábanas, se acercaron para tranquilizar al animal. Pero no lo consiguieron.

La madre de Colin echó un vistazo por la mirilla y no vio nada. Lo que estuviera alterando a *Trinity* —pensó en un gato— no debía de andar muy lejos al ver cómo pegaba su trufa a la rendija de la puerta y la subía y bajaba, arañando la madera con ansiedad por salir. Victoria adivinó la intención de su anfitriona y le recordó la advertencia de los agentes.

—Dijeron que no abriéramos bajo ningún motivo.

Adele miró a *Trinity*; la perra tenía el pelo del cuello erizado, se le salían los ojos de las órbitas y no paraba de gruñir. Según estaba, o la dejaba salir o les daría la noche; por lo que decidió abrir. Sería un solo segundo.

Descorrió el cerrojo, asió el pomo y la abrió, escasamente veinte centímetros, los suficientes para que la perra pudiera salir. Y lo hizo un segundo antes del escalofriante estampido que produjo una bala al reventar en mil pedazos el marco superior de la puerta.

El susto fue tan enorme que Adele se quedó paralizada, aunque por suerte no la imitó Victoria, que tiró de ella hasta terminar en el suelo después de dar una fuerte patada a la puerta para cerrarla.

—Pero ¿qué ha sido eso? —se preguntó la madre de Colin temblándole la voz.

Sonaron dos disparos más; uno hizo estallar una estrecha vidriera de colores y el otro abrió un formidable agujero en el panel superior de la puerta.

—¡Tenemos que salir de aquí! —Victoria empezó a arrastrarse por el suelo, pero al ver que Adele no la seguía se volvió y la agarró para tirar de ella. La mujer estaba tan rígida que apenas colaboraba y no lograban avanzar demasiado—. ¡Adele, reacciona!

Se produjeron más disparos, ya no sobre la casa. Imaginaron que los agentes que las custodiaban estaban repeliendo el ataque. Entre el tiroteo se oía ladrar a *Trinity*, hasta que soltó un agudo gemido. Adele se temió lo peor y todavía se sintió más angustiada.

Tres proyectiles más alcanzaron el interior de la casa. Uno pasó a escasos centímetros de sus cabezas reventando un enorme jarrón chino. Los otros dos destrozaron una esquina de la chimenea y una lámpara de techo, que voló en mil pedazos y las dejó a oscuras.

Victoria se empeñó en sacar a Adele del vestíbulo, tomó aire, se puso en cuclillas, la agarró por las axilas y tiró con todas sus fuerzas para ir ganando terrero en dirección al *office* que precedía a la cocina.

En aquel momento la puerta de entrada saltó por los aires. Entre el polvo y la oscuridad, apareció un hombre de facciones sudamericanas pistola en mano. Las encañonó. Victoria cerró los ojos, consciente del horrible desenlace que iban a vivir, y al instante sonó una potente detonación. Al volver a abrir los ojos y saber que no estaban heridas, vieron cómo el tipo, vencido y de rodillas, se derrumbaba después de haber recibido una bala que le había atravesado la cabeza.

El agente que había disparado entró en ayuda de las mujeres mirando en todas direcciones. Llevaba una pistola en una mano y una ametralladora colgada del hombro. Levantó a Adele y las llevó a la cocina.

—¿Dónde podrían esconderse? —preguntó explorando el interior de los primeros armarios que encontró de camino. De fondo seguían oyendo disparos.

—Allí... —Adele señaló con un tembloroso dedo una puerta a mitad de un pasillo—. Comunica con el sótano.

—¿Tiene más accesos?

El agente acababa de abrirla y estaba ya echando un vistazo. Al saber que era la única forma de entrar y que se podía cerrar desde el interior, las animó a bajar sin perder más tiempo. Antes de irse le dio la pistola a Victoria, un puñado de balas y le enseñó cómo recargarla, conminándola a usarla ante cualquier desconocido que pretendiera entrar. Con la promesa de que todo saldría bien, se despidió y desapareció a toda velocidad.

Victoria cerró el pestillo y bajó los escalones para encontrarse con una aterrorizada Adele que no paraba de temblar. Se abrazaron sin pronunciar una sola palabra, con la atención puesta en aquella puerta que solo las separaba del exterior, pero no del pánico.

Ninguna tenía teléfono ni demasiado abrigo para protegerse de la humedad que rezumaba aquel sótano excavado en la tierra.

—Va a ser cuestión de poco tiempo: habrán llamado para pedir refuerzos y nos liberarán pronto... —Victoria compartió su rápido análisis sin saber si sería acertado.

Cargó la pistola y sin dejar de mirar la puerta afinó el oído. Oyeron una larga tanda de disparos, luego dos o tres aislados, y tras ellos el silencio. ¿Habrían sido reducidos ya los atacantes? ¿Cómo podría saber qué intenciones llevaban quienes llamasen a la puerta? Aquellas inquietantes preguntas sin respuesta, junto con la aguda tensión que estaba sufriendo, hicieron que empezara a temblar de arriba abajo. En menos de veinticuatro horas había escapado de un asesino en plena ciudad de Londres y estaba encerrada en un sótano rodeada de unos asaltantes con intenciones idénticas a las del primero. Pensó en Colin y lamentó que no estuviera con ellas. ¿Dónde estaría en ese preciso momento? Lo imaginó dormido.

Devolvió su atención a Adele. La mujer se secaba un

reguero de lágrimas con la manga del camisón y Victoria buscó una manta o algo que las abrigara. Bajo un fajo de revistas antiguas reconoció la típica cesta de pícnic. Al abrirla, tal y como imaginaba, apareció un mantel que desplegó para taparse ambas.

Cuando oyó ruido de pisadas en el piso de arriba, rebajó su respiración para no perder detalle, le temblaron las piernas y apuntó la pistola hacia la puerta. Adele ahogó un grito al ver una sombra a contraluz en el umbral.

*Reserva natural Port Lympne, Lympne, Inglaterra*

A menos de dieciocho millas, Colin hablaba con Bineka en la cocina de la cabaña, incapaces de conciliar el sueño. Mientras se preparaban una infusión, la joven miraba por la ventana sin ver nada en concreto, con su *nkisi* entre las manos y sus pensamientos alborotados.

Él la notó rara.

—Este lugar te afecta, ¿verdad? —Le pasó una taza con la humeante infusión.

—Sí, pero sobre todo preocupa Furaha —contestó ella—. Esto no su mundo, Colin. Veo tan nerviosa... Habrás notado esos movimientos, repetitivos, de ansiedad. Lo mira todo, pero no interesa nada. ¿La ves? Todo el día acurrucada a mí. Hoy ha olido a los suyos y ha llamado como auxilio.

Colin observó a Furaha, estaba abrazaba a Bineka. Él no había advertido nada extraño en su comportamiento; cualquier cosa que hiciera le habría parecido tan normal o tan poco normal como cabía esperar de un chimpancé fuera de la selva. Pero una vez más volvió a admirar la especial conexión de Bineka con aquella cría, la sensibilidad que demostraba para interpretar sus emociones, su capacidad para traducir lo que era invisible a sus ojos.

—Con lo que llevamos vivido estos días, es normal que no se encuentre bien; tampoco yo... —apuntó en un intento de rebajar su preocupación.

Bineka miró en sus ojos azules y no contestó; antes buscó en ellos la fuerza necesaria para desvelarle un pensamiento que con el paso de los días oprimía más y más su corazón.

—Le estará pasando como a mí: estamos no nuestro entorno... Y aquí nos recuerda más... ¿Entiendes?

—Lo veo natural, porque...

—¡Natural nada! —endureció la voz—. Lo que pasa es peor. No sé qué hago aquí, y no digo en esta cabaña, Colin... —Agarró con las dos manos la taza y se le escurrió la mirada en su interior.

—Bineka...

—Es así, Colin... Es así.

De primeras él se quedó inmóvil, luego se acercó hasta ella y le extendió una mano, pero antes de tocarla la retrajo; acababa de entenderla. Bineka no estaba pidiendo afecto, estaba dejando salir de su interior una fuerza imparable, una súplica, un eco salvaje que iba a exigir una sola respuesta por su parte.

—Escúchame, os voy a llevar de vuelta a África a las dos, os devolveré vuestra vida. Furaha nunca tendría que haber salido de allí y quizá tú, no sé... Nos iremos pronto.

Ella levantó la vista. La irritación terminaba de desvanecerse de sus ojos, como lo hacía la bruma a primera hora de la mañana, dejando solo jirones de humedad en el aire.

—¿Volveremos a la selva?

—Sí.

—¿Lo prometes?

—Lo prometo —repitió él—, pero primero hemos de estar a salvo.

Bineka no insistió, aunque aún había algo más que le preocupaba.

—Hay días que pregunto qué espera la selva de mí... —Reparó en lo inmensas que eran las praderas que se extendían frente a la cabaña, en una panorámica favorecida por la luna—. Todo lo pasado y que pasa necesita tener sentido. Pero no sé cuál es, ni lo que he de hacer...

—Una vez te oí decir que te sentías destinada a defender lo tuyo, ese mundo que tanto añoras; quizá solo te falta saber cómo y dónde.

Escucharle decir aquello fue un soplo de sosiego para Bineka. Tenía razón: ese era su verdadero objetivo vital. Pero había algo más que necesitaba compartir con él, algo más íntimo todavía. ¿Había llegado el momento de planteárselo? Lo dudó, hasta entender que no: tenía que salir de él.

Miró a Furaha y le acarició la cabecita.

—Quiero defender donde nacido, pero también donde Furaha, Mashira, Blanca y resto chimpancés. Es tierra de antepasados, la de padres, abuelos. Debo hacerlo para dar a selva el amor que dado a mí.

Calló, consciente de que aún faltaba mucho para todo eso.

Le faltaba entender cómo podría influir en el corazón y voluntad de los que vivían en ese otro mundo, saber qué fórmulas eran más eficaces para frenar el daño que estaban infligiendo al suyo. Necesitaba todo eso para salvar su universo verde, el único medio de vida del que disponían tantas y tantas especies animales y vegetales. Quería proteger la selva de quienes la destruían; ser el freno de su egoísmo. Con solo pensarlo, su mirada se licuó de emoción.

—Eso quiero que sea mi vida.

Colin tragó saliva, impactado con la intensidad de su determinación.

—Te ayudaré en todo lo que te propongas.

—¿Por qué harías? —Bineka buscó en el cielo de sus ojos lo que quería saber.

Colin dudó cómo contestar.

Se rascó la barba y trató de hallar una respuesta que no significara un simple apoyo a sus buenas acciones. Pero como tardó en hablar, Bineka se le adelantó.

—No digas nada. Si tu respuesta no surge sin tener que pensarla, es que todavía es pronto.

—¿Pronto para qué?

—Para todo...

*Residencia de los Blackhill, Fordwich, Canterbury, Inglaterra*

Victoria y Adele miraban espantadas cómo se estaba moviendo el picaporte. Pero se sobresaltaron todavía más cuando alguien empezó a aporrear la puerta. Victoria no sabía qué hacer. Si disparaba, la bala atravesaría la madera y quizá conseguiría abatir al tipo que estaba al otro lado. Pero ¿y si era de los suyos?

Aceleró la respiración cuando le escuchó decir:

—¡Abran, están a salvo!

Las dos mujeres se miraron sin saber qué hacer. Adele parecía más dispuesta a dejarlo entrar, pero se lo impidió Victoria. La voz había sonado con un acento extraño. En ese momento oyeron unas sirenas que se estaban acercando a la casa.

—¡Antes díganos quiénes somos! —gritó Victoria.

Al otro lado nadie contestó, pero en menos de un segundo sonó un disparo y saltó por los aires la cerradura.

Victoria no se lo pensó: disparó cinco balas seguidas apuntando en la misma dirección. Al abrirse la puerta, a contraluz, un hombre se miraba el vientre y el pecho, taladrado a balazos, aplastado contra la pared, tiñéndola con su sangre.

La mujer mantuvo la humeante arma en posición de

disparo por si el tipo respondía o aparecía otro. En cambio, oyeron voces entrando en la casa y segundos después en la cocina.

—¡Policía! ¡Tiren las armas!

# 61

*Oficinas corporativas de Lands & Oils, Ostende, Bélgica*
*Agosto de 2010*

La policía belga se encargó de llevar a cabo la detención atendiendo a una euroorden emitida por un juzgado británico.

Cuando los cuatro policías y el comisario de la demarcación de Ostende se presentaron en las oficinas de Lands & Oils preguntando por su presidente ejecutivo, el señor Paul Vestraeten, nadie pudo imaginar que a los cinco minutos saldría esposado y tampoco que las instalaciones serían objeto de una exhaustiva inspección. Si por una puerta salía el imputado, por otra entraban una docena de agentes dispuestos a revisar despachos, ordenadores y toda la documentación disponible.

Mandaron a casa a todos los trabajadores para que no entorpecieran su labor, y a Vestraeten solo le permitieron hacer una llamada, que no dudó a quién dirigir: a su abogado James Timberling, de Merrik & Timberling.

A pesar del fuerte impacto que la detención supuso para los empleados, quienes lo vieron salir del edificio se asombraron ante su gesto sosegado. Pocos sabían que su tranquilidad se debía a la conversación mantenida con su abogado, quien le prometió que todo aquello no iba a generarle demasiados problemas, más allá de manchar muy levemente una imagen pública que en cuestión de semanas habría recuperado su brillo.

Cuando, tras leerle sus derechos, Vestraeten preguntó qué motivos tenían para su detención y supo que estaban asociados con el descubrimiento de una posesión fiscalmente opaca en la República Democrática del Congo, una mina de coltán, respiró tranquilo. Había otros recovecos de sus negocios que le podían acarrear peores consecuencias.

Lo que menos entendió fue la espera de cuatro horas en la comisaría de Ostende sin que nadie lo interrogara, hasta que apareció un empleado del departamento del Tesoro de Estados Unidos que se presentó como Scott y, sin más preámbulos, le preguntó qué relación tenía con Maxime de Mons. El detenido sospechó que podría ser el mismo que había contactado con Mei Ling.

—Es mi hijastro.

Scott sacó de una bolsa sellada la BlackBerry de Vestraeten y se la pasó.

—Si lo desea, puede llamar para informarle de su situación. Y de paso, dígale que nos gustaría hablar con él.

Vestraeten no se dejó intimidar y rechazó el teléfono.

—No sé nada de él desde que murió su madre. Por no tener información, no tengo ni su teléfono. Siento mucho no poder atender su deseo, créame que me gustaría. —Su sonrisa no podía contener mayor cinismo.

Scott no esperaba menos de él. Guardó la BlackBerry en la misma bolsa y llamó a un agente.

—Quiero que desencripten la información de este teléfono. Cuando lo hayan hecho, pásenme todo lo que encuentren. Me interesa en especial si ha hecho alguna llamada a Colombia en estos últimos días.

Vestraeten se sintió amenazado, pero no lo manifestó;

su lenguaje corporal estaba más que entrenado para ocultar todo tipo de emociones. Estaba al corriente del pésimo resultado de la acción dirigida por el cártel de Medellín, gracias a una llamada recibida apenas media hora antes de que la policía entrara en su despacho como un dinamitero en una mina.

—Si solo me tienen aquí para saber si hablo con mi hijastro o con alguien de Colombia, ya le he dicho que no a lo primero, y en relación con lo segundo, aparte de África y Europa, llevo años estableciendo negocios con media Sudamérica, incluida Colombia, por lo que encontrarán en mi teléfono numerosas llamadas procedentes y dirigidas a cualquiera de esos lugares... ¿Acaso ahora se detiene a la gente por llamar a su familia o a sus clientes? ¿Me puede enseñar la orden judicial en la que se especifica la intervención de mis comunicaciones?

Scott lo miró sin contestar. Lo del teléfono había sido un farol; no tenía autorización alguna. Pero pensó en los cuatro agentes muertos en la residencia de los Blackhill, en los crímenes cometidos en el poblado de la joven congoleña, como seguramente en otros muchos más, en su posible implicación en el asesinato de la cooperante española, en las sucias sociedades que tenía por doquier y en el fallecimiento de la empresaria china, y no se resistió a decirle algo que tal vez sobraba:

—Entre los que amamos la montaña, se dice que un pequeño cambio de viento puede frustrar hasta el más calculado ascenso a un ochomil.

Vestraeten captó el mensaje: no tenía nada sólido contra él, pero le daba un aviso.

—Como no soy escalador, no veo cómo me puede afectar un cambio de aire.

Scott masculló un «ya veremos», sopesando al personaje, cuando entró un tipo trajeado, británico por los cuatro costados, que se presentó como abogado de Vestraeten y pidió que le facilitaran los cargos.

Scott ni se molestó en dárselos.

—Su cliente aún se quedará aquí un rato.

Estaba decidido a exprimir el plazo que permitía la ley. Se levantó, recogió su chaqueta y, antes de salir de la sala de interrogatorios, cruzó su mirada con la de Vestraeten.

Sin necesidad de hablar, el belga supo lo que le estaba diciendo. Pero eso de que lo terminaría cogiendo estaba por ver.

*Reserva natural de Port Lympne, Lympne, Inglaterra*

Cuando el agente Scott regresó bien entrada la noche a la cabaña —serían las cinco de la madrugada— se encontró a un desvelado Colin en la cocina junto a Bineka, que estaba preparando café.

Desde su fulminante salida, fue informado del cruento asalto a la residencia de los Blackhill en cuanto regresó de Bélgica, después del interrogatorio a Vestraeten; habían pasado poco más de veinticuatro horas.

—¿Están bien las dos? —Colin escudriñó en sus ojos con gesto serio—. ¿Me oculta algo? ¿Seguro que no sufrieron daño alguno?

—Fuera del enorme susto, no. —El americano lo tranquilizó con una palmada amistosa en el hombro.

Él mismo había hablado con Adele y Victoria después de constatar el fatal resultado de cuatro agentes abatidos y la totalidad de los colombianos muertos. Preocupado por su seguridad, las urgió a pensar dónde podían esconderse de manera temporal, en algún lugar que no fuera previsible y por separado. Ellas hicieron las llamadas pertinentes y, antes de que hubieran pasado dos horas, viajaban en dos coches hacia sus respectivos destinos con una fuerte protección policial y el miedo instalado en sus cuerpos.

Victoria eligió una aldea en medio de la verde campiña de Yorkshire, en casa de un amigo que había sido un poco más que amigo dos años antes, y Adele en una antigua villa con vistas a la bahía de los tres acantilados, en la costa de Gales, propiedad de uno de sus mejores amigos y embajador británico en la ONU.

—No se preocupe, de verdad —insistió Scott al no ver ningún cambio positivo en la expresión de Colin—, las tenemos bien protegidas.

El inglés pegó un manotazo en la mesa y Bineka dio un respingo.

—¿Tan protegidas como en Canterbury, con sus agentes custodiando la puerta? —le recordó con ironía—. Inútiles...

—Perdieron la vida en ello, merecen un mínimo de respeto. —Scott no habló enfadado, solo serio, pero consiguió que Colin respirara hondo y que cerrara y abriera los puños varias veces en un intento de serenarse.

—Lo siento. Tiene razón —dijo al fin.

Scott fue a sentarse junto a Bineka.

—Tranquilo, entiendo su reacción. El asunto se ha puesto demasiado feo y somos conscientes de que hasta ahora nos han llevado la delantera. Pero eso se ha acabado. Demasiadas muertes, demasiadas tramas corruptas; vamos a parar esto de una vez.

Bineka le puso una taza de café y Scott se lo agradeció con una tensa sonrisa.

—Aplaudo la detención de ese sátrapa. Pero ¿tienen suficientes pruebas contra él? —preguntó Colin.

Scott sorbió un poco de café y se quemó los labios.

—No las tenemos. —Ambos sabían qué significaba eso: Vestraeten saldría tan rápido como había entrado en comisaría—. Pero servirá para que interrumpa sus acciones. Y eso nos dará tiempo para poner en marcha un plan que he venido pensando desde que pisamos esta reserva. Ahora bien, los necesito a los dos.

Escucharon la idea de Scott. Demasiado arriesgada, compleja, y podía no funcionar, sentenció Colin nada más conocerla.

Pero Bineka reaccionó de otra manera:

—¡Cuente conmigo!

## 62

*Calle Maudes, 10, ático derecha, Madrid, España*
*Finales de agosto de 2010*

Pasadas dos semanas, en el telediario dieron la noticia.

Lola, vestida con ropa cómoda y medio tumbada en el sofá de su casa, dejó la copa de vino sobre una mesita auxiliar y, sin salir de su asombro, se concentró en las imágenes de la rueda de prensa en la que aparecía Bineka. Cogió el teléfono y seleccionó el número de Colin. Mientras comunicaba, seguía con toda atención lo que el presentador explicaba: una expedición de National Geographic iba a conmemorar la labor científica que había realizado Dian Fossey entre gorilas con una joven que había convivido durante meses entre chimpancés, en medio de la selva de la República Democrática del Congo, plasmando en imágenes los escenarios de tal aventura.

Colgó el móvil enfadada, dado que seguía sin responder, y le escribió un correo electrónico pidiéndole explicaciones y atendiendo a las prevenciones de Colin sobre la seguridad de sus comunicaciones. Dio a enviar, cruzó las piernas sobre el sillón, se terminó la copa de vino de un trago y devolvió su atención al telediario, que había pasado a otra noticia.

Estuvo mirando la pantalla de su móvil durante los siguientes diez minutos —todavía estaba en período de prueba: sería el primer *smartphone* que Wonderland sacaría al mercado bajo sus estrictas exigencias medioambientales—, a la espera de recibir un correo o una llamada de Colin.

Lanzó el teléfono al otro extremo del sofá, se abrazó las rodillas y se vio tan sola que sintió lástima de sí misma. Empezó a preguntarse qué sentido tenía tanto esfuerzo como estaba haciendo en montar la empresa si no le dejaba tiempo para ella, para estar con la gente que de verdad le interesaba. ¿Cómo iba a saber si su reciente escapada a Londres, con aquel mil veces rememorado beso y las palabras que se dijeron en esa comida, podía tener más recorrido o había sido solo fruto del arrebato de un momento?

Y es que le había pasado otras veces.

Colin la llamaba casi a diario, comentaban lo que habían hecho, obviaban cualquier conversación que tuviera que ver con Bineka —siempre preocupado de que la información pudiera llegar a oídos indebidos—, se interesaba por su ánimo, por lo que iba consiguiendo. Muchas preguntas, muchos temas, pero nada de fondo.

Y aquello no terminaba de gustarle.

Pero tampoco se gustaba a sí misma.

Se iban sucediendo las semanas sin haber dedicado un solo minuto a levantar el teléfono para saber qué tal estaba Keita, como tampoco se preocupaba por su madre. Solo conjugaba un verbo al día: trabajar.

Se dejaba llevar por una inercia que no acababa de llenarla.

Los planes de la nueva empresa iban bien, los plazos se cumplían, y no tenía duda del formidable efecto que iba a producir la reinversión de sus beneficios sobre tanta gente. Pero ¿y qué era de ella?

Volvió a mirar el móvil. Todavía no había respuesta de Colin.

Se sirvió otra copa de vino, mojó los labios y sintió un vacío en su vida.

## 63

*Aeropuerto de Kigali, Ruanda*
*Septiembre de 2010*

Cuando Bineka abrió la portezuela del trasportín en el que había viajado Furaha las últimas doce horas, la cría de chimpancé se lanzó a sus brazos en un coro ascendente de jadeos que culminó con dos agudos chillidos.

Mientras salía el equipaje del resto del equipo, Bineka se sintió atraída por un enorme ventanal que permitía contemplar un imponente paisaje verde que se extendía hasta alcanzar el perfil montañoso del vecino parque nacional de los Volcanes, con sus ocho grandes cráteres. Acudió emocionada a mirar, con Furaha en brazos, sabiendo que iba a estar muy cerca de uno de ellos en los próximos días. Pegaron sus narices al cristal, contuvieron la respiración, observaron su belleza y se sintieron de nuevo en casa.

Cuando volvió a reunirse con su grupo, lucía una desbordante sonrisa. Aparte de Colin, había viajado con once hombres más. Los vio recogiendo mochilas, cámaras, trípodes y media docena de maletines llenos de material de grabación; dispuestos a emprender un reportaje para *National Geographic.*

Después de superar los trámites aduaneros y de mostrar la autorización de transporte de Furaha emitida por el gobierno inglés, previo pago de cien dólares bajo manga, se repartieron en los tres Toyota Land Cruiser alquilados.

Bineka, Scott y un reportero ocuparon el primero, que conduciría Colin. El inglés puso en marcha los doscientos cuarenta y nueve caballos del motor, añadió las coordenadas en el navegador, comprobó la intercomunicación por radio con los otros y pisó el acelerador rumbo al primer destino de la expedición, sin prever ninguna parada de camino. A su lado iba Scott y detrás estaba Bineka, peleándose con Furaha, que no se dejaba poner el cinturón de seguridad, junto a uno de los redactores de la revista: el escocés Ewan O'Sullivan.

—Estaremos a unos ciento ochenta kilómetros de los accesos principales al parque nacional —informó Colin tras echar un vistazo al GPS—. Si este aparato funciona bien, emplearemos tres horas en llegar. Las carreteras por aquí dejan mucho que desear.

—Una vez dentro —apuntó Scott—, deberíamos acampar lo más cerca posible de la frontera congoleña para alcanzar los pies del volcán Nyiragongo en un día de marcha, y empezar las primeras filmaciones a media mañana de la segunda jornada, con la mejor luz del día. —Le pasó los planos del parque nacional a O'Sullivan.

Habían elegido una de las tres posibles vías de acceso al parque, la menos conocida y más al sur, para dirigirse desde allí al Nyiragongo. Una vez que llegaran a su base, ascenderían hasta alcanzar media altura para empezar las grabaciones en un paraje muy concreto, elegido de antemano por O'Sullivan. En aquel enclave, quedarían deliberadamente expuestos a quienes pudieran estar siguiéndolos, dando por sentado que lo hacían. El lugar, aparte de una increíble belleza natural, reunía las condiciones ideales para servir de trampa al deseado Maxime de Mons: un sitio lo bastante apartado para no suponer ningún riesgo a cualquier persona ajena al grupo, y una auténtica ratonera para los atacantes. O'Sullivan, como buen conocedor de la zona, lo tuvo claro cuando se había empezado a planificar la expedición en Londres.

Desde el asiento trasero, el reportero escocés dibujaba con un dedo el plano, trazando el recorrido que iban a hacer, primero en coche y luego a pie, asaltándole un sinfín de recuerdos en forma de imágenes, como si se tratase de una película. Quiso compartir con sus compañeros de viaje una parte de lo que iban a ver: lo que para él era «la joya del Congo».

—Aparte de ser uno de los paisajes más maravillosos del planeta, casi diría que único, será difícil no cruzarnos con dos o tres colonias de chimpancés, de las numerosas que lo llevan habitando desde que se descubrió esa región medio siglo atrás.

Podía estar en lo cierto, pensó Scott, pero él hubiera preferido no tener a aquel tipo entre ellos. Se negó cuando Colin, Bineka y él se reunieron con los directivos de la National Geographic Society en el hotel Savoy de Londres. Pero debía reconocer que pudo más la tenacidad de aquel hombre, puesta en evidencia cuando se establecieron las condiciones del viaje con la organización científica, junto a su experiencia y conocimiento del terreno, que las reticencias del agente del Tesoro. Gracias a Ewan, habían conseguido todas las autorizaciones del parque nacional para realizar el rodaje, sin verse obligados a detallar lo que en realidad había detrás de él. Porque ponerlos al tanto de la operación encubierta habría supuesto una avalancha de papeleo, demasiadas justificaciones y la posibilidad de que pudiese llegar a oídos de Paul Vestraeten, lo que lo haría saltar todo por los aires.

Como les había dicho Ewan, «En cuanto veáis a Bineka y a Furaha en el entorno de ese volcán, entenderéis por qué lo elegimos: no hay mejor marco para conocer su insólita historia». Estaba claro que él solo contemplaba la expedición desde sus intereses y los de la organización para la que trabajaba.

Desde que Ewan había visto a la joven africana en Londres, había deseado poder plasmar aquella mirada esmeralda fundida con el desbordante paisaje del Nyiragongo. Aquel sería su tercer trabajo en la región, después de otros dos siguiendo los pasos de Jane Goodall.

Oriundo de las islas Hébridas, en concreto de Skye, otro de los paraísos casi vírgenes de la Tierra, se había enamorado de África desde el primer día que había puesto un pie en ella; en una de esas mil guerras que desangraban su tierra desde hacía demasiado tiempo. Y tras aquella experiencia había actuado como reportero en otros diez conflictos bélicos más, repartidos por otros continentes. Antes de que todo eso sucediera, apenas había acabado su periplo universitario, decidió unirse a la Guardia Negra: la unidad de élite del ejército escocés, donde adquirió una excelente forma física y una notable habilidad para sobrevivir ante cualquier contratiempo. Quienes lo conocían bien destacaban de él su nobleza y entrega al trabajo, uno de los mejores ojos tras la cámara y una tozudez a prueba de todo.

Colin sacó a Scott y a Ewan de sus respectivos ensimismamientos: acababa de mirar por el retrovisor y, aunque mantenía una buena distancia con ellos, pudo ver el mismo todoterreno negro que había empezado a seguirlos desde el aeropuerto. Lo comentó y el americano se volvió para mirar.

—Ojalá sea quien pensamos.

Ewan metió la mano en su pequeña mochila hasta tocar la culata de un revólver. Nadie le había ocultado los riesgos de aquella expedición, pero tampoco nadie se había enamorado tanto de la idea como lo había hecho él: viajar de la mano de una joven africana, que había convivido con una colonia de chimpancés salvajes, dispuesta a denunciar al mundo el impune furtivismo que estaba padeciendo aquella especie, junto con la imparable destrucción de gigantescas regiones selváticas.

La única condición que había puesto Bineka, mientras se estaba perfilando el plan definitivo, fue terminar la grabación en el centro de rehabilitación de primates de Lwiro, a menos de doscientos kilómetros de Nyiragongo, para dejar a Furaha en él hasta que un día recuperara su libertad.

La rueda de prensa que convocaron una semana después en Londres, aparte de para trasladar a la opinión pública los objetivos del proyecto, se programó para alcanzar una importante difusión. Y lo lograron: aparecieron en los principales noticiarios de las televisiones de medio mundo. La exótica historia, junto con la imagen de su protagonista, tuvieron buena culpa.

Paul Vestraeten la vio, igual que Maxime, este último en un ruinoso bar de la ciudad de Goma, capital de la provincia de Kivu del Norte, en la orilla norte del lago Kivu. La llamada fue inmediata entre ellos, pero el consejo del padrastro también:

—Ni se te ocurra ir, huele a trampa desde aquí.

—Lo sé, es lo que parece.

—Retirarse a tiempo es una victoria —le recordó Paul.

—Puede ser la única opción para cerrar de una vez el asunto. —Al decirlo, midió mucho sus palabras—. Me arriesgaré. Tiene que pagar por lo que me hizo.

La misma ira que llevaba meses alimentando su vida le cerró de tal manera la garganta que aún le costó más respirar.

—No termino de verlo. Piensa que si te pillan, todo habrá concluido.

—Descuida, lo prepararé a conciencia.

Vestraeten no estaba tan seguro. Algunas imprudencias de su hijastro le habían traído bastantes problemas, y había otras alternativas para deshacerse de la incómoda testigo; así se lo trasladó e insistió con toda su vehemencia. Y cuando el otro se lo volvió a discutir, dejó clara su última palabra: «No».

Pero Maxime había tomado ya su decisión.

Después de haber dejado encargado el rastreo de todos los vuelos procedentes de Londres con destino Kigali, aeropuerto más lógico para iniciar la anunciada expedición, en solo una semana Maxime sabía cuándo iban a pisar suelo africano y a qué hora. Y llegado ya ese día, se mantenía en contacto con los tres hombres que hacían el seguimiento del grupo de todoterrenos con la intención de unirse a ellos esa misma noche.

# 64

*Parque nacional de los Volcanes, Ruanda*
*Septiembre de 2010*

Desde que habían unido sus vidas, Bineka no había tenido que atar a Furaha jamás. Pero le tocó hacerlo, con todo el dolor de su corazón y la incomprensión del animal, para evitar que se escapara de noche por la selva y pudiera ser víctima de algún depredador. Porque desde que habían pisado el parque nacional de los Volcanes, a la pequeña cría le había entrado una especie de ataque de nostalgia. Se detenía a mirarlo todo, se quería subir a los árboles, empezó a chillar, a veces sin descanso, como si deseara atraerse la atención de los de su especie; y como al final no consiguió la más mínima respuesta, exhausta y frustrada, se enfadó como pocas veces lo había hecho.

Durante la cena se mantuvo acurrucada en el regazo de Bineka, apática y sin ganas de comer. Pero la situación empeoró cuando trató de meterla en la tienda que habían levantado para ellas; se negó en redondo, arañó la lona, gritó furiosa, y hasta tuvo que acudir Colin para meterla dentro entre los dos. Y para que no escapara, visto que era lo que al parecer pretendía, Bineka terminó atándola por el tobillo al suyo, hasta que por agotamiento el animal se quedó dormido.

Mientras escuchaba su profundo respirar, Bineka pensó lo mucho que le iba a costar vivir sin ella. Aunque tan solo llevaban algo más de diez meses juntas, le parecía toda una vida. La recordó corriendo tras ella, apenas rozándole las piernas con sus deditos, mientras seguían a Mashira por el bosque aquel primer día. También la vio robándole un palito cargado de termitas con desmedida ansiedad, o ahuyentando a una serpiente que, sin su intervención, hubiese podido morderla, o defendiéndola de Takuro por encima de sus limitaciones físicas y de edad, o metidas las dos en el agua en aquella laguna negra, mientras presenciaban la terrible muerte de una parte del clan por obra de unos desalmados furtivos. O tantas veces descansando juntas, abrazada la una a la otra, acicalándose el pelo, cuando no mirando en sus ojos de perfil meloso, capaces de expresar más cosas que las muchas palabras que nunca saldrían de su boca.

Buscó su cabecita y la acarició, aunque seguía dormida. Bineka contó los pocos seres que se habían cruzado en su vida capaces de dar tanto como había hecho aquella joven chimpancé, a la que nunca podría olvidar. Y no le salieron más de cuatro.

Aún no eran las seis y media de la mañana cuando el campamento se desmanteló, arrancaron los vehículos casi a la vez y dedicaron la siguiente media hora a recorrer el último tramo del lado ruandés que los separaba de la frontera congoleña.

No tuvieron ningún problema con el funcionario que los recibió y selló sus pasaportes previo pago de las tasas correspondientes, y abordaron los siguientes treinta kilómetros sufriendo una pista de tierra y barro en pésimo estado. Una vez que llegaran al final, continuarían a pie hasta las faldas del volcán Nyiragongo, lo que les llevaría un día entero. A partir de ese punto tocaba ascender hasta los dos mil quinientos metros, donde grabarían la parte medular del reportaje, para descender después por la vertiente oeste del Nyiragongo en busca de una generosa planicie a una altitud de mil setecientos, donde los estarían esperando nuevos vehículos para completar la última etapa de la expedición en Lwiro.

Scott confiaba en provocar antes el ataque de Maxime en el lugar elegido al habérselo puesto tan fácil y sin que sospechara que se trataba de una ratonera.

Ewan O'Sullivan aprovechaba los tramos más despejados de vegetación para caminar al lado de Bineka y conocer mejor al personaje estrella del reportaje. Le interesaba lo que no iba a poder plasmar con su cámara; sobre todo, sus opiniones y razonamientos.

Con ese objetivo, el escocés preguntó qué le atraía más del mundo que estaba conociendo y qué le provocaba más rechazo. Removió con deliberada intención sus recuerdos para desencadenar reflexiones sobre los posibles motivos que podrían haber tenido quienes habían ocupado sus tierras, expropiando vidas e historias humanas, arrasando fauna y bosques. Y recabó su opinión sobre lo que tendría que pasar para que el mundo se decidiera a proteger el entorno natural donde hasta ahora habían convivido simios, fauna de todo tipo y los verdaderos herederos de la selva como ella.

Colin, siempre cerca, escuchaba sus contestaciones orgulloso. Le seguía sorprendiendo lo rápido que había aprendido a desenvolverse en su idioma y la fluidez con que lo hacía. Cometía bastantes errores, pero aun así se la entendía bien y apenas necesitaba que le repitieran nada. Percibió matices que no conocía en su manera de interpretar las cosas importantes de la vida, como le tuvo que suceder a Ewan. Al ver cómo desnudaba su alma, Colin llegó a la conclusión de que toda ella era verdad, pura verdad, sin sombra alguna; una joven sorprendente y grande, capaz de contener inocencia, pero también fortaleza y determinación.

Cuando a primerísima hora del segundo día alcanzaron la falda del volcán Nyiragongo, cuyo cráter rozaba los tres mil quinientos metros, hicieron un mejor reparto del material y se dispusieron a ascender. Se separaron en dos grupos: uno formaría un círculo a doscientos metros de Bineka, que Scott llamó «boca de cepo», preparado para caer sobre la presa una vez que esta pisara la «cola o muelle», donde estaría el segundo grupo, Scott entre ellos, protegiendo a la chica. El lugar elegido, según había explicado Ewan, se situaba en el entorno de una suave depresión que regalaba la montaña, cerca de los dos mil quinientos metros, repleta de vegetación y bosque húmedo, donde además encontrarían una de las mayores colonias de chimpancés del parque nacional.

Unas cuantas horas antes habían dejado atrás otro espectacular enclave, donde hacía más de cuarenta años un equipo de National Geographic había grabado a la doctora Dian Fossey rodeada de gorilas, entre los montes Bisoke y Mikeno y el volcán Karisimbi. A Ewan le hizo soñar con volver a ofrecer al gran público imágenes tan impactantes como las que habían dado a conocer a la famosa primatóloga estadounidense.

Según lo que habían acordado en Londres, si las circunstancias de la expedición impidieran obtener el material necesario, tanto Colin como Bineka se comprometían a repetirlo en fechas cercanas. Como Ewan tampoco olvidaba la peligrosidad de la zona, infestada de guerrilleros, paramilitares, milicianos desalmados y alguna que otra gentuza más, capaz de matar por nada, no le molestaba la presencia de tanto agente con ellos. No los veía a todos, pero sabía que estaban a cierta distancia, en permanente contacto con el jefe de la operación. Los que iban en su grupo no perdían de vista a Bineka un solo segundo, la rodeaban mientras caminaba y escudriñaban la zona con unos potentes prismáticos, comunicándose entre ellos con pinganillos.

Media hora después de comenzar el ascenso, dejaron atrás una cabaña de *rangers* medio abandonada y una oxidada señal con los datos de la altitud del volcán, pasto de decenas de disparos, lo que previno al grupo.

Tardaron cinco horas más hasta alcanzar la explanada objetivo, antes de que la montaña ascendiera en una pronunciada pendiente. Prepararon los equipos y se distribuyeron los trabajos bajo las directrices de Ewan, quien dudó qué podría salir de allí cuando ninguno tenía experiencia en fotografía de alta calidad ni sabía manejar aquellas cámaras. Confió en la eficiencia del propio material y en su novísima Arri Alexa digital, con la que tomó unas primeras imágenes de las fumarolas que emergían de la caldera del volcán, peligrosamente activo. Encendió el micrófono.

—Nos encontramos a escasos mil metros del cráter del Nyiragongo, en la República Democrática del Congo, junto a una mujer excepcional que ha vivido, desde bien pequeña, los significados de la madre selva. La joven que van a conocer ha sido también víctima del desmedido egoísmo de ciertas corporaciones occidentales empeñadas en hacer desaparecer el asombroso paraíso natural que están ustedes viendo a cambio de llenar sus bolsillos de dinero, de mucho dinero...

Abrió el encuadre y la cámara empezó a recorrer las laderas verdes en dirección nordeste, para saltar desde ellas al imponente perfil del volcán Mikeno, deteniéndose después en un portentoso haz de luz que atravesaba las nubes para terminar desparramándose en millones de diminutos reflejos que surgían de las copas de una densa foresta. Cerró el obturador y cuando lo volvió a abrir enfocó el rostro de Bineka.

—Les presento a la verdadera protagonista de este reportaje; comprobarán cómo la selva le ha regado su propia mirada. Se llama Bineka.

*Hong Kong, República Popular China*

A más de nueve mil quinientos kilómetros de allí, en Peak Road —una de las calles más caras del mundo—, un repartidor de FedEx dejaba un pequeño paquete en la recepción de las oficinas corporativas del entramado empresarial de la difunta Mei Ling. Iba dirigido a su nuevo director ejecutivo.

La insólita personalidad del remitente, el departamento del Tesoro de Estados Unidos, hizo que el envío llegara a manos de su destinatario sin haber pasado ni cinco minutos. El nuevo CEO de la compañía, e hijo mayor de Mei Ling, lo abrió sin poder resistir la curiosidad. Contenía una carta firmada por el agente Michael Scott y un *pendrive*.

La misiva le ponía en antecedentes para que entendiera lo que iba a descubrir una vez que abriera los ficheros incluidos en el dispositivo, razonaba por qué había decidido enviárselos y qué esperaba a cambio.

Hoon Shu introdujo el *pendrive* en su portátil, abrió la única carpeta y contó cinco archivos, cuyo nombre era siempre el mismo: «Paul Vestraeten», seguido por unos números. Fue leyendo uno a uno y cuando terminó con el último la ira corría por sus venas. Entendió por qué estaban metidos los responsables del Tesoro americano, y entre revelaciones y penosos recuerdos se sintió aliviado. Por primera vez, alguien argumentaba otra causa de la muerte de su madre, lejos del suicidio que se le atribuyó. El tal Paul Vestraeten, al que había conocido la semana siguiente al funesto suceso para firmar la disolución de una sociedad que nunca llegó a ponerse en marcha, se convertía ahora en el principal sospechoso del hecho. Una autoría que, sin haber podido probar, los americanos no querían dejar impune. Por eso solicitaban cualquier información que los ayudara a meter al delincuente en la cárcel para que pudiera pudrirse en ella.

Y claro que Hoon Shu la tenía; su madre nunca había hecho un negocio con alguien a quien no hubiese investigado a fondo, y disponía de los mejores rastreadores para llevar a cabo esa tarea: a la mafia china. Se levantó de la silla, descorrió un Modigliani y tras él apareció una caja fuerte. Marcó los seis dígitos de la clave y eligió de su interior una carpeta de la veintena que guardaba dentro.

La abrió y leyó en voz alta el encabezamiento del primer informe: «Paul Vestraeten. Entramado societario; Sudamérica, Estados Unidos, China».

Llamó a su secretaria, pidió que escaneara todo su contenido y se puso a redactar una carta dirigida al agente Scott. La tecleó sin contenerse, a gusto: «Tengo lo que necesitan. ¡Destrúyanlo!».

*Parque nacional de los Volcanes, Ruanda*

El peso de la filmación se lo estaba llevando Bineka; contestaba a las preguntas de Ewan mientras caminaba, con Furaha en brazos, o sentada a los pies de una gigantesca afzelia —un árbol muy apreciado por las propiedades curativas de su corteza—, a la sombra de sus ramas. En dos ocasiones, el escocés le pidió que la grabación la dirigiera ella mediante un dispositivo especial que colocó sobre sus hombros, para que el público disfrutara de su misma visión mientras hablaba o andaba, con los ecos y el inagotable perfil verde de la selva de fondo.

Scott no olvidaba por qué estaban allí, y no paraba de recriminar las imprudencias del reportero cada vez que abandonaba el bosque para grabar en zonas despejadas de vegetación y por tanto más expuestas. Pero sus quejas caían en saco roto ante un Ewan crecido y cada vez más emocionado con el resultado de las tomas, centrado en obtener el mejor material posible, para seducir como nunca al público, y no en atender los consejos del agente.

En medio de uno de esos claros, después de haberse recreado en un primer plano de Bineka, Ewan abrió el encuadre y detectó movimiento en la copa de unos árboles a bastante distancia. Supuso que se trataba de primates.

—Imagino que nos ven como una amenaza. —Señaló el punto en el que le había parecido que estaban, dirigiéndose a la joven—. ¿Cómo se avisan cuando detectan peligro?

Bineka imitó los sonidos que emitían cuando aparecía un depredador y le contó que algunos individuos conseguían añadir un matiz para que el grupo supiera de forma más específica a qué tipo de peligro se enfrentaban; avistar una serpiente no sonaba igual que divisar un leopardo.

—No saben si amenazamos, no ven a nosotros como ellos. Marcan territorio con palmas, en suelo. Si no respetar, agresivos y matarte. —Se oyó un coro de aullidos, desde las profundidades de una zona especialmente densa de arbolado, que Bineka interpretó de inmediato—: Nos localizado... ¡Todos más quietos!

Uno de los agentes enfocó sus binoculares hacia el lugar, pero antes de identificar a los causantes de tal algarabía, le atrajo la atención un brillo metálico que surgió desde un enclave algo más a la derecha. Enfocó mejor hasta distinguir cinco hombres, dos de ellos francotiradores.

No tuvo tiempo de advertirlo al grupo. Sonó un disparo y el agente recibió la bala en la cabeza.

—¡Al suelo! —Scott sacó la pistola y, salvo Colin y Bineka, los demás hicieron lo mismo, olvidada ya la tapadera de reporteros. Intentó comunicarse con el resto del operativo, pero no contestó nadie. Probó dos veces más, y nada. Le dio mala espina.

Otro de los agentes se había arrastrado hasta la posición del herido; le buscó el pulso y negó con la cabeza: estaba muerto. Scott apretó la mandíbula, recogió los prismáticos del suelo, se protegió tras una roca y trató de localizar al enemigo. Los vio perfectamente.

—Cinco hombres a las once. Tres se están abriendo. Dos francotiradores.

Un segundo disparo alcanzó de lleno a otro agente destrozándole el pecho. Scott maldecía entre dientes: había subestimado a su adversario y se encontraban en el peor lugar de la montaña, desprovistos del más mínimo refugio y sin el apoyo de «boca de cepo», su grupo de cobertura. Consciente de las pésimas condiciones que ofrecía aquel claro, solicitó por radio que acudiera el helicóptero que había previsto para una recogida de emergencia, y gritó a Colin y a Bineka:

—¡Buscad el bosque! Nosotros os cubriremos.

Junto con otros dos de sus hombres, empezó a hacer fuego apuntando hacia el mismo lugar del que habían partido los disparos, momento que Bineka, Colin y Ewan aprovecharon para salir corriendo en busca de una densa masa verde que tenían a menos de doscientos metros. Se oyó un tercer y un cuarto disparo de rifle, que levantaron varias esquirlas a su paso: una en un tronco y la otra en una piedra que acababa de pisar Bineka. Estaba claro a por quién iban. Al advertirlo, Colin se interpuso entre los disparos y la chica, y aceleraron el paso sin mirar atrás, con los ojos puestos en la deseada arboleda. Furaha, más que correr, volaba impulsándose con las manos, entre gritos, atacada de miedo.

Scott se encontraba agazapado detrás de un grueso tronco caído y con el arma a punto. Con un respirar agitado, sudando, veía cómo iban cayendo sus hombres, uno a uno, sin entender cómo el equipo de cobertura no había podido detectar a los agresores y prevenir el ataque. Lamentó no haberse negado a rodar en aquellos lugares tan expuestos, aunque supuestamente ofreciesen tantas ventajas para el buen resultado de la misión, pero ya era tarde. Probó a hablar con los de «boca de cepo». Aquel silencio solo podía significar lo peor. Con una nueva baja a la vista y cuando solo le quedaba un agente vivo, marcó una cuenta atrás con los dedos, y al terminarla salieron de sus protecciones y se pusieron a disparar apuntando hacia los francotiradores con intención de ganar terreno y acercarse a ellos. Pero estaban demasiado lejos todavía.

Scott fue derribado por una bala, aunque apenas le rozó en un brazo, y el otro agente sintió cómo un proyectil le atravesaba un gemelo. Buscaron nueva protección. Scott le practicó un rápido torniquete por debajo de la rodilla y le preguntó si podía seguir, y al obtener su confirmación y ver que los demás habían alcanzado por fin el bosque, discutieron cómo proceder. El agente abrió la mochila y le mostró el contenido: dos granadas de mano.

—No los alcanzaríamos... —se lamentó Scott, a punto de tomar la única decisión posible; demasiado arriesgada, pero no se le ocurría otra—. Me encargaré de atraer los disparos. Tú aproxímate todo lo que puedas, y, en cuanto lo veas posible, mándalos de una puñetera vez al infierno.

El otro asintió, pero Scott leyó en sus ojos lo que estaba pensando: esos tiradores eran buenos y lo iban a reventar a tiros. Se sacudió el mal presagio de encima, tragó saliva, tomó aire y marcó los tiempos:

—Tres, dos, uno... ¡Ahora!

## 65

*Volcán Nyiragongo, República Democrática del Congo*
*Septiembre de 2010*

De la cúspide del volcán surgía una permanente columna de humo dando fe de su actividad. Tan solo ocho años antes, el enorme lago de lava que se cocía en el interior de su cráter había deshecho parte de la pared y había corrido ladera abajo hasta alcanzar la población de Goma, destruyéndolo todo a su paso.

Con las continuas erupciones y como aviso de su inestable vida interior, la montaña temblaba con frecuencia y flotaba en ella un inquietante olor a azufre. Como sucedió pocos segundos después de que sonaran dos potentes explosiones. El grupo de Bineka, oculto bajo unos exuberantes cedros y sobre una enorme alfombra de lobelias, esperaba a los agentes que se habían quedado atrás repeliendo el ataque.

Pero solo llegó Scott, y con gesto desolado.

—Creo que he perdido a todos mis hombres...

—¿Solo quedamos nosotros? —preguntó Ewan más pálido que un folio.

—¿Y esas explosiones? —añadió Colin.

—Hemos abatido a los francotiradores con dos granadas, pero había tres hombres más que han conseguido dispersarse y desconozco la suerte del resto de mi equipo.

Se empezó a oír un helicóptero. Scott se secó el sudor del cuello, sacó de su bolsillo el localizador GPS activado y respiró aliviado. Estaban salvados.

Lo vieron aparecer desde el este, a muy baja altura, recorriendo las copas de los árboles en busca de su posición para recogerlos, tal y como había lo habían coordinado con el Gobierno congoleño.

Colin y Bineka se abrazaron. Ewan devolvió su revólver a la mochila. El helicóptero, ya a menos de cuatrocientos metros de ellos, recibió la fatal descarga de una ametralladora desde el suelo. Los impactos perforaron el depósito de combustible por varios sitios, y otros dos afectaron sin solución al rotor, lo que hizo que el aparato se precipitase al suelo a tanta velocidad como le cambió el gesto al grupo; de alegría a asombro, hasta terminar en la desolación más absoluta.

Bineka miró a Scott.

—¿Y ahora?

—¡Ahora toca correr! —respondió Scott—. ¡Dejad atrás todo lo que pese y larguémonos de aquí, dirección oeste, y que sea ya!

Ewan tiró la mochila donde llevaba la carísima cámara digital después de extraer la tarjeta de memoria con las grabaciones hechas, y los demás también se desprendieron de casi todo.

Colin, incapaz de sobreponerse, alcanzó al americano, lo paró en seco y le estrujó el cuello de la camisa.

—¿Qué mierda ha pasado, Scott? La idea de este maldito reportaje fue tuya, y si aceptamos venir fue porque nos juraste que la seguridad de Bineka iba a estar por encima de todo, y que para ello nos acompañarían los mejores hombres. Casi sin enterarnos, se han cargado a los tuyos, han abatido un helicóptero de apoyo y nos enfrentamos al peor escenario posible. ¡Dame un arma!

—Ahora no es momento de recriminaciones —se limitó a decir Scott al tiempo que le tendía la única pistola que había recuperado de los agentes caídos, instándolos a correr con todas sus fuerzas.

Él cerraba la marcha para proteger la retaguardia, con Ewan encabezando el grupo como buen conocedor del terreno, y Colin y Bineka en medio, ella lo más protegida posible. Empezaron a descender por la ladera sorteando la vegetación más alta.

Scott miraba continuamente hacia atrás sin distinguir a nadie, lo que no terminaba de entender, vista la determinación que habían demostrado aquellos hombres pocos minutos antes. Consultó su brújula y comprobó que iban en la dirección adecuada, hacia el cráter Shameru, de menor altura y actividad, para después de rodearlo seguir descendiendo en dirección a Goma, la ciudad más grande y cercana.

No acababa de comprender cómo el plan trampa para capturar a Maxime y a su gente había fallado de aquella manera. Lo habían calculado al milímetro, y habían dispuesto los equipos de cobertura exterior en un círculo perimetral alrededor del grupo de Bineka, con profesionales bien capacitados; la elección de la madriguera para tentar al zorro no había podido ser mejor, y aun así... Quizá su gente no fuese la mejor preparada para misiones de ese calibre, como algunas unidades de asalto del ejército, aunque alguno había compartido academia con los marines. Cuando todo concluyera, iba a tener que analizar lo sucedido con detenimiento. No podía volverle a pasar, y menos con esa cifra fatal de fallecidos. Se le encogió el corazón con solo pensar cómo se lo iba a explicar a sus familias, y también a su jefe o al secretario de Estado.

La montaña rugió.

Furaha seguía chillando en brazos de Bineka, quien

empezaba a notarse demasiado cansada para mantener la velocidad. Pidió parar, pero Scott se negó. Bajaban sorteando árboles y arbustos, quebrando restos de madera podrida que pisaban sin cuidado, golpeándose con ramas y lianas, sin tiempo de esquivarlas.

*A cuatrocientos metros de ellos, ladera del volcán Nyiragongo*

Maxime apenas conseguía mantener el ritmo que llevaban sus dos hombres. Los maldijo al verse obligado a correr de esa manera, ahogándose a cada poco, cuando había planificado la eliminación de aquella chica actuando desde lejos, a través de los francotiradores. No podía negar su calidad. Habían terminado volando por los aires, pero habían demostrado antes su profesionalidad al haber eliminado a los cinco agentes que perimetraban el grupo donde iba la joven. Pudieron adelantarse a sus movimientos y, sacando provecho de una excelente posición para acertar con los disparos, lograron abatirlos uno a uno haciendo uso de un silenciador.

Pero al haber errado el verdadero objetivo, ahora solo les quedaba esperar a que los fugitivos se vieran forzados a hacer un descanso, y aprovechar ese momento para utilizar un tercer rifle de precisión que portaba otro de sus hombres. Y si no, el ataque directo.

La aparición de aquel helicóptero lo había complicado todo. Ahora no les quedaba otra que actuar de inmediato para escapar sin ser capturados.

—No los perdáis de vista ni un solo segundo —ordenó a sus hombres medio asfixiado—. Ya os alcanzaré, antes o después. Eso sí, como se os escapen... —los amenazó apuntándolos con su pistola.

Los esbirros sabían que la usaría, así que aceleraron el

paso y al poco tiempo desaparecieron entre la espesa vegetación.

*Centro de Rehabilitación de Primates, Lwiro, Kivu Sur, República Democrática del Congo*
*Septiembre de 2010*

La llamada que recibió Carmen hizo que su corazón tuviera un sobresalto de los buenos; su amigo Luis Cereceda había despertado del coma y quería verla. Afectada por la emocionante noticia, dejó todo lo que estaba haciendo, corrió al despacho a buscar las llaves de un coche y salió del centro a tanta velocidad que las ruedas de su vehículo derraparon al tomar la primera curva antes de enfilar el portón.

Recorrió los cuarenta kilómetros que la separaban del hospital de Bukavu en algo más de hora y media por culpa del intenso tráfico. En el trayecto alternó momentos de intensa alegría con otros de agobio, ansiosa por llegar. Se preguntaba si más de un mes en coma habría dejado secuelas en Luis, aparte de las físicas, provocadas por el fuego y las torturas.

Aparcó en el primer sitio que vio a las puertas del hospital, corrió hasta la recepción y preguntó por él. La amable enfermera, después de pedirle que se serenase, la acompañó hasta la unidad de cuidados intensivos, frenando su paso y respondiendo como podía a sus preguntas.

—Su amigo está en perfectas condiciones. Y sí, ha recuperado el habla. Ve bien, a pesar de las quemaduras, y tiene un apetito que no sé si nos dejará algo para el resto de los ingresados. —Sonrió.

A Carmen se le cerró la garganta. Había llegado a pensar que nunca iba a recobrar la consciencia. Cuando entró en la sala de crónicos no tardó en identificarlo entre los dieciséis pacientes; era el único de piel blanca, aunque apenas tenía alguna zona libre de quemaduras y vendas. Corrió hacia él.

—¡Luis! —Le dio un sentidísimo abrazo de esos que casi cortan la respiración.

—¿Has visto? No es tan fácil deshacerse de mí.

Se sentó en el borde del colchón, le acarició el rostro sin importarle su severa deformación y preguntó cómo se encontraba.

—Muy aturdido, pero el médico dice que es lo normal. Tengo una sensación rara, como si no terminase de verme dentro de mi cuerpo, no sé cómo explicarlo.

—Se te pasará, seguro. ¡Qué feliz me hace verte! —dijo mientras se retiraba una lágrima de la mejilla.

Luis preguntó por la gente del centro, por Colin y Bineka. Carmen le puso al día.

—Recuerdo muy poco —manifestó cuando terminó ella.

—¿Te refieres a lo que te pasó?

—Sí. Tengo como *flashes* en los que aparece aquel hombre, pero nunca me da tiempo de verle la cara, solo oigo su voz, sus gritos, unas tijeras de podar, mis dedos... Y dolor, un horroroso dolor, y luego fuego por todos lados.

Carmen pidió que lo olvidara al observar cómo su cuerpo no paraba de temblar al compás de sus recuerdos.

—Tú solo piensa en ponerte fuerte. Te necesito y te echamos mucho de menos, nada está siendo igual sin ti.

El médico entró para un chequeo rutinario y, después de ofrecer a Carmen un rápido resumen de su estado de salud, previó su alta en menos de una semana, siempre que no surgiera alguna complicación.

—En cuanto recupere un poquito de condición física y tono muscular, lo suficiente para andar, le dejaré ir. Esta misma tarde empezará con los primeros ejercicios.

A lo largo de la siguiente hora, compartieron las novedades acontecidas en el CRPL: la llegada de diez nuevos huérfanos, lo mucho que preguntaban los empleados por él, el estado de salud de los chimpancés más problemáticos, la buena mano de la pareja de veterinarios congoleños que lo habían sustituido, alguna incursión nocturna para robarles... Hasta que la misma enfermera que la había acompañado entró para avisar de que se daba por cerrado el horario de visitas.

Carmen volvió a abrazar a Luis, le dio cuatro besos y se despidió hasta el día siguiente. Agradeció al policía que permanecía fuera de su habitación su empeño por protegerlo. Vista la brutalidad con la que actuaba aquella gente, no podían permitir que alguien se propusiera rematarlo.

Lo que menos podía esperar Carmen aquella noche y antes de ponerse a cenar fue la llamada que recibió del hospital; era Luis.

—Lo he visto... Por fin lo he conseguido. Tenía un ojo gris y otro negro, y una cicatriz en la ceja..., y solo preguntaba por Bineka, siempre Bineka...

*Volcán Nyiragongo, República Democrática del Congo*

El grupo que cerraba Scott corría a lo largo de una explanada desnuda de arbolado cuando les pareció distinguir el perfil de una aldea entre los árboles. Modificaron la trayectoria y se encaminaron hacia ella con la esperanza de encontrar refugio. Había pasado más de una hora desde el cruento ataque, y no terminaban de explicarse por qué no sentían su presencia: ¿habrían conseguido escapar del radio de ataque de sus agresores, sacando provecho de la frondosidad de la vegetación? ¿O estos habían huido al imaginar la inmediata respuesta del ejército congoleño después de haber derribado uno de sus helicópteros?

Encontraron un pueblo no solo abandonado, sino que además había sido arrasado y quemado por completo. Todos pensaron lo mismo que Bineka, pero por respeto a sus recuerdos no se hizo un solo comentario al respecto. Quizá fuese otra víctima más del egoísmo y afán destructor de Lands & Oils. Lo atravesaron sin detenerse y retomaron el descenso del volcán a buen paso, mirando cada poco hacia atrás sin ver nada sospechoso.

Cuando la oscuridad lo engulló todo y caminar se convirtió en un ejercicio demasiado lento y peligroso, Scott decidió acampar organizando tres guardias de dos horas cada una, para no verse sorprendidos. Al haber abandonado todo el material de acampada montaña arriba, tuvieron que preparar una improvisada tienda para Bineka extendiendo sus capotes para protegerla de la lluvia que empezó a caer. No encendieron fuego para no hacerse notar, así que el descenso de la temperatura los afectó de lleno, mojados de arriba abajo y lejos de poder disfrutar del alivio de una buena hoguera.

Cuando las nubes se quedaron exhaustas de agua y cansadas de humedecer la tierra hasta la saturación, terminaron desapareciendo del firmamento para dibujar un cielo salpicado de estrellas. La luna les regaló también la suficiente visibilidad como para distinguir el entorno. Durante la cena notaron la presencia de un pequeño grupo de chimpancés rondando por las copas de los árboles, saltando de uno a otro, a distancia, sin apenas hacer ruido, seguramente movidos por la curiosidad.

Furaha los miraba sin poder unirse a ellos, primero enfadada, y al cabo de un rato resignada, con la boca llena de fruta y un plátano en cada mano.

—Me quedaré haciendo guardia hasta las dos... —propuso Scott mientras agotaba el contenido de una lata de judías—. De dos a cuatro le tocará a Ewan, y dos horas más tarde a ti. —Miró a Colin.

El rostro del inglés seguía expresando una profunda indignación.

—Nos engañaste... —musitó sin evitar que el otro lo oyera—. No tendríamos que haber venido. ¡En qué hora se nos ocurrió! —Lanzó una rama con toda su rabia.

Como respuesta, se empezó a oír ruido de pisadas, desde diferentes ángulos y alrededor del improvisado campamento.

—Chimpancés... —aseguró Bineka olfateando el aire.

Ewan trató de verlos entre el ramaje, pero no lo consiguió.

—Pueden ser peligrosos, ¿no fue lo que dijiste? —le preguntó a Bineka.

—Si amenazamos sí... —contestó ella sin pretender afianzar sus temores.

—¿A cuánto estamos de Goma? —intervino Colin después de comprobar una vez más que carecía de cobertura en su teléfono. El único que habían llevado capaz de captar la señal de los satélites se había quedado atrás, junto a alguno de los cadáveres. Estaban aislados e incomunicados.

El agente del Tesoro desplegó el plano de la zona.

—A más de medio día. Pero a mitad de camino hay una pequeña población que podría servirnos para avisar a la embajada y al ejército. Se llama Kibati.

Ewan la conocía.

—¿Por qué no ir ya? —sugirió.

—Por lo mal que se avanza con esta oscuridad —contestó Colin.

—No digo que vayamos todos. Lo haré solo yo. Con la luna que hay dispondré de la suficiente visibilidad, y si voy a buen paso podría llegar en poco menos de tres horas. Daré aviso y vendrán a rescataros.

Deliberaron los tres, dudaron si no ir todos, pero a la vista del profundo sueño en el que había caído Bineka y el agotamiento que ya había manifestado, optaron por el plan de Ewan, y el reportero se marchó con la brújula de Scott y las coordenadas de su posición escritas con bolígrafo en la palma de la mano. Eran las diez de la noche.

Colin trató de dormir bajo el tronco de un árbol cercano, cuyas extrañas y enormes raíces permitían cierto abrigo, para combatir una noche que se esperaba fresca. Usó la única mochila que tenían como almohada y se despidió de Scott, quien con los prismáticos oteaba en todas direcciones y sin descanso, al tanto de aquellos hombres, entre los que tenía que estar Maxime de Mons.

Sería la una y media de la madrugada cuando Scott sintió unas pisadas a escasos metros de su posición de guardia. Se puso en alerta sin hacer el menor ruido, cogió la linterna y lanzó un rápido destello. Apareció el rostro de un chimpancé a media docena de metros, en medio de la oscuridad.

El haz de luz lo asustó y desapareció al instante. Sin querer, el americano había alertado de su posición a los otros.

Desde unos doscientos cincuenta metros, un hombre apoyaba un rifle de precisión sobre una roca y ajustaba la mirilla telescópica hacia el punto en el que acababa de ver una luz. Gracias a la buena luna, localizó la cabeza del hombre. Contuvo la respiración y fue a disparar, pero su jefe lo frenó.

—Mejor no... Pondríamos en alerta a los otros dos. Actuemos con el máximo sigilo y vayamos a por ellos; solo hay dos hombres, encargaos vosotros de ellos y dejadme a mí la chica. —Sacó de su cintura un largo puñal cuya hoja de acero brilló bajo el reflejo de la luna.

Scott no los vio llegar. Tan solo oyó una rama romperse por detrás de donde estaba sentado, y al volverse recibió un fuerte golpe en la cabeza y perdió el conocimiento. Lo mismo le sucedió a Colin, pero en su caso pudo reaccionar y evitó que el tipo le aplastara la cabeza con una enorme roca. Buscó la pistola que había dejado a mano, pero no la encontró. Forcejeó con el asaltante.

—¡Scott, nos atacan! —gritó para alertar al americano, sin saber que ya había caído.

En ese momento Maxime estaba levantando una de las capas de agua que servían de techo a Bineka y se metió bajo ella.

Furaha se despertó.

La tranquilidad de la noche se vio quebrada por el aviso del inglés y los agudos chillidos que empezaron a surgir de la garganta de la joven chimpancé. Colin, al ver la espalda de un hombre entrando por debajo del toldo, se propuso deshacerse del tipo que lo había agredido, cogió una piedra bien afilada y se la estampó en la cabeza dejándolo fuera de juego. Se incorporó y corrió hacia la improvisada tienda, apreciando cómo la silueta de un hombre forcejeaba con la de su amiga al trasluz de los plásticos. Bineka lanzó tres fuertes aullidos rematados con un agudo grito pidiendo ayuda, imitando los sonidos de Furaha.

Cuando Colin estaba a punto de alcanzar la loneta, se le abalanzó otro hombre por la espalda y lo derribó. Sin tiempo de reacción, empezó a recibir puñetazos, a dos manos y con tanta violencia que le dejó medio anulado. Hasta que sonó un disparo y el tipo se le echó encima, ya muerto. Scott, desde el suelo, con la cabeza abierta y empapada en sangre, acababa de ayudarlo, aunque no pudo más y se venció de nuevo, incapaz de levantarse.

Pero aquella detonación no solo quebró la quietud de la noche. Las ramas de los árboles se agitaron como si fueran olas, y en menos de un minuto un formidable coro de aullidos empezó a acompañar a los que surgían de Furaha y Bineka, cada vez más cerca.

Antes de quitarse a aquel tipo de encima, Colin vio caer una rama gruesa. Pudo protegerse a tiempo. Pero a esa primera se le sumaron unas cuantas docenas más, lanzadas por un numeroso grupo de chimpancés desde los árboles, a la vez que coreaban una atronadora orquesta de gritos y aullidos.

El primer agresor de Colin, nada más recuperar la consciencia, fue a mirar también, pero lo hizo en el peor momento: uno de aquellos pesados trozos de madera le asestó un formidable golpe en la cabeza que le dejó tendido en el suelo y con medio cráneo abierto.

El inglés corrió a por la pistola que acababa de usar Scott y fue en ayuda de Bineka. Cuando entró en la tienda, vio a Furaha aferrada a las espaldas del hombre, mordiéndole la mano con todas sus fuerzas. El tipo tuvo que soltar el puñal con el que acababa de amenazar a la chica, momento que Colin aprovechó para disparar al aire, apuntando a continuación a su cabeza.

—¡Suéltela o disparo!

Maxime no obedeció, se deshizo de Furaha lanzándola por los aires, para de inmediato buscar el puñal mientras sujetaba a Bineka con la otra mano. Pero Colin disparó antes de que lo consiguiera, dándole en una rodilla, lo que dejó a Maxime tendido en el suelo y paralizado.

Bineka corrió a los brazos de Colin y explotó a llorar presa de los nervios.

Aquella segunda detonación afectó aún más al numeroso grupo de chimpancés, que dejaron de lanzar ramas. Se instauró un tenso silencio.

Colin miró al hombre a la cara. Tenía un ojo gris y otro negro, los dos llenos de odio.

—Maxime de Mons, ¿verdad?

—Usted debe de ser Colin Blackhill... No puedo decir que me alegre mucho de verlo, dadas las circunstancias —respondió con toda su ironía, mordiéndose los labios de dolor y bajo una intensa disnea.

Al inglés le corría un reguero de sangre que partía de la frente y le nublaba la visión de un ojo, sin dejar por ello de apuntar a la cabeza de aquel infame. Tendió su cinturón a Bineka para que le atara las manos. Ella obedeció mientras le clavaba su mirada verde con un gesto de desprecio y asco. Una vez que quedó bien inmovilizado, Colin lo levantó del suelo y a empujones lo sacó afuera. Bineka salió dando tumbos, todavía algo mareada. Se abrazó a Colin, profundamente afectada por aquella mirada de ceniza y noche que por un instante le había hecho revivir los momentos más horrendos de su vida.

—Tranquila. Ya no podrá hacerte más daño, y a partir de ahora pagará por todo lo que ha hecho.

—¿Dónde? —Se le escapó una lágrima.

Colin la recogió pasando un dedo por encima.

—En un tribunal de Justicia —proclamó convencido de poder acabar también con Paul Vestraeten y su empresa.

A Bineka aquello no la convenció: no había ido hasta allí solo para eso.

De entre unos arbustos, y a menos de quince metros, surgió la figura de un gran chimpancé macho que se quedó quieto, mirándolos fijamente. Bineka forzó su glotis para soltar tres largos gemidos, seguidos de un aullido seco y contundente, al que el primate respondió antes de desaparecer entre el follaje.

—¿Qué ha pasado?

—Va a pasar... —contestó misteriosa.

Acababa de reconocer a Takuro.

Y la resolución de la duda de Colin llegó pronto. Aparecieron dos machos más junto al anterior. Se acercaron hasta ellos con un caminar lento, sin perder de vista a Bineka. Colin dio un paso atrás asustado, pero ella hizo lo contrario, y cuando los tuvo casi encima señaló a Maxime. Los tres chimpancés fueron a por él, lo agarraron sin piedad arrastrándolo por los tobillos y se lo llevaron al interior del tupido bosque, donde los gritos de ayuda del belga quedaron ahogados en pocos segundos.

Bineka apenas susurró, con la mirada puesta en la espesura:

—Selva también hacer justicia.

# 66

*Lokutu, Tshopo, República Democrática del Congo*
*Septiembre de 2010*

Lola aterrizó en Kinsasa un día después de que Colin y Bineka lo hicieran en Kigali, harta de no poder compartir los momentos que les estaba tocando vivir, sufrir o sentir.

Cuando conoció los detalles de la expedición al volcán Nyiragongo y, peor aún, el objetivo encubierto que los llevaba hasta allí, Madrid, su trabajo, la empresa y todo se le hicieron tan prescindibles que se dejó llevar por su instinto, reservó vuelo a Kinsasa —el primero que encontró— para decidir su siguiente parada una vez que pudo organizar las oportunas conexiones. Porque antes de acudir a Lwiro, final de recorrido para Colin y Bineka, quería estar con Keita en Lokutu; podrían ser un par de jornadas.

Había llamado por fin a Keita pocos días antes, y lo encontró tan mal que se convirtió en el segundo detonante para emprender su viaje. Aunque Lola tenía claro que la clave de cualquier solución para Keita pasaba por Beatriz, solo ella podría sacarlo del marasmo emocional en el que estaba inmerso; solo ella sería capaz de despertar su adormecida ilusión, el mismo motor que en su momento fue capaz de hacerle dejar atrás éxitos, dinero, amistades y un prometedor futuro en Estados Unidos para poner su vida al servicio de su propio país.

Se le ocurrió una fórmula durante el vuelo: la una apoyada en la otra tratarían de volver a centrar el foco de Keita en la dirección adecuada, para que siguiera regalándose a diario en aquel remoto lugar de la tierra.

Cuando Lola lo llamó para anunciar su viaje, sintió en su reacción una primera ventana abierta a la esperanza, lo que todavía la animó más a llevarlo a cabo. Nada más colgar, pensó que estuviera donde estuviese, su amiga iba a ayudar.

El vuelo de Kinsasa a Lokutu se le hizo eterno y, desde luego, diferente al que había disfrutado la primera vez con Colin. Sintió un golpe de añoranza, pero también vértigo al saber que iba a volver a pisar los lugares en los que no solo había vivido su mejor amiga, sino también los que significaron las amargas horas de su final. Lokutu había dejado de ser un punto más en el mapa para convertirse en un escenario de intensas emociones para ella. Además, allí se le había cruzado un hombre con el que no tenía claro si iba a haber un camino emocional que recorrer en común.

En ese sentido, la última llamada que había recibido de su parte, desde el aeropuerto de Londres y antes de su embarque a Ruanda, cuando ella le había explicado sus propios planes, tampoco había ayudado a mejorar esa opinión. Poco menos que le pidió que anulara el viaje, insistiendo una vez más —demasiadas veces ya— en la importancia de conseguir un exitoso arranque empresarial para Wonderland, lo que requería volcarse al cien por cien en ese empeño que pretendía beneficiar a tanta gente. A ella, tanta insistencia le empezó a sonar a un desquite en toda regla. Una sospecha que no había pesado lo suficiente como para anular el viaje, pero sí para animarse a constatar de una vez sus sentimientos y saber qué iba a hacer con su vida.

Lola y Keita hablaron horas y horas, recordaron tanto sus mejores momentos con Beatriz como los más banales. Lola seguía llevando la pulsera de madera que él le regaló en recuerdo de su amiga. Estrujaron sus corazones, sus sentimientos y sus dolores. Se sirvieron el uno al otro como terapia para reconducir emociones y pesares, para replantearse sus vidas. Keita sintió cómo su alma, hasta entonces sedada, empezaba a volver en sí, y desde la mirada de Lola aprendió a vislumbrar el final de su particular túnel del dolor. Y así, poco a poco y casi minuto a minuto, en aquella introspección compartida y vivida sobre dos sillones y un salón que ponía el silencio y la paz necesarios, Keita se reconcilió con la vida y comenzó a sentir un primer alivio, aunque supiese que la ausencia de su amada iba a ser el mayor tormento que le iba a tocar padecer para siempre.

Una terapia en ambas direcciones; en Lola, al palpar el profundo amor que se fraguó entre Beatriz y Keita, al constatar la absoluta necesidad del otro que tenían. Ella le habló de Colin, de las contradicciones que estaba percibiendo en él, de la profundidad de sus actuales sentimientos, del asombro que estaba sintiendo al ser consciente de todo ello.

Keita no dudó en pedirle valentía, determinación, y que no perdiera la oportunidad de decirle lo que sentía, cuando se vieran. Y lo resumía en una frase: «No hay energía más poderosa en la persona que querer y ser querido, ni peor veneno que vivir sin amor».

La primera noche terminaron cenando de cualquier manera, sin querer abandonar la conversación y el escenario, con unos sándwiches y dos cervezas. Fue entonces, al recordar los orígenes del proyecto empresarial que estaba empezando a cobrar forma, cuando Lola le hizo ver que había sido Beatriz la inspiradora indirecta de todo el bien que Wonderland haría en los próximos años; una idea que había nacido allí y que además lo tuvo a él como segundo inspirador, en otra charla en aquel mismo salón mientras esperaban que todo finalizara mejor de como lo había hecho.

Saber que Beatriz había sido la musa del proyecto influyó de forma definitiva en la transformación de Keita. Cuando ella lo notó, dio por concluida la velada, descansaron como tiempo atrás lo habían hecho y, a la mañana siguiente, Lola se sintió capacitada para volver a sentir África, con sus sombras y glorias. Y la mejor manera de hacerlo fue pisando las calles de Lokutu. Fue así como volvió a ver de qué estaba hecho aquel mundo cosido a crueldades pero infinitamente hermoso, abuso de unos pocos y generoso para todo el que supiese aprovechar sus frutos.

Cuando entró para conocer las nuevas oficinas de Greenworld, en una calle paralela a donde estuvo la anterior, la sorpresa se la llevó René, el joven francés que en su momento se comportó como el más solícito cooperante a la hora de complacer las necesidades de Lola. Sin perder su estilo, el pecoso muchacho se levantó a toda velocidad y corrió a darle un sentido abrazo. Empezó a explicar cómo se habían organizado para seguir trabajando, y buscó un plano para hacerla partícipe del nuevo proyecto en el que estaba metido: dimensionar y ubicar los crecientes incendios intencionados que se estaban produciendo en la selva.

Entre fugaces vistazos al plano y a un René en plena explicación, Lola vio algo tan impactante al otro lado del ventanal, en la calle, que la empujó a ver qué había pasado. Los protagonistas eran dos críos: uno con un brazo rajado de arriba abajo, sangrando de forma profusa, y la otra, una niña más pequeña y con cara de pánico a su lado. Caminaban agarrados de la mano.

René, que llegó un segundo después, les preguntó en suajili, sin dejar de mirar a su alrededor, quizá temiendo al posible causante de la agresión. Pero el muchacho no pudo contestar, se desmayó en sus brazos. Al creerlo muerto, la niñita se puso a gritar de forma desconsolada. Lola se agachó para serenarla.

—He dejado las llaves del coche en mi mesa... —comentó René para que fuera ella a buscarlas—. Este joven necesita un médico con urgencia.

Minutos después volaban en el coche por las calles sin asfaltar hasta que aparcaron a las puertas del hospital. El joven cooperante ayudó al herido a salir y le sirvió de apoyo para dirigirse hacia la entrada. Lola, con la pequeña agarrada de la mano, iba por delante abriendo paso.

A su llegada, Keita inspeccionó la herida sopesando cómo resolverla. Pidió que se quedaran a ayudar, dada la escasez de enfermeras. El joven, de no más de dieciséis años, presentaba una enorme rebanada en el brazo, objeto de un machetazo. Le colgaba un largo filete de piel, con abundante paquete muscular incluido, hasta alcanzarle la muñeca. Gritó muy dolorido cuando Keita le comprimió el brazo para detener la hemorragia. Por su parte, la niña, que no tendría más de cinco años, seguía aferrada a la extremidad libre del chico, expresando un infinito pavor en su mirada. Al suponer que sería su hermana, Lola sintió una inmediata compasión.

—Hombres malos atacar a mi hermano Miko, en aldea... —dijo en inglés—. Hemos corrido mucho, desde allí... Mucho tiempo...

Lola recordó el drama de Bineka, se le encogió el corazón y abrazó a la niña. Le acarició la cabecita, cubierta por un sinfín de minúsculas trenzas.

—No te preocupes por Miko; todo saldrá bien.

Keita trató de llevarse a la niña para evitarle la dura experiencia del quirófano, pero la pequeña se negó en redondo y hasta le lanzó los dientes, a punto de morderlo en una mano.

Vista su determinación y fiereza, el médico decidió dejarla entrar. Mandó salir a René, para que fuera en busca de un policía con idea de denunciar lo sucedido, y a Lola le hizo ponerse unos guantes reutilizados pero desinfectados, y una bata limpia que colgaba de un perchero. Dispuesta a ayudar, se acercó a la mesa de operaciones sin saber si lo resistiría.

Una hora después, en la antesala del quirófano, Lola expresó a Keita lo impresionada que seguía. El congoleño dirigió a su amiga una sonrisa triste.

—A pesar del horror que nos toca vivir a diario, cuando ayudamos, en ese momento todo cobra sentido, ¿a que sí?

Lola se quitó la mascarilla y los guantes, le dio un sentido beso en la mejilla y confesó lo que sentía.

—Como tú mismo dijiste un día, en este lugar se ve pasar lo peor de la vida, pero también lo más grande. Y estos dos niños hoy acaban de hacerme ver qué es lo que he de hacer a partir de ahora.

*Centro de Rehabilitación de Primates de Lwiro, Kivu Sur, República Democrática del Congo*

Colin tomó aire y miró a Carmen y a Bineka antes de abrir la puerta de la habitación del hospital de Bukavu donde se recuperaba su amigo Luis Cereceda. Iba avisado. Su aspecto impresionaba mucho. Carmen se lo dijo mientras iban en el coche, apenas habían llegado al centro. Fue lo primero que quisieron hacer nada más aterrizó el helicóptero que los había transportado desde Goma: ir a verlo. Y allí estaban.

Al oír ruido, Luis se volvió y esbozó una mueca en forma de sonrisa cuando descubrió quiénes estaban entrando.

—¡Pero mira a quién tenemos por aquí...! —Cruzó la mirada con Colin y este no pudo ni hablar.

Al inglés se le acababan de atragantar las palabras al comprobar la brutal deformación del rostro de su amigo. Apenas quedaba en él algo reconocible, salvo los ojos; uno medio tapado por un pliegue de piel. Muy impresionado, no supo hacer otra cosa que darle un abrazo.

Colin tomó después asiento sobre la cama y empezó a relatar lo que les había sucedido no hacía ni veinticuatro horas. Empezó por el final.

—Ha muerto demasiada gente, Luis. Nunca podré borrar de mi conciencia el tremendo sacrificio que ha supuesto esta expedición. Pero, al menos, el que te hizo todo eso —le señaló la cara— ha dejado de hacer el mal.

—Takuro terminó todo —explicó Bineka antes de describir el momento final de la persecución en el volcán Nyiragongo, cuando se vio frente al hombre de mirada gris y oscura, y cómo fueron los propios chimpancés quienes le hicieron pagar sus desalmadas acciones.

—Destrozó demasiadas vidas. Ya era hora de que no hiciera más mal —concluyó Luis a la vez que apretaba la mano de Bineka.

—Mi corazón late, con paz —aseguró ella.

—El mío todavía no —añadió Colin—. Faltan muchos culpables por aparecer, falta resolver el asesinato de Beatriz, saber quién lo ordenó, todavía hay que atrapar a ese belga, al tal Vestraeten. La muerte de su hijastro solo cierra un capítulo de esta historia, muy negro, pero solo uno. Nos ha alegrado a todos, a pesar de no haberle podido sacar ninguna información.

Colin terminó de contar qué había sido del resto del equipo.

—Ewan y Scott fueron evacuados desde Goma hasta Kigali en otro helicóptero, para volar desde allí a Estados Unidos. Al parecer, Scott ha conseguido nueva información desde China sobre los trapicheos financieros de Vestraeten. Ojalá sean suficientes para encarcelarlo. —El tono empleado dejaba claro que ni él mismo creía en sus palabras.

Bineka no sabía de abogados ni de jueces, ella solo creía en la justicia de su mundo, la que había hecho pagar a Maxime por sus crímenes.

Luis notó cómo decaían los ánimos en sus dos amigos y quiso compartir una buena noticia:

—Los médicos me darán el alta mañana. Por fin podré volver al centro y empezar a trabajar. Lo estoy deseando.

Carmen lo celebró haciéndole saber que si había alguien que no se había acostumbrado a su ausencia, esa era Lucrecia, su ahijada.

—No sé qué va a pasar cuando te vea.

—Solo espero que le funcione bien el olfato y me reconozca, no vaya a pensar que me he transformado en el más feo de los chimpancés —bromeó recuperando su habitual carácter.

—Ya querrías parecerte a ellos... —se sumó Colin.

—¡Eres un capullo! —Sonrió—. Me alegra saber que estás aquí, de vuelta. —Frunció la mirada, abrumado por un sentimiento de culpabilidad todavía no resuelto—. ¿Me podrás perdonar algún día haber confesado que estabais en Canterbury?

Colin apretó los labios, lo miró a los ojos, alargó la contestación y, cuando notó que el otro no podía soportarlo más, contestó:

—Te va a costar unas cuantas cervezas.

*Ribera del río Congo, Tshopo, República Democrática del Congo*

Después de la difícil experiencia con aquellos niños en el quirófano de Keita, Lola quiso darse un paseo por la ribera del río Congo en un intento de digerir los fuertes impactos emocionales que había vivido en menos de veinticuatro horas, en aquel lugar donde todo, lo bueno y lo peor, podía asaltarte en un solo día.

Le impresionó una vez más volver a oír el rugido de aquel inagotable torrente de savia, de color entre verde y marrón, que alimentaba la tierra hasta sus mismas entrañas. Todo en él era grande, poderoso, indomable.

Pasaron unas canoas con aparejos de pesca y dos hombres en cada una de ellas: arrugados y secos, en busca de su sustento. Le llegó el eco de unos tambores cercanos, y cuando devolvió su mirada hacia el oeste, río arriba, respiró aquel aire limpio, el mismo que alimentaba la insultantemente fresca vegetación de su alrededor, para de repente descubrir que sobre sus aguas flotaba una aterciopelada bruma verde que nunca antes había visto. Tenía que ser aquella a la que el padre de Bineka le había encargado proteger a su hija —porque vivía en su interior, según le aseguró—, tal y como le había contado a Colin y este a ella.

Respiró aquella bruma, se alimentó de ella, y se preguntó cómo los contados días que había vivido en aquel lugar de la tierra, antes y ahora, podían haberla transformado tanto, más que los muchos años pasados entre Galicia, Londres y Madrid.

Solo allí había sentido la emoción en carne viva, dejando una imborrable señal dentro de ella. Como lo sucedido con aquellos dos niños, víctimas de la mayor vileza humana, o la desgraciada vida de Bineka, y la de otras tantas Binekas que podrían contar experiencias parecidas. Recuerdos tan poderosos como el del collar que había enmarcado y colgado en su despacho, el mismo que le había regalado un marido agradecido en una aldea olvidada del mundo, después de haber visto morir a un hijo en el parto. Un collar que había terminado sirviendo de inspiración al logo de su nueva compañía, como también a su propio destino.

Y en el remanso de una orilla, a salvo de aguas tan turbulentas como las que apenas podía contener el inmenso río verde, cobró vida una idea, la que había tenido yendo de la mano de aquella inocente niña.

Y creyó que funcionaría.

A punto de aterrizar en el aeródromo de Kavumu, vecino al Centro de Rehabilitación de Primates de Lwiro, Lola pensaba cómo iba a explicar el plan que implicaría a Bineka, porque solo con ella tendría sentido.

Cuando bajaba por la escalerilla del avión y vio a Colin, sintió un escalofrío.

Antes de fundirse en un abrazo, se preguntó si sabría elegir las palabras adecuadas para expresar lo importante que estaba empezando a ser para ella.

—Celebro que al final no me hicieras caso. —Él abrió los brazos y Lola se cobijó gustosa en ellos.

—Me costaba demasiado no verte —respondió ella.

Bineka se acercó también a recibirla. Lola la vio llegar, se separó de Colin y, bajo la influencia de lo que había pensado apenas setenta y dos horas antes, terminó de ver cómo iba a conseguir que una sola persona pudiese hacer que las cosas cambiasen, clarificar las prioridades de la gente e incluso hacerles recapacitar sobre lo que era verdaderamente importante y no en la vida. Porque de eso trataba lo que pretendía lograr con esa joven de ojos de color esmeralda y una existencia tan fascinante como la propia vida en la selva.

Corrió en su busca, se abrazó a ella, sintió su fuerza y supo que juntas lo harían realidad.

Bineka iba a ser la clave de todo.

## 67

*Centro de Rehabilitación de Primates de Lwiro, Kivu Sur, República Democrática del Congo*
*Finales de septiembre de 2010*

Bineka lo sintió todo de golpe.

Le tocó dejar a Furaha en el recinto exterior del centro y verla correr en busca de los suyos, con tantas ganas que no se dio la vuelta ni siquiera un instante para mirar atrás, para mirarla a ella, por más que deseaba que lo hiciera y que tuviera el corazón encogido y la sensación de que nunca más volvería a tenerla a su lado. Pero no fue solo eso lo que le afectó al corazón.

La aparición de Lola, su llegada al aeropuerto, la mirada que surgió en ella nada más ver a Colin, el abrazo que se dieron, lo alterado que había estado él desde que había sabido que venía, su cambio general de ánimo; fueron varios los detalles que se sumaron para hacer crecer en Bineka un sentimiento de envidia hacia la española. Lo venía notando en él cada vez que se llamaban, aunque no acababa de creérselo del todo. Pero lo que más le costó entender fue la ocultación de su cita en Londres, de la que se enteró casi de casualidad durante la expedición, mientras Colin respondía a una llamada de Lola y se le escapó un detalle que lo dejaba al descubierto. Comprendía que pudieran sentir algo entre ellos, pero le dolía.

Era demasiado joven para un hombre como él, concluyó. A Colin le tenían que atraer mujeres como Lola, mucho más mujer que ella, que apenas tenía cuerpo para los gustos de un hombre, pensaba. Hacía menos de un año que su abuelo la había prometido con el jefe Buza, y por entonces no se habría atrevido a imaginar una historia de amor que no fuera con aquel hombre; el futuro de la aldea estaba por encima de sus deseos. Pero todo había cambiado.

Ya no tenía aldea ni familia, y se había enamorado de un hombre que no terminaba de contemplarla como a ella le hubiera gustado, a pesar de haberse quedado prendada de él y de su mirada azul desde el primer día, desde que la había rescatado de las oscuras intenciones de un nuevo líder apenas recién llegado a su clan de chimpancés, de los cazadores furtivos y de aquel policía en Lokutu. Después habían corrido mil experiencias juntos, con huidas repletas de peligros mientras surcaban los cielos de África y Europa, o las que surgieron al descubrir otros mundos teñidos de los más variados colores, o aldeas con más piedra que madera y vegetación. Ella, además, se había dado a conocer a él como nunca lo había hecho con nadie, después de sentirse protegida, admirada y cuidada, pero nunca tan amada como hubiera querido.

Porque Colin nunca la había mirado como a Lola, y no creía que lo hiciese jamás. Pero necesitaba salir de dudas, estar más segura, saber en qué lugar estaba ella dentro de su corazón. Y vio llegado el momento esa noche, la primera de Lola en Lwiro, cuando le pidió a Colin que la acompañara a dar un paseo por el recinto vallado para ver cómo seguía Furaha.

La oportunidad se brindaba perfecta. La brisa refrescaba el ambiente; el cielo estaba despejado de nubes y estrellado como nunca, y no tenían prisa ni nada que pudiese alterar el agradable paseo. Le costó hablar.

Se sentía rara, temiendo dar un mal paso y recibir el peor resultado, y a la vez empujada por el entorno que sonaba a selva, que olía a sus orígenes, que crujía a su paso como recordaba de sus paseos matutinos en busca de agua, frutas o comida. Tomó aire nerviosa. Divisó un tronco caído y se decidió. Tomó asiento en él e invitó a que Colin hiciera lo mismo.

—Estás rara —comentó él al percibir la tensión en sus manos, aferradas al vestido, la boca apretada y el gesto recorrido por desconocidas sombras.

Ella asintió.

—¿Es por Furaha?

Negó con la cabeza.

—Me duele no Furaha conmigo. Pero también quiero saber cosa.

Se volvió hacia él y le pareció ver en sus ojos una puerta abierta, dispuesta a ser explorada; no la recordaba de otras veces. Y pensó en las palabras de su abuelo, en los preciosos mundos azules adonde viajaban las almas y las esencias humanas una vez que abandonaban la selva, como había hecho ella. Buscó su *nkisi* y al agarrarlo sintió tanta energía que se despejaron todas sus dudas. Había llegado el momento.

Colin distinguió en su mirada un brillo nuevo, todavía más deslumbrante. Un brillo que apenas duró un segundo, antes de ver cómo buscaba su boca. Ella cerró los ojos para concentrar toda su existencia, vida y alma, en esos labios, unidos ahora entre sí, para recibir sensaciones que hasta entonces solo había soñado, viviendo con enorme intensidad un mundo detenido en él, hirviéndole la piel.

Pudo durar cinco segundos, aunque a Bineka le parecieron más.

Aquel beso le supo a infinito, porque la vida se detuvo de golpe a su alrededor y enmudeció por completo, permitiéndole vivir una brevísima y deseada eternidad reducida a un instante, un simple instante, sí; el suficiente para haberse dado por entera a él a través de su boca; toda ella, en un solo beso, tratando de encontrarlo por completo.

Pero no lo encontró; no... Cuando sus labios se separaron, rompió a llorar.

Colin no preguntó por qué.

En un solo beso Bineka había sabido que no iba a ocupar el corazón de Colin tal y como deseaba. Él no lo supo ocultar ni tampoco quiso. Por más cariño que sintiese por Bineka, no podía ofrecerle lo que buscaba, aunque aquel beso quedaría grabado para siempre en lo más profundo de su ser.

Ella se serenó, secó sus lágrimas y tomó las manos de Colin para decirle:

—Si Furaha llena felicidad con suyos, ¿por qué tú no buscar amor, a ella? —Su sonrisa recogió el dolor más intenso que una mujer podía reunir nada más renunciar a su ser más querido: un dolor apenas difuminado por el deseo de que fuera feliz.

Colin pensó en esquivar la pregunta, en decirle que no sabía a qué se refería, pero no quiso mentir, ni mentirse a sí mismo; se había enamorado de Lola, y Bineka lo había notado casi a la vez que él.

—¿Qué hago? Ella tiene que poner en marcha su proyecto y no quiero frenarlo, convertirme en un obstáculo de un objetivo que puede hacer mucho bien. Mi deseo tiene que estar por detrás de lo que ella tiene que hacer...

Por primera vez le contaba a alguien por qué su corazón estaba atormentado y confundido desde hacía un tiempo, y sobre todo después de aquel día en Londres, cuando había visto con absoluta nitidez quién era la mujer de su vida. Pero no sin muchas dudas. Y la peor: imaginar cómo unir sus destinos. ¿Dónde lo harían? ¿En Madrid? ¿Qué sería de él encerrado en un bosque de edificios, dejando atrás su actual actividad? ¿Y ella? ¿Dejaría Wonderland, su mundo, todo, por instalarse en un diminuto pueblo, perdido en el corazón de África, solo para estar con él? Le atormentaba tanto la idea de tener que provocar una u otra decisión que optó por enfriar la relación con ella, a pesar de ser consciente de lo mucho que la deseaba y de que conseguiría no solo su desconcierto, sino sobre todo hacerla sufrir.

—Y además, el peligro sigue ahí, también podría alcanzarla a ella. Hasta que no lleguemos a Vestraeten, todavía pueden pasar muchas cosas. —Un gran macho saltó sobre la verja, cerca de donde estaban, y sobresaltó a Colin. No se lo esperaba. Le hizo recordar algo que no había compartido todavía con ella—. Por cierto, va a ser mejor que nos ocultemos en otro sitio durante un tiempo, hasta que todo se resuelva; este lugar ya lo conocen y pueden sospechar que nos hemos refugiado aquí.

Se sentía responsable de Bineka y no sabía muy bien qué más hacer. Ella sí lo sabía, y no dudó en trasladárselo:

—Ya no huir, no más. Ahora actuar, no escapar; quiero luchar, por ellos... —Señaló el recinto vallado con un dedo—. Es hora de defender su mundo, de que la gente sepa lo que está pasando de verdad en este país. —Desde hacía unos minutos se habían acercado a la verja otras dos hembras que, al reconocer a Bineka, se sentaron a observar.

—Mi ONG, como otras muchas, sigue luchando a diario para lograrlo —le recordó él sin querer disimular un punto de enojo.

—Lo sé y valoro. Nadie pregunta nosotros, y sabemos cómo cuidar selva. Selva ha sido casa, siempre, ha dado comida y sana enfermedades. Sabemos qué daña y cómo da comida a todos que dependemos. Mi pueblo tiene leyes, habladas, para no cazar más que necesito, para compartir lo de día. Mayores contaban a niños *likanos*: cuentos que enseñaban qué usar en bosque y compartir su energía.

Colin le preguntó a qué energía se refería.

—Llamamos *bindongobo,* o *nishati.*

No supo explicar muy bien en qué consistía ni cómo la obtenían, pero le contó que era como una fuerza vital que los trasladaba a la propia selva y que cuando les faltaba enfermaban y acababan muriendo.

—Por eso tengo volver, por eso Furaha necesita.

—Nunca había oído esa palabra. *Bindongobo...* ¿Será la energía con que África nos imanta a todos los que no nacimos aquí?

—Sí. Todos protegerla.

Cuando regresaron a los edificios del CRPL, se encontraron con los demás en el pabellón de invitados. Lola se fijó en la expresión de Bineka y entendió que acababa de pasar algo importante. Lo comentaría con Colin en cuanto pudiese estar a solas con él, decidió; tenían tanto de que hablar...

No tuvieron oportunidad hasta que se retiraron todos a dormir. Viendo que se le escapaba el día sin haber disfrutado ni cinco minutos de intimidad con él, cuando ya se despedían a las puertas de su dormitorio, Lola lo agarró por el brazo y lo metió adentro. Fue tan de improviso que Colin no supo reaccionar.

—No te pediré otro beso como el que me diste en Carnaby Street porque esas cosas no se piden, pero sí que me expliques algo.

—¿Puedes ser más concreta? —Colin se estaba dando unos segundos para construir su verdadera respuesta.

—¿Qué ha pasado con Bineka?

Lola tomó asiento sobre su cama y él en una silla, frente a ella.

—¿A qué te refieres?

—Cuando regresasteis del paseo os noté diferentes, como raros, y me pregunto a qué se debe.

—Esta tarde me ha confesado su amor; como te puedes imaginar, la he tratado de sortear con la mayor delicadeza posible. Y después me ha dado una inesperada lección de madurez. —Le trasladó su interesante enfoque en defensa del patrimonio selvático.

Lola se sintió identificada con Bineka en la parte emocional. Le costaría verlo, porque todavía era muy cría, y su procedencia y sus costumbres la condicionaban, pero lo superaría. Sin embargo, le pareció oportunísima su visión como una habitante de derecho de la selva. Remaba a favor de su idea, que expondría a todos al día siguiente. No había querido dar un solo avance a nadie, tampoco lo haría ahora con Colin.

—¿Y de lo nuestro?

Colin no le retiró la mirada, pero cobró silencio. Demasiado silencio.

No era la primera vez; Lola recordó otro momento: al teléfono, cuando volaba hacia Lokutu con Luis, apenas había empezado a sentir algo por él, antes de emprender el rescate de Bineka. Todavía en ese caso pudo interpretarlo de otra manera, pero no ahora: este último silencio lo decía todo.

—Lola, yo... No sé cómo decir que...

—¿Lo que me pareció ver en ti aquel día, en Londres, fue solo una ensoñación mía? ¿Fui tan idiota al creer que había algo especial en ese beso?

—A ver..., no te digo que..., pero...

Lola se levantó furiosa de la cama con un gesto de evidente invitación a que se fuera de inmediato.

Colin, comiéndose las ganas de expresar lo que de verdad sentía por ella, destrozado por dentro, pero con el insoportable peso sobre su conciencia de las decisiones ya tomadas, salió de aquel dormitorio consciente de que había dado la espalda a la historia de amor más grande que, a buen seguro, podría conocer el resto de su vida.

Caminó arrastrando los pies hasta su dormitorio, se tumbó en la cama y aquella noche apenas durmió, profundamente afectado por lo que acababa de hacer.

Como también sucedió en otro de los dormitorios, con una Lola que lamentaba haberse dejado deslumbrar por aquel hombre, una vez más, echándose en cara lo estúpida que había sido por haberse creado falsas expectativas con él, sintiendo un enorme dolor en el corazón hasta límites entonces desconocidos. No estaba acostumbrada a perder y la palabra *fracaso* no figuraba en el diccionario de su universo profesional, aunque en el personal estaba visto que era de uso más habitual. Y aun con todo, la única realidad era que amaba a ese hombre, mucho, del todo...

Pero él a ella no.

# 68

*Pabellón de invitados, Centro de Rehabilitación de Primates,*
*Lwiro, República Democrática del Congo*
*Finales de septiembre de 2010*

Lola los reunió a la mañana siguiente, evitando mirar a Colin para no deprimirse ni perder el enfoque de su presentación.

Carmen, ajena al estado de desolación emocional con el que se había levantado Lola, colocó en círculo tres sillas para Bineka, Colin y ella. Lola permanecería de pie, con una tiza en la mano y al lado de una pizarra. Eximieron a Luis —apenas había llegado la tarde anterior—, todavía necesitado de descanso.

La española tiró de cable para tener a mano un teléfono fijo, que dejó sobre una mesita auxiliar, y pegado a él dispuso un trocito de papel donde había apuntado dos números de teléfono.

Serían las nueve de la mañana cuando empezó a exponer una reflexión:

—¿No tenéis la sensación de que después de todo lo que ha pasado, de la horrible pérdida de Beatriz, de habernos sentido amenazados y perseguidos, al final tanta contrariedad no ha servido para nada y seguimos estando en el mismo punto? —Miró a cada uno sin esperar que respondieran, a Colin le costó el doble—. ¿No pensáis, como yo, que los auténticos responsables siguen impunes, y que el daño que han hecho o que pueden seguir haciendo no se ha combatido lo suficiente?

—Confieso que la muerte de Maxime de Mons significó para mí un gran alivio, como también el suicidio de aquel tipo en medio de Londres —contestó Colin y tragó saliva. A duras penas podía soportar la responsabilidad de haber desarmado las ilusiones de Lola no hacía ni doce horas, de haber herido su corazón y borrado de un plumazo todas sus esperanzas. Pero no podía dejarse vencer por los sentimientos y decidió mostrarse lo más íntegro y colaborador posible—. Pero no te falta razón. Acabo de hablar con Scott, y parece que la documentación que recibió de China tampoco basta para probar los delitos de Vestraeten.

—Es desesperante... —apuntó Carmen.

—Lo es —confirmó Lola —. Y precisamente porque es desesperante no podemos quedarnos parados, sin más.

Levantó el teléfono y marcó uno de los números que había anotado. En cuanto obtuvo línea, marcó el segundo, para mantener una conversación simultánea con ambos destinatarios.

—¡Aquí estoy, preparada! —sonó la voz de una mujer a través del manos libres.

—¿Madre? —Colin se incorporó en la silla, sorprendido.

—Hola, cariño: no me digas, esto es cosa de tu amiga. Sé lo mismo que tú. ¿Estáis bien?

Colin miró a Lola esperando una explicación, pero no la consiguió. Entró la segunda llamada.

—¿Lola? Hola a todos... ¿Me oís bien?

Victoria, desde su refugio en Yorkshire, añadió un punto más al desconcierto de Colin. A Bineka le crujió el corazón con solo mirarlo unos segundos más de lo que se había propuesto hacer. Soltó un amargo suspiro, pero se serenó de inmediato; tenía que ir acostumbrándose a lo que había, decidió.

—Bienvenidas las dos y gracias por vuestra disponibilidad: os vamos a necesitar. —Lola cogió la tiza, trazó el plano de la República Democrática del Congo en una pizarra que le había colocado Carmen exprofeso y empezó a marcar puntos blancos a su alrededor, rellenando con ellos casi todo el espacio. Iba explicando lo que dibujaba a las no presentes.

—Imaginaos que cada uno de estos puntos representa un país del mundo alrededor de este. Hasta ahora, de lo que sucede aquí, los demás puntos ni se enteran. Cada uno de esos puntos vive ajeno a su entorno, y más aún a aquellos que están física y mediáticamente más alejados de ellos. —Dejó la tiza, se frotó las manos para retirar los restos de yeso y entró en el meollo de su mensaje—: ¿Qué hemos estado haciendo nosotros? Lo lógico: poner todo nuestro empeño en descubrir quiénes nos estaban amenazando, localizarlos y probar su maldad para que pudiesen pagar el brutal daño producido. Soñábamos con que eso ocurriese... —Se volvió para señalar la pizarra—. Pero si nos lo planteamos desde el esquema que os he dibujado, aunque hubiésemos conseguido poner freno a lo que han hecho, seguramente ninguno de los demás puntos se habría enterado y muy pronto los malos volverían a repetir sus acciones. ¡Hemos de cambiar las cosas! Necesitamos contar con todos esos puntos. Necesitamos atraer sus ojos hacia nosotros; esos que ahora miran hacia otro lado. Son imprescindibles para que se obren cambios profundos, los de verdad, sobre todo lo que nos importa.

Los tres asistentes y las dos al teléfono seguían su argumentación con la máxima atención. Eligió una tiza verde y empezó a lanzar líneas desde el centro del mapa a cada punto, y después de punto a punto, terminando por rodearlos a todos con un gran círculo.

—La policía, el ejército, los hombres de Scott, el MI-6, la CIA o cualquier otro que se haya visto involucrado en este asunto han puesto sus medios para resolver los crímenes, en un intento de poner a sus autores delante de un juez. Pero nosotros tenemos otra arma mucho más poderosa: la comunicación. Para conseguir que las cosas cambien de verdad, hemos de enlazar todos esos puntos con el centro, con este país. Y si hay alguien que puede conectarlo todo para que fluya la buena comunicación, es ella... —Señaló a Bineka con el dedo.

Lola había llegado a esa conclusión después de haber rumiado la idea en España, mientras levantaba los primeros pilares de su empresa de telecomunicación. Pero también pocas horas antes, a los pies de un quirófano y gracias a una niña de cinco años; otra víctima más de la que nadie sabría nada y que a nadie importaba, salvo a los que estaban en ese hospital, en ese momento.

—Hay que romper con la incomunicación. Mi idea es simple: universalizar el mensaje; dirigirlo a todos hasta conseguir cautivar y atraernos la mirada del mundo. Y para ello cuento con vosotros; con Bineka como protagonista y testigo. Propongo hacer un reportaje en alguna aldea que haya pasado por lo mismo que en la suya. —Miró a Colin—. ¿Sigues teniendo ese dron? —Él se lo confirmó—. ¡Perfecto! Tomaremos todas las imágenes que podamos, y con la ayuda de uno de mis colaboradores montaremos breves vídeos para colgarlos en las redes sociales; es el futuro en las relaciones personales. Contaré también con el soporte de Audrey, una de mis mejores mujeres dentro de Wonderland y experta como pocas en *influencers*. —Tuvo que explicar a qué se refería, ante el gesto de estupor de los tres presentes—. A partir de ahí los haremos virales gracias a Victoria. —Miró el teléfono—. Victoria, ¿serías capaz de que llegasen no a cien mil personas, como consigue alguna *influencer*, sino a millones?

—Sin ningún problema: infestaré en cascada todas las webs que me digáis para que aparezcan esos vídeos cuantas veces sean necesarias. Lo haré encantada.

Colin intervino para aplaudir la propuesta. La idea no podía reunir más ventajas y se ajustaba a los deseos de Bineka de abanderar las denuncias. Tenían a Bineka para dar testimonio, a una increíble experta en logística como Lola, y a Victoria, una hacker capaz de moverse por cualquier terreno.

—Todo ha de pasar por la comunicación —resolvió la española.

Colin, casi eufórico, orgulloso de Lola y sin apenas acordarse de la noche anterior, quiso sumar una idea más:

—A primera hora, he sabido que Ewan ha empezado a montar el reportaje para *National Geographic*. Aunque, según me contó, su propósito es cambiar el enfoque inicial, para poner más énfasis en la denuncia de lo que está pasando en este país por culpa de no más de quince conglomerados internacionales que ambicionan quedarse con la mitad de sus tierras, hechos todavía bastante desconocidos para el gran público. Quiere denunciar el enorme expolio forestal, la destrucción de numerosas poblaciones, el exterminio de la fauna común, el tráfico de especies protegidas, la presencia de desalmados mercenarios dispuestos a hacer crecer a sus empresas a costa de todo. Usará las entrevistas que te hicieron —miró a Bineka—, con las imágenes que pudo tomar en las faldas del Nyiragongo, poniendo también de relieve la impune reducción de la actual población de primates de la selva.

—¡Menuda publicidad para la causa! —apuntó Lola.

—Desde luego —añadió Carmen—. Ayudaría a multiplicar el mensaje de Bineka.

—Dos planes de comunicación que podemos secuenciar en el tiempo para optimizar sus efectos —opinó Victoria.

—¿Y yo qué hago? —intervino Adele al teléfono, deseosa de ayudar.

—Entre uno y otro impacto —dijo Lola—, tengo otra idea que podría extender este mensaje de una forma global, a todo el mundo y desde la mejor tribuna posible, con la máxima contundencia posible, y ahí entra usted.

—¿Yo? —preguntó la madre de Colin—. ¿Cómo?

—Su hijo me explicó que después del asalto a su domicilio se había podido refugiar en una casa de campo, propiedad del embajador británico para las Naciones Unidas. ¿Estoy en lo cierto?

—Sí, así es. La amabilidad de mi buen amigo sir John Calaguill ha sido tan oportuna que también me ha servido para recordar algunos momentos fascinantes de nuestra juventud —dijo.

—¿Podría hablarle de Bineka?

—¿Con algún fin?

—¿Qué tal como invitada de la ONU?

## 69

*Aeropuerto Internacional JFK, Queens, Nueva York*
*Enero de 2011*

Nada más aterrizar, Colin leyó un mensaje de Lola: «Avísame cuando entréis en Manhattan para esperaros en el vestíbulo del hotel, besos».

Ella había llegado la noche anterior, en un vuelo procedente de Madrid, y después de dormir hasta tarde estaba dando un paseo por Central Park para hacer tiempo.

Aunque lo releyó varias veces, en un intento de descubrir más cosas que las que decía, Colin se guardó el teléfono con una sensación extraña; deseaba verla, mucho, bastante más de lo razonable, por encima incluso de lo que él mismo hubiese imaginado nunca que le llegaría a pasar. Pero no estaba seguro de cómo estaría ella.

No la había vuelto a ver desde Lwiro, aunque habían hablado casi cada semana en los últimos tres meses y medio, después de darse una breve tregua de quince días sin ninguna comunicación. La necesitaron para rebajar las malas sensaciones que les había dejado su conversación en el dormitorio de Lola. Él se había arrepentido tantas veces como había recordado sus propias palabras, y ella se había tomado tan al pie de la letra su desdén que durante ese tiempo había estado centrada en sus dos grandes retos:

Wonderland y difundir por las redes el mensaje de Bineka. Lo que le había venido hasta bien, porque la ayudó a pensar en otras cosas que no fueran solo él.

Habían hablado de todo y de nada, y en ese «de nada» no estaban incluidos sus sentimientos; en ambos casos bien protegidos y a resguardo del otro. Compartían los avances que se iban produciendo en los diferentes frentes abiertos: empresa telefónica, *National Geographic*, viralizar la imagen y el discurso de Bineka. Y entre medias, noticias salteadas sobre alguno de sus conocidos: la mejoría de Luis, los nuevos problemas surgidos en el Centro de Rehabilitación desde la aparición de un nuevo miliciano con idénticas exigencias económicas que los anteriores, alguna conversación perdida con el padre de Beatriz y un rápido resumen de las muchas con su madre.

Nunca había salido un «siento lo que te dije», o «no sé si equivoqué el enfoque», o «te echo demasiado de menos», o «¿por qué no nos dejamos de bobadas y damos rienda suelta a lo que sentimos?».

Colin soltó un profundo suspiro al pensar en ello; suspiro que Bineka supo interpretar. Llevaban un rato sentados a la espera de ver salir las maletas por la cinta transportadora. Ella le cogió de la mano y la apretó como signo de apoyo.

En los tres meses y medio de reclusión que habían pasado juntos en Hilton Head Island, un rincón de la costa este americana que el propio Scott había elegido al incluirlos en un programa de protección de testigos, les había dado tiempo a hablar de todo, a disfrutar de larguísimos paseos por la playa, casi solos, a que Bineka mejorara de forma notable su inglés, a dedicar medio día a contestar correos de la gente que había respondido a la llamada de Bineka a través de las redes, de las *influencers* y del reportaje emitido por National Geographic. Pudieron también trabajar en lo que más deseaba ella: pensar, construir y decidir nuevos mensajes con los que comunicar al mundo lo que estaba pasando en su país, desde un ángulo u otro; a veces apoyándose en datos, en testimonios, otras en vídeos.

Además de paseos y trabajo, terminaron compartiendo mucho más que objetivos y proyectos: adentrándose en los secretos del corazón del otro. Bineka acabó descubriendo el enorme espacio que había ocupado Lola en el de Colin, y cómo se lo había negado cuando se vieron en Lwiro. Aparte de recriminárselo, hablaron una y otra vez sobre ello. La joven rechazó sus argumentos y le instó a olvidarlos, pero Colin no se movía un solo milímetro de su posición, convencido de que hacía lo mejor pensando en Lola. A Bineka le tocó tragarse su frustración, y también el deseo, que sin pretenderlo explotaba en ocasiones en ella por el hecho de tenerlo tan cerca, juntos a todas horas. Le costó más de lo imaginable.

De la estancia y logística en Nueva York se había encargado Lola a partir de una llamada de Bineka, sin que Colin tuviera conocimiento de ella. La joven africana le contó todo lo que había averiguado, sin dejarse un solo detalle, y a Lola le faltaron segundos para responder con un «gracias de todo corazón» y que se pusiera en marcha.

La ocasión: reunirse en la Gran Manzana para asistir a la cita de Bineka con la ONU, que al fin habían logrado concertar para la primera semana de enero del recién estrenado 2011.

A partir de aquella llamada, Lola se empeñó en organizar todo y a él no le quedó otra que aceptarlo cuando le anunció la fecha de la conferencia, sin imaginar que no era el primero en saberlo.

Le apetecía muchísimo verla y a la vez temía el momento. ¿Sabría controlar sus sentimientos como pudo hacer la vez anterior?, se preguntaba. No discutió; lo que ella hubiera planeado para ocupar aquellos días en Nueva York le parecería bien. Pero, aun con todo, le seguían intrigando las últimas palabras con las que se había despedido, a menos de veinticuatro horas de tomar el avión en Savannah, Georgia, aeropuerto más cercano a Hilton Head: «Prepárate, Colin, porque no soy la misma». ¿Qué significaba? No estaba seguro.

Cogieron un taxi, pasaban unos minutos de las nueve y media de la mañana, para que los llevara al hotel Mandarin Oriental, entre Columbus Circle y la Sesenta, frente a Central Park: un clásico entre los mejores alojamientos neoyorquinos. El taxista fue todo el trayecto echando fugaces vistazos por el retrovisor; nunca había visto unos ojos como aquellos en una joven de piel negra.

—¡Qué nervios, Colin! —Bineka dio un respingo.

—Tenemos cuatro días para que te relajes. Podrás repasar tu discurso tantas veces como quieras, y si necesitas cambiar algo estás a tiempo. Esta ciudad te va a cautivar de tal manera que hasta se te olvidará a qué hemos venido, ya verás...

Bineka no estaba tan segura. Se retiró la capa que le servía de abrigo, por encima de un vestido típicamente congoleño, abanicándose con ambas manos. La temperatura exterior sería gélida, no llegaban a los cero grados, pero el taxi tenía la calefacción al máximo.

—¿Tardaremos mucho hasta el hotel?

—Unos treinta minutos, señora —contestó el taxista.

A Bineka le gustó la corrección empleada y le sonrió agradecida.

—¿Qué quiere Lola para hoy? ¿Cuándo viene tu madre?

—Mi madre, pasado mañana. Ahora descansaremos un rato en el hotel, creo que quería llevarnos a pasear por una plaza con un mercado al aire libre, y comeremos por allí.

Bineka suspiró de forma exagerada mirándolo de

reojo. No lo podía evitar; se seguía sintiendo atraída por aquel hombre, aun sabiendo que en pocos minutos se iba a encontrar con su enamorada. Era muy consciente de que su corazón tenía que desprenderse de esa preciada carga, pero llevaba su tiempo, por más que lo había intentado en Hilton Head. No se trataba solo de cambiar una cosa de sitio; para centrar toda su alma en la defensa y amor a su tierra, necesitaba desocupar el espacio que había ocupado él, y la tarea no estaba resultando nada fácil.

Faltaba poco para encontrarse con Lola y le preocupaba su presencia entre ellos. Solo deseaba que llegara Adele para perderse con ella por la ciudad.

Volvió a suspirar y miró por la ventanilla.

Solo había pasado un año de la matanza perpetrada en su aldea y ahora estaba contemplando el perfil de la ciudad más importante del mundo; un enorme bosque de piedra y cristal tan fascinante como complejo para una joven que acababa de cumplir los diecisiete y cuyos orígenes tenían poco que ver con lo que veía. Aquel espectacular horizonte urbano le hizo recordar los ocho meses pasados desde su primer encuentro con Colin y Luis, concluyendo en que la experiencia no podría haber sido más emocionante. Revivió su llegada a Lokutu; la primera vez que pisaba una ciudad en su vida, cuando conoció a Lola y a Keita. O la apabullante visión aérea de su particular mundo verde, hasta entonces nunca visto, desde la avioneta de Colin, cuando volaron escapando a Lwiro. Añoró la vida en aquel refugio para primates, sus experiencias con ellos, y la peligrosa huida que había tenido que acometer hacia Ruanda. Y le asaltó la imagen del hombre al que tuvo que matar ese día, mientras los perseguían.

Quedarían para siempre en su recuerdo aquellos otros cuatro días de viaje, junto a Colin, atravesando desiertos y mares, pisando lugares tan atractivos como la ciudad de Túnez o viviendo instantes tan especiales como los de aquella cena en una pequeña placita en Aix-en-Provence. Y desde luego, su estancia en la fascinante Canterbury, conocer su catedral y la excéntrica vida en Inglaterra, o la siguiente escapada hasta la insólita reserva animal de Lympne antes de emprender la expedición al volcán Nyiragongo, donde Takuro se vengó de la muerte de su abuelo. Muchos acontecimientos que hasta entonces había compartido con Furaha.

Con solo pensarlo la echó de menos. Sabía de ella por Carmen y Luis. Los dos veterinarios le hacían partícipe de los avances de su pequeña con los diferentes clanes, poniendo énfasis en lo bien que se había adaptado a ellos, sin abandonar jamás su inquebrantable amistad con Lucrecia.

Sabía que había tomado la mejor decisión para Furaha, pero no por ello dejaba de añorar su presencia, sus abrazos, sus risas y, desde luego, la preciosa mirada que surgía de sus ojos de color miel.

Absorta en sus pensamientos, notó de repente la mano de Colin sobre la suya.

—Manhattan es una isla; la vamos a abordar desde otra, desde Long Island, hasta acceder a lo que por aquí llaman el Midtown. Aquella torre tan alta, que se ve a tu izquierda, es el Empire State Building, imagino que subiremos uno de estos días.

Bineka miró los rascacielos impresionada. Un mundo verde, luego otro amarillo y arenoso, uno lavanda, otro de piedra, ahora de cristal. Le parecieron todos bellos.

Cuando entraron en el vestíbulo del hotel, Bineka solo soñaba con llegar a la habitación para tumbarse en la cama y descansar un rato; estaba agotada.

Encontraron a Lola sentada, ojeando una revista. Llevaba un vestido de color naranja que le quedaba como un guante, bajo un abrigo camel y un fular color chocolate. Colin carraspeó nervioso al acercarse a ella.

Al verlos, Lola se levantó, desplegó una preciosa sonrisa y fue hacia Colin para darle dos besos. Cuando le tocó el turno a Bineka, se abrazó a ella haciéndole saber lo mucho que la había echado de menos, sin ahorrarle muestras de cariño.

Mientras recorrían el recibidor del hotel, las dos mujeres, a pesar de la diferencia de edad, se convirtieron en el centro de atención del público masculino y una buena parte del femenino. Bineka llevaba su melena rizada recogida bajo un pañuelo negro en forma de tubo que le elevaba el pelo por encima de la cabeza, cayendo después en arco. Y Lola hacía volar la suya, con sus mechas en tonos castaños y algún reflejo cobrizo.

—Buenos días. ¿En qué los puedo ayudar?

Lola sacó del bolso su tarjeta magnética.

—Me alojo en la Suite Premier, pero reservé otra más a nombre del señor Blackhill.

El empleado les pidió los pasaportes, tecleó los datos en el ordenador y levantó el teléfono para saber si la segunda *suite* estaba lista.

—Les corresponde la 482; otra de nuestras mejores *suites*, en la planta cuarenta y ocho, vecina a la Premier. —Miró a Colin y luego a Bineka; le parecía demasiado joven para él, pero en un mostrador de hotel se ve de todo—. Comprobarán que ofrece una de las mejores vistas de Central Park. Solo espero que sea de su agrado. —Les pasó dos llaves magnéticas dentro de unos cartoncillos doblados y se dirigió a Bineka, a quien había reconocido enseguida—. Perdone mi atrevimiento, señorita, pero quería decirle que me encantó su reportaje en *National Geographic.* Comparto al cien por cien lo que usted defiende, y nada me gustaría más que visitar alguna vez el parque nacional de los Volcanes. —Se retiró las gafas de cerca y se puso una mano en el pecho a modo de juramento—. He de confesar que quizá haya sido uno de los mejores reportajes que he leído en los años que llevo suscrito a la revista.

—Me alegra saberlo. —Bineka respondió de forma escueta, un tanto azorada, sin esperárselo.

Para el empleado fue suficiente respuesta.

—¡Bienvenidos al Mandarin Oriental! —Chasqueó los dedos llamando a un botones para que recogiera su equipaje.

Mientras subían en el ascensor, a tono con el lujo que derrochaba el edificio en cada una de sus esquinas, Colin preguntó a Lola si no se había vuelto loca reservando aquel carísimo hotel.

—Dirigir una empresa que este mes ha empezado a operar en el mercado, y lo ha hecho en dos continentes a la vez, permite darse algún que otro premio. Tú solo disfrútalo...

Las dudas sobre el reparto de habitaciones quedaron resueltas en cuanto llegaron a la *suite* 482. Colin fue a entrar después de Bineka, pero Lola lo frenó.

—Esta no es tu habitación... —Lo agarró de la mano y no se soltó de ella hasta que vieron irse al botones y dejaron a Bineka dentro, quedando en recogerla en hora y cuarto.

En cuanto cerró la puerta, Bineka se quitó los mocasines con ganas de caminar descalza, y a continuación la capa y el vestido, para dirigirse desnuda al ventanal. Lo primero que le llamó la atención fue la gran mancha verde rectangular, encajada entre una enorme masa de altísimos edificios. Estaba viendo Central Park: un trozo de selva en medio de la ciudad, o eso le pareció.

Se tumbó en la cama, miró el techo y repasó alguno de los momentos más intensos que había vivido en los últimos meses, tan inesperados como emocionantes, consciente de la enorme repercusión que había conseguido por obra de aquellos primeros vídeos que habían grabado antes de abandonar África: en tres aldeas que pudo localizar la gente de

Greenworld, en la provincia de Tshopo, completamente arrasadas.

Lola se había encargado de pasárselos a Audrey, y esta, a diez importantes *influencers* a las que se había ganado previamente para que los colgaran en sus respectivos canales. Y Victoria los había replicado después en miles de blogs y todo tipo de canales, hasta hacerla famosa en la red.

En pocos días habían conseguido miles de respuestas, apoyos incondicionales, comentarios positivos e incluso ofertas de ayuda. Bineka descubrió que el mismo espíritu de generosidad que había conocido en Keita, Carmen y Luis, y sobre todo en Colin, también estaba presente en mucha gente alrededor del mundo, dispuesta a dar lo que podía para colaborar en una causa justa.

Miró la fabulosa habitación, la lujosa decoración, y recordó su choza y a su abuelo Tonuk. ¿Qué pensaría si la viera allí, o si supiera que su rostro y su mensaje habían traspasado países, continentes? ¿Qué hubiera dicho de haber podido ver uno de los reportajes más comentados y vendidos de *National Geographic*, que la había tenido a ella como protagonista, a su pequeña, a una simple hija de la selva?

Sintió un extraño vacío en su interior.

No es que le parecieran mal los esfuerzos para difundir las barbaridades que se estaban cometiendo en su mundo, es que no estaba segura de que fueran suficientes para ver cumplidos sus sueños. Era como si le faltase algo que lo uniera todo, algo que tuviera un efecto más duradero, por encima de la inmediatez y del sorprendente impacto que había conseguido a través de internet y de esas redes sociales que no terminaba de entender. Pero no sabía el qué...

Estiró los brazos en la enorme cama, cerró los ojos y trató de descansar antes de que fueran a recogerla.

Mientras, en la Suite Premier, Lola y Colin vivían un apasionado encuentro largamente aplazado. Después de haber entrado en la magnífica habitación que Colin apenas se preocupó en admirar, lo que hacían era besarse, besarse sin parar. El resto no importaba. Los besos dieron paso a aplastarse el uno contra el otro, contra una pared, en un abrazo tan íntimo que casi les impedía respirar, antes de que Lola empezara a quitarle la ropa a toda prisa, con un insaciable apetito de él.

Cuando lo tuvo desnudo, ella se bajó la cremallera, dejó caer su vestido al suelo y se quedó mirándolo, primero en ropa interior y a los pocos segundos sin nada.

Colin la encontró muy hermosa.

—Te he echado tanto de menos... —se arrancó ella rodeándolo con sus brazos, absorbiendo el calor de su piel. Hasta que levantó la vista para cruzarla con la suya—. ¿Por qué hemos perdido tanto tiempo?

—Por no querer hacerte daño. Para evitarte un mundo en minúsculas: el único que podía ofrecerte yo. Tan distinto de ese otro del que formas parte.

—Más daño me hacía no tener esto... —le pasó un dedo por los labios—: en ninguno de esos dos mundos.

Se abrazaron, para desde entonces dejar que el deseo fuera su nuevo lenguaje.

Los dedos corrieron de uno al otro, templando la piel, haciéndola vibrar, sacando de ella nuevas reacciones. A medida que los besos dieron paso a las caricias, aprendieron a explorarse. Cuando se volcaron sobre la cama llegó el turno de conocer otros territorios, de gozar en ellos, y solo después de haberse amado hasta la extenuación acabaron mirándose, fuertemente abrazados, a la espera de que uno dijera lo que el otro deseaba oír.

Y esa fue Lola.

—No me vuelvas a echar de tu lado.

## 70

*Union Square, Nueva York*
*Enero de 2011*

En esa plaza se celebra un mercado al aire libre, cuatro días a la semana, que todos los neoyorquinos conocen como el Union Square Greenmarket. Acostumbrada a pisar la ciudad varias veces al año, Lola no perdía ocasión de pasear por él. Suponía un contraste en medio de la urbe más sofisticada y poderosa del mundo encontrar una colección de modestos puestos llenos de verduras, flores, quesos artesanales, frutas y todo tipo de alimentos orgánicos, vendidos por los propios agricultores.

Cuando llegaron a Union Square y empezaron a recorrer los primeros puestos serían las doce y media. Bineka fue quien más lo disfrutó de los tres. Se sintió inmediatamente atraída por la vistosidad de los tenderetes, por sus colores. Preguntó por algunas frutas que no conocía; probó varias. Le llamó la atención que se vendieran las flores, cuando en la selva se encontraban por doquier y sin necesidad de pagar. Pero si hubo algo que todavía la dejó más impresionada fue conocer a los amish. Se detuvo más tiempo en sus puestos, observándolo todo. Vestían ropas muy diferentes al resto de la gente, y cuando Colin le explicó la forma de vida que defendían y su filosofía contraria a cualquier cambio tecnológico, optando por una existencia más ligada a la naturaleza, encontró ciertos paralelismos con su mundo y le gustaron.

Almorzaron en un restaurante tradicional las clásicas hamburguesas y caminaron después sin prisa disfrutando del paseo; Lola agarrada a Colin, y Bineka un paso por detrás, un tanto incómoda al asistir al creciente número de besos que se daba la pareja: ahora mirando un escaparate, después al paso de un coche de caballos o bajo uno de aquellos enormes rascacielos, cuando no en medio de la acera; les daba igual. Pero a ella no, y se sentía afectada.

Quizá por eso no fue capaz de saber cuántas calles recorrieron ni qué avenidas fueron atravesando. No se concentraba; le costaba ver cómo se regalaban el uno al otro, cuando a ella le hubiera encantado estar en la piel de Lola. Así siguieron un rato más hasta que empezó a sentirse cansada. Lo comentó con ganas de volver al hotel a descansar. Pero Colin, al ver donde estaban, quiso que conociera otro de los lugares emblemáticos de la ciudad. Le señaló un enorme rascacielos a su izquierda, bajo el cual había una gran pista de patinaje sobre hielo.

Se acercaron a mirar.

—¿Recuerdas los días en que sobrevolamos África y media Europa?

—¡Nunca olvidarlos!

—Te faltaba ver un color: el blanco de la nieve, el del hielo... Ahí lo tienes. —Abrazó sus hombros y Bineka se sintió morir. No sería su intención, pero a ella le sentó mal. Escudriñó la base del edificio para no mirar a Lola, para que no notara nada, y leyó: FUNDACIÓN ROCKEFELLER.

Le sirvió para romper el momento.

—¿Qué es una fundación?

De madrugada, incapaz de dormir, Bineka se levantó de la cama y descorrió las cortinas. Al otro lado del ventanal apareció un universo de oscuridades salpicado por minúsculas estrellas que surgían del interior de los edificios. Evocó las noches en su aldea, su cielo limpio y fresco, cuando no podía dormir, y tembló; pero no de frío.

¿Qué iba a poder hacer ella en ese mundo tan ajeno al suyo? Sintió vértigo al pensarlo. Se vio como una pequeña termita en aquel fabuloso termitero de cristal; una minúscula mota de polvo en una enorme ciudad que no descansaba nunca, como tampoco podía hacer ella.

Se paró a mirar a la gente que, incluso a esas horas, paseaba por la calle. ¿Qué les haría no dormir en sus vidas?, se preguntó. ¿Cuáles serían sus sueños? ¿Sería capaz de hacerles aparcar por un momento sus problemas e historias personales para pensar en lo que les tenía que contar?, ¿para pedirles ayuda?

Veía pasar los coches, el ruido de algunas sirenas, y se sintió tan ajena a lo que pasaba allí abajo que empezó a dudar si sería capaz de afrontar su tarea en la ONU, a pocos días de la fecha prevista. Apretó su *nkisi* entre las manos, en busca de consuelo, pero lo único que consiguió fue sentirse sola, muy sola, lejos de la selva, sin Furaha y sin familia.

Se le escaparon dos lágrimas al saberse heredera de un mundo destruido, eliminado, barrido para siempre. Era la única descendiente de un remoto clan que nunca más pisaría la tierra que un día les había procurado alimento y cobijo. Y bajo los efectos de aquellas dolorosas reflexiones, se sintió tan alejada de su madre selva que acusó un agudo sentimiento de añoranza. ¿Qué iba a ser de ella sin poder respirar la bruma que había prometido a su padre proteger y que tanto llevaba de sí misma? ¿Cómo sobrevivir sin las referencias vitales que habían marcado su camino?

Le faltó el aire, las fuerzas, la razón para seguir... Se

derrumbó sobre la alfombra en medio de una aciaga desazón y con las piernas encogidas, incapaz de encontrar un camino para salir de su hundimiento. Miró a su alrededor y vio lujo; nada más allá que cosas caras. Y se vio como un pájaro enjaulado en sus miedos, asustada, presa de su propio destino.

¡Cómo echaba de menos la mirada de Sanza, de Tonuk, pero también las de Mashira y Blanca..., la de Furaha!

Y cuando parecía no tener nada a lo que agarrarse para salir de aquel pozo emocional, se dio cuenta de que estaba muy cerca de un lugar donde podría encontrar respuesta a esas preguntas: aquel parque, aquella mancha verde que desde la ventana tan solo era ahora una sombra oscura. Decidió lo que iba a hacer, pero también que no lo haría sola.

Llamó por teléfono a la habitación de Lola y Colin. Tardaron en responder. Lo hizo la española.

—Pásame Colin, por favor... Perdona haberte despertado.

Percibió murmullos, una tos seca y la voz de Colin al teléfono preguntando si estaba bien.

—Te espero abajo, cinco minutos.

Él miró el reloj: las tres y media. No quiso encender la luz y le costó encontrar su ropa, desperdigada por el suelo. Protestó para sus adentros, pero luego no se arrepintió.

Recorrieron juntos y en silencio los escasos doscientos metros que separaban el hotel del extremo suroeste del parque, por donde entraron, y sin haber recorrido trescientos más, empezó a nevar. Bineka, enfundada en unos estrechos pantalones vaqueros, camiseta de algodón y un grueso jersey de nudos, miró al cielo sin terminar de creerse lo que veía. Sintió los copos en la cara, los quiso agarrar con las manos, giró sobre sí misma riéndose. La nieve arreció con tanta fuerza que en solo unos segundos la hierba fue cambiando de color. Y ella, en busca de lo que necesitaba, en medio de aquella enorme selva urbana, escrutó entre lo poco que la escasa luz le permitía hasta que vio el lugar perfecto: una pradera no demasiado grande, redonda y despejada, rodeada por una frondosa arboleda. Corrió hacia ella sin dar una razón a Colin, y en cuanto estuvo en medio se tumbó boca arriba.

Él hizo lo mismo, a su derecha. Hacía frío. Bajo la efímera capa de nieve, la hierba estaba escarchada y crujía al tocarla. Bineka tomó dos pequeños puñados y cerró los ojos. Él intuyó que la situación exigía silencio. Intentó adivinar qué podía estar pasando por su cabeza. Y empezó a sentirse bien, extrañamente bien. Con el frío que hacía, cada vez que respiraban surgían de sus bocas espesas nubes de vaho. Bineka comenzó a temblar.

—¿Quieres que volvamos al hotel? —Colin le cogió una mano y la sintió helada.

—No no... He de entender qué debo hacer, yo, antes... —contestó pegándose a él para robarle un poco de calor.

—¿Te refieres a...?

—A la madre naturaleza. —Agarró un puñado de nieve—. A esta madre naturaleza... —Envolvió con las manos llenas de nieve su *nkisi* y en sus ojos se reflejó el brillo de la luna—. Ha de hablarme.

Colin hizo lo mismo con su amuleto y cerró los ojos. Al instante sintió un calor interno que lo recorrió de arriba abajo. Bineka dio un respingo, a la vez que él.

—La has notado, ¿verdad? Es *bindongobo.* —Obtuvo su asentimiento—. La energía de la que hablé, que vive bajo tierra y alimenta a todo: a hierba, a nieve que regala, a las plantas, al aire. Pero también a propio espíritu.

Buscó la mano de Colin y se sujetó con fuerza a ella. Y en esa unidad, sumada a la conjunción de los dos *nkisis* fluyendo entre ellos, Bineka pidió a la madre selva que le transmitiera de una vez qué quería de ella. Y de repente lo supo.

Fue como un fogonazo interior, como una luz; una evocación de lo que había visto en la calle en forma de hielo, una palabra; la palabra. La que iba a dar sentido a todo, su verdadera tarea.

—Sé qué voy a hacer, Colin: crear fundación.

# 71

*Organización de las Naciones Unidas, Nueva York*
*Enero de 2011*

Cuando el taxi se detuvo en la Primera Avenida, a las puertas del centro de conferencias de la ONU, con Adele, Colin, Lola y Bineka dentro, una nube de fotógrafos rodeó el vehículo para recoger la llegada de la joven nativa congoleña, quien en menos de una hora iba a defender, ante los embajadores de ciento noventa y dos países, la necesidad de establecer nuevos programas de conservación para los espacios selváticos africanos, junto con la protección de su población y fauna, utilizando su propia experiencia como denuncia.

Adele estaba más nerviosa que la propia Bineka. Había sido la responsable de proponer esa intervención a su amigo, el embajador británico en aquel organismo, quien no solo la refrendó al momento, sino que además la vio aprobada sin demasiado esfuerzo por parte de la comisión encargada de Asuntos Sociales, Humanitarios y Culturales. Captó el interés en sus miembros, interesados en denunciar la lamentable situación que vivía aquel país, después de haber elaborado hacía solo seis meses y en asamblea general la «Misión para el Mantenimiento de la Paz en la República Democrática del Congo», denominada MONUC.

Pero a la madre de Colin no solo le inquietaba la gran cita, sino también la sorpresa que le tenían preparada durante su intervención.

Bineka había decidido acudir al evento vestida con la ropa tradicional de su región: falda larga jaspeada de pequeños dibujos geométricos en azul, verde y amarillo, amplio blusón marrón y el pelo recogido con un lazo a tono con los mismos colores. Atendía a los medios de comunicación intimidada por las cámaras y los focos, que la cegaban, sonriendo a unos y a otros bastante nerviosa.

—Deberíamos ir entrando... —recordó Adele, consciente de que tenían más trámites que superar antes de acceder a la magna sala de conferencias.

El móvil de Colin empezó a sonar. Miró quién llamaba y, sin contestar, se lo pasó a Bineka.

—¿Sí? —preguntó mientras se dirigían hacia la puerta principal, rodeados aún de periodistas.

—¿Hola? —respondió una voz femenina.

—¿Victoria? —Reconoció su voz a pesar de la mala calidad de la señal.

—¡Sí, mi amor! Siento muchísimo no poder estar ahí, contigo, pero a cambio, quiero que sepas que en tan solo una hora y coincidiendo con tu conferencia lanzaremos al mundo la noticia de tu intervención en una viralización masiva, como pocas veces se ha visto en la historia de internet, a través de todas las redes sociales. Te aseguro que tu mensaje va a viajar claro y nítido por todo el planeta.

—Gracias, Victoria. Haces mucho por mí y ayudas a mucha gente. Gracias, sí, de verdad.

—Lo volvería a hacer mil veces, pero solo por ti, ¿eh? No por ese malqueda de Blackhill, que no ha vuelto a llamarme desde ya no recuerdo ni cuándo. Por cierto, que no te oiga: ¿se ha centrado de una vez?

Bineka entendió que se refería a su relación con Lola.

—Me han dejado sola, en la habitación —contestó de forma escueta; suficiente para que Victoria lo entendiera.

—Gracias y suerte, amiga. Aunque no me veas, estaré apoyándote, ahí, contigo.

Después de colgar, Bineka atravesó la puerta principal hasta llegar al primer control de seguridad. Sus responsables pidieron que pasara dos veces por el arco de seguridad después del pitido que emitió la primera vez. Bineka imaginó que el responsable era su *nkisi.* Hizo amago de quitárselo, pero desde el vestíbulo un par de individuos indicaron que no hicieran nada y la dejaran pasar. Se trataba del embajador inglés y el presidente de la comisión convocante de la conferencia. Les dieron la bienvenida y preguntaron si necesitaba algo. Adele le dio dos besos a su amigo y pidió una salita, al tanto de los deseos de Bineka.

Colin y Lola se despidieron con intención de ir a coger un buen sitio en la fila reservada para los invitados. Pero él, antes de cruzar la puerta del auditorio, se volvió, dio media vuelta y corrió hacia Bineka. Se agarró a sus dos brazos y la miró con una especial intensidad mientras le decía:

—Ten en cuenta que muy pocos de los que te van a escuchar podrán pisar en su vida el lugar que te vio nacer. Has de ser tú quien los lleve allí, con tus palabras, con tu pasión. Hazlos vibrar con tus reflexiones y mensajes, remueve a fondo sus conciencias y hazlo sin dejar en ningún momento de pensar en los tuyos.

Bineka escuchó sus consejos y se los agradeció con un beso en la mejilla. Lo empujó hacia el pasillo.

—¡Vete ya! Así lo haré, pero también pensando en ti...

Minutos después, dejaron a Bineka y Adele solas en una pequeña sala, a la espera de que diera comienzo el acto. Solo tardaron diez minutos en dar por cumplido el deseo de Bineka. Adele le preguntó si estaba segura de lo que iba a hacer, y ella, tras observar el resultado en un espejo, respondió con rotundidad que sí.

El presidente de la comisión llamó a la puerta.

—¡Solo quedan tres minutos!

Cuando la abrieron y apareció la joven invitada, el hombre se quedó mudo y sin saber qué decir. Adele, dos pasos por detrás, sonrió al tiempo que cerraba el bolso donde acababa de guardar la pasta blanca que había empleado para pintarla siguiendo las indicaciones de Bineka. El rostro de la chica se veía atravesado por tres finas rayas verticales que nacían en la frente, pasaban por encima de los ojos y la nariz, para terminar en la barbilla, antes de saltar al escote, recorriendo después sus dos pechos desnudos hasta terminar uniéndose en el ombligo, como respeto a una tradición que las mujeres de su tribu ponían en práctica los días de las grandes celebraciones.

Tan solo llevaba tapado el bajo vientre con una pieza de cuero triangular, abierta por detrás, que apenas le cubría el comienzo de sus estilizadas piernas de color ébano.

Antes de entrar en el magno salón, se cruzaron con el agente Scott.

Días antes, les había trasladado por teléfono su frustración al no haber conseguido todavía probar los delitos de Paul Vestraeten, aunque habían forzado al Gobierno congoleño para que cancelara todas las licencias de explotación de Lands & Oils, expropiando sus posesiones, gracias a la presión del Gobierno federal de Estados Unidos. No era una derrota completa, pero al menos no podría hacer más daño en su país. Lo que había provocado una reacción de alivio en todos.

Bineka le agradeció su presencia y servicios, sin poder extenderse demasiado, urgida a seguir con la programación del acto.

Nada más traspasar el umbral del salón de audiencias, Adele se separó de ella y se unió a Colin y a Lola. Bineka les sonrió en cuanto los localizó entre el numeroso público, consciente del revuelo que acababa de producir su entrada. Los casi doscientos embajadores destinados en la ONU, el medio centenar de invitados y, sobre todo, la prensa internacional se quedaron asombrados con su aparición, y los fotógrafos tardaron menos de un amén en disparar una interminable ráfaga de *flashes* que la acompañaron hasta que pisó la tribuna.

Era una imagen sobrecogedora. Bineka avanzaba seria, como una antigua diosa africana, inocente y al tiempo sabia, joven y al tiempo eterna.

Una nube de cámaras y periodistas la rodearon queriendo dejar constancia no solo de su peculiar belleza, sino también de su insólita apariencia. A la derecha del atril, Bineka observó una enorme pantalla de televisión que, de repente, empezó a parpadear hasta que surgió la imagen de una joven chimpancé en brazos de una mujer. Al reconocerla, la joven explotó en una sonrisa llena de alegría. Se trataba de Furaha en manos de Carmen, desde Lwiro. Bineka buscó a Adele y a Colin, imaginando que sería cosa de ellos. Se acercó a la pantalla y besó la cabeza de Furaha, quien desde más de siete mil kilómetros, empezó a dar saltitos y a chillar emocionada como respuesta. El público seguía sus reacciones desde una pantalla gigante. Bineka le tiró un puñado de besos antes de que tomase la palabra el embajador británico, sir John Calaguill, para presentar a Bineka.

Ella apenas lo escuchó. Tan solo miraba a la gente, muy impresionada, recorriendo de extremo a extremo el enorme auditorio donde estaba representado el mundo entero, con sus diferentes razas y rasgos faciales, colores de piel y modos de vestir. Oyó su nombre, el de su país, como algunas otras palabras que sirvieron de anticipo a su alocución: deforestación masiva, abusos empresariales, corrupción institucionalizada, pérdida de ecosistemas únicos, crímenes, eliminación de espacios naturales, milicias, genocidio. Y de repente sintió frío. Un frío mental, muy íntimo. Miró a Furaha. Por lógica, tenía que estar mucho más aturdida que ella, pero no lo manifestaba. La cría —que ya no era tan pequeña como la primera vez que se había arrojado a sus brazos en la selva— miraba de un lado a otro a través de la pantalla, expectante, emitiendo una especie de gorgoritos apenas audibles. Al notar la mirada de Bineka, Furaha le dirigió una mano en un intento de acariciar la barbilla de aquella, en un desbordante gesto de ternura que cautivó al auditorio.

La joven pensó que si había llegado hasta allí no era para dejarse vencer por los miedos ni las prevenciones; iba a defender su mundo, a los primates, después de haber sido acogida entre ellos. Era el día de su selva, de los suyos, de Tonuk y Sanza, de Mashira y Blanca, de su Furaha; de otra forma de vida.

Buscó a Colin entre el público y cuando encontró sus ojos azules, recibió la fuerza que le faltaba para afrontar el reto.

Oyó los primeros aplausos que pusieron fin a las palabras del embajador y se dirigió al atril.

Carraspeó, tragó saliva y, antes de empezar a hablar, buscó su *nkisi,* lo apretó contra la mano, solicitó la asistencia de todos los suyos y se trasladó mentalmente al mundo que la había visto nacer. Leyó lo que había escrito en media docena de folios.

—Soy tan hija de la selva como ella... —Señaló a Furaha, y la cría, desde el Congo, respondió con un ronroneo de placer—. Hace solo un año yo vivía en una aldea sin nombre, de no más de veinte chozas, perdida en una región cualquiera de las muchas que forman la República Democrática del Congo. Por entonces, no entendía el significado de la palabra *nación*, mi única referencia era un minúsculo trozo de mundo. Vivía en un lugar pacífico, donde medíamos el tiempo por las crecidas del río, el rumor de los vientos del sur, las feroces lluvias del verano y el profundo olor de la tierra que nos vio nacer a mí y a los míos.

»Mis padres me llamaron Bineka, pero se fueron pronto de mi vida. Conmigo se quedó Tonuk, mi abuelo, un hombre de cuerpo frágil pero justo y rico en saberes ancestrales. Él me enseñó todo lo que la selva no pudo explicarme con palabras.

»Desde pequeña entendí que nuestra existencia dependía de respetar un acuerdo entre aquella enorme masa verde que nos rodeaba y los que vivíamos en ella, incluyendo a todos los animales. Ninguno vivíamos con prisa, quizá porque allí la vida se tomaba su tiempo para todo, hasta para hacerte comprender lo pequeño que eras o para enseñarte a descubrir los ciclos de la naturaleza. Porque desde bien pequeña aprendí que la selva respondía a una ley básica; en ella, la muerte siempre precede a la vida. Lo pasado alimenta el futuro, y lo anterior no es otra cosa que el camino de lo nuevo.

»Así vivíamos nuestra relación con el entorno verde hasta que aparecieron unos hombres en la aldea con una infinita sed de matar, y tan solo sobreviví yo... —Hizo una pausa recorriendo el auditorio con la mirada—. Después, lo quemaron todo.

Bineka bajó la cabeza, mientras las imágenes se acumulaban en su recuerdo, y juntó las dos manos implorando piedad a su dios Kalunga.

—Ahora sé que esos hombres querían romper nuestro pacto con la selva, arañar sus entrañas para sacarle todo, a fuerza de lo que costase. Solo creían en el dinero, sin importar qué tenían que destruir a cambio: millones de años aniquilados por un miserable beneficio, todo un universo precioso creado por vuestro Dios o por el mío, o quizá por ambos, donde viven chimpancés, elefantes, gorilas, armadillos, leopardos, cucos, pelícanos, garzas, cocodrilos, pitones, mambas y también seres humanos.

»Hoy soy la voz de todos ellos.

»Hoy soy la voz de los que nunca podrán hablar en lugares como este.

»Hoy ustedes tienen la posibilidad de parar de una vez esa barbarie, de proteger algo que no es solo mío, es suyo. De ustedes depende que perviva una de las últimas reservas de vida natural sin explotar, que siga inalterada desde el origen de los tiempos hasta el final de los mismos.

»Muchos de los míos desconocen el significado de palabras como *mercado global, enriquecimiento sin escrúpulos, prospecciones, venta de especies protegidas* o *genocidio,* pero aun así los sufrimos. Por eso se lo pido, en nombre de mis antepasados, de los de esta cría de chimpancé —señaló a Furaha—, como de tantos otros millones de seres vivos. ¡Más aún! Lo estamos implorando. Por favor, protejan lo que les ha sido dado, y háganlo ya; no queda casi tiempo.

Desde su fragilidad se sintió de repente grande cuando al hilo de esas últimas palabras recibió un espontáneo aplauso de todos los presentes puestos en pie. En cuanto volvieron a sentarse, retomó la palabra:

—La selva me protegió desde que nací, así me lo explicaron los míos. Me cuidó cuando un grupo de chimpancés me rescató de unos hombres malos que mancharon de sangre sus manos, borraron de golpe mi pasado y aniquilaron el futuro de mi gente. Fue la selva quien me permitió aprender junto a mis nuevos compañeros de vida, tan semejantes a nosotros, que todos los seres de la creación podemos vivir en equilibrio y en paz. Y como he visto que esa paz no se regala, debemos construirla sumando voluntades. Hagan ese esfuerzo hoy mismo, sin más demoras ni excusas. Actúen contra los que aniquilan el derecho de los muchos que todavía faltan por venir a este mundo, piensen en su futuro; ellos también merecen ver lo que la Tierra una vez previó para ellos. Levántense, como naciones que son, contra la injusticia, contra los gobiernos que no colaboran, contra los que protegen esos modos de destrucción, contra las empresas que nunca piensan en la humanidad. ¡Ayúdennos, ayúdense!

Al elevar la voz arrancó un nuevo aplauso, pero no quiso que este ahogara sus últimas palabras:

—Un día amé la selva, respiré su bruma verde y soñé que viviría para siempre a su cuidado. La tuve que abandonar, pero sé que pronto regresaré a ella. Y hoy, aquí, les he de pedir una última cosa; por favor, ¡ámenla también ustedes! Porque, lo sepan o no, ustedes también son hijos de la selva.

Colin fue el primero que se levantó a aplaudir, junto a una Lola emocionadísima, con Adele y un público entregado y sorprendido ante la verdad que había sabido transmitir la joven africana.

Por eso, nadie vio cómo un tipo surgía por uno de los pasillos laterales con una pistola en alto. De tez morena y rasgos colombianos, en su mirada no había una pizca de odio, tan solo un encargo procedente de no se sabía quién, espléndidamente bien pagado, tanto que sacaría para siempre de la pobreza a su familia de Cali, a sus ocho hijos y a su mujer. En beneficio de ese fin, solo llevaba en mente una idea.

Sonó un disparo, solo uno, que alcanzó de lleno el pecho de Bineka.

Ante el desconcierto general y el consiguiente pánico que recorrió las gradas, los dos agentes de seguridad presentes en el auditorio corrieron hacia el agresor para abatirlo a tiros sin ni siquiera pedir que depusiera el arma, lo que sobrepasó la previsión del sicario, que solo pensaba pagar el crimen con un puñado de años de prisión.

Le siguieron gritos y carreras atropelladas.

Los embajadores no lo sabían, pero su respuesta estaba siendo la misma que la vivida en la aldea de Bineka. El mismo miedo, la misma incomprensión, la misma sensación de injusticia. La totalidad de la sala se vació en pocos segundos, y en las gradas solo quedaron Adele, que observaba la escena sin parar de temblar, tapándose la boca con ambas manos; Lola, llorando sin consuelo alguno, y Carmen, desde la televisión, espantada mirando junto a Furaha la horrible escena, incapaces las dos de respirar. La pequeña primate enseñaba los dientes y chillaba de forma histérica.

Colin fue el único que había corrido hacia Bineka y recogía su cuerpo ensangrentado preguntándose por qué, mientras Furaha los miraba, aterrorizada y sin parar de golpear el suelo, sintiendo demasiado cerca el olor de la muerte.

Un médico acudió presuroso para ver si podía hacer algo. Al constatar que a la chica se le iba la vida sin ningún remedio, se separó de ellos con respeto, tras negar con la cabeza.

Bineka entendió lo que pasaba, supo que se moría, y solo le dio tiempo a contemplar a Colin con sus ojos infinitamente verdes para decirle dos únicas palabras:

—Hazlo tú...

Luego una sombra nubló su mirada antes de poder escuchar la respuesta de Colin entre lágrimas:

—Que la madre selva te acoja para siempre, Bineka. Si te cuidó en vida, tú has hecho lo mismo hoy por ella: la has protegido de la maldad de los humanos y siempre serás recordada por ello.

»Me encargaré de que así sea.

# EPÍLOGO

*Lokutu, Tshopo, República Democrática del Congo*
*Julio de 2011*

Volver a pisar aquel lugar sin contar con la mirada de Bineka no estaba siendo fácil para Colin, que paseaba con Keita a escasos metros del nuevo pabellón del hospital recientemente levantado y financiado por la empresa de telefonía Wonderland, con ganas de ver estrenada la maternidad mejor equipada del país.

Habían pasado seis meses del asesinato, y Bineka descansaba en una zona ajardinada vecina a las nuevas instalaciones. Ninguno quería recordar el momento del entierro; no se trataba solo de dolor, era como reconocer que al final habían perdido y que los malos seguían campando libres.

La apertura de las nuevas instalaciones obró sin embargo un cambio positivo en ellos. Fue Keita quien le puso nombre y nadie rechistó. Se llamaría pabellón Beatriz Arriondas, en homenaje a una mujer que había dado su vida para mejorar la de mucha gente que nunca se lo podría agradecer. Y ningún lugar mejor que una maternidad, donde cada día el milagro que África llevaba escondido en sus entrañas, desde el inicio de los tiempos, se haría cuerpo en cada pequeño, en cada nuevo bebé, para volver a cerrar con ellos un profundo misterio, ese misterio que la selva reservaba solo para los nacidos en ella.

El día de la inauguración, al lado de Colin y agarrada a él, estaba Lola, felizmente embarazada. Su expresión reflejaba el amargo recuerdo de una amiga, casi hermana, a la que no le fue permitido llevar a cabo sus sueños, muerta antes de tiempo, idealista en una maravillosa tierra, destino también de los peores egoísmos; una mujer valiente que no dudó en enfrentarse a una gente cuya única aspiración en la vida se contaba con billetes.

Furaha, la tierna Furaha, formó parte de un programa de reinserción en la selva que dirigió el Centro de Rehabilitación de Lwiro, y poco más se supo de ella. Salvo lo que pudo contar Luis Cereceda, quien en una de sus incursiones por el vecino parque de Kahuzi-Biega la terminó identificando sobre un tronco, muy quieta, esbozando una sonrisa, con una pulsera de madera que Lola había llevado antes, recuerdo a su vez de Beatriz, y con una pequeña cría pegada a ella, que sería su ahijada dada la juventud de Furaha, como Bineka había hecho en su momento con ella.

¡Cuánto le hubiera gustado a Bineka verla así!

Lola decidió trasladar su oficina a Lokutu para probar durante un tiempo, con deseo de dar a luz en el lugar en el que se había fraguado todo, también esa criatura que llevaba en su interior, aunque le puso dos condiciones a Colin: mudarse a una casa más grande y aprender a pilotar drones para acompañarlo en sus salidas. A él no solo no le importó su segunda exigencia, sino que además la disfrutó al descubrir que el amor en mitad de la selva adquiría sorprendentes y excitantes tintes, bajo el inusitado encanto de los sonidos de la madre naturaleza. Tanto fue así que desde entonces dejó en un segundo plano sus obligaciones en el despacho y empezó a pasar semanas enteras entre ríos, humedales, turberas, espesas zonas de vegetación, y con la más asombrosa mujer, a la que había tardado demasiado tiempo en descubrir.

Victoria siguió con sus escarceos por la internet profunda y su garaje acogió un Ferrari nuevo —el modelo más caro que había en el mercado—, fruto de una jugada financiera al conglomerado de empresas de Paul Vestraeten.

No se pudo probar la vinculación de Vestraeten con aquel pistolero colombiano, miembro de un cártel cuyo máximo responsable era socio y amigo del belga, algo que solo él sabía, por lo que siguió con sus actividades en total libertad.

Aunque su sino cambió un buen día.

Una pareja de orientales, antes de entrar una mañana a trabajar en su oficina como cualquier otro día, le agujerearon la cabeza por cinco sitios distintos, sin que se llegase a saber quién lo había hecho. Salvo en la antigua oficina de Mei Ling, en Hong Kong.

Desde su regreso al Congo, la idea de la fundación obsesionó a Colin de forma permanente hasta llegar a implicar a todos; sobre todo, a Lola, como experta en la puesta en marcha de nuevos negocios e ideas. Lo hablaron horas y horas, pensando qué podía hacer diferente al proyecto de Bineka en cuanto a la protección y conservación del medio natural y de la selva, en comparación con los que abanderaban otros muchos organismos oficiales y privados como la propia Greenworld. No querían que terminara convirtiéndose en una ONG más, y para ello necesitaban que sus principios fueran distintivos y que se identificaran con los deseos y la personalidad de Bineka.

Lo discutieron muchas veces por separado, o en multiconferencia junto a Carmen, Adele, Luis y Victoria. Se barajaron mil ideas, como también se descartaron otras. Pero a quien se le ocurrió poner feliz norte a ese barco fue a la hacker. Su idea entusiasmó de inmediato a todos. Se trataba de constituir un enorme *crowdfunding* mundial, manejado por la fundación y destinado a la recaudación de fondos con los que comprar o recomprar las hectáreas de selva en peligro de deforestación o extinción.

Como ella misma explicó: «La mirada del proyecto será mundial; haremos que la propia gente, decenas de miles de personas en todo el mundo, ojalá sean millones, se conviertan en los nuevos propietarios de la selva, para que nadie más la pueda comprar o comprometer; serán sus guardianes, los dueños de pequeños trocitos del mismo universo verde que un día crio a Bineka».

Después de aplaudir la idea y de empezar a recibir los primeros miles de dólares, que terminaron convirtiéndose en millones, gracias a las redes y a la imparable difusión del mensaje de Bineka, la sede social se estableció en un antiguo chalé a las afueras de Lokutu, donde empezaron a trabajar diez personas, aparte de Lola y Colin, que la dirigirían, y del soporte técnico que les daría Victoria desde Londres como experta en internet, en la movilización de ese tipo de fondos y en la prospección de nuevos terrenos a comprar.

Cuando llegó el día de la inauguración, estaban todos.

Frente a la entrada principal se encargó una escultura de hierro que representaba a Bineka con una pequeña Furaha en brazos —a tamaño natural y rodeadas de media docena de chimpancés—, sentadas sobre la gruesa raíz de un sicomoro, cuyo tronco ascendía unos seis o siete metros abriéndose después en una densa y protectora copa.

Bajo el monumento estaba enterrado el cuerpo de Bineka después de ser trasladado desde su anterior ubicación en el hospital.

La fundación solo podía llamarse Bineka, y tuvo el honor de contar entre sus primeros asociados con cantantes famosos, deportistas, escritores de influencia mundial y actores de renombre, comprometidos todos con su mensaje, pero sobre todo con los muchos miles de personas anónimas que habían creído en la idea.

Acudieron las autoridades locales, representantes de muchas ONG y todos los que habían compartido un intensísimo año al lado de Bineka.

Pero lo que ninguno podía esperar fue que aparecieran más de un centenar de mujeres y hombres, oriundos de aldeas parecidas a la que Bineka había visto arrasar: ellos cantando y ataviados con plumas y sus mejores atuendos de gala, y ellas, como lo hizo Bineka el último día de su vida, con el torso desnudo y pintado con rayas blancas. Rodearon la escultura y bailaron al ritmo de sus músicas y peculiares alaridos.

Colin se emocionó al verlos, como Lola y Victoria.

No llegaron a saber que aquella gente había acudido a la cita no para celebrar la inauguración de una fundación, por mucho que les pudiese beneficiar en el futuro; respondían a un mandato de la selva. Había sido ella la que les había pedido, desde la profundidad de su alma antigua y desde el último de sus rincones, acudir ese día hasta allí para honrar a una de sus hijas predilectas, hija también de la bruma verde:

A Bineka.

## NOTA DEL AUTOR

—

*Primatólogas*

Hay novelas que se meten en tu vida sin llamar, os lo puedo asegurar; entran en tu interior a codazo limpio e inundan tu cabeza a borbotones.

Y *La bruma verde* ha sido una de ellas.

¿Por qué lo digo?

Porque hace tres años estaba empezando a desarrollar otra trama relacionada con una tierra a la que quiero especialmente, que es Valencia —y que me he prometido retomar en cuanto pueda—, y de forma casual descubro a una excepcional veterinaria llamada Rebeca Atencia.

Rebeca es una gallega valiente, encantadora y luchadora, y una apasionada primatóloga que dirige el Centro de Rehabilitación de Chimpancés en Tchimpounga, vinculado al Instituto Jane Goodall, en el antiguo Congo Francés, hoy llamado República del Congo.

Rebeca se ha convertido en la colaboradora más cercana de la prestigiosa Jane Goodall, pionera en las investigaciones sobre el comportamiento de los chimpancés en condiciones de vida salvaje. Goodall, junto con otras dos mujeres —Dian Fossey en sus trabajos con los gorilas y Biruté Galdikas con orangutanes—, constituyen la punta de lanza de la investigación mundial en primatología.

Pero los méritos de estas tres pioneras no terminan en lo científico; fueron y siguen siendo unos increíbles ejemplos de vida, y más aún si consideramos las dificultades añadidas que tuvieron que sufrir por razón de su condición femenina.

Como si se tratara de un terremoto, sus historias obraron en mi interior con tanta intensidad que empecé a sentir una ineludible necesidad de escribir sobre ello. En África hay otras muchas mujeres españolas que trabajan, o han trabajado, en santuarios para primates como el de Goodall. Sirva como ejemplo el de Lwiro, en la provincia de Kivu Sur, en el otro Congo, antiguo Zaire y hoy República Democrática del Congo, que como habéis leído acaba siendo uno de los escenarios clave de esta novela. Su anterior directora, la veterinaria Carmen Vidal, como también Laia Dotras en su momento, o la bióloga vasca Itsaso Vélez del Burgo, que lo dirige en la actualidad, se juegan la vida trabajando en uno de los lugares más peligrosos del planeta. Una labor que, después de conocerla en tan solo una pequeña parte, creo que se merece todo el respeto del mundo. Por eso, esta novela también va dedicada a ellas; a sus heroicas vidas, al ejemplo que nos dan, a sus consecuentes decisiones cuando, por perseguir sus sueños, asumen riesgos, peligros y otros mil problemas que conlleva vivir donde viven.

En *La bruma verde* aparecen algunos personajes que bien podrían ser los citados. Pero, por respeto a su intimidad y trabajo, he cambiado nombres, apellidos, y también me he inventado sus personalidades. Pido disculpas si se sienten identificadas y no resulta de su agrado; mi única intención es elogiosa en todo caso.

Sin ningún ánimo de desmerecer el trabajo de las citadas primatólogas, todas de origen occidental, en esta novela me propuse que fuera una mujer congoleña quien nos contase, desde su particular mirada, qué está sucediendo en las selvas del Congo. He pretendido así que los lectores vivan desde la óptica de Bineka el profundo y dramático desgarro que están padeciendo centenares de pequeñas aldeas por culpa de algunas multinacionales con fines no demasiado limpios, y casi siempre contrarios a los supuestos objetivos que las llevan a operar allí. Con ella, con Bineka, descubriremos cómo afectan esas deforestaciones masivas a sus verdaderos propietarios en uno de los últimos pulmones verdes de la tierra. Conoceremos los efectos de la caza furtiva de animales salvajes y cuáles son sus perversos destinos —como el comercio de bebés de chimpancé—, después de presenciar la captura y muerte de sus madres. O qué significa, para los habitantes de aldeas como la de Bineka, verse de repente despojados de sus casas, pueblos y vidas, por culpa de intereses ajenos que terminan provocando fatales consecuencias para sus genuinos propietarios, para el clima global y en general para toda la humanidad.

*La selva del Congo*

Parece que solo nos fijamos en la selva amazónica cuando pensamos en el pulmón del planeta. Pero no es así; la Amazonia es solo la mitad; el otro pulmón de la tierra se llama la selva del Congo, un lugar tan desconocido como asaltado en las últimas décadas por enormes intereses económicos sin escrúpulo alguno.

El antiguo Congo Belga, después Zaire y ahora República Democrática del Congo, arrastra una historia bastante lamentable. En 1885, a partir de la Conferencia de Berlín, las potencias europeas de entonces se reparten los territorios conquistados en África, y entre ellos se establece uno —el supuesto Estado libre del Congo—, que no será otra cosa que un enorme territorio cuya propiedad recaerá en exclusiva en las manos de uno de los mayores genocidas de la historia: el rey Leopoldo II de Bélgica. Bajo un abominable y férreo control, aquel monarca expolió los recursos naturales del país de forma masiva; utilizando mano de obra esclavizada y creando un clima de terror como en pocos lugares de la tierra se ha conocido. Los belgas asesinaron en masa a la población congoleña, llevaron a cabo salvajes mutilaciones y todo tipo de atrocidades. Sin poder saber la cifra exacta de víctimas, parece que esta no bajaría de los ocho millones de muertos bajo el poder real. Es bueno que no se olvide.

No será hasta 1960 cuando el país obtenga la independencia de Bélgica, con un arranque turbulento y varios primeros ministros que se van sucediendo, hasta que se inicia la época revolucionaria liderada por Mobutu Sese Seko, quien primero dará un golpe de Estado y terminará después liderando una brutal dictadura de otros treinta años que le enriquecerá como a pocos hasta sumar la bonita cifra de mil quinientos millones de dólares. Le seguirá Laurent-Desiré Kabila, líder guerrillero maoísta, quien expulsa a Mobutu del poder en 1997 y seguirá ostentándolo hasta su asesinato en 2001. Tendremos que esperar al año 2003 para conocer las primeras elecciones libres en el país, que gana uno de sus hijos, Joseph Kabila.

No serán estos los últimos males de esta maravillosa tierra. En 1994, en la vecina Ruanda, se produjo uno de los capítulos más tenebrosos que ha conocido la humanidad: el genocidio de los tutsis por parte de la etnia hutu. En menos de tres meses fueron asesinadas cerca de un millón de personas de la forma más brutal que uno pueda imaginar, y las consecuencias acabaron afectando a territorio congoleño, al que la etnia tutsi trataba de huir. Una herida que aún no ha terminado de cicatrizar en ambos estados, cuya belleza, y a pesar de tanta barbarie humana, sigue siendo desbordante.

El Congo no es solo una suma de datos, nombres, desgracias e infortunios. Se trata de un enorme país atravesado por el ecuador, de clima tropical, cuyas dimensiones son las equivalentes a sumar los territorios de Portugal, España, Francia, Italia, Suiza, Austria, Bélgica, Holanda, Alemania y parte de Polonia. Un enorme país recorrido por el río más caudaloso de África y segundo del mundo: el río Congo.

La República Democrática del Congo posee inmensos recursos naturales: oro, cobalto, cobre, petróleo, diamantes, uranio, bauxita y también el famoso coltán. Pero lo que está atrayendo mayores inversiones en los últimos tiempos, tanto por parte del gran capital chino como el de otros países, tiene que ver con sus posibilidades agrícolas. La enorme deforestación que está sufriendo el país para transformar sus riquísimos y ancestrales bosques en productivos cultivos de soja o palma, no aparece en las noticias, como sí lo hace la peligrosa agresión a la selva amazónica. Pero las cifras que se están barajando son mareantes. Greenpeace y otras ONG llevan años estudiando y denunciando sobre el terreno los desmanes medioambientales que se están produciendo en este paraíso verde; desastre del que me he querido hacer eco con esta novela. Animo a los lectores a investigar lo que está pasando en uno de los últimos paraísos del planeta, y en especial el riesgo que puede suponer para el clima mundial que se empiecen a remover los inmensos depósitos de turba que posee.

En el Congo existen gigantescos humedales que se cuentan por centenares de miles de kilómetros y que actúan como uno de los sistemas de secuestro de carbono más eficientes que posee la Tierra.

Las llamadas turberas no son más que antiquísimos depósitos de material orgánico en descomposición bajo el agua, con una cubierta vegetal formada por cientos de variedades de musgos y plantas briófitas.

La integridad de esa capa vegetal es la que permite que no escape al medio ambiente una cantidad tan enorme de dióxido de carbono que sería inasumible para la salud del planeta. Además, ese fertilísimo tapete de plantas, líquenes, musgos y hepáticas —como he dicho antes, la mayoría plantas briófitas— captura millones de toneladas de dióxido de carbono del ambiente, contribuyendo a rebajar la cantidad de gases de efecto invernadero.

Por tanto, la turba ejerce una doble protección al planeta; secuestra millones de toneladas de $CO_2$ en su superficie, y oculta otra enorme cantidad, muy superior incluso, bajo ella.

Su importancia reside en que, a pesar de que las turberas apenas ocupan el 3% del suelo de la superficie terrestre, acumulan en su seno cerca del 30% de la reserva total de carbono orgánico.

Para quien no haya oído nada sobre la turba, basta con imaginar una zona pantanosa con una espesa alfombra vegetal flotando sobre ella, bajo la cual se encuentra la turba propiamente dicha, con profundidades de hasta cinco metros; capas y más capas de material orgánico en proceso de descomposición por la acción de un infinito arsenal de microorganismos anaeróbicos.

El peligro de las turberas reside en remover su superficie sin una buena gestión, o en extraer la turba de forma descontrolada, lo que podría liberar a la atmósfera una cantidad de gases tan enorme que comprometería el clima global de forma irreparable. Y el Congo es para la turba lo que Arabia Saudí ha sido para el petróleo.

Añadamos en nuestra agenda de preocupaciones climáticas este hermoso país, porque todavía estamos a tiempo de protegerlo y de protegernos.

Aparte del sufrimiento que vive a diario una parte muy numerosa de la población del Congo y del expolio de sus tierras, que se plasma en la novela, he querido ensalzar algunas historias protagonizadas por personas mucho más que especiales a las que me atrevo a catalogar como «los nuevos héroes de la civilización occidental». Y me refiero a esos miles de cooperantes que trabajan para organizaciones no gubernamentales como Veterinarios Sin Fronteras, Greenpeace, Médicos Sin Fronteras, la Fundación Rainforest, el Instituto Jane Goodall, SOS Primates, o las numerosas órdenes religiosas y Caritas Congo; gente que día a día se juega la vida por causas que nos competen a todos.

Unos lo hacen intentando paliar la enfermedad, cuando no periódicas crisis sanitarias; otros trabajan en la rehabilitación y cuidado de jóvenes primates huérfanos o heridos, de forma específica, como en general en la preservación del resto de especies animales. Muchos, en procurar unos mínimos de educación a la población y distintas experiencias de fe. Y hay quien enfoca su labor en la conservación y protección de nuestras selvas. No olvidemos que su destrucción obliga a ciertos animales salvajes a buscar sustento cada vez más cerca de donde habita el hombre, y le trasladan sus enfermedades, lo que ha dado origen a varias pandemias como las que estamos viviendo hoy, con la COVID-19.

Tengámoslo muy en cuenta: protegiendo la selva nos protegemos nosotros.

Ayudemos a que así sea, de la manera que se nos ocurra; puede ser a través de una concienciación colectiva, y desde luego exigiendo en nuestras compras que las empresas expliquen con claridad el origen de los alimentos o de las maderas que utilizan.

Pero volvamos a los cooperantes: ellos forman los nuevos ejércitos del planeta, nuestros mejores héroes armados; en su caso, de buenas intenciones, acción, esperanzas y, sobre todo, de toneladas de tesón.

Esta novela es un homenaje a su esfuerzo.

Conocí a uno de ellos, de excepcional personalidad, durante la documentación de esta novela. Se trata del doctor don Miguel Ángel Sánchez Chillón, actual presidente del Colegio de Médicos de Madrid y cooperante desde hace muchos años en diferentes países africanos. En todos ellos ha invertido mucho tiempo, una generosa e infinita dedicación y una gran parte de su saber. Obtener de primera mano un testimonio como el suyo no solo me ha ayudado a entender su dedicación; también, a hacer más verosímiles a los personajes que aparecen en la novela. Él se dará cuenta cuando la lea.

No puedo olvidarme de otra generosísima persona que me ayudó a fundamentar la novela, y me refiero al doctor Jesús Hurtado. A Jesús le conozco y aprecio desde hace mucho más tiempo. Aparte de su reconocido trabajo como anestesista en el Hospital Clínico de Madrid, doy fe de que ha regalado a Sudamérica muchos de sus veranos, para echar una mano allá donde lo necesitan todo. Mi amigo Jesús es un ejemplo de humanidad y calidez personal, nada común en los tiempos que corren.

*Nuestros hermanos los primates*

Gracias a la minuciosa observación realizada en condiciones de libertad a algunas poblaciones de chimpancés, se ha ido descubriendo que sus comportamientos y habilidades sociales constituyen verdaderos antecedentes de los que caracterizan a nuestra especie, la del *Homo sapiens.*

El concepto de «cultura chimpancé» pudo sonar extraño treinta o cuarenta años atrás, pero hoy no. Se sabe que ciertos primates imitan comportamientos de otras especies, como por ejemplo, el típico golpeteo en el pecho de un gorila. Pero si existe una habilidad que requiere una elaboración mental previa, con la intervención de diferentes pasos, es el uso de herramientas para conseguir determinados fines; algunos asombrosos. Sirva como ejemplo la deliberada elección de una rama de tamaño y firmeza suficientes como para golpear con ella el tronco de un árbol que contiene un panal de abejas, con intención de recoger la miel escurrida a través de otra rama más pequeña que han introducido previamente en algún agujero cercano. No es ficción, algunos investigadores los han visto hacer eso en regiones recónditas de la selva congoleña. Sorprendente pero cierto.

De manera semejante, para romper nueces u otros frutos secos de cáscara dura, han aprendido a usar piedras con las que abrirlos, machacándolos contra una base sólida. Pero la sofisticación de este último procedimiento aún llega más lejos. Para extraer los pequeños restos de fruto, ya inaccesibles a los dedos, eligen y emplean pequeños palitos con los que hacer palanca.

En esta novela, reflejo una de estas curiosas actividades en las que ponen en juego su raciocinio, dando por demostrado que nuestros queridos chimpancés son capaces de elaborar asociaciones mentales complejas para conseguir un fin premeditado. Y me refiero a la extracción de termitas con los palitos que meten por los agujeros. Aparte de lo que han podido leer en uno de los capítulos, se ha descrito en ciertos individuos un grado de perfeccionamiento tal que para ser más eficaces eligen una rama de un arbusto específico, se la meten en la boca y deshilan con los dientes uno de sus extremos. El resultado es como un pincel humedecido que consigue atrapar a un número mayor de hormigas.

Una de las claves del éxito del hombre en el proceso de evolución como especie se ha debido a nuestra tendencia a la socialización. La idea final es que juntos podemos avanzar más que si lo hiciéramos a título individual. Y a ese logro se apuntan también los primates, más en concreto, los chimpancés. Son capaces de avisarse entre ellos cuando surge un peligro, diferenciando incluso el tipo. Se ha visto cómo algunas madres engañan a los machos dominantes para que sus hijos puedan reproducirse con hembras fértiles sin que el jefe del clan se entere. Comparten comida, juegos, se asean o desparasitan los unos a los otros. Practican técnicas de defensa en grupo y se ponen de acuerdo para expulsar a un macho excesivamente cruel.

Podría seguir describiendo muchos más comportamientos que convierten a estos animales en seres mucho más que especiales, pero no le demos más vueltas; son nuestros hermanos en la escala evolutiva, y qué menos podemos hacer que protegerlos, salvaguardar su entorno y medio de vida, evitar cualquier forma de comercio con ellos, denunciar su explotación en zoológicos y espectáculos, desde luego no tratarlos nunca como mascotas y, en general, ayudar a preservar su especie.

*La bruma verde* surgió entre primatólogas y chimpancés, y aspira a que todo aquel que la lea termine convirtiéndose en un ferviente defensor de la vida natural y sus derechos. Tenemos el deber de proteger y mantener la selva tal y como la hemos recibido de nuestros predecesores, para que todo el universo animal siga expresando su potencial como especie allá donde vive. Pero también para que nuestros hijos y nietos tengan la oportunidad, un día, por qué no, de sorprenderse al cruzar su mirada con la de un primate y descubran en sus ojos algo que a veces los hombres no cuidamos; un destello de humanidad…

Nos vemos en mi siguiente locura literaria.

Gracias por estar ahí…